विमल मित्र

बांग्ला के प्रसिद्ध लेखक।

जन्म : 18 मार्च, 1912 को कोलकाता में।

शिक्षा : कोलकाता विश्वविद्यालय से एम.ए.।

अनेक कहानियों और लगभग 70 उपन्यासों के रचयिता विमल मित्र बांग्लाभाषी समाज के अलावा हिन्दी व तमिल समाज में भी समान रूप से लोकप्रिय हैं।

प्रमुख कृतियाँ : अन्यरूप, साहब बीबी गुलाम, मैं, राजाबदल, परस्त्री, इकाई दहाई सैकड़ा, खरीदी कौड़ियों के मोल, मुजरिम हाजिर, पति परम गुरु, बेगम मेरी विश्वास, चलो कलकत्ता (उपन्यास); पुतुल दीदी, रानी साहिबा (कहानी-संग्रह); कन्यापक्ष (रेखाचित्र)।

निधन : 2 दिसम्बर, 1991

साहब बीबी गुलाम

विमल मित्र

राजकमल पेपरबैक्स

अनुवाद : योगेन्द्र चौधरी

पहला पुस्तकालय संस्करण
राजकमल प्रकाशन प्राइवेट लिमिटेड द्वारा
1964 में प्रकाशित

राजकमल पेपरबैक्स में
पहला संस्करण : 2004
दसवाँ संस्करण : 2023

राजकमल पेपरबैक्स : उत्कृष्ट साहित्य के जनसुलभ संस्करण

राजकमल प्रकाशन प्रा.लि.
1-बी, नेताजी सुभाष मार्ग, दरियागंज
नई दिल्ली-110 002
द्वारा प्रकाशित

शाखाएँ : अशोक राजपथ, साइंस कॉलेज के सामने, पटना-800 006
पहली मंजिल, दरबारी बिल्डिंग, महात्मा गांधी मार्ग, प्रयागराज-211 001
वेबसाइट : www.rajkamalprakashan.com
ई-मेल : info@rajkamalprakashan.com

बी.के. ऑफसेट
नवीन शाहदरा, दिल्ली-110 032
द्वारा मुद्रित

मूल्य : ₹450

SAHAB BIBI GULAM
Novel by Vimal Mitra

ISBN : 978-81-267-0928-1

साहब
बीबी
गुलाम

पूर्वाभास

इधर बहूबाज़ार स्ट्रीट और उधर सेन्ट्रल एवेन्यू। बीच की साँप जैसी आँकी-बाँकी गली आज तक इन दो राजपथों को मिलाने का काम करती रही है। अब वैसा मुमकिन न रहा शायद। लगता है, रातों-रात यह वनमाली सरकार लेन गायब हो गई। इतनी पुरानी गली। इसी के पश्चिम गोविन्दपुर और सूतानूटी के समय से वनमाली सरकार के पुरखे राज कर गए थे। कहावत-सी चल पड़ी थी, उमीचाँद की दाढ़ी और वनमाली सरकार की 'बाड़ी'। रोब-दाब और बहार, शायद दोनों ही की एक सी थी। उस ज़माने में सद्गोप वनमाली सरकार को ईस्ट इंडिया कम्पनी से पटने की दीवानी मिली थी और कलकत्ते में मिला था कम्पनी के मातहत व्यापार करने का अधिकार। बहुत-बहुत पहले की हैं ये बातें। तब की जो कुम्हार-टोली थी, उसमें उन्होंने लाट साहब के मुकाबले का एक मकान बनवाया। उनकी देखा-देखी निमतल्ले में एक मकान बनवाया, उस समय के दूसरे एक बड़े आदमी मथुर सेन ने। मगर कहाँ वनमाली सरकार का मकान और कहाँ वह ! कोई मुकाबला नहीं। उसके बाद कहाँ तो गया कुम्हारटोली का वह मकान, कहाँ गए ख़ुद वनमाली सरकार और कहाँ गए मथुर सेन ! सच ही, हैरान रह जाना पड़ता है सोचकर। वे आरमेनियन सौदागर कहाँ चले गए, जो सूत और नूटी का व्यापार करते थे ! और कहाँ गए जॉब चार्नक के उत्तराधिकारी अंग्रेज़, जिन्होंने पुर्तगीज़ों के डर से कालीकट से भागकर सूतानूटी में पनाह ली थी, और बाद में जिन्होंने कालीकट की नक़ल पर सूतानूटी का नाम रखा था कैलकेटा। आज तो सिर्फ़ कम्पनी के सिरिश्ते के कागज़ात, पुराने काग़ज-पत्तर में मुश्किल से ढूँढ़कर निकालना पड़ता है सूतानूटी का नाम। फिर भी वनमाली सरकार इतने दिनों तक उस गली में साँस रोके ज़िन्दा जो रह सके, सो महज़ कलकत्ता कारपोरेशन की गफलत से। अब वह भी गया। गोविन्दराम, उमीचाँद, हुजरीमल, नकूधर, जगत् सेठ और मथुर सेन के साथ अब इतिहास के पन्नों में एक बारगी खो गए वनमाली सरकार भी। आधा तो सेन्ट्रल एवेन्यू बनते वक़्त पहले ही जा चुका था, रहा-सहा आधा भी खत्म !

जिम्मेदारी इम्प्रूवमेंट-ट्रस्ट को सौंपी गई। गली में घुसते ही पछाँही भड़भूँजे का कोठा—मिट्टी की दीवार, टिन की छौनी। होली के महीना-भर पहले से ही झाँझों की झनकार के साथ 'रामा हो रामा' की गूँज। उसके बाद नाक की सीध में पूरब को बढ़िए। ज़रा दूर जाकर बाएँ, फिर दाएँ को मुड़िए। सद्गोप वनमाली सरकार की अकल जैसी

पेचीदी थी, वैसी ही उनके नाम की यह गली भी बेतरह ऐंठती हुई जाकर बहूबाज़ार से मिली है। गली में दाखिल होते ही लगता, सामने की दीवार तक ही गई है यह। लेकिन हिम्मत बटोरकर बढ़ चलिए, तो बहुत मज़े हैं। कम ऊँचे मकानों के जो कमरे सड़क की तरफ़ पड़ते हैं, उनमें सजी-बनी दुकानें। मोड़ों पर ज़्यादातर सोने-चाँदी की दुकानें। बगल के एक-मंज़िला मकान के चौंतरे पर 'इंडिया टेलरिंग हॉल'। थोड़ी दूर चलकर बाएँ बाज़ू राष्ट्रीय झंडेवाला साइनबोर्ड—प्रभास बाबू का 'पवित्र खादी भंडार'। उसके भी आगे गुरुपदो दे का 'स्वदेशी बाज़ार'। जब वहाँ खरीदारों की बेतरह भीड़ हो जाती, तो लोग-बाग पास के 'सबुज संघ' के दरवाज़े तक पहुँच जाते। कभी-कभी सबुज संघ रोशनी और सजावट से जीवन्त हो उठता। कोई मौका-भर मिल जाना चाहिए। फिर मोहल्लेवालों को नींद कहाँ नसीब ! सुबह से शाम तक 'सबुज संघ' की जय-जयकार के सिवा दुनिया में और घटना ही नहीं घटती कोई। लोग दफ्तर नहीं जाते, हाट-बाज़ार नहीं जाते, सोते नहीं, खाते नहीं, बस सबुज संघ और सबुज संघ। लेकिन उसके बाद ही पड़ता है ज्योतिषार्णव श्रीमन् अनन्त भट्टाचार्य का 'श्रीमहाकाली आश्रम', जहाँ इस घोर कलिकाल के मिलावट के जमाने में भी एक असली नवग्रह कवच सिर्फ़ तेरह रुपए साढ़े पन्द्रह आने में मिलता है—डाक महसूल अलग। सत, त्रेता, द्वापर—वर्तमान, भूत, भविष्यत्—इस त्रिकालदर्शी राजज्योतिषी का बनाया हुआ वशीकरण, बगलामुखी और धनदा कवच इंगलैंड, अमरीका, अफ्रीका, चीन, जापान, मलाया, सिंगापुर जैसे सुदूर देशों तक जाता है। श्री श्रीमहाकाली आश्रम की अन्यान्य विशेषताएँ लाल, नीली और पीली स्याही से विस्तारपूर्वक साइनबोर्ड पर लिखी हुई हैं। इसके बाद उस टिनवाले मकान के सामने छज्जे के नीचे है वाँछा की पकौड़ी की दुकान। अगल-बगल के चार-पाँच मोहल्लों में उसकी पकौड़ी की शोहरत है। तीन पुश्त से दुकान। वाँछा अब नहीं रहा। उसका बेटा अधर। अधर का बेटा अक्रूर अब दुकान पर बैठता है। अक्रूर कारीगर खासा है। मिट्टी के एक बर्तन में बेसन रखकर, बाएँ हाथ से उसमें थोड़ा सा सोडा मिलकार ऐसे ढंग से मलता है कि गरम तेल के कड़ाव में डालते ही पकौड़ियाँ फोले-सी फूल उठती हैं। हथकट्टा कलुआ सुबह ही आ बैठता। उसकी दुकान भी खुली न होती। जाड़े के दिनों में सुबह ही लोगों की भीड़ लग जाती; अक्रूर पकौड़ियाँ छान-छानकर टोकरी में रखता जाता। बाज़-बाज़ वक़्त टोकरी में रखने की भी नौबत न आती। जीभ में फफोला पड़ने की नौबत ! बारह बजे तक यही हाल। ऐसी ही और भी कितनी दुकानें बाईं तरफ। और, इस तरह वह टेढ़ी-मेढ़ी गली बहूबाज़ार स्ट्रीट से जा मिली है। दुकान-दुकान, जितना जो कुछ भी है, सब बाईं तरफ, लेकिन दाईं तरफ ओर से छोर तक बस एक ही मकान; कबूतर के दरबों-से छोटे सँकरे कमरे। किराएदारों की ठसाठस से कालनेमि के लंका-बँटवारेवाला हॉल ! तिल धरने की जगह नहीं। लोग कहा करते थे बड़ा महल। उस ज़माने में इधर उतना बड़ा मकान दूसरा था भी कहाँ ! बालू के पलस्तर पर चूने की पोताई से जब तक चलाया जा सका, चला। उसके बाद हॉल से बाहर के चार-पाँच कमरों में कायम हुआ था नेशनल स्कूल। एक कमरे में बहुत पहले से ही करघे बिठाए

गए थे। तमाम दिन घंटे-घंटे घड़ियाल की टन्-टन् आवाज़ होती रहती। टिफ़िन के समय लेमनचूस और पापड़ी के फेरीवाले घंटी टुनटुनाकर लड़कों का ध्यान खींचा करते। कभी किसी दिन किसी किराएदार की बैठक में गाने-बजाने का समाँ। तानपूरे के अटूट सुर के साथ तबले पर कहरवा का रेला। 'पिया आवत नहीं' के साथ मीठे हाथ के तबले की तिहाई से मोहल्ला मात ! कभी-कभी 'मियाँ का मल्लार' के साथ तबले के मीठे ठेके से खिंचकर रास्ते पर रसिक लोग रुक जाया करते; उझक झाँकते खिड़की में से। कभी जो मालिक थे, भाग्य के फेर से वही आज हो गए थे किराएदार। फिर भी बड़े महल के अन्दर कदम रखने की किसी की हिम्मत नहीं होती। फ्रॉक पहने कोई लड़की झपटकर कभी बाहर आ जाती और अक्रूर की दुकान से पकौड़े का दोना लेकर झटपट उसी दरबे में धँस जाती। कभी किसी राहगीर पर साग-भाजी के छिलके आ गिरते कोठे पर से, गोया फूल बरसते हों। वह बेचारा बेवकूफ की तरह ऊपर को निगाह उठाता, मगर कहाँ कोई ! एक तरफ की रसोई से मछली और प्याज़ की बू व्यंग्य-सी आती तो दूसरी से आती विजय की घोषणा-सी मांस और गरम मसाले की गन्ध। एक दरवाज़े पर आ लगी एक टैक्सी; औरतें सिनेमा जाएँगी। ठीक इसी वक़्त दूसरे दरवाज़े पर आ लगी एक टुटही बग्गी; औरतें प्रसूती-सदन जाएँगी। जन्म-मरण संगम का यह लीला-विलास साठ, सत्तर, अस्सी, सौ साल पहले जाने कब से आभिजात्य के तेज़ प्रवाह में इस मोहल्ले में शुरू हुआ था, और इन कै सालों के अरसे में वह निहायत मध्यवित्त कगारे में बहने लगा।

हो चाहे मध्यवित्त—उस ज़माने की जोड़ी, चार घोड़े की गाड़ी, लैंडो, लैंडोलेट, फिटन और ब्रुहम न हो, न सही; बला से न रही पर्देदार पालकी, तशर की साड़ीवाली नौकरानी, या सुनहले-रुपहले कमरबन्दवाले चोबदार, डाकिया, हुक्काबरदार और खानसामे; चालीस डाँडोंवाली मयूरपंखी नाव की न ही हुई नसीब सवारी; नन्ही मछली, प्याज, पोई का साग, माथे के ऊपर एक छत की छाँव और सूतिका से पीड़ित बहू तो थी। अब तो वह भी नदारद। अब खड़ा हो तो कहाँ ?

समय पर इम्प्रूवमेंट ट्रस्ट का नोटिस जा धमका।

वाँछा की पकौड़ी की दुकान में ज़ोरदार चर्चा चल पड़ी। चर्चा चल पड़ी इंडिया टेलरिंग हॉल में। गुरुपदो दे के 'स्वदेशी बाज़ार' के सामने, प्रभासबाबू के 'पवित्र खादी भंडार' के बाहर-भीतर। त्रिकालदर्शी श्रीमान् अनन्तहरि भट्टाचार्य के श्री श्रीमहाकली आश्रम में भी आलोचना होने लगी। ज्योतिषार्णव बोले—अगले माह कर्क राशि में राहु का प्रवेश है; मामला बड़ा टेढ़ा है; देश पर राज-रोष...। महल में भी तरह-तरह की बातें होने लगीं। इससे तो भूकम्प बेहतर था; बेहतर था इससे सन् 1738 का आँधी-पानी, जिसमें गंगा का पानी चालीस फुट बढ़ गया था। बढ़ा भी था क्या एक ही बार ! बड़े महल में जो बड़े-बूढ़े हैं, वे उन दिनों की बात जानते हैं। उस समय तुम लोगों की पैदाइश ही नहीं हुई थी भाई ! और मेरा ही तब जन्म हुआ था क्या, या मेरे दादा ही पैदा हुए थे ! यह देश आज का है ? कितनी सदी पहले की बात है जानें ! तब गंगा

पद्मा से थोड़े ही मिली थी। वह नदिया और त्रिवेणी होकर सागर में जाकर मिलती थी। चेतला के पास से एक पतला सा पनाला बहते देखते हो न, आदिगंगा वही थी, लोग उसी को बूढ़ी गंगा कहते थे। बाद में जब कोसी गंगा से आ मिली तो धारा हट गई। भगीरथ की उसी गंगा को तुम लोग हुगली कहते हो; हम लोग कहते हैं भागीरथी। तब किसे पता था हुगली का, और कौन जानता था कलकता ! प्लिनि साहब के ज़माने से लोग तो सिर्फ़ सप्तग्राम के पास की नदी को ही देवी सुरेश्वरी गंगे कहते थे ! उसके बाद समय के चढ़ाव-उतार के अटूट नियम से जिस रोज़ सतगाँव का पतन हुआ, सामने आया हुगली; उसी रोज़ पुर्तगीज़ों की कृपा से भागीरथी का नाम हुआ हुगली।

किस्सा कहते हुए बूढ़े हाँफ उठते। कहते, पढ़ा नहीं ?

अजब शहर कलकत्ता
राँड़ी, बाड़ी, जोड़ी, गाड़ी, झूठ बात बलबत्ता।
(यहाँ) जलते उपले, हँसता गोबर, बलिहारी एकता
बगुले-बिल्ली ब्रह्मगियानी, बदमाशी का लत्ता।

चूड़ामणि चौधरी अलीपुर के वकील थे। बोले—अरे भाई, किपलिंग साहब ही तो लिख गए हैं—

Thus the midday halt of Charnock—
more's the pity
Grew a city.
As the fungus sprouts chaotic from its bed
So it spread—
Chance-directed chance-erected, laid and
Built
One the silt—
Palace, byre, hovel, poverty and pride
Side by side;
And, above the packd and pestilential town
Death looked down

—Kipling

महल के इन नए मालिकों को उन दिनों की कहानी नहीं मालूम। वारेन हेस्टिंग्स तो हम लोगों की तरह गुड़गुड़ी पिया करता था। सुनते हैं, न्योते की चिट्ठी में खासतौर से लिखा रहता था, 'कृपा करके हुक्काबरदार के सिवा दूसरा नौकर साथ लाने का कष्ट न उठाएँ।' और वह जॉब चार्नक ? बैठकखाने के उस बड़े बरगद के नीचे बैठकर हुक्का पीता था, अड्डा जमाता था और शाम होते ही चोर-डाकू के डर से बैरकपुर भाग जाता था। और तो और, एक बाम्हन की बेटी से शादी ही कर ली ! सबको डिहि कलकत्ता, गोविन्दपुर और सूतानूटी में बसने का न्योता दे बैठा। एक दिन आ धमके पुर्तगीज़।

अब उन्हें मुरगीहाटा में देख पाओगे—आधा अंग्रेज़, आधा पुर्तगीज़। नाम पड़ा था फिरंगी। ईस्ट इंडिया कम्पनी के शुरू के किरानी वही लोग थे। अखिर में वही हुए जाकर अंग्रेज़ के चपरासी, खानसामा और उनकी बीवियाँ बनीं मेमों की आया। फिर आए आरमेनियन। उनमें से कुछ खुरासान, काबुल, कन्दहार होकर दिल्ली आए थे। कोई-कोई आए गुज़रात, सूरत, बनारस, बिहार होकर। उसके बाद दिनों तक वे चुंचड़ा रहे। अन्त में आए कलकत्ता। उनके साथ आए ग्रीक, आए यहूदी, आए हिन्दू-मुसलमान...सब आए।

इस तरह बसा कलकत्ता। यह बात सन् 1960 की है।

देखते-ही-देखते पठान और मुग़लों का ज़माना गुज़र गया। एक सुबह को जब लोगों की आँखें खुलीं तो देखा, इन्द्रप्रस्थ और दिल्ली जाने कहाँ गुम हो गई। उसकी जगह सुन्दरवन की दलदल में एक और ही आख्योपन्यास ने सिर उठाया। जादू हो गया। कलकत्ता की बात में राज्य बनता है, राज्य बिगड़ता है। जिन्दगी में तरक्की के लिए यहाँ आना पड़ता है। बीमारी से परेशानी हो तो यहाँ आना पड़ता है। पाप में गर्क होने के लिए यहाँ आना पड़ता है। महाराजा और भिखमंगा होने के लिए यहाँ आना पड़ता है। इसीलिए सूतानूटी पहुँचे रायान राजवल्लभ बहादुर। दीवान रामचरण और दीवान गंगागोविन्द सिंह पहुँचे। फिर पहुँचे वारेन हेस्टिंग्स के दीवान कान्त बाबू, ह्वीलर के दीवान दर्पनारायण ठाकुर, कलकत्ता के दीवान गोविन्दराम मित्र, उमीचाँद और वनमाली सरकार। सरकार, यानी, जिनके नाम की गली में बैठकर हम बातें कर रहे हैं।

चूड़ामणि चौधरी को मुवक्किल नहीं जुटते। काले कोट पर काफ़ी कालिख़ पड़ चुकी है—समय की और उम्र की। हाथ में स्याही लगती थी कि कोट में पोंछ डालते; पता ही नहीं चलता। कचहरी जाते हैं। कीड़े जिन्हें चाट गए हैं, पुरखों की उन किताबों के पन्ने पलटते। भई, तुम लोग तो खासे मज़े में हो। खाते-पीते और सिनेमा देखते हो। उन दिनों सिर उठाकर चौरंगी में चलने की मजाल भी थी किसी की ? बूट की ठोकर से बच जाओ, तो पिता का पुण्य समझो। तब की कहूँ—साहब रास्ते से जा रहा है। हाथ में है बेंत। दोनों तरफ के नेटिवों को मारता जा रहा है। गोया सब भेड़-बकरी हों। और गोरे पर नज़र पड़ी नहीं कि हम सत्ताईस हाथ दूर। विवेक कहाँ उनके। आखिर नेटिव क्या आदमी नहीं ? भैया, रेल के तीसरे दर्जे के डिब्बे में पाखाना नहीं था। नागपुर से आसनसोल तक आया, पेट दबाए। एक दाना मुँह में नहीं डाला, एक बूँद पानी नहीं, कहीं...

सो चाहे जो भी हो, इससे इम्प्रूवमेंट ट्रस्ट को नोटिस जारी करने में क्या रुकावट ! बड़े महल के छोटे मालिकों ने नोटिस लिया।

इधर नोटिस आया और उधर आ धमकी ज़ंजीर, कपास, सब्बल, छेनी, हथौड़ा, फावड़ा, डिनामाइट...कुली-मजूर, लोक-लश्कर। इस सबके साथ आया भूतनाथ, ओवरसियर, भूतनाथ; भूतनाथ चक्रवर्ती—मुकाम नदिया, गाँव फतेपुर, डाकखाना गाजना।

दोपहर को उड़ता गर्द का पहाड़। टिन के छप्परों को उजाड़ने में वक़्त भी क्या

लगता ! भड़भूँजे की दुकान से लेकर सबुज संघवाला मकान ढहा दिया जा चुका। सर्दियों के दिन। शाम को रस्से पर छार थामे मजूर शोर करते—

सम्हल जवान
हैंया
शाबास जवान
हैंया
पूरी गरम
हैंया

लेकिन गरम पूरियाँ वे नहीं खाते। दोपहर को खाने के लिए घंटे-भर की छुट्टी होती। सत्तू, हरी मिर्च और गुड़ का होता कलेवा उनका। बहूबाज़ार स्ट्रीट में ट्राम की घड़घड़ उस समय क्षीण हो आती और उधर सेन्ट्रल एवेन्यू में उतर आती अलसाई थकावट। श्री श्रीमहाकाली आश्रम के पीपल के नीचे ज़रा लेट लगा लेते सब। वनमाली सरकार लेन की साँप जैसी शकल सीधी हो आई। टूटे मकान की समतल ज़मीन पर खड़े होकर मजूर खाक भी नहीं समझ पाते थे कि सब्बल की चोट से ज़िन्दगी के किस पर्दे का कौन सा सुर खामोश हो गया। एक-एक ईंट गोया एक-एक कंकाल हो। टूटी ईंट के साथ इतिहास का एक-एक पन्ना चकनाचूर हो जाता और उतरंगी हवा में उड़कर आसमान को रँग देता।

कचहरी से लौटते हुए चूड़ामणि चौधरी पलटकर ग़ौर करते। लगता, आसमान लाल हो उठा है। ट्राम पर अगल-बगल बैठे रहते दूसरे मुसाफिर...सो मुँह बन्द रखते। घर लौटकर पलटने लगते इतिहास के पन्ने। कहाँ, कब सिराजुद्दौला ने शहर को फूँक डाला था। देखते-ही-देखते फिर कलकत्ता नए सिरे से बस गया। वह कलकत्ता मानो नए सिरे से बसने के लिए आज फिर जल रहा है। अच्छा ही हुआ। बेहतर ज़हर जम गया था यहाँ। कमरों में खुली हवा को घुसने की राह न थी। परम्परा से बड़े महल की वह दशा हो गई थी कि साझेदारों का पास-पास रहना मुहाल ! उस रोज की तो बात है, चाँदी का कोई बर्तन था पहले का। उसी के लिए मुकदमे की नौबत आ गई। आज के इन लड़कों ने उस समय को देखा कहाँ ? चूड़ामणि चौधरी भी निहायत बच्चे थे। मँझली चाची की गुड़िया के ब्याह में फ्रांस से मोती के ज़ेवर आए थे। मँझले बाबू के कबूतर के लिए ठनठनियाँ के दत्त लोगों से हो गया मुकदमा। मुकदमा तो मुकदमा, तीन साल तक चला। उस समय की बहुत बड़ी गायिका थी कज्जन बाई। होली के दिन गाने आई थीं तबले पर संगत की थी धर्मदास बाबू ने। उस समय बड़ों की बैठक में छोटों को जाने की इजाजत न थी। दफ्तार के किवाड़ की फाँक-झाँककर देखा था। नाच का क्या कहना ! दस साल बाद वही कज्जन बाई फिर एक बार आई थी। रूप हवा हो चुका था। मँझली चाची से कुछ माँग ले गई थी। बहुत कहने-सुनने पर गाया। वही गीत, जो दस साल पहले सुना गई थी।

बाजूबन्द खुल खुल जाए...

भैरवी के वे मोड़ बड़े ही मीठे लगे थे। बुढ़िया के गले में तब भी जैसे जादू भरा हो। ठुमरी की तो माहिर थी कज्जन बाई। आज के लड़कों को वह गीत कहाँ नसीब !

कचहरी आते-जाते ट्राम के झरोखे से उस घर को देखा उन्होंने। एक तरफ का सब तोड़ा जा चुका था। महल को अभी हाथ नहीं लगाया था; इधर साफ-सुथरा करके उधर। चूड़ामणि के जी में आता, अभी भी कुछ है। आँखें बन्द करते ही उन्हें मानो सभी दिखाई पड़ता। यह आ लगी डेवढ़ी पर पालकी। मँझली चाची की दुलारी दाई गिरि रेशमी थान पहने आ खड़ी हुई। बिरिजसिंह ने सदर फाटक पर घंटा बजा दिया—हटो, हटो, पालकी आ रही है। छोटा हो चाहे बड़ा, सभी योग में मँझली चाची का गंगा-स्नान जरूरी है। उसके बाद जी में आया, ठीक ही हुआ। बड़े महल में एक भी नौकर न रहा। बड़े बाबू का खास नौकर था मधुसूदन, सभी नौकरों का सरदार। दशहरे के दिनों वह भी एक दिन अपने घर गया और गया सो गया।

चूड़ामणि ने आँखें जब खोलीं, तो ट्राम हाथीबगान के पास से गुज़र रही थी। भीड़ पतली हो आई थी। अपने काले कोट की जेबों में दोनों हाथ डालकर वे चुप बैठे रहे और सोचने लगे, घर पहुँचकर कॉटनसाहबवाला इतिहास पढ़ना है और वसटीड की किताब; सर फ़िलिप फ्रांसिस से मैडम ग्रैंड की प्रेम-कहानी। क्या मौज़ उड़ा गए हैं ये ! सात समन्दर पार से आए जॉब चार्नक और उनके छह सहकारी। साथ में सिर्फ़ तीन सैनिक। अकबर बादशाह भी ख्वाब में इतनी बड़ी सल्तनत की नहीं सोच सके थे।

पीतल की जूठी थालियों को धो-पोंछकर मजूर फिर ईंट तोड़ने लगे। धप्प-धुप्प ! चूना-सुरखी की बुकनी उड़ने लगी ऊपर। गर्द से भर जाने लगा चेहरा, आँखें। ठेकेदार का आदमी फिर भी कड़ी निगाह रखता। आँखों में धूल न झोंके कोई। साहब कम्पनी ने बनाया यह शहर, बनाई सड़कें। बड़े-बड़े तालाब खुदवाए। नल लगवाए। सिर के ऊपर जलते हैं बिजली के लट्टू, घूमते हैं पंखे। सब कुछ साहब कम्पनी ने दिया है। इस वनमाली सरकारी लेन को तोड़कर भी वह देश का कोई उपकार ज़रूर करेगी। कौन जाने !

सलाम हुजूर—कहकर बैजू खिसककर खड़ा हो गया।

सलाम हुजूर—मुस्तैद सब्बल की चोट रोककर दुखमोचन भी अदब से खड़ा हो गया।

हर कदम पर सलाम लेता हुआ चलने लगा भूतनाथ। भूतनाथ चक्रवर्ती। वह सीधे महल के सदर दरवाज़े पर जा खड़ा हुआ।

कुलियों का सरदार चरित्तर मंडल सामने आया और उसने झुककर सलाम बजाया।

भूतनाथ ने सिर नवाया; पूछा—निशान तक हो गया चरित्तर ?

चरित्तर ने सिर हिलाया—आज बड़ा निशान लगाना होगा हुज़ूर ! कल और भी चालीस मज़दूर बढ़ा रहा हूँ। उधर का काम तो खत्म कर दिया। शाम तक सब बराबर करके ही इन्हें छुट्टी मिलेगी।

भूतनाथ ने एक बार चारों तरफ़ निगाह फैलाकर देखा। बहुत दिन पहले ही सब

मिट चला था। जितना कुछ बचा-खुचा है, अब उसको भी मेट डालना है। इन खानदान में जाने कहाँ, जाने कब सनीचर की तरह कोई अभिशाप घुस गया था चुपचाप; अब जाकर अन्त हुआ उसका।

चरित्तर ने फिर पूछा—तो कल उस निशान पर हाथ लगाएँगे हुज़ूर ?

कभी इसी मकान में आश्रय पाकर भूतनाथ ने अपने को धन्य समझा था। सारे कलकत्ते में सिर्फ़ इसी घर और इसी घर के एक आदमी को उसने अपना समझा था। मगर किस्मत का कैसा कठोर मज़ाक !

चरित्तर ने फिर पूछा—कल किधर हाथ लगाएँ हुज़ूर ?

एकाएक बोल उठा भूतनाथ—नहीं-नहीं, शराब मैं नहीं पीता। और आप ही चौंक उठा। चरित्तर भी कुछ कम अचरज में न पड़ा। उसने ओवरसियर साहब पर गौर किया।

लेकिन लम्हे-भर में अपने को भूतनाथ ने सँभाल लिया। यह हो क्या गया है उसे ! बोला—हाँ, शायद तुम कुछ कह रहे थे, चरित्तर !

—जी, निशान की कह रहा था। इधर का तो पूरा कर चुका, कल कहाँ से शुरू करूँ ?

ईश्वर की क्या मर्ज़ी है, कौन जाने ! अगर वही मर्ज़ी हो, तो बड़ी बेरहमी होगी वह। किसे पता था कि एक दिन जहाँ पनाह मिली थी, उस आश्रय को तोड़ गिराने का कभी ख़ुद ही हुक्म देना पड़ेगा। कभी इस घर के अन्दर दाख़िल होने की चूँकि इजाज़त नहीं मिली थी, इसलिए पाँच-छह घंटों तक उसे बाहर रास्ते पर ही खड़ा रहना पड़ा था। लोहे के फाटक पर डटा खड़ा था बिरिजसिंह। दाएँ हाथ में संगीनवाली बन्दूक। छाती में माला-सा गोलियों का बेल्ट। उस रोज़ भूतनाथ की यह हिम्मत नहीं थी कि बिरिजसिंह के सामने से अन्दर चला जाए।

कहाँ गया वह फाटक ! और कहाँ वह बिरिजसिंह ! दायाँ हाथ बढ़ाकर बिरिजसिंह ज़ोर से चीखता—होशियार...होशियार...

जिस घड़ी घंटा बजाती हुई निकलती छोटे बाबू की लैंडोलेट, इस-उस मोहल्ले में एक लहर सी दौड़ जाती। कौड़ी से सफ़ेद घोड़ों का जोड़ा मसमसाता हुआ फाटक के रास्ते पर आता और लोग उन घोड़ों को देखते ही रह जाते।

गाड़ी जब दूर निकल जाती तो बिरिजसिंह काठ के पुतले सा फिर खड़ा हो जाता संगीन उठाकर।

बहुत दिन पहले की बात है यह। उसके बाद जाने कितने शीत-वसन्त आए। कलकत्ते का कितना-क्या रद्दोबदल हो गया। कितना टूटा, कितना जुटा ! भूतनाथ को सब कुछ याद आता है।

आज भी मानो खड़े होने पर दफ्तर से लौटते हुए ब्रजगोपाल को देखा जा सकता है। बन्द गले का काला कोट, धोती का अगला छोर कमर में खोंसा हुआ। गाल में दबी पान की खिल्ली हाथ में पान की डंठल पर चूना। लम्बा, छरहरा सा आदमी।

ब्रजराखाल कहा करता—उँहू, तुमने यह अच्छा नहीं किया भूतनाथ ! हम सब ठहरे

गुलाम, उनके गुलाम। और बाबू लोग हैं साहब—साहब-बीबियों के साथ भी कभी गुलामों का मेल बैठ सकता है ! काम तुमने अच्छा नहीं किया।

चरित्तर फिर सामने आया। बोला—तो आज इजाज़त हुज़ूर !

यानी ! ओवरसियर भूतनाथ ने चारों तरफ़ देखा। साँझ हो आई। सर्दियों के दिन जल्दी ही ढलते हैं। बोला—अच्छा, तो तै यही रहा। सुबह उसी निशान से शुरू करना।

सलाम करके चरित्तर चल दिया। और जो दो-चार जने रह गए थे, सब सेन्ट्रल एवेन्यू की तरफ़ बढ़ गए। जाने कहाँ से एक कुत्ता आया और भूतनाथ के पैरों के पास दुम हिलाने लगा। धूल से लिपटा हुआ बदन। शायद दोपहर-भर कहीं धूप तापता रहा। अब रात-भर के लिए ईंटों में दुबक रहेगा। भूतनाथ को कैसी ममता सी हो आई। जो घर के मालिक थे, जो किराएदार थे, नोटिस पाने के बाद जाने कहाँ चले गए थे ! लेकिन यह कुत्ता शायद इस माटी की माया को नहीं छोड़ पा रहा है। पास ही, उस मोहल्ले तक जाए तो हींदाराम की गली में चापकटलेट का जूठन नसीब हो। बहूबाज़ार की किसी मांस की दुकान तक भी पहुँच जाए तो एकाध हड्डी मिले। मगर इसे माया कैसी यह इस डिह की ? कुत्ते की जात, इसे क्या डिह और क्या माया !

—हट, दूर जा ! भूतनाथ ने लात से कुत्ते को हटा दिया। मँझले बाबू के उतने-उतने प्यारे कबूतर ! एक भी न रहा। कोई-कोई मोर-सा पर फैलाए है कि पूछिए मत। हाथ पकड़ लीजिए, फिर भी पर फैलाए। कबूतर तो कबूतर ही। एक भी न रहा लेकिन।

—हट, दूर जा !

धीरे-धीरे अँधेरा हो आया। बहूबाज़ार में ट्राम की लाइन की घड़घड़ और भी तीखी हो उठी। राहों पर दमक उठीं बत्तियाँ। मगर वनमाली सरकार लेन में अब से न जलेगी रोशनी। लोग नहीं चलेंगे। और इतिहास से वनमाली सरकार का नामोनिशान मिट जाएगा।

वनमाली सरकार के साथ-साथ इस घर का इतिहास भी तो खो जाएगा। जी में यह बात आते ही भूतनाथ कैसा बेबस सा हो गया। फिर अगल-बगल चौकन्नी निगाह डालकर, चट से सदर दरवाज़े होकर अन्दर घुस पड़ा। कोई कहीं नहीं। उसे देखेगा ही कौन ? लेकिन कोई देख ही ले तो उसे शायद पागल समझे। घड़ीघर के पास अपनी साइकिल टिकाकर वह सीधा बढ़ चला।

ख़ूब याद है, उस समय इसी घड़ीघर के घंटे पर इस घर का सारा कारोबार चलता था।

सुबह छह बजे एक घंटा बजता। व्रजराखाल उससे भी पहले उठ बैठता। उस वक़्त तक उसकी नित्य-क्रियाएँ खत्म हो चुकी होतीं। उस समय तक वह पत्थर के बर्तन में भिगोए चने, नमक और अदरक के साथ बैठा-बैठा चबाता होता। बार-बार ताकीद करता—भई भूतनाथ, उठो-उठो।

अँगड़ाई लेकर उठ बैठने में भूतनाथ को देर ही हो जाती। अस्तबल में घोड़े की मलाई की आवाज़ तब भी आती होती—छप्-छप् हिस्-हिस् क्लप्-क्लप्। उधर दरवान

बिरिजसिंह और नत्थूसिंह की तड़प से डंड-बैठक की आती हुम्-हुम् आवाज़। सामने सीमेंट के अँगने से दासू जमादार के बुहारू की खरखराहट। इन सबसे मालूम पड़ जाता कि सवेरा हो गया। आँखें बन्द किए अब क्या पड़े रहना ! डेवढ़ी को पार करके भूतनाथ और आगे बढ़ गया।

बाईं तरफ से इस कमरे में रहता था इब्राहीम। उसकी गलपट्टा दाढ़ी की भूतनाथ को आज भी याद आती है। छत के बरामदे में लकड़ी की कंघी लिए यासीन साईस इब्राहीम के बाल जो झाड़ रहा है सो झाड़ ही रहा है। इब्राहीम के मन लायक होता ही नहीं। हाथ के आईने में सिर झुकाए इब्राहीम अपने बालों की बहार देखने में मगन। किसी बात का ख़याल नहीं। फिर एकाएक वह उठ खड़ा होता। उठ खड़ा होता; यानी बाल मन लायक सँवारा गया। उसके बाद खुद कंघी लेकर वह अपनी पठानी दाढ़ी ठीक करने लगता। सुबह के सात बजे तक चलता यह क्रम।

भूतनाथ और आगे बढ़ा। ओवरसियर भूतनाथ की आँखों के आगे मानो इतिहास का सिंहद्वार खुलने लगा। साँझ हो आई। लेकिन वह चालीस-पचास, साठ-सत्तर, सौ डेढ़ सौ साल पीछे को निकल गया मानो। काल का रंगमंच जैसे घूमने लगा। अठारहवीं सदी के मुर्शीदकुली खाँ के कानूनगो के ख़ानदान का आखिरी चिराग़ बद्रीबाबू, मानो सामने के इकमंज़िले की बैठक में चटाई बिछे तख्त पर एकाएक उठकर बैठ गए।

आमतौर से बद्रीबाबू ठीक उसी तरह उसी तख़्त पर पैर-पर-पैर रखे चित लेटे रहते। उनके डर से उस कमरे की छाँह नहीं छूता कोई। फिर भी किसी पर निगाह पड़नी चाहिए। देखा नहीं कि पुकारा। बुलाकर पास बिठाया। कमर में होती एक छोटी सी घड़ी। कहते—क्यों छोकरे, घर कहाँ है ?

—बाप का नाम ?

—कौन सा गाँव ? ज़िला ?

—वहाँ बाम्हन-कायथ कितने घर हैं ?

—फ़ी बीघा धान कितना होता है

—दूध क्या भाव ?

सवालों की झड़ी लगा देते। ऊब जाते लोग। गर्मियों में नंगे बदन रहते। कन्धे पर एक चादर। सर्दियों में रुई की बंडी। उन्हें देखकर शुरू में किसी को शुबहा नहीं होता। सीधे-सादे से आदमी। लेकिन कहीं शुरू कर दी कहानी तो खत्म होने की नहीं। मुर्शीदकुली खाँ से लेकर लार्ड क्लाइव, हालसीबागान, कासिमबाजार और फिलिप फ्रांसीस, वारेन हेस्टिंग्स, नन्दकुमार...सुनने का धीरज नहीं रहता। रात के नौ बजे क़िले की तोप छूटती कि उछलकर बिस्तर पर उठ बैठते। लम्बी जम्हाई लेते और चुटकी बजाकर ज़ोर से चिल्ला पड़ते—बम काली कलकत्तेवाली ! फिर कमर से घड़ी निकालकर उसे मिला लेते।

बाईं तरफ बद्रीबाबू की बैठक और दाएँ खजांचीखाना। खजांचीखाना, यानी विधु सरकार का कमरा। अपने आगे काठ का एक ढालू बक्स लिए बैठा रहता। नाक पर

झूलता हुआ चश्मा। चटाई पर उकड़ूँ बैठकर बक्स खोला करता। उस बक्स और तालियों के झब्बे पर विधु सरकार की वेहद निष्ठा। उसके लिए ठनठनिया काली मन्दिर से रोज़ ही फूल और तेल-सिन्दूर आता। अपने हाथ से वह कुंजी के सूराख में एक त्रिशूल बनाता। दूसरा त्रिशूल बनाता दीवार की तिज़ोरी की कुंजी के छेद में।

सामने ही फ़र्श पर बाकी रुपयों के लिए बैठा बर्फ़वाला। मगर उधर विधु सरकार की नज़र ही नहीं पड़ सकती।

त्रिशूल आँक लेने के बाद विधु सरकार बक्स को खोलता। खोलकर उसके अन्दर फूल रखता। उसके बाद निकाल लाता एक छोटी सी धूपदानी। यह अपनी धूपदानी थी उसकी। एक छोटे से डिब्बे से निकालता, फिर धूप, कोयला और दियासलाई। दियासलाई जलाकर धूप जलाता। जलाकर पंखा झलता। जब धकाधक धुआँ निकलने लगता, धुएँ से उसकी नाक, आँख, चेहरा सब ढक जाता, तब एक मज़े की बात करता। आग समेत उस धूपदानी को बक्स के अन्दर डालकर धप्प से बक्स के ढक्कन को गिरा देता। झुककर बक्स पर माथा टेक देर तक नमस्कार करता और तब बक्स खोलकर अन्दर से धूपदानी को निकालता। फिर शुरू होता काम। टप्प से सामनेवाले से पूछता—हाँ भई, अब कहो क्या है ?

खजांची के काम में विधु सरकार जैसी निष्ठा भूतनाथ ने और किसी में नहीं देखी।

दो तरफ़ दो कमरे। बीच में बाहरी महल में जाने का रास्ता। रास्ते के उस तरफ बाहरी महल का आँगन। आँगन के दक्खिन पूजा-दालान। अब भी वैसा ही है वह; आसपास की और-और चीज़ें बदल गई हैं। संगमरमर की टालियाँ सब टूट-फूट गई हैं। दुर्गापूजा शायद अब भी चल रही थी। वह नहीं बन्द हुई।

एक बार नवमी पूजा के दिन एक अजीब वाक़या गुज़रा। सुनी हुई कहानी है। वाक़या यहीं हुआ था।

पूजा हो चुकी थी। प्रसाद बँट रहा था। तशर का वस्त्र पहने बुढ़िया दादी पुरोहितजी के लिए नैवेद्य की थालियाँ गिन-गिनकर उठा रही थीं। प्रसाद के लिए रसोई, गोला, अस्तबल, जो जहाँ थे, वहीं से दौड़कर आए। अन्दर महल के लिए प्रसाद भेजा गया।

और भिश्तीखाना, बावर्चीखाना, नहबतखाना, दफ्तर, गाड़ीखाना जहाँ से छुट्टी पाकर लोग आ नहीं सके, प्रसाद भेजा गया।

दालान, डेवढ़ी, नाचघर, स्कूल—सब लोग प्रसाद खा रहे थे। अचानक एक घटना घट गई।

—मैं नहीं खाऊँगा।

—क्यों भला ?

—पूजा नहीं हुई है।

—पूजा नहीं हुई—यह कैसी बात—तू है कौन ?

—मैं हूँ हाबू।

—कहाँ का हाबू ? कौन हाबू ? घर कहाँ है तेरा ?

भीड़ लग गई। सबकी ज़बान पर एक सवाल—हुआ क्या ? है कौन वह ? किसके घर का है ? मगर शक्ल से ही तो पहचान लेना चाहिए था। पगला है, पगला ! किसी को भी ख़याल न आया कि उसे कभी कहीं देखा है। अधमैला कपड़ा, नंगा बदन, पाँवों में गर्द, बिखरे बाल, उदास नज़र। नहीं खाया तो बला से ! खुशामद काहे की ! उँह, आसन बिछाकर—आइए बैठिए—कहना पड़ेगा क्या ! भगा दो। भगा दो उसे।

मँझले बाबू के कानों तक गई बात। दौड़ आए। कहाते ही सिर्फ़ मँझले बाबू हैं—हक़ीकत में मालिक वही हैं। तशर की धोती, तशर की चादर। कपाल पर चन्दन का टीका। गम्भीर से आदमी। साफ़ घुटी दाढ़ी, केवल होंठों के ऊपर दो ओर को निकली तीखी नुकीली मूँछ। बदन से आती हुई इत्र की बू और उसको भी दबाती हुई निकल रही थी दूसरी ओर तेज़ गन्ध। तजुर्बेकारों को पता है कि वह गन्ध बड़ी दामी होती है—कीमती इत्र की गन्ध से भी दामी। मँझले बाबू को देखकर सब बाअदब हटकर खड़े हो गए। आकर वे बोले, कहाँ है—देखूँ मैं—

शकल उसकी देखने लायक तो न थी। कोई डर नहीं। सकपकाहट नहीं। मँझले बाबू को देखकर नमस्कार भी नहीं। टकटकी लगाए एक ओर को खड़ा था, बस।

बाबू ने पूछा—क्यों रे, प्रसाद क्यों नहीं खाता ?

—जी, पूजा नहीं हुई है।

—पूजा नहीं हुई है ? यानी ?

प्रतिमा में प्राण-प्रतिष्ठा नहीं हुई।

मँझले बाबू नहीं हँसे। हँसे रूपलाल पुरोहित। वह भी वहीं आकर खड़े थे। पाँवों में खड़ाऊँ। तशर की धोती। नामावली। माथे में लम्बी चुटिया में फूल बँधा। बोले—पगले की बात पर कान नहीं देते, आइए आप।

मगर मँझले बाबू इतना सहज ही माननेवाले न थे। बोले—जी नहीं, नवमी के दिन अतिथि अपने यहाँ भूखा रह जाए, यह ठीक नहीं।

रूपलाल ठाकुर कुछ चिन्तित हुए। पूछा—प्रतिमा में प्राण-प्रतिष्ठा नहीं हुई, यह तूने कैसे जाना ?

पगले ने कहा—देवी ने भोग कहाँ कबूला !

रूपलाल ठाकुर अब खीझ उठे।

भीड़ में भी एक कौतूहल सा आया।

रूपलाल ने पूछा—तो प्राण-प्रतिष्ठा होगी कैसे ?

—मैं करूँगा।

—तू ब्राह्मण है ?

—जी, माँ के लिए ब्राह्मण और शूद्र क्या, माँ तो जगदम्बा हैं, जगत-जननी।

पगले की इस बात पर सब चौकन्ने से हो गए। बात तो बजा है। लगा कि मँझले बाबू को कुछ मज़ा आ रहा है। और दिनों से आज कुछ ज्यादा मौज में थे भी। आज

कैसा मीठा-मीठा हँस रहे थे—अच्छा तो प्राण-प्रतिष्ठा कर तू।—जब कह रहा है, तो करे।

रूपलाल ठाकुर विरोध करना चाह रहे थे, मगर बेकार। मँझले बाबू पर किसी की नहीं चलती।

तब ख़बर चारों तरफ फैल गई। बाहरी दालान से सारे लोग बटुर आए। कोई कहने लगा, यह कोई छिपा हुआ साधु है। उससे बात करने का भी जी ललचाने लगा। रसोई छोड़कर सारे महाराज आ जुटे। सिर्फ़ मँझले बाबू के डर से आगे आने की किसी को हिम्मत नहीं पड़ रही थी। नाती-पोतों के साथ एक कोने में खड़ा था दासू मेंहतर। आज चीनी सिल्क का कोट पहने था बन्द गले का। बाल-बच्चों ने भी नए-नए कपड़े पहने थे।

पगले बाबू को पूजा-मंडप में ले जाया गया। कर, प्राण-प्रतिष्ठा कर।

—केले के बखल चाहिए।

—वह क्या होगा ?

—लाकर दो भी तो, देखो क्या करता हूँ। दक्खिन के बगीचे से लाया गया आखिर केले का बखला। मँझले बाबू का हुक्म। ज़रा तमाशा ही देखा जाए। पूजा-वूजा में मज़े उड़ाने और मज़े देखने को हों तो आना। संगमरमर की सीढ़ी पर लोग भीड़ लगाकर खड़े हो गए। उझककर पगले की तरफ देखने लगे।

पगला लेकिन कतई निर्विकार। तेज़ हँसिए से केले के बखलों को छोटा-छोटा करके काटा। उसके बाद की कहिए मत ! एक-एक टुकड़े को उठाकर ज़ोर-ज़ोर से क्या तो पढ़ने और प्रतिमा पर फेंककर मारने लगा। हाथ-पैर, आँख-नाक—सर्वांग में।

रूपलाल ठाकुर रोकने जा रहे थे, लेकिन मँझले बाबू की तरफ देखकर साहस न हुआ। मँझले बाबू एकटक उस पगले को देखते हुए मीठा-मीठा हँस रहे थे।

और इधर पगला प्रतिमा पर बखले फेंक रहा था और फेंक रहा था। ताकत क्या गजब की ! अचानक हैरत में आकर लोगों ने देखा, प्रतिमा के बदन से चोट की जगहों पर लहू टपक रहा है। बख़ले की चोट लगी और प्रतिमा के बदन से ख़ून टपका। लोग तो दंग रह गए।

और बीच में वह थम गया। मँझले बाबू से कहा—हो गई अब प्राण-प्रतिष्ठा, अब मैं प्रसाद खाऊँगा, दो।

गज़ब की भीड़ ! फिर भी भीड़ को चीरकर ही प्रसाद लाने के लिए आदमी गया। बात-की-बात में इस-उस घर, इस-उस मोहल्ले में ख़बर फैल गई। हाटखोला और ठनठनिया के दत्त परिवार से, पोस्ता के शोभा बाज़ार के राजबाड़ी से, जोड़ा साँको के ठाकुर परिवार से, मल्लिकों के यहाँ से, तमाम से एक-एक करके लोग आने लगे।

इधर अन्दर से प्रसाद आया। मँझले बाबू का हुक्म, उसे बिठाकर भली तरह प्रसाद खिलाना होगा।

लेकिन पगला हो गया गायब।

ढूँढ़, ढूँढ़ उसे, कहाँ गया ? हर तरफ लोग दौड़े। मगर कहीं पता नहीं। पगला जो गायब हुआ, सो हुआ। फिर उसे किसी ने कभी नहीं देखा।

लोगों का ताँता वैसा ही लगा था। सब पगले को देखने के लिए बेताब। प्रतिमा के वदन पर तब भी लहू था—ताज़ा लहू। वैसी ही भीड़ लगी रही तमाम दिन, तमाम रात—

पुराने महल के खंडहरों से चलते हुए भूतनाथ मानो अतीत के आवर्त में डूब गया था। अचानक वंशी की आवाज़ से वह आपे में आया।

—साले साहब।

—मुझे कह रहे हो वंशी ? भूतनाथ ने मुड़कर ताका।

—छोटी माँ आपको ज़रा बुला रही है।

आज वह उम्र न रही भूतनाथ की। बहुत उम्र हो चुकी। फिर भी इस सूनी मसानपुरी में खड़े हो, उस दिन की छोटी बहू की बुलाहट को वह टाल नहीं सका। आज न तो वह घर वैसा है, न वैसी बातें हैं। पार्टीशन, और पार्टीशन, पिछले दिनों का वह सिंह-दरवाज़ा बन्द हो जाने की नौबत। जो हो, छोटी बहू की बुलाहट पर भूतनाथ चुप कैसे रहता !

—अच्छा तू जा वंशी ! मैं अभी आया। भूतनाथ उठा। बाहरमहल के बाद अन्दरमहल। अन्दरमहल घुसते ही मानो उस गिरि से सहसा मुलाकात। वह मँझली मालकिन के लिए पान लगाने आई थी। आई और सौदामिनी से झगड़ पड़ी।

सौदामिनी की आवाज़ बड़ी तेज़। बोली—या भगवान्, नसीब फूटा जभी तो पराए घर समांग कूटने आई हूँ।

—देख, समांग का उलाहना तू मत दे सौदी, कहे देती हूँ मैं, तेरे समांग में कीड़े पड़ेंगे। और उसी कीड़ेवाले समांग की मुर्दाफरोश एक दिन निमतल्ले में फूकेंगे—देख लेना।

—हाँ री गिरि—समांग का उलाहना तूने दिया कि मैंने—जो समांगखोर है वही समांग का जन्म-जन्म उलाहना दे।

—ऐं, तेरी यह मजाल ! समांगखोर कहेगी तू मुझे—कहती हूँ जाकर मँझली मालकिन से—कहकर लकड़ी के ज़ीने से खटाखट जाने लगी कि सामने भूतनाथ को देखकर ठिठक गई—फिर जीभ काटकर घूँघट काढ़ती हुई बगल होकर उसने रास्ता छोड़ दिया।

वही सूनी सीढ़ी। वही सूना अन्दरमहल। जद्दू की माँ, कहाँ गई वह ! रसोई से लगा-लगा जो छोटा सः कमरा है, उसी में बैठी पीसती ही चली जा रही है मसाला। धनिया-हल्दी का पानी चौंतरे से होकर नाले में बह रहा है। कब सूरज डूबता और कब उगता, कब जाड़ा-वसन्त आता और चला जाता, उस बुढ़िया बेचारी को खाक भी ख़बर नहीं होती। जब हाथ में काम नहीं होता, दोपहर को तो दाल चुना करती। मूँग, मसूर, खिसारी, चना—और भी जाने कितनी तरह की दाल। ज़ुबान पर बात नहीं। काम कि काम। इसी व्यस्तता की फाँक में से कब जो उसकी ज़िन्दगी टूट गिरी, किसी को इसकी ख़बर नहीं। भूतनाथ सीढ़ी पर कदम रख ही रहा था कि पीछे से फिर पुकार हुई—साले साहब !

पलटकर ताका भूतनाथ ने। शशी पुकार रहा था—साले साहब, ज़रा जल्दी आइए।

—क्यों ?

—नन्हे बाबू बुला रहे हैं—आज गुसाईंजी नहीं आए—गाना-बजाना ठप पड़ गया है।

नन्हे बाबू की बैठक में आज शायद तबलची नहीं है। नन्हे बाबू छेड़ते तानपूरा और उधर काना धीरू अलापता ईमान का ख़याल। तबला गोसाईंजी। शाम आते-आते हा-हा का ऐसा शोर कि हालत खराब। घर टूट गिरने की नौबत। बहुत रात गए तक यह क्रम चलता रहता। किसी-किसी दिन बनता गोश्त। मुर्गी का शोरबा और पराँठा। रह-रहकर एक-एक आदमी पर्दे के पीछे चला जाता और ज़रा देर में मुँह पोंछते हुए लौट आता।

मलमल का महीन कुरता पसीने से तरबतर हो जाता नन्हे बाबू का। ताल-ताल पर झूमता रहता सिर। गले की सोनेवाली पतली जंजीर बिजली की रोशनी में झक्-झक् करती। कहते, कोई परवा नहीं भई साले साहब, तबले का भार अब से तुम उठा लो, कम्बख़्त गुसाईं बेहद गरजू हो गया है—शशी, कल गुसाईं आए तो उसे जूते मारकर निकाल बाहर करना—देखता हूँ मैं...

लेकिन भूतनाथ को याद आ जाती व्रजराखाल की बात। उन लोगों में ऐसा घुलना-मिलना क्यों भैया, ये बाबू लोग हैं, साहब की जात, और हम ठहरे उनके गुलाम—गुलामों में भी साहब-बीबियों का मेल बैठ सकता है !...होशियार...

तो भूतनाथ ने कहा—नन्हे बाबू को जाकर कह दे शशी कि मुझे छोटी बहू ने बुलवा भेजा है। भूतनाथ सीढ़ियाँ चढ़ने लगा। दुतल्ले पर लम्बा बरामदा। दाईं तरफ रेलिंग। चौक-सा महल। चारों तरफ़ रेलिंग। रेलिंग से झुककर नीचे झाँकिए तो हौज़ और आँगन ही दीखता है। मँझली चाची रसोई से खाना लेकर इकतल्ले के भंडार में रखती। यहाँ खड़े-खड़े यह भी दीखता कि जद्दू की माँ एक साँस पीसे जा रही है मसाला रोज़-रोज़। उसी के पास जो खिड़की है, उसमें से नाजघर के फर्श पर थोड़ा सा हिस्सा दिखाई पड़ता है और वहीं बैठी सौदामिनी तारकेश्वर के एक बड़े से हँसिए से तरकारी काट रही है। आलू, बेंगन, कोंहड़ा। चारो तरफ अनाज का पहाड़-सा अम्बार और उसी के बीच बैठी अकेली सौदामिनी। या तो तरकारी काट रही है या पान लगा रही है। या साँझ के लिए दीयों की बत्ती बना रही है। उसके बैठने की जगह थी खिड़की के उस तरफ। काम भी करती जा रही है, बकती भी चली जा रही है। किससे बतिया रही है, कौन जाने ! गोया, आप-ही-आप बके चली जा रही है—आँख गई तो तिरभुमन गया—भोला के बप्पा जभी कहते थे, फूलबहू, निगाह होते हुए ही तिरभुमन को चीह्न लो—सो न तो रहा भोला का बप्पा, न रहा भोला—अब मैं मरने को पराए दरवाज़े दीया जलाती हूँ—अपने पति का घर घुपघुप अँधेरा पड़ा है।

बातें जद्दू की माँ के कानों जातीं। मगर वह न तो किसी के छह में, न पाँच में। मगर गिरि सुनती नहीं कि पूछ बैठती, वह बकवक किससे कर रही है री सौदी—? सौदामिनी चट चुप हो जाती।

रेलिंग के सहारे बढ़ चला भूतनाथ। टूटी रेलिंग। गोया भूखे जानवर-सी हाँ किए हो। इसके दाएँ फिर बाएँ मुड़कर यह गली, वह गली पार करके उत्तर की तरफ़ तीन-चार धाप चढ़कर तब बहुओं का महल। आसमान छूती लकड़ी की झिलमिली से घिरा। उसी के सामने दक्षिण रुख बहुओं के कमरे। छोटी बहू का कमरा सबसे आखिर में। दाएँ सबसे पहले पड़ता बड़ी बहू का कमरा। विधवा थीं बेचारी, कहाँ से जो आई थीं इस घर की बहुएँ। मेम साहबों-सा गोरा-चिट्टा रंग। दूधिया महावर। बड़ी बहू की उम्र हो आई थी, मगर देखकर उम्र की पहचान का उपाय न था। सफ़ेद कोर की धबधब साफ़ धोती।

भूतनाथ को देखकर सिन्धु बगल हो गई। सिन्धु थी बड़ी बहू की दाई।

अन्दर से आवाज़—कौन है रे सिन्धु ?

भूतनाथ ने सिन्धु को कहते सुना—जी, मास्टर साहब के साले हैं।

उसके बाद ही था मँझली बहू का कमरा। पर्दा उठा हुआ था। लमहे को भूतनाथ की निगाह पड़ी। मँझली बहू फ़र्श पर तकिए के सहारे लेटी गिरि के साथ बाघगोटी खेल रही थीं। अपनी नज़र उधर से खींचकर भूतनाथ एकबारगी आखिरी कमरे के सामने जाकर खड़ा हुआ।

आहट होते ही किसने तो मानो दरवाज़ा खोल दिया। कितने बरसों की घटना है यह, लेकिन अतीत का माया-अंजन आज भी, गोया, आँखों पर लगा हो। स्मृति के पंछी की पीठ पर सवार होकर वर्तमान से बाहर भूतनाथ मानो अतीत के अरण्य में जा निकला है। किवाड़ के पल्ले हटाकर छोटी बहू ने कहा, कौन, भूतनाथ, आ जा।

अचानक छोटी बहू ने उसके दोनों हाथ थाम लिए। तुझे एक काम कर देना पड़ेगा, भैया, कहकर छोटी बहू ने अपनी काली-काली आँखें उठाकर उसे ताका। इसीलिए बुलवाया है।

—कौन सा काम ?

—यह रुपया ले—और उसने भूतनाथ की मुट्ठी में रख दिया रुपया।

—क्या लाऊँ इसका ? भूतनाथ ने पूछा।

—शराब। गर्दन झुकाकर छोटी बहू बोली।

भूतनाथ सचमुच ही चौंक उठा। शराब ? धोखा तो नहीं दे रहे हैं कान ?

—हाँ, शराब।

—इतनी रात को !

—हाँ-हाँ। जहाँ से हो, जैसे हो। उमदा शराब, ख़ूब दामी कहने के बाद भी छोटी बहू को भरोसा न हुआ। अचानक अपने कान से हीरे का करनफूल खोलकर उसने जबर्दस्ती भूतनाथ की मुट्ठी में भर दिया। बोली—उस रुपए से शायद काम न चले, इसीलिए इसे भी रख ले।

—यह क्या, किया क्या तुमने बहू—भूतनाथ जैसे चीख पड़ा। बगल से दौड़ी-दौड़ी आ गईं गिरि, मँझली बहू, सिन्धु, बड़ी बहू। क्या हुआ ? क्या हुआ छोटी बहू ?

भूतनाथ खुद अप्रतिभ हो उठा अपनी चीख से। छोटी बहू नहीं, भूतनाथ ही मारे शर्म के गड़ा खड़ा रहा। बुढ़ापे में आखिर यह किया क्या उसने ? यहाँ तो कहीं कोई नहीं। आज तो महज़ वही अकेला खड़ा है इस टूटे घर में। वह तो इम्प्रूवमेंट ट्रस्ट का ओवरसियर भूतनाथ है : भूतनाथ चक्रवर्ती। मुकाम नदिया—गाँव फतेहपुर—डाकखाना गाजना। इसमें राई-रत्ती भूल नहीं। हीरे के करनफूल को देखने के लिए उसने अपनी मुट्ठी खोली। मुट्ठी में सिर्फ़ साइकिल की ताली थी। आजकल उसे डर लग आया। यह घर अभिशप्त है। अच्छा ही हुआ कि इसका नाश हो रहा है। उतने ऊँचे से कूद जाने का जी होने लगा। यहाँ की ज़हरीली आबहबा से जितनी जल्दी भाग जाया जा सके उतना ही अच्छा। कल ही चरित्तर मंडल काम शुरू करेगा। इस गली की यादगार के साथ-ही-साथ चौधरी परिवार का इतिहास भी एकबारगी मिट जाएगा। मिट ही जाए। मिट जाना ही ठीक है।

अन्दरमहल, रसोई, बाहरमहल, बैठका, दफ्तर, डेवढ़ी, सब पार करके भूतनाथ झटपट अपनी साइकिल उठाने जा ही रहा था कि किसी ने मानो उसके कपड़े को खींचा। वह मारे भय के चीखना ही चाहता था। लेकिन ग़ौर करके उसने लात मारी।

—हट्, दूर जा !

वही कुत्ता था !

बहुत दिन पहले और एक रोज़ इसी तरह इस घर को छोड़कर जाने में बाधा दी थी छोटी बहू ने। और आज, इस कुत्ते ने रोका।

साइकिल से उस अँधेरी गली को पार करते हुए भूतनाथ को लगने लगा, उसका सारा अतीत इस कुत्ते ही की तरह मानो उसे पीछे खींचना चाह रहा है। उसका अतीत इस कुत्ते जैसा ही काला, रोगी, मरणासन्न और धुँधला है।

उसकी साइकिल का पहिया जैसे-जैसे घूमने लगा, उसकी तरंगों में भूला हुआ सा उसका कहानी-मुखर अतीत उभर-उभर आने लगा।

कहानी

फतेहपुर से तीन कोस पैदल चलने पर पड़ता था माजदिया स्टेशन। एक दिन उसी स्टेशन से गाड़ी पर सवार होकर भूतनाथ कलकत्ते आया था।

स्यालदा स्टेशन की शकल, भीड़-भाड़, शोरगुल और बाहर का नज़्ज़ारा देख अवाक् रह गया वह। आ कहाँ निकला ! कुलियों की छीना-झपटी से बचकर किसी कदर बाहर आया। ज़ेब में दो रुपए पड़े थे, उन्हें उसने टेंट के हवाले किया। ब्रजराखाल ने कहा था, होशियार, जेब में रुपए न हों, वरना छूमन्तर समझो। कलकत्ता शहर आख़िर तुम्हारा फतेहपुर नहीं कि...

यह तो भूतनाथ को पता था कि कलकत्ता शहर फतेहपुर नहीं है। उस बार एक नाटक की किताब लेने के लिए मल्लिकों के यहाँ का तारापद्दो कलकत्ते आया था। हरिश्चन्द्र नाटक। उसी से सुन रखा था। उसने कहा था, यह जो मित्तिरों का वह बड़ा सा चालता पेड़ है न, उससे भी हज़ार-हज़ार गुने ऊँचे है वहाँ के मकान, समझ गए चाचा—और देखता क्या हूँ उन बड़े मकानों के माथे पर खड़ी-खड़ी औरतें मज़े में रास्ता देख रही हैं—

भूषण चाचा उमरवाले आदमी। अगाध रुपए। तो भी कभी कलकत्ते नहीं गए। जाने की ज़रूरत भी नहीं पड़ी। चाचा ने पूछा—सिर पर घूँघट-वूँघट कुछ नहीं ? तारापद्दो ने कहा—आखिर घूँघट क्यों लें, किस दुःख से—अरे, उन्हें खाक देख भी पाता है कोई—मैंने रास्ते पर से देखा तो इत्ती सी तो लग रही थी, पाँचवीं उँगली जैसी—

भूषण चाचा बोले—क्यों भई, सुना है, कलकत्ते में आजकल ब्याहता औरतें सिन्दूर नहीं पहनतीं—घूँघट उघारे खसम के साथ बग्गी पर हवाखोरी को निकलती हैं, ससुर-जेठ के सामने पति से बातें करती हैं ?

झूठ, सरासर झूठ है चाचा—तारापद्दो सिर हिलाने लगा। ऐसा नहीं हो सकता, मैं तो अपनी आँखों सब कुछ देख आया। समझ लो कि सुबह गाड़ी से उतरा और फिर साँझ को आनेवाली गाड़ी पकड़ी—कलकत्ते का कुछ भी नहीं छोड़ा चाचा, सब देखा रानीघाट से खरीदकर ले गया था डबलरोटी और माजदिया के रसगुल्ले—भरपेट खा लिया और एक-एक कर सब कुछ देखा। घोड़े की ट्राम देखी, वह ज़ोर की चलती है कि पूछो मत चाचा ! सामने से गुज़रती है तो छाती धड़कने लगती है।

—क्यों, छाती क्यों धड़कने लगती है—भूतनाथ ने पूछा था।

जवाब लेकिन चाचा ने दिया था—तू चुप भी रह भुत्तू, बेवकूफ जैसी बातें न कर, लोग हँसेंगे।

सच ही भूतनाथ फिर न बोला। सुनता रहा।

तारापद्दो ने कहा था, जी में आता है चाचा, इस भुत्तू को एक बार वहाँ के रास्ते पर छोड़ दूँ—यकीन मानिए, यह ज़रूर फुक्का फाड़कर रो पड़ेगा—

भूषण चाचा ने भी तजुर्बेकार जैसा कहा था—और क्या; यह भी क्या श्रीनाथपुर के गाजन का मेला है कि रात भी हो गई तो परवाह नहीं, चूड़ा-मुरमुरा खाकर हलवाई की दुकान पर ही पड़ दिए।

तारापद्दो की ज़बानी सुनकर कलकत्ते के नाम से छुटपन से ही रोमांच हो आता था भूतनाथ को। एक रोज़ वह मित्तिरों के चालता पेड़ की फुनगी पर तक चढ़ गया था। उससे भी हज़ार गुना बड़ा। वह ऊँचाई क्या होगी—समझना मुश्किल। फिर भी उसने दूर-दूर तक निगाह दौड़ाई। पश्चिम की तरफ तो पेड़ दिखाई पड़े। पेड़ों के बीच-बीच से दिखाई दिए खेत। आसमान। आसमान और आसमान। चारों तरफ फैला आसमान। साँझ को फल खाने के लिए चमगादड़ों की जमात उड़कर उधर-से-इधर को आती। शहर की तरफ से। माजदिया से भी दूर, बहुत दूर, कितने शहर, कितने फतेहपुर से गाँव पार करके तब कलकत्ता। वहाँ ज़ोरों से चलती है घोड़ोंवाली ट्रामगाड़ी—सामने से गुज़र जाती है तो छाती धड़कने लगती है। (क्यों धड़कने लगती है, पता नहीं) मित्तिरों के चालता गाछ से भी हज़ार गुने ऊँचे हैं वहाँ के मकान। उनके माथे पर लोग दीखते हैं पाँचवीं ऊँगली-से !

यही सब सोचते-सोचते भूतनाथ पेड़ से उतर पड़ा।

और एक दिन का वाक़या। भूतनाथ तब कुछ बड़ा हो चुका था। गंज अस्पताल के बड़े डॉक्टर का लड़का ननी स्कूल में दाखिल हुआ। ख़ूबसूरत सा लड़का। जैसा ही गोरा रंग, वैसी ही काली-काली आँखें, बड़े-बड़े बाल। आगे चलकर कई बार भूतनाथ ने सोचा, ननी गोया लड़का नहीं। घनिष्ठता हो जाने के बाद भी ननी के हाथ से हाथ छू जाता कहीं, तो कैसा तो सिहर उठता भूतनाथ। स्कूल से मीलों चलकर घर आते वक़्त तमाम रास्ता वह ननी की ही बात सोचता। कभी-कभी जी में आता ननी उसकी बहन हुआ होता तो अच्छा था। फिर तो दोनों जने साथ ही रहते, एक ही बिछावन पर सोते। कितनी बार छुट्टियों में भी भूतनाथ उतनी लम्बी राह पैदल चलकर स्कूल गया। जाकर छिपा-छिपा अस्पताल के आसपास मँडराता रहा। शायद एक निगाह ननी को देख पाए। शरम भी आती। कहीं ननी की नज़र पड़ जाए उस पर ! कहीं वह पूछ बैठें, क्यों भूतनाथ, यहाँ क्यों, तो क्या जवाब देगा वह !

आखिर ननी को तो यह कहा नहीं जा सकता था कि उसी को देखने के लिए आया है। अपनी एक किताब उसने ननी की किताबों में मिला दी थी चुपके से। कहीं इसी बहाने छुट्टी के बाद उससे दो बातें करने का मौका मिल जाए ! और वह ननी उसके स्कूल में रहा भी कितने दिन ! फिर भी कितनी ही बातें होतीं। उसके पिता की

बदली कितनी ही जगह हुई। कितने स्कूलों के, कितने लड़कों के किस्से।

वही ननी एक दिन चला गया। चला गया उसके सदा-सदा के सपनों का शहर—कलकत्ता। उसके जाने के पहले दिन कैसा खराब हो गया था जी भूतनाथ का ! ननी को ख़ुशी हुई थी कि उसके पिता कलकत्ते जाएँगे। लेकिन बड़ी हिम्मत बटोरकर भूतनाथ ने पूछा था—तुझे बड़ी तकलीफ़ हो रही है ननी, क्यों ?

—क्यों, तकलीफ़ क्यों न होगी ?

यह बात ननी के दिमाग़ में न आई कि कलकत्ता जाने में तकलीफ़ भी क्या हो सकती है ! लेकिन भूतनाथ के जी में आया था, उसे जैसी तकलीफ़ हो रही है वैसी ही तकलीफ़ ननी को होती, तो अच्छा था। ननी के जी में तकलीफ़ होना क्यों उचित है, शरम से इस बात को वह समझाकर न कह सका। उस रोज़ भूतनाथ की उस तकलीफ़ को ननी समझ नहीं सका। न समझ सकने की ही बात थी। उसने कितने तो शहर देखे। कितना बड़ा आदमी। भूतनाथ जैसे कितने लोग उसके जीवन में आएँगे-जाएँगे ख़ूब याद है, उसके जाने के बाद, खँटरो दह के पास पेड़ के नीचे किस बेतरह रोया था भूतनाथ !

एक दिन ननी की चिट्ठी आई। चिट्ठी आई खास कलकत्ता से। जिन्दगी में चिट्ठी उसे यही पहली बार मिली। उस चिट्ठी को पढ़कर उस दिन उसे जैसा आनन्द मिला, वैसा आनन्द फिर किसी दिन किसी चिट्ठी को पढ़कर नहीं मिला। खत को जाने कितनी बार पढ़ा उसने। दिनों तक उसे तकिए के नीचे रखकर सोता रहा। कुरते के नीचे उसने उसे कलेजे के ऊपर रखा। गोया, काग़ज़ के उस छोटे से टुकड़े में ननी के हाथ का स्पर्श हो। लेकिन लिखा ही ऐसा क्या था उसने ! यों कहिए तो कुछ भी नहीं लिखा था।

प्रिय भूतनाथ,

पिछले सनीचर को हम लोग यहाँ पहुँच गए। कलकत्ता अच्छा-खासा शहर, इतना अच्छा शहर कि कह नहीं सकता। आने के बाद से पिताजी के साथ घूम ही रहा हूँ। बड़े-बड़े मकान, चौड़े-चौड़े रास्ते। बड़े मज़े हैं। तुम लोगों की याद आती है। लिखना, तुम कैसे हो। ऊपर के पते पर पत्र देना।

उसका जवाब लिखने में भूतनाथ की दस कॉपियों का काग़ज़ बर्बाद हो गया। जवाब लेकिन तो भी लिखा न जा सका। पसन्द ही न आया। लिखता और काट डालता। लाज लगती। उस दिन कलकत्ते से ननी का खत आना ही उसे जिन्दगी की सबसे बड़ी घटना मालूम हुई थी। उसका जवाब कलकत्ता भेजना है। यह बात उसके लिए अचरज की थी। यकीन नहीं आने लायक। अन्त में किसी तरह जवाब लिखकर भेजा था उसने फिर जिन्दगी-भर उसका जवाब नहीं आया। उसके जीवन से ननी तो सदा के लिए खो ही गया। मगर कलकत्ते के ख्वाब को उसके मन से कभी कोई नहीं मेट सका।

इसके बाद एक घटना और घटी। भूतनाथ की उम्र बारह या तेरह की रही होगी

और राधा की थी ग्यारह। राधा की शादी ठीक होने लगी। कलकत्ते से उसे देखने के लिए लोग आए। गज़ब का रोमांच। राधा को रोमांच हुआ या नहीं, भूतनाथ को मालूम न हो सका। अगर उसे हुआ भी हो, तो भी भूतनाथ को उससे हज़ार गुना हुआ। राधा ! और राधा की ससुराल होगी कलकत्ते में ! रश्क हुआ उसे। गुस्सा भी हुआ। कई दिन तक तो उसने राधा से भेंट ही न की, बात तक न बोला।

एक दिन चूननवाली चादर डाले, चमकते पम्प शू पहने कलकत्ता से कुछ लोग गाँव में आए। रात-भर रहे। ख़ूब खाया। नन्द काका ने सबको डाब का पानी पिलाया, पोखर की मछली, गाय का घी, श्रीनाथपुर के किसुन हलवाई के यहाँ का रसगुल्ला और कतरनी चावल का भात खिलाया।

रिश्ता पक्का हो गया। एक दिन दुलहा बनकर पालकी पर आया ब्रजराखाल। वह राध को ब्याहने के लिए कलकत्ते से आया। राधा को अपना दुलहा पसन्द आया या नहीं, पता नहीं, मगर भूतनाथ को पसन्द नहीं आया। मूँछ नहीं ! यह कैसा दूल्हा ! जितने भी दूल्हें गाँव में आए, सबके मूँछ थी। राधा की सहेली हरिदासी के दूल्हे को मूँछ थी। भूषण चाचा की बेटी ज्ञानदा का दूल्हा आज भी आता है, उसे भी मुँछ है। भूतनाथ को उस उमर में ऐसा लगता था कि राधा के दूल्हे को मूँछ होती तो ख़ूब फबती ! आज बेशक यह सोचकर भी हँसी आती है। दूल्हे को मूँछ न होने का जो गम भूतनाथ को हुआ, वह इस बात पर जाता रहा कि उसकी ससुराल कलकत्ते में हुई।

कोहबर में दूल्हे के साथ भूतनाथ काफ़ी रात तक बैठा था। राँगा चाची ने उसका परिचय कराया था—इसे देख रहे हो न, यह रिश्ते में तुम्हारा साला है बड़ा—

मल्लिक के घर की अन्ना बोल उठी थी—बड़े हैं। तो फिर हम लोगों में क्यों दुबके बैठे हैं ? भूत्तू भैया, बाहर जाओ न तुम।

सब-के-सब हँस पड़े थे।

शरम से भूतनाथ वहाँ और न बैठ सका। चुपके से उठकर चला आना पड़ा था उसे। ब्रजराखाल से बातें करने की उसे बड़ी ख्वाहिश थी। ख्वाहिश थी कि कलकत्ते के बारे में उससे पूछे, पूछे कि बड़े अस्पताल के डॉक्टर साहब के लड़के ननी को वह जानता है या नहीं—आदि-इत्यादि। पर मन-की-मन ही रही।

याद है, सुबह कुएँ के पास शरीफे के पेड़ की आड़ में खड़े होकर भूतनाथ ने सुना कि राधा माँ से कह रही है—माँ, भुतू भैया मेरे साथ चलने की कह रहे थे।

—कहाँ ?—माँ अवाक् हो गई थी।

—मेरे साथ।

—तेरी ससुराल ? क्यों ?

—सो नहीं जानती। कह रहे थे लेकिन।

—पागल।—कहकर वह हँस पड़ी थीं। छिः, क्या सोचा होगा उन्होंने ! कौन जानता था कि राधा उनसे कह देगी ! बड़ी बेवकूफ है।

बाद में भूतनाथ को पता चला, राधा की ससुराल कलकत्ते में नहीं है। वहाँ से

बहुत दूर कामारपुकुर में है। कामारपुकुर कहाँ है, कौन जाने ! राधा वहीं रहती है। ब्रजराखाल कलकत्ते में नौकरी करता है। हर सनीचर को घर जाता है।

पहली बार जब राधा मैके लौटी, तो पहचानना मुश्किल।

वह ठठाकर हँस पड़ी—भला भूतनाथ भैया किस कदर मेरी तरफ ताक रहे हैं, देखो ज़रा—

मगर भूतनाथ कुछ और ही देख रहा था। भला इन कै दिनों में यह ऐसी मोटी-सोटी कैसे हो गई ! रंग कुछ और निखर आया। अच्छे-अच्छे कपड़े, गहने।

मुँह बनाकर राधा ने कहा था—नहीं-नहीं, तुम मेरी तरफ़ इस तरह मत ताको भैया ! डर लगता है मुझे।

भूतनाथ तो अवाक्। क्यों, डर किस बात का ?

—क्यों, नज़र नहीं लगेगी—नई-नई शादी हुई है मेरी।

—पगली, नज़र भी लगती है कहीं ?

—कहीं मैं नज़र लगाऊँ, तो कैसा लगे तुम्हें ?

—लगा भी, जितनी लगा सके, लगा। काहे पर नज़र लगाएगी ?—कहकर भूतनाथ राधा को और ग़ौर से देखने लगा।

राधा कुछ देर चुप रहकर क्या सोचती रही, वही जाने। शायद यह सोचा कि भूतनाथ के नज़र लगाने जैसा कुछ है भी या नहीं। फिर बोली—अभी तो नहीं लगती, आने दो तुम्हारी बीवी को, फिर लगाऊँगी।

वह मौका लेकिन राधा को नहीं मिला। दूसरी बार आई राधा।

उसकी सूरत देख अवाक् हो गया भूतनाथ—यह शकल क्या हो गई है तेरी रे ?

राधा बोली—तुम्हारी सेहत भी तो अच्छी नहीं देख रही हूँ भैया !

—मेरी हो चाहे—मगर तेरी क्यों खराब होगी ?

राधा कुछ गम्भीर सी। बोली नहीं सिर झुकाए रही। भूतनाथ बोला—पिछली बार मैंने नज़र लगाई थी, इसीलिए क्यों ?

—धत्, उससे क्यों...चुप हो गई वह। बाद में अन्ना से पता चला। वह बोली—पता है भुत्तू भैया, राधा जीजी के लड़का होगा।

यह ख़बर सुनकर उस रोज़ भूतनाथ इस कदर चौंक क्यों उठा था, कौन जाने ! इस चौंकने का अन्त जाकर उस दिन हुआ जब पेट में शिशु लिए ही राधा चल बसी। कैसे क्या हुआ, आज सब याद नहीं आता। लेकिन इतना याद है, ब्रजराखाल अन्तिम बार उसे देखने आया था। गम्भीर आदमी। ज्यादा रोया नहीं। राधा के गहने भी उसने नहीं लिए। नन्द काका की इकलौती लड़की। उनके शोक का क्या कहना ! फिर भी गहनों के लिए उन्होंने बार-बार कहा।

ब्रजराखाल बोला—वही जब न रही, तो ये गहने...

नन्द काका आदमी यों मज़बूत दिल के थे। बोले—तुम फिर ब्याह करना बेटे—मैं कहता हूँ।

उसी बार भूतनाथ ने व्रजराखाल से पहले-पहले दो-चार बातें कीं।

व्रजराखाल ने कहा—कलकत्ता ? मैं तो रहता ही हूँ वहाँ—बेशक दिखाऊँगा तुम्हें। यह क्या बड़ी बात है—इतनी ललक है कलकत्ता देखने की !

भूतनाथ ने उसका पता ले लिया। तै पाया, चिट्ठी लिखने पर व्रजराखाल सारा इन्तज़ाम कर देगा। जी चाहे जितने दिन उसके डेरे रहो और कलकत्ता देखो।

दूसरे ही दिन व्रजराखाल चला गया था। फिर न आया। उसके बाद ही भूतनाथ के सिर पर आ रहा इम्तहान। एक दिन सदर में एंट्रेंस का इम्तहान दे भी आया। रात-दिन कैसे कटने लगे, कौन कहे ! इस बीच विधवा फूफी उसकी पड़ी बीमार। माँ बराबर थी फूफी। सख़्त बीमार पड़ी। कई महीने झूलती रही।

फूफी अक्सर कहा करती, सब लोग यही कामना करो कि मैं भुत्तू के आदमी बन जाने पर मरूँ।

लोग कहते—तुम अपने परकाल की सोचो। लड़का है वह, आप अपनी निबेड़ लेगा।

फूफी कहती—मैंने सिर्फ़ गर्भ में ही नहीं धारण किया है उसे वरना वह माँ-बाप की जानता क्या है—मेरे गुज़र जाने पर उसे कोई देखनेवाला ही नहीं।

फूफी मोहल्ले की बहुओं से बातें करती और भूतनाथ पास बैठा सुनता। इसकी माँ के बच्चा बचता ही नहीं था। हो और मर जाए। आखिर बामुन-गाछी पंचानन की मन्नत मानी—और तब यह हुआ। इसके बाप सतीश ने कहा, इसका नाम अतुल रखो। मैंने कहा, जब शिव की किरपा से पूरी है मनोकामना, तो इसका नाम भूतनाथ रहे। तो भूतनाथ तो भूतनाथ ही है—भोलानाथ। पढ़ रहा है तो पढ़ ही रहा है—सो रहा है तो सो ही रहा है। खाना भी भूल जाए, ऐसा भी लड़का देखा है कहीं। तुम्हीं बताओ, इसका करूँ क्या मैं ?

और वह फूफी भी एक दिन गुज़र गई।

फूफी की ससुराल से हर माह पाँच रुपए परवरिश के आते थे। वह भी बन्द हो गए। कहीं कुछ नहीं। भूतनाथ ने टोले के सार्वजनिक स्थान में अड्डा गाड़ दिया जाकर। अड्डा कहिए चाहे यात्रा[1] का चक्का।

एक बार उसने 'नलदमयन्ती' में प्रतिहारी की भूमिका की। रंगमंच पर जाते ही यह हौलदिल हो गया। पाँव काँपने लगे। गला सूखने लगा। भूषण चाचा बोले—भई तारापद्दो, इस कम्बख़्त भुत्तू को क्यों उतारा तुमने—कौड़ी काम का नहीं है, पढ़-लिख लिया तो क्या, दिमाग में गोबर भरा है।

लेकिन भूतनाथ के तबले पर सब दंग। मास्टर रसिक कहने लगे—हाथ तो छोरे का खासा है—

कुछ रोज़ भूतनाथ तबले के ही पीछे पड़ गया। बड़ी दूर से सुनी जाती उसकी थाप। रात के सन्नाटे में वह रियाज़ करता। बोल रटता—तागे ना धिन, नागे धिन।

1. बिना पर्दों के खेला जानेवाला नाटक।

ता धिन

ता ता धिन

धिन किरकिट तिरकिट ताक

धिन्...

लेकिन तबले से भी चैन न मिली उसे। फूफी के मर जाने से एकाएक उसके जीवन का एक अध्याय ही खत्म हो गया। बेपनाह हो गया। आज इसके घर तो कल उसके। एक दिन पराए टुकड़ों पर पलने की ग्लानि भूत-सी सवार हो गई उसके सिर। तबला लौटा आया वह, और फिर कभी संग में न गया।

छुटपन में भूतनाथ ने एक जंगली नेवला पाला था। बड़ा पालतू हो गया था। लेकिन दुनिया में जो पोस मानते हैं, वही ज़्यादा तकलीफ़ पाते हैं। एक रोज़ भूतनाथ की ही ज्यादती से वह मर गया। नेवले और फूफी की मौत—शोक के पहले और अन्तिम छोर के बीच ननी का बिछुड़न और राधा की मृत्यु—इन सबको मिलाकर बेचारा भूतनाथ कैसा तो बुझा-बुझा सा हो गया।

ऐसे ही समय आई व्रजराखाल की चिट्ठी। राधा का पति व्रजराखाल। उसे भूतनाथ का खत बड़ी देर से मिला, चूँकि पता बदल गया था।

भूतनाथ पास कर गया है, व्रजराखाल को खुशी हुई। उसने लिखा है, कोशिश करने पर नौकरी मिल सकती है, मगर पहले बता सकना कठिन है। कुछ दिन ठहरना होगा, खाक छाननी पड़ेगी। अन्त में लिखा, चले आओ। जैसे-जैसे बताया है, वैसे ही आना। निवास और खान-पान का ज़िम्मा मेरा रहा। यह शहर कलकत्ता है, ट्रेन और ट्राम पर ख़ूब होशियार। उचक्कों को कहीं पता चल गया कि आदमी नया है, तो...इत्यादि।

फूफीवाला पीतल का लोटा और चाँदी का कमरबन्द उसने ग्वालिन के यहाँ गिरवी रखा और रात रहते ही पैदल निकल पड़ा। सुबह पहुँचा कलकत्ता। टिकट के दाम चुकाकर दो रुपए रहे। रुपयों को टेंट में सँभालकर वह स्यालदा स्टेशन के बाहर निकला।

सन् 1690 का जॉब चार्नकवाला कलकत्ता नहीं। बीसवीं सदी भी शुरू नहीं हुई। उस कलकत्ते की तस्वीर भूतनाथ ने बड़े महल की लाइब्रेरी में देखी है। सन् 1787 की चौरंगी। चारों तरफ गन्दे-भद्दे पोखरे। चौरंगी से चल रही हैं टप्परवाली बैलगाड़ियाँ। ऊँट की पीठ पर जा रहे हैं लोग। और उसी के अगल-बगल संगीन ऊँची किए परेड करते जा रहे हैं सिपाही। अब सोचने से भी हँसी आती है।

पहली बार भूतनाथ जब ट्रेन से उतरा, तब के स्यालदा से भी आज के स्यालदा की कोई तुलना नहीं। याद है, स्टेशन से बाहर आकर वह बैठकखाना बाज़ार के फुटपाथ पर खड़ा सोचने लगा। कहाँ जाया जाए ? व्रजराखाल ने सीधे पश्चिम जाने को लिखा था। पश्चिम को ही चल पड़ा।

मगर क्या पता कि वह ठीक ही जा रहा है। जिन्दगी में एक साथ इतने आदमियों

को उसने कभी नहीं देखा। घोड़ागाड़ियों का क्या कहना ! घोड़े की कनपटियों पर झालरें। किसी-किसी घोड़े के गले में लाल-लाल टुन-टुन बजती घंटियाँ। दौड़ रही है गाड़ी। दाएँ-बाएँ। मनमाना। एक कोई पड़ गया सामने। गाड़ीवान ने उसे बेंत लगाए और ओझल हो गया।

भूतनाथ काँप उठा। उसे भी न मार बैठे कोई ! वह राह के किनारे आ गया।

दो बग्घियों में होड़ लग गई थी। लगाम थामे दोनों गाड़ीवान चिल्ला रहे थे—उ-उ-उ-उ।

बार-बार लगता, लगा ट्राम से धक्का। नहीं लगा मगर। दोनों खड़े-खड़े गाड़ी हाँक रहे थे...उ-उ-उ। कौन आगे निकले—

उसीं तरफ़ टकटकी लगाए चलते-चलते एक बार वह धड़ाम से गिर पड़ा। कूड़े का ढेर लगा था। उसी पर जा रहा। फिर खड़ा हुआ। सब उसे देखने लगे। उसने नज़र झुका ली। सब कोई शायद यही समझ रहे थे कि नया-नया आया है। बड़ी शर्म लगी। लोगों की नज़र बचाने के लिए वह पास की एक गली में धँस पड़ा। एक दुकान में गरम-गरम जलेबियाँ निकल रही थीं। खड़ा-खड़ा देखता रह गया।

जलेबी बनानेवाले को उसने देखा। बड़े चूल्हे पर बहुत बड़ा कड़ाहा। अधकटे नारियल के पेंदे की सूराख से वह अपने हाथ को अजीब ढंग से घुमा-घुमाकर फेंटा हुआ बेसन छोड़ रहा था और गरम घी पर पीली-पीली जलेबियाँ तैरती आती थीं।

उस आदमी ने पूछा—ऐसे देख क्या रहे हो छोकरे ?

—तुम्हारा जलेबी बनाना देख रहा हूँ।—वह बोला।

—यों नज़र गड़ाकर मत देखो, जो बेचारे खाएँगे उनका पेट दुखेगा। खिसक पड़ो भैया, गाँठ में पैसे हैं ?

—पैसे की कै देते हो ?—पूछा उसने। भूख भी खासी लग आई थी। एक पैसे की चार जलेबियाँ लीं उसने। हो चार—आखिर यह फतेहपुर तो है नहीं—महँगी जगह। कहा, एक पैसे की और देना भई !

खाते-खाते परिचय हो गया। फतेहपुर के पास ही ममारखपुर में उसकी बहन की ससुराल है। आदमी बेचारा भला था। हलवाई ! जाति-व्यवसाय शुरू कर दिया था। बोला—मैं भी भैया ठीक तुम्हारी ही तरह एक दिन कलकत्ते आया था। आकर यही शुरू किया। नौकरी मुझे देता भी कौन—पढ़ा-लिखा तो कुछ हूँ नहीं। तुम्हारी तरह लिखना-पढ़ना आता होता, तो दस-बारह रुपए की नौकरी जुटा लेता। पाँच रुपए में अपना गुज़ारा चलाता और पाँच भेजता घर।

पेट भरकर उसने पानी पिया।

हलवाई ने कहा—वनमाली सरकार लेन ? बड़े महल में जाना है—तो फ़िर इस बड़े रास्ते से नाक की सीध में चले जाओ, इसके बाद बाएँ, फिर दाएँ, जो रास्ता सबसे पहले मिले...

भूतनाथ उठ खड़ा हुआ। पूछा—तुम्हारा नाम भैया ?

—परकाश, और तुम्हारा ?

—भूतनाथ चक्रवर्ती—बाम्हनगाछी के पंचानन की कृपा से पैदा हुआ, फूफी ने इसीलिए यह नाम रखा। खैर, फिर मिलूँगा।

इतने बड़े कलकत्ते में मानो एकाएक उसे एक आश्रय मिल गया। कहीं ब्रजराखाल का पता नहीं चल सके, तो यहीं पनाह ली जाएगी। ममारखपुर में बहन की ससुराल है, फिर तो अपना सा ही हुआ। उसने सन्तोष की साँस ली। भगवान् मददगार हो तो नरक में भी फिक्र नहीं, यह बात भूषण चाचा कहा करते। आज कलकत्ते में उसकी सच्चाई साबित हुई।

चलते-चलते अचानक मन में आया—एकाएक ननी से मुलाकात हो जाए कहीं। यों इतने बड़े शहर में ढूँढ़ निकालना तो कठिन ही है। फिर भी आज नहीं कल, एक-न-एक दिन उससे भेंट होगी ही।

बहूबाज़ार के वनमाली सरकार लेन के प्रवेश-पथ पर खड़ा था एक बड़ा सा बरगद। काफ़ी छाया फैली थी नीचे। काला-काला सा एक ठिगना आदमी बैठा था। बोला—आइए बाबू !

पहली ही बार किसी ने भूतनाथ को बाबू कहा शायद। लगा, हाव-भाव से वह ताड़ गया कि यह आदमी गाँव से नया-नया आया है।

—आपकी मनोकामना पूरी होगी बाबू—और पूछे-पाछे बिना ही उसने उँगली से भूतनाथ के कपाल पर सिन्दूर का टीका लगा दिया। कहा—सिद्धिदाता गणेश को कुछ प्रणामी दीजिए—इच्छा पूरी होगी।

अब भूतनाथ ने ग़ौर किया। पेड़-तले ईंटों की वेदी बनी थी। वेदी पर चीह्नें-अनचीह्नें बहुतेरे देवी-देवताओं की मूर्तियाँ बिखरी पड़ी थीं। न केवल सिद्धिदाता गणेश, बल्कि काली, दुर्गा, शिव, जगद्धात्री—खिलौनों के आकार की। चारों तरफ फूल, बेल के पत्ते, धेले-पैसे बिखरे।

वह आदमी फिर से बोला—लिलार में राजटीका है, बड़ा धन होगा, अपार सुख। तीन शादियाँ होंगी।

एक साँस में इतने शुभ-समाचार सुना गया वह। भूतनाथ को हँसी आई। तीन शादियाँ। गई जान। नौकरी का ठिकाना नहीं। खिलाऊँगा क्या ? वह कतराकर चलने लगा। बेला चढ़ चुकी थी। अब तक नहाना-खाना नहीं हुआ था। नींद नहीं आई थी। बों-बों कर रहा था माथा।

—प्रणामी देते जाइए बाबू—टीका लगाया और दक्षिणा न दी—बड़ा पाप होगा, शाप पड़ेगा।

पुजारी शायद बिगड़ उठा। भूतनाथ ने एक धेला निकालकर चढ़ाया। वेदी पर माथा टेककर प्रणाम किया। देवता की राम जानें, पर पुजारी प्रसन्न हो गया।

हाथ में एक फूल देकर बोला—बोलो, नमामि। हाथ जोड़कर भूतनाथ ने भी कहा—नमामि।

—सर्वसिद्धिदाता

—सर्वसिद्धिदाता

—विनायकम्

जानें और क्या-क्या कहा, याद नहीं। श्लोक एक बड़ा सा। जान छुड़ाकर भूतनाथ चल पड़ा। मकानों के नम्बर देखता चला। अपनी जेब से उसने व्रजराखाल की चिट्ठी निकाली। पाँच नम्बर, वनमाली सरकार लेन। एक-दो—एक तरह नम्बर पाँचवाले मकान को देखकर वह चौंक उठा। इतना बड़ा मकान ! इस छोर से उस छोर तक एक बार वह घूम गया। पाँच ही नम्बर है। फिर भी शुबहा हुआ, इसमें, इतने बड़े मकान में व्रजराखाल !

लोहे का फाटक खुला था, लेकिन यमदूत-जैसा एक दरबान मुस्तैद था बन्दूक लिए। माला-जैसी छाती पर सजी थीं गोलियाँ।

अन्दर झाँकने में डर लगा। बिना कहे-सुने अन्दर कैसे जाए। गली के इस किनारे दूसरे-दूसरे मकान। एक के सामने सीमेंट का चौंतरा था। उसी पर जा बैठा। सुबह से ही चल रहा है। पैर नहीं दुखता ! दीवार से ओठंग गये ज़रा। गली बहुत बड़ी न थी। ट्राम नहीं चलती। लोगों का आमद-रफ्त काफ़ी है। धीरे-धीरे दोपहर ढल गई। गली कुछ सूनी हो आई। भूतनाथ का सर्वांग मानो थकावट से अवश हो आया। एक बार मन में हुआ—जलेबी की उस दुकान में ही लौट जाए। कम-से-कम एक रात तो कट जाएगी। फिर कल उसे साथ लेकर आऊँगा। आदमी बेचारा अच्छा है। बहनोई के इलाक़े का आदमी है, जलेबी का दाम नहीं लिया उसने।

घड़-घड़ की आवाज़ से भूतनाथ की नींद खुल गई। पता नहीं, कब उस सख्त चौंतरे पर सो गया। देखा, सामने से एकगाड़ी जा रही है। घोड़े खींच रहे थे। चिपटी शकल की गाड़ी। और पीछे एक अनगिनती छेदवाले नल से झिरझिर पानी बह रहा था। छिड़काव हो रहा था कि गर्द न उड़े। पर गिट्टियों की सड़क पर लोहे के पहियों की विकट आवाज़ हो रही थी।

भूतनाथ उठ बैठा। आखिर जलेबी की दुकान को ही लौटना पड़ा। प्रकाश को ब्राह्मण पर भक्ति है। चावल और पानी डालकर वह हाँडी को चूल्हे पर चढ़ा देगा, उबल जाने पर मैं उतार लूँगा। सो जिस रास्ते वह आया था, उसी पर चलने को तैयार हुआ।

—अरे, भाई साहब !

पहचानी हुई आवाज़। भूतनाथ ने आगे-पीछे, दाएँ-बाएँ देखा। चीह्नी सूरत कोई न थी वहाँ। फिर पुकारा किसने ! लेकिन यह कौन कहता कि बड़ी-बड़ी दाढ़ी-मूँछवाला वह आदमी ही व्रजराखाल है !

व्रजराखाल ने पूछा—कब आए ?

—सुबह।

—गज़ब है, सुबह से शाम तक रास्ते पर ही रह गए ? अरे, आने के पहले एक खत डाल दिया होता...दिन-भर भोजन भी नसीब न हुआ होगा...और यह कपाल पर ?

कपाल पर हाथ ले जाते ही भूतनाथ की हथेली पर सिन्दूर लग गया। बोला—गणेशजी का टीका।

—ओ, नरहरि ने लगा दिया होगा—खैर चलो—भूतनाथ का हाथ पकड़कर ब्रजराखाल अन्दर ले गया।

बिरिजसिंह ने टोका नहीं। विशाल मकान। किधर कौन रहता है, कहाँ बनती है रसोई, कहाँ कौन खाता। अनगिनती लोग घूम-फिर रहे थे। क्यों, कौन जाने !

ब्रजराखाल सीधा चला। खास बड़े मकान को दाहिने छोड़कर पीछे के पूरब-पश्चिमवाले घर के नीचे खड़ा हुआ। नीचे करीने से रखी थीं तीन पालकियाँ, उसके बाद बग्घी। उसके बाद कई घोड़े। रस्सी से घोड़ों के थुथने बँधे। खड़े-खड़े पक्के फ़र्श पर रह-रहकर पैर पीट रहे थे घोड़े। उसी के बगल से सँकरी सी सीढ़ी। उसी पर भूतनाथ ब्रजराखाल के पीछे-पीछे चला।

ऊपर दाईं तरफ़ कमरों की कतार। नौकर-चाकर इधर-उधर आ-जा रहे थे। फ़र्श पर एक के बाद दूसरा—इस तरह मैले बिछावन मुड़े पड़े थे। लँगोट पहने नत्थूसिंह अपने कमरे के अन्दर पीतल की थाली में आटा गूँध रहा था।

पूरब की तरफ सबसे आखिर में जो कमरा था, ब्रजराखाल ने उसका ताला खोला। अन्दर गया। बोला, यह रहा मेरा कमरा। बगलवाला कमरा भी दिखा दूँ। पास के दूसरे कमरे को खाला। यह भी अपना ही है। मगर अपना है ही कौन ! यों ही पड़ा रहता है, दुनिया-भर का कूड़ा-कतबार जमा रहता है। न हो तो तुम्हीं इस कमरे में रहना।

फिर कहा—लगता है, बिस्तर-विस्तर कुछ लाए नहीं हो। कोई हर्ज नहीं। तुम भाई साहब ठहरे। ज़रा अच्छी तरह आवभगत न करूँगा, तो लोग क्या कहेंगे...है न ?

तो उसने अपना ही बिस्तर उसे लगा दिया। बोला—मेरी फिक्र मत करो, मैं संन्यासी ठहरा, बिस्तर की ज़रूरत ही नहीं होती।

ब्रजराखाल सच ही संन्यासी बन गया था। दफ्तर के कपड़े बदलकर उसने एक गेरुआ धोती पहनी, बदन पर फतुआ डाला गेरुआ रंग का। इतने में दीवार पर भूतनाथ की नज़र पड़ी। वहाँ किसी साधु की बड़ी सी तस्वीर टँगी थी। तस्वीर पर पड़ी थी फूलों की माला। ताखे पर गीता जैसी कई किताबें। पूछा—यह तस्वीर किसकी है ?

—प्रणाम करो। ब्रजराखाल ने खुद श्रद्धा से हाथ जोड़े। बोला—मेरे गुरुदेव, परमहंसदेव—अब देह रखी...।

ज़रा देर रुककर बोला—खाना तो आज नसीब न हुआ होगा—रात क्या बने, मैं तो मांस-मछली नहीं खाता—चावल और अरहर की दाल, बिरिजसिंह के घर का घी है गाय का—आलू का दम, क्यों ?

भूतनाथ को याद है, तीसरे पहर ब्रजराखाल ने रसोई चढ़ा दी। घंटे-भर में पका चुका और खा-पीकर बोला--अब सो रहो मज़े में, मैं ज़रा लड़कों को पढ़ा आऊँ।

ब्रजराखाल चला गया। भूतनाथ बिस्तर पर पड़ा-पड़ा ऊटपटाँग सोचने लगा। वही ब्रजराखाल, दूल्हा बनकर गया था, अचानक क्या बन गया ! वैष्णवी खाना। किस साधु

का चेला। कहाँ के कौन परमहंस देव ! कौन ! आखिर यह नौकरी क्यों कर रहा है, किसके लिए ? सोए-सोए वह कितनी तरह की आवाज़ सुनने लगा। घोड़ों के पैर ठोंकने की आवाज़। घड़ीघर का घंटा। अगल-बगल के कमरों में नौकरों की चीख-पुकार। कहीं चल रहा था ईमन कल्याण का ख़याल। तबला। राधा की याद आ गई। गिरस्ती तो उसी की है यह। नसीब ! उसी के गुज़र जाने से व्रजराखाल ऐसा विरागी हो गया है शायद। ननी से एक बार भेंट की जाती तो अच्छा होता। चौंक पड़ता वह। जाने किस कॉलेज में दाखिल हुआ है। प्रकाश जलेबी ख़ूब बनाता है। सबसे जलेबी नहीं बन सकती। जो हो, ब्राह्मण पर भक्ति है। जो दिन-काल है, इसमें दो पैसे कौन छोड़ सकता है ! बहुत रात बीतने पर नींद में उसे लगा, गेट खुलने की आवाज़ हुई। घोड़े की टाप सुनाई पड़ी–लगा, नीचे कोई गाड़ी आकर खड़ी हुई। बातचीत। नौकरों की दौड़-धूप।

भूतनाथ को डर सा लगने लगा। नई जगह, नया बिछौना, कैसी बेचैनी सी होने लगी। उठ बैठा। गला सूखने लगा मानो। व्रजराखाल को पुकारे। बाहर चाँदनी छिटकी थी। अन्दर आ रही थी चाँदी-सी रोशनी। फतेहपुर की याद आ गई। कल वह वहीं था, आज यहाँ आ पहुँचा। आज वहाँ भी ऐसी ही चाँदनी खिली होगी। नदी-किनारे झाड़ियों में रह-रहकर डैनों की फड़फड़ाहट। मल्लिकों के बगीचे में आम चुनने के लिए आधी ही रात को जग पड़ी होगी ग्वालिन की बिटिया बिन्दी। बेहुला के प्रतिमा-विसर्जन के ढोल की आवाज़ मानो तिरकर आने लगी धीमे-धीमे। कितने देश कैसे-कैसे अनोखे लोग–एक से दूसरे देश का कोई मेल नहीं–लेकिन आसमान एक ही। जो आसमान यहाँ कलकत्ता में है, वही फतेहपुर के भी माथे पर है–तमाम है। सौ साल पहले भी यह आसमान था और सौ साल बाद भी रहेगा।

भूषण चाचा इसे कहा करते–भैया भुत्तू, तू रुक भी–कैसे-कैसे अजीबो-गरीब ख़याल...।

तारापद्दो कहता–लगता है, वह कवियाल[1] होगा काका–यात्रा का गीत लिखेगा, मधु लुहार की तरह।

लेकिन भूतनाथ कवियाल न बन सका–बना ओवरसियर ! खैर ! आधी रात को व्रजराखाल को पुकारने लगा भूतनाथ–व्रजराखाल, ओ भई व्रजराखाल, यह आवाज़ कैसी है ? कोई जवाब नहीं। बीच के किवाड़ के पल्ले हटाते ही नज़र आया व्रजराखाल। योगासन पर बैठा है। तन्मय। बाहर का कोई ज्ञान नहीं। दीवार पर सामने झूल रही थी साधु की वही तस्वीर। तनी हुई रीढ़, आँखें मुँदी, धड़कन भी बन्द हो जैसे। भूतनाथ ने फिर आवाज़ दी–व्रजराखाल...!

इस बार भी जवाब नहीं। भूतनाथ को लगा, यह अब मामूली गोप नहीं रहा व्रज का, मथुरा का राजा बन बैठा–राधा की पहुँच से बाहर। फतेहपुर के नन्द चाचा की ग्यारह साल की वह बेचारी लड़की राधा !

---

1. गँवई कवि।

सुबह व्रजराखाल की पुकार से आँख खुली। वह तब तक नहा-धोकर तैयार हो चुका था। बोला–भाई, इतनी देर किए काम नहीं चलने का, यहाँ घड़ी की सुई के हिसाब पर चलना पड़ता है। कलकत्ता है यह ,फतेहपुर नहीं।

कितनी रात गए व्रजराखाल सोया, कब उसे नींद आई और कब जग पड़ा, कौन जाने। जगकर उसने देखा तो व्रजराखाल रसोई में जुट पड़ा था। भूतनाथ ने एक निगाह घर के चारों तरफ देखा। दक्खिन तरफ खिड़की से एक बहुत बड़ा बगीचा दिखाई पड़ रहा था, बीच में एक पोखरा।

अचानक व्रजराखाल पास आया, कहा–भैया, चटपट इसे खा जाओ तो।

बड़े से कटोरे में माड़ और भात। वह बोला–देखो भी खाकर। शुद्ध घी डाला है–तुम्हारे फतेहपुर के घी से बढ़िया।

उसके अपनेपन से भूतनाथ दंग रह गया। कहाँ के कौन तो हुए नन्दा चाचा–उनकी बेटी राधा और वह राधा भी दुनिया में न रही...रिश्ता ही ऐसा क्या, फिर भी एक पराए आदमी को इतना अपना बना सकता है व्रजराखाल ! भूतनाथ ने पूछा–और तुम ?

–मेरा भोजन तैयार है। बस, नौ का घंटा बजा ही समझो। बजा और मैं निकला दफ्तर को। पैदल चलकर दस बजे ऑफ़िस जा ही रहूँगा। लौटने में फिर वही...।

थोड़ी ही देर में व्रजराखाल खा-पीकर तैयार हो गया। वही धोती, वही काला कोट। जाते-जाते बोला–जरा यह पुड़िया तो रख लो भाई साहब !

क्या है यह ?

होम्योपैथिक दवा है। कोई माँगे आकर, तो दे देना। वंशी को कह दिया है मैंने कि साले साहब के पास रख जाऊँगा।

भूतनाथ की आँखों में अचरज देखकर व्रजराखाल ठठाकर हँस पड़ा। कहा–देख क्या रहे हो, डॉक्टरी भी जानता हूँ मैं। एक तुम्हारी बहन को ही मौत के मुँह से न निकाल सका–मेरे रोगियों में एक वही गुज़र गई...वरना आसपास में अपनी खासी खोज-पूछ है–और, झटपट निकल गया व्रजराखाल। ज़रा ही देर में फिर लौटा। एक बात कहना भूल गया था। निकलना हो तो दूर मत जाना। भटक जाओगे। और नौकरी की फिक्र मत करना, कोशिश कर रहा हूँ–समय बड़ा वैसा है न !

चला गया वह। एक नया ही आदमी हो, गोया। कब उसने अपने हाथों रसोई बनाई, कब खाया–नौ का घंटा बजा नहीं कि दफ्तर को भी रवाना हो गया। काम का आदमी है पक्का। भूतनाथ कमरे से बाहर आकर खड़ा हुआ। कितना बड़ा मकान ! यहाँ से मकान के बाहर का कुछ भी नज़र नहीं आता। बाहर से भी यह समझना मुश्किल कि अन्दर भी लोग रहते हैं। देखते-सुनते ही बेला चढ़ आई। वह रसोई की तरफ बढ़ा। बगल से सीढ़ी उतरी थी। नीचे नहाने की जगह। नए पानी में नहाना ठीक न होगा। मुँह-हाथ धोकर वह रसोई में दाखिल हुआ। भोजन सहेजकर रख दिया था व्रजराखाल। चावल, दाल, सब्ज़ी।

ले-देकर खाने बैठा ही था कि किसी ने अन्दर झाँका।

—कौन ? दरवाज़े की तरफ मुँह बढ़ाकर भूतनाथ ने पूछा। वह आदमी सामने न आया। बोला—आप भोजन कर लें, मैं फिर आऊँगा।

और वह बाद में आया। इतने में भूतनाथ खा-पीकर बर्तन-बासन माँज चुका था, रसोईघर को धो चुका था।

उसने पूछा—आप मास्टर साहब के साले हैं ?

दुबला-दुबला सा आदमी। बालों में तेल चुपड़ा। टेढ़ा-सँवरा बाल। अधमैली धोती। छोर कमर में खोंसा हुआ। बोला—मैं वंशी हूँ।

भूतनाथ ने उसे दवा की पुड़िया दी। पूछा—कौन बीमार है ?

—जी, चिन्ता।

—चिन्ता कौन ?

—छोटी मालकिन की दाई।

—क्या बीमारी है ?

—मलेरिया है। कविराज बाबू तो यही कहते हैं—ले आई जाकर मुलुक से। बहन है मेरी। इत्ती सी थी, जभी से कलकत्ते है, सो गाँव-घर का पानी बर्दाश्त ही नहीं होता। उस बार गाँव गई मेरे ब्याह में, लाख मने करता रहा, ज्यादा पानी-वानी मत गीज, मगर सुने कौन ! छोटी मालकिन के लाड़ से सिर पर चढ़ गई। हुजूर—अब मेरी गत है, छोटी मालकिन की गत। मास्टर साहब की गत। अब पानी भी छोटी मालकिन को ख़ुद ढालकर पीना पड़ता है।

जाते-जाते वंशी रुक गया—छोटी मालकिन कहती हैं—वंशी, एक माँ के पेट की बहन है तेरी, तू ज़रा बहूबाज़ार के शशी डॉक्टर को दिखा। मैं कहता हूँ—रहने दीजिए—अपने मास्टर साहब कोई ऐसे-वैसे डॉक्टर थोड़े ही हैं, उनकी दवा से भी तो अच्छे हो रहे हैं; मगर उन्हें कहाँ चैन ! साबूदाना ला, मिसरी ला, फल-वल ला, यह ला और वह ला—खर्च तो सब उन्हीं का होता है।

वंशी ने ज़रा गर्दन झुका ली—इस घर के सभी लोग हम दोनों से जलते हैं—फूटी आँखों हम नहीं सुहाते किसी को।

भूतनाथ ने पूछा—जलना किस बात का ?

—यह तो मधुसूदन है।

—कौन मधुसूदन ? दरअसल भूतनाथ अभी किसी को भी नहीं जानता।

वंशी बोला—सब नौकरों का सरदार है, हमारे गाँव के पास ही घर पड़ता है उसका, कहें तो यकीन न होगा आपको, मेरी फूफी का रिश्ते में जेठ होता है, और उसकी ऐसी करतूत।

—क्या करतूत ?

—वह लम्बी दास्तान है...लम्बी। वंशी बैठ गया। किवाड़ के पल्ले भिड़का दिए और आवाज़ धीमी कर ली।

शिकायतें उसकी बहुत थीं। इतना बड़ा सम्पन्न परिवार जानें कितनी पुश्तों से, कितने नौकर-नौकरानी, लोग-बाग यहाँ आते-जाते रहे हैं। इस परिवार के दान-ध्यान, यज्ञ-याजन पर कितने परिवारों की रोटी चलती रही है। गाँव-का-गाँव बटुरकर आया है और यहीं रहा है। मधुसूदन आज तो सरदार है। जाने उसका कौन पुरखा कब किस तरह यहाँ रह गया था। उसके बाद यह संसार फैला, आय बढ़ी, आयोजन बढ़ा। धन-जन, यश-मान में आज यह परिवार यहाँ पहुँचा। इनके साथ ही अपने-सगे, दोस्त-अहबाब, दास-दासी, मुसाहब-खानसामों की भी ज़रूरत बढ़ी। सुदूर बालासोर, कटक, वारिपादा जिले से इसके पुरखों के रिश्तेदार यहाँ आए। एक-एक काम का ज़िम्मा लेकर रह गए। भिश्तीखाना, रसोई, कचहरी, बैठका, सिरिश्ता सँभाला। परिवार के एक सदस्य के ही समान पूजा-पाठ, उत्सव-समारोह में साथ दिया। घर गए, ब्याह-शादी रचाई, फिर लौट आए। रुपए भेजते रहे। उनके बिना इस परिवार का और इस परिवार के बिना उनका काम नहीं चल सकता। यहाँ कोई पराया नहीं। कोई भी पर्व-त्यौहार हो, उन्हें कपड़े मिले हैं, उन्हीं का क्या कुत्ता-बिल्ली का भी वाजिब हक है इस घर पर। यहाँ कोई विराना नहीं।

लेकिन वह दिन जाता रहा—वंशी ने आवाज़ धीमी कर ली—लेकिन वह दिन जाता रहा हुजूर ! अब वह रवैया है कि जिसके नौकरी लगेगी, उसे मधुसूदन को रिश्वत में पाँच रुपए देने पड़ेंगे। और जब तक नौकरी ठीक नहीं हो जाती तब तक सालाना एक रुपया। मेरी शादी जो हुई, शादी की दस्तूरी देनी पड़ी दस रुपए—यों समझिए कि हम दोनों प्राणियों में झगड़ा हो जाए और मधुसूदन उसका निबटारा कर दे, तो उसे चार आने देने पड़ेंगे। दो आने मैं दूँगा, दो आने देगी जद्दू की माँ। लड़का हो तो उसे सवा सौ पान और पौने पाँच गंडे सुपारियाँ देनी होंगी। और यह कम्बख्त इतना बड़ा पिशाच है कि जब तक मेरी नौकरी नहीं लगी थी तब तक का पावना वह तनख्वाह से एक-एक रुपया करके काटता रहा। मास्टर साहब से पता चला, आप अभी रहेंगे। नौकरी करेंगे यहाँ। अपना दुखड़ा सुनाऊँगा आपको। मैं मर्द हूँ, अपनी नहीं सोचता, काम कोड़कर रिन-करज चुका दूँगा—फिक्र तो चिन्ता की है।

भूतनाथ ने पूछा—क्यों ?

—जी, गरीब ठहरी, मिहनत-मसक्कत किए बिना खिलाए कौन ? खसम भी होता, तो खिदमत कराके रोटी देता। सों खसम तो खा बैठी है, अब सहारा है छोटी मालकिन, वही बिचारी क्या-क्या देखें।

भूतनाथ ने पूछा—तुम्हारी छोटी मालकिन चिन्ता को ख़ूब मानती हैं, क्यों ?

—मानने से क्या हुआ, उन्हें तो अपनी ही पड़ी है।

—अपनी क्या पड़ी है ?

—बहुत बातें हैं। बताऊँगा आपको। वह मानती हैं, इसीलिए तो मधुसूदन जलता है। वही क्यों, उसके दल का कोई भी हमें देखना नहीं चाहता, वह चाहे गिरि हो, सिन्धु हो, सौदामिन हो—कोई नहीं। और तो और, वेणी तक नहीं।

—वेणी कौन ? भूतनाथ ने पूछा।

—जी, वेणी, मँझले बाबू का नौकर है। मज़ा यह कि हम सभी एक ही जगह के हैं, ज़्यादातर अपने ही गाँव के हैं लोग।

आश्चर्य ! भूतनाथ भी अचम्भे से आ गया।

—बुढ़िया दीदी को आपने देखा नहीं है।

—कौन सी बुढ़िया दीदी ?

—भंडार उसी के ज़िम्मे है। मधुसूदन की बुढ़िया दीदी लगती है। कल जाकर कहा उससे—थोड़ा साबूदाना दे दो। कहा नहीं कि सवालों की झड़ी। कौन खाएगा, क्यों खाएगा—यह-वह। मैंने कहा, छोटी मालकिन का हुक्म है। वह बोली—क्या वह अपनी दाई नहीं भेज सकती थी कि तुमसे मँगवाया ? मैंने कहा—चिन्ता तो बुखार में पड़ी है। उठ-बैठ नहीं सकती। इस पर बोली—तो छोटी मालकिन से चिट लिखा ला। मैंने जाकर कहा उनसे। वह बोलीं—रहने भी दे वंशी, ले, बाज़ार से ले आ। उन्होंने मुझे रुपया दिया।—लेकिन वही बुढ़िया मँझली मालकिन की दाई के लिए एकादशी-पुनिया को फल-मिठाई, सब कुछ देती है। छोटी मालकिन भली हैं। दुनिया में भला होना भी बुरा है साले साहब !

वंशी की बातों का अन्त कहाँ ? फिर भी वह उठा। कहा—चलूँ अब, शायद छोटे बाबू जगें—जगकर कहीं ऊपर पहुँच जाएँ तो आफत।

भूतनाथ ताज्जुब में पड़ गया। बोला—इस समय ? बारह बजे ?

वंशी ने कहा—जी, उन्हें कभी-कभी दो भी बज जाता जगने में। फिर खाने में साँझ के पाँच बज जाते हैं। खैर। चलूँ अब। काफ़ी बैठ गया। तीसरे पहर आज दालान में राच्छस देखने भी जाना है।

—राक्षस ? भूतनाथ ने जैसे गलत सुना।

—जी हा, नर-राक्षस। एक ज़िन्दा बकरा खाएगा। कल खुद ही सरकार बाबू हाथीबगान से बकरा खरीद लाए हैं। खिड़की से झाँककर देख लीजिए, पोखरे के बाँध पर चर रहा है। कोमल सा है। सींग भी नहीं निकले...काला रंग...।

भूतनाथ को आँखें फाड़कर ताकते देख वंशी ने कहा—यह सब मँझले बाबू का काम है—बड़े मोजी जीव हैं मँझले बाबू। उस रोज़ सुखचर का एक आदमी पाँच रुपए की शर्त पर दस सेर रसगुल्ले चटकर गया। भैरव बाबू भी साहस कर रहे थे, तीन ही सेर में हिचकी आने लगी। कम्बख्त ने दस सेर रसगुल्ले उड़ाए, पाँच रुपए भी लिए, ऊपर से खुश होकर मँझले बाबू ने एक रेशमी चादर भी दी।

अकेले-अकेले ऊब उठा भूतनाथ। जी में आया, बाज़ार चले। लेकिन राह-बाट चीह्नी-जानी तो है नहीं। कहीं भूल-भटक जाए। खैर। एक दिन ब्रजराखाल के साथ ही जाया जाए।

उसने खिड़की से फिर दक्खिन को झाँका। बकरा बँधा था। बेख़ौफ चर रहा था। बगीचे में माली निराई कर रहा था। कोने में जो मेहतरों के घर थे, वहाँ के बच्चे रास्ते

पर खेल-कूद रहे थे। उसके बाद शायद धोबियों के घर पड़ते थे। टँगी हुई रस्सी में कपड़े सूख रहे थे अनगिनती।

अचानक भूतनाथ की निगाह दीवार के ताखे पर पड़ी। पुराने काग़ज़ों से दबा पड़ा था बायाँ-तबला। किसका था, राम जाने। ब्रजराखाल को इसका भी शौक है ! गर्द से लद गया था। बहुत दिनों से किसी ने हाथ नहीं लगाया, लगता है। गाँव की बात याद आई। तभी तबले पर कितना दिमाग खपाया था उसने। सात मात्रा की यत् और फिर आठ मात्रा की यत्। विलम्बित लय की कव्वाली और एक ताल। दून, चौगुन, तिहाई। रसिक मास्टर ने कहा था—तबले पर खासा हाथ है छोरे का।

बजाने की इच्छा हो आई। डर लगा, कोई टोके। पराए घर का रहना। ब्रजराखाल का अपना घर थोड़े ही है। सो तबले पर हाथ फेरकर दो-एक टाँकी लगाई। फिर रख दिया। घाट बँधे नहीं थे। मरी सी आवाज़ निकली। फेरीवाले की आवाज़ सामने के रास्ते से आई—बर्तन-बासन, काँसा-पीतल !

काँसा पीटता हुआ बेचता चल रहा था। सामने अस्तबल। उसके किनारे बैठी थी एक चील। 'ची ही ई' करके वह तेज़ी से उड़ भागी। कैसी अजीब-सी चीख लगाता कोई दूसरा फेरीवाला जा रहा था। शुरू में बात समझ में न आई। ध्यान से सुनने पर पता चला, कह रहा था—कुएँ से लोटा निकल...वा...लो...ओ...

आज भी भूतनाथ को याद है, कलकत्ते की यह पहली दोपहरी जितनी रोमांचमय लगी थी, उतनी फिर कभी नहीं लगी। अपने सपने के कलकत्ते से आँखों देखे कलकत्ते की उसने तुलना करनी चाही थी। मकान और मकान। तारापद्दो के देखे हुए कलकत्ते से इसका मेल है कहीं ! फूफी ज़िन्दा होती तो मारे डर के उसे नींद ही नहीं आती। इतने बड़े कलकत्ते में उसका भूतनाथ जाने कहाँ खो गया, कि किसी गाड़ी के नीचे आ गया...

तीसरे पहर को देर थी काफ़ी। उसने कमरे में ताला लगाया और धीरे-धीरे रास्ते पर निकल पड़ा।

बिरिजसिंह बन्दूक लिए पहरा दे रहा था। कुछ बोला नहीं।

गिट्टी की सड़क। ऊँची-नीची। उस गली में उस समय तक पिच नहीं पड़ी थी। दोपहर। रास्ता सूना पड़ा था। रास्ता पार करके मोड़ पर पहुँचते ही उसे नरहरि की याद आ गई। भूतनाथ ने पेड़-तले झाँका। कोई नहीं था। मूर्तियाँ वैसी ही सजी पड़ी थीं। फूल-पत्ते सूखकर सोंठ हो गए थे। चावल के दाने जहाँ-तहाँ बिखरे। नरहरि नहीं था, लेकिन जाने किस देवता के प्रति प्रणाम किया भूतनाथ ने। वेदी के पास खड़े होकर दोनों हाथ जोड़े। फतेहुपर की मंगल चंडी को प्रणाम करके वह जैसी प्रार्थना करता था, वैसी ही की—मंगल करो भगवान् ! मन में और कोई प्रश्न न आया। किसका मंगल, क्या मंगल ? सबका मंगल हो—उसका अपना, ब्रजराखाल का, भूषण चाचा का, ननी का, राधा की आत्मा का। वंशी, उसकी बहन चिन्ता, उसकी छोटी मालकिन, मधुसूदन—सबका मंगल !

राजपथ पर जाते भय लगा। कल ही की तरह दौड़ रही थी ट्रामगाड़ी। बग्गीवाले बेतहाशा हाँक रहे थे घोड़ों को। कहीं उ-उ-उ-उ तो कहीं ढि-ढि-ढि।

थोड़ा हटकर एक मकान में घंटी बजी। बच्चों का स्कूल था। पढ़ा उसने। बंगाल सेमिनरी। स्कूल के सामने मखमल की बंडी और सलवार पहने कई आगे बैठे थे। फल बेच रहे थे। एक फैले कपड़े पर बिदाना, बादाम, अंगूर।

गंज के स्कूल की याद आई। दुतल्ला नहीं था वह। बड़ा सा मिट्टी का मकान। हितोपदेश पढ़ाते थे शरद् पंडितजी। सुँघनी लेते थे। हरमद बुआर मछली-सी लाल-लाल आँखें। चुटिया में बँधा फूल। भूतनाथ उनसे बेहद डरता था। धातुरूप मुखस्थ न रहा, तो माथे पर चपत मारते-मारते धप् से पीठ पर मुक्का जमा देते थे। बिगड़ने पर ज़ोर से चिल्लाते थे—गर्दभ...!

गट्टा ही उनका हथियार था।

गणित के मास्टर बाबू हरनाथ का हथियार कलम था। दो उँगलियों के बीच डालकर इस बेरहमी से दबाते थे कि बिच्छू के डंक मारने का मज़ा।

हेडमास्टर बाबू अपनी बेंत रखते थे। सत्यनारायण दरबान बेंतों का भंडारी था। बड़ा, मझोला, छोटा, हर आकार का बेंत बाँस की नल में सजाया रहता। चिल्लाकर कहते...मेरा केन...।

केन यानी बेंत।

हिन्दी में बेंत नहीं कहते थे वे। सज़ा की सख्ती बताने के लिए शायद अंग्रेज़ी शब्द का इस्तेमाल करते थे। मानो बेंत की चोट कम और केन की ज़्यादा लगती हो। हुक्म मिलते ही सत्यनारायण सभी बेंत लाकर हाज़िर कर देता।

जैसा अपराध, वैसे ही बेंत का चुनाव होता। यानी इम्तहान में देखकर चोरी की हो, तो बड़ा बेंत। पिछली बेंच पर बैठकर मेढक बोलने से मझोला बेंत और सत्यनारायण से उधार पापड़ी खाकर पैसा न चुकाने पर छोटा बेंत। पंचानन पर तीनों ही तरह के बेंत पड़ते।

वही पंचानन ! इतने दिनों के बाद भूतनाथ को फिर पंचानन की याद आई। अचानक एक दिन उसे पुलिस पकड़ ले गई, मजिस्ट्रेट के बाग से फूल चुराने में पकड़ा गया था। तीन महीने की सज़ा हो गई। जेल से छूटकर फिर वह गाँव वापस नहीं आया। कहाँ गया, कोई नहीं जानता।

स्कूल के सामने कुछ शोरगुल होने लगा। उधर लड़कों की चीख-पुकार, इधर आगों की कहा-सुनी। अजब भाषा। कुछ शब्द ही सुने जाते, अर्थ समझ में नहीं आता। लड़कों ने ढेले फेंकने शुरू किए। इन्हें हाथ के पास कुछ नहीं मिला, सो बिदाने फेंकने लगे।

सड़क पर बिछ गए बिदाने, अंगूर, नासपाती, अनार। भीड़ जमा हो गई। चार-पाँच आगे पागल-जैसे इधर-से-उधर दौड़ने लगे। स्कूल की किवाड़-खिड़कियाँ धड़ाके से बन्द हो गईं। स्कूल के साइनबोर्ड को तोड़ फेंका।

भूतनाथ को हैरत हुई। अचानक यह मार-पीट कैसी ! ज़रा देर पहले तक कुछ

बात न थी। बच्चे फल खरीद रहे थे।

—क्या है, बात क्या हुई ?

जिससे जहाँ बना, उठाकर दो-चार बिदाने अपनी जेब में दाखिल किए। एक ने कहा—गलती लड़कों की है ?

—क्यों ?

—उन्होंने इनको बेईमान कहा।

—बेईमान ! बेईमान कहना इतना बड़ा कसूर है। भूतनाथ भीड़ में से निकल आया। तब तक लाल चमड़ेवाले कई साहब-सिपाही आ धमके। जिसकी जिधर सींक समाई, भाग खड़ा हुआ। कहीं पीटना न शुरू कर दें। बेहद पीटते हैं ये। गोरों की ताक़त भी कम नहीं। आते ही चारों-पाँचों आगों को पकड़ लिया और स्कूल के बन्द गेट पर दे लात। रास्ते की गाड़ियाँ रुक गईं, ट्राम थम गई। लोगों का चलना बन्द हो गया।

भूतनाथ फिर वनमाली सरकार लेन में घुस पड़ा। छाती उसकी धड़क रही थी। बेईमान का आखिर मानी क्या है ?

याद था, एक बार पंचानन हेडमास्टर से ख़ूब पिटा था। हथेलियाँ सुर्ख हो गई थीं। बाहर निकलकर उसने कहा था—ज़रा किताबों को थाम ले तो भैया, लगता है, बुखार आ रहा है।

उसके कपाल पर हाथ रखकर भूतनाथ चौंक पड़ा था। तत्ते तवे-सी तप रही थी देह। बुखार की तेज़ी से सड़क पर ही सो पड़ा था पंचानन।

याद है, बुखार में ही उसने कहा था—साला हेडमास्टर बेईमान है।

इस बात का माने तब नहीं समझा था भूतनाथ ने । उस दिन बंगाल सेमिनरी के लड़कों के यही कहने पर आगों के गुस्से का भी कारण नहीं समझा था उसने। किन्तु उसका माने उसने उस दिन समझा, जब छोटी बहू ने कहा था—भूतनाथ, तू इतना बड़ा बेईमान है।

हेडमास्टर की बेईमानी समझने की उमर तब नहीं थी। उसकी आगों की बेईमानी का अर्थ भी उस रोज़ ढूँढ़े न मिला था। लेकिन भूतनाथ बेईमान कैसे हुआ, यह सवाल...पर छोटी बहू उस समय आपे में न थी। भूतनाथ ने उसे बेशक माफ़ कर दिया था। उसे वह पहचान सका था, इसीलिए माफ़ कर सका था।

उस रोज़ व्रजराखाल हाथ में बड़ा सा बंडल लिए दफ्तर से लौटा। बोला—तुम्हारे इन कपड़ों से काम नहीं चलने का भाई साहब ! भले समाज में नौकरी करनी है, तो ज़रा भलेमानस-सा रहना चाहिए।

बना बनाया कुरता लाया था। एक जोड़ा धोती, लट्टू मार्का।

—ये रहे जूते। यह फतेहपुर नहीं है। मिट्टी की सड़क। नंगे पैरों चलने से पाँव की गत बन जाएगी।

भूतनाथ ने जूते पैर में डाले। व्रजराखाल ने अपने हाथों फीते कस दिए।

कहा—आया पसन्द, टेरिटी बाज़ार से लिया है, खास चीनी दुकान से।

उसे धोती-कुरता और जूते पहनाकर घुमा-फिराकर देखा व्रजराखाल ने। बोला—अब रख दो सब उतारकर। परसों मेरी छुट्टी है। उस रोज़ पहनना होगा।

क्यों ?

व्रजराखाल ने कोई जवाब नहीं दिया। खाने बैठा, तो बोला—कभी की तो नहीं है नौकरी तुमने—नौकरी की ज़िल्लतें हज़ार हैं। कभी-कभी जी में आता है—मारूँ गोली इसे। आखिर मुझे पड़ी क्या है ? न माँ-बाप हैं, न बीवी-बच्चे—लेकिन अपने गुरुदेव कहते थे—

—गुरुदेव कौन ?

—रामकृष्ण परमहंस देव—गँवई भूत। तुमने नाम नहीं सुना उनका ? मैं कहे देता हूँ, देख लेना—एक दिन घर-घर इनकी तस्वीर होगी। इन्होंने मेरी आँखें खोल दी हैं। जब तुम्हारी बहन चल बसीं, तो बड़ी तकलीफ़ में दिन कटने लगे—ऐसी तकलीफ़ कि क्या कहूँ तुम्हें ! बड़ा प्यार करता था मैं उसे—व्रजराखाल खाते-खाते ज़ोरों से हँस पड़ा।

वह हँसा या रोया, यह देखने के लिए भूतनाथ ने उसकी तरफ ताका। मगर व्रजराखाल मानो कहीं देख नहीं रहा था।

व्रजराखाल ने फिर कहा—तुम्हारी बहन ने एक दिन मुझसे क्या कहा था, जानते हो ?

—क्या ?

—बीमार होने से कुछ रोज़ पहले, सनीचर को मैं घर गया। राधा बोली, तुमसे एक बात कहनी है। मैंने कहा, क्या कहना है कहो। बोली, मेरे भूतनाथ भैया को कलकत्ता देखने की बड़ी इच्छा है। मुझसे बहुत बार कहा है—तुम वहाँ काम करते हो, एक बार उसे कलकत्ता नहीं दिखा सकते ? मैंने कहा, क्यों नहीं ? कहा तो मैंने, पर कुछ ही दिन बाद वह चल बसी। समझ ही सकते हो मेरे मन का हाल—मैंने लम्बी छुट्टी ले ली और रात-दिन दक्षिणेश्वर में परमहंस देव के पास पड़ा रहता। बड़ा अच्छा लगता। सोचा, अब यहाँ से लौटकर नहीं जाऊँगा। मगर फिर आना पड़ा। उन्होंने ही मुझे लौटाया, कैसे लौटाया, बता दूँ ?

जिस दिन की बात है, सभी भक्त उन्हें घेरे बैठे थे। नरेन, लाटू, शायद गिरीश भी था। मैंने कहा—ठाकुर, अब मैं दुनियादारी में नहीं पड़ना चाहता।

उन्हें सारी बातों का पता था। राधा के मरने की ख़बर सुनकर ख़ूब रोए थे। जानते थे कि दुनिया में मेरा कोई नहीं। एक पेट के लिए क्या हाय-हाय ? वे सुनते रहे। बोले—एक कहानी कहूँ। नारद को इस बात का बड़ा गुमान था कि उनके जैसा भक्त त्रिभुवन में और कोई नहीं। विष्णु ने उनसे कहा, तुमसे भी बड़ा एक भक्त मेरा है। एक खेतिहर। उसे तुम देख आओ। नारद गए। गरीब खेतिहर बेचारा ! तमाम दिन खेत और खलिहान—मरने की फुर्सत नहीं। सुबह जगने के बाद और रात सोने से पहले बस दो बार भगवान् का नाम लेता। नारद ने कुछ न समझा। लौटे विष्णु के पास। बोले—देख

आया आपके भक्त को। ऐसी क्या भक्ति है कि पुल बाँध दिया तारीफ का आपने ! विष्णु ने तेल से लबालब भरा एक कटोरा नारद को दिया। कहा, हाथ में लिए एक बार शहर का चक्कर काट आओ, मगर देखना, एक बूँद भी तेल न गिरे। नारद तेल-भरा कटोरा लिए शहर का चक्कर काट आए। विष्णु ने पूछा—अब बताओ, कै बार तुमने मेरा नाम लिया ? नारद बोले—नाम, नाम लेने का मौका ही कहाँ मिला ! मैं तो आपके तेल को बचाने की मुसीबत में रहा। तब विष्णु ने बताया हज़ारों काम करते हुए भी खेतिहर दो बार मेरा नाम लेता है, वह तुमसे बड़ा भक्त नहीं ?

एक के बाद दूसरा किस्सा सुनाते गए। मैं चुप रहा। विश्वास नहीं हुआ। ठाकुर ने इसे समझा। हँसे। कहा, गिरीश से पूछ देख। शुरू-शुरू जब आया था वह, मैंने महज़ दो बार नाम लेने को कहा था, खाने के पहले और सोने से पहले। उससे बना तो तुझसे क्यों न बनेगा भला ! इससे ज्यादा माँ तुझसे कुछ चाहती भी नहीं रे बेवकूफ ! फिर हँसना रोककर नरेन की तरफ देखते हुए बोले—नरेन, व्रजराखाल को यकीन नहीं आ रहा है। अरे, इस दुनिया में जितने मत हैं, उतने ही पथ हैं। कोई भी मत पूर्ण नहीं। सो उससे तुझे मतलब भी क्या ? जो तेरा काम है, किए जा। संसार के सब जीव में शिव को पाएगा। न भी पाए तो क्या हुआ—माँ तो तेरे मन की जानती है। हर कोई यही समझता है कि उसकी घड़ी ठीक है, मगर किसी की घड़ी किसी से नहीं मिलती। सो ठीक समय का पता किसी को नहीं। न जाने, कुछ हर्ज होता है किसी का ?

बातों में कब खाना ख़त्म हो गया, पता नहीं। भूतनाथ ध्यान से व्रजराखाल को सुन रहा था। अचानक व्रजराखाल आपे में आया। बोला—राधा को मैंने वचन दिया था कि तुम्हारे भूतनाथ भैया को कलकत्ते की सैर करा दूँगा। भूल बैठा था, तुम्हारी चिट्ठी जो आई, याद आ गई।

रात को भूतनाथ ने पूछा—यह तबला किसका है ?

बिस्तर लगाते हुए व्रजराखाल बोला—मेरा ही है, कभी बजाता था। अब दक्षिणेश्वर में खोल[1] बजाता हूँ, तबला जँचता ही नहीं।

सोने से पहले व्रजराखाल ने कहा—परमहंस को न देखा, तो कलकत्ते का कुछ भी नहीं देखा भाई साहब ! तो परसों जाना है, याद रहे। छुट्टी है मेरी।

—कहाँ ?—भूतनाथ ने पूछा।

—भूल भी बैठे। अरे भाई, नौकरी पर। फिलहाल सात रुपए माहवार मिलेंगे, एक शाम का खाना। सुविनय बाबू धार्मिक आदमी हैं—ब्राह्म हैं नवविधान सभा के...।

—यह क्या होता है ?

—अभी समझ में नहीं आएगा।—व्रजराखाल ने बगल के कमरे का किवाड़ बन्द कर दिया।

भूतनाथ को देर तक नींद न आई। कभी घोड़ों के पैर पीटने की आवाज़, कभी गीत की किसी कड़ी के साथ तबले का ठेका...बहुत रात गए लोहे का फाटक खुलने

1. मृदंग

की आवाज़...और...।

आखिर काम लग गया। सात रुपए माहवार और एक शाम भोजन। सात ही रुपए क्या कम !

ब्रजराखाल ने कहा—सात रुपए ही क्या कम हैं ? मैं एल.ए. पास करके दस रुपए माहवार पर भर्ती हुआ था। लिखे-पढ़े आदमी हो, सात का सत्रह होते देर न लगेगी। फिक्र न करो।

फिक्र क्या उसे ! मकान का किराया नहीं लगता, एक जून का भोजन मिल ही जाएगा, ऊपर से हर महीने सात रुपए नकद। जलपान, कपड़े-लत्ते में बहुत तो तीन रुपए लगेंगे। चार रुपए महीने की बचत। जितना मोज करना है, करो !

और ब्रजराखाल के दिए नए जूते-कपड़े पहनकर वह उसके साथ निकल पड़ा। रास्ते में ब्रजराखाल ने कहा, काम लेकिन ख़ूब जी लगाकर करना। मेरी बदनामी न हो। आखिर वह ब्रह्मसमाजी हैं।

—ब्रह्मसमाजी माने ? भूतनाथ ने पूछा।

—तुम जैसे हिन्दू हो...वैसे ही वे हैं ब्रह्मसमाजी, यानी दुर्गा, काली, गणेश—देवी-देवताओं की पूजा-वूजा नहीं करते। कहते हैं, ये पुतले हैं। मगर इसका तुम्हें क्या करना ? तुम अपना काम करो, बस।

भूतनाथ ने पूछा—कहीं मुझे अपना धर्म छोड़ने को कहें ?

—सो तो कहेंगे ही।

—फिर ?

—तुम मत छोड़ना।

—कहीं नौकरी चली जाए ?

—जाए तो जाए। मगर रातोंरात कोई अपना मज़हब कैसे बदल सकता है ? मज़हब अपने मन के विश्वास की बात है। लेकिन कहीं तुम्हें सात रुपल्लियाँ ही ज्यादा प्यारी हों, तो बन जाना ब्रह्मसमाजी, दीक्षा ले लेना।

भूतनाथ बोला नहीं। चुप सोचता रहा। ज़रा देर बाद बोला—मैं पूछता हूँ, इस काम में तुम्हारी राय तो है ? तुम न चाहो, तो मुझे नहीं चाहिए यह नौकरी।

ब्रजराखाल बोला—अरे, डरने की बात नहीं। सुविनय बाबू आदमी बड़े भले हैं। कट्टर हैं ज़रा। मगर तुम्हारा क्या है। उनका विश्वास है, केशव बाबू जो कुछ कहते हैं, वही सत्य है, वही ध्रुव है, बाकी किसी का कहा कुछ नहीं। कहें, उससे मेरा-तुम्हारा क्या आता-जाता है !

भूतनाथ की समझ में कुछ न आया।

ब्रजराखाल कहता ही गया—मगर भाई साहब, अपने परमहंस देव कहा करते थे, हिन्दू धर्म की कहो चाहे इस्लाम और ईसाई मज़हब की, सबको देखा, दरअसल पुकारते सब एक ही ईश्वर को हैं—जुदा-जुदा नाम से लेकिन। तालाब के घाट कई होते हैं। एक घाट से हिन्दू भरते हैं जल, दूसरे से मुसलमान भरते हैं पानी और तीसरे से

ईसाई भरते हैं 'वाटर'। लक्ष्य सबका एक ही होता है—पानी। मारपीट होती है महज़ नाम पर।

पहुँचने में घंटा-भर लग गया।

मकान के सामने बहुत बड़े साइनबोर्ड पर लिखा था—'मोहिनी सिन्दूर कार्यालय'।

दरवाज़ा खुला था। अन्दर दफ्तर-जैसा है। कुर्सी-टेबल। करीने से रखे कागज़-पत्तर।

एक कोई आया। बोला—बाबू ने बैठने को कहा है—आप लोग वनमाली सरकार लेन से आ रहे हैं न ?

ज़रा ही देर में वह आदमी फिर आया। व्रजराखाल से कहा—बाबू आपको ऊपर बुला रहे हैं।

भूतनाथ को वहीं बिठाकर व्रजराखाल ऊपर चला गया। भूतनाथ ने कमरे के चारों तरफ गौर किया। दफ्तर था। दीवार पर बहुत सी तस्वीरें, सुनहरे फ्रेम में बँधी। सामने दरवाज़े के ऊपर दीवार पर बड़े-बड़े हरफों में लिखा—ब्रह्मकृपा हि केवलम्।

कमरे में सन्नाटा। भूतनाथ देर तक चुपचाप बैठा रहा। कहीं से गीत का स्वर उड़कर आया :

धन्य धन्य तुम हो वरेण्य प्रणम्य जग-वन्दन
मेटो कलुष प्रणत जन का प्रभु काटो बन्धन
सत्यसार तुम निर्विकार सिरजन के कारण
जीवन-मरण मसान-भवन—सबमें अवलम्बन
पूरण परम अनादि अनन्त ज्ञान वर लोचन
ओतप्रोत तुम ही में चित, जगती-मरंजन।
अगम दया के सागर दुख दरिद्रता भंजन।
पापविनाशन प्रभो पवित्र पतित जन पावन॥

कोई नारी-कंठ। मुग्ध सा सुनता रहा भूतनाथ। फिर सब चुपचाप। अकेले बैठे-बैठे ऊब आने लगी।

ज़रा देर बाद फिर वह आदमी आया। बोला—बाबू आपको ऊपर बुला रहे हैं।

उसके पीछे-पीछे भूतनाथ अन्दर के बरामदे में से होकर ऊपर पहुँचा। उसने दरवाज़ा खोलकर कहा—अन्दर जाइए।

बड़ा सा कमरा। बीच में एक गोल मेज़, चारों ओर कुर्सियों पर सब बैठे थे। व्रजराखाल के सिवा सभी शकलें अनचीह्नी।

अपने बगल की कुर्सी पर भूतनाथ को बिठाते हुए व्रजराखाल ने कहा—मेरे भाई साहब। अब इतना भार आप पर रहा। निहायत गँवार हैं, शहर की हवा अभी लगी नहीं।

भर-मुँह मूँछ-दाढ़ीवाले सज्जन हँसने लगे—हा-हा-हा। बोले—वहा, नाम तो बड़ा अच्छा है। भूतनाथ। कई बार नाम लिया। कहने लगे, शिव का ही दूसरा नाम भूतनाथ है। उपनिषद् में पढ़ा है—न वित्तने तर्पणीयो मनुष्यः। शिव के वित्त नहीं, वैभव

नहीं—बिलकुल भोलानाथ।

भूतनाथ ने कहा—चूँकि मेरी पैदाइश वामुनगाछी के पंचानन की कृपा से हुई, इसलिए फूफी ने नाम रखा भूतनाथ।

बगल से दबी हँसी की आवाज़ आई।

उस सज्जन ने कहा—छिः बिटिया, हँसा नहीं करते। यह तुम्हारी चंचलता की निशानी है। उन्होंने ठीक ही तो कहा—ब्रह्मा के अनेक नाम हैं—पंचानन भी उनका एक नाम है—क्यों व्रजराखाल बाबू ?

व्रजराखाल ने क्या कहा—इसकी तरफ ध्यान न देकर भूतनाथ ने देखा, हँसनेवाली एक लड़की थी। राधा की हमउम्र। कुछ बड़ी हो शायद। देखने में लेकिन बहुत ही ख़ूबसूरत। हँसी तब भी उसके होंठों से लगी थी। भूतनाथ ने नज़र मिलते ही वह बेताब हँसी से उबली पड़ रही थी मानो, लेकिन शायद पिताजी पर नज़र पड़ने से अपने को ज़ब्त कर गई वह। लड़की के पास बैठी थी एक महिला। उसकी माँ होंगी। बैठी-बैठी बुनाई में लीन। कभी-कभी सुविनय बाबू को देख लेतीं।

—मेरे पिता कट्टर हिन्दू थे, समझ गए व्रजराखाल बाबू !

दाढ़ी पर हाथ फेरते हुए कहने लगे—बड़े ही कट्टर। काली के भक्त। हर सनीचर की आधी रात तक करते पूजा और इतवार को दाना-पानी। बिटिया जब पैदा हुई,तो उन्होंने इसका नाम रखा जवामयी—काली का प्यारा फूल। वैसा ही प्यारा फूल है शिव का धतूरा। हँसती हो बिटिया, मुझे लेकिन भूतनाथ नाम ख़ूब पसन्द आया। अच्छा वह गीत गाओ तो ज़रा।

बुनाई रोककर अबकी उस महिला ने निगाह उठाई।—दया करके उसे गाने को न कहो कहीं आज ही अपनी आवाज़ बैठा ले तो सनीचर को बिलकुल गा ही न सकेगी।

व्रजराखाल ने पूछा—सनीचर को गाना-वाना है ? सुविनय बाबू बोले—हाँ सनीचर को जवा का जन्म-दिन है, खैर वह हो, असल में इसके मुँह से यह गीत बड़ा मीठा लगता है, जैजैवन्ती का ध्रुपद—गाओ बेटी, हाथों में ताल देते हुए सुविनय बाबू ने खुद शुरू कर दिया—नाथ तुम्हीं ब्रह्मा, तुम विष्णु, तुम ईश, तुम महेश।

रुककर व्रजराखाल बाबू से बोले—चौताल में ताल देते जाइए तो, और फिर गाने लगे :

नाथ, तुम ब्रह्म, तुम विष्णु, तुम ईश, तुम महेश,
तुम आदि, तुम अन्त, तुम अनादि, तुम अशेष।

भूतनाथ को अचानक ऐसा लगा कि दुनिया की सारी कोयलें एक साथ गा उठीं। आकाश, वायु, अन्तरिक्ष के सारे अनसुने सुर गूँज उठे। मधआ लुहार की यात्रा-पार्टी में श्रीकंठ हाजरा भी शायद ऐसा नहीं गा सकता। हैरत में आकर भूतनाथ ने देखा, पिता के साथ जवा भी स्वर मिलाकर गाने लगी, उसके होंठों पर व्यंग्य की वह हँसी नहीं, आँखें अधमुँदी। स्थिर चेहरे से छिटकी पड़ रही है, पर अपूर्व जोत। जवा और भी सुन्दर दीखने लगी :

जल स्थल मरुत् व्योम पशु मनुष्य देवलोक
तुम सबों के सृजनहार, हृदयाधार त्रिभुवनेश।
तुम एक, तुम पुराण, तुम अनन्त सुख-सोपान
तुम ज्ञान, तुम प्राण, तुम मोक्षधाम।

भूतनाथ ने ब्रजराखाल को देखा। ताल दे रहा था वह। घने बालों वाला सिर नशेबाज़ों-सा झूम रहा था। आँखों से जारी था आँसू। लेकिन जवा की माँ अपनी बुनाई में वैसी ही तल्लीन। पता नहीं, संगीत उसके कानों तक जा भी रहा था या नहीं।

आख़िर गीत बन्द हुआ। सब-के-सब चुप।

सुविनय बाबू बोल उठे—ताल कट तो नहीं गई। ब्रजराखाल बाबू—? आप कुशल मृदंग बजानेवाले हैं और मैं, सच पूछिए तो चौताल का ठीक-ठीक अन्दाज़ भी नहीं कर पाता। सुर का ख़याल रखता हूँ, तो ताल में गड़बड़ी हो जाती है। फिर जवा से कहा उन्होंने—देखा बिटिया, भूतनाथ का नाम सुनकर तुम हँस पड़ीं—दरअसल, जो भूतनाथ है, वही ब्रह्म, वही विष्णु है—सब वही एक ध्रुव, निर्विकार, अनन्त, ज्ञानस्वरूप परमात्मा है—उपनिषद् की वाणी है—एकं रूपं बहुधा यः करोति—जो एक के अनेक रूप करते हैं।

महिला ने अबकी फिर सिर उठाकर कहा—पता नहीं, क्यों तुम जवा को बार-बार झिड़क रहे हो—वह हँसी कहाँ ?

जवा बोली—हाँ, पिताजी, मैं हँसी थी।

दाढ़ी पर हाथ फेरते हुए सुविनय बाबू बोले—आखिर हँसी क्यों बिटिया, भूतनाथ बाबू को देखकर ? बताओ।

भूतनाथ बोल उठा—हँसी तो क्या हुआ, मैंने बुरा थोड़े ही माना ! राधा भी इसी तरह हँसती थी।

—कौन राधा ?—सुविनय बाबू ने पूछा।

भूतनाथ बोला—नन्द चाचा की बेटी।

ब्रजराखाल ने समझा दिया, वह मेरी स्वर्गीय स्त्री की बात कह रहा है।

—राधा हँसती थी, उसकी सहेली हरिदासी हँसती थी, हरिदासी का दूल्हा हँसता था। राधा की शादी के समय मेरा बड़ा मज़ाक़ उड़ाया था सबने। याद है ब्रजराखाल ? हँसा करे, मेरा क्या जाता-आता है ?—वह ख़ुद हँस पड़ा।

उसकी बात पर सभी हँस पड़े। जवा की माँ हँसी या नहीं, पता न चला। वह बुनती रहीं बैठी-बैठी।

हँसकर सुविनय बाबू बोले—भाई ब्रजराखाल, आपके भूतनाथ आदमी खासे हैं, मुझे तो ख़ूब जँचे।

बात बहुत दिनों की हो गई। आज ठीक-ठीक सब याद नहीं, फिर भी इतना ख़याल आता है, सुविनय बाबू के यहाँ से निकलने पर ब्रजाराखाल से उसने कहा था—तुम तो कह रहे थे वे सब ब्रह्मसमाजी हैं—बड़े अच्छे तो हैं।

—मैंने आदमी बुरा कब कहा था ! बड़े अच्छे आदमी हैं, मौजी जीव, अपनी सभा के निष्ठावान् सदस्य भी हैं, रुपया भी बहुत है, मगर मन में उनके शान्ति नहीं।

—क्यों ?

—बीच-बीच में उनकी बीबी का दिमाग खराब हो जाता है। वैसे में उन्हें कमरे में बन्द रखना पड़ता है। जब ठीक रहती हैं तो अपनी धुन में बुनती रहती हैं कुछ। मगर तुम्हें इन बातों से क्या, अपना काम ठीक से करना।

रास्ते-भर भूतनाथ यही सोचता आया कि इस कदर जी खोलकर हँस कैसे लेते हैं सुविनय बाबू !

'मोहिनी सिन्दूर' के दफ्तर में भूतनाथ की नौकरी हो गई।

व्रजराखाल के यहाँ रहना और सुबह नहा-धोकर थोड़ा सा नाश्ता करके पाँव-पयादे चलकर दफ्तर पहुँचना। घंटा-भर लग जाता। सुबह से ही शुरू हो जाता काम। बारह बजे के करीब रसोई से ठाकुर आकर आवाज़ देता—बाबू, खाना तैयार है।

झटपट हाथ-मुँह धोकर खाने के लिए चल देता। मकान का सारा पिछला हिस्सा रसोई में पड़ता था। उसी के किसी किनारे ठाकुर उसका आसन लगा देता, पानी का गिलास रख देता। कलछुल से परोस देता केले के पत्ते पर गरम-गरम भात। कहता, भात को हाथ से बीच में ज़रा दबा दीजिए, उसी पर दाल दे दूँ।

गरम भात के ऊपर गरम दाल। आलू और कोंहड़े की तरकारी। कभी-कभी साग।

बिना मछली के भूतनाथ छुटपन में खाता ही न था। मगर पराया घर ठहरा। यों ही खाते शरम आती है। माँगता कौन है ?

भात थोड़ा सा और मिलता, तो अच्छा था। लेकिन ठाकुर ऐसी जल्दी करता कि लाज लगती। एक दिन किन्तु पूछ बैठा था भूतनाथ—क्यों ठाकुर, मछली नहीं है।

ठाकुर ने कहा—गिनी-गुँथी मछलियाँ, सब ऊपर भेज दी गईं—हाँ ज़रा जल्दी कीजिए बाबू, हाबू की माँ आई कि जूठन को फेंक-फाँक...।

जो जैसे-तैसे कौर गले से उतारकर लोट आना पड़ता। काम भी क्या ? सिन्दूर के बेशुमार खाली डिब्बे। उनमें सिन्दूर भरकर लेबल लगाना। एक-एक डिब्बे का दाम ढाई रुपया। दूर-दूर भेजा जाता। कहाँ राजसाही, तो कहाँ चटगाँव, सिंहाचलम्, पेनाँग, अन्नामलाई, जावा, बोर्निओ।

फलाहारी पाइक डिब्बों में सिन्दूर भरा करता, लेबिल लगाता। भूतनाथ करता ख़त-किताबत। कोई मनीऑर्डर आता तो भेज दिया करता सुविनय बाबू के पास। माल वी.पी. से भेजा जाता। एजेंटों के पास हैंडबिल भेजा जाता। जाने कितनी भाषाओं में था हैंडबिल ! लिखा होता—

"अजीब बिजली की ताकत है इस सिन्दूर में। इसके गुणों पर लट्टू होकर हज़ारों-हज़ार लोगों ने तारीफ़ लिख भेजी है। जीवन ने हताश होकर कोई मरने पर आमादा हों, तो मोहिनी सिन्दूर का एक पैकेट लेकर आज़माएँ। जो अपने प्रियतम या

प्रियतमा की मोहब्बत पाना चाहते हैं, उन्हें अपनी मुट्ठी में करना चाहते हैं, कब्ज़े में रखना चाहते हैं, या जो औरत आपसे नफरत करती है, हिकारत से दूर रहती है, उसे अगर हृदय की रानी बनाकर रखना चाहते हों, तो हमारे मोहिनी सिन्दूर की करामात आज़माएँ। पति-पत्नी, मालिक-नौकर, बाप-बेटा, शिक्षक-छात्र, गुरु-चेला, सबके लिए समान ज़रूरी। रोज़ हज़ारों लोग इसकी कृपा से विष-जर्जर जीवन में अपार शान्ति पा रहे हैं। इसके सिवा मुकदमे में जीत, असाध्य रोग से मुक्ति, खोए हुए अपने का पाना—आदि-आदि अनेक काम हासिल होते हैं। इसी सिन्दूर के बल पर एक स्त्री ने अपने बेहद शराबी पति को संसारी बनाया, एक-दूसरे बदनसीब ने इससे बीस हज़ारी लाटरी जीती और चैन से ज़िन्दगी गुजार रहा है...एक आदमी...सही न हो तो दाम वापस—शान्ति, सौभाग्य, सुख-समृद्धि के लिए अद्वितीय।''

पत्रों में विज्ञापन दिया जाता। देश-विदेश। बँगला, अंग्रेज़ी, जर्मन, चीनी, जापानी, हिन्दी, गुज़राती, गुरुमुखी, पश्तो—सभी भाषाओं में, सब जगह मोहिनी सिन्दूर का विज्ञापन।

मोहिनी सिन्दूर के अलावा दो और नियामतें थीं सुविनय बाबू की। एक मोहिनी अँगूठी, दूसरा मोहिनी आईना।

फायदे सबके लगभग एक ही। मगर इन तीनों में चलती ज्यादा मोहिनी सिन्दूर की ही थी। 'मोहिनी सिन्दूर' के खत लिखते-लिखने ही उसका हाथ दुख जाता।

दफ्तर के पीछे की तरफ गोदाम में फलाहारी पाठक का कारखाना था। फलाहारी हेड था, दस उसके सहायक थे। छुट्टी होने पर जब सब निकलते, तो एड़ी से चोटी तक रँगे होते सब।

सिन्दूर की पैकिंग, लेबिल लगाना और पार्सल बनाकर डाकघर भेजना—यह सारा कुछ फलाहारी पाठक के ज़िम्मे था। भूतनाथ को लेकिन इसकी देख-रेख करनी पड़ती थी। कब कहाँ का ऑर्डर आया, उसे बही में दर्ज करना और कब कहाँ माल गया, यह भी लिख रखना। एजेंटों को चिट्ठियाँ लिखना, वी.पी. के फॉर्म भरना।

कभी-कभी सवेरे सुविनय बाबू निगरानी के लिए आते। पूछते—काम-काज कैसा चल रहा है भूतनाथ ?

काली चपकन, पायजामा, छाती पर क्रूस-जैसी झूलती चूननवाली चादर। पाँवों में कभी चप्पल, कभी अलबर्ट। इधर-उधर एक निगाह देखते। कहते, वाह, मज़े में चल रहा है भूतनाथ बाबू ! और फिर चले जाते। हँसमुख। भोलाबाबा-से। रुपए-पैसे की बात आती, तो ऊपर जाना पड़ता। उसी कमरे में वे बैठे होते। कभी उनके आगे होता दफ्तर का काग़ज़-पत्तर, कभी कोई किताब। कभी लेटे-लेटे अख़बार पढ़ते होते। ऐसे में आमतौर से कोई वहाँ नहीं होता।

काग़ज़ पर सही बनाने के पहले पूछ लेते—इसे ठीक से देख तो लिया है आपने ?—कहकर फिर किताब में आँखें गड़ाते। अलमारी में जिल्दवाली मोटी-मोटी किताबें करीने से सजीं। 'दुर्गेशनन्दिनी', 'कामिनी-कुमार', 'हँसरूपी राज-पुत्र', 'विजय

वसन्त'...और भी अनेक किताबें। 'सोमप्रकाश', 'विविधार्थ संग्रह', 'रहस्य-सन्दर्भ', 'ब्रह्मिकों को उपदेश', 'ब्रह्मसंगीत' और 'संकीर्त्तन'

उनके पास ज्यादा रुकना नहीं पड़ता। गया और आया। उसके बाद आ पड़ता ठाकुर–रसोई तैयार, खाने चलिए।

वैसा ही गरम भात के ऊपर दाल, तरकारी। दफ्तर के रोज़-रोज के कामों में यह भोजन शान्ति जैसे असह्य हो उठा।

फलाहारी पाठक और उसके संगी-साथियों का इन्तज़ाम और था। दोपहर को कारखाने में ही काँसे-पीतल की थालियाँ निकलतीं। टोंगों में वे सत्तू साथ लाया करते। उसे थाली में डालते और ऊपर से डालते पानी। बड़ा ही आसान तरकीब। झमेला नहीं। खा चुकने के बाद बाएँ हाथ से उठाकर पानी के लोटे को मुँह में उलट देते। मशक्कत भी ख़ूब करते हैं ये। सिन्दूर से सुर्ख हो उठता चेहरा, लाल हो आतीं आँखें, मगर थकावट का नाम नहीं। तनख्वाह पाँच रुपए। हर महीने उन्हीं रुपयों में से तीन अपने घर भेज देते।

उस रोज़ ठाकुर ने उसके पत्तल पर दाल-भात परोसकर कहा, आज यही खाना है। तरकारी नहीं बनी है।

सिर उठकार भूतनाथ ने पूछा–क्यों ?

–सामान चुक गया है। मुझे मिले ही कम तो मैं क्या कर सकता हूँ ? भंडार तो मेरे हाथ में नहीं है।

भूतनाथ ने पूछा–भंडार किसके जिम्मे है ?

–जी सामान तो दीदी भिजवाती हैं, हाबू की माँ से।

भूतनाथ ने कहा–ज़रा बुलाओ तो हाबू की माँ को।

वह आई। थोड़ा घूँघट काढ़कर दरवाज़े के पास खड़ी हुई। ठाकुर ने कहा–आ गई वह। पूछ देखिए।

भूतनाथ ने पूछा–हम लोगों के लिए चावल-सब्जी तुम्हें नहीं मिली थी ?

घूँघट के अन्दर से क्या जवाब मिला, समझ में नहीं आया। ठाकुर ने दोबारा समझाया–किरानी बाबू पूछ रहे हैं, तुम्हें चावल-सब्ज़ी आज नहीं मिली देने को ?

–जी हाँ, मिली थी।

भूतनाथ ने पूछा–आज कम मिली थी ?

–जैसी मिला करती है, मिली थी।

–किस हिसाब से मिलती है ?

–मैं लिखना-पढ़ना तो नहीं जानती, जो मिल जाता है, ले आती हूँ।

ऐसा लगा कि उस औरत से इस प्रश्न का हल नहीं मिलने का।

भूतनाथ ने ठाकुर से कहा–सुनो, तुम मालिक से कह दो, सामान बढ़ा दें। जो आता है, उससे सबका पेट नहीं भरता। दिन-भर की मिहनत-मशक्कत–भोजन भी न मिले तो काम कैसे बनेगा–आख़िर तुम्हें भी तो फाके की नौबत आएगी।

ठाकुर ने कहा—बात तो ठीक है बाबू, मगर मैं मालिक से यह न कह सकूँगा।

—कह क्यों नहीं सकोगे, किसको खाना मिलता है, किसको नहीं, यह देखना आखिर तुम्हारा ही तो काम है।

ठाकुर से पता चला, फिहरिस्त देखकर हिसाब से जवा एक ही बार सारा सामान भंडार से निकालकर दे देती है। घर के लोगों के अलावा, दाई, नौकर, किरानी, गाय-घोड़ा-चिड़िया—सबका सामान निकाल देती है। यहाँ तक कि नौकरों का तम्बाकू भी। सब नाप-जोखकर। कम क्यों होने लगा ?

इस बात के लिए सुविनय बाबू जैसे सज्जन को तंग करना कैसा तो लगा। ब्रजराखाल को कहा जा सकता है। मगर वह भी क्या सोचेगा ? ऐसा न हो कि अन्त तक सारे रास्ते ही बन्द हो जाएँ। इस मुसीबत से मिली नौकरी।

लौटने पर ब्रजराखाल ने पूछा—क्यों भाई साहब, हाल क्या है तुम्हारी नौकरी के—तकलीफ तो नहीं कोई ?

—नहीं-नहीं, तकलीफ क्या ! खोलकर कहते जुबान रुक जाती। आखिर एक दिन कह बैठा वह। कहा—आज ज़रा ज्यादा पकाना।

—क्यों, पेट नहीं भरता है शायद ?

—भरता है।

—फिर ?

भूतनाथ बोला—आज ज़रा सवेरे ही खाना हो गया। भूख ज़ोरों की लगी है।

फूफी की तरह सामने बैठकर उसे खिलाए भी कौन अब ! फूफी तो कपड़ा हटाकर पेट देख लेती, तब छुट्टी थी। ज़रा सा दूध ले-ले बेटे ! नई गाय का दूध दे गई है ग्वालिन। कित्ती मलाई पड़ी है, देखो ! मलाई भर तो लो। अचार ला देती हूँ। अब उतना सा चावल क्या छोड़ रहे हो ! कटहल ला देती हूँ—कितना जतन, कितना प्यार !

साँझ को अपने कमरे में भूतनाथ पिछली बातें बिसूरता। ब्रजराखाल लड़कों को पढ़ाने गया होता। दाएँवाले मकान के बरामदे पर कोई न होता। इब्राहिम कोचवान और यासीन सईस, दोनों गाड़ी लेकर जा चुके होते। कमरे के अन्दर टिमटिमाती होती बत्ती। बुरकावाली दो-एक बुतें कभी-कभी छत पर दिखाई पड़ जातीं। दक्खिन तरफ से उड़-उड़कर आती दासू मेहतर के ढोल पर चोटों की आवाज़। उत्तर तरफ़ सदर दरवाज़े के दोनों ओर रेंड़ी के तेल की बत्तियाँ—झकमक। इस वक़्त बिरिजसिंह की ड्यूटी नहीं रहती—बन्दूक लिए कभी खड़े-खड़े कभी बैठकर पहरा देता नत्थूसिंह।

बायाँ तबला लेकर भूतनाथ बैठ गया। शाम को अकेले-अकेले करे भी क्या ? पहले धीरे-धीरे फिर लय में मस्त हो जाने पर कहीं की सुध-बुध नहीं। चाँदनी रात होती तो खिड़की में से छनकर दूधिया रोशनी अन्दर आती। बगीचे के फूलों की खुशबू से कमरा मह-मह। उधर छोटे बाबू की तरफ महफिल जम जाती। तबले पर रह-रहकर पड़ती थाप। तानपूरे के सुर में तबले का घाट मिला लिया जाता। कभी महफिल शुरू होती खयाल से, कभी नहीं भी होती। लेकिन बैठक जमती ठुमरी या टप्पा से। यह लेकिन

ज्यादा रात जगने पर सुनने में आता। कभी-कभी और ज्यादा जगह जाने पर मँझले बाबू की गाड़ी के आने का पता चलता। सभी सो चुके होते। दूर से ही इब्राहिम घंटी बजाता आता। गाड़ी की चाल धीमी होती आती। बिरिजसिंह गेट खोल देता। गाड़ी खजांचीखाना और बैठक के बीच खड़ी हो जाती। मँझले बाबू का नौकर दौड़ा-दौड़ा नीचे आता। दरवाज़ा खोलता। पकड़कर लिवा जाना पड़ता उन्हें। कभी-कभी बेतरह डगमगाते पाँव। वैसे में वेणी के कन्धे का सहारा लेकर चलते। महल में नहीं आते। बाहर के ही कमरे में फर्श पर तकिया लगाकर सो रहते। भूले-भटके कभी मँझली बहू के शयनकक्ष में जाते। मगर उनकी नींद ऐसी गजब की, कि सो जाने पर किसकी मज़ाल जो उन्हें उठाए !

वंशी कहता, दरवाज़े पर बाबू ज़ोर-ज़ोर से लात जमाते, अन्दर बहू और उनकी दाई गिरि बेख़बर।

किसी कदर गिरि की नींद टूटती। लम्बा घूँघट काढ़कर वह दरवाज़ा खोल देती और अपना बिस्तर समेटकर बाहर आकर सो रहती।

छोटे बाबू और भी ज्यादा रात करके लौटते—लगभग रात खत्म होने पर। उस समय कोई जगा नहीं रहता। किसी को पता भी नहीं चलता। बिरिजसिंह ऊँघता। गेट के सामने लैंडोलेट के दोनों उजले घोड़ों की टाप। घंटी। अन्दर जगे छोटे बाबू। बोलते कम। गाड़ी आकर खड़ी होती। वंशी दरवाज़ा खोल देता। कमरे की रोशनी जला देता। कुरता, जूता उतार देता। हीरे की अँगूठी खोल देता। दूसरी धुली धोती देता। उसी को पहनकर सोते।

वंशी की जुबानी यह सब मालूम हुआ। प्रायः यही होता।

लेकिन भूतनाथवाले घर की छत पर जाया जाए, तो नज़र आए कि अन्दर महल की सारी बत्तियाँ गुल हैं। बहुतों के कमरों के बाहर बरामदे पर धीमी-धीमी जलती है झाड़ की बत्ती। छोटी बहू के कमरे मे सबसे तेज़ बत्ती।

वंशी कहता—छोटी मालकिन तो सोती नहीं। लगभग तमाम रात जगी रहती हैं।

भूतनाथ पूछता है—सोती नहीं, तो करती क्या हैं ?

—छोटी मालकिन लिखना-पढ़ना जानती हैं, सो या तो किताबें पढ़ती रहती हैं या चिन्ता से बैठकर बातें करती हैं या गुड़ियों के कपड़े सीती हैं। चिन्ता की गुड़ियों से उनकी गुड़ियों का ब्याह होता है। हमें चकाचक खाने को मिलता है। या फिर यशोदादुलाल की पूजा करती हैं।

—रात-भर ? भूतनाथ पूछता।

—जी हाँ, कभी-कभी रात-भर।

छोटे बाबू के लौटने की ख़बर मिलने पर उनके कमरे की बत्ती बुझती है। चिन्ता कमरे को अन्दर से बन्द कर लेती है और फ़र्श पर उनके पास सो जाती है। ये घटनाएँ बहुत दिनों की हैं, पर तीज के चाँद की तरह आज भी सारा कुछ अंकित है उसके मन में।

मोहिनी सिन्दूर कार्यालय में कदम रखते ही खाने की बात पर कैसी तो नफरत हो आती भूतनाथ को। ज़रा खाऊ आदमी वह है। शुरू से ही अच्छी चीज़ों पर लोभ।

व्रजराखाल का वैष्णवी भोजन वैसा जँचता नहीं। फिर उस बेचारे को अपने हाथों ही पकाना पड़ता। बाज़ार करने तक की तो फुर्सत नहीं मिलती। और वह सदा रिपुओं को दबाने में ही परेशान। काम, क्रोध, लोभ, मोह, मद, मात्सर्य—एक को भी तरजीह देने को तैयार नहीं। साधना की राह में बाधा है ये।

लेकिन कालीघाट में बलि चढ़ाने के लिए जिस दिन पीछे के बगीचे में लाया हुआ बकरा बाँधा जाता—रात-दिन किस बुरी तरह चीखता रहता वह। उफ् ! कभी-कभी रसोई की आबरू पार करके मांस और गरम मसाले की तीखी बू आती। तमाम घर उस गन्ध से गमगमा उठता।

व्रजराखाल को भी बू लगती। धोती के छोर से वह अपनी नाक दबाता। कहता, कितना तंग किया कम्बख़्तों ने !

भूतनाथ कहता—अच्छी नहीं लगती यह गन्ध तुम्हें क्यों ? प्याज, लहसुन...।

व्रजराखाल कहता—रखो भी अपने प्याज-लहसुन को, इतना मसाला नहीं शरीर के लिए ठीक होता है ? यह सब तामसिक भोजन...तमोगुण बढ़ाता है...।

भूतनाथ के लिए लोभ सँभालना कठिन नहीं पड़ता किन्तु। व्रजराखाल कहता, रात का खाना तुम्हारे मन मुताबिक नहीं होता, मगर दिन को सुविनय बाबू के यहाँ तो अच्छा ही खाते होंगे।

कुछ कहते लेकिन भूतनाथ को संकोच होता।

उस दिन सुबह अपने दफ्तर जा रहा था कि वंशी ने उसे पुकारा—साले साहब !

धोती-कुर्ता पहन चुका था वह। जूते पैरों में डालकर बस निकला !

वंशी ने बाहर से फिर आवाज़ दी—साले साहब !

—क्या है वंशी ?

भूतनाथ बाहर निकला कि वंशी उसके करीब आ गया। चारों ओर एक बार देख लिया और धीरे-धीरे बोला—आपसे कुछ कहना है।

—मुझसे ? क्या कहना है वंशी ? उत्कंठा हुई।

आगा-पीछा करके वह बोला—आपको छोटी मालकिन ने ज़रा बुलाया है।

—छोटी मालकिन ? छोटी मालकिन कौन ? छोटी मालकिन यहाँ एक ही तो थीं। फिर भी पता नहीं क्यों, भूतनाथ ने पूछा—छोटी मालकिन कौन ?

—जी, छोटे बाबू की स्त्री। इस घर की छोटी बहू।

भूतनाथ ने साफ़ सुना, पर यकीन न हुआ। पूछा—मुझे या मास्टर साहब को ?

—जी आपको। मैंने ठीक सुना है।

इतने लोगों के होते छोटी बहू उसे क्यों बुलाएँगी, यह भूतनाथ समझ नहीं सका। ऐसा पर्दा। इतने दिन हो गए रहते हुए, घर की किसी बहू को देखने का सौभाग्य नहीं हुआ कभी। जिधर देखो, झिलमिली, पर्दा, चिक। बाहरी लोगों का घर में प्रवेश तक निषेध। और उसी घर की बहू बुला रही है उसे ! अजीब बात ! लोगों से छोटी बहू का ज़िक्र ज़रूर सुनता रहा है। उन बातों से उनके बारे में थोड़ी-बहुत धारणा भी हुई

है। लेकिन एक बाहरी आदमी को बुलाकर छोटी बहू मिलना चाहती हैं, यह कैसी बात ! यह घर भी तो सुविनय बाबू का नहीं। वे लोग ब्रह्मसमाजी हैं। जवामयी भूतनाथ के सामने होती है, बातें करने में भी शायद कोई एतराज नहीं—लेकिन बड़े घर की छोटी बहू...।

भूतनाथ ने पूछा—छोटी मालकिन ने कुछ कारण भी बताया ?

—जी, नहीं तो।

क्या जवाब दे, भूतनाथ सोच नहीं सका। जाने से पहले ब्रजराखाल से पूछ लेना चाहिए।

वंशी ने कहा—तो शाम को मैं आपको बुला ले जाऊँगा, क्यों ?

'अच्छा', कहकर भूतनाथ चला गया।

ठीक समय पर उस रोज़ भी ठाकुर ने बुलाया—बाबू रसोई तैयार।

उस रोज़ खास कोई गड़बड़ी न हुई। पत्तल पर सब्ज़ी भी आई थोड़ी सी। इधर कई रोज़ से जैसा बर्ताव कर रहा था वह, कम-से-कम आज वैसा न था। भूतनाथ मन-ही-मन थोड़ा शर्मिन्दा हुआ। शायद बेचारे ठाकुर का कोई हाथ न हो उसमें। जवा ही सामान कम देती होगी। उसके मिज़ाज़ का परिचय तो पहले ही दिन उसे मिल चुका था। बाप-माँ, फूफी—इन्हीं का दिया हुआ तो रहता है नाम सबका। खुद जवा का नाम भी तो उसके काली भक्त दादा ने रखा था। अपने नाम के लिए हर किसी को दूसरे पर ही निर्भर करना पड़ता है। फिर भूतनाथ, नाम में हँसने लायक क्या है ऐसा ? सृष्टिस्थिति और प्रलय के देवता का एक नाम है। स्वयं सुविनय बाबू के पिताजी का नाम है रामहरि। रामहरि भट्टाचार्य। सो।

उस रोज़ सुविनय बाबू ने किस्सा कहना शुरू किया—शुरू दिन दीक्षा जो ली, क्या बताऊँ भूतनाथ बाबू, सुन ही लीजिए।

जवा उनके पके बाल बीन रही थी। बोली—यह किस्सा मैं कोई दस बार सुन चुकी हूँ बाबूजी !

—तुमने सुना है, मगर भूतनाथ बाबू ने तो नहीं सुना क्यों ? जवाब का इन्तज़ार किए बिना ही बोल उठे—और अच्छी बात दस बार सुनना भी अच्छा—सुविनय बाबू ने शुरू कर दी कहानी।

मोहिनी सिन्दूर का यह कारोबार मेरे पिताजी का किया हुआ है। वे कट्टर हिन्दू थे। काली के पक्के भक्त। याद आता है, घर की काली प्रतिमा के सामने बैठकर वे घंटों ध्यान करते—त्वमेकं जगत् कारणं विश्वरूपं—जाप करते-करते ध्यान में ही उन्हें यह मन्त्र मिला था। उसी मन्त्र से चला यह मोहिनी सिन्दूर। बेहद गरीब थे पिताजी, पूजा-पाठ लिए पड़े रहते थे, शायद उसी गरीबी से पिघलकर माँ काली ने मन्त्र का यह सहारा दिया ताकि गिरस्ती की यह चरमराई गाड़ी चल सके, हमें दो मुट्ठी अनाज मयस्सर हो। छुटपन में पिताजी हमें सिखाया करते थे, ख़ूब याद है—बेटे, तुम्हारी जात ?

फिर खुद ही कहते, कहो, हम ब्राह्मण हैं।

फिर पूछते—किस श्रेणी के ब्राह्मण ? और खुद ही फिर जवाब देते, बोलो, दाक्षिणात्य वैदिक श्रेणी का ब्राह्मण। रोज़ पुरखों के नाम रटाया करते।

—तुम्हारा नाम ?

—तुम्हारे पिता का नाम ?

—तुम्हार पिता के पिता का नाम ?

दादा, परदादा, उनके पिता-दादा सबका नाम रटाते। आँखें बन्द करने पर आज भी देख पाता हूँ उन्हें, समझ गए भूतनाथ बाबू। याद है, बचपन में हुक्का-चिलम से खेलना मुझे भाता था। दिन-भर दस-बारह चिलम तोड़ डालता। और पिताजी रोज़ मेरे लिए अपने हाथ से मिट्टी के चिलम बनाकर आग में पकाया करते थे। उस जमाने में चिलम पैसे के आठ मिलते। मगर इतनी भी जुर्रत न थी कि चिलम खरीदें।

समय ने पलटा खाया। मोहिनी सिन्दूर की कृपा से मिट्टी का घर पक्का बना, दोमंज़िला हुआ, माँ के बदन पर ज़ेवर आया—। मैं पढ़ने के लिए कलकत्ता पहुँचा। पढ़ना ही मेरा काल बन गया। मैंने सदा के लिए अपने पिताजी को खो दिया—कहते-कहते सहसा रुक गए वे।

जवा ने कहा—थम क्यों गए, कहिए ?

सुविनय बाबू उसी तरह आँखें बन्द किए सिर हिलाने लगे—उँहूँ, नहीं कहूँगा, मेरी कहानी तुम लोगों को अच्छी नहीं लगती।

—अच्छी लगती है बाबूजी, ख़ूब अच्छी लगती है—कहिए न आप—नेह से वह पिता की देह पर लोट पड़ी।

—आपको अच्छी लगती है ? उन्होंने भूतनाथ की तरफ़ ताका। भूतनाथ बोला—आप मुझे आप कहते हैं, मैं शरम से गड़ जाता हूँ।

—खैर, अब से न कहूँगा—हाँ, तुम ज़रा खिड़की से झाँककर देख तो लो बिटिया, तुम्हारी माँ खा चुकी कि नहीं।

जवा चली गई।

सुविनय बाबू कहने लगे—डायमंड हारबर में जिस साल आँधी आई थी, उसी साल मैं पैदा हुआ—1833 साल होगा शायद। कयामत की आँधी। कलकत्ते में वही पहला प्लेग शुरू हुआ था। आँधी के लग्न में पैदा हुआ, आँधी सी ही गुज़र गई सारी जिन्दगी—मैंने दीक्षा ली, जनेऊ उतार फेंका। खत में पिताजी को सारा कुछ लिखा। वे तुरन्त आ धमके। मुझे लिवा गए और बन्द कर दिया। महीने-भर तो मैं उस कैद से निकल ही न पाया।

जवा ने आकर बताया—माँ ने खाना नहीं खाया—आपको खुद खिलाना पड़ेगा, कह रही हैं।

—अच्छा तो बेटे, मैं ज़रा उन्हें खिला आऊँ। ज़िद जब ले बैठी हैं तो हर्गिज़ नहीं मानेंगी।

भूतनाथ की आँखों में अचरज देखकर बोले—कल से उनकी बीमारी फिर बढ़ गई है, कभी-कभी तो बहुत ही ठीक रहती है...लेकिन फिर...।

सुविनय बाबू चल दिए। कह गए, तुम बैठो बिटिया, भूतनाथ बाबू से बातें करो, मैं इतने में उन्हें खिला आऊँ...

भूतनाथ कैसा तो सकपका गया। फिर भी उसने बोलने की कोशिश की। पूछा—तुम्हारी माँ की यह बीमारी कितने दिनों की है ?

जवा सिर झुकाए बैठी थी। भूतनाथ की तरफ़ आड़े से ताका। बोली—आप मुझसे बात कर रहे हैं।

--क्यों ? अवाक् हो गया भूतनाथ। क्यों ? जवा से बात न करने की कोई शर्त थी क्या ?

—कहीं मैं फिर हँस पड़ूँ ? पता है आपको, उस दिन सुनीति-क्लास में पिताजी ने शिकायत कर दी।

—सुनीति-क्लास ? यह फिर कहाँ है ?

—नहीं मालूम आपको ? जहाँ हर इतवार को जाया करती हूँ मैं।

इस हफ्ते में और सबकी रिपोर्ट तो ठीक रही, सुजाता, स्मृति दीदी को very good मिला, सरल, सुबल, ननीगोपाल...

—ननीगोपाल ? यह कौन ? कैसी शकल है बताओ तो ज़रा ? वह उद्ग्रीव हो उठा। कहीं वही ननीगोपाल हो।

पहचानते हैं क्या उसको आप ? नम्बरी शरारती है। माँ या बाबूजी मुझे पैसे देते हैं। छीन लेता है वह। सिर्फ लेमनचूस खाता है। कहीं मालूम हो गया मिस पिग्ट को, तो खैरियत नहीं, नाम काट देंगी।

भूतनाथ ने कहा, तुम्हारे क्लास में कभी जाऊँगा। देखूँगा, वही है या और कोई।

—आपको वहाँ जाने की इजाज़त क्यों मिलेगी ?

—तुम कहना, मेरे भैया हैं।

—आप तो हिन्दू हैं। मेरे भैया कैसे होंगे ! वहाँ तो सिर्फ़ ब्राह्मणों को ही जाने की इजाज़त है।

—क्या सिखाया जाता है ?

—नीति। सच बोलो, गुरुजनों की भक्ति करो, परमेश्वर की उपासना करो और ब्रह्मसंगीत।

—तुम्हारा गीत मुझे बहुत अच्छा लगता है—उस रोज़ सुना था।

—मैं खाना भी पका सकती हूँ। जन्मदिन की जिस दिन दावत थी, मुर्गी पकाई थी...सब...।

—तुम लोग मुर्गी खाती हो ?

—रोज़ खाती हूँ।

--पकाता कौन है ?

—ठाकुर, रसोइया जो है—

—वह तो हिन्दू है—

—उससे क्या ? आप मुर्गी नहीं खाते ? पिताजी कहते हैं, मुर्गी खाने से तन्दुरुस्ती ठीक रहती है।

भूतनाथ को घिन हो आई। मगर उपाय क्या था, नौकरी सलामत रखनी हो तो इन जुल्मों को सहना ही पड़ेगा। भूतनाथ ने पूछा—अच्छा भंडार से रोज़ सामान कौन दिया करता है ?

—मैं देती हूँ। क्यों? माँ के ही-समय से सारा कुछ बँधा है। उसी हिसाब से निकाल देती हूँ मैं। पहले ख़ुद माँ दिया करती थीं। मेरे भाई के मर जाने के बाद से उनकी तबीयत खराब रहने लगी। तब से यह ज़िम्मेदारी मुझ पर आई। मगर आप पूछ क्यों रहे हैं यह ?

जवाब दे या न दे, भूतनाथ इसी उधेड़बुन में था कि सुविनय बाबू आ पहुँचे। बोले—तुम्हारी माँ को मैं सुला आया—खैर, मैं कह रहा था भूतनाथ बाबू...। कहानी फिर शुरू हो गई। पुराने दिनों की बात। आँधी के लगन की पैदाइश। कमरे में बैठा रहता। आसपास की औरतें खिड़की से उझककर झाँका करतीं कि कैसा अजीबोगरीब जीव है यह ! जनेऊ उतार फेंका, धरम को छोड़ दिया। कोई-कोई माँ से पूछती—हाँ माँजी, बात करते हैं ये ? मुझे मुरमुरे खाते देख सब दंग रह जातीं—अरे, यह तो हम लोगों ही जैसा खाता है।

खाने बैठा, तो भूतनाथ को यही बातें याद आने लगीं। हाथ-मुँह धोकर जब वह जाने लगा, तो ठाकुर सामने आया। बाबू...

—कहो।

ठाकुर की दोनों आँखें अंगारे-सी सुलग रही थीं। लाल। देखकर डर होता। गाँजा-वाँजा तो नहीं पीता ?

भूतनाथ को एक बार एड़ी से चोटी तक देखकर वह बोला, आपने बाबू से मेरी शिकायत की है ?

—शिकायत ! अवाक् रह गया भूतनाथ।

—हाँ, शिकायत ! मगर यह भी गाँठ बाँध रखिए, हम लोगों से आपका यह रवैया रहा तो आप यहाँ टिक नहीं सकेंगे।

—कह क्या रहे हो तुम, ठाकुर ?

—ठीक कह रहा हूँ। आप-जैसे कितने किरानियों को देखा। भला चाहते हैं तो समझ-बूझकर चलें—और हनहनाता हुआ ठाकुर चला गया।

मिनट-भर का वाक़या। घबराहट हुई ज़रा। मगर वह पल-भर में पल्ला झाड़कर खड़ा हो गया। आख़िर उपाय क्या है ? मेज़ पर जाकर काम करने लगा। नौकरी के लिए ही आज उसे सारा अपमान पी जाना पड़ा।

अचानक सुविनय बाबू कमरे में दाखिल हुए।

चार आँखें हो गईं। कुशल-क्षेम पूछकर ही वे जाने लगे। भूतनाथ पीछे हो लिया—सर, आपसे कुछ कहना है।

वे ठिठक गए। ऐसा तो कहा नहीं भूतनाथ ने कभी ! पूछा—ख़ूब ज़रूरी बात है? ऐसे घबराए-से क्यों ?

—जी, मैं कल से यहाँ भोजन न करूँगा। मेरे हिस्से का सामान देना बन्द कर दें...।

भूतनाथ को महज़ एक बार देख लिया उन्होंने। बोले—नहीं। मूँछ-दाढ़ी में उनके चेहरे का परिवर्तन देखा नहीं जा सका। 'अच्छा' कहकर वे जीने से ऊपर चले गए।

मेज़ पर आ बैठा भूतनाथ। जी उचट गया काम से। उसके बाद फिर व्रजराखाल का सहारा। उसे मुक्ति न दे सका। किसी दूसरी नौकरी की तलाश करनी पड़ेगी। व्रजराखाल भी कोशिश करे, मैं भी करूँ। फिर होना होगा सो होगा।

दफ्तर से निकलने के पहले ही बुलाहट हुई। फलाहारी पाठक ने आकर कहा—मालिक आपको याद कर रहे हैं।"

पूछा—बात क्या है ?

फलाहारी ने कहा—आप अपनी ही आँखों देखें जाकर।

वह चला। ऊपर न जाना पड़ा। रसोई में से ही सुविनय बाबू की आवाज़ आ रही थी। देखकर भूतनाथ और भी दंग रह गया कि बगल में उनके जवा भी खड़ी थी। गरजकर कह रहे थे—बस, फ़ौरन चला जा यहाँ से, तुरत...।

ठाकुर सामने खड़ा-खड़ा काँप रहा था।

सुविनय बाबू फिर गरज उठे—अब घड़ी-भर को भी तेरे लिए यहाँ जगह नहीं—अभी, अभी, तुरत निकल...।

इतने में भूतनाथ पर उनकी नज़र पड़ी। कहा—भूतनाथ, कहो तो, ठाकुर ने तुमसे क्या कहा ? यहाँ आओ, सामने।

भूतनाथ किंकर्त्तव्यविमूढ़ सा हो गया। सुविनय बाबू की यह मूर्ति इसके पहले उसने कभी नहीं देखी। कहा—जी, ठाकुर ने ऐसी कोई बात नहीं कही...आप...।

जूता समेत पाँव को ज़ोर से जमीन पर ठोंकते हुए वे बोले—आह, जो बोला है, वही बताओ। फ़िजूल की बात मैं नहीं सुनना चाहता।

—जी, उसने महज़ इतना कहा कि अगर उसके साथ मेरा ऐसा रवैया रहा, तो मैं यहाँ टिक न सकूँगा, बस अपमान नहीं किया है।

सुविनय बाबू बोले—तो उसने कहने को बाकी ही क्या रखा ? और क्या, दो जूते लगाता तुम्हें ? ठाकुर की तरफ पलटकर बोले—तू यहाँ से चला जा। तेरी नौकरी गई। यहाँ तेरी न बन सकी...गाँव में भी तू टिक सकेगा या नहीं, यह बात मैं फिर सोचूँगा....।

जो कहा, वही हुआ। तुरत ठाकुर को अपने कपड़े-लत्तों की पोटली दबाए चोर

की तरह दूसरे दरवाज़े से चल देना पड़ा।

इस वारदात से कैसा तो मायूस हो गया भूतनाथ। सुविनय बाबू ने कहा था, तुम जवानों की यह पीढ़ी बड़ी दब्बू है भूतनाथ, इसीलिए जो चाहता है, वही तुम्हारी तौहीन करता है। एक तरफ़ तो तुम लोगों ने गुंडों के डर से औरतों को पर्दे में छिपा रखा है, और दूसरी तरफ़ गोरों के डर से तैंतीस करोड़ लोगों ने देश को गुलाम बना रखा है—तुम लोगों को चुल्लू-भर पानी नहीं जुटता डूब मरने को।

भूतनाथ को उनसे ऐसी बातों की उम्मीद नहीं थी। वह सकपकाकर बोला—मैं लेकिन समझ नहीं सका...।

सुविनय बाबू और भी बिगड़ उठे—यानी तुम यह कहना चाहते हो कि बिटिया ने झूठ कहा है।

जवा पर भूतनाथ की निगाह पड़ते ही वह बोल उठी—मैंने अपने कानों सुना है भूतनाथ बाबू, आप बताएँ तो सही कि उसने धमकी दी थी कि नहीं ?

भूतनाथ बोला—उसकी वजह और थी।

—कौन सी वजह, कहें—जवा जवाब का इन्तज़ार करने लगी।

क्या कहे, कुछ समझ न सका भूतनाथ। कुछ सोचकर बोला—ठाकुर कह रहा था कि मैंने आपसे यह शिकायत की है कि मुझे भरपेट खाने को नहीं मिलता।

सुविनय बाबू बोले—मैं भी वही कहना चाहता हूँ, तुमने आख़िर इतने दिनों तक यह बात कही क्यों नहीं ?

जवा ने कहा—शायद इनका यह खयाल था कि मैं कम सामान दिया करती हूँ।

सुविनय बाबू ने पूछा—क्यों, भूतनाथ ?

जवा पहले ही टपक पड़ी—असल में भूतनाथ बाबू वैसे आदमी नहीं हैं, जैसा कि आपने सोचा था। व्रजराखाल बाबू ने कहा था सीधा-सादा सा है, अब समझिए मज़ा—भला आपको कम खाने को दूँ, ऐसी इच्छा मेरी क्यों हो ? आपसे वास्ता मुझे ? आप अपना काम करेंगे, तनखा लेंगे, खाएँगे। कोई कोर-कसर हो शिकायत करें।

—क्या कहती है जवा ? तुमने अब तक शिकायत क्यों नहीं की ?

जवा उसी रुखाई से कहती चली गई—दरअसल, ठाकुर के कहे को ही लोह की लकीर समझ बैठे थे वे और मुझी को चोर समझ बैठे थे। पूछ देखें आप, है या नहीं !

—भूतनाथ बाबू, यही बात है ?

जवा बोली—गनीमत कहिए कि अपने कानों सुना मैंने। आवेश में जवा जाने और क्या-क्या कह गई। ले-देकर बात यहाँ तक आई, मानो कसूरवार भूतनाथ ही है। सारी साज़िश उसी की है। बाप-बेटी मिलकर गोया उसी मुजरिम का फ़ैसला करने लगे हैं। उसका दिमाग़ जैसे चकराने लगा।

जब होश सा आया तो सुविनय बाबू की बातें कानों में पहुँचीं। कह रहे थे, अन्याय करनेवालों का अपराध जितना है, चुपचाप उसे बर्दाश्त करनेवालों का अपराध क्या उससे कम है? सुरेन बनर्जी की सोच देखो, बेकसूर ही नौकरी गई। गोरों के जुल्मों की

सोचो, गाँठ के पैसे देने पर भी साहबों के साथ में रेल पर सफर करना गुनाह, सच कहो तो राजद्रोह ! जूतों की ठोकरों से पेट कट भी जाए, तो चाय-बगान के कुलियों का चूँ करना जुर्म—यों कब तक बर्दाश्त करते रहोगे भूतनाथ बाबू ? एक ओर कट्टरपन्थियों का जुल्म, विलायत गए, मुर्गी खाई की जात गई। और इधर साहबों की लात—हम तो पके आम हैं—तुम्हीं नौजवानों का भरोसा है।

खोया-खोया सा भूतनाथ कब चल पड़ा, पता नहीं। गोल दीघी के पास खुली हवा के लगने से उसकी नसें सजीव हो आईं। उसे लगा ज़रा देर पहले किसी ने उसे भरपूर बेंत लगाए हैं। बदन में अभी भी दर्द था। आते वक़्त सुविनय बाबू से वह कुछ कह भी नहीं आया। सफाई भी दे सकता था या माफी माँग सकता था। वास्तव में जवा को नीचा दिखाने की उसकी नीयत नहीं थी।

वह फिर लौट पड़ा। चारों ओर अँधेरा हो चुका था। हो अँधेरा, जाकर उसे माफी माँग ही लेनी है।

पास ही थी शराब की दुकान। तीखी गन्ध लगी। बाहर-भीतर भीड़। ज़मीन पर ही कुल्हड़ लिए लोग जम गए थे। धुँधलके में भी वह चौंका—अरे, ठाकुर !

ग़ौर करने की हिम्मत न पड़ी। अभी-अभी इसकी नौकरी छूटी और आ पहुँचा भट्टी में। वह जल्दी से आगे बढ़ा। ठाकुर की निगाह न पड़े, वही ठीक।

आधे घंटे में अपने दफ्तर पहुँचा। सदर दरवाज़ा बन्द हो चुका था। बैजू दरबान ने खोल दिया। पूछा—फिर लौट आए ?

भूतनाथ ने पूछा—बाबू कहाँ हैं ?

—ऊपर।

ऊपर गया। बड़े कमरे में कोई न था। इधर-उधर देखा। ऊपर जाए कि न जाए, इसी उधेड़बुन में था कि हाबू की माँ मिल गई—कहा, बाबू मालकिन को खिला रहे हैं।

—और दादीजी ?

—नीचे हैं। रसोई में।

वह बैरंग नीचे उतरा और सीधे रसोई में पहुँचा। वह रसोई कर रही थी, चार जने उसे मदद दे रहे थे। घर के और लोगों के लिए यह नज़ारा कुछ नया न था, मगर भूतनाथ को अजीब लगा। वह पीछे से कुछ देर तक जवा को देखता रहा। उसे लगा, घर की मालकिन तो यही है।

घूमकर कुछ लेने जा रही थी कि जवा की नज़र पड़ी। अवाक् रह गई। अरे आप फिर लौट आए ? बाबूजी ऊपर हैं—

पहले तो भूतनाथ काठ का मारा सा रहा, फिर बोला—तुमसे ही कुछ कहना था। सच ही, मुझसे कसूर बन पड़ा है। पिताजी से कहना, मुझे माफ़ कर देंगे।

जवा हँस पड़ी। ताज्जुब। यही कहने के लिए आप लौटे ? भूतनाथ को जवाब न सूझा।

जवा ज़ोरों से हँस पड़ी। बोली—जिन्होंने आपका नाम रखा था, उनकी सूझ की

तारीफ़ करती हूँ मैं। फिर ज़रा रुककर बोली—मगर क्यों ? आप क्षमा क्यों माँग रहे हैं ?

भूतनाथ कुछ आगा-पीछा करके बोला—आखिर मेरी ही वजह से तो तुम्हें रसोई की बला उठानी पड़ी...ठाकुर को...।

जवा ने कहा—रसोई से मैं डरती नहीं हूँ—बाबूजी जिस-तिस का पकाया खाते नहीं, मगर ठाकुर अपने ही गाँव का था इसलिए...मगर मैं और ही कुछ सोच रही हूँ, आप ख़ूब डर गए हैं, है न ?

भूतनाथ समझ न सका। बोला—डर कैसा ?

—जात गँवाने का।

—क्यों ?

—क्योंकि अब से तो मैं ही पकाया करूँगी। भूल क्यों जाते हैं आप, मैं तो म्लेच्छ हूँ।

सोचने की बात थी। भूतनाथ जवाब न दे सका।

जवा ने कहा—आज जाकर तमाम रात पहले इसी को सोच देखें, फिर कल जो कहेंगे, वही इन्तज़ाम करूँगी। रात हो गई। अभी बल्कि आप जाएँ—और उसने चूल्हे पर दूसरा बर्तन चढ़ा दिया।

निर्बोध सा वह चला जा रहा था। जवा ने शायद पुकारा, सुनिए !

वह लौट पड़ा।

जवा ने कहा—बैजू को साथ ले जाइए। रास्ता इधर का अच्छा नहीं है। पहुँचा आएगा आपको।

भूतनाथ ने जवा की आँखों को देखा। बात में व्यंग्य-सा था। लेकिन अँधेरे में उसका चेहरा दीखा नहीं।

वक़्त बर्बाद न करके वह निकल पड़ा। नाहक ही फिर लौटा था वह। माफ़ी भी किससे माँगी ! किसे पता है, किस समाज के लोग हैं ये ! राधा, आन्ना, हरिदासी—इनमें से कोई तो ऐसा नहीं कहती थीं। शहर की लड़कियाँ ही क्या ऐसी होती हैं ? या सिर्फ ब्रह्मसमाज की लड़कियाँ ऐसी होती हैं !

जाते-जाते भूतनाथ बोला—किसी के साथ जाने की ज़रूरत नहीं। मैं औरत नहीं हूँ।

वनमाली सरकार लेन में जैसे ही वह मकान के पास पहुँचा कि नज़र पड़ते ही बिरिजसिंह ने आवाज़ दी—साले साहब, सुनिए !

भूतनाथ अवाक् रह गया। भला दरबान उसे क्यों पुकार रहा है ! पूछा—क्यों भई, क्या बात है ?

—आपको नन्हे बाबू बुला रहे हैं।

और भी अवाक् रह गया भूतनाथ। नन्हे बाबू ! उन्होंने कैसे पहचाना ! महल में उसे चीह्नता ही कौन है ! शाम हुए सबके अजानते आता और सुबह निकल पड़ता दफ्तर

को। किसी से जान-पहचान करने की हिम्मत भी न होती। हाँ, वंशी जब-तब आ जाता है। अपने ही मसलों से परेशान। उसी से उसने घर के और-और लोगों का नाम जाना है। नहाते वक़्त भिश्तीखाने में किसी-किसी से बातें ज़रूर हुई हैं, मगर नाम को।

एक दिन भिश्तीखाने के पास से गुज़रते समय लोचन ने पकड़ा उसे कदम के फूल-जैसी काँटेदार दाढ़ी। गले में कंठी की दो लड़ी। ऐंचा-ताना। बुड्ढा आदमी।

उसे ऑफ़िस जाने की हड़बड़ी थी। किसी कदर दो लोटा पानी बदन पर उँड़ेलकर चल देना था। लेकिन पानी चुक गया था। श्यामसुन्दर पानी भर रहा था। सवेरे यहाँ वैसी भीड़ नहीं रहती। मालिक लोग देर से जगते, सो कामों का दबाव इस समय ज़्यादा पड़ता।

लोचन ने उसे बुलाकर बेंच पर बिठाया। कहा, गुलाम का नाम लोचनदास है।

चारों तरफ़ हुक्का, गुड़गुड़ी और तम्बाकू। दीवारों पर नरचों की पाँत। रंगीन रेशमी काम। लोहे की सींक डालकर हुक्का साफ़ करते हुए लोचन ने कहा—तम्बाकू की ख़्वाहिश—।

यहाँ हर कोई उसे साले साहब के नाम से ही जानता और सुविनय बाबू के यहाँ किरानी बाबू के नाम से।

भूतनाथ बोला—मैं तम्बाकू नहीं पीता हूँ।

सुनकर लोचन ज़रा देर भूतनाथ को देखता रहा। बोला—लेकिन तम्बाकू शुरू करने की यही तो उम्र है। कर दीजिए शुरू, देर न कीजिए।

भूतनाथ अवाक्-सा हो रहा। भूषण चाचा तम्बाकू पीते थे। राधा के पिता भी पीते थे। और क्लब के यात्रादल के छोटे-बड़े सभी कम-ज़्यादा पीते थे तम्बाकू। कोई बिलकुल आमने-सामने—कोई छिपकर मल्लिक के यहाँ का तारापद्दो 'बर्ड्स आइ' पीता था। भूतनाथ ने एक बार यात्रा-घर में लगभग ठंडे पड़े हुक्के में दम लगाया भी था। लेकिन तुरत पकड़ लिया गया था। बाहर से आ रहा था रसिक मास्टर। अन्दर आते ही बोल उठा—यह खाँस कौन रहा है ?

भूतनाथ पर निगाह पड़ गई। बोला—ओ, यही शुरू किया है—शुरू में तो ऐसा ही होगा। ज़रा पानी पी लो। हिचकी बन्द हो जाएगी।

हिचकी के चलते फिर पीना न हो सका। बाद में आ गया कलकत्ते। यहाँ तो रात-दिन ब्रजराखाल का साथ। ब्रजराखाल को किसी भी नशे की आदत नहीं। सुविनय बाबू के यहाँ तो नाम भी नहीं, ब्रह्मसमाजी ठहरे। फलाहारी पाठक वगैरह बीड़ी ज़रूर पीते, लेकिन कारखाने के अन्दर नहीं। बाहर जाकर।

लोचन ने कहा—तेल लगा लेने के बाद ख़ूब जमता है तम्बाकू। चढ़ा दूँ चिलम—और वह सचमुच ही चिलम भरने लगा। कहा—जो तम्बाकू मँझले बाबू खाने के पहले पीते हैं, आपको वही दे रहा हूँ—देखिएगा, भूख लगेगी, रात को अच्छी नींद आएगी।

भूतनाथ बोला—यह आदत तो न ही लगाओ मुझे। गरीब आदमी ठहरा। आख़िर...

लोचन ने कहा—इसमें लागत कहाँ लगती है आपको ! ये आपके वैष्णव बाबू पीते हैं। घर में तम्बाकू नहीं रखते। रोज़ एक पैसा मुझे देते हैं और जी चाहे जितनी बार पी जाते हैं। उनका हुक्का मैं किसी को नहीं छूने देता हूँ।

चिलम भरते-भरते लोचन ने कहा—इस घर में किसी चीज़ का हिसाब तो नहीं है, बाबुओं को पचास तरह की लत है...इसी में जितनी देर के लिए घर रहते हैं उतनी देर में जितना पी सकें—नन्हें बाबू को देखा है न ?

भूतनाथ बोला—क्यों नहीं, संगीत-गोष्ठी जो करते हैं।

—जी हाँ, उन्हें तो मैंने ही तम्बाकू की लत लगाई। सिगरेट पर झुकाव ज्यादा—दस पैसे की आती है डिब्बी और फबती भी है ख़ूब। मैंने एक दिन बड़ी मालकिन से जाकर कहा—छोटे बाबू की अब उम्र हो रही है—तम्बाकू की आदत डाल दूँ ? बड़ी मालकिन ने कहा—तम्बाकू की लत लगाओगे, इसमें मेरी इजाज़त की क्या—।

बड़ी मालकिन जो हैं, ज़रा गम्भीर सी है। मुन्ने के जन्म के बाद ही विधवा हो गईं—छह-पाँच में नहीं रहतीं। और देखने में, छछात भगवती !

मैंने हँसकर कहा—भला यह भी हो सकता है माँजी, जब तक आप हैं, आपका हुक्म लिए बिना कुछ कर सकता हूँ मैं !

लोचन कहता गया—बस, हुक्के का कर दिया इन्तज़ाम। खजांची सरकार बाबू से जाकर कहा कि बड़ी मालकिन की इजाज़त हो गई। चितपुर के नए बाज़ार से चाँदी की गुड़गुड़ी और नल लाई गई, बाम्हन देवता से दिन-तिथि निकलवाई। चिलम फूँकते हुए वह बोला—काशी के चिलम में जतन से तवा देकर भरा बाला-खाना तम्बाकू, दिया गुलाबजल उसमें—छोटे बाबू ने कश लगाया तो खिल पड़े, बेहद ख़ुश हुए। न ज़रा भी खाँसी, न हिचकी। शायद आपको यकीन न आए—तुरत एक रुपया इनाम दिया और खजांची बाबू को मेरे लिए एक अँगोछे की फरमाइश कर दी।

इसके बाद कौड़ी बँधे एक हुक्के पर चिलम रखकर उसने भूतनाथ की तरफ बढ़ाया। यह हुक्का बाह्मनों का है, तारक बाबू, मोती बाबू, सब इसी में पीते हैं—

—भूतनाथ बोला—मुझे नाहक तंग करना, मैं नहीं पीता—

—भला यह कैसी बात !

लोचन मायूस-सा हो गया। फिर इस तरह बोला, गोया एक बहुत बड़े मसले का हल निकाल लिया हो—गोली मारिए, आप न हो तो एक धेला ही दिया कीजिएगा रोज़...जी चाहे जब पी जाया करिएगा। इस घर में आज जन-जन के होंठों से हुक्का लगा देखते हैं न आप, यह इसी खाकसार की बदौलत, वरना हुक्के का नाम यहाँ से कब का मिट गया होता। और तम्बाकू का रिवाज़ ही न रहता तो इस गरीब की नौकरी कैसे बचती ! जिन्दगी-भर भरता रहा चिलम, अब इस उमर में मुसाहबी तो नहीं बन सकती।

भूतनाथ बोला—ज़माने से यहाँ यही करते रहे हो, जवाब भी तुरत कैसे मिल सकता है ?

—सब कुछ हो सकता है हुजूर ! सुनते हैं, बाबू लोग अब मोटर खरीदेंगे। फिर इब्राहिम की नौकरी कैसे बचेगी ! मैंने कभी यहीं पाँच-पाँच पालकियाँ देखी हैं। अभी जहाँ दासू जमादार रहता है, पालकी ढोनेवाले कहार वहीं रहते थे। आज जाने कहाँ हैं वे ! बाबू लोग चुरट-सिगरेट पीना शुरू कर दें तो हुक्का कौन पिएगा भला !

लोचन और भी बोला—इसी उमर में क्या-क्या न देखा, घोड़े की ट्राम थी, कल की ट्राम हो गई—कल की गाड़ी भी चलेगी...मगर सोचकर क्या करना, वह भी दिन शायद आए कि हुक्का कोई छुए ही नहीं...लेकिन ईश्वर करे, वैसा दिन आने के पहले ही उठ जाऊँ—लीजिए, सुलग गया...तो यही तै रहा—आप एक धेला ही दिया करेंगे—

लेकिन भूतनाथ को हुक्का लेने की नौबत न आई। बाधा पड़ गई—यही तो, भैरव बाबू आ गए।

लोचन जल्दी-जल्दी उनके लिए हुक्का लाने को अन्दर चला गया। भूतनाथ ने गौर किया, बेशक बाबू हैं भैरव बाबू। लहर खिलाए बाल, तिरछी माँग, काली कोर की महीन धोती, चमकती बनियान, गले में चूननवाली बाकरी सूत की चादर, पैरों में बगलसवाला चीना बाज़ार का जूता—

हुक्का उनकी तरफ बढ़ाकर लोचन बोला—आज इतनी सवेरे !

—आज छेनीदत्त से कबूतरों की लड़ाई है। सुना नहीं तुमने ? पिछली बार मँझले बाबू ने शिकस्त खाई थी; अबकी पछाँह से कबूतर मँगवाया है, अब छेनीदत्त की ऐंठ तोड़ता हूँ, गेहूँ का दाना चुगाया जा रहा है कबूतर को। देख लेना तीन बार चक्कर खाकर छेनीदत्त का कबूतर टें बोल जाएगा। ठनठनिया का दत्त मँझले बाबू की बराबरी करने चला है।

भैरव बाबू गुड़-गुड़ करके हुक्के में कश खींचने लगे।

लोचन ने कहा—एक बात पूछूँ हुजूर—

—क्या ?

—सुना है, छेनीदत्त ने अपनी रखैल के लिए हाटखोला में पक्के का मकान बनवा दिया है—

—सुना तुमने ठीक ही है, मगर वह मकान तीन-तीन बार तो गिरवी रहा और अब उनकी रखैल सहित वह मल्लिकों के कब्जे में जा पड़ा है। इस महँगी में रखैल रखना छेनीदत्त के बस की बात नहीं। हाँ, इधर चुँचड़ा के बगीचे में भी गया था क्या ?

—जी नहीं।

—जाकर देख आना कभी। उस रोज़ खड़दा के रामलीला-मेले में मँझले बाबू तीनों ही औरतों को लेकर गए थे। कनखियों से घूर रहा था छेनीदत्त। मँझले बाबू ने मना कर दिया, नहीं तो साले को...

अचानक भूतनाथ पर नज़र पड़ी। पूछा—यह कौन लोचन ?

—जी, ये अपने मास्टर साहब के साले हैं, यहीं रहते हैं।

हुक्का पीना छोड़कर पूछा—अच्छा। क्यों भैया, नाम ?

भूतनाथ बेंच पर से उठ खड़ा हुआ। बोला—भूतनाथ चक्रवर्ती।

घर ?

—फतेपुर—नदिया।

—यहाँ ?

—मोहिनी सिन्दूर कार्यालय में नौकरी करता हूँ।

—तनख्वाह क्या मिलती है ?

—नकद सात रुपए और एक जू ा खाना।

—ऊपरी आमदनी, कुछ नहीं ? मुश्किल है तब तो, नशा-वशा करना हो तो कुछ ले-दे करना ही पड़ता है। कहूँ तो विश्वास न होगा लोचन, पहले एक बोतल का दाम था सिर्फ़ चार आना। क्या गाँजा और क्या चरस, दाम बढ़ता जा रहा है। इस कदर दाम बढ़ेगा तो काम कैसे चलेगा ? लोचन ने कहा—तम्बाकू तो ये पीते ही नहीं, तो बोतल...

भैरव बाबू बोले—सो तम्बाकू पियो, न पियो...नए-नए आए हो गाँव से, हितू की तरह सलाह दूँ कि वह पिया करो। नहीं तो इस लोने पानी से कहीं पेट बिगड़ा तो...भैरव बाबू ने कश खींचा। मँझले बाबू तो पढ़े-लिखे आदमी हैं। वे तो झूठ न कहेंगे। उन्हीं से मैंने सुना है कि उस ज़माने के एक बहुत बड़े आदमी राममोहन रम पिया करते थे और बुला-बुलाकर लोगों को पिलाया करते थे। राजनारायण बसु पीते थे, मधुसूदन दत्त पीते थे। राममोहन राय तो पीना सिखाने के गुरु ही थे। फिर एक कश खींचकर बोले—आज देखते हो न यह सेहत मेरी, पहले सीकिया पहलवान-सा था। मँझले बाबू ने कहा—भई, पीना चाहिए तुम्हें। मैंने शुरू कर दिया और जो असर नीलू कविराज के सालसे का न हुआ था, वही पीने का हुआ। अब जो भी खा लेता हूँ, सब हजम। अगर यह चीज़ बुरी होती, तो ये कम्बख्त गोरे सात समन्दर तेरह नदी पार करके यहाँ राज्य कर सकते ?

बात पर विश्वास किए बिना उपाय क्या था ?

भैरव बाबू ने कहा—लोचन, ज़रा पता लगाओ कि मँझले बाबू जगे या नहीं। जेब से ताँबे का एक पैसा निकालकर बोले—अपनी दस्तूरी ले लो तुम।

लोचन ने पैसों को टेंट में रख लिया।

उस रोज़ यहीं तक रहा। अब उसे इस घर के रवैए से अचरज नहीं होता। रविवार को छुट्टी रहती। उस रोज ब्रजराखाल सुबह ही बरा नगर चल देता। वहाँ परमहंस देव के चेले रहा करते थे। तमाम दिन जाने क्या करता ! रात गए लौटता।

कभी-कभी मँझले बाबू दीख जाते। रविवार को इब्राहिम गाड़ी से आता। दूसरी दो गाड़ियों पर होती उनके मुसाहबों की जमात। सबके चूननदार चादर, तिरछी माँग, बावरी बाल। इब्राहिम की गाड़ी के अन्दर होती मँझले बाबू की रखैल। ठीक-ठीक दिखाई नहीं पड़ती। साफ़-सुन्दर शकल। चेहरे पर घूँघट नहीं। नाक में लौंग। हाथ में पान का डिब्बा लिए गाड़ी से उतरती कभी-कभी।

मँझले बाबू का नौकर बेनी कहता—साले साहब, यहाँ से खिसक जाइए। मँझले बाबू देख लें, तो बिगड़ेंगे।

पूरी जमात निकल पड़ती। कभी बगीचे को। कभी गंगा में नौका-विहार को, कभी खड़दा के मेले में। बायाँ-तबला, घुँघरू साथ में रहता। बोतलें लुढ़की पड़ी होतीं।

बेनी कहता—उस कमसिन औरत को देखा न आपने...वह नाचती है कि पूछिए मत...

उस कमसिन का नाम था हासिनी। जितना ही अच्छा नाचती उतना ही अच्छा गाती। एक बार उसकी माँ होली के मौके पर काशी से यहाँ महफ़िल में आई थी। यह हासिनी उसके साथ आई थी। तब उसकी उमर रही होगी आठ-दस साल। मँझले बाबू को जँच गई। बस, माँ-बेटी को काशी लौटने की नौबत न आई। किराए का मकान ले दिया। सामान आए—नौकर-दरबानों की बहाली हो गई। हासिनी धीरे-धीरे बड़ी हो गई और उधर चल बसी उसकी बुढ़िया अम्मा। हासिनी अब मँझले बाबू की जायदाद है।

पहले यही एक थी। फिर दो हुईं, अब हो गईं तीन। मँझले बाबू की शान-शौकत देख कलकत्ते के बाबू लोग हैरान हैं।

भूतनाथ ने पूछा—मँझली बहू को इन बातों का पता है ?

बेनी ने कहा—मँझली मालकिन बड़े घर की बेटी हैं—सब सह सकती हैं। मँझले बाबू के ससुर थुल-थुल बुड्ढे हैं, मगर आज भी इतवार की रात वे घर में नहीं बिताते—रखैल है। मँझली मालकिन उन्हें भी माँ ही कहती है। मौके पर उनके यहाँ भी न्यौता जाता है। एक बार का ज़िक्र है, मँझली मालिकन बीमार पड़ीं। वह आई और रात दिन उनका सेवा-जतन करती रहीं। सगी माँ भी ऐसी सेवा नहीं कर सकती किसी की। अहा हा ! क्या रूप...अब तो खैर मँझले बाबू रात को घर लौट आते हैं—पहले ?

—पहले वहीं पड़े रहते थे। खजांची बाबू ज़रूरी काग़ज़ात मुझे देते थे, मैं उसी रखैल के घर जाकर उन्हें दिखा लाता था। पीने के बाद उन्हें होशोहवाश नहीं रहता : कपड़े नहीं सँभाल सकते थे। मैं गया नहीं कि जूतों की मार पड़ती। पीने-वीने से मनई के गियान-बुद्धि खाक नहीं रहती। मैं तो महज़ हँसता, मगर माँजी ख़ूब झिड़का करती उन्हें। कहतीं—पी है, ठीक है, मगर एकबारगी अकल बेच खाई है। बेनी, तू कुछ ख़याल मत करना, यह लो चार आने, मिठाई खाना।

बेनी ने कहा—हाथ में पान का डिब्बा लिए जिस बूढ़ी-सी औरत को आपने देखा, वही हैं बड़ी माँ। मँझले बाबू उनसे बेतरह डरते हैं। कहीं वे कह दें, पीना बन्द रहेगा तो बन्द रहेगा। वह चाहे मँझली मालकिन हों चाहे छोटी, बड़ी माँ ने अगर कभी ना कह दिया तो हाँ कराने की मजाल किसी की नहीं।

इतवार का दिन। मुसाहबों और उन औरतों के साथ मँझले बाबू चल दिए। शायद गंगा के उस पार डोंगी पर खान-पान का इन्तज़ाम था। बड़ी माँ अपने हाथों उन्हें अन्दाज़ से शराब डालकर देंगी। पूजा-पाठ, व्रत-त्योहार करती हैं। सो हर बार उनका साथ नहीं दे सकतीं। दिन-खेन देखकर, पुनमासी, अमौसिया समझकर चलती हैं। सब

बातों में बड़ा विचार करती है। बासी कपड़ों में शराब नहीं पीतीं। गीले कपड़ों ही पूजाघर में जाती हैं।

और मँझली मालकिन ?

उनका हाल देखिए—तिमंज़िले पलंग पर बैठी सिन्धु के साथ बाघगोटी खेल रही हैं—रोज़ नए गहने। कभी कमर की करधनी तुड़ाकर बिछवा बनवाती हैं, तो कभी उसके बदले अनन्त और अनन्त के पुराना पड़ जाने पर चूड़ा। इस बार पूजा के मौके पर बनी हीरे का कील नाक की, तो दीवाली में बना चुन्नी का करणफूल। या कि मुक्तालर या पन्ना-जड़ा चन्द्रहार।

मँझले बाबू की गाड़ी निकल गई। भूतनाथ चुप खड़ा देर तक सोचता रहा। फूफी की याद आ गई। उनकी ससुराल से पाँच रुपए का मनीऑर्डर आया करता था। उन्हीं पाँच रुपयों से माह-भर चलाना। कितनी फिक्र रहती थी फूफी को उन पाँच रुपयों की ! भूतनाथ डाकघर की खाक छाना करता। कभी पोस्टमास्टर नहीं मिलते। कभी वे बीमार होते। कहते, भई, आज तो अब नहीं हो सकेगा। बूढ़े आदमी। कभी-कभी गाय-गोरू की सानी लगाते होते। कह देते, इस वक़्त तो माफ़ ही करो भैया, उस बेला ज़रा जल्दी आ जाना।

उस बेला ही जाता भूतनाथ। पोस्टमास्टर साहब फरमाते—जा ही तो रहे हो, ज़रा उधर की चिट्ठियाँ भी लेते जाओ। डाकिए को आज फुर्सत नहीं, उसे बैंगन के लिए पैंठ भेज दिया है।

फूफी रुपयों को जतन से जुगोती, सँभलकर खरचती। भूतनाथ कभी-कभी कहता—एक धेला मुझे दो न फूफी।

मगर फूफी धेला नहीं देती—कहती—तेरे लिए तो है सब। मेरे मरने के बाद सब ले लेना।

मगर सारी जमा-पूँजी उसकी बीमारी में ही निकल गई। और इस घर का रवैया। कौन कहाँ से कमाकर पैसा लाता है, कौन जाने। ये तो सोकर ही उठते हैं दिन के एक बजे। कोई किसी दफ्तर में नहीं जाता, कोई कारोबार नहीं—इतने-इतने आदमी—सब बैठे-बिठाए ही खाते हैं।

आमद के ज़रियों का तो पता नहीं चलता, लेकिन खजांची के पास जाते ही खर्च का अन्दाज़ा होता है।

बीच में उकड़ूँ बैठे विधु सरकार, अगल-बगल ढलुवे बक्स पर बैठे चार-पाँच आदमी खर्चे की बहियों में लिख रहे थे। कान पर कलम रखे विधु सरकार कहता—ज़रा पट्टा-बही देना तो केशो !

बही उसकी तरफ़ बढ़ाकर केशो फिर लिखने लगा।

भूतनाथ वहीं खड़ा-खड़ा देख रहा था। मोटी बही पर बड़े-बड़े हरफों में लिखा था—पट्टा नकल बही, श्रीयुत मिस्टर विलियम फ्रैंकलैंड साहब, सन्...

चीखकर विधु सरकार ने केशव से कहा—मैं कहता हूँ...तुम लिखो—अरकूली सिमला मछलन्दपुर गाँव में तालाब खोदने के लिए शोभाराम बसाक को तीस बीघे ज़मीन लाखराज दी गई। वामापद सेन सुनार के पोते क्षमापद सेन, उसकी अट्ठारह कट्ठे की घरबाड़ी अट्ठारह सौ सिक्कों में तारापदो मुंशी के हाथ बेची गई—अचानक सिर जो उठाया तो भूतनाथ पर नज़र पड़ी। बोला—तुम्हारा क्या है ?

भूतनाथ ने अपने हाथ की चिट उसकी तरफ़ बढ़ा दी। कहा—मैं उसका साला हूँ, उसकी इस माह की तनखा...

—ठहरो ज़रा। विधु सरकार ने शुरू से अखीर तक सब पढ़ा और कहा—यह दस्तख़त किसका है ?

—जी, ब्रजराखाल बाबू का।

—महज ब्रजराखाल कहने से तो काम नहीं चलता ब्रजराखाल क्या ? दास कि रुईदास, ब्राह्मण कि कायस्थ, वल्द, मुकाम...और फिर तुम ? सिर्फ़ भूतनाथ चक्रवर्ती कहने से कैसे होगा ? किसका बेटा, कहाँ घर...यह आख़िर डाकघर नहीं है जनाब, ज़मींदारी का काम वैसा आसान नहीं होता...सही-भर मिल गया कि झंझट ख़त्म—यह दफ्तरों में होता है। यहाँ भी होता तो आज तक विधु सरकार ने बाबुओं की ज़मींदारी बेच खाई होती। खैर, वे ख़ुद क्यों नहीं आए ?

—जी, वे वरानगर चले गए हैं।

—फिर मैं तो न दे सकूँगा रुपए। हथकड़ी पहनने का काम मैं नहीं कर सकता...हाँ भई, तेरा क्या है ?

वह आदमी समीप आ गया। बोला—जी, मेरे रुपए...

—अबे, काहे के रुपए, बता भी ! तू क्या मेरे बाप का सम्बन्धी है कि तुझे जानता-चीह्नता हूँ ? लाखों का कारोबार होता है यहाँ, हज़ारों प्रजा का नाम भी कोई ज़ुबान पर रख सकता है ?

—जी, बर्फ का दाम, चार-चार महीने की कीमत बाकी पड़ गई—

—ठहरो ! ज़रा रोज़मर्रा खर्च की बही देना तो केशो !

यह सरकार अजब जीव है। पहले दिन तो भूतनाथ को बेतरह गुस्सा आया था। लाट साहब हो गए।

विधु सरकार बोला—अरे, मँझले बाबू ने कहा तो क्या हुआ, ज़ुबानी काम नहीं चलता यहाँ, यहाँ लिखा-पढ़ी, सही सबूत चाहिए। उनके हाथ का लिखा दिखा, फौरन गिन देता हूँ रुपए। मैं तो हुक्म का बन्दा-भर हूँ—हिसाब लिख रखूँगा, आना-पैसा, गंडा-कौड़ी का ठीक-ठीक हिसाब। यह तुम्हारे रोज़गार की बात नहीं, जमींदारी है। हर ऐरा-गैरा इसका हिसाब नहीं रख सकता। किसी से कहा, भई यह डाकघर नहीं कि पाँच बजे और ताला बन्द। बचपन से यही कर रहा हूँ, पर आज तक थाह नहीं मिली इसकी। रोज़ नया। फूटी पाई की गड़बड़ी हुई कि नायब-गुमाश्ते की गर्दन पर सवार। बाबुओं का धर्म का पैसा है—विधु सरकार और चाहे सब कर ले, अधर्म नहीं सह सकता। उसके

बाद कि भूतनाथ की तरफ़ मुड़कर बोला—तुम खड़े क्यों हो छोकरे, कह तो दिया मैंने कि काम करते वक़्त तंग न करो मुझे...लिखो केशो—शेख आसानुल्ला के बेटे शेख जैनुद्दीन को मौरूसी मुकर्ररी...।

भूतनाथ लौट आया।

व्रजराखाल ने लौटकर सब सुना। सुनकर बोला—ठीक ही तो किया है। रुपयों का मामला। समझ-बूझकर ही देना ठीक है। विधु सरकार आदमी बड़ा होशियार है। फिर तुम्हें पहचानता नहीं। जान-चीह्न ले फिर तो...

नन्हे बाबू ने क्यों बुलवा भेजा है, समझ में न आया।

वह कमरे में अपने दफ्तर के कपड़े बदल रहा था कि शशी ने आकर कहा—साले साहब, नन्हे बाबू याद कर रहे हैं।

शशी नन्हे बाबू का नौकर है।

भूतनाथ ने पूछा—क्यों भला !

शशी बोला—मैंने बिरिजसिंह से कह रखा था कि आते ही आपको ख़बर कर दे। कहा नहीं उसने ?

भूतनाथ बोला—कहा तो है, पर पता नहीं, किसलिए बुलाया है। तुझे ख़बर है कुछ !

शशी ने कहा—मुझसे वे पूछ रहे थे, मास्टर के कमरे में तबला कौन बजाता है शशी ! मैंने बताया—मास्टर साहब के साले बजाते हैं। वे बोले—हाथ अच्छा है। बुलाना तो ज़रा।

—अच्छा कह दे जाकर, अभी आया मैं। जल्दी से भोजन करके वह उनकी बैठक में गया। बहुत दिनों की बात है। स्मृति के मणि-मन्दिर में सब बातें सँजोने-जैसी जगह नहीं रही। मगर छोटे बाबू को कभी भुलाया नहीं जा सकता। बड़ी बहू का इकलौता लड़का। कार्तिक जैसा सुन्दर देखने में। उतनी अच्छी सेहत। लेकिन जिस खानदान की रग-रग में सनीचर पैठ गया है, उसे बचा कौन सकता है ?

बद्री बाबू की एक बात उसे बारम्बार याद आती है। वे कहते थे, दुनिया में जिसे जुआ खेलना आता है, वह फूटी हुई पाई लेकर भी खेल सकता है। जो भला होना और रहना चाहता है, उसके लिए सभी रास्ते खुले हैं।

वास्तव में यही होता है।

वरना नन्हे बाबू ऐसे क्यों होते ?

देखते ही नन्हे बाबू बोल उठे—अरे, आइए-आइए साहब, आपके तबले की रोज़ थाप सुनता हूँ और सोचता हूँ कि हाथ पेशेवर का है। ऐसी टाँकी तो पहले सुनी नहीं मैंने। किसी उस्ताद से गंडा बँधवाया था, क्यों ?

कमरा उनका दोस्तों से भरा था। किसी के हाथ में तानपूरा तो किसी के हारमोनियम। सबके बाल एक से छँटे। चूननवाली चादर, धोती। सारा फ़र्श काफ़ी मोटी गद्दी से ढँका। सुफैद जाजिम। तकिए के सहारे लेटे थे नन्हे बाबू और पसीने से तर

हो रहे थे। पनडब्बा, तम्बाकू की डिबिया, सिगरेट।

ठुमरी की तान पर रह-रहकर नन्हे बाबू चीख़ उठते—क्या कहने, क्या कहने...

सम पर ज्यों ही तबले की ताल से गीत का मुँह मिल जाता, बोल उठते—सुभान अल्लाह, सुभान अल्लाह।

दिनों से रियाज़ छूट गया था भूतनाथ का। गाँव के उत्साद से सीखा था। दादरा, कहरवा और इकताले से भी ज़्यादा सरोकार था। कभी-कभी यत्। दशहरे के समय रसिक मास्टर के यार-दोस्त आ जुटते तो ठुमरी-टप्पा चलता। यात्रा में खेमटा ही ज़्यादा होता।

नन्हे बाबू ने चिल्लाकर कहा—ठुमरी अब जँच नहीं रही है, गज़ल हो...गा विशू...

हुक्म। गज़ल शुरू हो गई। विशु यानी विश्वम्भर। आवाज़ अच्छी थी। शुरू की कि जम गई।

भूतनाथ का चलने लगा कव्वाली का ठेका।

नन्हे बाबू से न रहा गया। खड़े हो गए। कहा, जम गई गज़ल। वे पर्दा हटाकर अन्दर गए और ज़रा ही देर में धोती की कोर से मुँह पोंछते हुए आए। तकिए के सहारे बैठ गए। गीत और भी जम गया। पसीने से और भी तर होने लगे थे। लय बढ़ने लगी। भूतनाथ की कलाई दुखने लगी।

विश्वम्भर झूम रहा था। आँखें बन्द। मस्त होकर गा रहा था—जख़्मी दिल को न मेरे दुखाया करो...

सम आया। हो-हो करके लुढ़क पड़े नन्हे बाबू। एक-एक कर सभी पर्दे के पीछे जाने और लौट आने लगे। आँखें सुर्ख़।

नशे में नन्हे बाबू भूतनाथ का पैर छूने के लिए लपके।

—अरे रे, कर क्या रहे हैं आप—भूतनाथ उछल पड़ा।

पैर छूने की कोशिश करते हुए नन्हे बाबू पट पड़ गए। बोले—घर ही में ऐसे उस्ताद के होते—तुम लोग गोसाईंजी के पैरों तेल लगाते हो, ख़बरदार जो...अबे शशी !

शशी पर्दे के अन्दर से निकला।

नन्हे बाबू ने कहा—सुन ले, कल से गोसाईंजी को अन्दर कदम रखने दिया, तो तेरा ख़ून कर दूँगा—बिरिजसिंह का भी गला घोंट दूँगा—उसके बाद श्रद्धा और भक्ति से मुँह के पास मुँह ले जाकर कहा—काफ़ी मिहनत पड़ी है आपको—थोड़ी सी चलेगी ?

भूतनाथ कुछ समझ नहीं सका। उनके मुँह से शराब की बू ज़रूर आ रही थी। फिर भी पूछा—जी ?

खासी अच्छी है...ठर्रा नहीं। ज़रा सा शैम्पेन...।

भूतनाथ को अजीब सा लगा।

जमात के एक ने कहा—नन्हे बाबू प्रेम से दे रहे हैं—इनकार न करें।

नन्हे बाबू बोले—अच्छा, न हो तो भंग थोड़ी सी...शशी...ज़रा पिस्ता-बिस्ता डालकर...पर्दे के अन्दर चले जाइए—कोई देखेगा नहीं।

रात के बारह बजे तक उस रोज़ ऐसा ही चलता रहा। गज़ल के बाद टप्पा। उसके बाद 'चमेली फूले चम्पा...'

बैठक टूटी, तो नन्हे बाबू में उठने की भी ताकत नहीं रह गई थी। तकिए के सहारे चित पड़े रहे। घर-भर में सन्नाटा। भूतनाथ को भी अभी तक होश न था। उस वातावरण में वह खो सा गया था।

बाहर निकलने पर उसने विशु बाबू से कहा—आपका गाना आज ख़ूब जमा।

विश्वम्भर ने कहा—आपने संगत खूब की...।

सभी थोड़ा-बहुत नशे में थे। परेश ने कहा—हम सबने अमृत पिया, आप ही निरम्बु रहे—एक सफर के दो नतीजे।

कान्तिधर ने कहा—भैया, तू बड़ी जल्दी बेताब हो जाता है—आज पहला दिन है। नन्हे बाबू ही क्या शुरू में पी रहे थे, किस मुश्किल से चाट लगाई है। और अब...।

भूतनाथ ने सबको दरवाज़े तक पहुँचाकर अपनी सीढ़ी पर कदम रखे। जान तो नहीं लिया व्रजराखाल ने ? जाते वक़्त उससे पूछा भी नहीं। यहाँ उसका सुनाम है; ऐसा कोई काम न बन पड़े कि उसकी मर्यादा को आँच आए। ताला खोलते समय वह सहसा क्यों तो ठिठककर खड़ा हो गया।

लगा, गाड़ी-बरामदे की राह से कोई निकला। धुँधली एक मूर्ति। कोई औरत थी शायद। चारों ओर सन्नाटा। तमाम बत्तियाँ गुल हो चुकी थीं। इब्राहिम की छत पर रेंड़ी के तेल की बत्ती जल रही थी। ईंटों से बँधी डेवढ़ी पर रोशनी की कुछ लकीरें पड़ रही थीं। कहीं कोई नहीं। पहरे पर बैठा बिरिजसिंह ऊँघ रहा थ। ऐसे में बाहर कौन जा रही है ?

भूतनाथ को उत्सुकता हुई।

पहले कभी ऐसा नज़ारा देखना नसीब न हुआ था। आँगन पार करते समय छिटकी रोशनी पड़ते ही वह मूर्ति चीन्ही-चीन्ही सी लगी। वह मूर्ति नन्हे बाबू की बैठक के सामने जाकर खड़ी हुई।

खड़ा होना था कि अन्दर से किसी ने दरवाज़े की कुंडी खोल दी। अन्दर की रोशनी में दीखा, वह शशी था। और वह नारी-मूर्ति भी भूतनाथ की पहचान में आ गई।

गिरि थी—मँझली बहू की नौकरानी।

लमहे में दरवाज़ा बन्द हो गया। फिर सब अँधेरा। कैसे तो एक बुरे कोतूहल ने भूतनाथ के जी को गँदला कर दिया। बाबू लोग अभी लौटे नहीं थे। तारों से भूतनाथ ने जानने की कोशिश की, रात कितनी हुई। दूसरा पहर बीत रहा था। मँझले बाबू नहीं आए थे। नन्हे बाबू लौटेंगे भी या नहीं, कुछ ठीक नहीं। बन्द कमरे में दो जने, शशी और नन्हे बाबू। इन दोनों में कौन ?

नींद से पलकें झुकती आ रही थीं, फिर भी न सो सका।

सुबह व्रजराखाल ने पूछा—कल कहाँ रहे ? सारा किस्सा सुना और कहा—ठीक है, मगर ज़रा सोच-समझकर।

—क्यों ? भूतनाथ ने अचरज से पूछा।

व्रजराखाल ने कहा—अभी तो दफ्तर का समय हो रहा है, लेकिन इतना कहूँ, परमहंस देव कहते थे, रोने से खुद ही कुम्भक होता है। गाना-बजाना बेशक अच्छी बात है, मगर कभी-कभी रोना भाई साहब।

—फ़िज़ूल का रोऊँ क्यों ?

—कहूँ तो बहुत कहना होगा। आज जल्दी है और लौटने में भी कुछ देर होगी मुझे। जल्द ही नरेन लौट रहा है, तैयारियाँ करनी हैं।

—नरेन कौन ?

—नरेन यानी विवेकानन्द। परमहंस देव कहा करते थे, नरेन एक दिन सारी पृथ्वी को हिला देगा। सो अमरीका में उसने भूकम्प मचा दिया। प्रताप मजूमदार, एनी बेसेंट, सब हक्का-बक्का हैं। कल का छोकरा—देख लेना भाई साहब, एक दिन यह नरेन ही सारे देश को उबारेगा। अनेक सन्त आए, पादरी आए, निराकार ब्रह्म की उपासना भी बहुत हुई, लेकिन दरिद्रनारायणों के बारे में किसी ने ऐसी बात नहीं कही।

भूतनाथ खड़ा-खड़ा सुनता रहा।

दफ्तर को देर हो रही थी, फिर भी व्रजराखाल कह रहा था—नरेन ने हमारी आँखें खोल दी हैं। कहता है—सात सौ साल की मुसलमानी सल्तनत में छह करोड़ लोग मुसलमान बने और सौ साल के अंग्रेज़ी राज में छत्तीस लाख ईसाई—ऐसा क्यों ? पहले यह किसी को न सूझा—नरेन ने मद्रास के भाषण में बहुत कुछ बताया। गुलामी बड़ी बुरी चीज़ है।

ऑफ़िस की जल्दी में और किसी बात का ख़याल नहीं रहता। कुछ दूर जाकर व्रजराखाल फिर लौट आया। पूछा—तनखा मिली ? मिली है सुनकर कहा—तो एक रुपया दो।

—क्यों, तनख़्वाह तो कल तुम्हें भी मिली है ?

—मिली है...लेकिन; व्रजराखाल हँसा। वरानगर में मेरे गुरु-भाइयों को फाके की नौबत—परमहंस देव के बाद उन्हें बड़ा ही कष्ट है। भीख पर गुज़ारा। कल गया, तो देखा, रसोई का जुगाड़ नहीं हो सका है। सिर्फ वेदान्त पढ़ने से पेट तो नहीं भरने का। अमेरिका से नरेन ने कुछ भेजा था और मैं भी अपनी सारी तनख़्वाह दे आया।

भूतनाथ ने एक रुपया उसे दिया। कहा अभी तो सारा माह पड़ा है ?

व्रजराखाल हँसने लगा। बोला—फ़िक्र न करो, तुम्हें फाका न करने दूँगा। फिर बोला—परमहंस देव कहते थे, कामिनी और कंचन, इन दोनों को त्यागे बिना भजन-साधन नहीं हो सकता। सो तुम्हारी बहन बेचारी ने मरकर एक से तो मुझे बचा दिया, अब रुपयों का क्या करूँ ? नौकरी छोड़ दूँ तो कल से ही कई परिवार भूखों मरने लगेंगे। एक रुपए ग्यारह आने का एक जोड़ा मिलता है कपड़ा—फिर भी बहुत सी अभागिनें एक कपड़े में साल निकालती है।

समय नहीं था। व्रजराखाल चला गया।

उस रोज़ अपने दफ्तर से लौटते समय भूतनाथ को यही याद आया। फतेपुर में तो ऐसी ग़रीबी कभी नज़र नहीं आती थी। यहाँ तो इन्हीं कई महीनों में उसकी निगाह खुल गई। चारों तरफ अभाव। हाहाकार। एक धेले के लिए भिखमंगा बड़ा बाज़ार से माधव बाबू के बाज़ार तक पीछे लगा आता है—अधेला दो बाबू, एक धेला।

भूतनाथ ने पूछा—घर कहाँ है ?

बुड्ढा आदमी। गाँठ बाँध-बाँधकर किसी तरह कपड़े को कमर से लगाए था। कहा—बाढ़ से हमारे गाँव बह गए, किसी कदर ज़िन्दा हूँ, दो दिन से दाने नहीं नसीब हुए...एक धेला।

और भी एक दिन जब शिव ठाकुर की गली से आ रहा था, तो एक ने घर के अन्दर से आवाज़ दी थी—सुन लो भैया...ओ भैया...!

साँझ हो चली थी। रास्ते पर कोई नहीं। नारी-कंठ।

—यहाँ भैया, मैं किवाड़ की फाँक में से बोल रही हूँ।

—दरवाज़ा खोलिए...हुआ क्या है आपको ?

—कुछ और न सोचो भैया, तुम मेरे लड़के के बराबर हो, चिथड़ा भी नहीं कि लपेटकर बाहर निकलूँ—ये दो पैसे लो और कुछ मुरमुरे खरीदकर खिड़की में से मेरे लिए अन्दर डाल दो।

कहाँ आई बाढ़ फरीदपुर में, अकाल पड़ा मेदिनीपुर में—लगता है, वहाँ के सब यहीं आ जुटे हैं। और इधर बड़े महल में पड़े हैं इतने-इतने लोग, बेवजह इतनी फिज़ूलखर्ची होती है, कोई देखता भी नहीं। विलायत से चीज़ें आती हैं। झाड़-फानूस। एक बार श्वेत मर्मर की बनी उड़ती परी आई। नंगी। हाथ में लिपटा एक साँप। मँझले बाबू के नाचघर में सजाई गई। हाथीबगान से तीन सौ रुपए पर भैरव बाबू एक चीनी आर्किड का पौधा ले आए। कलकत्ता क्यों, देश-भर में कहीं यह पेड़ मिलना मुश्किल है। बहुत से खरीदार आए—लाट साहब का साहब माली तक। बोली बढ़ते-बढ़ते तीन सौ रुपए पर खत्म हुई। सबको हराकर भैरव बाबू छाती फुलाए पौधे को ले आए। मँझली बहू ने उस पौधे को देखना चाहा...तीन सौ रुपए दाम। सोना नहीं है, कुत्ता-बिल्ली नहीं...महज़ एक पेड़। मर गया कि गया।

वह जो भी हो, भैरव बाबू ने मूँछों पर ताव देकर कहा—बाबू तो बस मँझले बाबू हैं—छेनीदत्त को पता ही नहीं कि वह किसे बाबूगिरी दिखाने चला है।

उस पौधे की बदस्तूर प्रतिष्ठा की गई। इसके लिए घर तैयार कराया गया। मँझले बाबू खुद निगरानी कर गए।

इधर यह ख़बर लाट साहब तक पहुँची। उन्होंने कहला भेजा कि वे पेड़ को देखने आएँगे, लाट साहब आएँगे। कुछ मज़ाक नहीं। तैयारियों की धूम मच गई। नाचघर में मखमल का फ़र्श बिछा। फ़ानूसों की सफाई की गई। कमरों की पुताई हुई। बड़े आईने के ऊपर राजा-रानी की तस्वीर साफ़ करके लटकाई गई। उसके ऊपर लाल कपड़े पर लिखा गया—God save the king और, लाट साहब को बिना खिलाए कैसे लौटाया

जाए ! खाने का इन्तज़ाम हुआ। ख़ास ग्लासों में बत्ती जलाई गई गैस की। सबके लिए नए कपड़े सिलने को दिए गए। तीन सौ रुपयों के पीछे ज्यादा नहीं तो तीन हज़ार रुपए और निकल गए।

वनमाली सरकार की लेन चौहद्दी गाड़ियों से भर गई। उस समय बड़े बाबू ज़िन्दा थे। वे सादर लाट साहब को उतार लाए--लाट साहब और उसकी मेम।

खाना-पीना चला। खाने से ज्यादा पीना।

पेड़ को देखकर लाट साहब बहुत ख़ुश हुए। खाना खाया—महल को घूम-घूमकर देखा। लखनऊ से तवायफ़ें आई थीं। उनका नाच देखा। बनारसी पान लाया।

जब जाने लगे लाट साहब, तो बड़े बाबू ने उस पेड़ को ले जाकर कहा—हुजूर इसे कबूल करें तो यह खानदान धन्य हो।

लाट साहब ने अपने हाथों उसे नहीं लिया। साथ के आदमी ने लिया। जिस पेड़ के लिए इतनी धूमधाम हुई, वह पेड़ लाट सहाब के बगीचे में जाकर शोभित हुआ।

कुछ ही सालों में उसका फल मिला। बड़े बाबू को खिताब मिला। वैदूर्यमणि चौधरी, राजा बहादुर वैदूर्यमणि चौधरी हो गए।

बड़े बाबू का नाम वैदूर्यमणि चौधरी, मँझले का हिरण्यमणि चौधरी और नन्हे का कौस्तुभमणि चौधरी। वैर्दूयमणि ने तन्दुरुस्ती के लिए बनारस का पहलवान रखा था। पहलवान-से ही थे। दो बड़े मुग्दर भाँजा करते थे। ज़मींदारी की देखभाल, घर के हर किसी की सुख-सुविधा का ख़याल, फिर कुश्ती लड़ने का शौक। मौरूसी जायदाद को न सिर्फ़ बचाया उन्होंने, उसे बढ़ाया भी। उनके समय में इस घर का यह हाल न था।

ये सारे किस्से बद्री बाबू की जुबानी सुने थे। जाने कहाँ तो उनके पुरखों में से कौन मुर्शीदकुली खाँ का कानूनगो हुआ था..उसी के वंशधर थे बद्री बाबू।

बद्री बाबू ने कहा—जभी तो कहता हूँ, जुआ खेलने आए तो फूटी कौड़ी से भी खेला जा सकता है। बड़े बाबू राजा बहादुर हुए, धूम मची, मेम साहबों की दावत हुई। पीपों शराब पी गए सब। मैं न गया। मैंने कहा, बड़े बाबू राजा बहादुर नहीं 'राजनाग' हुए है। कहा सो फला। वही बड़े बाबू जब मरे; तो मरते समय बूँद-भर पानी नसीब नहीं हुआ।

भूतनाथ ने पूछा—क्यों ?

बद्री बाबू बिगड़ उठे। कहा--पूछता है, क्यों ? सात सौ साल की मुसलमानी सल्तनत में छह करोड़ आदमी मुसलमान बने और सौ साल के अंग्रेज़ी शासन में हुए छत्तीस लाख आदमी ईसाई—यों ही हो गए ? नमकहरामी की सजा। देखना, कुछ न रहेगा। सब जाएगा—वही देखने के लिए तमाम दिन चित लेटा रहता हूँ और सुनता रहता हूँ घड़ी की टिक्-टिक्।

उनकी बात का एक-एक हरूफ कैसे मिल गया, आज भी सोचता भूतनाथ। उस रोज़ भी दफ्तर से आते ही बिरिजसिंह ने कहा—आपको नन्हे बाबू ने बुलाया है।

भूतनाथ को अकेला देख वंशी आ धमका। इतवार था। बोला—आज तो आपको

जाना ही पड़ेगा। छोटी मालकिन रोज़ ही कहती हैं मुझे, अरे अपने साले साहब को बुलाया नहीं तूने—मुझे मौका ही नहीं मिलता, आप नन्हे बाबू की महफिल में चल देते हैं, रात हो जाती है।

भूतनाथ ने पूछा—तुझे पता है, क्यों बुला रही हैं ?

—सो तो नहीं बताया उन्होंने।

—लेकिन ब्रजराखाल से पूछे बिना कैसे जाऊँ ? फिर अन्दर महल की बात, एक अजनबी मर्द, कोई कुछ कहे तो ?

—छोटी मालकिन ने बुलाया है, तो आप क्या करेंगे ? और नन्हे बाबू को पता भी क्या होगा ? वे तो शाम को निकल गए हैं—कल भोर में लौटेंगे।

—तेरे छोटे बाबू कहाँ जाते हैं ?

—जी उसी पिशाचिन के पास—जान बाज़ार। छोटी मालकिन कहती हैं, बाम्हन के सराप से ऐसा हुआ है। पिछले जन्म में बाम्हन का अपमान किया था। इस जन्म में उसी का नतीजा।

—तूने उस औरत को देखा है वंशी ?

—भला मैं न देखूँ ! छोटी माँ के पैरों की धूल होने लायक भी नहीं है। मगर मिज़ाज़ का क्या कहना, अपने हाथों एक गिलास पानी ढालकर भी नहीं पीती। जिस रोज़ बाबू घर नहीं लौटते, छोटी माँ मुझको वहाँ भेजती हैं। इत्ती सी, तब से देखता आया हूँ। क्या थी और क्या है अब ! आजकल जद्दू की माँ मसाला पीसती है न, पहले वह काम उसी की माँ करती थी। हम उसे रूपा कहते थे, उसी रूपा की बेटी, चुन्नी। जब बारह की थी, तभी नन्हे बाबू की आँखों में गड़ गई। नन्हे बाबू का ब्याह हुआ, तो वह तेरह की थी। जान बाज़ार में उसके लिए मकान लिया गया। ख़ैर, सब छोटी माँ की अपनी तकदीर...। हाँ तो यही तै रहा, खा-पी लें, मैं आ जाऊँगा।

साँझ हुई। छह का घंटा बजा, सात का बजा। आठ का भी बज गया। कमरे में अकेला भूतनाथ। तरह-तरह की सोचता रहा—ब्रजराखाल को बिना बताए जाना ठीक होगा ? नन्हे बाबू की गैरहाज़िरी में। महल की बात। इतने दिन रहते हो गए, किसी बहू की शकल नहीं देख पाया। औरतें पीछे के दरवाज़े से जातीं-आतीं। हर दम ताला लगा होता। ज़रूरत पर वह ताला खुलता जब गाड़ी आती तब, बड़ी बहू गंगा नहाने जातीं तब। मँझली बहू मैके जातीं या उनकी माँ वगैरह आतीं तब।

और छोटी बहू ?

वंशी ने बताया, उन बेचारी के तो माँ नहीं कि आएँगी। ग़रीब घर की इकलौती बेटी...इनकी ख़ूबसूरती से बड़े बाबू ने यह रिश्ता किया था...सो अब तो पिताजी भी चल बसे। थे भी जब तक, चलते-फिरते न थे, पूजा-अर्चना लिए रहते।

छोटी बहू को भूतनाथ ने नहीं देखा। किसी भी बहू को नहीं देखा। लेकिन लगता है, उसमें से सब जानी-पहचानी हैं। राजा बहादुर वैदूर्यमणि चौधरी का इन्तकाल हुआ ज़मींदारी पर। महीने में एक बार ज़मींदारी पर ज़रूर जाते। अकेले। नदी के किनारे बहुत

बड़ी कचहरी। रिआया की शिकायत सुनते, लगान माफ करते। गाँव के पहलवानों का दंगल देखते। पहलवान जो हुआ, उसके सात ख़ून माफ़ ! कभी-कभी खुद भी लड़ते। अखाड़े पर आज भी सिन्दूरपुती आदमकद महावीरजी की मूर्ति पड़ी है। बद्री बाबू कहते, लेकिन मरते वक्त बूँद-भर पानी न नसीब हुआ—वह राजा बहादुर नहीं, 'राजनाग' था।

मगर उतनी रात को पानी देता भी कौन ! जान भी पाता कोई ! सुबह पता चला। अनादि मल्लिक तीन पुश्त के गुमाश्ता हैं। उन्होंने देखा। फिर दरबान, सिपाही—सबने।

वैसी भारी-भरकम लाश। नीली पड़कर आँगन में पड़ी थी। पाँव के पास एक और भी चीज़ थी। वह भी कम लम्बी-चौड़ी नहीं। चित पड़ी थी। दोनों मृत। अनादि मल्लिक सिहरकर पीछे हट गया। एक तो दिन सनीचर, फिर गेंहुअन।

पुरानी बातें हैं ये। नन्हे बाबू तब मुन्ने थे। बड़ी बहू बड़ी धर्मप्राण थीं। सात दिन तक पानी भी न छुआ। उसके बाद भूमिशय्या से जो उठीं तो बिलकुल बदली हुईं। भोजन के बाद चौंसठ बार साबुन से हाथ धोए बिना चैन नहीं। सिन्धु साबुन के चौंसठ टुकड़े और चौंसठ लोटा पानी लेकर उनका हाथ धुलाती। देवता का प्रसाद तक धोकर खाती हैं।

वैदूर्यमणि के बाद ज़मींदारी की ज़िम्मेदारी हिरण्यमणि के कन्धों पर आई। बड़ी बहू ने छोड़ा तो छोड़ा, मँझले बाबू उसको कैसे छोड़ते ! सुविधा ही हो गई। दोनों के दो मकान हो गए। तब तक आई हासिनी। तब उसकी उम्र कम थी। जो भी रुपए जाते, उसके लिए कम होते।

मँझले बाबू की नाव पाल खोले वरानगर की तरफ बढ़ती। रह-रहकर हवा में तैरती आतीं सुरीली तानें, घुँघरू की झुनझुनू। नाव की तेज़ रोशनी से गंगा की गोद उजली रहती।

कौस्तुभमणि, छोटे बाबू तब कच्ची उम्र के थे। नन्हे बाबू-जैसे। तीसरे पहर गाड़ी से बाहर जाने को थे। उतर रहे थे सीढ़ी से कि माथे पर कुछ लगा आकर ज़ोरों से। नींबू का एक टुकड़ा सिर पर लगकर नीचे जा रहा।

पहले तो बिगड़ उठे छोटे बाबू। पूछा—कौन है रे ?

मधुसूदन उसी ओर होकर जा रहा था। कहा—जी, रूपा की बेटी है, चुन्नी।

—रूपा कौन ?

—जी, वह उस कमरे में मसाला पीसती है, दाल चुनती है।

—ओ—कहकर चले गए वे। मगर मधुसूदन कब छोड़नेवाला था ! रूपा पर पाँच रुपया जुर्माना। मधुसूदन का पावना होता था यह। एक ही रुपया महीना तो मिलता है रूपा को। सो चुन्नी की फजीहत-मरम्मत शुरू हो गई। रूपा ने उसका झोंटा खींचा, थप्पड़-मुक्के लगाए। दुर्गत की। और बाद में रोने बैठी—मरकर भी चैन नहीं मुझे, अरी छोरी, तू मरेगी कब, यम क्या भूल ही गया है तुझे ! पापी पेट के लिए भूत की-सी मसक्कत—फिर भी चैन नहीं।

मधुसूदन के पास अर्ज़ी दाखिल हुई।

मधुसूदन ने कहा—मैं क्या करूँ, नन्हे बाबू का हुक्म है ?

लेकिन रूपा की हिम्मत की तारीफ करनी पड़ेगी। पाँच रुपए कुछ मज़ाक तो नहीं। छोटे बाबू की शरण गही उसने। रोया-पीटा। साथ थी बारह साल की बेटी चुन्नी। इस रोने-पीटने का नतीजा कुछ ही दिनों बाद निकला। चुन्नी को रंगीन साड़ी मिली—हाथों में कंगना। महावर लगने लगा पाँवों में। रूपा की तनख़्वाह एक से दो रुपए हो गई। पहले ज़ुबान हिलती न थी, वह अब तेज़ हो गई।

सौदामिनी ने सब देखा। उसकी ज़ुबान चलती ही रहती, मगर वह भी चुप हो गई। स्वभाव तो मरने से भी नहीं जाता। बक-बक करती रहती—आँख गई, तो तिरभुवन गया। भोला का बप्पा यही कहता था—फूलबहू, आँखें रहते तिरभुवन देख लो...

सब पुरानी बातें। वेनी, वंशी, लोचन, शशी, सिन्धु, गिरि...ये सब जानते हैं।

आठ बज गए, वंशी का पता नहीं। वह तब आया, जब भूतनाथ नन्हे बाबू के बैठके में तबला बजा रहा था। गाना जम गया था। अचानक वंशी ने पीछे से कहा—साले साहब—

भूतनाथ ने पलटकर देखा। कहा—रुक जा।

नन्हे बाबू ने देखा। पूछा—बात क्या है वंशी ?

—जी, छोटी माँ ने ज़रा इन्हें बुलाया है।

—क्यों ?

—सो नहीं जानता।

नन्हे बाबू उस समय मौज में थे। बोले—हो भी आओ भाई ज़रा, छोटी माँ ने बुलाया है, क्या हर्ज है ?

भूतनाथ ने तबला कान्तिधर को थमाया। कहा—अभी आया।

वंशी ने कहा—आइए, रुक क्यों गए आप ? वह खाँस उठा। दोमंज़िले की सीढ़ी आई। टिमटिम जल रही थी बत्ती। बरामदे पर से एक काकातुआ चीख उठा। डर लगा। उसके बाद कहाँ से, कैसे, किधर से वह महल में पहुँचा, पता नहीं।

सिन्धु ने आहट पाते ही पूछा—कौन ?

—मैं हूँ, वंशी।

—ज़रा रुकना पड़ेगा भैया, बड़ी माँ हाथ धो रही हैं।

वंशी ने मुड़कर कहा—ज़रा रुक जाइए साले साहब...ज़रा के माने पूरा एक घंटा। दोनों खड़े। हुआ क्या ? वंशी ने बताया—बड़ी माँ खब्ती हैं। हाथ धोने में देर होगी।

सिन्धु की आवाज़ सुनाई पड़ी—बड़ी माँ, सो गई हैं आप, उठ जाइए।

देर में बड़ी माँ का स्वर सुन पड़ा—पूछा—कै बार हुआ ?

—बस तीन बार बाकी है।

सुनकर वंशी बोला—हो चला, इकसठ बार हो चुका है—तीन बाकी है।

इजाज़त मिल गई। सिन्धु बड़ी माँ को कमरे में ले गया। भूतनाथ तुरत आख़िरी कमरे के सामने पहुँचा। वंशी ने आवाज़ दी—चिन्ता...

काला-कलूटा-सा एक मुँह झाँककर घूँघट में ढँक गया। वंशी ने पूछा—छोटी माँ क्या कर रही हैं ?

सिर झुकाकर चिन्ता क्या बोली, समझ में न आया। लेकिन अन्दर दाख़िल होकर उसने दोनों को बुला लिया।

आज सोचते हुए अचरज होता है कि उस रोज छोटी बहू का चेहरा कैसे भूतनाथ को इतना अच्छा लगा था। मानो इतना रूप उसने किसी में कभी नहीं देखा था। एक ऐसा रूप होता है, जिसे देखकर आँख जुड़ाती हैं, जी ठंडा होता है—बेचैनी नहीं होती—यह वैसा ही रूप। किसी ने मानो उसके सारे बदन पर चन्दन चढ़ा दिया। आँख, नाक, मुँह की ऐसी श्री तो शायद देवताओं में भी नहीं होती। और कुल मिलाकर जिस चीज़ पर पहले नज़र पड़ती, वह तो छोटी बहू के चेहरे की यह-वह नहीं। भूतनाथ को ऐसा लगा था कि उन चार दीवारों में बन्द पड़ी है मानो कोटि-कोटि मनुष्य के मन की एकान्त कल्पना। लाखों-लाख युगों के सारे सौन्दर्य को निचोड़कर गोया उनकी देह में तिलोत्तमा ने रूप लिया था। वह मानो देहगत रूप नहीं, उसे मानो स्पर्श नहीं किया जा सकता, छूने-पाने की दुनिया से परे का एक अव्यक्त वाणीमय रूपक हो मानो। मानो शरीर को छूने से वह दूध के फेन से भी नरम होगा, करीब जाने से लगेगा कि वर्ण में वह इन्द्रधनुष से भी धनी है। ऐसी प्रशान्ति तो प्रशान्त महासागर में भी नहीं।

एक बार भूतनाथ की तरफ़ देखकर छोटी बहू ने घूँघट सरका लिया। आँखों के इशारे से वंशी ने बता दिया—साले साहब यही हैं।

छोटी बहू ने कहा—आओ, बैठो।

नीचे गलीचा बिछा था। भूतनाथ बैठ गया।

छोटी बहू बोलीं—तू ज़रा बाहर जाकर खड़ा रह वंशी, मैं बुला लूँगी। चिन्ता को भी किसी काम के बहाने बाहर भेज दिया। कैसी तो एक ज़बर्दस्त घुटन से पसीने-पसीने होने लगा भूतनाथ ! उनके चेहरे की तरफ़ टकटकी लगाने से भी तृप्ति नहीं होती। सिर झुकाए बैठा था। जी में हो रहा था, एक नज़र और देख लूँ उस मुखड़े को !

छोटी बहू कहने लगीं—सब लोग तुम्हें साले साहब कहते हैं। नाम क्या है, कोई नहीं जानता। वंशी से पूछा, वह भी नहीं बता सका।

सिर झुकाए हुए ही भूतनाथ बोला—आप भी उसी नाम से पुकारा करें।

—मगर माँ-बाप ने कुछ नाम तो रखा ही होगा।

—बाप-माँ को तो मैंने आँखों नहीं देखा। मेरा नाम रखा था फूफी ने। नाम है भूतनाथ चक्रवर्ती। सबको जँचता नहीं।

—ब्राह्मण हो। मैं लेकिन तुम्हें भूतनाथ कहूँगी, भला ? उम्र में तुमसे छोटी होते हुए भी रिश्ते में बड़ी हूँ। तुम मुझे छोटी बहू कहना।

भूतनाथ कुछ देर चुप रहा। उसके बाद गर्दन उठाकर बोला—मुझे बुलाया किसलिए था ?

—बताती हूँ, लेकिन पहले कुछ नाश्ता कर लो तुम। मेरा छुआ खाने में कोई एतराज तो न होगा ?

उनकी चूड़ियों और कुंजियों की झनकार सुनाई पड़ी। धोती की कोर के नीचे ज़रा सा जो हिस्सा दीख रहा था, वह शरीर का निहायत ही मामूली सा हिस्सा। नन्हीं-नन्हीं उँगलियाँ महावर में बेहद ख़ूबसूरत लगीं। दूध-से सफेद नाख़ून—महावर से घिरे। बेर-से रस-भरे।

सादे पत्थर की रिकाबी में चिन्ता नाश्ता ले आई।

छोटी बहू ने कहा—मेरे यशोदादुलाल का प्रसाद है। चिन्ता, पानी ले आ भूतनाथ के लिए।

उनके मुँह से अपना नाम भूतनाथ को आज बड़ा अच्छा लगा। वह एक-एक करके मिठाइयों को तश्तरी से ले-लेकर मुँह में भरने लगा—गोया मशीन हो। उसके बाद एक बार चारों तरफ निगाह दौड़ाई। एक ओर एक पलंग था। ऊपर से लटक रही थी एक रंगीन मच्छरदानी। मोटे गद्दे पर ख़ूब साफ़ चादर। दो बड़े-बड़े तकिए। दीवार पर तस्वीरें। कृष्ण का खीर-भोजन। गिरिगोवर्द्धनधारी यशोदा दुलाल। दमयन्ती के सामने नल का हंसदूत। मदनभस्म—शिव के ललाट से झाड़ की तरह छिटकी हुई चिनगारियाँ। काँच की एक अलमारी में खिलौने। घाघरावाली मेम। गोरा पलटन। जूड़ावाली कालीघाट की बहू। कोने में छोटी सी तिपाई पर धूप जल रहा था। फूल-बेल-पत्ते की भीड़ में श्रीकृष्ण की मूर्ति। सोने की मूर्ति। हाथ की मुरली भी सोने की।

—पान खाते हो ?

—नहीं।

—खा लो। एक दिन खा लेने से हर्ज़ नहीं। छोटी बहू दे रही हैं।

पान चबाते हुए भूतनाथ सोचने लगा—अचानक यह आदर-जतन क्यों आखिर ? कहीं छोटे बाबू आ धमकें ! यों वंशी ने बताया तो है कि छोटे बाबू कभी भी रात को घर नहीं रहते। चुन्नी के यहाँ रहते हैं। भूतनाथ ने कहा—तो आज मैं चलूँ बहूजी...

—चलूँ क्या, अभी तो जो कहना था, सो तो कहा ही नहीं। वंशी कह रहा था, तुम शायद 'मोहिनी सिन्दूर के दफ्तर' में काम करते हो ?

—यों ही कर रहा हूँ। कहीं अच्छी जगह मिल ज़ाएगी, तो छोड़ दूँगा। ब्रजराखाल के दफ्तर में कोई जगह...।

—मेरा वह मतलब नहीं, मैं पूछती हूँ, मोहिनी सिन्दूर से कुछ होता भी है ?

अबकी भूतनाथ ने सीधे उनके मुँह की ओर ताका। पतले होंठ। होंठों से छिटकी हुई ललाई। कानों में हीरे के फूल। कपाल पर उड़ते हुए दो-एक बेबस बाल। उसके ठीक नीचे दो काली आँखों की सहज, लेकिन गहरी निगाह। काजल से आँखें तो नहीं आँजी हैं !

छोटी बहू ने पूछा—वंशी ने कुछ बताया नहीं तुम्हें ?

—वंशी ने सिर्फ़ इतना ही कहा कि आपने मुझे बुलाया है। सोच-सोचकर भी आ

न पाया—दफ़्तर से लौटने में ही देर हो जाती है रोज़।

—बहुत काम करना पड़ता है शायद।—आवाज़ में हमदर्दी भरी।

—जी, सब कुछ तो हम लोगों पर ही है। सुविनय बाबू सिर्फ़ रुपए-पैसे का हिसाब-किताब रखते हैं।

—सुविनय बाबू कौन ? तुम्हारे मालिक हैं ?

—जी हाँ, ब्राह्म हैं, मगर आदमी बड़े भले हैं। मेरे ही लिए उन्होंने अपने रसोइए को बाहर किया।

—क्यों ?

भूतनाथ ने सारा किस्सा कह सुनाया। तनख़्वाह, जवा के सलूक, जवा की माँ के पागल होने की बात—सब कुछ। सुनाने में आज उसे अच्छा लगा। कभी किसी औरत ने इस तरह ध्यान से उसकी बात नहीं सुनी, सुनना भी नहीं चाहा। ऐसी स्रोता यहाँ मिलेगी, किसे पता था ? दुःख की सहज-सी कहानी। सजा-गुजाकर कहना भी नहीं आता। उनकी तरफ आँख उठाकर देखने में अब संकोच न हुआ उसे। उनके हाथ की कुंजियों का झब्बा रह-रहकर झनक उठता...खनखना उठती चूड़ियाँ। माँग में सिन्दूर, मानो अभी-अभी माँग भरी हो। बालों पर पानी की बूँदें—होंठों में मुसकान। उसकी कहानी सुनते हुए रह-रहकर दाँत से अपना पतला होंठ काट लेती थीं। इतना अच्छा और कभी न लगा था भूतनाथ को। वह बोला—चलूँ अब, काफ़ी देर तक तकलीफ दी आपको।

जी में लेकिन खौफ़ हुआ, चल ही न देना पड़े कहीं।

छोटी बहू ने कहा—बलिहारी अकल तुम्हारी—जवा क्या यों ही तुम्हें बेवकूफ़ कहती है। इतने दिन हो गए यहाँ रहते, अब भी कुछ समझ नहीं सके ? रात के बारह बजे इस घर में साँझ होती है, नहीं जानते ?

भूतनाथ चुप।

छोटी बहू ने पूछा—तुम्हारे मोहिनी सिन्दूर का दाम क्या है

—दो रुपया सवा पाँच आना। मगर रुपयों की अभी ज़रूरत नहीं।

ज़रूरत क्यों नहीं ? चोरी करोगे ? नहीं-नहीं।—छोटी बहू के आवाज़ देते ही चिन्ता आई। कहा—यह कुंजी रही, भूतनाथ को पाँच रुपए दे-दे निकालकर।

—पाँच रुपए क्या करूँगा मैं ?

—बाकी चाहे लौटा देना—कहकर उन्होंने पाँच चमकते सिक्के भूतनाथ की मुट्ठी में रख दिए। कहा- मगर सिन्दूर का हर्गिज़ किसी से ज़िक्र न करना।

भूतनाथ की वाक्शक्ति खत्म हो गई। लगा, छोटी बहू के हाथ में जादू है। इतना नरम ! इतना स्निग्ध ! वह उनके चेहरे की ओर देखने लगा। वह कुछ गम्भीर हो गई थीं।

बोलीं—सिन्दूर का ज़िक्र नहीं करना है कहीं, याद रहेगा ?

—आपने मना किया तो किसी से न कहूँगा।

—मना न करती तो शायद सबसे कहते फिरते ? हँस पड़ी वह।

भूतनाथ हँसी का अर्थ न समझ सका। गूँगा-सा रह गया। छोटी बहू ने कहा—देख क्या रहे हो यों ? जानते नहीं कि ये बातें किसी से कहनी नहीं चाहिए ?

सिन्दूर खरीदने में ऐसा क्या गोपनीय रहस्य हो सकता है ! भूतनाथ बोला—आप खातिर जमा रखें, मैं किसी से न कहूँगा।

—वंशी तक से नहीं।

—वादा करता हूँ, वंशी से भी न कहूँगा।

—अपने बहनोई से भी नहीं।

—वादा करता हूँ।

—जवा से भी नहीं। वह भी नहीं समझेगी। शादी हुई होती तो समझती कुछ।

अपने अजानते ही पूछ बैठा भूतनाथ—क्यों ?

—यह तुम न समझ सकोगे भैया ! शादी से पहले सब औरतें भी नहीं समझतीं।

भूतनाथ ने पूछा—राधा ? उसका तो ब्याह हो चुका था। ज़िन्दा होती तो समझती ?

छोटी बहू के चेहरे पर कैसी तो फीकी सी हँसी फूट उठी। कहा—मुश्किल है कहना। जिसकी किस्मत फूटती है, वही समझती है। एक नारी के लिए इससे बड़ी लज्जा, इससे बड़ा अपमान और दूसरा नहीं भाई !

छोटी बहू की आवाज़ से चौंक सा उठा भूतनाथ। भली तरह उसकी तरफ ग़ौर किया। रो तो नहीं रही हैं ! फिर चेहरे पर हँसी की यह छटा कैसी ! अचानक ही फफककर हँस पड़ीं छोटी बहू। सितुए-से छोटे-छोटे सफेद दाँत चमक उठे। मुँह पर अँचरा डाले हँसती हुई बोलीं—यह अजीब घर है भाई, अजीब ! अपने मैके को देखा है मैंने, माँ की याद भी कुछ-कुछ आती है, मैं ग़रीब की बेटी हूँ...लेकिन यह एक अजीब घर है—अजीब !

आँचल से होंठ दबाए वह फिर हँसने लगीं। भूतनाथ बुत बना बैठा रहा। पगली तो नहीं हैं ये। हाथ, मुँह, पैर—सब उनके थर-थर काँप रहे थे। बेर-सी रस-भरी उँगलियाँ हँसी के आवेश में सिकुड़-सिकुड़ जाती थीं। जी में आया, ज़बरन उनका अँचरा मुँह पर से हटाकर देखे कि वह रो तो नहीं रही हैं।

लेकिन जब उन्होंने मुँह पर से कपड़ा हटाया तो वैसी ही स्वाभाविक। कहा—यहाँ के लोगों को तो देखा है, इनके बारे में सुना भी बहुत-कुछ होगा ज़रूर ही। कभी-कभी सोचती हूँ, ऐसा हुआ कैसे ? इतना बड़ा परिवार, इतना नाम-यश, इतना धन, लेकिन किसके पाप से ये ऐसे हो गए ! फिर लगता है, दोष और किसी का नहीं, अपनी किस्मत का है। पता नहीं, पिछले जन्म में कितना पाप किया था—इसीलिए किसी औरत को जितना चाहिए, सब मिला, दुर्गा-जैसा रूप, देवता-से पिता, माँ का अभाव उन्होंने खलने न दिया, इतने बड़े घर की बहू बनी, रुपया-पैसा, घर-द्वार, गाड़ी, दास-दासी—जो किसी को नहीं मिलता, सब मिला—लेकिन असली ही चीज़ में धोखा—इससे तो...।

भूतनाथ मन्त्रमुग्ध-सा सुनता रहा।

वह बोलीं—स्वामीजी को तुम नहीं जानते, मेरे पिताजी के गुरु। उनसे पिताजी ने पूछा था, पट्टू की तकदीर यों फूट क्यों गई गुरुदेव ? असल में मेरा नाम पटेश्वरी है न, पिताजी इसीलिए पट्टू कहा करते थे। गुरुदेव ने कहा...रहने भी दो...क्या करोगे सुनकर ?

भूतनाथ बच्चे की तरह अड़ गया—नहीं-नहीं, कहिए भाभीजो, सुनने में बड़ा अच्छा लग रहा है मुझे।

वह बोलीं—चूँकि स्वामीजी को तुमने देखा नहीं है, इसलिए शायद यकीन न आए तुम्हें। लेकिन पिताजी कहते थे, वे तीनों काल की बात जानते थे, उनकी बात झूठी नहीं हो सकती, पचास साल हिमालय में तप किया...।

—क्या कहा उन्होंने ?

छोटी बहू खिलखिलाकर हँस पड़ीं। कहा—गुरुदेव बोले, पिछले जन्म में पट्टू देवबाला थी, देवसभा में इसने ब्राह्मण का अपमान किया था, उसी के शाप से इसे जन्म लेना पड़ा है—यह जनम इसका प्रायश्चित में ही बीतेगा। पिताजी ने पूछा—मुक्ति कैसे होगी ? गुरुदेव बोले—स्वामी-सेवा से।

—स्वामी-सेवा से ?

—हाँ भाई ! तुमने नन्हे बाबू को देखा है ? इतने दिनों से हो, देखा ज़रूर होगा। पता नहीं तुम क्या सोच रहे हो, लेकिन हमारे यहाँ भंडार में जो बुढ़िया है न, इस घर की वह सबसे पुरानी नौकरानी है, उससे मैंने सुना है, छुटपन में छोटे बाबू देवकुमार-से थे। मैंने सोचा जब मैं देवबाला हो सकती हूँ, तो वे देवकुमार क्यों न होंगे ? शायद हो कि शाप से यहाँ जन्म लेना पड़ा हो। लेकिन किसी रात जब नींद नहीं आती तो अपने यशोदादुलाल कि पैरों-तले पड़कर एक बात सोचा करती हूँ कि विधाता से भेंट हो जाती, तो एक बात पूछती मैं।

—कौन सी बात ?

छोटी बहू थम गईं। बोलीं—रहने भी दो भाई, एक काम करो। सिन्दूर ले आना और बने तो अपने मालिक से पूछना—मनुष्यों को तो यह सिन्दूर फल देता है, देवकुमार के लिए भी कारगर हो सकेगा या नहीं ?

भूतनाथ हँस उठा।

छोटी बहू ने कहा—मज़ाक नहीं, पिताजी और गुरुदेव ने तो कहा है, मगर स्वामी को समीप पाऊँ तब तो सेवा करूँ। उस दिन विज्ञापन में इस सिन्दूर के बारे में जाना और वंशी से यह जाना कि तुम वहीं काम करते हो।

बहुत पहले की बातें। साइकिल से जाते-जाते भूतनाथ को आज भी वह दृश्य साफ़ नज़र आता है। पटेश्वरी बहू का कमरा। वह पलंग। विलायती खिलौनों से भरी अलमारी और उसके सामने बैठी अनिंद्य सुन्दरी छोटी बहू। उस घर में कभी छोटे बाबू के चरणों की धूल नहीं पड़ती, जहाँ रात के सूनेपन में वसन्त बहार करुण चीत्कार करती है, जहाँ भारत का हिन्दू-आभिजात्य मुग़लों के ज़माने की दहलीज़ पार करके अंग्रेज़ों के

राज-दरबार में जा पहुँचा है। नए सिरे से जागा मन जहाँ शासन नहीं मानना चाहता, नियम का पालन जबकि जंजीर-सा लगता है; लेकिन तब तक उधर से आँखें सुर्ख किए एक और ही सभ्यता दौड़ी चली आ रही है। घड़ी की सुई-सा समय बताता हुआ कदम बढ़ाता मशीनों का ज़माना। गेहूँ पीसने की कल से लेकर रेलगाड़ी चलने तक. बहुत से मैदान पार करता तड़पता आया सन् 1897। हिरण्यमणि और कौस्तुभमणि ने गौर नहीं किया। बड़े महल की ईंट, चूना औार रोड़ों में तब तक पौधों की जड़ें झूलने लगीं। नाहक ही छोटी बहू जन्तर-ताबीज़ पहनकर देवता का पूजा-पाठ करतीं, शृंगार करके तमाम रात इन्तज़ार में बैठी रहतीं।

इतने बड़े घर की बहू से इस तरह परिचय होगा, सोचा भी न जा सकता था। भूतनाथ का ख़याल था, वह दरवाज़े के पास खड़ा रहेगा और दाई की मारफत बातें होंगी। मगर यह क्या, पहले ही दिन इतना अपनापन, इतनी घनिष्ठता ! यकीन नहीं आता। हो सकता है, छोटी बहू ग़रीब घर की लड़की हैं, इसीलिए इस घर में अपवाद-सी हैं।

भूतनाथ जाने लगा तो छोटी बहू ने कहा—तुमने मेरे यशोदादुलाल को प्रणाम नहीं किया भूतनाथ !

भूतनाथ मूर्ति की तरफ बढ़ा। झुककर प्रणाम किया। पर लगा, वह प्रणाम देवता के पाँवों तक नहीं पहुँचा। बाहर निकलने पर जी में आया, प्रणाम उसने किया किसको ? छोटी बहू के देवता को ? या और किसी को ? यों छोटी बहू को प्रणाम करने का कोई मतलब नहीं होता। उन्हें देखकर महज़ क्या भक्ति ही हुई ? और कुछ नहीं ?

छोटी बहू ने कहा था, सिन्दूर तुम खुद ले आना। वंशी से कहना, वह तुम्हें रास्ता दिखाते हुए साथ ले आएगा।

भूतनाथ को ऐसा लगा, छोटी बहू उसे पहले से ही पहचानती थी। मगर कैसे ? शायद वंशी ने बताया हो।

वंशी ने लेकिन कहा—नहीं साले साहब, मैं क्यों बताने लगा भला ! उन्होंने पूछा था कि आप कैसे आदमी हैं। सो मैं जो जानता था, वह बताया। आप यकीन मानें, मैंने कोई शिकायत नहीं की। वैसा आदमी मैं नहीं हूँ।

वंशी चला गया।

नन्हे बाबू की महफ़िल चल रही थी। चमेली फूली चम्पा...सम आ पहुँचा। अब क्या गाया जाए ?

तमाम सन्नाटा। इब्राहिम के घर में जल रही थी रेंड़ी के तेल की बत्ती। पहरे पर तैनात था नत्थूसिंह। कमरे में पहुँचा तो देखा, व्रजराखाल आ चुका था। कुछ पढ़ रहा था। वह चौंक उठा। कोई बड़ा गुनाह किया हो जैसे, मुँह दिखाने में शर्म लगी।

व्रजराखाल ने सब सुना। सुनकर कहा—छोटी बहू ने जब मना किया था, तो तुमने मुझसे कहा क्यों ?

—तुम्हें कहने में क्या हर्ज़ है ?

व्रजराखाल ने कहा—किया सो किया, मगर अच्छा नहीं किया। वे हैं साहब-बीबी

और हम हैं गुलाम। उनसे ऐसा मिलना-जुलना ठीक नहीं।

रात को लेटे-लेटे भी यह बात उसके जी में घुमड़ती रही। सच ही क्या उसने अच्छा नहीं किया ? उनके बुलाने पर जाना, क्या ठीक न था ? बुरा ही क्या हुआ ? लेकिन प्रणाम उसने किसे किया—केवल छोटी बहू के देवता को ?

मोहिनी सिन्दूर कार्यालय में उस रोज़ सवेरे से ही काम की भीड़ रही। साँस लेने की फुर्सत नहीं। पाठकजी ने दोपहर को काम की भीड़ में ही सत्तू खा लिया। भूतनाथ को भी बड़ी भूख लगी थी। लेकिन आज कोई बुलाने नहीं आएगा क्या ?

एक मनीऑर्डर फ़ार्म लेकर भूतनाथ ऊपर गया। सुविनय बाबू उसी तरह बैठे थे। बगल में जवा और एक कुर्सी पर जवा की माँ। किताब पढ़ रहे थे।

सुविनय बाबू बेटी से कुछ कह रहे थे। जवा भूतनाथ को देखकर खड़ी होने लगी।

सुविनय बाबू बोले—बैठो, शर्म काहे की ?

जवा ने कहा—भूतनाथ बाबू को खाना नहीं दिया है। मैं जाती हूँ।

—क्यों ? सुविनय बाबू अवाक् रह गए।—भोजन में उन्हें इतनी देर हो, यह तो ठीक नहीं।

—लेकिन वे मेरे हाथ का खाएँगे ? पूछिए।

—ऐसा क्यों कह रही तो तुम ?

भूतनाथ को जवाब सूझा। वह चुपचाप खड़ा रहा। जवा ने साफ़ कहा—हम सब तो ब्राह्मण नहीं हैं।

—हाँ-हाँ, ठीक ही कहा। फिर तुम्हारे खाने का क्या इन्तज़ाम होगा भूतनाथ ? ब्राह्मण रसोइए का प्रबन्ध करना होगा। कहना होगा पाठक को। अरे, रतन—

—रसोइया तो जब आएगा, आएगा। लेकिन आज क्या उपवास करेंगे ये ?

सुविनय बाबू हतबुद्धि होकर भूतनाथ को देखते रहे। जवा ने पूछा—मैं अगर चूल्हे पर हाँडी चढ़ा दूँ, तो आप उतार न सकेंगे—या इसमें भी एतराज़ है ?

भूतनाथ ने कहा—उतार लूँगा।

—ठीक है। जब तक रसोइया नहीं आ जाता, तब तक इतनी तकलीफ़ करो। जवा ठीक ही कह रही है।

जवा ने कहा—तो मैं करूँ इन्तज़ाम ?

सुविनय बाबू बोले—तो बिटिया, भूतनाथ बाबू को इतवार को बुलाऊँ ?

जवा ने सिर नीचे करके कहा—आपकी मर्ज़ी।

—यह कैसी बात, विवाह तुम्हारा है, सारे समारोह की केन्द्र तुम हो। सो तुम जिन्हें कहोगी, मैं उन्हीं को निमन्त्रण दूँगा और भूतनाथ बाबू तो घर के-से हैं।

—मैं भूतनाथ बाबू के लिए रसोई का इन्तज़ाम करूँ।—और वह पलभर में सीढ़ी से नीचे उतर गई।

भूतनाथ ने कागज़ात पर सुविनय बाबू की सही कराई। सुविनय बाबू बोले—बैठो,

तुमसे कुछ कहना है।

भूतनाथ बैठ गया।

सुविनय बाबू ने कहा—अगले इतवार को एक छोटा-मोटा उत्सव करने का इरादा है। उसी दिन जवा के ब्याह की बात पक्की होगी। सोचा, मैं अब कै दिन को हूँ, और ये भी—

पास बैठी जवा की माँ को दिखाकर कहने लगे—ये हैं, नहीं हैं दोनों बराबर। जवा विवाह के योग्य भी हो आई। लड़का भी मनलायक मिल गया है। मेधावी है। एम.ए. पास किया है। कानून पढ़ रहा है। बाप नहीं है तो क्या हुआ ? इस जायदाद की ज़िम्मेदारी तो एक दिन जवा को ही लेनी है। मुझे लड़का नहीं है, न सही, दामाद को ही लड़के की तरह रखना होगा। उन्हें रोटी-कपड़े की फिक्र न करनी पड़ेगी।

भूतनाथ ने कहा—तो मैं चलूँ ?

—नहीं, बैठो तुम्हें कहानी कहूँ—जिस दिन दीक्षा ली...उफ़, पूछो मत। सुन ही लो—

भूतनाथ बोला—वह कहानी सुना चुके हैं आप।

—अच्छा, कह चुका हूँ। मुझे लगता रहता है, किसी से कह नहीं सका। कोई याद भी रखेगा ? दिन तो मेरे खत्म होने को आए। भागवत में रन्तिदेव की कहानी पढ़ी है—सारा दिन दान करते रहने के बाद जब उन्होंने अपना पीने का पानी तक एक मँगते को दे दिया और मन-ही-मन जो कहा, भागवतकार ने उसे अमृत कहा है—इदमाहामृतं वचः—उन्होंने कहा क्या ? कहा, भगवान् से मैं परमगति नहीं माँगता, आठ सिद्धियाँ नहीं चाहता, पुनर्जन्म भी नहीं। मैं चाहता हूँ कि मैं सारे जीवों में प्रवेश कर उनका दुःख ग्रहण कर सकूँ, ताकि उन्हें दुःख न रहे।

—अहा, पिताजी को मैंने घंटों मूर्ति के सामने बैठकर ध्यान करते देखा है, त्वमेकं जगत्कारणं विश्वरूपं। बड़े गरीब थे—भजन-पूजन में ही डूबे रहते थे। याद है, छुटपन में मैं हुक्का-चिलम से खेलना पसन्द करता था। कम-से-कम दस चिलम तो रोज़ ही तोड़ता। पिताजी आँगन में बैठे-बैठे—अच्छी तो लग रही है भूतनाथ बाबू ? ऊब जाओ तो कहना।

बहुत बार सुन चुका था यह। फिर भी कहा—न, आप कहें, अच्छी लग रही है।

दाढ़ी पर हाथ फेरते हुए कहने लगे वे—उन दिनों पैसे की आठ चिलम मिलती थीं, मगर इतना भी खर्च करने की जुर्रत न थी। ऐसे ही दिनों एक दिन उन्हें ईश्वर की कृपा से मोहिनी सिन्दूर का मन्त्र मिला। उसी से फूँस का घर पक्का बना, दोमंज़िला हुआ, माँ के बदन पर ज़ेवर चढ़ा। मैं यहाँ आया पढ़ने के लिए और वही मेरा काल हो गया। सदा के लिए मैंने बाबूजी को खो दिया।—उनकी आँखें छलछला उठीं।

जिस साल डायमंड हार्बर में तूफ़ान आया, उसी साल मेरा जन्म हुआ। सन् 1833 साल। कलकत्ते में वही पहले-पहले प्लेग हुआ। तूफ़ान में पैदा हुआ—सारा जीवन तूफ़ान-सा ही बह गया। पिताजी ने मेरा मुँह न देखने की प्रतिज्ञा की थी, फिर कभी देखा भी नहीं उन्होंने। मेरी बीमारी में वैद्य को वे लिवा लाए, लेकिन मुँह न देखना पड़े,

इसलिए कमरे के अन्दर नहीं दाखिल हुए। और अपने इकलौते के हाथों उसी पिता को प्रेत-लोक में चुल्लू-भर पानी नहीं मिला। शायद उसी पाप से मैं निर्वंश हूँ।—भूतनाथ की ओर देखने लगे।

—किन्तु किया क्या जाए ? मन कहता, गलत ख़याल है तुम्हारे तथागत ने बताया, जन्म ही बन्धन है। जन्मरहित होना ही मुक्ति है। जभी तो सोचता हूँ, द्वैत के राज्य में स्वर्ग नहीं—जहाँ एक में ही अनेक का अन्त हो वही काम्य होना चाहिए। अपनी जिन्दगी में तो अब इसका हल नहीं निकलने का। फिर मजा देखो, इस 'मोहिनी सिन्दूर' के ढोंग को भी न छोड़ सका।

अरे ! भूतनाथ को अपने कान पर विश्वास न हुआ। सब ढोंग है। उसे लगा, इसके पीछे कोई दैव-शक्ति है, यह मान पाता, तो सन्तोष होता उसे। कम-से-कम छोटी बहू से जाकर वह कह तो सके।

सुबह से ही भूतनाथ के मन में यह बात घुमड़ रही थी। मौका पाकर पूछा—अच्छा, एक बात पूछता हूँ, मोहिनी सिन्दूर से कुछ फल होता है ?

लेकिन बाधा पड़ गई। बगल में जवा की माँ बैठी पढ़ रही थी। एकाएक ज़ोरों से रो पड़ी।

सुविनय बाबू व्यस्त हो उठो—क्या हुआ रानू, क्या हुआ ? वह मानो भूल गए कि पास ही भूतनाथ बैठा है। वह उठकर गए और दोनों हाथों से स्त्री के सिर को थाम लिया। जवा की माँ के हाथों से किताब छूटकर गिर पड़ी। अँचरा हट गया। बच्ची-सी रोने लगीं।

—क्या हुआ, हुआ क्या रानू ?—रूमाल से वह स्त्री की आँखें पोंछने लगे।

—क्या हुआ ? बताओ।

रोते-रोते जवा की माँ ने कहा—भूख लगी है।

—भूख लगी है ? ठीक तो है, ले आता हूँ। खाओ। रोना क्या ?

—लेकिन अभी ही तो खाया मैंने।—वह और ज़ोर से रोने लगीं।

—खाया तो क्या हुआ, फिर खाओ।

भूतनाथ को वहाँ रहना अजीब सा लगने लगा। बोला—मैं जाता हूँ।

सुविनय बाबू ने मुड़कर देखा।—जाओगे ? इन्हें अचानक ऐसा ही हो जाता है। लाख दवा दिया, यह बीमारी न गई। अपने मुन्ने के मर जाने के बाद से ही ऐसा हुआ है। खाने में तुम्हें देर हो गई। तुम जवा से नाराज़ न होना।

भूतनाथ फिर कुछ न बोला। कुर्सी पर आ बैठा।

ज़रा ही देर बाद रतन बुलाने आया खाने के लिए। जवा पास ही खड़ी रही, पर खाते वक़्त कोई बात न हुई।

एक बार जवा ने कहा—चावल सब खा लेना पड़ेगा आपको।

भूतनाथ ने नज़र उठाई। कहा—गाँव के लोग खाते ज़्यादा ज़रूर हैं, लेकिन इतना ज़्यादा ?

—कहीं पेट न भरा तो ?

जवा का चेहरा गम्भीर हो उठा। ज़्यादा बोलती नहीं। फिर देर तक चपुचाप। कैसा तो हुआ यह ! रोज़-रोज़ अपने हाथ से भोजन बनाना।

थोड़ी देर बाद भूतनाथ ने छेड़ा—तुम्हारे पिताजी ने मुझे इतवार को आने के लिए कहा है। लेकिन यह नहीं बताया कि सुबह या शाम को ?

—यह आप उन्हीं से पूछिए।

—लेकिन शादी जब तुम्हारी हो रही है, तो तुम्हें भी तो कुछ ज़रूर पता होगा। तुम्हारे सामने होते फिर...।

—शादी चूँकि अपनी है, इसीलिए आपसे कुछ कहना जँचता नहीं।

—आखिर शादी कोई शर्म की बात है ? समय पर सबकी शादी होगी।

—होगी ? मुझे लेकिन शुबहा होता है।

भूतनाथ ने कहा—गँवई का हूँ—चावल ज़्यादा खाता हूँ। पर इसका यह मतलब नहीं कि बात भी ज़्यादा कर सकता हूँ। इतना ही कह सकता हूँ कि सब लड़कियाँ तुम्हारी ही जैसी नहीं।

—कितनी लड़कियों से आपका परिचय है ?

भूतनाथ के जी में आया कि सबका नाम बता दे उसे—

राधा, हरिदासी, अन्ना और कल रातवाली छोटी बहू। छोटी बहू की बात याद आते ही वह मानो बड़े महल के तिमंज़िलेवाले आखिरी कमरे में जा पहुँचा। एकाएक प्रसंग बदलकर बोला—एक बात पूछूँ, इस तुम्हारे मोहिनी सिन्दूर का कोई फल भी होता है ?

पहले तो जवा सकपका गई। फिर अपने को सँभालकर बोली—पिताजी से ही यह भी पूछना क्या ठीक न होगा ?

—मानता हूँ, मगर तुम्हीं से पूछूँ तो क्या, कुछ होता है ?

—विज्ञापन में ही तो सब लिखा है।

—यह तो सबको पता है। मैं, तुम, दूसरे हज़ारों-हज़ार लोग सभी जानते हैं।

—मैं भी ज़्यादा कुछ नहीं जानती। खुद व्यवहार करने का कभी साबका नहीं पड़ा। वह हँसी। पूछा—आपको शायद ज़रूरत आ पड़ी है।

कौर रोककर भूतनाथ ने कहा—हाँ।

अपने अँचरे को ठीक करके जवा बोली—यह आजमाइश क्या मुझ पर करेंगे आप ? ठगे जाएँगे, कहे देती हूँ।

भूतनाथ बोला—मज़ाक नहीं, आज ही ज़रूरत है। पता हो, तो खरीद ले जाऊँ। मुझे पाँच रुपए दिए हैं उन्होंने।

—किसने ?

—भाभी होती हैं मेरी।

—कैसी भाभी ? हुआ क्या है उन्हें ?

—वह तुम थोड़े ही समझोगी। उन्होंने कहा है, ब्याह से पहले लड़कियाँ इसे नहीं

समझ सकतीं। फिर मनाही भी है। शायद औरतों के लिए इससे बड़ी शर्म, इससे बड़ा अपमान दूसरा नहीं।

—ये भाभी आपकी हैं कौन, सो बताइए ?

—कह तो दिया कि बताने की मनाही है।

—डॉक्टर से कुछ छिपाना घातक होता है। रोग से पिंड छुड़ाना चाहते हैं, तो सब खोलकर बताना चाहिए।

भूतनाथ ने क्या तो सोचा। उसके बाद बोला—लेकिन मैंने तो उन्हें वचन दिया है कि मैं किसी से न कहूँगा। ब्रजराखाल को नहीं, उनके नौकर वंशी को नहीं, यहाँ तक कि तुमको भी नहीं।

—मुझे पहचानती हैं वे ?

—मैंने तुम्हारे बारे में उन्हें बताया है।

जवा हँस पड़ी। कहा—ज़रा सुनूँ, मेरे बारे में क्या कहा है आपने ? बेशक निन्दा की होगी।

—निन्दा तो तुम्हारी दुश्मन भी न करेंगे...और मैं होता कौन हूँ कि ख़्वाहमख़्वाह तुम्हारी निन्दा करूँ !

—हाँ, नौकर-मालिक का ही तो सम्बन्ध है आपसे, क्यों, और कुछ नहीं।

—मैं भी तो वही कर रहा हूँ।—कहकर भूतनाथ ने सिर झुकाकर खाने पर ध्यान दिया। जवा भी कुछ क्षण चुप रही। बाद में बोली—देख रही हूँ, आप सिर्फ एहसान-फ़रामोश ही नहीं हैं, झूठे भी हैं।

खाते-खाते ही वह बोला—यह भी कहा है मैंने।

—यानी ?

भूतनाथ ने जवाब न दिया। उसी तरह खाता रह गया।

—चुप क्यों हो गए ? जवाब दीजिए।

भूतनाथ ने नज़र ऊपर को उठाई। देखा, जवा का चेहरा लाल हो उठा है। कहा—गँवई का आदमी ठहरा, भात ज़रा ज़्यादा खा लेता हूँ, बना-बनूकर बोल नहीं सकता—लेकिन मान-अपमान का ज्ञान हमें भी है।

जवा ने कहा—है ही नहीं, बहुत ज्यादा है। वरना उस रोज़ एक औरत का अपमान करने में आपको हिचक होती।

भूतनाथ आबहवा को ताड़ गया। कहा—मुझसे ग़लती हो गई थी, कबूल करता हूँ, लेकिन जब मैं क्षमा माँगने के लिए लौटा, तो तुमने ही मेरी कौन सी मर्यादा रखी !

खा चुकने के बाद हाथ धोते-धोते भूतनाथ बोला—लेकिन याद रखो, तुम ख़ुद से अगर नहीं कहोगी, तो इतवार को मैं नहीं जाऊँगा।

जवा हँसी। बोली—उम्मीद तो आपने बड़ी बाँधी है।

भूतनाथ ने जवा के चेहरे की तरफ देखकर उसके मन को ताड़ने की कोशिश की, लेकिन तब तक वह जा चुकी थी।

सन् 1897। व्रजराखाल रात नहीं लौटा। पहले ही दिन रात की कह गया था–भाई साहब, ख़ूब तड़के जग जाना, वरना देख ही न पाओगे। बड़ी भीड़ होगी। अब वह नरेनदत्त तो नहीं है–अब स्वामी विवेकानन्द। सुबह सात-साढ़े सात बजे तक स्पेशल गाड़ी आ लगेगी। उससे पहले ही जा पहुँचना। मैं वहीं होऊँगा।

स्वामी विवेकानन्द ! बात करते हुए व्रजराखाल काँपने लगा। कहा–जाने से पहले नरेन ने कहा था–"I go forth to Preach a religion of which Buddhism is nothing but rebel child and Christianity but a distant echo." वही हुआ भी।

ख़ूब तड़के ही जगा भूतनाथ। इस घर में सबेरा ज़रा देर से होता है। मुँह अँधेरे ही नहाकर उसने चादर ओढ़ ली। सर्दी थी। घर के कोने-कोने की बत्तियाँ तब जल भी नहीं रही थीं। पहरे पर बैठा नत्थूसिंह थक चला था। आहट होते ही उठ खड़ा हुआ। पता नहीं, छोटी बहू क्या कर रही हैं इस समय। सो गई होंगी ज़रूर। तमाम रात जागकर जाने क्या करती है ! चकित रह जाता भूतनाथ।

उसके कानों में अभी भी व्रजराखाल की बातें गूँज रही थीं। अमरीका से लौटकर विवेकानन्द ने कहा–आओ, आदमी बनो, तुम्हारे सगे-सम्बन्धी रोते हैं, तो रोएँ, पीछे न ताको, बढ़ चलो। भारत माता को ऐसे हज़ारों प्राणों की बलि चाहिए। मगर आदमी की–जानवर की नहीं।

सात रुपल्ली के एक किरानी को पूछता कौन है ? दूसरे के टुकड़ों पर पेट पालनेवाला भूतनाथ। कलकत्ते में इतने दिनों रहकर देखा भी क्या उसने ? आदमी भी देखा कोई ! बड़े महल के लोग तो मानो हवा में उड़ते-फिरते हैं। उन पर कुछ भी असर नहीं पड़ता। घर में दम घुटता है जैसे। छोटी बहू ने कहा था–अजीब घर है यह, अजीब।

सचमुच अजीब है यह घर। बद्री बाबू ने भी यही कहा। कमरा शायद खुला था उनका। तख़्त पर कोई जैसे चित लेटा था। अँधेरे में आवाज़ आई–कौन है ?

–मैं हूँ।–और वह जाने लगा।

फिर आवाज़ आई–ज़रा सुन तो जाओ।

धीरे से कमरे में दाख़िल हुआ भूतनाथ। देखा बदन पर रुई की बंडी। मोटा-सोटा आदमी। बूढ़ा। भूतनाथ को देखकर उठ बैठा। वंशी ने बताया था, यही बद्री बाबू हैं। उनकी तरफ हर्गिज न जाइए। नज़र पड़ी नहीं कि पुकारा। डर से कोई नहीं जाता उस तरफ।

लेकिन डर कैसा !

–बैठो।

भूतनाथ बैठ गया।

–नाम क्या है तुम्हारा ?

और सिर्फ़ नाम ही नहीं–बाप का नाम। जात। पेशा। खोद-खोदकर हुलिया पूछा। सब सुन चुकने पर कहा–मगर तुमने अच्छा नहीं किया।

भूतनाथ कुछ समझ नहीं सका।

—हाँ, अच्छा नहीं किया। बद्री बाबू झूठ नहीं कहते। भला चाहो तो नौ-दो-ग्यारह हो जाओ, वरना गत होगी। मैं मुर्शिदकुली खाँ के जमाने से सब कुछ देखता आ रहा हूँ। लॉर्ड क्लाइव को देखा, सिराजुद्दौला को देखा, इस कलकत्ते की नींव पड़ते देखी—हालसीबगान देखा। अब अन्त देखने के लिए यह घड़ी लिए बैठा हूँ—समय मिला लूँगा। फिर दीवार की तरफ उँगली से इशारा करके कहा—वह देखो, सारी जन्म-पत्री जमा है—मिलाकर देख चुका हूँ...मिलना ही पड़ेगा।

अचरज से भूतनाथ ने ताका। दीवार की अलमारी में करीने से सजी थीं किताबें। मोटी-मोटी किताबें। सुनहरे हरूफ में लिखे नाम-गाम।

सब देख चुका हूँ—वही होगा। न हो तो अपनी यह घड़ी झूठी है। किले की तोप से रोज़ इसे मिलाता हूँ—एक सेकेंड भी इधर-उधर होने की गुंजाइश नहीं। यह कहकर उन्होंने कमर से घड़ी को निकाला। उसे एक बार कान के पास ले जाकर फिर कमर में रख लिया। बोले—यह सन् 1345 की बनी है और आज 1897 है। यह घड़ी लगातार पाँच सौ साल से एक ही बात कहती आई है।

भूतनाथ ने पूछा—क्या कहती है ?

—कहती है, सब कुछ लाल हो जाएगा।

—लाल ?

—हाँ, नीला, हरा, पीला—कुछ नहीं—सिर्फ़ लाल। दिल्ली के बादशाह ने समझा था, रणजीतसिंह ने इसे समझा था, सिराजुद्दौला, अलवर्दीखाँ, जगत् सेठ, मीर जाफ़र, राममोहन, बंकिम चटर्जी—सबने समझा था। समझा नहीं एक 'बंगवासी' ने।

—बंगवासी, यानी ?

—बंगवासी अखबार। ऐसा न होता तो यह विवेकानन्द-जैसे को गोमांस-भक्षक और मुरगखोर कहता ? सात सौ साल की मुस्लिम सल्तनत में छह करोड़ लोग मुसलमान होते और महज़ सौ साल के अंग्रेज़ी राज में छत्तीस लाख लोग ईसाई बनते ? नमकहरामी की सजा तो भोगनी होगी ? अबे छोकरे, भला चाहता है तो चल दे यहाँ से, वरना मरेगा। जिस दिन यह घर ज़मींदोज़ होगा, कुली-मजूर सब्बल से इसे तोड़ेंगे, तो दबकर मरेगा। पाँच सौ बावन साल की यह घड़ी आठों पहर यही कहती है। मैं सुनता हूँ और चित लेटा रहता हूँ।

गज़ब का आदमी ! साइकिल से जाते हुए भूतनाथ सोचता, ज़िन्दगी में एक अजीब आदमी से भेंट हुई। इस पगले के दिमाग़ में इतिहास का अचूक निर्देश कैसे आ बैठा था, कौन जाने !

भूतनाथ सोचता रहा था, इस घड़ी-बाबू के कहीं-न-कहीं जख्म ज़रूर है। ऊपर से दिखाई नहीं पड़ता।

वंशी ने बताया, महल में जितनी भी घड़ियाँ देखते हैं आप, सब बद्री बाबू के जिम्मे हैं। वही उनमें चाबी देते हैं और रात के नौ बजे किले की तोप से अपनी घड़ी को

मिला लेते हैं।

सत्रहवीं सदी के अन्त की बातें हैं ये :

नवाब मुर्शिदकुली खाँ को दिल्ली के बादशाह के पास कर भेजना था। उनके प्रधान कानूनगो थे दर्पनारायण मित्र। उनकी सही के बिना बादशाह के कोषागार में रुपए जमा नहीं हो सकते। ज़मींदारों का ख़ून चूसा हुआ रुपया—मारे घमंड ज़मीन पर पैर नहीं पड़ते थे मुर्शिदकुली खाँ के। लगान देने में एक दिन की भी देर हो तो ज़मींदारों का वैकुंठवास !

दर्पनारायण अकड़ बैठे—तीन लाख रुपए चाहिए। तब सही करूँगा। मुर्शिदकुली ने कहा—सही बना दो। पावना लौटकर चुकाऊँगा।

दर्पनारायण आदमी टेढ़े थे। बोले—फिर सही भी बाद ही में बनाऊँगा।

आखिर मुर्शिदकुली उनकी सही लिए बिना ही दिल्ली चले गए। वहाँ कुछ अमीर-उमरावों को घूस देकर उन्होंने अपना काम बना लिया। मगर यह अपमान वे न भूल सके। लौटकर ग़बन का इलज़ाम लगाकर दर्पनारायण को उन्होंने जेल में ठूँस दिया। वहीं भूखे-प्यासे दम तोड़ा उन्होंने। इतिहास उन्हें भुला बैठा।

उन्हीं दर्पनारायण के खानदान के बद्री बाबू आज बड़े महल की घड़ियों की निगरानी करते हैं। शायद घड़ी की टिकटिक में वे काल के चरणों की ध्वनि सुना करते हैं।

उसके बाद ज़माना गुज़रा। कितनी पीढ़ियाँ पार हो गईं। जानें कहाँ गया नज़ीर अहमद और कहाँ गुम हो गया रजा खाँ ! कहाँ तो गया मधुमती-तट का सीताराम और फौजदार अबूतुरप ! पीरखाँ नहीं रहा, नहीं रहा बख्श अली। लेकिन दर्पनारायण के इस अपमान का बदला अभी तक नहीं चुकाया जा सका। वह वंश भी मिट चला। लेकिन बड़े महल के बैठक में बैठे बद्री बाबू इतिहास के पन्ने पलटते और श्राप दिया करते। सारी पृथ्वी को सरापते, जो कि अत्याचार करती है, आदमी को आदमी का सम्मान नहीं देती।

कहा—घड़ी कहती है, सब कुछ लाल हो जाएगा। देख लेना।

पाँच सौ बावन साल पहले जो यन्त्र-युग आया, उसकी पहली भेंट है घड़ी। उसी में मानो मशीनी सभ्यता का सब कुछ सिमटा है। सब लाल होगा। अमृतपुत्र मनुष्य की जय होगी।

बद्री बाबू बोले—देख लेना, आख़िर एक दिन हमारी जीत होकर रहेगी। शायद तब मैं न रहूँ। यह महल नहीं रहेगा—ये मँझलेबाबू, छोटे बाबू, मैं-तुम—कोई न रहेंगे—छोटे लाट, बड़े लाट, अंग्रेज़ी सल्तनत—कोई नहीं। मगर देख लेना, मेरा कहा गलत न होगा।

सर्दी से ठिठुरता हुआ भूतनाथ आगे बढ़ा।

रास्ते के दोनों ओर की दुकानें बन्द थी। धुँधलका था। धूल और गन्दगी की बू। चलते-चलते भूतनाथ ने सोचा—बद्री बाबू पागल चाहे हों, पर कहीं उनका कहा चल निकले !

स्यालदा स्टेशन में खासी भीड़ थी। अँधेरे में साफ़ दीख नहीं रहा था, तो भी

भूतनाथ व्रजराखाल को ढूँढ़ने की कोशिश करने लगा। नवजवान ज्यादा जुटे थे। चारों तरफ लोग बेसब्री से इन्तज़ार कर रहे थे। इसी देश का सपूत आज महावाणी लेकर आ रहा है। उसने कहा है--"संसार का एक भी आदमी जब तक भूखा है, जानो दुनिया का प्रत्येक आदमी तब तक गुनहगार है।" उसने कहा है--"आज से हर झंडे पर ये हरुख लिख दो–लड़ाई नहीं, सहयोग; भेद-भाव नहीं–एक और शान्ति।" उसने कहा है–"तुम पापी नहीं, अमृत की सन्तान हो। दुनिया में पाप नाम की कोई चीज़ नहीं, और कुछ है तो मनुष्य को पापी कहना ही पाप है। तुम शुद्ध हो, मुक्त हो, महान् हो। जागो। 'उत्तिष्ठत जाग्रत प्राप्य वरान् निबोधत'।"

धीरे-धीरे सवेरा हो गया। भीड़ और बढ़ गई। भूतनाथ ने नज़र दौड़ाई–स्टेशन के चारों ओर नरमुंड ही दिखाई दे रहे थे। कौन हैं ये ? इतने दिनों तक कहाँ थे ? ये भी क्या व्रजराखाल-से भक्त हैं विवेकानन्द के ?

अचानक भीड़ के उस समन्दर में हलचल पैदा हुई। इंजन की सीटी सुनाई पड़ी। 'जय, रामकृष्ण देव की जय, जय, विवेकानन्द स्वामी की जय' के नारे लगे।

जन-प्रवाह के साथ भूतनाथ भी स्टेशन में दाखिल हुआ।

गाड़ी आकर लग गई। भीड़ के नारों के बीच उस दिव्य पुरुष का आविर्भाव हुआ। गेरुआ कपड़े, माथे पर गेरुआ पगड़ी। आँखों में असाधारण चमक। भूतनाथ को लगा, मानव-समाज में एक महामानव आकर खड़े हुए। मानो सारे भारत की अन्तरात्मा को मथकर एक अनादि पुरुष ने जन्म लिया। भूतनाथ को लगा, यह कोई छोटा सा प्लेटफ़ॉर्म नहीं, विशाल वारिधि की छाती में से एक खंड नई भूमि निकली है। किसी बड़ी सम्भावना का संकेत लेकर मानो हिमालय का शिखर जाग पड़ा है। अब जन्म होगा मनुष्य का। उसके हृदय की धड़कन में ध्वनित होगा वही आदि-प्रश्न–मैं कौन हूँ ? कहाँ से आया हूँ ? उसके बाद गृह-नक्षत्र और पृथ्वी के सम्पूर्ण संगीत को मौन करके फिर एक महावाणी गूँजेगी। फिर से नई धरती की सृष्टि होगी। उस महावाणी में मनुष्यों को अपने प्रश्नों का नया उत्तर मिलेगा–मनुष्य अमृत की सन्तान है।

इस बीच भीड़ स्टेशन के बाहर निकल गई थी। मन्त्र-परिचालित की नाईं भूतनाथ पीछे-पीछे लगा। बाहर भी जन-समुद्र उमड़ रहा था। अधीर !

स्वामीजी घोड़ा-गाड़ी पर सवार हुए। चार घोड़ों की गाड़ी। अचानक युवकों ने घोड़ों को गाड़ी से खोल दिया। अपने स्वामीजी की गाड़ी को वे खुद खींचेंगे। उनका हृदय उमड़ पड़ा था–जय, स्वामी विवेकानन्द की जय !

स्टेशन के उस जय-जयकार से सारा शहर गूँज उठा। गाड़ी धीरे-धीरे एक गली के सामने ज़ा लगी। रिपन कॉलेज में स्वामीजी को कुछ बोलना था। न कुछ तो थोड़ा विश्राम ही सही। कम-से-कम आँखें भरकर सब उन्हें देख तो लेंगे।

अचानक भूतनाथ को व्रजराखाल दीख गया। भीड़ को चीरकर जब तक वह उसके पास पहुँचे, तब तक जाने वह फिर कहाँ गायब हो गया।

किन्तु उसी क्षण अजीब ढंग से एक और आदमी से भेंट हो गई। कल्पना भी

नहीं की थी कि उससे कभी इस तरह भेंट होगी। ननीलाल !

ननी ने भी पहचान लिया। पूछा—अरे, तू यहाँ ?

पहले तो यकीन नहीं आया। सर्वांग में बिजली दौड़ गई। एक अनोखी चेतना। ननीलाल का वह चेहरा नहीं रह गया था। वही उसका सहपाठी, डॉक्टर बाबू का लड़का ननीलाल। उससे भेंट करने के लिए कौन सी तकलीफ़ नहीं उठाई उसने। सिगरेट पी रहा था। छोटे-बड़े बाल। दाढ़ी-मूँछ उग आई थी।

—फिर ?

—यहाँ कैसे ? स्वामीजी के दर्शन के लिए ?

—धत् यह सब देखने की फुर्सत कहाँ ?—कहकर उसने धुआँ उड़ाया। कहा—सब बेकार, बेकार की...।

भूतनाथ को उसकी बात से चोट लगी। परन्तु कुछ कह नहीं सका वह। पूछा—कर क्या रहा है आजकल ?

—बी.ए. पास कर लिया है। कानून पढ़ रहा हूँ और तू !

—मेरा पढ़ाई न चल सकी। फूफी चल बसी। यहाँ मेरे बहनोई हैं। उन्हीं के पास ठहरा हूँ। कोई नौकरी मिल जाए तो करूँ।

—चल, चाय तो पीता है ?

—नहीं, अभी शुरू नहीं की है।

—गँवार ही रह गया तू।—हाथ पकड़कर खींच ले चला उसको। ननी के बदन से एसेंस की ख़ुशबू आ रही थी। अच्छे कपड़े। उसके सामने भूतनाथ ने अपने को बड़ा गरीब अनुभव किया। लेकिन क्यों तो भूतनाथ को लगा, ननी अब वह ननी नहीं है। आँखों के नीचे स्याही पड़ गई है। आँखों की वह जोत कहाँ गई ! मानो इन्हीं कै बरसों में उसकी उम्र बहुत बढ़ गई।

वह भूतनाथ को लेकर एक दूकान में गया।

—अंडा खाता है ?

—बत्तख का न ?

—कलकत्ता रहकर भी तेरी बमनई नहीं गई। इसी से तो देश गया रसातल को। बदन में ताकत कैसे होगी ? साहब लोग बीफ़ खाते हैं, जभी इतनी दूर आकर हम पर राज कर रहे हैं और तू शिखा-सूत्र लिए उनकी गुलामी में दम तोड़ रहा है। गोली मार इन सबको। मेरे साथ दो दिन रह जा, आदमी बना दूँगा।—चाय का घूँट लेकर उसने दूसरी सिगरेट सुलगाई। पूछा—कहाँ ठहरा है ?

—बहू बाज़ार बड़े महल में।

—ओ, चौधरी परिवार में ? वे तो ज़मींदार हैं। सुना है, उनके यहाँ की बहुएँ बड़ी ख़ूबसूरत हैं क्यों ?

—तूने कैसे जाना ?

कैसी रहस्यमय हँसी हँसा ननी ! बोला—रूप और पारा भी छिपाए छिपता है रे ?

न जाने क्यों भूतनाथ को लगा, ननीलाल में ऐसा परिवर्तन नहीं होना चाहिए था।

चाय की चुसकी लेकर ननी बोला—चूड़ामणि को जानता है, जिसे नन्हे बाबू कहते हैं। मेरा सहपाठी था। सेकेंड ईयर में है—दो बार लुढ़का। उस कम्बख्त ने दाई-बाँदी किसी को न छोड़ा। हो गई बीमारी। झूठ क्या कहूँ, हम लोगों के लिए उसने बड़ा खर्च किया है। खैर, बीमारी छूटी उसकी ?

बीमारी ? भूतनाथ समझ न सका—कौन सी बीमारी ?

ननीलाल से बीमारी का नाम सुनकर भूतनाथ सिहर उठा। भले आदमी को भी यह बीमारी होती है, नहीं जानता था वह।

सिगरेट का कश खींचता हुआ वह बोला—हो क्यों न बीमारी ? शकल देखी, क्या हो गई है ? पहले लाल लगता था। क्लास में हम उसका गाल मल दिया करते थे। इतनी दवाएँ तो निगली हैं—उसने किसी से बताया ही नहीं। आखिर बदन-भर में धब्बे-से उग आए। चलना मुश्किल हो गया। और एक मिठाई लेगा ?

—ऊँहूँ।

—वह जब बीमार था तो देखने गया था। मगर ऐसा घर है वह, भेंट न हो सकी। वहीं लोगों से सुना, उसकी चाचियाँ देखने में परी-जैसी हैं। देखा है ?

भूतनाथ बोला—देखा है परी-सी तो नहीं हैं।

—फिर कैसी है ?

—जगद्धात्री-जैसी।

ननी ठठाकर हँस पड़ा। कहा—तू भक्त कब से बन बैठा ?

भूतनाथ बोला—परी को तो देखा नहीं, जगद्धात्री को देखा है।

—क्यों, परी की तस्वीर नहीं देखी ?

भूतनाथ सोचने लगा, कहीं देखी है या नहीं।

ननीलाल बोला—देखना चाहता है तो दिखाऊँ। मेरी बिन्दी, जिसे परकटी परी कहा करती है।

—बिन्दी कौन ?

—जाएगा बिन्दी के यहाँ ? चल, तुझे परी दिखा लाऊँ। नन्हे बाबू ने एक ही रात में उस पर पाँच सौ रुपए फूँक दिए। उसी की मुट्ठी में चली जाती वह—लेकिन मेरे पिता भी तिरपन हज़ार रुपए छोड़कर मरे थे—मेरी पूँछ कौन पकड़े ?

—तेरे पिताजी गुज़र गए ?

इस आसानी से भी कोई पिता के मरने की ख़बर सुना सकता है, भूतनाथ को मालूम न था।

पिताजी मर गए, जभी तो जी सका मैं। नहीं तो नन्हे बाबू से होड़ लगाना मेरे बस का न था। वे क्या ऐसे-वैसे हैं। सुखचर के ज़मींदार हैं—प्रजा को पीटकर मिलते हैं पैसे, और यहाँ बाबू लोग औरतों पर उन्हें फूँकते हैं। सुना है, चूड़ामणि आजकल घर ही रहता है, गाने-बजाने में मन लगाया है, पीता-वीता है। मगर कहे देता हूँ मैं, आदत

कभी जाने की नहीं। अमृत से भी ऊब आती है भला !

ननीलाल ने और भी बहुत-कुछ कहा। मुँहचोर-सा लड़का था। लजीला। ऐसा कैसे हो गया ?

ननीलाल ने फिर कहा—अब एक ही मुराद रह गई है, कह ही दूँ तुम्हें। किसी बड़े आदमी की बेटी से ब्याह हो जाए तो फिर कोई परवाह नहीं। पिताजीवाली पूँजी खत्म हो चली। है कोई वैसी लड़की उधर ?

उस रोज भूतनाथ जब तक ननीलाल से बातें करता रहा, तब तक सोचता ही रहा खोया-खोया-सा। आख़िर जिन नौजवानों ने स्वामी विवेकानन्द की गाड़ी खींची, घंटों सर्दी में ठिठुरकर उनकी राह देखते रहे, वे कौन थे ? उनकी जाति ही क्या अलग है ?

जाते वक़्त ननीलाल ने कहा—शाम को हेदुआ के पास खड़ा रहूँगा। ज़रूर आना। बिन्दी के यहाँ चलूँगा। लेकिन नन्हे से मेरा ज़िक्र न करना।

भूतनाथ ने पूछा—क्यों ?

—बाद में बताऊँगा। अभी क्लास है।

घुँघराले बाल, जिसके हाथ के स्पर्श से कभी भूतनाथ को रोमांच हो आता था, छुट्टी के दिन बहाने बनाकर जिसे देखने के लिए वह सात मील पैदल जाता था, वही ननीलाल।

घर लौटकर भूतनाथ ने अपना बक्सा खोला। बहुत सी पुरानी चीज़ें रखी थीं। फूफी की माला थी नाम लेने की। मनीऑर्डर की कई रसीदें पड़ी थीं। गाँव के मकान की ताली। उन्हीं चीज़ों में से ननी की पुरानी चिट्ठी मिली—

"प्रिय भूतनाथ,

हम पिछले शनिवार को यहाँ पहुँचे। कलकत्ता खासी जगह है। कैसी सो न बता सकूँगा। आने के बाद से ही पिताजी के साथ घूम रहा हूँ। बड़े-बड़े मकान। बड़े-बड़े रास्ते। ख़ूब मज़े हैं। तुम लोगों की याद आती है। तुम कैसे हो लिखना। ऊपर के पते पर पत्र देना।"

चिट्ठी पढ़ते-पढ़ते उसने तब के और आज के ननीलाल की तुलना की। लेकिन ऐसा क्यों हुआ ? जी में आया, फाड़ फेंके खत को। लेकिन फिर उसे बक्स में रख दिया। रहे। वह ननीलाल तो शायद मर चुका—लेकिन बचपन के उस ननीलाल की याद आजीवन अक्षय रहेगी।

तड़के ही वंशी आ धमका। कहा—कल रात आपको दो बार ढूँढ़ गया। छोटी मालकिन ने भेजा था।

भूतनाथ ने काग़ज़ में मोड़कर मोहिनी-सिन्दूर का पैकेट वंशी को दिया। कहा—छोटी बहू को दे दो जाकर—और ये रुपए भी लेता जा।

वंशी बोला—उन्होंने आप ही को ले जाने के लिए कहा है। सुबह चिन्ता को भी भेजा था।

सुबह का वक़्त। दफ्तर जाने की फिक्र। काम बहुत बाकी पड़ा था। व्रजराखाल

तो कई दिन से घर ही नहीं आता। गुरुभाइयों को लेकर पड़ा था। रसोई की चिन्ता। रात के जूठे बर्तन साफ़ करने थे। सामान के लिए बाज़ार भी जाना था।

भूतनाथ ने कहा—अच्छा, रात को आ जाना। मैं ही दे आऊँगा।

वंशी चला गया। दफ्तर जाते समय भूतनाथ को याद आया, आज तो ननी के पास जाना है। इन्तज़ार करेगा वह। फिर सोचा, उँहूँ। न जाएगा ननी के पास। अब नाता ही क्या रहा ?

दफ्तर में पहुँचा तो पाठक हँसता हुआ आया। लम्बा कुर्ता, सलाम बजाया। भूतनाथ ने पूछा—आज बड़े खिल रहे हो, क्या बात है ?

फलाहारी पाठक शायद अब भी कसरत करता है। लम्बा कद। खासा जवान। मेहनत से थकता नहीं। जीवन का सब कुछ महावीरजी पर छोड़कर निश्चिन्त है। मूँछों पर ताव देता।

भूतनाथ ने फिर पूछा—तनख़ाह बढ़ी है क्या ?

पाठक ने कहा—जब तक घर में दीदीजी हैं, तनख़ाह बढ़ने की कोई उम्मीद नहीं। मगर महावीरजी बचाएँ तो मारे कौन ?

पाठकजी की उम्र ज्यादा नहीं है। लेकिन चूँकि तन्दुरुस्ती ख़ूब है, इसलिए उम्र कुछ अधिक लगती है। कारखाने में पैकेट बनाता है और भजन गाता रहता है। बे-परवाह। किरानी जाने कितने आए-गए। वह लेकिन महावीरजी की दया से कायम है। कैसे, राम जाने। पूछने पर वह कहता—सब महावीरजी की किरपा है हुजूर !

जवानी ही भक्ति। बहुत बार भूतनाथ को ऐसा लगा है कि वह चोरी भी कर लेता है। बीबी नहीं है। कहता है, शादी नहीं की। पता चला, शादी की थी। बीबी मर गई। यहीं कोने के एक कमरे में रसोई करता। वहीं सो रहता। यहाँ बहुत दिनों से है।

—आखिर इतनी ख़ुशी कैसी ?

पाठक ने कारण बताया। यानी उसे भी ख़बर है। उसका ख़याल है, ब्याह के बाद तो दीदीजी ससुराल चली जाएँगी। तब वह बाबू से कहकर अपनी तनखाह बढ़वा लेगा।

भूतनाथ भी चुप लगा गया। खोलने से क्या लाभ ? आशा बनी रहे।

—देख लीजिएगा, आपके लिए भी अच्छा ही होगा, किरानी बाबू !

सच तो शायद, कौन जाने ! इतने दिनों से पाठक इन्हें देखता रहा है, जवा को शायद यह ठीक-ठीक पहचान सका हो। मगर भूतनाथ के दिमाग़ में यह बात किसी भी तरह नहीं आती। उसे वह रहस्यमयी लगती। ऐसे जिसके पिता। माँ भी भली ही लगती है। कम-से-कम पागल होने के पहले तो ज़रूर ही ऐसी अस्थिर प्रकृति की न रही होगी। पति-पत्नी दोनों ही धीर-स्थिर हैं। आवेग है, अविचारी नहीं है। जवा ही के लिए वे कुछ अन्धे-से हैं। वह घर के किसी को आदमी नहीं समझती। सबको हुक्म का बन्दा समझती है। समझती है कि जब जिसे चाहे, बर्खास्त कर सकती है। दुनियादार है। हिसाबी बातों में तीखापन। भूतनाथ को लगा, जितनी स्त्रियों को वह जानता है, उनमें से किसी से जवा का कोई मेल नहीं। राधा सीधी-सादी थी। अन्ना भोली-भाली। और हरिदासी

बचपन से ही थी पुरखिन-सी। ब्याह के पहले ही वह स्त्री बन गई थी। और, छोटी बहू ? उनसे महज़ एक दिन का परिचय। उम्र में उससे छोटी हैं। लेकिन उसे लगता, उनके महावर-लगे पाँवों पर सिर टेके रहे। वह माँ नहीं बनीं, यदि बनी होतीं तो फबतीं। स्त्री की मर्यादा उन्हें नहीं मिली, लेकिन चाहते भी तो छोटे बाबू उन्हें सहधर्मिणी नहीं बना सकते। उनका व्यक्तित्व मानो उनसे बहुत ऊपर है। और यह जवा ! रहस्यमयी है। पकड़ में नहीं आती, मगर चाहती है कि कोई पकड़े उसे। मन में आभिजात्य का भाव। स्नेहमयता, दया-दान, प्रेम-प्यार—यह सब आभिजात्य के बाद।

उस दिन काम की भीड़ से साँझ हो गई। एक काग़ज़ पर सुविनय बाबू के हस्ताक्षर के लिए भूतनाथ को ऊपर जाना पड़ा। दाईं तरफ के हॉल के पास ही उसे ठिठक जाना पड़ा। जवा और सुविनय बाबू में बातें हो रही थीं।

सुविनय बाबू ने कहा—तुमने तय किया है, मैं क्या बताऊँ बेटी ?

जवा ने कहा—फिर भी आप कहें, आपकी राय है या नहीं ?

—मैंने तुम्हारी किसी इच्छा में कभी अड़चन नहीं डाली। मैं अपने पिता को सदा दुःख पहुँचाता रहा, इसलिए यह नहीं चाहता कि तुम्हारे लिए बाधक बनूँ। तुम्हारी माँ आपे में होतीं, तो उनसे पूछता, लेकिन वे तो...

ज़रा देर चुप रहकर जवा बोली—आपने तो उसको देखा है, पहचाना है।

—वे हमारे समाज के पुराने सदस्य हैं। मेरे खयाल में वह आदमी धीर और बुद्धिमान् हैं। तुम्हारे जन्मदिन पर जो लोग आए थे, तुमने उनमें से उपयुक्त आदमी को चुना है। आशीर्वाद करता हूँ, तुम लोग सुखी हो।

जवा बोली—लेकिन क्यों तो मुझे डर-सा लग रहा है ? मैं आपको छोड़कर रहूँगी कैसे ?

—तुम लोग मेरे पास रहोगे बिटिया ! न रहोगे तो यह सब कुछ सँभालेगा कौन ? हम अब मेहमान ही कै दिन के हैं? जब तक जिन्दा हैं हम, हमारी भी देखभाल तुम्हीं लोग करोगे। नहीं क्या ?

जवा चुप रही।

सुविनय बाबू बोले—तुम लोग आजकल के ठहरे, चाहो तो मोहिनी-सिन्दूर को चलाना, न चाहो, न सही। मैं काफ़ी पूँजी छोड़ जाऊँगा, तुम्हें कभी कमाने की ज़रूरत नहीं पड़ेगी। हाँ, बने तो दूसरा कोई कारोबार करना। नया ज़माना आ रहा है। मुझे न तो परम गति चाहिए, न अष्ट सिद्धि। ज़रा उस गीत को गाओ तो बेटी, दिन हो गए सुने। वही, नाथ तुम ब्रह्म तुम विष्णु...जैजैवन्ती का ध्रुपद।

जवा गाने लगी—

नाथ तुम ब्रह्म तुम विष्णु
तुम ईश तुम महेश।
तुम्हीं आदि तुम्हीं अन्त,
तुम अनादि तुम अशेष॥

भूतनाथ चुपचाप नीचे उतर आया। कल सवेरे सही बनवा ली जाएगी।

मेज़ के पास खड़ा-खड़ा गीत सुनने लगा। गाने में जवा की मिसाल नहीं। कम-से-कम इस बात में वह लासानी है।

लौटते हुए उसने समय का अन्दाज़ा लगाया। ननी निश्चय ही उसकी राह देख रहा होगा। बाईं गली से चलने पर हेदुआ के कोने पर निकल जाएगा। गया। लगा दक्खिन की ओर एक रोशनी के नीचे खड़ा ननी सिगरेट पी रहा है। पास पहुँचा तो गलती मालूम हुई। कोई और था। भैरव बाबू से मिलता-जुलता। इन्तज़ार करने लगा। शायद विलम्ब देखकर लौट गया हो। अच्छा ही हुआ। जाने क्या होता ?

घर की तरफ चल पड़ा। जल्दी पहुँचना था। छोटी बहू को मोहिनी-सिन्दूर देना है। अचानक किसी ने पुकारा--साले साहब !

अवाक् रह गया भूतनाथ। यहाँ इतनी रात को कौन पुकार रहा है इस नाम से ? गोर से देखा—अरे, शशी ! तू !

नन्हे बाबू का नौकर शशी था। कैसी शकल हो गई है ! इतनी रात को यहाँ क्यों ? महफ़िल आज नहीं होगी क्या ?

शशी ने कहा—कुछ पैसे देंगे मुझे ?

पैसे ! पैसे तो पास थे नहीं भूतनाथ के। बोला—पैसे का क्या होगा ? यहाँ क्यों आया है ? नन्हे बाबू कहाँ हैं ?

—जी, उन्होंने मुझे निकाल दिया है।

शशी के बाल बिखरे थे। दिनों से खाया न हो गोया। लेकिन कैसे ख़ूबसूरत बाल थे उसके घुँघराले। कल ही परसों तो वह वहाँ था।

—क्यों, निकाल क्यों दिया तुझे ?

शशी पीछे हो लिया। बोला—इतने दिनों तक नन्हे बाबू की खिदमत में रहा। आपने तो अपनी आँखों देखा है, मेरे बिना महफ़िल नहीं लगती थी। रात के एक-एक दो-दो बजे तक भंग पीसा करता था, शर्बत तैयार करता था। अब मैं बीमार पड़ा कि निकाल दिया उन्होंने।

भूतनाथ ने उसे एड़ी-चोटी देखा। पूछा—बीमारी क्या है ?

शशी ने उसके पाँव छूकर अपना हाथ सिर से लगाया। बोला—बराम्हन के पाँव छूकर कहता हूँ, जगन्नाथ की कसम--वैसी खोट नहीं है मुझमें। एक भी रात मैंने घर से बाहर नहीं बिताई। नशा छूता तक नहीं। गिरि ने झूठमूठ मुझ पर यह तोहमत लगाई है।

—गिरि ने ?

—हाँ, मँझली मालकिन की दाई।

—तेरे पीछे वह क्यों पड़ेगी ?

—आपको सब पता तो नहीं है। महफ़िल जब टूट जाती है, मैं ऊँघने लगता हूँ, तब गिरि नन्हे बाबू के कमरे में आती है। वे तो नशे में धुत्त। यह तो मैं ही हूँ कि चुपचाप सब सह लेता हूँ।

अब कुछ-कुछ समझा भूतनाथ ने। गिरि की शकल को ध्यान में लाने की कोशिश की। नज़र पड़ते ही उसका घूँघट काढ़ लेना याद आया। जब-तब झड़प। जिस रोज़ भूतनाथ पहली बार नन्हे बाबू की महफ़िल में गया था—उस दिन आधी रात की वह छायामूर्ति।

शशी ने कहा—वंशी से पूछ देखिएगा, नन्हे बाबू जब बीमार पड़े थे, इस शशी ने उनकी कितनी सेवा की थी। उनकी अपनी माँ तक पास न फटकीं, मैंने ही ख़ून-पीप सब किया। बाबुओं के लिए सब ठीक, जितनी बुराई सब हम नौकरों के लिए।

चलते-चलते वे घर के समीप आ चुके थे। शशी बोला—बस, अब आगे न जाऊँगा। कहीं मधुसूदन ने देख लिया तो आफ़त !

—क्यों, वह क्या करेगा तेरा ?

—जी, वह कम्बख़्त कुछ कम है, कहता है, अहाते में आया तो चाबुक से पीठ की खाल उधेड़ दूँगा। गोकि उस बुड्ढे को सब मालूम है। वह जानता है कि कसूर किसका है। पास में कौड़ी कसम को नहीं कि घर चला जाऊँ।

आख़िर निराश ही लौट गया शशी।

बड़े महल के फाटक पर एक भले आदमी से भूतनाथ की भेंट हो गई। उन्होंने पूछा—यहाँ व्रजराखाल बाबू रहते हैं ?

भूतनाथ ने कहा—हाँ, रहते हैं।

—उन्हें बुला दीजिएगा ज़रा। ज़रूरी काम है।

भूतनाथ अन्दर गया। तमाम देख लिया। इससे-उससे पूछा। फिर आकर बोला—अभी तो वे हैं नहीं। कुछ कहना है ?

भले आदमी कुछ परेशान-से हुए। कहा—तीन-चार दिनों में उनसे भेंट नहीं हुई है। हैं तो यहीं ?

—हैं तो यहीं, लेकिन रोज़ तो आते नहीं हैं।

—अगर आज रात को लौटें तो उनसे इतना कह दीजिएगा कि मछुआ बाज़ारवाली फूलबाला को फिर से उलटियाँ होने लगी हैं—कोई दवा लेकर वहाँ ज़रूर पहुँचें। आज ही। वह आपके कौन होते हैं ?

—बहनोई।

वह बहुत परेशान थे। बोले—तो अभी चलूँ मैं। भूल न जाइएगा। कह दीजिएगा उनसे।

भूतनाथ ने पूछा—फलबाला कहने से पहचान जाएँगे वह ? वह मुड़कर खड़े हो गए। कहा—बेशक ! उन्होंने और विश्वनाथ शास्त्री ने ही तो उस बेचारी को पादरियों के शिकंजे से बचाया, एक हिन्दू से उसकी शादी कराई। बेचारी फिर से विधवा हो गई। पास में कौड़ी कफ़न को नहीं। रोज़ी की पड़ी है। व्रजराखाल बाबू न होते तो वह कब की ईसाई हो गई होती। अपनी तनखाह से उसकी रोज़ी चलाते हैं और नाम भूल जाएँगे उसका ? कहीं न भी पहचान सकें, तो कहिएगा कि कदम आया था।

—कदम ?

—हाँ, मेरा नाम है। पूरा याद रख सकें, तो कहिएगा युवक संघ का कदम-केशर बोस। अपने युवक संघ के सभापति तो वही हैं।

भला आदमी चल दिया। बदन पर कमीज़। दाढ़ी-मूँछ कुछ-कुछ। अँधेरे में ठीक-ठीक अन्दाज़ तो न किया जा सका, पर उमर ज़्यादा नहीं थी। वह चला गया, तो भूतनाथ अन्दर चला गया।

उस दिन फिर।

रात ख़ासी हो चुकी थी। भूतनाथ अन्दर महल के तिमंज़िले पर पहुँचा। आगे-आगे राह दिखाता जा रहा था वंशी—पीछे-पीछे भूतनाथ। सौदामिनी के कमरे में अभी तक बत्ती टिमटिमा रही थी। सब्ज़ियाँ काट चुकी थी वह। खिड़की के पास बैठी पान लगा रही थी। और जद्दू की माँ उतनी रात को भी मसाला पीसती जा रही थी। सौदामिनी आप-ही-आप बक-बक करती जा रही थी—बुरा हो इस सर्दी का। थोड़ा सा तेल नहीं कि पैरों में लगाऊँ। फटकर चौचीर हो गया है। खून बह रहा है। भोला का बाप होता तो यह गत होती पैरों की ? आप मरा, मेरे नसीब को आग लगा गया। खुद गया तो ठीक ही हुआ, एक लड़का था, उसे भी साथ ले गया। वह कहता था, फूलबहू, तिरभुवन में अपना कोई नहीं।

दुमंज़िले पर सीढ़ी के पास ही बाईं तरफ़ बाबुओं के सोने के कमरे। अभी वहाँ अँधेरा था। बरामदे में चटाई पर बैठा बैनी मँझले बाबू की धोती में चून दे रहा था। वहीं से मुड़कर मंज़िले पर जाना था।

वंशी ने कहा—एक पल रुक जाएँ आप। मैं देख लूँ, बड़ी मालकिन तो रास्ते पर नहीं हैं ?

किस्मत अच्छी थी। बड़ी माँ अपने कमरे में थीं। वंशी ने कहा—चलिए।

सीधे छोटी माँ के कमरे के पास। वंशी ने अन्दर जाकर ख़बर दी। चिन्ता बाहर निकली।

—अन्दर जाइए।

पहले दिन उसने छोटी बहू को जैसा देखा था, वैसी ही थीं। वैसा ही रूप। फिर भी बहुत-कुछ न पाने की अधिकता ने मानो बहुत-कुछ पाने को मलिन कर दिया था। चूँकि भूतनाथ को छोटी बहू का किस्सा मालूम था, इसीलिए शायद ऐसा लगा। लेकिन कहीं अचानक उसे देखता, तो लगता, यह उसके अहंकार का आत्म-प्रकाश है। प्रशान्त मन का लालित्य मिला हुआ था उस अहंकार से। न पकड़ में आता, न छूने में। सुखी है या दुखी, यह सवाल ही मन में नहीं आता। उसकी दोनों आँखों की शान्त गहराई दर्शकों के मन की विचार-बुद्धि को शिथिल कर देती।

लेकिन वही जब बात करती। जिसे देखने से श्रद्धा होती, शायद कुछ डर भी होता—उसी की बात सुनकर, प्यार करने को जी करता।

छोटी बहू बैठी थी। थोड़ा खिसककर बोली—आओ बैठो।

भूतनाथ बैठ गया। जेब से पैकेट निकालकर बोला—ले आया हूँ। इस्तेमाल करने मैं न खा सकूँगा।

उसके बाद पहले ही दिन की तरह चिन्ता खाना ले आई। भूतनाथ बोला—इतना मैं न खा सकूँगा।

भूख न थी, सो नहीं। लेकिन छोटी बहू के सामने खाने में उसे लाज-सी लगती। मगर छोटी बहू भी नाछोड़ बन्दी। बोली—न खाओगे तो तुमसे बात न करूँगी मैं। सब खा लेना होगा।

खाना ही पड़ा। खाना खत्म हो चुकने पर छोटी बहू ने कहा—अभी आई मैं। वह बगल के कमरे में चली गई। अब भूतनाथ की निगाह पड़ी कि बगल ही में एक और कमरा है। उस रोज़ उसने नहीं देखा था। कमरे को उसने फिर एक बार अच्छी तरह से देखा। काँच के अन्दर अलमारी में धरे थे सारे खिलौने। उसमें से काँच का एक खिलौना मानो भूतनाथ को देख रहा था। सुनहली-रुपहली कोर की धोती, नकली मोती के गहने। ऐसा लगा कि खिलौना हिल उठा। गज़ब ! गोया आँखों के इशारे से उसने भूतनाथ को बुलाया। उँहूँ। वह तो खिलौना ही है, निर्जीव।

छोटी बहू लौट आई। मक्खन-से मुलायम महावर-लगे पैरों को मोड़कर बैठ गई। पत्रा लिए आई थी। पन्ने पलटकर कहा—कल एकादशी है। अच्छा दिन है। कल से ही लगाऊँगी।

भूतनाथ की तरफ़ मुड़कर पूछा—इससे छोटे बाबू का कुछ बुरा तो न होगा भूतनाथ ? सेहत उनकी अच्छी नहीं है। बीच-बीच में झेलते भी ख़ूब हैं। आखिर शरीर बर्दाश्त कितना करे।

क्या कहे, सोच न सका भूतनाथ। बोला—एक दिन के बाद ही देखें, क्या होता है।

—अच्छा, वही सही।

कुछ सोचती रही वह। चिन्तित-सी। ज़रा देर बाद बोली—अपने जानते आज तक मैं झूठ नहीं बोली, लेकिन लगता है, अब बोलना ही पड़ेगा। मेरे यशोदादुलाल जानते हैं, मैंने किसी को कभी सताया नहीं, तकलीफ नहीं पहुँचाई। तुम ब्राह्मण हो, तुम्हारे सामने भी कबूल करती हूँ। मैंने पिताजी की आज्ञा का अक्षर-अक्षर पालन किया है—मगर स्वामी की सेवा के लिए मैं वह भी करूँगी। और उसने पुकारा—चिन्ता ?

चिन्ता आई। छोटी बहू बोलीं—ज़रा वंशी को बुला।

वंशी आया। पूछा—छोटे बाबू आज किस समय निकले हैं वंशी ?

—जी, शाम को सात बजे।

—सुन, कल दोपहर को तू छोटे बाबू को यहाँ बुला लेना। कहना उनसे, मैं बहुत बीमार हूँ, एक बार देख जाएँ। जैसे भी बने, लाना ही पड़ेगा। और चिन्ता, तू रसोई में कह दे, आज मैं खाना नहीं खाऊँगी।

वंशी से पूछा—दोपहर को तो छोटे बाबू सो जाएँगे ?

—नींद खुलने पर बुलाना। अच्छा, जा तू।

बैठने में कैसा तो लग रहा था भूतनाथ को। मौका पाकर बोला—आज अब मैं भी चलूँ ?

—तुम थोड़ी देर बैठो। जल्दी क्या पड़ी है ? काम है कोई ?

—नहीं, काम तो नहीं है।

—फिर ? शर्म आती है, क्यों उस रोज़ मँझली दीदी यही कह रही थीं। कह रही थीं कि तुम बड़े लजीले हो।

मँझली दीदी कौन ?

—इस घर की मँझली बहू। बगल ही कमरे में रहती है। उसी दिन उन्होंने पूछा था—तेरे कमरे में कौन आया था री छोटी ? मैंने कह दिया था—मेरा गुरुभाई था। असल में पहले यहाँ जनानखाने में बाहर के किसी मर्द को आने की इजाज़त नहीं थी। अब धीरे-धीरे वह कड़ाई ढीली पड़ रही है। मँझली दीदी के पिता अन्दर आने लगे हैं...फिर मैं ही...

अपनी बात को अधूरी ही छोड़कर छोटी बहू ने कहा—शायद यही तुमसे मेरी आखिरी मुलाकात है। वहाँ की बहुओं से कोई बात नहीं कर सकता। मुझसे अब भेंट न होगी। लेकिन अपनी इस दीदी को याद रखना। तुम्हारे लिए मेरे योग्य कोई सेवा हो, तो वंशी से कहला भेजना।

भूतनाथ खड़ा हुआ। यशोदादुलाल के सामने झुककर उसने प्रणाम किया। वंशी उसे नीचे ले चला।

भूतनाथ के मन पर जैसे कोई बोझ पड़ गया। अब कभी भेंट न होगी। एक मामूली से काम के लिए महज दो दिन की जान-पहचान। लेकिन इन दो ही दिनों में पटेश्वरी बहू से आत्मीयता हो गई। अपने जीवन में भूतनाथ को ऐसी स्नेह-करुण आत्मीयता कभी नहीं मिली थी। रास्ते में वंशी ने कहा—आपसे कुछ कहना है।

—मुझसे क्या कहना है, बता ?

—आप नन्हे बाबू के यहाँ तबला बजाने जाते हैं। उन्हें एक नौकरी की ज़रूरत है। मेरे भाई के लिए आप अगर सिफारिश कर दें...

—क्यों, नन्हे बाबू का तो नौकर है।

—आपको शायद पता नहीं, शशी को उन्होंने निकाल दिया है।

याद आया, शाम ही को शशी से भेंट हुई थी। बोला—आज ही वह मिला था शाम को। पैसा माँग रहा था।

—अच्छा ! उसे छुइएगा भी नहीं।

—क्यों, क्या हुआ ?

—सारे बदन में पारे का जख्म। छूत की ऐसी बीमारी ! हम सब साथ ही उठते-बैठते। सबको होने की नौबत। सो लोचन ने मधुसूदन चाचा से कह दिया। मधुसूदन

ने कहा नन्हे बाबू से। खजांची बाबू ने बही में से उसका नाम काट दिया।

भूतनाथ बोला—कह रहा था, बड़े कष्ट में है। घर जाने को भी पैसे पास नहीं हैं।

—पहले तो उसने सुना ही नहीं, हम बारहा मना करते रहे। यह सब बाबुओं का ही काम है, इफ़रात रुपए हैं, इलाज करा सकते हैं। नन्हे बाबू को भी हुआ था, छूट गया। लेकिन ऐसे नौकर को क्यों रखे कोई ?

कुछ क्षण रुककर वंशी ने कहा—जी, नन्हे बाबू से कहकर उस जगह पर मेरे भाई की बहाली करा दीजिए।

—अच्छा, मैं कहूँगा उनसे।—भूतनाथ अन्दर गया। व्रजराखाल अभी तक नहीं लौटा था। इधर बहुत व्यस्त हैं, कदमकेशर बोस आया था। फूलबाला मरणासन्न। जाने कितने काम हैं व्रजराखाल को ! स्वामी विवेकानन्द आए हैं। काम और बढ़ गया है। वेदान्त और अद्वैतवाद का प्रचार करना होगा। शिष्य होकर साथ आए हैं सोवियत दम्पती। साहब-मेम चले। क्यों आख़िर ?

अँधेरे कमरे में वह बिस्तर पर लेट गया। अचानक महल मानो गुंजन करने लगा। भूतनाथ को लगा—जानें कब सनू 1345 में किसने शुरू-शुरू घड़ी बनाई थी...उस घड़ी के कल-पुर्जे आज चलने लगे हैं। आज, इतने दिनों के बाद ! शायद बद्री बाबू की बात ही फले। सब लाल हो जाएगा। लेकिन क्यों ? इस महल की एक-एक ईंट को क्या इसका पता चल गया है ? मुग़ल बादशाहों के ज़माने में इस घर के पुरखों को ज़मींदारी की सनद मिली थी। कत्ल करने का अधिकार मिला था। जाने कब हज़ारों-हज़ार लठैतों की मार से गाँव के लोगों ने मौत के आगे अपने-आपको सौंप दिया था। जानें कितनी-स्त्रियों के रूप-लावण्य और सतीत्व से खिलवाड़ किया था इस घर के पुरखों ने ! बद्री बाबू से उस रोज़ भूतनाथ ने सब कुछ सुना। और केवल यही क्यों ! कलकत्ते के सभी पुराने वंशों के पीछे जो मार्मिक विश्वासघातकता और जाति-द्रोह का कलंक छिपा है, आज रात वह सब मानो बोल उठा है। निष्क्रिय दर्शक-से बद्री बाबू की वेदना को कौन मेटेगा ? ननीलाल की इस ज़िन्दगी का कोई ज़िम्मेदार नहीं। सुविनय बाबू की स्त्री किसके शाप से पागल है आज ? कभी दलदल पर जॉब चार्नक के समय में जिस शहर की नींव पड़ी थी, आज वह शहर गगनचुम्बी अट्टालिकाओं से क्या अकारण ही सज रहा है ? नन्हे बाबू के कमरे में महफ़िल जम रही थी। चमेली फूली चम्पा...का अलाप आ रहा था। दक्खिन के बगीचे में दासू जमादार का बेटा बाँसुरी फूँक रहा था। भूतनाथ को लगा, सारा कलकत्ता रो रहा है, उसी तरह, जिस तरह वह अपने पाले हुए नेवले के मरने के दिन रोया था।

बेचैनी सी लगी। किसी भी उपाय से नींद न आ रही थी। लगा, तबला बजा पाता, तो जी कुछ हलका होता। अचानक पैरों की आहट से वह चौंक उठा—कौन ?

—मैं हूँ। अभी तक तुम सोए नहीं भाई साहब ?

—लौटने में बड़ी देरी हो गई तुम्हें। एक सज्जन ढूँढ़ने आए थे।

व्रजराखाल ने रोशनी जलाई। बड़ा थका हुआ था। पूछा—खाने को है कुछ ? आज

दिन में भोजन नहीं नसीब हुआ।

—मुरमुरे हैं, दूँ ? दिन में मैंने आज पकाया नहीं। बाहर ही खा लिया। कहकर भूतनाथ ने टिन के डिब्बे से मुरमुरे निकाल दिए। व्रजराखाल ने बदन-हाथ पोंछा। कहा—आज सारा दिन दौड़ते ही बीता है। स्यालदह से रिपन कॉलेज गया, वहाँ से बागबाज़ार, रायबहादुर पशुपति बोस के यहाँ, वहाँ से सोवियत दम्पती को काशीपुर लिवा गया गोपाललाल शील के बगीचे में। उफ़, ख़ूब सजाया था।

भूतनाथ ने पूछा—सनय निकालकर दो मुट्ठी खा क्यों नहीं लिया था ?

—मौका नहीं मिला। कल फिर सुबह ही काशीपुर जाना है, शाम को आलम बाज़ार।

तेल-सने मुरमुरे का कटोरा हाथ में लेकर व्रजराखाल ने पूछा—कौन ढूँढ़ने आया था, बता रहे थे ?

—कदमकेशर बोस कोई थे। कह गए, मछुआ बाज़ार की फूलमाला को कै शुरू हो गई है। दवा ले जाने को कहा है।

—कै ? खाना पड़ा रह गया। व्रजराखाल ने कुर्ता पहना, पैरों में जूते डाले।

भूतनाथ ने पूछा—फिर चल दिए क्या ?

—जाना ही पड़ेगा।

—सुबह जाने से न होता ?

—कल तो बेतरह काम है।—वह निकल पड़ा।

—मुरमुरे तो खा लो।

कानों तक यह बात न पहुँची। तब तक वह रास्ते पर जा रहा था। इब्राहिम की छत की टिमटिमाती बत्ती में आँगन में एक छाया-मूर्ति-सी दीखी।

कमरे को बन्द कर भूतनाथ फिर लेट गया। नन्हे की महफ़िल से गीत की कड़ी हवा में गूँज रही थी—चमेली फूली चम्पा। विश्वम्भर का गला। कान्तिधर का ठेका। और उधर बज रही थी दासू जमादार के बेटे की बाँसुरी।

आज भी बख़ूबी याद है, शुक्रवार का दिन था। उस रोज़ जाने काहे की छुट्टी थी। वंशी आ पहुँचा। बोला—नन्हे बाबू अभी अकेले हैं। अभी आप मिल लें तो भाई की नौकरी लग जाए। शशी कहता था, वह आपको ख़ूब चाहते हैं।

आखिर जाना ही पड़ा।

साँझ नहीं हुई थी। महफ़िल को अभी देर थी। तकिए के सहारे लेटकर नन्हे बाबू कोई किताब पढ़ रहे थे। चूननवाली धोती, बाबरी बाल।

पास में पान का डिब्बा। ज़र्दे की डिबिया। सिगरेट। फ़र्श पर गड़गड़ा। थोड़ी ही देर पहले जगे थे शायद।

भूतनाथ को देखकर बोले—आइए, आइए। ख़बर क्या है, ज़माने से चरणों की धूल नहीं पड़ी।

भूतनाथ गद्दी पर बैठ गया।

नन्हे बाबू ने कहा—अफसोस, कल नहीं पधारे आप। बनारस के उस्ताद अनवर अली साहब आए थे। क्या बताऊँ क्या गज़ब का गाया ! जैसा तैयार गला, वैसा ही लय का ज्ञान। तबले पर संगत कर रहा था बैजू। जो भी कहिए, बैजू का हाथ बड़ा मीठा है। रात के तीन बजे शुरू किया दरबारी कानड़ा का ख़याल...पूछिए नहीं। ज़रा रुककर बोले—छुटपन से अपने यहाँ होली पर कज्जन बाई का गाना सुना था, नाच देखा था। पिताजी के दोस्त धर्मदास बाबू ने तबला बजाया था। नाचते-नाचते बाईजी ने सोने की थाली में से सारी मुहरें होंठों से उठा लीं। बहुत दिन बाद उसे एक बार और सुना। कुछ लेने आई थी। कहने-सुनने पर सुनाया, बाजूबन्द खुल-खुल जाए... रे-ग-ध-नि के घुमाव में तब भी जादू। बस, वही सुना था कि कल सुना।

किस्सा खत्म ही नहीं होना चाह रहा था। ज़रा सा दम लिया कि वह वंशी की बात कहने जा रहा था। अचानक किसी के आने से बाधा पड़ गई। भूतनाथ अवाक् रह गया। वह ननीलाल था।

ताज्जुब में ननीलाल भी पड़ गया। कहा—अरे, भूतनाथ ! फिर नन्हे बाबू की तरफ़ मुखातिब होकर बोला—चूड़ामणि, एक काम से तेरे पास आया हूँ।

नन्हे बाबू भी खुश थे। बोले—काम फिर होगा। पहले अपना हाल बता। बिन्दी की क्या ख़बर है ?

—बिन्दी मज़े में है। तुझे पूछती है। मैंने कह दिया है, अब वह सन्त हो गया है। गाने-बजाने में मस्त पड़ा रहता है। मगर इस बातों का आज समय नहीं। तुरत चल देना है।

नन्हे बाबू बोले—वाह, कैसी बात ! ज़रा बैठ तो। शराब पी ले।

—माफ़ करो भैया, वह सब मैंने छोड़ दिया है।

नन्हे बाबू को यकीन न आया—कहता क्या है तू ?

—ठीक ही कह रहा हूँ। बिन्दी के पास भी नहीं जाता।

—क्यों ?

—शादी करनी है।

भूतनाथ भी हैरत में आ गया। पूछा—शादी ?

नन्हे बाबू ने पूछा—ननी से आपकी कैसी जान-पहचान हुई ?

—मेरे साथ पढ़ चुका है गाँव के स्कूल में।

ननीलाल को लेकिन बातों का समय न था। बोला—इसीलिए तो तेरे पास आया हूँ। ब्याह के बाद पाई-पाई चुका दूँगा। ज़्यादा नहीं, सिर्फ़ पाँच हज़ार रुपए चाहिए।

नन्हे बाबू कुछ बोले नहीं। उन्होंने ननीलाल को सिगरेट दी। एक आप सुलगाई। लम्बा धुआँ उड़ाकर ननीलाल बोला—मज़ाक़ नहीं, रुपयों की सख्त ज़रूरत है। उन्हें तो इस बात की ख़बर नहीं कि घर गिरवी है। उन्हें पता है, मैं बड़ा आदमी हूँ। सो जो भी हो, ब्याह के बाद मैं तेरी तरह साधु बन जाऊँगा। कसम...।

नन्हे बाबू ने कहा—वे बातें रहने दो। शादी कर कहाँ रहे हो। लड़की कैसी है ?

ननी बोला—लड़की का नशा अपना उतर गया है। अब तो रुपयों की फ़िक्र पड़ी है। रुपया चाहिए। उन लोगों के पास अगाध रुपए हैं। वहाँ शादी हो जाए तो ज़िन्दगी-भर के लिए रुपयों की फ़िक्र से बरी हो जाऊँ। पर तबतक अपने ख़र्च के लिए कुछ चाहिए।

नन्हे बाबू ने पूछा—शादी कर कहाँ रहे हो ?

ननीलाल फ़ौरन जवाब न दे सका। उसने एक बार भूतनाथ की तरफ़ ताका, मानो सकुचा रहा हो। भूतनाथ उठ खड़ा हुआ। कहा—मैं चलता हूँ नन्हे बाबू, फिर आऊँगा। जो कहने के लिए वह गया था, न हो सका। खैर, फिर कभी।

बाहर निकलते ही वंशी ने पूछा—कह दिया हुज़ूर ?

—नहीं वंशी, आदमी आ गया, कह न सका। फिर कभी।

आज वह वंशी भी नहीं और उसके भाई की नौकरी भी न लग सकी उस दिन। लेकिन इसी निमित्त कहीं न गया होता उस रोज़, तो ननीलाल से भेंट न होती। और सारे सर्वनाश का बीज उसी दिन बोया गया शायद। केवल भूतनाथ ही के जीवन में क्यों ? छोटी बहू, छोटे बाबू सबके जीवन पर धूमकेतु-सा ननीलाल का उदय हुआ। वह मानो उन्नीसवीं सदी की वणिक सभ्यता का ज़हर हो। ज़हरीला अंगूर। उस ज़हरीले अंगूर का पौधा आज घर-घर उग आया है, लेकिन उस दिन यह दुर्घटना न घटी होती, तो इस घर का इतिहास और ही ढंग से लिखा जाता।

अपने दफ्तर से पैदल ही लौट रहा था भूतनाथ। साँझ हो आई थी। बाग़-बाज़ार की गली से रास्ता था। चारों तरफ अँधेरा। दोनों ओर के पनालों से बचकर बीच रास्ते से आना पड़ता। छिटपुट खपरैलों में टिमटिमाती बत्ती। मोड़ पर देशी शराब की दूकान के पास आते ही पहचानी हुई बू मिली। रास्ते पर ही कुछ लोग पी रहे थे। गा रहे थे। शोर कर रहे थे। एक कोई गा रहा था :

री जलमुँही कलंकिनी राधा री
चरवाहे को पाकर भूली छिः छिः
ताजा दही फेंका, कपास खा गई
शरम से मर जाऊँ री...

बग़लवाले ने सम पर ज़ोर से कहा—हा-हा-हा-हा...

अँधेरे में सबकी शकल नहीं दिखाई पड़ती थी। अचानक एक वारदात हो गई। उनमें से एक को भूतनाथ ने पहचाना। जवा के यहाँ का वह ठाकुर ही तो है। वह सँभल पाए, इससे पहले ही ईंट उसने भूतनाथ के माथे पर चलाई। कुछ-कुछ शब्द उसके कानों में आए साले किरानी का ख़ातमा कर दे...

उसके बाद की कुछ भी याद नहीं उसे।

बीसवीं सदी का आरम्भ। लाट कर्जन का ज़माना। साइकिल से जाते-जाते आज भी सब कुछ साफ़ याद आता है। उस दिन की चोट से वह मर नहीं गया, यही ताज्जुब है।

गोलदीघी के पास ही किसी घर में कोई लोग उसे उठा ले गए थे।

आँखें खुलीं तो देखा, एक पक्के का घर। मैली दीवारें। चारों तरफ लाल रंग से लिखा था—वन्दे मातरम्। कुछ लोगों की बातचीत। खिड़की के बाहर दीख रहा था अखाड़ा। तीसरा पहर। सारे बदन में दर्द हो रहा था। उठने की कोशिश की कि किसी ने आकर पकड़ लिया। कमीज़ पहने था। हल्की मूँछ-दाढ़ी, पहचानी-पहचानी सी शकल।

सिर थामकर बोला—अभी उठो नहीं भैया ! उसके बाद आवाज़ दी—शिवनाथ, और थोड़ा सा दूध ले आओ।

शिवनाथ दूध ले आया। उस आदमी ने कहा—इसे पी लो।

दूध पीकर भूतनाथ को फिर झपकी आ गई। तन्द्रा टूटी तो उसके कानों तक उनकी बातचीत पहुँची। अँधेरा हो चुका था। एक लालटेन जल रही थी। वह सोच रहा था, कहाँ आ निकला मैं ! बाहर कोई कह रहा था—कदम भैया, अब उन्हें एक सबक सिखाना ही पड़ेगा। कल भी गोरों ने बूटों की ठोकरों से एक आदमी को बेहोश कर दिया है।

—यह क्या मालूम है कि इसे गोरों ने ही मारा है ?

—तो क्या भूत मारेगा ?

—गुंडे भी तो हो सकते हैं। आँखों थोड़े ही देखा है ! गुंडे ही क्या कम हैं यहाँ ? फिर एक गोरे को मारने से भी क्या होगा ? किले से जब हज़ारों-हज़ार गोरे दौड़े आएँगे तो बंगालियों को भागने की राह न मिलेगी। एक अखाड़ा है, उसके तो सदस्य जुटते ही नहीं।

—मगर सारे भारत को जीतने के लिए कै गोरे आए थे ?

कुछ देर कुछ न सुना गया। उसके बाद किसी ने कहा—तुम्हारी ग़लती है। अपने युवक-संघ का उद्देश्य ही ऐसा नहीं। स्वामीजी ने कहा—The world is in need of those whose life is one burning love-selfless. That love will make every word tell like a thunder-bolt. Awake, awake great souls ! The world is burning in misery, can you sleep ? राजनीति से देश का कल्याण न होगा, धर्म का डंका पीटने से भी कुछ न होगा, अर्थनीति से भी अपनी कमी दूर न होगी। युवक-संघ के हम सदस्य एक ही चीज़ चाहते हैं कि देश पर, जन्मभूमि पर प्रेम हो—जीवन्त प्रेम। वह प्रेम आत्मा, सम्पत्ति और सन्तान से भी बड़ा हो—जिस प्रेम से छोटे-बड़े सबको एक नज़र से देखा जा सके। तभी भारतवर्ष एक होगा।

अचानक अनेक गलों से एक आवाज़ निकली—आ गए, बड़े भैया आ गए।

आते ही बड़े भैया ने पूछा—क्या बातें हो रही थीं ?

शिवनाथ ने कहा—आज फिर गोरों ने एक आदमी को मारकर बेहोश कर दिया है।

—कहाँ है ?

—कमरे में।

अन्दर आकर व्रजराखाल ताज्जुब में पड़ गया। भूतनाथ भी चौंक उठा। व्रजराखाल ने पूछा—क्यों भाई साहब, यह क्या ?

भूतनाथ की आँखों से आँसू बह चले। मुँह में बोली नहीं।

उसके सिर पर हाथ फेरते हुए व्रजराखाल ने कहा—रो क्यों रहे हो ? तुम हमारे 'युवक-संघ' में हो, कोई डर नहीं। कदम है, शिवनाथ है। फिर शिवनाथ की तरफ़ देखकर कहा—अरे भाई, ये तो मेरे साले हैं। कहाँ मिल गए तुम्हें ?

जाते समय व्रजराखाल कह गया है—फिर आऊँगा। इधर कुछ दिनों तक बड़ा परेशान रहूँगा।

बहुत दिनों की बात। उसक बाद भी भूतनाथ गोलदीघी के युवक-संघ में कई बार गया। जीवन के एक सन्धि-काल में निरा बेबस सा जिन कई दिनों तक वह वहाँ पड़ रहा, उसकी यादगार भारत की आज़ादी के इतिहास के साथ जुड़ी है। पड़ा-पड़ा सब देखता रहता—नौजवान कुश्ती लड़ा करते, मुग्दर भाँजते, स्वदेशी गाने गाया करते।

निवारण की भी याद आई। वह उसके सिरहाने बैठा था। साँझ हो रही थी। लोग-बाग नहीं-से थे। अखाड़ा सूना पड़ा था। भूतनाथ ने देखा, कोई उसकी तरफ़ देख रहा है पास बैठकर।

निवारण ने पूछा—तकलीफ़ हो रही है ?

भूतनाथ टुकुर-टुकुर ताकता रहा। बोला नहीं।

आख़िर निवारण ने ही पूछा—पानी पीजिएगा ?

पानी पीने के बाद भी वह वैसे ही ताकता रहा। निवारण ने पूछा—मुझसे कुछ कहेंगे ?

भूतनाथ ने पूछा—तुम कौन हो ?

निवारण ने बताया—मैं हूँ निवारण। आप मुझे नहीं पहचानेंगे। मैं आत्मोन्नति-समिति से आया हूँ। रात आपकी सेवा करूँगा।

भूतनाथ ने पूछा—यह आत्मोन्नति-समिति कहाँ है ?

पहले खिलात इंस्टिट्यूट में थी, अब युवक-संघ से मिल गई। जिस दिन वेलिंगडन स्क्वायर में गोरों से मार-पीट हुई, दोनों संस्थाओं को एक कर देने की बात उसी दिन तै पाई। गोरों ने बड़ा जुल्म मचा रखा है। आज उसी पर विचार के लिए बैठक की।

—क्या तय हो पाया बैठक में ?

—कुछ भी तय न हो पा सका। बड़े भैया न आ सके।

—बड़े भैया कौन ?

—व्रजराखाल बाबू! सभापति वही हैं।

—व्रजराखाल ! भूतनाथ को अचरज हुआ। उसने कभी कहा तो नहीं। निवारण आप-ही-आप बोलता गया—सो कदम भाई चाहे जो कहें, हम लोगों ने तै कर लिया है कि हम भी अपना रास्ता अख्तियार करेंगे। अंगरेज़ी राज में इंसानियत बचाना कठिन है।

निवारण की वे बातें आज भी याद आ रही हैं। कैसे जलते अंगारे-से नौजवान थे ! 21 जून की घटना मानो कंठस्थ है उसे। महारानी विक्टोरिया की डायमंड जुबिली समारोह के बाद पूना में लाट साहब के घर से प्लेग कमिश्नर रंड साहब बाहर आ रहा था। बड़ा ही बदमाश था। दामोदर चाफेकर और बालकृष्ण चाफेकर—इन दो भाइयों ने सामने जाकर उसे मार डाला। शिवाजी के वंशधर थे। उसी समय से शुरुआत हुई बंगाल में क्रान्तिकारी आन्दोलन की। सन् 1899 था वह शायद। एक दिन रात के अन्तिम पहर में दोनों भाइयों को चुपचाप फाँसी दे दी गई। जिन गद्दारों ने उन दोनों भाइयों को पकड़वाया, अन्त तक वे भी न बच पाए।

निवारण ज़रा रुककर बोला—हम सभी क्यों पीछे रहें? मैंने चिट्ठी दी है, चाफेकर संघ के सदस्य यहाँ आ रहे हैं। एक रंड को मारने से क्या होने का है, देश में हज़ारों-हज़ार, लाखों-लाख रंड बिखरे पड़े हैं। निलहे साहब गए और चायबगान के साहब ?

भूतनाथ ने पूछा—कौन आ रहे हैं, बताया ?

—तीन जने आ रहे हैं—यतीन बनर्जी, बारीन घोष और उसके बड़े भाई अरविन्द घोष। यहाँ बैरिस्टर पी. मित्तिर तो हैं ही। एक नई समिति कायम होगी—अनुशीलन समिति। मणिकतल्ला में माणिकदत्त के यहाँ जमघट होता है। चलेंगे एक दिन आप ?

—मुझे वहाँ जाने क्यों देंगे ?

—आप व्रजराखाल बाबू के साले हैं, आपको कौन रोकता है ? और बात यह है कि सबकी मदद के बिना कुछ होने का भी नहीं। बोअर लड़ाई हो चुकी। अभी रूस और जापान में ठननेवाली है। ये सफेद चमड़ीवाले ज़रूर हारेंगे। आपने गैरीबाल्डी की जीवनी पढ़ी है ? चाहें तो किताब मैं दे सकता हूँ। वे सब भी इसी तरह से आज़ाद हुए थे। उस दिन सिस्टर निवेदिता हमें आशीर्वाद दे गईं कि तुम लोग भी स्वामीजी-जैसे बनो।

भूतनाथ की आँखें मुँद आईं। लगा, वह एक अनोखी दुनिया में आ निकला है। कलकत्ते में भारत का एक नया ही इतिहास तैयार हो रहा है। जॉब चार्नक और लार्ड क्लाइव के कलकत्ते का एक आश्चर्यजनक रूपान्तर। यह वह कलकत्ता नहीं, जहाँ ननीलाल, नन्हे, बाबू, छोटी बहू, सुविनय बाबू और जवा रहते हैं।

एक दोपहर की घटना याद पड़ गई। बहू बाज़ार से वनमाली लेन घुसते ही बरगद के नीचे पक्के की वेदी—वेदी पर देवी-देवताओं की छोटी-बड़ी बेशुमार मूर्तियाँ। नरहरि ने भूतनाथ से पहले ही दिन प्रणामी वसूल की थी। उसके बाद भी जानें कितनी बार दक्षिणा अदा की। झूठ हो चाहे जो हो, आखिर तो देवता की बात है ! एक जो अलक्षित शक्ति दुनिया को चलाती है, उसे इनकार करने की ताकत भूतनाथ में कहा !

मगर उस दोपहर की घटना ! अप्रत्याशित।

कुछ गोरे सिपाही थे शायद। सीटी बजाते हुए उस गली से जा रहे थे। नरहरि गंगा नहा आया था। चुटिया में गेंदा का एक फूल खोंसे राहगीरों की तरफ़ ध्यान लगाए बैठा

था। रोज़ ही इसी तरह रहता। लेकिन उसे देखकर गोरों के जी में जाने क्या आया, एक ने उसकी चुटिया के फूल पर जमा दी एक छड़ी। शायद मज़ाक किया हो। पर मारे डर के नरहरि चीख उठा। चीख उठने का नतीजा उलटा निकला। एक गोरे ने लगाई बूट की ठोकर उसके चेहरे पर। नरहरि रास्ते पर छिटक गिरा और शोर करने लगा। भीड़ जमा हुई। भूतनाथ भी बाहर आया। मगर सबकी छाती में धड़कन। चूँ करने की हिम्मत नहीं।

तब तक गोरों ने लातों से देवताओं की दुर्गत शुरू कर दी। मूर्तियाँ टूट-फूटकर बिखर गईं। इससे भी गोरे शान्त न हुए। लोगों पर टूटने लगे। जिसे देखें, उसी पर दौड़ें। बड़े महल के गेट पर संगीनवाली बन्दूक लिए बिरिजसिंह पहरा दे रहा था। छाती पर गोली-भरी पेटी। उसने डर से लोहे का गेट बन्द कर लिया। देखते-ही-देखते आसपास के घरों के खिड़की-किवाड़ फटाफट बन्द हो गए।

इसी समय मँझले बाबू हिरण्यमणि चौधरी बाहर निकल रहे थे। कोचवान की जगह अमीरी ढंग से इब्राहिम मियाँ लगाम थामे बैठा था। सकुची मछली की पूँछ का चाबुक बगल में खड़ा। मोम लगाकर कड़ी की हुई उसकी मूँछें बिच्छू के डंक-सी खड़ी। बाबरी बाल। बाल में काठ की कंघी खोंसी हुई। ज़री के कामवाले सादे प्लेट पर सोने की पटिया गले में। यासीन पिछले पायदान पर खड़ा चीख रहा था—होशियार...होशियार !

गेट खोलकर बिरिजसिंह अटेंशन की मुद्रा में खड़ा हो गया। आवाज़ लगाई—होशियार...होशियार !

गोरे भी ज़रा सहम से गए।

तब तक गाड़ी सामने जा पहुँची। अन्दर भैरव बाबू बैठे थे। ज़ोर से पुकारा—इब्राहिम, गाड़ी रोक दे, मँझले बाबू कह रहे हैं, रोक दे गाड़ी।

पहले मँझले बाबू उतरे—पीछे-पीछे भैरव बाबू। मँझले बाबू ने पुकारा—इब्राहिम, ज़रा चाबुक देना तो।

इतने में गोरे भाग खड़े हुए।

मँझले बाबू नरहरि के पास जा पहुँचे—उल्लू, सूअर का बच्चा कहीं का ! रो क्या रहा है ? दो-एक जमा नहीं सका—बेहूदा। कहा और हंटर से उसकी ख़बर लेनी शुरू की। नरहरि रास्ते पर कटे बकरे-सा छटपटाने लगा। जिन लोगों ने झरोखे-दरवाज़े बन्द कर लिए थे, वे निडर-से बाहर निकल आए। नरहरि को पीटना बन्द करके मँझले बाबू चाबुक लिए लोगों की तरफ लपके—अबे, देख क्या रहा है, भाग यहाँ से...

फिर सारे दरवाज़े बन्द हो गए। शान्त-सलोने मँझले बाबू को बिगड़ते किसी ने नहीं देखा था। ज़रा देर में वे भैरव बाबू के साथ जोड़ी पर सवार हुए। गाड़ी गली पार कर गई।

दूसरे दिन खजांची की बुलाहट हुई। मँझले बाबू ने कहा—विधु, नकद सौ रुपए देकर नरहरि को रुखसत कर दो, और सुखचर के गुमाश्ते को लिख दो, नहर के पास की दस बीघा ज़मीन उसके नाम से रैयती बन्दोबस्त कर दे।

फ़ौरन हुक्म बजाया गया। नत्थूसिंह को बुलाकर कहा—देखो, अब से इस गली के अन्दर नरहरि कभी कदम न रखे। कभी नज़र पड़ गई तो गोली मार दूँगा, कह देना।

तब से भूतनाथ ने नरहरि को कभी कलकत्ते में न देखा।

निवारण को नींद आ रही थी। कमरे की रोशनी काँप रही थी। भूतनाथ की भी पलकें मुँदती आ रही थीं। और केवल वही दोनों क्यों, उस समय सारा देश तन्द्रा से चूर था। बादशाही अफीम का नशा। जागना भी चाहो, तो पलकें नहीं खुलतीं। इस सौ साल में बनने-बिगड़ने का इतिहास नहीं, राजवंशों के उत्थान-पतन का शोरगुल नहीं। सब बेफ़िक्र सोते रहे। उसी सर्वनाशक नींद में कब चुपचाप आ गई चावल कूटनेवाली कल, जूट और आटे की मिल, कपड़े की कल, स्टोम इंजिन, स्टीमर, छापाखाना और मिंटघर—किसी का पता न चला। तैमूरलंग के अरबी घोड़े और नादिरशाह की तलवार ने जो न किया, वही किया सौ साल की अंग्रेज़ी सल्तनत ने। अन्दर-ही-अन्दर समाज की भीत धँस गई। बुद्ध, ईसा और मुहम्मद से जो न बना, भाप और भाप के इंजन ने वही किया।

निवारण की नींद टूटी।

भूतनाथ की भी।

बाहर कोई कड़े खटखटा रहा था—निवारण, ओ निवारण !

निवारण ने झट दरवाज़ा खोल दिया—कदम भाई !

—हाँ, जल्दी चल, बेलूड़ जाना होगा।

—हाँ, स्वामीजी न रहे।

—स्वामीजी ?

—हाँ, स्वामी विवेकानन्द !

नींद में कैसे रात गुज़री, भूतनाथ को पता नहीं। लेकिन सोए-सोए भी वह ब्रजराखाल को सपने में देखता रहता। उसके पास जाने को जी तड़पने लगा। जाने इस समाचार से उस पर क्या गुजरेगा ? बंगाल में उसके-जैसा मौन भक्त और कौन था !

सुबह दूसरी घटना और घट गई। युवक-संघ के दरवाज़े पर कोई गाड़ी आकर लगी। घोड़े की टाप। उसके बाद ही सुनाई पड़ी सुविनय बाबू की आवाज़—कहाँ, इसी घर में ?

शायद सामने शिवनाथ था। कहा—भूतनाथ बाबू सो रहे हैं, आप अन्दर आइए।

सुविनय बाबू बोले—कई दिन से फिक्र थी, हुआ क्या कि भूतनाथ नहीं आता। ब्रजराखाल से पूछा, उन्हें भी पता नहीं। आख़िर आज सवेरे...

अचानक कमरे में पधारे। काली चपकन, उस पर तह की हुई चादर पड़ी। घनी मूँछ-दाढ़ी के बावजूद उनकी घबराहट जाहिर हो रही थी। भूतनाथ को जगा देखा तो पास गए। झुककर पूछा—कैसी तबीयत है ? ज़रा रुककर बोले—गोरों को कुछ कहने से कोई लाभ नहीं, जान बची, यही गनीमत है। जो सब जीवों के रक्षक, सभी लोकों

के मालिक, वही...।

शिवनाथ ने कहा—हमने सेवा-जतन में कुछ उठा नहीं रखा है। इलाज में कोई कमी नहीं रही।

सुविनय बाबू बोले—लेकिन मेरी बिटिया जवा बेतरह घबराई हुई है। वह बड़ी ज़िद्दी है। खुद आ रही थी, मैंने कहा, मैं उसे साथ ले आऊँगा। मैं उसे वचन दे आया हूँ।

शिवनाथ नें कहा—लेकिन ब्रजराखाल बाबू से पूछे बिना ले जाना क्या अच्छा होगा ?

सुविनय बाबू ने कहा—अच्छा नहीं होगा, समझता हूँ। लेकिन अपनी बिटिया से जाकर कहूँगा क्या, मैं ? बेहद ज़िद्दी है। ब्रजराखाल बाबू को ख़बर नहीं दी जा सकती ?

—जी, वे तो अभी बेलूड़ में हैं। आज स्वामीजी...। उनसे भेंट होना मुश्किल है।

—फिर क्या होगा ?

अब भूतनाथ की जबान फूटी। बोला—मैं आपके साथ चलूँगा।

सुविनय बाबू को मानो अथाह में किनारा मिल गया। बोले—आपने मुसीबत से बचा लिया मुझे। जब से पता चला है, जवा बेचैन है।

शिवनाथ ने सहारा देकर उसे गाड़ी पर पहुँचाया। वहाँ तक साथ गया। वहाँ पाठक और उसने उसे उतारा।

जिस कमरे में उसे सुलाया गया, वह कमरा जवा की माँ का था। जवा ने कहा—बाबूजी, आप ज़रा सुस्ता लें, मैं सब ठीक किए लेती हूँ। जवा की माँ को बुलाकर कहा—बैजू से कह दे, डॉक्टर साहब को ख़बर कर दे और तू थोड़ा सा पानी गरम करके यहाँ ले आ।

भूतनाथ थक-सा गया था। कब दिन बीत गया और साँझ हो गई, उसे कोई पता नहीं। तन्द्रा टूटी तो लगा, यह कहाँ आ गया वह ! याद करने में कुछ समय लग गया। देखा, जवा बिस्तर पर उसके पास बैठी है। बहुत करीब। इतनी निकटता का सुयोग पहले कभी न मिला था। उसके शरीर की गन्ध मिल रही थी। स्पर्श से रोमांच हो रहा था। उसका उत्ताप मानो और बढ़ गया।

सुविनय बाबू कमरे में आए। वह कुछ पूछें, इसके पहले ही जवा बोल उठी—आप फिर क्यों आए बाबूजी ? डॉक्टर बाबू बता गए, डर की कोई बात नहीं। बुखार भी कम है। आप बैठें जाकर।

उन्होंने पूछा—माथे के जख्म का क्या हाल है ?

माथे पर पानी की पट्टी देती हुई वह बोली—डॉक्टर बाबू ने कहा, कुछ समय लगेगा। चुपचाप पड़े रहने को कहा है। जख़्म भरने लगेगा तो बुखार आप ही कम हो जाएगा।

—उन नौजवानों की ज़रा भी इच्छा न थी कि मैं भूतनाथ को यहाँ लाऊँ। तुम्हारी खातिर ले आया...ख़याल रखना।

सुविनय बाबू चले गए।

जवा ने कमरे की बत्ती गुल कर दी और फिर पास जाकर बैठी। बुखार के नशे में भी भूतनाथ को लगा, वह उसके बहुत ही पास बैठी है। उसके निःश्वास की आवाज़ मिल रही थी। एक बिलकुल ही नई अनुभूति। इसके पहले उसके इतना करीब और कोई नहीं बैठी। अलबत्ता फूफी उसकी बीमारी में ऐसे ही बैठती थी। बड़ा अच्छा लगता था भूतनाथ को। उसके चंगा होने तक फूफी खा नहीं सकती। दोपहर को जैसे ही वह बैठती कि भूतनाथ ताड़ जाता और पास जा बैठता।

फूफी कहती—तू सो रहा था, इसलिए मैं खाने बैठ गई। भूतनाथ ध्यान लगाकर देखता, फूफी किस तरह चावल में दाल मिला रही है, कैसे कौर उठा रही है। लोभ से उसका सारा शरीर लालायित हो उठता।

पूछता—मैं भात कब खाऊँगा फूफी ?

फूफी के कौर अन्दर नहीं धँसता। दिलासा देती—अच्छा बता, चंगा होने पर क्या-क्या खाएगा तू ?

भूतनाथ एक फेहरिस्त ही तैयार करता। काग़ज़ पर लिखता कि अच्छा होने के बाद क्या-क्या खाएगा। बेर का अचार। बरी। सहजन की तरकारी। और भी कितना क्या ! मामूली चीज़ें, मगर सोचने में बड़ा ही अच्छा लगता। और चंगा हुआ नहीं कि वही हाल।

फूफी कहती—अरे रे, दो कौर और खा ले।

—पेट भर गया।

—तूने तो कहा था, आज बहुत सा खाएगा। तू ही न खाएगा तो इतना सारा झमेला किसके लिए ?

बीमारी में खाने की जिसे इतनी ललक, अच्छा हो जाने पर उसी को खिलाने में ऐसी मुसीबत। शायद यही सबके साथ होता है। भूतनाथ को सब कुछ याद आता।

जवा बीच-बीच में पिताजी को पढ़कर सुनाया करती। रामायण-महाभारत के छन्द सुनाई पड़ते। निवारण की याद आ जाती। वह मानो किसी सुदूर का स्वप्न देखता है। देश को आज़ाद करने का स्वप्न। रंड साहब का किस्सा याद आता। बड़े लाट के घर की सीढ़ी से उतर रहा है...आँखों के आगे नाच उठता है दृश्य। 1899 के एक दिन की याद आती। चुपचाप चाफेकर भाइयों को फाँसी हो गई। उसी लहू का बीज ये नौजवान यहाँ बन रहे हैं। अकेले सोए-सोए कितना क्या याद आता !

बड़े महल की बातों का स्मरण हो आता। ब्रजराखाल उसे देखने भी नहीं आया। फुर्सत कहाँ बेचारे को ! कहाँ फूलबाला बीमार है, कहाँ किसे दवा पहुँचानी है, आलम बाज़ार का मठ, दक्षिणेश्वर का मन्दिर, अपना योग-साधन—तिस पर नौकरी। नौकरी करता ही क्यों वह ! उस बार प्लेग का जो हल्ला पड़ा, क्या पूछिए ? ब्रजराखाल मोहल्लों में घूम-घूमकर बेहद काम करता। भगदड़ मची थी। स्यालदह स्टेशन पर टिकट कटाना मुश्किल। दिन-भर काम करके जब रात को वह लौटता, क्या शकल हो जाती थी उसकी !

एक दिन भूतनाथ ने पूछा था—दफ्तर नहीं जाते हो, नौकरी बचेगी ?

ब्रजराखाल ने जवाब दिया था—नौकरी बड़ी है या लोगों की जान ? फिर कहा था...अपने से अब बनता भी नहीं भाई साहब ! आज यह साहब आया, सलाम बजाओ। कल वह साहब आया, सलाम बजाओ। इसमें चूक हुई कि नौकरी गई। मगर मैंने भी अब तै कर लिया है, अपने परमहंस देव के सिवाय किसी के आगे सिर न झुकाऊँगा।

भूतनाथ ने कहा था—फिर तो नौकरी ही बेकार करते हो !

ब्रजराखाल बोला—शौक से थोड़े ही करता हूँ।

भूतनाथ को पता था। एकाध दिन ब्रजराखाल घर न आए कि पूछनेवालों का ताँता लग जाता। महीने के आरम्भ में जाने कितने लोग उसका बेसब्री से इन्तज़ार करते।

बड़े महल की याद आते ही छोटी बहू की याद आती। तिमंज़िले पर का कमरा। पलंग। रंगीन मसहरी। मोटी गद्दी पर शंख-सी सफेद चादर। दीवार पर देवी-देवताओं की तस्वीरें। काँच की अलमारी में खिलौने। आँख बन्द करते ही नज़र आते छोटी बहू के महावर-लगे पाँव, बेर-सी रस-भरी उँगलियाँ। 'मोहिनी सिन्दूर' से कुछ लाभ भी हुआ या नहीं, क्या जाने ! दिन हो गए। छोटे बाबू क्या आज भी शाम को जोड़ी पर निकल जाते हैं ? कौड़ी-से सफेद घोड़े रद-वद करते क्या आज भी सड़क पर वैसे ही दौड़ते हैं ?

उस रोज़ सुविनय बाबू कमरे में आए। बोले—अब कैसे हैं भूतनाथ बाबू ?

भूतनाथ ने कहा—पहले से अच्छा हूँ। कुछ दिनों में काम करने की सोच रहा हूँ।

—कौन सा काम ?

—दफ्तर का।...भूतनाथ ने कहा।

—किस दफ्तर का काम ?

भूतनाथ तुरन्त इस बात का उत्तर न दे सका। ठहरकर बोला—आपसे अकेले सब बनता नहीं।

—ओ...ो...ो...। अब मानो उन्होंने समझा। बोले—न-न, अब मैं इसे बन्द करने की सोच रहा हूँ—आत्मा को ठेस लगती है। अधपढ़ों-अपढ़ों का देश है, बिक्री अभी बढ़ रही है, बढ़ेगी...अपनी धन-जायदाद सब इसी की बदौलत है। उपनिषद् में है—

बाधा पड़ी। जवा अन्दर आई। कहा—बाबूजी, आप आराम करें। मैं भूतनाथ बाबू के पास हूँ।

सुविनय बाबू चले गए। भूतनाथ को लेकिन मन में डर लगा। सच ही ये कारखाना बन्द कर दें तो मेरा क्या होगा ?

जवा भूतनाथ के पास बैठी। उसकी आँखों में देखकर पूछा—मुझसे कुछ कहेंगे ?

बात कैसे शुरू करे, भूतनाथ सोच न सका। आखिर बोला—अभी बाबूजी जो कह गए, क्या वह ठीक है ?

—क्या कह गए बाबूजी ?

—कह रहे थे कि मोहिनी सिन्दूर का कारखाना बन्द कर देंगे।

जवा बोली—उनकी बातों का आप ख़याल न करें, उनका दिमाग़ अभी सही नहीं है। अभी वे हरदम यही सोच रहे हैं कि यह व्यापार केवल ठगी का है। लेकिन लोग खुद ही ठगाएँ तो अपना क्या कसूर ? मन्तर-जन्तर का देश ही है यह, अवतारवाद का पीठस्थान। इससे भी मुनाफ़े का व्यवसाय है दूसरा ? इसमें और पूँजी लगाई जाए तो और भी मुनाफ़ा हो।

भूतनाथ को थोड़ा ढाढ़स मिला, पर निस्सन्देह न हो सका। कहा—लेकिन वे कह तो रहे थे कि यह सब चाल है।

जवा ने कहा—इन दिनों ऐसा ही सोचते हैं। दिमाग़ ठीक नहीं।

भूतनाथ को एकाएक खटका—तब तो उसने छोटी बहू को छकाया। कोई लाभ नहीं हुआ होगा। नाहक की बेचारी रोज़ छोटे बाबू का इन्तज़ार करती होगी। अब भी शायद वह जगकर ही रात गँवाती होगी। भोर करके ही छोटे बाबू आते होंगे, वंशी उनके कपड़े बदलकर उन्हें दोतल्ले के कमरे में सुला देता होगा—बदहोश। तब छोटी बहू को ख़बर दी जाती होगी। मानो खानदान-भर के पाप का प्रायश्चित्त अकेली छोटी बहू ही करती है।

छोटी बहू की याद आते ही उसका जी कैसा करने लगा। लगा, उसे बहुत दिनों से नहीं देखा है—शायद फिर भेंट न हो कभी। दौड़कर अभी ही जा सके, तो अच्छा। कम-से-कम बड़े महल में भी पहुँच जाता तो कुछ राहत मिलती। करीब तो रहता। देख पाता चाहे नहीं। निकटता तो होती। एक ही घेरे में। एक ही आबहवा। वंशी के पास भी होता तो अच्छा होता। उसके मुँह से छोटी बहू की ख़बर मिलती। गजब का आकर्षण था यह। महज़ दो दिनों की मुलाक़ात। लेकिन लग रहा था, उसके पास न पहुँचने से वह मर जाएगा। एक बार, सिर्फ़ एक बार वह कह देगा—मोहिनी सिन्दूर महज़ धोखा है, उससे कुछ नहीं होता।

भूतनाथ अचानक बोल उठा—फिर मुझसे पहले क्यों नहीं कहा कि इसमें कोई तत्त्व नहीं ?

जवा भूतनाथ की इस बात से अवाक् हो गई। किन्तु दिलासा देती हुई बोली—बाबूजी की बातों पर नाहक क्यों अपना जी खराब कर रहे हैं आप ? उनका दिमाग़ क्या ठिकाने पर है ? माँ के मरने के बाद से इसी तरह बक-बक करते रहते हैं।

भूतनाथ समझ नहीं सका। बोला—माँ ? तुम्हारी ?

—आपको पता नहीं ? माँ तो हमें छोड़ गईं।

—अरे, कब ? क्या हुआ था उन्हें ?

जवा ने कहा—अभी पन्द्रह दिन भी नहीं हुए। दिल की गति बन्द हो गई। इसी कमरे में सोई थीं, सोई रह गईं। सुबह पता चला। किसी को ज़रा भी तकलीफ न दी।—कहते-कहते उसकी आँखों में आँसू मचल उठे।

भूतनाथ बोला—मगर मुझे तो ख़बर तक नहीं। बाबूजी कुछ भी न बोले। अपने हाव-भाव से भी समझने का मौक़ा न दिया।

जवा ने कहा—आपने पिताजी को पहचाना नहीं। ऐन जिस दिन माँ का देहान्त हुआ, पिताजी उस दिन भी समाज में गए, नियम से पूजा-अर्चना की, लोगों से बातें कीं। किसी को घर की इतनी बड़ी दुर्घटना की बू तक न मिल सकी। रात देखा; वे 'त्वमेकं जगत्कारणं विश्वरूपं' का जाप करते रहे। सवेरे मुझे 'नाथ तुम ब्रह्म' वाला गीत गाने को कहा, ख़ुद हाथ पर चौताल की ताल देते रहे, साथ-साथ गाने भी लगे। बाहर से उनको देखकर कुछ समझ में नहीं आता, लेकिन अन्दर-अन्दर से एक-बारगी बदल गए हैं। कहते हैं, इस ठगी के व्यवसाय को मैं बन्द कर दूँगा।

कहते-कहते वह मानो भूतनाथ से और भी घनिष्ठ हो गई। धीरे-धीरे भूतनाथ ने उसके हाथ को अपने हाथ में ले लिया। जवा ने एतराज़ न किया। उसके बाद जाने किस अज्ञात आकर्षण से उसने उसके हाथ को अपने होंठों से छुलाया। जवा को फिर भी कोई होश नहीं, गोया पत्थर की मूरत हो। वह देर तक उस निकटता का स्वाद लेता रहा।

अपना हाथ हटाए बिना ही जवा ने पूछा—मोहिनी सिन्दूर का कारखाना बन्द होने का डर क्यों लग रहा है आपको ? नौकरी चली जाएगी इसलिए ?

भूतनाथ तब भी जवा के हाथ को उसी तरह पकड़े हुए था। होंठ और छाती के बीचोबीच उसके हाथ को रखकर वह बोला—नहीं, वह बात नहीं। पहले पता होता तो कम-से-कम इस विश्वास से मैं छोटी बहू को सिन्दूर नहीं देता।

—यह छोटी बहू कौन होती है आपकी ? क्या हुआ था उसे ?

उस दिन भूतनाथ ने छोटी बहू को वचन दिया था कि यह बात वह किसी से न कहेगा, जवा से भी नहीं। लेकिन इस घड़ी वह भूल बैठा। बोला—तुमसे कहा तो है मैंने। वह बड़े महल की छोटी बहू हैं। उनके पति रात को घर नहीं आते। उन्हीं को वश में लाने के लिए सिन्दूर ले जाकर दिया था।

जवा ने जाने क्या सोचा ? पूछा—उमर क्या होगी उसकी ?

—तुमसे कुछ बड़ी, मुझसे कुछ छोटी।

जवा ने हँसकर कहा—उसके लिए आपकी इतनी हमदर्दी हो, यह ठीक नहीं।

भूतनाथ लेकिन हँस न सका। बोला—उन्हें तुमने देखा होता, तो यह बात नहीं कह सकतीं।

जवा उसी तरह हँसकर बोली—नहीं देखा हो चाहे, कल्पना कर सकती हूँ।

भूतनाथ बोला—और सबकी कल्पना की जा सकती है, पर वे उसके बाहर हैं। देखे बिना उनकी कल्पना मुश्किल है। पहले तो मैंने भी ऐसा ही सोचा था।

जवा ने कहा—देख रही हूँ, बात दूर तक बढ़ गई। फिर ज़रा रुककर बोली—मैं तो जानती थी, मोहिनी सिन्दूर कभी विफल नहीं होता।

—यानी ?

—यानी बड़े घर की पति-परित्यक्ता बहू, रूपवती...आपके...अचानक जवा ने अपना हाथ खींच लिया। रतन आ पहुँचा।

रतन ने कहा—दीदीजी, खोका बाबू आए हैं।

जवा बिस्तर से उठ गई। कहा—बड़े कमरे में बैठने को कहो। चाय बना लाओ। मैं आई। और वह पल-भर में बगल के कमरे से बाहर चली गई। भूतनाथ ठगा-सा पड़ा रहा चुपचाप बेबस, निरुपाय ! आख़िर यह खोका बाबू कौन ? जो भी हो चाहे, कम्बख़्त को इसी वक़्त आना था ! जवा से अभी तो बहुत-कुछ कहने को था...रह गया।

उधर के बड़े कमरे से आवाज़ सुनी जा रही थी। बात-बात में हँस रही थी जवा। इतना हँस सकती है वह ! जी में आया, उठकर चुपचाप देख आए। मगर आज ही तो इतने दिनों के बाद पथ्य मिला है। क्या हुआ, इतनी सी मेहनत से कुछ न होगा। शर्म आई। शायद देख ले। अचानक उसे आवाज़ चीन्ही-चीन्ही सी लगी। ननीलाल हो शायद। बातों का ढंग वही। देखने की बड़ी बेताबी हुई।

उठ ही रहा था वह। उझककर निगाह देखने जा रहा था। कोई फिर अन्दर आया। रतन। कुछ लेने के लिए आया था। भूतनाथ ने बुलाया।

रतन ने गर्दन घुमाई—मुझे पुकार रहे हैं किरानी बाबू ?

—हाँ, ज़रा सुन जाओ।

रतन करीब आया। भूतनाथ ने धीमे से पूछा—कौन आया है ?

रतन ने कहा—खोका बाबू।

—खोका बाबू ? कौन खोका बाबू ?

—दीदीजी से उनका ब्याह होगा।

—पूरा नाम क्या है ?

—सो मैं नहीं जानता।—रतन चला गया।

रात को जवा एक बार कमरे में आई। पूछा—दवा क्यों नहीं पी ?

भूतनाथ दूसरी तरफ मुँह फेरे रहा। जवाब न दिया। जवा दवा की शीशी ले आई। कहा—बुखार उतर गया है, इसलिए दवा बन्द कर देंगे क्या ? लीजिए, पी लीजिए। हाँ, पीजिए...

भूतनाथ ने क्या जानें क्या सोचा ! दवा पी ली। ज़रा भी उज्र-एतराज़ न किया। मगर एक करतूत कर बैठा।

दवा पिलाकर जवा चली जा रही थी। भूतनाथ ने उसके अँचरे का छोर जो पकड़ लिया, सो कन्धे से साड़ी खिसक पड़ी।

लमहे-भर की बात। एक लमहे में, लेकिन दोनों अप्रतिभ हो गए। खंड-प्रलय-सा हो गया।

जवा का चेहरा कठोर हो उठा। नफरत से मुँह बिगाड़कर बोली—नीच कहीं के—और जल्दी से कमरे से बाहर हो गई।

दूसरे दिन तड़के ही उसकी नींद खुली, या कि रात-भर उसे नींद ही नहीं आई। रात-भर यही फिक्र होती रही, जवा को अपनी शकल कैसे दिखाऊँगा। जवा महज़ एक स्त्री ही तो नहीं, उसकी मालकिन भी है। सात रुपल्ली माहवार और एक जून भोजन

पर वह इस घर की गुलामी करता है।

सुविनय बाबू रोज़ ही सवेरे एक बार आकर हाल पूछ जाया करते थे। उस रोज़ भी आए। खुलकर सवेरा भी न हुआ था। आकर बोले—भूतनाथ, तुम्हारी एक चिट्ठी है।

चिट्ठी ! चिट्ठी उसे शायद ही आती थी। फिर इस ठिकाने पर किसने लिखी ! सुविनय बाबू बोले—एक आदमी लेकर आया है। नीचे खड़ा है।

खोलकर पढ़ते ही उसके सर्वांग में रोमांच हो आया। छोटी बहू की चिट्ठी।

सुविनय बाबू ने कहा—रतन से कहकर उस आदमी को ऊपर भिजवा देता हूँ।—वे चले गए।

भूतनाथ का सारा शरीर काँप रहा था। ख़त को फिर से पढ़ा।

प्राणोपम भूतनाथ,

आज अभी वंशी से तुम्हारा समाचार मिला। अब कैसे हो ? बड़ी घबराहट हो रही है। वंशी को भेज रही हूँ। सम्भव हो तो यहाँ चले आना। पालकी जा रही है। आशीर्वाद।

—छोटी बहू।

बारम्बार पढ़कर भी उसे सन्तोष न हुआ। कल्पना भी नहीं की जा सकती कि पटेश्वरी बहू उसे चिट्ठी लिखेगी। उसके लिए काग़ज़ का एक तुच्छ टुकड़ा कीमती जायदाद हो गया पल में। ताकत रही होती, तो वह तुरत उठ बैठता और सारी दुनिया को यह चिट्ठी दिखाता।

वंशी आया। भूतनाथ को देखने की उसे भी बेहद ललक थी। आते ही कहा—साले साहब, शकल क्या हो गई है आपकी !

भूतनाथ को इतने दिनों बाद मानो अपना कोई मिला। सिर्फ़ इतना कहा—वंशी, तू...

वंशी बोला—कई दिनों से खोज-पूछ रहा था कि आप गायब कहाँ हो गए। छोटी माँ भी परेशान। थाना में पुछवा भेजा। नौकर-चाकर सबसे पूछा। भैरव बाबू तमाम की खाक छाना करते हैं। उनसे भी पूछा। बोले—किले के गोरों ने कहीं घायल कर दिया होगा। मधुसूदन से पूछा। वह बोला—आफत गई, जान बची।—उसे तो आपसे चिढ़ है।

—क्यों, मुझसे चिढ़ क्यों ?

—क्योंकि आप हम लोगों की तरफ़ हैं, उसको सहूलियत नहीं होती। आपके आने के बाद से दस्तूरी उतनी मिल नहीं रही है। आपस में झगड़ा हो तो उसके दोनों हाथों लड्डू। नौकर-नौकरानी ला देगा और उनकी तनखाह से हर माह दस्तूरी काटता रहेगा।

भूतनाथ बोला—मैं तो उसकी आमदनी में हिस्सा नहीं बँटाता।

—हिस्सा क्यों लेने लगे, लेकिन आपका डर तो लगा है। आप कहीं छोटी माँ से कह दें। जानता है कि नन्हे बाबू से आपकी पटती है। कहीं उन्हें कह दें। आँखें ही उसकी छोटी-छोटी हैं, निगाह साढ़े अट्ठारह आने है।

एकाएक वंशी ने बात का सिलसिला बदल दिया। कहा—उधर एक घटना घट गई।

पता नहीं न ? आपको क्या पता होगा ! ठनठनिया के दत्तों ने मँझले बाबू का कबूतर चुरा लिया था।

—कबूतर ?

—हाँ, कबूतर। गिरहबाज़ कबूतर। भैरव बाबू नीलाम में पच्छिम से डेढ़ सौ का एक जोड़ा ले आए थे। तीन बार वे कबूतर लड़ने में जीत चुके थे। रोज़ की तरह मँझले बाबू ने सवेरे उन्हें उड़ा दिया। और दिन दो-तीन चक्कर काटकर लौट आते थे, नहीं लौटे। साँझ हो गई, पता न चला। मँझले बाबू का मिज़ाज कई दिनों तक बिगड़ा रहा, बेनी को पास जाने की हिम्मत नहीं पड़ती। आख़िर छेनीदत्त की रखैल के यहाँ हाटखोला में कबूतर मिले।

—जी हाँ, साले साहब ! मुकदमा हुआ। छेनीदत्त को दो सौ रुपए जुर्माने के भरने पड़े। परसों इसी ख़ुशी में बड़ी धूमधाम हुई। बेनी को दो रुपए इनाम, सब नौकरों को एक-एक कपड़ा। गंगा में नाव पर जशन मना। बड़ी माँ, मँझली माँ, छोटी माँ—सभी गई थीं। नाचगीत, खाना-पीना रात-भर चला। मगर मुझे आपकी चिन्ता थी। हुआ क्या आपको ?

भूतनाथ ने पूछा—घड़ी-बाबू की क्या ख़बर है ?

—उनसे भी आपके बारे में पूछा था। इतनी हलचल हो गई, पर उनका वही हाल। चटाई पर चित पड़े अपने कमरे में। कहा—जान बच गई छोकरे की—बेदाग़ निकल भागा। कहकर उन्होंने कमर से घड़ी निकाली। उसे बड़ी घड़ी से मिलाया। बस। अजीब पागल हैं। लेकिन अब आप चलें, बहुत काम छोड़ आया हूँ। नन्हे बाबू की शादी की तैयारियाँ हो रही है।

भूतनाथ अवाक् रह गया—नन्हे बाबू की शादी ?

—जी हाँ, बड़ी माँ ज़िद ले बैठी हैं। मेरा क्या, कब चल बसूँ ! बहू को आँखों देख जाऊँगी। सिन्धु बता रही थी, अगले ही महीने होगी। तैयारियाँ तो करनी पड़ेंगी, समय कहाँ है ?

रतन अन्दर आया। कहा, दीदीजी ने कहा, दवा का वक़्त हो गया।

दवा !—भूतनाथ ने पूछा—लेकिन दीदीजी कहाँ हैं ?

—भंडार से सामान निकाल रही हैं।

—उन्हें एक बार भेज दोगे ?—फिर जाने क्या सोचकर कहा—अच्छा, रहने दो। बाबू कहाँ हैं ?

—बाबू को बुला दूँ ?—कहकर रतन चला गया।

भूतनाथ ने वंशी से पूछा—और क्या ख़बर है वहाँ की ?

छोटी बहू के बारे में पूछते हुए उसे शर्म आई। फिर कभी उसके पास जाने का मौक़ा भी मिलेगा या नहीं, कौन जाने ! एक बार अगर जा पाता !

वंशी ने कहा—कई दिनों से लोचन आपको ढूँढ़ रहा था।

—क्यों ?

—उसकी आमदनी घट गई है। तम्बाकू पीनेवाले नहीं हैं। नन्हे बाबू की महफिल के लिए हफ्ते में तीन सेर तम्बाकू जाता था, अब बन्द हो गया। सब बीड़ी-सिगरेट पीते हैं। बेचारे का गुज़ारा कैसे हो ! मुझसे कह रहा था, साले साहब से तेरी इतनी बनती है, उन्हें तम्बाकू की लत लगा। महीने में दो ही चार पैसे दें मुझे। उधर इब्राहिम को भी फिक्र पड़ी है।

—काहे की ?

वंशी हँसने लगा—हरेक को अपनी-अपनी पड़ी है। मैं जैसे अपने भाई के काम के लिए परेशान हूँ, वैसे ही वह भी...।

भूतनाथ ने पूछा—वह किसके लिए परेशान है ?

—किसके लिए ? खुद ही खतरे में है। मुँह बेचारे का सूखकर सोंठ हो गया है...वैसे शौक के बाल, दाढ़ी...अब ठीक से कंघी भी नहीं फेरता...।

—क्यों ?

—उसे पता चल गया है, और कौन नहीं जानता कि बाबू लोग हवा-गाड़ी ले रहे हैं। उसे चलाने के लिए कोचवान की ज़रूरत नहीं, न घोड़े की दरकार, हवा से चलती है। ऐसी गाड़ी विलायत में चल रही है, पता नहीं आपको !

—हवा-गाड़ी ? बाबू लोग ले रहे हैं ? किससे सुना तूने ?

वंशी सकपकाया। आख़िर बोला—जी, खास ही आदमी से सुना है। छोटे बाबू की रखैल...चुन्नी...

चुन्नी ! रूपा की बेटी। भूतनाथ ने पूछा—तू वहाँ गया था क्या ?

—जी, गया था। छोटी माँ ने ही भेजा था। लेकिन नहीं गया होता तो अच्छा था।

—क्यों ?

—उस रोज़ छोटी माँ का उपवास था। बीच-बीच में पूजा-बरत तो करती ही रहती हैं। उस दिन नील का बरत था। एक बूँद पानी तक नहीं। दिन-भर कड़ाचूर उपवास। रूपलाल ठाकुर पूजा-पाठ करा गए। उनके यहाँ नैवेद्य भेजा जा रहा था। मैं शाम को पहुँचा। देखता हूँ कि छोटी माँ का चेहरा सूख गया है। हर बार होता ऐसा है कि मैं एक कटोरे में पानी लेकर छोटे बाबू के पास जाता हूँ। उसमें वे पाँव का अगूँठा छुला देते हैं और वही पानी पीकर छोटी माँ उपवास तोड़ती हैं। लेकिन उस रोज़ छोटे बाबू घर ही नहीं लौटे।

—क्यों नहीं लौटे घर ?

—यह मैं क्या जानूँ ? या छोटी माँ को ही क्या पता है ? छोटी माँ ने कहा—वंशी, कटोरे में पानी लेकर तू ज़रा जानबाज़ार जा। देख भी लेना वे कैसे हैं। मैं अँधेरे में गया वहाँ। वहाँ गया तो दूसरी ही मुसीबत। बाबू पाँव तोड़े बैठे थे। ज्यादा पी ली थी। सीढ़ी से ऊपर चढ़ने में पाँव फिसलकर गिर पड़े। मुझे देखकर उबल पड़े—तुझे मना किया था न, फिर आया तू ?

गुस्से में उनसे बोलना और बुरा है। ज्यादा बिगड़ जाते हैं। मैं चुप रहा। कटोरा

उनके पैरों के पास रखा। उन्होंने पाँव को हटा लिया। बोले—यहाँ आने को किसने कहा तुमसे ? निकल यहाँ से।—मैं चुप रहा। सिर झुकाए बैठा ही रहा। कुछ देर बाद बोले—ज़रा पाँव सहला तो।

समझ गया कि अब ये सो जाएँगे। सो गए। मैंने झट कटोरे पानी को उनके पाँव के अँगूठे से छुलाया और चल पड़ा; चला कि सामने आ गई नई माँ।

भूतनाथ ने पूछा—नई माँ कौन ?

—जी, वही चुन्नी। उसे हम सब यही कहते हैं। नई माँ ने पूछा—तू कब आया वंशी ?

मैंने कहा—बाबू कल लौटे नहीं, देखने आया था।

—हाथ में वह क्या है ?

—जी, आज छोटी माँ का नील का बरत था...

नई माँ के हाथ में पान का डिब्बा था। हरदम पान खाती है। ग़ौर से देखा, रंग और भी साफ़ हो गया है, मोटी भी हो गई है कुछ...सारे बदन पर गहना, नाक की कील झकमका रही थी।

नई माँ ने कुछ सोचकर कहा—अच्छा वंशी, तेरी छोटी माँ को मालूम हो चुका है कि हम मोटर खरीद रहे हैं ?

मैंने कहा—हवा गाड़ी ? जी, नहीं तो।

—तेरी छोटी माँ भी मोटर लेंगी ? पता है तुझे ?

उत्तर दिए बिना ही मैं चलने लगा। भला, छोटी माँ उपवास लिए बैठी हैं। चला कि नई माँ ने फिर पुकारा—ज़रा सुन ले।

मैं मुड़ा। नई माँ ने कहा—इसी ओर होकर तो जाएगा। ज़रा मोड़वाली दूकान में कहते जाना कि सोडे की और पन्द्रह बोतलें भेज दे। रात का काम चल जाएगा। दो सेर बर्फ़। रुपए ले जा—और उसने तीन रुपए दिए।

भूतनाथ ने कहा—पन्द्रह बोतल। इतना सोडा क्या होगा ?

वंशी हँसा। बोला—शराब पीएँगी। कभी जिसे दाना नहीं जुटता था, आज छोटे बाबू की बदौलत...

अचानक सुविनय बाबू अन्दर आए—मुझे बुला रहे थे। न-न, उठो नहीं।

भूतनाथ उठकर बैठा। कहा—अब तो मैं कुछ अच्छा हूँ। बड़े महल से पालकी भिजवाई है—सोच रहा था...

सुविनय बाबू व्यस्त हो पड़े—ठीक तो है। लेकिन बिटिया से पूछ देखो, उसकी इजाज़त...अरे रतन...

उस दिन मोहिनी सिन्दूर कार्यालय से जाते समय बार-बार भूतनाथ के जी में आया, जवा जाते वक़्त मिलने भी न आई। लेकिन यह सोचकर वह इस अपमान को भुला सका था कि उसने भी बड़ा असभ्य-जैसा व्यवहार किया है।

माधव बाबू के बाज़ार से पालकी गुज़र रही थी। आज, इतने साल बाद भी कहारों

के बोल उसके कानों में गूँज रहे हैं—हिनूताल-हिनूताल-हिनूताल-हिनूताल....।

पालकी गई तो सदर ही दरवाज़े से, लेकिन उसके बाद किधर से कहाँ चली, समझ में न आया। अस्तबल, रसोईघर, भिश्तीखाना सब पार करके महल के दक्खिन जाकर रुकी। उधर धोबियों का घाट था, बागीचा, तालाब। भूतनाथ पहले इधर कभी नहीं आया।

वंशी ने दरवाज़े का मखमली पर्दा हटाया। कहा—साले साहब, यहीं उतरना होगा।

कमज़ोरी तब भी थी। ज्यादा खड़ा रहने से चक्कर आने लगता। वंशी बगल में आ गया। बोला—मेरे कन्धे का सहारा लेकर चलें।

सीढ़ी के मुँह पर अँधेरा। छोटी-छोटी सीढ़ी। अन्दर साफ़-सुथरा। वंशी ने ले जाकर एक कमरे में उसे सुला दिया। छोटा सा कमरा। पहले सजा-सँवारा रहा होगा। अभी भी एक पलंग पड़ा है। दीवार में काम। उड़ती हुई परी—अस्त-व्यस्त पहनावा। चिड़िया उड़ रही है—मुँह में एक चिट्ठी है। और भी कितनी तस्वीरें। जगह-जगह दीवार का पलस्तर उखड़ गया है।

वंशी ने बताया—आपके लिए छोटी माँ ने यही कमरा ठीक किया है। कोई असुविधा तो न होगी।

भूतनाथ ने कहा—लेकिन व्रजराखाल ढूँढ़े तो ?

तुम्हारे मास्टर साहब। वंशी ने कहा—मास्टर साहब, वे तो अब आते ही नहीं।

—क्यों ? कहाँ गए ?

—जी, सो तो नहीं मालूम। काफ़ी दिनों से नहीं आ रहे हैं। यहाँ की नौकरी छोड़ दी है उन्होंने।

—अच्छा !

भूतनाथ मानो आकाश पर से गिर पड़ा। उसी के नाते तो भूतनाथ का इस घर से नाता है। वही चला गया, तो वह किस हक से यहाँ रहे ! और कहीं मोहिनी सिन्दूर का कारखाना भी बन्द हो जाए तो बिलकुल बेपनाह। अपने को उसने बड़ा असहाय माना। फिर क्या गाँव ही लौट जाना पड़ेगा ? वह कहाँ रहेगा, क्या खाएगा ? जाने घर अब किस हालत में है ! जंगल हो गया होगा। जानवर और साँप-बिच्छू का अड्डा। फूफी का उतना प्यारा घर ! खैर। लेकिन उसे छोड़कर व्रजराखाल गया कहाँ ? क्यों गया आखिर ! वंशी को भी कुछ पता नहीं।

दिन-भर उसी कमरे में बीता।

कोई डॉक्टर देख गया। कोट-टोपीवाला डॉक्टर। वंशी कोई दवा भी ले आया शायद। कहा—पी तो जाइए, ज़्यादा कड़वी हो तो ये फल खा लीजिएगा। एक तश्तरी में वह अंगूर, बिदाना वग़ैरह ले आया था। कहा—मुझे तो आपके लिए छोटी माँ की झिड़की पड़ी।

—क्यों ?

वंशी ने कहा—अपनी तो फज़ीहत जानिए। चिन्ता कुछ चूक करेगी, तो वह भी

मेरे ही मत्थे। आप बीमार हैं। वह फल भी चुनकर नहीं रख सकती। भंडार में जाकर उस बुड्ढी से कहूँ, तो सौ सवाल—कौन खाएगा, क्या हुआ है, साले साहब तुम्हारी मालकिन के कौन होते हैं...यह-वह। छोटी माँ ने चिन्ता से फल चुन देने को कहा था। काम भी क्या है उसे ! मेरी तरह करना पड़ता तो जाने क्या होता ! खसम भी होता तो क्या बिठाकर खिलाता ? आप ही कहें, छोटी माँ ने क्या गलत कहा !

दवा को घोंटकर ही भूतनाथ ने मुँह बनाया। कहा—बड़ी कड़वी है वंशी !

—जी, असली दवा है। कड़वी तो होगी ही। शशी डॉक्टर की दवा असली होती है। छोटी माँ ने कहा है, रुपया चाहे जो लगे, बीमारी छूट जानी चाहिए। कई दिनों से छोटी माँ की भी तबीयत ठीक नहीं चल रही है।

—क्यों ?

—हुजूर, छोटी माँ लिखी-पढ़ी हैं। मँझली मालकिन-सी नहीं हैं कि रात-दिन बाघगोटी खेल रही हैं या कि बड़ी मालकिन-सी नहीं कि दिन में सत्तर बार नहा ही रही हैं। मगर पड़ी हैं छोटे बाबू के पाले। तकदीर का क्या कहा जाए ? दिनों बाद उस रोज़ छोटी माँ के कमरे में आए। मैं ही बुला लाया। बाहर जाने को तैयार थे। मैंने धोती में चूनन डाल दी, जूते पहना दिए, रूमाल दिया, अँगूठी दी—रुपए-पैसे सहेज दिए और तब कहा—छोटी माँ ने ज़रा ऊपर बुलाया है।

खिजला उठे। फिर कहा, अच्छा चल। आए। पीछे-पीछे मैं भी पहुँचा। छिपकर सब कुछ सुना। छोटे बाबू बोले—मुझे बुलाया था ? गले में अँचरा डालकर छोटी माँ ने दंडवत् किया। पूछा—कैसे हो ?

छोटे बाबू ने पूछा—कोई ज़रूरत है ?

—नहीं। देखने को जी चाहा। देखे बहुत दिन हो गए। आज हितसाधिनी व्रत है।

छोटे बाबू ठठाकर हँस पड़े।—फिर आडम्बर शुरू हो गया !

छोटी माँ ने कुछ न कहा। छोटे बाबू शायद नाराज़ हो गए।

बोले—बस रोना ही रोना। और बहुओं की तरह हँस नहीं सकती हो—मँझली बहू को देखो, बड़ी बहू को देखो—किस तरह हैं। हँसो, गाओ, जो जी में आए, करो...।

—लेकिन हँसी आती जो नहीं है ?

—क्यों नहीं आती ? हुआ क्या है तुम्हें ?

—तुम्हीं कब हँसते हो ? गोकि सुनती हूँ, तुम बड़े मौजी जीव हो। मुझसे क्या ख़ता बन पड़ी है, बताओगे ?

—इसकी क्या कैफ़ियत देनी पड़ेगी...मैं चला। तुम्हारी बेवकूफी की बात सुनने का समय नहीं है।—कहकर जाने लगे वे।

छोटी माँ ने झपटकर उनकी चादर का छोर थाम लिया। कहा—बिना गए न चलेगा ?

छोटे बाबू को शायद देर हो रही थी। गाड़ी जुती खड़ी थी। नशे का समय बीत रहा था। नई माँ गिलास लिए राह देख रही होगी। सो छोटे बाबू ने मुड़कर सिर्फ एक बार ताका। छोटी माँ ने कहा—आज वहाँ न भी जाएँ तो क्या हुआ ?

छोटे बाबू कुढ़े हुए तो थे ही। बोले—वहाँ न जाऊँ, यहाँ तुम्हारा दामन पकड़े बैठा रहूँ। क्यों ?

छोटी माँ ने कुछ न कहा। छोटे बाबू कहने लगे—बड़े महल के मर्दों को इतना निकम्मा समझती हो तुम ?

—मगर तुम भी तो आदमी हो। तुम भी तो आदमियत...।

छोटे बाबू ने जाते-जाते इतना कहा—जो बीवी से आदमियत सीखता है, उसे चुल्लू-भर पानी में डूब मरना चाहिए।

वंशी किस्सा कहता ख़ूब है। भूतनाथ ध्यान से सुन रहा था। एकाएक अनमना हो गया। पूछा—अच्छा, यह तो बता वंशी, छोटी बहू सिन्दूर लगाती हैं ?

—जी हाँ, लगाती हैं। रोज़ लगाती हैं।

—तो उन्हें मनाकर देना। यह सिन्दूर न पहनें बस, तू मना कर देना। वह सब चाल है। पहले पता होता तो...कहते-कहते भूतनाथ सँभल गया। वंशी से यह सब ज़िक्र क्यों किया जाए ? सुविनय बाबू और जवा पर गुस्सा आया। सब कुछ कर सकते हैं वे। जिनकी कोई जात नहीं, वे भगवान का नाम बेकार ही लेते हैं। वहाँ की नौकरी छूट भी जाए, तो ग़म नहीं। नई ढूँढ़ ली जाएगी। तन्दुरुस्त होकर कोशिश की जाएगी। मैट्रिक पास किया है, नौकरी की क्या फिक्र ? डलहौज़ी स्क्वायर की तरफ़ जहाज़ कम्पनी के नए दफ्तर खुले हैं। वहाँ देखना होगा। पुरी के लिए रेल की नई लाइन खुली है। उसमें कोशिश करनी होगी। रेल की नौकरी अच्छी। शुरू ही में पन्द्रह रुपए तनखाह।

तीसरे पहर भूतनाथ बिस्तर छोड़कर उठा। पड़े-पड़े अब अच्छा नहीं लगता। महीनों से इसी तरह पड़ा है, जानें और कब तक रहना पड़े ! साल-भर तो हो चला। कमरे के बाहर ही पतली सी राह। कोई आता-जाता नहीं। दक्खिन की तरफ़ वह राह सीढ़ी के नीचे को उतर गई थी। उसके बाद बगीचा, तालाब, धोबियों का घर, हीरू मेहतर का मकान। एक रास्ता सीधे उत्तर को चला गया था। वह एक दरवाज़े के पास जाकर खत्म हो गया था। दरवाज़ा सदा बन्द ही रहता। उसी से उस पार घर की बहुओं की बोली सुनाई पड़ती।

यह न तो दुमंज़िला था, न तिमंज़िला, न बाहर, न अन्दर-महल। जानें कब मकान-मालिक ने इस चोर कमरे में अपने रात्रि-विहार की खूराक रखी थी। सबकी नज़र बचाकर रोज़ रात को शायद उनका अभिसार चलता रहा होगा। आज भी टूटी दीवार में उसकी यादगार है।

वैदूर्यमणि, हिरण्यमणि और कौस्तुभमणि—ये तीनों नाती उस समय बच्चे थे। नमकमहाल का बेनियान होकर मालिक भूमिपति चौधरी यहाँ आए थे। उनके नए मकान की दीवारों पर चित्र बनाने के लिए एक इटली का चित्रकार आया था। बर्दवान के सुखचर महकमे से बाबू आए थे। कुली पास की बस्ती में रहते थे—दिन-भर यहाँ मजूरी करते। इटालियन साहब रहता था हैस्टिंग्स हाउस के पास बगीचे के बँगले में। एक शाम

को साहब काम करके घर वापस गया तो देखता क्या है कि बँगले पर मेम साहब अकेली नहीं हैं, उनसे सटकर बैठे बात कर रहे हैं भूमिपति चौधरी।

साहब का तो दिमाग़ ख़राब हो गया। शुबहा उसे कई रोज़ों से हो रहा था। लगता था, मेम साहब बनती-ठनती कुछ ज्यादा हैं, जब-तब गुनगुनाती हैं। कुछ-कुछ अनमनी सी। आज रँगे हाथों पकड़ी गईं।

मेम साहब साहब को देखकर चौंकी। भूमिपति चौधरी भी कुछ कम नहीं चौंके। आमतौर से ऐसे वक़्त साहब लौटता नहीं था।

साहब से रहा नहीं गया। उसने पिस्तौल निकाली और दोनों को निशाना बनाकर गोली दाग़ दी। भूमिपति चौधरी तो बाल-बाल बच गए, मगर मेम साहब पर निशाना अचूक बैठा। लुढ़क पड़ी वह।

इतने में भूमिपति ने अपने को सँभाल लिया। उठे और पलक मारने की देर में झपटकर साहब का गट्टा पकड़ लिया।

डर से साहब भी सन्न। गिड़गिड़ाकर बोला...लेट मी गो बाबू, लेट मी गो...छोड़ दो मुझे।

साहब ने क्षमा माँगी। छुटकारा मिल गया। पिस्तौल लेकिन भूमिपति चौधरी ने छीन ली। कहा—तुमने अपनी बीवी को मार डाला है। तुम्हें पुलिस के हवाले करूँगा।

हज़ारों मील दूर से बेचारा चित्रकार रोज़ी के लिए दलदल के इस देश में आया था। मेम साहब से जहाज़ पर भेंट हुई और शादी भी हो गई। तकदीर ने आज यह नज़ारा पेश किया। साहब ने मिन्नत की—फारगिव मी बाबू ! मैं किसी से कुछ न कहूँगा। मुझे अपने मुल्क को लौट जाने दो ! मैं आइन्दे कभी इस देश में कदम न रखूँगा।

भूमिपति ने उसे छोड़ दिया। साहब उसी रात जाने कहाँ गायब हो गया—फिर कभी न दीखा। जो यहाँ तस्वीर बनाने आया था, अपने हृदय-पट पर कौन सी तस्वीर बना ले गया, कौन जाने !

मेम साहब में जान बाकी थी। रुपयों से साहब के नौकर-चाकरों की ज़ुबान पर ताला लगाकर, रातोंरात, भूमिपति चौधरी पालकी पर मेम साहब को अपने यहाँ ले आए और इसी चोर कमरे में रखा। वैद जी नाड़ी देख गए। कहा—जान है, जी जाएगी।

और सच ही मेम साहब जी गईं। ज़ख़्म भर गया। नया जन्म ही हो गया मानो। उसके लिए नई बग्गी ख़रीदी गई। बहू-सी रहने लगी। मज़े में पान खाती, तम्बाकू पीती, साग-सब्ज़ी खाती। घर की औरतें फिर भी कोई नहीं छूतीं उसे। कहतीं, गाय खानेवाली हैं—मलेच्छ। घर-भर में एक भूमिपति ही सिर्फ़ उसे छूते। वह भी रात में। रात में भी तब, जब दीवानी झमेले चुकाकर आँखों में सुर्ख सरूर छा जाता। इकलौता लड़का सूर्यमणि चौधरी बालिग हो चुका था। उधर मेम साहब के एक लड़का हुआ। ऐन वक़्त पर भूमिपति चौधरी चल बसे। धूमधाम से श्राद्ध हुआ। मेम साहब बाद में अपनी परवरिश के नकद रुपए लेकर लड़के के साथ देश को लौट गईं। सुनते हैं, वसीयत में मेम साहब का इन्तज़ाम कर गए थे चौधरी।

सुबह झरोखे से लगता, दिन-दिन सूर्योदय से सूर्यास्त के दरम्यान दिन लम्बा ही होता जा रहा है। थकावट से भर आता मन। दवा और पथ्य। आराम और नहीं। ये एक से उदास दिन काटे नहीं कटते।

एक, सिर्फ़ एक दरवाज़ा। मगर भूतनाथ को क्या पता कि वह दरवाज़ा उसे छोटी बहू के इतना करीब पहुँचा देगा !

उसके रहने की व्यवस्था इस कमरे में क्यों की गई थी, क्या पता ? शायद हो कि वह कमरा ज़रा एकान्त पड़ता था। रोगी के लिए हो-हल्ला, भीड़-भड़क्का से दूर ही रहना अच्छा। उस दरवाज़े को खोलने में उसे रोमांच हो आया। उसकी मानो मुमानियत हो। मानो वह अपने अधिकार की सीमा का उल्लघन कर रहा हो।

उस पार से सिन्धु का कंठ-स्वर मिला—अरी ओ गिरि, हट जा वहाँ से।

गिरि ने कहा—ज़रा सब्रकर, हाथ का काम-भर निबटा लूँ।

सिन्धु ने तमककर कहा—तेरे हाथ के काम की ऐसी-तैसी...इधर बड़ी माँ को टट्टी जाना है, तेरे लिए रुकी रहेंगी ? छिप जा।

मँझली बहू की आवाज़ मिली। खिलखिलाकर हँसती हुई बोली—गिरि, छोड़ भी सुपारी काटना। बड़ी दीदी को...

गिरि भुनभुनाकर बोली—मैं कोई मर्द सूरत हूँ कि मुझसे शरम है !

अन्दर से किल्ली खिसकाते ही दरवाज़े में थोड़ी सी फाँक हो गई। तीसरे पहर की मटमैली आभा। उसकी आँखों के सामने ही ऊपर अन्दर-महल था।

सिन्धु ने चिल्लाकर कहा—अपने कपड़े का हटा नहीं लिया गिरि, बड़ी माँ के छू जाएगा।

—लो, हटा लिया। हुआ तो ?—गिरि ने रस्सी पर से कपड़े को हटा लिया।

और भूतनाथ की आँखों के आगे एक अजीब घटना घट गई। बात-की-बात में !

शायद बड़ी बहू थीं। विधवा। बिलकुल नंगी। सारे बदन पर सूत भी नहीं। जल्दी से अपने कमरे से निकलकर टट्टी में चली गईं। पीछे-पीछे अँगोछा-साबुन लिए सिन्धु गई।

पल-भर की बात। लेकिन सब कुछ देखने से पहले ही भूतनाथ ने चुपचाप दरवाज़ा बन्द कर लिया। छिः-छिः !

उस रोज़ छोटी बहू ने बुलवा भेजा।

वंशी ने कहा—उतना चक्कर देकर क्यों, सामने ही तो दरवाज़ा है !

कैसी हिचक हुई भूतनाथ को ! उस रोज़ अपनी आँखों जो घिनौना दृश्य उसने देखा कि उसके बाद से दरवाज़ा खोलने की उसे हिम्मत न पड़ी। बीच में एकाध दिन बगीचे में घूमा किया। तालाब के बाँध पर टहलता रहा।

नन्हे बाबू से भेंट हो गई थी। पूछा था—ख़बर क्या है भूतनाथ बाबू, आपके तो दर्शन ही नहीं मिलते। उस दिन उस्ताद छोटू ख़ाँ आए थे। पूरिया का वह ख़याल सुनाया

कि क्या कहने ! काना बादल खाँ के बाद वह पूरिया सुनना नसीब ही न हुआ था।

भूतनाथ ने पूछा—आज जमेगी महफ़िल ?

—महफ़िल की न कहो। लगता है, तोड़ ही देनी पड़ेगी। पक्के गाने की कदर ही न रही—वैसे उस्ताद भी अब नहीं पैदा होते। खैर, आप पधारिए आज शाम हो।

मकान में काम लगा हुआ था। नन्हे बाबू के ब्याह की तैयारियाँ ज़ोरों से चल रही थीं।

नज़र पड़ते ही लोचन ने कहा—आइए साले साहब।

भूतनाथ ने पूछा—यह सब क्या चल रहा है लोचन ?

लोचन के कमरे में भी काफ़ी रद्दोबदल हो चुका था। वह बोला—नन्हे बाबू के ब्याह की तैयारियाँ चल रही है। हुजूर ! सब नया साज़-सामान। गया से तम्बाकू आया। चढ़ाऊँ एक चिलम।

भूतनाथ ने कहा—अभी तक तो शुरू नहीं किया है।

—ख़ासी चीज़ थी हुजूर ! सवा दो रुपए तोले की चीज़। यहाँ बैठकर पीजिए और सारा हलका ख़ुशबू से गमगमा उठेगा। मँझले बाबू की फ़रमाइश से आया है। और एक बार आया था छोटे बाबू की शादी में। नवाबी माल। धेला भी न दें न सही।

लोचन तम्बाकू में इत्र मलने लगा।

लोचन से पिंड छुड़ाकर भूतनाथ ने भिश्तीखाने में स्नान किया। सोचा, व्रजराखाल के कमरे को देखता ही चलूँ। खत-वत आया हो कोई। कैसा आदमी है, ख़बर तक न दी। गया तो कमरे का ताला बन्द मिला।

बगल के कमरे में बिरिजसिंह आटा मल रहा था। कहा—मास्टर साहब तो नहीं हैं साले साहब !

—तुम्हें पता है, कहाँ गए हैं ?

—रोज़ ही दस-बीस आदमी पूछते हैं। लेकिन उनका पता हो तब तो।

दोपहरी भारी हो उठती। हवा में उड़ती हुई चील की वही रूखी आवाज़। कभी-कभी मज़े का कटता। अन्दर गुलज़ार रहता। दरवाज़े के पास कान लगाने से अजीब-अजीब बातें सुनने को मिलतीं।

मँझली बहू पूछती—अच्छा, आज तो सिन्धु ही तुम्हें खिला दे रही है बड़ी दीदी !

हाय राम !—गिरि भी गाल पर हाथ रखकर पास आ खड़ी होती।

सिन्धु कहती—बड़ी माँ के आज दोनों हाथ अशुद्ध हो गए हैं।

हँसकर मँझली पूछती—अशुद्ध हुआ कैसे बड़ी दीदी ?

बड़ी बहू हँसी नहीं। बोलीं—मत पूछो, कपड़ा सुखानेवाली डोरी में मरने को हाथ देने गई थी कि कहीं से मुँहजला कौआ आ बैठा।

गिरि की हँसी रोके नहीं रुक रही थी।

मँझली बहू ने फिर पूछा—तो यह कै दिनों तक चलेगा ?

बड़ी बहू शायद गुस्सा हो गईं। बोलीं—हँस नहीं मँझली। हँसना नहीं चाहिए। हँसने

से यह मर्ज़ तुझे भी होगा।

मँझली कहने लगी—बख़्शो बाबा, मुझे नहीं चाहिए। सात जन्म में भी अपने को ऐसी बीमारी न हो। मेरे तो खसम है। मुझे क्यों हो यह बीमारी ?

बड़ी बहू मँझली को कोई जवाब नहीं देतीं। सिन्धु से कहतीं—सुन लिया न सिन्धु, खसम कहीं घर में सोता होता तो जाने क्या होता !

मँझली गुस्सा नहीं होती। हँसते-हँसते लोट-पोट हो जाती। गहने-चूड़ियाँ झनक उठतीं। कहती—जेठजी कहाँ सोते थे, कह दूँ दीदी— कह दूँ ?

भूतनाथ को कान में उँगली डाल लेने की इच्छा होती। इतने बड़े घर की बहुएँ—इनकी ऐसी भाषा !

बड़ी बहू ज़ोर से पुकारतीं—छोटी ! अरी ओ छोटी !

चिन्ता निकल आती बहार—छोटी माँ को पुकार रही है। ?

—हाँ, बुला तो ज़रा अपनी छोटी माँ को ! आकर देखे करतूत इसकी।

—क्या हुआ है बड़ी दीदी ?—छोटी बहू निकलकर मँझली से कहती—शायद तुमने बड़ी दीदी को कुछ कहा है ?

—ज़रा रवैया तो देखो इनका ? जब देखो नंग-धड़ंग घूम रही हैं। बदन तो हम भी खोलती हैं, मगर साड़ी तक...

बड़ी दीदी को तो बीमारी है, मगर मैंने तो तुम्हें भी देखा है। तुम्हीं क्या कम हो ?

—बस-बस, ज़्यादा बघारो मत। अच्छा, दस आँखें बिछाए देखता कौन है ? आख़िर कपड़ों की इतनी बहार कैसी, अपना ख़सम तो उलटकर भी नहीं ताकता !

छोटी बहू को जवाब ढूँढ़े न मिला। बाद में बोली—तुम दिल से चाहती हो मँझली दीदी कि घर के मर्द घर रहें ?

—बड़-बड़ न कर छोटी तू ! बड़े घर के मर्दों ने कब रात घर बिताई है ! मैंने अपने घर भी देखा, यहाँ भी। तेरे नैहर की बात जुदा है।

दोपहरी निकल जाती। तीसरे पहर महावर लगाने आती नाइन। मँझली बहू महावर लगवाती, नाख़ून कटाती, झामे से पैर मँजवाती। अपने गोरे-गोरे पाँव बढ़ाकर कहती—हाँ री नाइन, कल रात तेरे मोहल्ले में शंख क्यों फूँका जा रहा था ?

नाइन कहती—धोबिन के लड़का हुआ है, आपको ख़बर नहीं ?

—हे भगवान्, अभी-अभी तो उसके लड़की हुई थी। साल-साल ?

बीच ही में वंशी आकर कहता—छोटे बाबू आ रहे हैं।

नाइन घूँघट काढ़ लेती। मँझली बहू बदन के कपड़े सँभाल लेती। गिरि घूँघट काढ़े ओट में चली जाती।

मँझली बहू कहती—अच्छा भाई साहब ! किधर सूरज उगा आज ?

छोटे बाबू हनहनाते चले जाते। हवा में तीखी ख़ुशबू भर जाती।

रोज-रोज़ ज़नानखाने में ऐसा ही कुछ होता रहता। भूतनाथ के जी में आया, इतने बड़े घर की ये बहुएँ भी तो और-और मामूली घर की बहुओं-सी ही हैं ! निहायत

मामूली। दूर से ही रहस्य का एक पर्दा पड़ा रहता है केवल।

एक दिन जल्दी में बुलाने आ गया वंशी।—साले साहब, चलिए, मज़ा देखिए। गन्ध बाबा आए हैं।

—यह गन्ध बाबा क्या बला है ?

—जी हाँ, गन्ध बाबा ! जो ख़ुशबू चाहिए, तुरत हाज़िर। बाहरी दालान में भीड़ देखिए। ठसाठस।

गया भूतनाथ। गाड़ीवाले बरामदे के नीचे एक साधु, जटाधारी, ललाट पर सिन्दूर का टीका। देखने में विकट। नौकर-चाकर चारों तरफ़ से घेरे।

दासू जमादार के बच्चे भी पहुँच गए थे। इब्राहिम की छत तक पर लोग जमा थे।

डील-डौलवाला साधु कह रहा था—बहिश्त की हूर और जहन्नम की कुत्ती, इससे सब घायल होती हैं। यह पत्थर मुझे देवता-महादेवता ने अपने हाथ से दिया है। देखो इस पत्थर को—यह ग़रीबों को धन देनेवाला, मुकदमे को जिता देनेवाला है। जो माँगो, सो लो। देवता का दंड पाँच आना...

मधुसूदन एक तरफ खड़ा था। बोला—गन्ध बाबा, मेरे हाथ में कमल की ख़ुशबू भर दो तो।

साधु ने उसकी हथेली पर पत्थर को रगड़ दिया। मधुसूदन ने सूँघकर देखा—वाह ! कमल की ख़ुशबू !

—देखें, ज़रा हम देखें।

—ज़रा हम।

सबने सूँघा। कमल की ख़ुशबू। कैसे आ गई ?

—अच्छा, अब मिट्टी के तेल की बू ?

साधु ने पत्थर को रगड़ा। जिस हथेली में कमल की ख़ुशबू थी, उसी में मिट्टी का तेल महकने लगा।

सब सूँघने के लिए धक्का-मुक्का करने लगे। साधु फिर वही रट लगाने लगा—बश्हित की हूर और जन्नत की कुत्ती...।

सिर्फ़ पाँच आने की दक्षिणा और सारी मनोकोमना पूरी। इतना अच्छा मौक़ा हाथ से कौन जाने दे ? वंशी ने भूतनाथ से चुपचाप पूछा, भाई की नौकरी के लिए लगाऊँ पाँच आने ?

मधुसूदन की भी कोई कामना थी। गाँव की किसी ज़मीन पर बहुत दिनों से लोभ था। उसने भी पाँच आने लगाए। बस, बरसने लगे पैसे। गन्ध बाबा का लटका चलता रहा—पत्थर का खेल, चमत्कार...।

एकाएक भूतनाथ को लगा, उसकी भी कोई मनोकामना है। अपने लिए नहीं, कम-से-कम छोटी बहू के लिए पाँच आने पैसों पर पानी फेरा जा सकता। बेचारी सुखी हो।

गन्ध बाबा ने पूछा—तुलसी का पत्ता मिलेगा ?

—मिलेगा। मिलेगा। पौधा है।

साधु ने गाँजे की चिलम से थोड़ी-थोड़ी राख सबकी हथेली पर रखी। मुट्ठी बन्द करके तुलसी के बिरवे को प्रणाम करके आओ, तब मुट्ठी खोलो।

वंशी, लोचन, मधुसूदन, दासू, इब्राहिम, यासीन—सबने वैसा ही किया। तब साधु ने पत्थर को उनकी मुट्ठी से छुलाकर कहा—अब खोलो मुट्ठी।

वंशी भूतनाथ के पास ही था। मुट्ठी खोलते ही भूतनाथ ने देखा, राख के बदले नीले काग़ज़ का टुकड़ा पड़ा था। काग़ज़ पर एक त्रिभुज बना, त्रिभुज के अन्दर एक और त्रिभुज। सबकी मुट्ठी में एक ही चीज़ !

गन्ध बाबा ने कहा—इसका ताबीज़ बनाकर पहनो। महीने-भर बाद मैं आऊँगा। मनोकामना पूरी न हो तो पैसे वापस।

वंशी ने कहा—साले साहब, एक जुर्माना आपका रहे।

भूतनाथ भी यही सोच रहा था। साधु अपने रुपए-पैसे बटोर रहा था और बहिश्त की हूर...भाषण दे रहा था कि एक घटना हो गई।

ब्रदी बाबू शोरगुल सुनकर बाहर निकले। पूछा—क्या है, शोरगुल कैसा हो रहा है ?

बड़ी सी तोंद। रुई की बंडी। कभी निकलते नहीं थे। आज शोरगुल सुनकर निकल आए।

वंशी ने बताया—ये गन्ध बाबा हैं। जो ख़ुशबू चाहिए, तुरन्त वही ख़ुशबू बना देंगे।

बद्री बाबू ने सब सुना। बोले—अच्छा, मेरी हथेली पर नीम के फूल की गन्ध ला दो।

नीम के फूल की। ख़ैर वही सही।

गन्ध बाबा ने पत्थर उनकी हथेली से छुलाया और बकने लगा...बहिश्त की हूर...जहन्नुम की कुत्ती...। देखिए तो बाबू, आ गई ख़ुशबू !

बद्री बाबू बारम्बार हथेली को सूँघने लगे। लगा, कुछ हैरत सी हुई है। कहा—कैसे ले आए भैया ?

—यह इस पत्थर का खेल है, महादेवता का दिया पत्थर।

—ज़रा देखें भैया तुम्हारा पत्थर—और पत्थर को हाथ में लेकर घुमा-फिराकर देखने लगे, जैसे कोई बच्चा रसगुल्ले को खोद-खोदकर देखता है। पूछा—इससे क्या होता है ?

—सब कुछ हो सकता है बाबूजी महादेव की कृपा से।

—अमर हो सकता है कोई ?

—जी, अमर भी हो सकता है।

—तो अमर ही हो जाएँ—और आव देखा न ताव, उन्होंने पत्थर को अपने मुँह में भर लिया। गन्ध बाबा चिल्ला पड़ा—सत्यानाश हो गया...।

—ऐसी-तैसी तेरे सत्यानाश की।—उन्होंने निश्चिन्त होने की कोशिश की। मगर कुछ बेचैन से हुए। कहा—लोचन, एक गिलास पानी तो देना।

गन्ध बाबा ने कहा—मर जाइएगा बाबूजी।

कुछ ही देर में बद्री बाबू के दम घुटने की नौबत। अकबक करने लगे, आँखें उलट आईं। कई गिलास पानी पी गए। तोंद और फूल गई।

पत्थर महादेव का दिया जो था ?

मौका पाकर गन्ध बाबा खिसक पड़ा। जाने से पहले कह गया—मर जाइएगा...।

मधुसूदन डर गया। लोचन भी चुपके-से चला गया। जाने क्या हो ? कहीं मर-वर जाएँ तो गवाह-सबूत, थाना-पुलिस का झमेला। मँझले बाबू ने सुन लिया तो सब पर जुर्माना होगा।

बद्री बाबू गाड़ी-बरामदे के नीचे लौट रहे थे। वंशी ने कहा—चलिए साले साहब, कौन झमेले में पड़े !

भूतनाथ ने कहा—हाँ, तू चल दे वंशी, कहीं छोटे बाबू सुन लें...।

—जी, मैं चलता हूँ।—वंशी चला गया।

भीड़ छँट गई। भूतनाथ ने झुककर बद्री बाबू के माथे पर हाथ रखा। मुर्शिदकुली खाँ कानूनगो के अन्तिम चिराग की अन्तिम गति शायद यही हुई।

एकाएक आवाज़ हुई। बद्री बाबू पूछ रहे थे—क्यों छोकरे, वह कम्बख़्त चला गया ?

भूतनाथ भी बड़े अचम्भे में पड़ गया। पूछा—जी कैसा है ?

आँखें टिमटिमाते हुए उन्होंने पूछा—वह कम्बख़्त गया ?

—हाँ, गया। लेकिन आप कैसे हैं ?

बद्री बाबू उठ बैठे। कपड़े को सँभालते हुए बोले—मुझे हुआ क्या है कि कैसा रहूँगा ! वे खड़े हुए। बैठके की तरफ चले।

पीछे लगा भूतनाथ गया। अपने कमरे के तख़्त पर वे चित लेट गए। कमर से घड़ी को निकालकर समय देख लिया।

भूतनाथ सब देख-सुनकर अवाक् था। बोला—आप तो बेकार ही पत्थर निगलने गए—साधु-संन्यासी का पत्थर था !

—निगलने क्यों लगा भला—बद्री बाबू ने अचरज से देखा—मुझे और कोई काम नहीं पत्थर निगलने के सिवा—यह देखो—और उन्होंने टेंट में से पत्थर को निकाला।

—ताज्जुब !

—इतने दिनों से घड़ी का काँटा मिलाए बैठा हूँ अकालमृत्यु ही के लिए ? आख़िर सब देखना है कि नहीं। इतिहास झूठा होगा ! सब गए। ये चौधरी-परिवार के लोग भी जाएँगे। यह महल भी एक दिन जाएगा। दर्पनारायण के अपमान का बदला अभी बाकी है।

क्या-से-क्या बात निकल आई !

भूतनाथ ने कहा—लेकिन गन्ध बाबा ने कौन सा कसूर किया।

—भैया, यह ज़माना ही गन्ध-बाबाओं का है। आज तो राज ही गन्ध-बाबा कर रहे हैं। उन्हें निकाल बाहर तो करना पड़ेगा। अपने मँझले बाबू, छोटे बाबू, तेरे मोहिनी-सिन्दूरवाले—ये सब-के-सब गन्धबाबा की जमात के हैं।

भूतनाथ फिर ज़रा भी न ठहरा। तुरत निकल पड़ा। उनकी बात का अन्त कहाँ ? बहुत सी बातें समझ में भी नहीं आतीं। उस रोज़ सुविनय बाबू भी कह रहे थे—मोहिनी-सिन्दूर धोखा है।

साँझ को वह नन्हे बाबू के कमरे में गया। पूछा—आज अभी तक कोई नहीं आया ?

नन्हे बाबू महफ़िल सजाए बैठे थे। बोले—आप ही की बात सोच रहा था। कहाँ थे इतने दिनों ? ननीलाल ढूँढ़ रहा था।

ननीलाल ?—इस नाम के साथ मानो बड़ा रोमांच, बहुत स्मृतियाँ जुड़ी हुई हैं। बहुत समारोह, बहुत सौरभ। उसका नाम याद आते ही बचपन फिर से सजीव हो उठता। भूतनाथ ने पूछा—मुझे क्यों ढूँढ़ रहा था वह ?

—उसकी अभी शादी हुई न ? आपको आमन्त्रित करना चाहता था।

—शादी ? हो गई ?

नन्हे बाबू ने कहा—हाँ, हो गई शादी। खासा दाँव मारा है। तीन-तीन किता मकान, सात लाख रुपए।

—अच्छा !—अवाक् हो गया भूतनाथ। अभी उस रोज़ की बात है, कर्ज़ के लिए यहाँ आया था। इन्हीं कै दिनों में इतने-इतने रुपए का मालिक बन बैठा !

नन्हे बाबू ने फिर कहा—इस बार ख़ूब निकल गया ननीलाल। हम तो सदा उसे टेढ़ा आदमी समझते रहे। हमारे पैसों पर सदा गुलछर्रे उड़ाता रहा और हमसे ही होड़ लेता रहा। लेकिन तारीफ़ करूँगा उसकी, कहाँ जाकर जमाया और अन्त तक क्या कर बैठा !

ननीलाल के लिए भूतनाथ की धारणा सदा ऊँची रही। छुटपन से ही वह भूतनाथ का आदर्श रहा। वैसा ख़ूबसूरत चेहरा। बीच में कैसा तो लगा था। वह लुनाई नहीं थी। आँखें धँसीं। बातचीत में लज्जत नहीं। जो आदमी इतना नीचे गिर सकता है, बदचलनी की आख़िरी हद तक पहुँच सकता है, वह जीवन में फिर प्रतिष्ठित कैसे होगा ! सात लाख रुपए, तीन-तीन मकान का मालिक कैसे बनेगा !

नन्हे बाबू ने कहा—ऐसी कोई बीमारी नहीं, जो उसे न हुई हो। लाख कहता, उस रास्ते न चलो तो कहता, यह कुसंस्कार है। कुलमर्यादा का युग ही नहीं यह। यह युग है रुपयों का। स्वर्ग, धर्म, वंश, गोत्र, सब कुछ है रुपया। मैं कहता, तन्दुरुस्ती ही न रहेगी, तो रुपयों का भोग कौन करेगा ? वह कहता, रुपया ही न हो, तो तन्दुरुस्ती का क्या करना ? कभी वह पूछ बैठता—आज के बुद्ध, ईसा, चैतन्य कौन हैं, जानते हो ? हम तो सन्न रह जाते। ईसा, बुद्ध भी क्या हर युग में बदलते हैं ? वह कहता—नहीं बता सके, क्यों ? इस युग के अवतार हैं सेठ, शील और मल्लिक।

नन्हे बाबू हँसते-हँसते लोट पड़े। कहा—हमारे कॉलेज में सदर दरवाज़े पर ही लिखा था—God is Good. एक दिन कॉलेज में बड़ी हलचल मची। बड़े-बड़े हरूफ़ में किसी ने वहाँ पर लिख दिया था—God is money. सब अवाक् ! जिस दिन अदालत के

कठघरे में खड़े होकर रसिककृष्ण मल्लिक ने कहा था—'I do not believe in the holiness of the Ganges', तब भी हिन्दू समाज इतना नहीं चौंका था। सो ननी ने...

भूतनाथ ने पूछा—बीवी कैसी है ?

—बीवी ख़ूबसूरत है भूतनाथ बाबू ! कल से वही तो सोच रहा हूँ। साले ने किया क्या। गाने-बजाने के लिए लोग आज आए थे। जी नहीं लगा। ननी पाँच हज़ार रुपए ले गया है, अभी वापस नहीं दे गया। माँगते भी शर्म लगेगी। सो रुपए पाँच क्या, दस हज़ार की भी नहीं सोचता। ऐसे कितने रुपए लिए उसने। लेकिन यह नहीं सोचा था कि वह मुझे ऐसा छकाएगा।

नन्हे बाबू का जी छोटा हो गया था। कहने लगे—नशे-वशे की यह आदत उसी ने लगाई, गाने-बजाने का शौक भी। कॉलेज में पढ़ता था। एक दिन दोपहर को छुट्टी हो गई। हम दोनों साथ निकले। कैसे, किधर से वह एक गली में ले गया। बोला—मेरे पीछे-पीछे आ।

मैं गया। कोठे पर गाना चल रहा था। एक लड़की गा रही थी। नाक में नथ।

ननी तकिए के सहारे बैठ गया। मुझे भी खींचकर बिठाया। उस लड़की के कानों में जाने उसने क्या कहा ! उसने दोनों हाथ उठाकर सलाम किया। कहा—हुज़ूर की बड़ी मेहरबानी। फरमाएँ, क्या गाऊँ ?

मेरी तो छाती धड़क रही थी। कम उम्र थी। मसें भी न भीगी थीं। फिर ऐसी जगह कभी गया न था। मैं कुछ कह न सका। गाना सुनने की ऐसे आदत थी ही अपनी। कितनी तवायफ़ें अपने यहाँ गा गईं। नाच गईं। मगर वह और बात थी। नौकरों से सुना किया—अपने चचा रात-रात-भर उनके साथ ऐश करते रहे। नशे की भी बात सुनी, रंग-रंग की बोलतें भी देखीं। सब हुआ, पर अपना लालन-पालन इन सबसे बाहर हुआ। वह सब हमारी नज़रों की ओट में चला करता था। ख़ैर ! ननी ने उस लड़की से कहा—मेरे मित्र पहले-पहल आए हैं, आज कुछ खान-पान रहे। मेरी तरफ देखकर बोला—तुझे तो भूख लगी होगी। बता, क्या खाएगा ?

मैं तो पसीने से तर। खाऊँ क्या ? उस लड़की ने किसे तो क्या कहा। ज़रा देर बाद ही आ पहुँची खाने की सामग्रियाँ। फल, मिठाई। मेरे लिए दूध भी आया। उस लड़की ने पूछा—आपको ख़ूब शर्म आती है न ?

मगर ननी भी कितना बड़ा शैतान था ! उस लड़की से कहा—तुम तो लज्जाहारिणी हो, इसकी लाज नहीं मिटा सकोगी ?

जीभ काटकर वह बोली—ऐसा गुमान तो मुझे नहीं। आप-जैसों के चरणों की धूल अपनी कुटिया पर पड़ती है, इसीलिए धन्य हूँ।

ननी बोला—खाने को दिया, पीने को नहीं। प्यास लग रही है जो !

वह उठ खड़ी हुई। कहा—पहले ही बताना चाहिए। बनारसी ओढ़नी का घूँघट हटाकर गई। दराज़ खोला—मुड़कर पूछा—कड़ी पिएँगे तो आप ?

उस समय मैं कड़ी-मीठी क्या जानूँ ? पी ही न थी कभी। उस दिन आख़िर पी। कड़ी पी कि मीठी, पता नहीं। मेरी जो ख़ातिरदारी हुई उस दिन पूछिए मत। उसके बाद शुरू हुआ गाना—जखमी दिल को न मेरे दुखाया करो।

एक तो गज़ल, फिर मोतिया का गला। साथ-साथ सारंगी और पेशेवर हाथ की संगत। कैसे समय बीतने लगा, ख़ाक ख़बर नहीं। कोई ख़याल नहीं, किसी का नहीं, कहीं का नहीं। मैं नशे में मोतिया से बार-बार यही कहने लगा—मैं तुमसे शादी करूँगा। छोड़ नहीं सकता।

सुबह जब नींद खुली, नशा जाता रहा, तो ननी आया। आते ही गाली-गलौज करने लगा—छिः-छिः, अकल बेच खाई है। ऐसे खानदान का लड़का और रात गुजारी बाई जी के घर !

मैं तो अवाक् रह गया। वही ले आया और फ़जीहत भी कर रहा है।

मुझे ओट में ले गया। चुपचाप बताया—हम भले घर के हैं। ज़रा मौज़-मज़ा लिया और लौट गए। सो कहाँ कि पड़ दिए रात-भर ! मैंने लाख कहा—चल। मगर कौन तो सुनता है !

उस समय मुझे भी यही लगा। यह क्या किया मैंने ! ननी ने कहा—चल, घर चलें।

ननी बोला—मोतिया को कुछ दे। उस बेचारी का है पेशा। इतनी मेहनत की, तमाम रात जागती रही।

—ठीक ही तो ! मगर साथ कुछ कहाँ है ?

ननी बोला—घर से मँगवाकर दे। ऐसे वंश का है तू, कुछ न देने से कैसा लगेगा !

पूछा—क्या देना पड़ेगा ?

—जो जी चाहे। वह कुछ माँगेगी नहीं। वैसी लड़की ही नहीं है यह। और कोई होती, तो हज़ार रुपए माँग बैठती। इतना ख़याल रखो, यही उसकी रोज़ी है। अपने कुल की मर्यादा के अनुकूल ही दे।

—तू बता, क्या देना है ?

आवाज़ धीमी करके ननी बोला—नवाबी दिखाकर ज्यादा न दे देना कहीं। पाँच सौ देकर पिंड छुड़ा।

ऐसा है ननीलाल। आप सोच रहे होंगे, मोतिया को उसने पूरे पाँच सौ रुपए दे दिए ? आधा तो उसने ज़रूर मार लिया। बाद में एक दिन मोतिया से मैंने पूछा। वह बोली—अरे, उन्होंने तो उस रोज़ मुझे फूटी पाई भी न दी।

ननीलाल को ख़ूब पहचान गया हूँ। मुझसे ही क्यों, कलकत्ते के सभी धनी लोगों से उधार लिया है उसने। ठनठनिया के छेनीदत्त के लड़के से भी। और लौटाया किसी को नहीं। एक बार नहीं, बार-बार मुझसे उधार माँगा है, किसी-न-किसी बहाने। लेकिन एक सिफ़त है उसमें। माँगने पर कोई उसे ना नहीं कह सकता। ज़रा रुककर नन्हे बाबू ने कहा—थोड़ी सी लेंगे आज? ज़रा सी !

भूतनाथ ने उनके दोनों हाथ दबाकर कहा—माफ़ कीजिए। उस दिन तो पी थी।

आज रहने दीजिए।

नन्हे बाबू बोले—ख़ैर कहते हैं तो न सही। मैं ज़रा पी आऊँ। वे पर्दे की आड़ में चले गए और मुँह पोंछते हुए बाहर निकले। बोले—कल से यह सोच रहा हूँ—ननीलाल है बहादुर। पट्ठे ने कितने घाटों का पानी पिया है, पता नहीं। पर पास भी किया। नशे की लत अपने को ही लग गई।

मौका देखकर भूतनाथ ने छेड़ दिया—शशी को आजकल नहीं देख रहा हूँ। कहाँ गया ?

—वैसों को अब नहीं रखना है भाई ! गर्मी थी उसे।

—वंशी का कोई भाई है। वह कह रहा था—

सुनते ही नन्हे बाबू जैसे नाराज़ हो गए—सब-के-सब एक ही थैली के चट्टे-बट्टे हैं भाई, किसी का एतबार नहीं, सब साले पाजी हैं। वे सब मानो मालकोस के धैवत हैं। जहाँ चाहे रहें, घूम-फिरकर फिर उसी धैवत पर। इम्तहान देने की सोच रहा हूँ। एक मास्टर ठीक कर लिया है। हफ्ते में चार दिन पढ़ना-लिखना, तीन दिन संगीत। नन्हे बाबू फिर पर्दे की आड़ में चले गए। लौटकर कहने लगे—आप ही अच्छे हैं, कोई नशा नहीं। इसकी लत लग जाने पर फिर कौन साला छुड़ाए !

बाहर छाया सी दीखी। नन्हे बाबू ने पूछा--कौन ?

—जी, मैं वंशी हूँ।

—फिर बाहर क्यों खड़ा है, आ जा ? क्या बात है ?

वंशी ने कहा—जी, साले साहब को बुलाने आया था।

ओ--कहकर भूतनाथ बाहर निकला।

वंशी ने फुसफुसाकर कहा—कहा था आपने कि छोटी माँ के पास जाएँगे, नहीं जाना है ?

भूतनाथ ने पूछा—छोटे बाबू हैं कि चले गए ?

वंशी ने बताया—छोटे बाबू तो बहुत बीमार हैं। जाने कब से पेट में दर्द रहता है ! घर ही रहते हैं।

—फिर ?

—फिर क्या, मैं छोटी माँ को बुला लाऊँगा, आप बात कर लेंगे। इसमें क्या है--वह भी तो आपके बारे में बोल रही थीं।

—अच्छा तो चल।

वह नन्हे बाबू के कमरे में गया। बोला--तो आज इजाज़त दीजिए। फिर आऊँगा। बाहर आकर पूछा—किधर से चलना है वंशी ?

वंशी ने कहा—वही, आपके चोर-कमरे के बरामदे से।

साँझ हो चली थी। इब्राहिम की छत पर से ज़रा सी रोशनी पक्के आँगन पर आकर पड़ रही थी। खज़ांचीख़ाना बन्द हो चुका था। दक्खिनवाले बगीचे में दासू मेहतर का लड़का बाँसुरी पर गीत की एक कड़ी फूँक रहा था। अस्तबल में छोटे बाबू के दोनों

सफ़ेद घोड़े पास-पास खड़े पैर ठोंक रहे थे। बिरिजसिंह शायद रोटी सेंक रहा था। थप-थप आवाज़ आ रही थी। नौकर-चाकरों की ताश-पचीसी जम गई थी। फुर्सत थी। बाबू लोग सब बाहर निकल गए थे।

आगे-आगे वंशी। पीछे-पीछे भूतनाथ। जी में आया, जाते ही छोटी बहू से क्या कहेगा वह। काफ़ी दिनों से मन में एक बात घुमड़ रही थी कि मोहिनी-सिन्दूर का धोखा उन्हें बता दे। सब झूठ है। ठगी। पहले पता होता तो लाकर देता ही नहीं।

वंशी ने पुकारा—चले आइए साले साहब !

—यह फिर कौन सा रास्ता है वंशी ?

चोर-कमरे के सामने एक दरवाज़ा। अब तक नज़र नहीं पड़ी थी। इटालियन चित्रकार की मेम साहब। इसी चोर दरवाज़े से अभिसार चलता होगा। भूमिपति चौधरी आधी रात को यही दरवाज़ा खोल देते होंगे और मन का लेन-देन चलता होगा।

वंशी ने कहा—छोटी माँ ने इसी रास्ते से ले आने को कहा है। बिना किसी आवाज़ के दरवाज़ा खुल गया। भूतनाथ को लगा, भूमिपति चौधरी के बाद आज ही शायद पहली बार यह दरवाज़ा खुला। वह चुपचाप तड़पकर आ पहुँचा सत्रहवीं सदी के शेष किनारे। वह दिन मानो इसी बरामदे-सा अँधेरा था। कलकत्ता शहर उस समय बन रहा था। सूतानूटी में भरा था होगला का जंगल। उसी जंगल में छिपकर आर्मेनियन लोग औरतों का व्यापार करते और डकैत राहगीरों को छीन-छोरकर मार डाला करते और उसकी लाश को गंगा में डाल दिया करते। कालीघाट की काली के आगे नरबलि करते। उसके बाद जॉब चार्नक के समय से शुरू होकर जब वारेन हेस्टिंग्स के समय में शहर पल-भर के लिए ठिठककर खड़ा हुआ तो सर फ़िलिप आए और आई मादाम ग्रैंड ! संसार की श्रेष्ठ प्रेम-कहानी। जिस रात मादाम ग्रैंड के शयन-कक्ष में सर फ़िलिप फ्रांसिस पकड़ा गया, उस समय भूमिपति चौधरी का भी जन्म नहीं हुआ था। लेकिन ऐसा लगता है कि मादाम ग्रैंड बार-बार जन्म लेकर संसार में आती रही है। कभी फ्रांसिस साहब को, तो कभी भूमिपति चौधरी को, तो कभी जवा का रूप धारण कर वह पुरुष-जाति को छलती रही है। ऐसे असमय में छोटी बहू के इस आकर्षण के पीछे भी मानो उसी इतिहास की पुनरावृत्ति का सम्बन्ध है। एक बहुत बड़े गुनाह का पूर्वाभास है। नहीं तो इतना आकर्षण आखिर क्यों ? व्रजराखाल ने तो आगाह कर दिया था कि भाई साहब, काम तुमने अच्छा नहीं किया। वे लोग हैं साहब-बीबी की जात और हम ठहरे गुलाम। उनसे अपना घुलना-मिलना कैसा ?

उस अँधेरे और सन्नाटे में वंशी के पीछे-पीछे जाते हुए सहसा रुक गया भूतनाथ। क्यों जा रहा है ? कहाँ जा रहा है वह ? किसके पास ? यही है कलकत्ते की सैर। जीवन में अपने पैरों खड़ा होगा, ज़िन्दगी बनाएगा, यह ख़्वाहिश थी, फिर यह अभिसार कैसा ! एक दिन जिस राह से सर फ़िलिप फ्रांसिस, भूमिपति चौधरी आदि गए हैं, आज भूतनाथ भी शायद उसी राह से जा रहा है।

वंशी ने पीछे मुड़कर पुकारा—क्यों, आइए साले साहब !

अचानक क्या तो आया जी में ! छोटी बहू के यशोदादुलाल की याद आ गई। भूतनाथ ने कहा—चल।

दरवाज़ा खुलते ही सामने छोटी बहू का कमरा। एक बारगी सामने।

पहले से ही शायद सब ठीक-ठाक था। वंशी दरवाज़े पर पहुँचा कि छोटी बहू बाहर निकल आईं। कमरे की रोशनी से उनके कान का हीरा झकमका उठा। पूछा—वंशी, कहाँ है भूतनाथ ?

भूतनाथ ने आगे बढ़कर कहा—यह रहा मैं।

—ओ ! आ गए। आओ। माथे पर एक कपड़ा खिसक गया। भूतनाथ अब देख पाया उनका चेहरा। टकटकी-सी बँध गई। छोटी बहू की नज़र पड़ी। ज़रा हँसकर बोलीं—आओ, अन्दर चलो।

भूतनाथ को दुविधा लगी। पूछा—छोटे बाबू कहाँ हैं ?

—यहीं हैं, मगर डरने की कोई बात नहीं—चलो।

अन्दर जाते ही छोटी बहू ने पूछा—कैसे हो तुम ?

भूतनाथ ने एक बार भली तरह कमरे को देखा। सब कुछ वैसा ही था। अलमारी के खिलौने उसी तरह अपलक आँखों उसे देख रहे थे। लेकिन छोटी बहू को देखकर वह ठक रह गया। लगा, अभी-अभी वह रो रही थीं। भूतनाथ को देखकर होंठों मे हँसी फूट पड़ी है। वह बोली—इस तरह से देख क्या रहे हो, भाई ?

भूतनाथ बोला—कुछ नहीं। मैं आपसे एक बात कहना चाहता था।

—क्या कहना चाहते थे ? कहो।

—आप अब मोहिनी-सिन्दूर न लगाया करें।

—क्यों, उसने क्या बिगाड़ा भाई ! जवा से अनबन हो गई क्या ?

—मज़ाक़ नहीं, सुविनय बाबू ने ख़ुद कहा है, यह ठगी है, धोखा।

—हो धोखा, मगर मेरा काम उससे बना है।

—बना है।

—हाँ। मोहिनी-सिन्दूर का फल मिला है। दवा-दारू बहुत कर चुकी हूँ...जन्तर-तावीज़ भी। किसी से कुछ न हुआ, इसने काम किया है।

—कैसे ?

—सारी बातें तुम्हें बताई तो नहीं जा सकतीं। सुनना चाहो भी नहीं। लेकिन...।

—लेकिन क्या ?

छोटी बहू को कुछ हिचक हुई। फिर बोली—छोटे बाबू ने मुझसे वादा किया है कि अब वे जान बाज़ार न जाएँगे—रात घर ही रहा करेंगे, बशर्ते कि मैं...

—बशर्ते कि आप ?

—अभी इससे ज़्यादा कुछ न सुनना चाहो। मैं कहूँगी भी नहीं।

छोटी बहू ने अपने को सँभाल लिया। वंशी को बुलाकर कहा—तू अभी जा वंशी, मैं बुलवा लूँगी।

धीमे से कहा—लेकिन तुम्हें मेरा एक काम कर देना पड़ेगा, आज ही। भूतनाथ की उत्सुक आँखों पर नज़र रोककर पूछा—करोगे ? कर सकोगे ?

—करूँगा। कौन सा काम ?

—किसी को इसकी भनक भी न हो—वंशी को भी नहीं।

—किसी को पता न चलेगा।

—मुझे शराब ला देनी पड़ेगी।

—शराब ?

—हाँ, शराब। शराब की इस घर में कमी नहीं, हर कोई जानता है। लड़के-बूढ़े सभी पीते हैं। फिर भी ज़रूरत है। उम्दा शराब, ज़्यादा नहीं, थोड़ी सी। लेकिन आज ही रात को। रुपया मैं देती हूँ। वह सन्दूक में से रुपया निकाल लाई। कहा—इसीलिए बुलाया था।

भूतनाथ उठ खड़ा हुआ। छोटी बहू ने कहा—जल्दी ले आना भाई। रास्ता तो पहचान गए ? उसी से होकर आना। कोई नहीं देखेगा।

ठगा-सा वह बाहर निकला। ऐसी नौबत आएगी, वह सोच भी न सका था। बड़े घर की बातें ही निराली है। किसी नियम के अन्दर नहीं आ सकतीं। इतिहास के पन्नों पर इस घर के लोग हिलते-डुलते बहुत हैं, बोलते भी शायद ज्यादा हैं, मगर अपना राज़ नहीं देते। यह छोटी बहू मानो काला पान की बेगम हो—हाथ आए भी तो हाथ से निकल जाने के लिए।

वह साँझ के झुटपुटे में गेट से बाहर निकल गया।

आज सोचते हुए भी कैसा लगता है जानें ! वे आदमी, वे दिन कहाँ गए ! वे हलके-फुल्के दिन और रातें ! रह-रहकर चलना ! सोचना और जीना ! अब दिन जैसे बीतते नहीं, रातें कटती नहीं। सूरज मानो आहिस्ते-आहिस्ते उगता, डूबता मानो धीरे-धीरे। समय का चक्का लुढ़कता हुआ बढ़ता। हो रहा है, होगा। ज़रा सुस्ता लो और। सारा दिन तो पड़ा है। जी चाहे जितना काम करना।

घटना बहुत पहले की है। अफ़वाह उड़ गई है कि अमावस्या के दिन महा-प्रलय होगा। प्रलय यानी कयामत। कलियुग का अन्त हो जाएगा। पत्रा में लिखा है। अमावस्या को बारह बज के सात पल, तेरह दंड बाद घातचन्द्र दोष है।

भैरव बाबू ने आकर कहा—लोचन, ज़रा मज़े का तम्बाकू पिला दे भैया ! बस और कै दिनों का ही तो रहा !

लोचन ने भी सुना था। पूछा—सच ही कलयुग ख़त्म हो जाएगा ?

—बेशक। इसके चारों चरण पूरे हो गए, ख़त्म न होगा तो क्या ?

लोचन ने कहा—फिर क्या होगा ?

भैरव बाबू ने कहा—सतयुग शुरू हो जाएगा।

लोचन ने कहा—हम लोग देख सकेंगे ?

—जी गया तो देखेगा। मगर बच जा तब तो ! देख, क्या होता है पहले !

लोचन को फिक्र पड़ गई। बोला—नहीं बचूँगा। कहते क्या हैं भैरव बाबू !

हुक्के में दम लगाते हुए बोले—बाबू लोग ही ज़िन्दे रहते हैं या नहीं, फिर नौकर-चाकरों की क्या बात है ! यह समझो कि कहीं सात मंज़िल के मकान जितना ऊँचा पानी यहाँ खड़ा हो गया तो कलकत्ता बन जाएगा, समुन्दर तो फिर कहाँ रहेगा तू और कहाँ रहूँगा मैं ! मँझले बाबू तक खौफ़ खा गए हैं।

सारे शहर में आतंक। जहाँ जाइए, वहीं यही चर्चा। हर बरामदे पर लोगों का जमघट।

निशा छुट्टी लेकर गाँव चला गया। बोला—जिन्दगी बच गई तो फिर आऊँगा, साले साहब ! ज़रा ज़मीन-जायदाद का पावना सहेज लूँ। मरने के बाद फिर कौन देता है !

लोचन कहता—भरपेट खाया कर वंशी ! इस जन्म में खाना फिर नसीब हो कि न हो।

वंशी भी काफ़ी डर गया। कहता—आख़िर क्या होगा साले साहब ! बहन की फिक्र हो गई है। शादी कर दी थी, आठ कोड़ी रुपए भी ख़र्च हुए, खसम भी ज़िन्दा न रहा। जो हो, छोटी माँ की दया से दो मुट्ठी दाना मयस्सर हो जाता था। यह क्या हो गया, कहिए तो !

एक-एक कर दिन बीतने लगे। चेतन की अमावस्या करीब आने लगी। एक रोज़ मोहिनी-सिन्दूर कार्यालय में भूतनाथ ने सुविनय बाबू से ज़िक्र किया—सर, आपने कुछ सुना ?

सुविनय बाबू बोले—अन्तिम दिन के लिए इतना डर क्यों भूतनाथ बाबू ? गीत का भी तो सम होता है, छन्द की भी तो यति होती है। नदी जहाँ रुकती है, जहाँ ख़त्म होती है, वहाँ समुद्र रहता है। इसीलिए उसके ख़त्म होने से कोई नुकसान नहीं।

I have come from thee-why I know not:
But thou art, God ! what thou art;
And the sound of eternal being is the pulse
    of the beating heart.

जानते हो, पक जाने पर डाल से टूट जाने में ही फल का गौरव है। लेकिन यदि वह डाल को छोड़ना दीनता समझे, तो उसके जैसा दया का पात्र दूसरा कौन है ? बातों में सुविनय बाबू को मात्रा का ख़याल नहीं रहता।

आख़िर अमावस्या आ पहुँची। घर-भर में कैसी तो एक उत्तेजना ! ब्रजराखाल उस समय नहीं था, मगर पता नहीं उसका। भूतनाथ ने कहा था, आज ज़रा पहले ही लौट आना भाई साहब !

—क्यों ?

—क्या-क्या तो सुन रहा हूँ ! पत्रा में लिखा है।

—तुम भी जैसे भाई साहब, पत्रा की बात पर यकीन करते हो। ज्ञान के ऊपर

भी विज्ञान है। परमहंस देव कहते थे—जिसने दूध की केवल बात ही सुनी है वह अज्ञानी है; जिसने दूध को देखा है वह ज्ञानी है और जो दूध पीकर मोटा-ताज़ा बना है, वह है विज्ञानी। ख़ैर।—कहकर ब्रजराखाल निकल पड़ा।

ब्रजराखाल ने इस पर विश्वास न किया, न सुविनय बाबू ने बात को महत्त्व दिया। मगर मँझले बाबू उस दिन घर से बाहर न निकले। सवेरे-सवेरे ही भोजन कर लिया और नाचघर में अड्डा जमा दिया। मूँछों पर ताव दिए भैरव बाबू आए। बगलसवाले जूते उतारकर दरवाज़े के पास रखे और फ़र्श पर आ बैठे। मोती बाबू आए। छाते को एक ओर रखकर चादर और धोती का कोंचा सँभालते हुए बैठ गए। बड़ी मालकिन आईं। भारी-भरकम चेहरा। हाथ में पान का डिब्बा। कलाइयों में सोने की बारह-बारह चूड़ियाँ। चौड़ी कोर की साड़ी। तिनकौड़ी आई। जवानी में ख़ूबसूरत रही होगी। नाक में हीरे का लौंग। मुँह में पान। मोटी सी औरत। हासिनी के आने से पहले रानी यही थी। उसके बाद हासिनी आई। कम उम्र। एड़ी-चोटी गहने से लदी। ज़्यादा बोलेनवाली। चंचल। चुलबुली।

गुड़गुड़ी पीते हुए मँझले बाबू ने आवाज़ दी—बेनी...बेनी ! बेनी आकर खड़ा हुआ। उन्होंने कहा—ज़रा रूपलाल ठाकुर को बुला ला।

भैरव बाबू ने कहा—जी, मैंने अपनी आँखों पत्रा देखा है। रात के बारह बजकर सात पल तेरह दंड पर घातचन्द्र दोष है।

—तो क्या हुआ ? रूपलाल ठाकुर को आने दीजिए। अगर क़यामत ही हो, तो वही क्यों जुदा रहें, सब साथ ही चलेंगे।

मोती बाबू बोले—मैं तो घर पर कह आया हूँ, सब एक कमरे में सोना। मगर नींद किसे आती है ! सब जगे बैठे हैं।

भैरव बाबू ने कहा—कलयुग का अन्त हुआ, यह अच्छा ही हुआ हुजूर ! जी मैं आया। सातवें आसमान पर चढ़ता जा रहा था छोटे लोगों का दिमाग़। सतजुग आने से चीज़-वस्तु की क़ीमत घटेगी। कपड़ा-लत्ता सस्ता होगा, आठ आने मन चावल मिलेगा...और चाहिए क्या !

मँझले बाबू ने कहा—क्या बजे हैं, देखो तो ?

—बस, यही तो साँझ हुई। सात बजकर चालीस।

मँझले बाबू बोले—फिर तो बड़ी देर है अभी...तो...उन्होंने बड़ी मालकिन की तरफ ताका।

पान लगाते-लगाते वह बोलीं—आज किसी का मिज़ाज ठीक नहीं तुम हासिनी को गाने के लिए न कहना आज।

मँझले बाबू ने कहा—गाना न सही, मगर और सब निकालो...बर्फ़ तो आ गई है।

बड़ी बहू को वह भी पसन्द न था। बोलीं—दिन-दिन तुम्हारी बुद्धि भ्रष्ट हो रही है। आज जप-तप करना है कि कहाँ...

—तो भंग ही रहे...उम्दा शर्बत...गर्मी भी ख़ूब है। पिस्ता, बादाम, डालकर...ज़रा सा

लवेंडर...क्यों भैरव बाबू ?

रूपलाल ठाकुर आ पहुँचे। टूश की चादर। पाँवों में खड़ाऊँ। बगल के कमरे में से सब झाँक रहे थे—भूतनाथ, लोचन और सब। अचानक वंशी आया। बोला—साले साहब, जल्द चलिए, उधर मुसीबत आ पड़ी है—और वह भूतनाथ को खींचकर ले गया।

भूतनाथ ने पूछा—क्या माजरा है ?

—जी, जान बाज़ार से ख़बर आई है, छोटे बाबू की तबीयत ख़राब है। छोटी माँ ने कहा, अपने साले साहब को लेकर तू जा वहाँ।

वंशी के साथ अँधेरे में ही भूतनाथ निकल पड़ा। वंशी ने जाकर दरवाज़े का कड़ा खटखटाया—बिन्दा, बिन्दा !

वृन्दावन ने दरवाज़ा खोल दिया।

वंशी ने पूछा—छोटे बाबू की तबीयत कैसी है ?

वृन्दावन ने कहा—अभी भी होश नहीं हुआ है। ऊपर जा। नई माँ वहीं हैं।

सीढ़ी से ऊपर चढ़ते हुए वंशी ने कहा—आइए साले साहब ! छोटी माँ ने कहा है, चाहे जैसे भी हो, रात के बारह बजे तक इन्हें ज़रूर ले चलें। फिर जाने क्या हो !

कमरे के पास जाते ही आहट पाकर कोई अन्दर से बाहर निकल आई। घूँघट काढ़ लिया। कहा—वंशी, तू आ गया ? अच्छा ही हुआ।

वंशी ने पूछा—अपने छोटे बाबू कैसे हैं नई माँ ?

—अभी भी बेहोश पड़े हैं। डॉक्टर को बुलाया था। बड़ा डर लग रहा है।

वंशी कमरे में गया। पीछे-पीछे भूतनाथ भी गया। चुन्नी पर ग़ौर किया। सुन्दरी है। थकी सी लग रही थी लेकिन।

वृन्दावन आया, बोला—आप अब भोजन कर लीजिए। वंशी तो है।

छोटे बाबू बेबस पड़े थे—बेहोश। वंशी ने माथे पर हाथ रखा। लगा, वह उन्हें जगाना चाह रहा है। उसकी आँखें पत्थर-सी बेजान हो आईं। भूतनाथ ने वंशी का यह रूप मानो पहले कभी नहीं देखा था। उठकर छोटे बाबू उसे चाबुक मारते तो चैन पड़ती उसे। जान लौट आती शरीर में। उसी तरह से देखते-देखते अचानक वह उबल पड़ा—अच्छा नई माँ, यह सब ख़ाक-पत्थर आप क्यों पीती हैं ? मेरे छोटे बाबू को क्यों पिलाती हैं ?

वंशी की बात से भूतनाथ भी चौंक उठा।

चुन्नी ने कड़ी नज़र से एक बार उसकी तरफ़ ताका। लगा, वंशी से ऐसी उम्मीद न थी। मगर कुछ बोली नहीं।

वंशी फिर बोल उठा—छोटे बाबू मर जाए, तो आप लोगों को चैन पड़े, क्यों ?

अबकी चुन्नी ने डाँटकर कहा—वंशी !

वंशी चिल्लाकर बोला—ज़रूर कहूँगा, हज़ार बार कहूँगा। तुम्हारा डर थोड़े ही पड़ा है।

चुन्नी ने धीमे से कहा—चिल्लाना है, तो बाहर जाओ।

—ओह, दर्द कितना है ! जब ज़हर पिलाती हो तो नहीं सोचतीं कि किसकी बदौलत रोज़ी चलती है ? किसकी कृपा से राजरानी बनी हो ?

अपने को ज़ब्त करके चुन्नी बोली—बड़ी हिमाकत कर रहे हो।

वृन्दावन ने आकर वंशी का हाथ थाम लिया। कहा—वंशी, तू चुप रह। एक तो यों ही नई माँ दिन-भर की भूखी हैं, ऊपर से तेरी ज़्यादती।

वंशी जैसे फफक पड़ा—नहीं खाया है तो किसका बिगड़ा ? ज़हर पीते वक़्त छोटे बाबू को मना नहीं कर सकतीं ?

चुन्नी जैसे आप-ही-आप बोल उठी—सुन लिया वृन्दावन ! जो विवाहिता पत्नी की ही नहीं सुनता है, वह मेरी सुनेगा !

वंशी ने कहा—उन्हीं की बात सुनते होते, तो बेचारी छोटी माँ की यह दुर्गत क्यों होती ? साले साहब गवाह हैं, जिसने मेरी छोटी माँ का नसीब फूँका है, उसका भला न होगा, हर्गिज़ न होगा। कहे देता हूँ।—भूतनाथ की ओर ताककर कहा—आइए, ज़रा पकड़िए तो।

छह फुट लम्बा शरीर। कच्चे सोने-सा रंग। सर्वांग में इत्र की भीनी-भीनी महक। वज़न ही क्या कम ! वृन्दावन ने भी मदद दी। तीनों जने मिलकर उन्हें सीढ़ी से नीचे ले गए और गाड़ी पर चढ़ाया।

गाड़ी खुलने के पहले वृन्दावन ने भूतनाथ से कहा—आपको ज़रा नई माँ बुला रही हैं।

—कहाँ ?—भूतनाथ वृन्दावन के साथ अन्दर गया। दरवाज़े के बगल में चुन्नी खड़ी थी। कहा—मुझे बुलाया है ?

चुन्नी बोली—आप शायद बड़े महल में नए आए हैं। पहले कभी देखा नहीं आपको। ख़ैर। आपको एक काम करना होगा।

भूतनाथ ने कहा—कहिए।

—छोटे बाबू को तो ज़बर्दस्ती ले चले आप लोग। उनकी तबीयत बहुत ख़राब है। डॉक्टर ने हिलना-डुलना मना किया था। कल ज़रा कह जाइएगा, कैसे हैं। आएँगे ? न आने से मुझे चैन न पड़ेगा।

क्या जवाब दे, सोच नहीं पाया भूतनाथ।

चुन्नी ने फिर कहा—यह दवा ले जाइए। डॉक्टर ने बताया था, तकलीफ़ बढ़ जाने पर देंगे। तो आप आ रहे हैं न कल ?

भूतनाथ ने 'हाँ' कहा था, पर दूसरे दिन जाना सम्भव न हुआ। रात को वे छोटे बाबू को सीधे छोटी बहू के कमरे में ले गए। दवा की शीशी बढ़ाते हुए भूतनाथ बोला—नई माँ ने छोटे बाबू के लिए दवा दी है।

छोटी बहू ने कहा—रास्ते में फेंक दो। उसमें ज़हर हो सकता है।

भूतनाथ बाहर निकला। बड़ी देर तक गाड़ी-बरामदे में जाकर बैठा रहा। रास्ते में लोगों की भीड़ थी। उतनी रात को लोग गंगा नहाने जा रहे थे। प्रलय के पहले थोड़ा

पुण्य कमा लिया जाए--परलोक का पाथेय। ऊपर नाचघर में मँझले बाबू की महफ़िल जमी थी। अन्त तक हासिनी का गीत भी हुआ, नाच भी। बाद में शायद शराब भी चली। क़यामत ही होगी, तो मन में अफ़सोस क्यों रह जाए ?

ग्यारह बज गए। वंशी ने आकर ख़बर दी—छोटे बाबू को होश आया। होश आते ही मैं भाग आया, नहीं तो मुझे मार ही डालेंगे। मैं ही उन्हें ले आया हूँ न।

उसके बाद साढ़े ग्यारह बजे। पौने बारह। बारह भी बज गए। आज हर कमरे में रोशनी जल रही थी, सन्नाटा न था। अजीब इन्तज़ार। जानें क्या हो अब ! इसके बाद साढ़े बारह बजे। एक। दो। तीन। रात निकल गई।

कुछ भी न हुआ। रोज़ की तरह पुराना सूरज इब्राहिम की छत के कोने से उगा। फिर सब उसी तरह से शुरू हुआ जैसा कि रोज़ होता है। कहीं कोई परिवर्तन नहीं। इतना ही नया हुआ कि छोटे बाबू की लैंडोलेट गाड़ी आज रात यहीं रही। अपने ढंग की यह पहली घटना थी।

रात हो चुकी थी। इतनी रात को शराब कहाँ मिलेगी ? दूकान कहाँ है, यह भी पता नहीं। एक ही जगह है, जहाँ जाने से शायद मिले। जवा के यहाँ का रसोइया अभी ईंट बिछाकर बाहर ही चुक्कड़ लिए बैठा होगा। लेकिन इतनी रात को वहाँ जाए कैसे ! अचानक वंशी मिल गया।

वंशी ने पूछा—इतनी रात को कहाँ चले साले साहब ?

छोटी बहू ने वंशी से भी बताने को मना किया था। क्या कहे वह ? बोले—तू कहाँ जा रहा है ?

—चिन्ता को फिर बुख़ार आ गया है। अपने मास्टर साहब तो हैं नहीं। वंशी डॉक्टर के यहाँ गया था, लेकिन आप कहाँ चले ?

कैसी तो खीझ हुई भूतनाथ को !

वंशी ने कहा—आप कहाँ जा रहे हैं, मुझे मालूम है। छोटी माँ साँझ से ही आपकी तलाश कर रही थीं। मुझे शुबहा हुआ। छोटे बाबू तो आजकल यहीं रह रहे हैं, फिर आपकी बुलाहट कैसी ?

भूतनाथ ने पूछा—छोटे बाबू आजकल घर ही रहते हैं ?

वंशी ने कहा—ताकत भी रह गई है जाने की ! किसी क़दर एक बार छोटी माँ के कमरे तक जाते हैं, फिर अपने कमरे में पड़े रहते हैं। उठने-बैठने की मनाही है। क्या शक्ल थी, क्या हो गई है ! देखकर आपको रोना आएगा। क़सम !

—पीना छोड़ दिया है ?

—शुरू करके भी कोई छोड़ सका है इस ज़हर को ? समझिए कि आजकल तो खाट पर पड़े हैं। मैं ही ढालकर पिलाता हूँ। थोड़ा-थोड़ा पानी मिला देता हूँ। जी में होता है, मैं ही तो इस शख़्स की जान ले रहा हूँ। डॉक्टर ने खोलकर कह दिया है, पीने से इसकी जान नहीं बचेगी; मगर कौन सुने ! पीते हैं। वह तो ग़नीमत है कि नई

माँ के यहाँ तक जाने की ही ताक़त नहीं है। नहीं तो और बुरा हाल होता। ओह, दर्दमारी ने क्या जो टोना किया है...

कुछ ठहरकर वंशी ने कहा—हाँ, आपको पता है, उस रोज़ नई माँ यहाँ आई थी ?

—कब आई थी ? मुझे तो नहीं मालूम ?

—आपको मालूम भी कैसे हो, आप सो चुके होंगे। काफ़ी रात जा चुकी थी। नत्थूसिंह ने आकर मुझे बताया। कहा—चुन्नी आई है। छोटे बाबू से मिलना चाहती है। खोल दूँ गेट ?

मैंने सोचा, चूँकि बाबू कई दिनों से जा नहीं पा रहे हैं, इसीलिए वह आई है। कहीं बाद में सुनें और ज़ुल्म ढाएँ। सो मैं सीधे छोटी माँ के पास गया। पूजा करके तुरत-तुरत उठी थीं। सुनते ही आग-भभूका हो गईं। यों तो सीधी-सादी सी हैं, बिगड़ने पर न पूछिए। उन्होंने कहा—छोटे बाबू के कोड़े से उस राक्षसी को पीट सकता तू ? न बने तो बुला नत्थूसिंह को। उसी से कहती हूँ मैं।

मुझे डर लगा। छोटी माँ ने कहा—नहीं होगा तुझसे ?

मैं बोला—पता चल गया तो छोटे बाबू मेरी गर्दन न रहने देंगे।

—मैं भी इस घर की छोटी बहू हूँ। जो कह रही हूँ, कर। मारे चाबुक के पीठ की खाल उधेड़कर लहूलुहान कर दे—जा।

मैंने कहा—औरत पर हाथ उठाते हिचक होती है, नहीं तो...

—उसे औरत कहता है तू ? डायन है, डायन। तुझसे न बने तो बुला नत्थूसिंह को। इस घर में उसके कदम पड़े तो तुम सबकी नौकरी गई और अगर मेरा कहा कर सके, तो तुम दोनों भाई-बहन को ज़िन्दगी-भर खाने-पहनने की फिक्र न करनी पड़ेगी, कहे देती हूँ।

छोटी माँ की चीख-पुकार से मँझली और बड़ी मालकिन बाहर निकल आईं।

मँझली मालकिन ने पूछा—माज़रा क्या है छोटी ?

सब सुनकर वे हँस-हँसकर बेहाल। कहा—तूने तो हैरत में डाल दिया। अरी, मर्द तो सिल्क के कपड़े हैं, उसका शुद्ध और अशुद्ध क्या ? तू सबमें तिल का ताड़ करती है। मैंने मँझले बाबू को भी देखा है। इतना सोचती तो फाँसी लगा लेती।

बड़ी माँ ने कहा—हर बात में तेरा यही रवैया है छोटी ?

—आपको यक़ीन न आएगा साले साहब, मैं उसी घड़ी गया। नत्थूसिंह ले गया गेट के सामने। नई माँ अपनी नई मोटर से आई थी। मुझे बुलाया। पूछा—छोटे बाबू कैसे हैं वंशी ?

मैंने कहा—कुछ अच्छे हैं।

—दवा पीते हैं न ?

—पीते हैं।

—मुझे ज़रा उनके पास ले चल।

मैं क्या करता, झूठ बोल गया हुज़ूर। कहा—छोटे बाबू ने कह रखा है, नई माँ आए

तो घर में घुसने न देना। मैं उसकी शकल नहीं देखना चाहता।

नई माँ ने न जाने क्या सोचा, फिर कहा—यह कहा है ?

—जी ! मैं क्या झूठ कह रहा हूँ ! झूठ से मेरा क्या लाभ !

—तो यह बात वह मेरे सामने कहें। अपने कानों सुने बिना मैं नहीं जाती। इस रास्ते पर वही तो लाए हैं मुझे।

जिस मुसीबत में पड़ा कि पूछिए न हुज़ूर ! थी वह रूपा दासी की बेटी, बन बैठी राजरानी। वह भला इस आसानी से क्यों मानने लगी ? जान बाज़ार में मकान, चार-चार नौकरानियाँ, तीन-तीन नौकर, मोटर—हथेली पर चाँद पा गई मानो।

भूतनाथ ने पूछा—आख़िर चली गई ?

—गई कि क्या हुआ, मैं थोड़े ही देखने गया। गई ही होगी। मैंने नत्थूसिंह से गेट बन्द करने को कहा। मुझे दूसरी फ़िक्र पड़ गई थी।

—फ़िक्र कैसी ?

—छोटे बाबू सुन लें तो कौन बचाएगा ! रोटी की मार ! चिन्ता को लेकर फिर गाँव में भूखों मरने की नौबत। ज़मींदारी थोड़े ही है अपनी !

—मगर छोटी माँ तुझे छोड़ नहीं सकतीं वंशी ! उनके लिए इतना करता है तू।

—मगर उनकी सुनता कौन है ? छोटे मालिक ही नहीं सुनते तो दूसरे का क्या कहना ! इतनी रात को आप जो उनके लिए शराब लाने जा रहे हैं...

जैसे साँप पर नज़र पड़ गई। भूतनाथ पीछे हट गया। कहा—यह तूने कैसे जाना ?

उसके साथ निर्विकार की नाईं चलते-चलते वंशी ने कहा—इतने दिनों से काम कर रहा हूँ, मैं सब जान सकता हूँ। नौकर-चाकर को पता न होगा, तो किसे होगा ? जो मैं जानता हूँ, वह छोटी माँ भी नहीं जानतीं, मँझली माँ भी नहीं, छोटे या मँझले बाबू भी नहीं। किस कमरे में किनकी रात कटती है, कब चुपचाप इस घर में डॉक्टर आता है, दाई आती है, दवा-दारू आती है, हम लोगों को सब ख़बर होती है। पिछले ही साल की तो बात है, महल के सामने भीड़ लग गई। पुलिस-प्यादा हलचल...। एक दिन एक मरा हुआ बच्चा पड़ा था। उसी दिन जन्मा था। मुझे मालूम था, किसने फेंका, किस कमरे से फेंका। मगर नौकर ठहरा, अपने को छह-पाँच से क्या मतलब ? पुलिस ने खोज-पूछ की। कह दिया, अपने को क्या पता ! बस, मामला खतम।

भूतनाथ पूछ बैठा—लेकिन छोटी बहू ने एकमात्र इस ज़हर की फ़रमाइश क्यों की ?

वंशी ज़रा देर चुप रहा। उसके बाद बोला—क़सम लीजिए साले साहब, आप ब्राह्मण हैं। आपके पाँव छूकर कह सकता हूँ, छोटी माँ की मैं ठाकुर-देवता के समान भक्ति करता हूँ। उनके दुःख मेटने में मैं जान तक दे सकता हूँ। उस दिन साँझ को छोटे बाबू आए। छोटी माँ के कहने पर मैं ही बुला लाया था। बाहर खड़ा मैं सब सुन रहा था।

छोटी माँ ने पूछा—तुम फिर वहाँ जाओगे क्या ?

उस समय छोटे बाबू ने पी नहीं थी। होशोहवास दुरुस्त था। बोले—जाऊँ तो तुम्हारा क्या ?

छोटी माँ ने कहा—न ही गए तो...बिना गए नहीं चलेगा ?

--बीवी का दामन थामे रहूँ, ऐसे खानदान में अपना जन्म नहीं हुआ।

छोटी माँ ने कहा—मैं नहीं कहती कि दामन थामे रहो। दामन बिना थामे भी तो घर में रहा जा सकता है।

—यही चाहती हो कि यहाँ तुम्हारा मुँह ताकता रहूँ ?

—ताकना अच्छा न लगे, न ताकना। मुँह फेरे रहना। मैं तुम्हारी सेवा करूँगी।

छोटे बाबू की मैंने हँसी सुनी। लापरवाही की हँसी। कुछ ठहरकर बोले--सेवा करना तुम्हें आता है ?

छोटी माँ बोली--एक बार देख ही लो, आता है या नहीं।

छोटे बाबू ने कहा—मैं तुम्हारा यशोदादुलाल तो हूँ नहीं, न ही सोने-रूपे का ठाकुर हूँ। मैं रक्त-मांस का मनुष्य हूँ। सोच देखो, मेरी सेवा कर सकोगी ?

छोटी माँ बोली—सोचना क्या है इसमें ? हिन्दू ललनाओं को स्वामी की सेवा करना सीखना नहीं पड़ता है।

छोटे बाबू लापरवाही की फिर वैसी ही हँसी हँसे। कहा--लेकिन वैसा स्वामी तो हूँ नहीं। बड़े महल के मर्द जन्म से पहले ही शराब पीना सीखते हैं, नौकर-दाई की गोद में पलते हैं, आठ-दस साल की उमर से उनका ज़नानख़ाने में घुसना बन्द हो जाता है, जवानी में रखैल रखते है।—मुसाहब पालतें हैं—ऐसे स्वामी को सेवा से ख़ुश करना तुम्हारे बूते की बात नहीं है।

—एक बार परखकर देख ही लो न !

छोटे बाबू ने कहा--परख करना बेकार है छोटी बहू ! पल्ले कुछ नहीं पड़ने का। इस घर की किसी बहू से यह आज तक न बना। इसी घर की क्यों, दत्त, मल्लिक, शील, सेठ—किसी परिवार की बहुएँ ऐसा नहीं कर सकी हैं। यह वे ही औरतें कर सकती हैं जो...के तौर-तरीके जानती हैं।

छोटी माँ रोनी-रोनी सी आवाज़ में बोलीं—तुम्हारे पैरों पड़ती हूँ, तुम मौक़ा दो। किसी से न बना, मगर मैं कर सकूँगी। वे सब हैं बड़े घर की बेटी, मुझे तुम एक गरीब के घर से लाए हो। मैं कर सकूँगी। जो कहोगे, वही करूँगी। जैसे सिंगार करने को कहोगे, वैसे ही सजूँगी। जैसे बोलने को कहोगे, वैसे ही बोलूँगी। सिर दबा दूँगी, पैर दबा दूँगी।

—गीत गा सकोगी ?

छोटी माँ ने कहा—पिताजी से गीत सीखा तो था। वे गीत अगर तुम्हें रुचें, तो गाऊँगी।

—नाच ?

छोटी माँ बोली--नाची तो नहीं कभी, पर सिखा लो तो नाचूँगी भी। तुम्हारे लिए सब करूँगी।

छोटे बाबू ने कहा—शराब पी सकोगी, जैसे चुन्नी पीती है ?

ज़रा देर कोई बात सुन न पाया। चुपचाप। शायद छोटी माँ ने सोचा भी न था

कि छोटे बाबू ऐसा भी कह सकते हैं। मैं भी गूँगा-सा हो गया। खुद का स्वामी अपनी ब्याहता से ऐसी बात कह कैसे सकता है ! मगर धन्य है छोटी माँ, अपनी-जैसी ही बात कही।

—क्या कहा ?

—कहा—पीऊँगी। अपने हाथ से तुम ज़हर भी दोगे तो पी लूँगी।

छोटे बाबू हँसे। कहा—मगर नियम ऐसा नहीं है। मैं उठाकर न दूँगा। तुम्हें ही गिलास उठाकर मुझे देना पड़ेगा।

—वही करूँगी। मेरे शराब पीने से तुम घर रहो, तो पीऊँगी।

सुनते-सुनते हिम हो गया शरीर मेरा। जी में हुआ, एक ही तो थी इस घर में जिसके पाँव छूकर प्रणाम करने से कलेजा भर आता है। अब वह भी गई। जी के अन्दर कैसा तो कट उठा। लगा, छोटी माँ को मना करूँ। मगर छोटा मुँह, बड़ी बात।

—आखिर छोटे बाबू चले गए। मैं भी अँधेरे में लौट रहा था कि छोटी माँ ने पुकारा—वंशी !

उन्होंने कहा—ज़रा अपने साले साहब को बुला लाएगा ? तुरत।

बस, मैं आपको बुलाने पहुँचा। मुझे सब पता है। आप मुझसे कुछ छिपा नहीं सकते हुज़ूर !

भूतनाथ ने कहा—मगर यह मिलती कहाँ है ? क्या क़ीमत है, मैं तो इतना भी नहीं जानता। छोटी बहू ने मुझे दस रुपए दिए हैं।

वंशी ने कहा—छोटे बाबू की शराब की अलमारी की कुंजी तो मेरे ही पास है। मुझे मालूम हो जाएगा, इसीलिए उन्होंने आपको कहा है। अगर मैं होता तो उन्हें नहीं देता।

भूतनाथ ने पूछा—तो क्या रुपए मैं उन्हें वापस कर दूँ ?

—वही अच्छा होगा, मगर उसे मेरा नाम हर्गिज़ न कहिए।

भूतनाथ लौट पड़ा। कहा—नहीं-नहीं, तेरा नाम भला कह सकता हूँ !

शहर-भर में सन्नाटा। किन्तु बड़े महल में तब भी सरगरमी थी। शायद नन्हे बाबू की महफिल आज फिर जमी थी। अस्तबल में और-और घोड़ों के साथ आज छोटे बाबू के घोड़े भी पैर पीट रहे थे। केवल मँझले बाबू रोज़ की तरह मुसाहबों के साथ निकल पड़े थे। खजांचीख़ाने में पाँच सेर वज़न का एक ताला झूल रहा था। इब्राहिम के घर में रेंड़ी के तेलवाली बत्ती की तिरछी सी रोशनी पक्के घर के आँगन पर पड़ रही थी। यों आजकल इस घर में बिजली-बत्ती हो गई थी, फिर भी रेंड़ी के तेल की बत्ती को बन्द करने की बात किसी को याद न आई। बद्री बाबू की खिड़की में से छनकर रोशनी आ रही थी और दूर पर दीख रहा व्रजराखाल का अँधेरा कमरा। इसी एक ऐसे आदमी से भूतनाथ का साक्षात् परिचय था, जो कलकत्ता शहर में रीढ़ ताने चल सकता था। और वही आदमी जाने कहाँ खो गया !

बगल में श्यामसुन्दर जा रहा था। बोला—आपकी एक चिट्ठी है।

—किसने लिखी है, डाकिया दे गया ?

—सो नहीं जानता।—श्यामसुन्दर चला गया।

भूतनाथ सोचने लगा—चिट्ठी हो किसकी सकती है ! हो न हो ब्रजराखाल की है। उम्मीद भी थी कि चिट्ठी वह देगा। उसी के परिचय से वह इस घर में है। लेकिन कब तक रहे ? लोग क्या कहेंगे ? चोट लगने के बाद से जो यहाँ आया है, तब से उसका भोजन रसोई से आता है। उसकी भी तो कोई हद होनी चाहिए आख़िर। विधु सरकार रत्ती-रत्ती का हिसाब रखता है। भूतनाथ उसकी सूची से बाहर है। यही ताज्जुब है कि अभी तक उसकी निगाह पड़ी कैसे नहीं !

चिट्ठी चाहे जिसकी हो, फिर देखी जाएगी। अभी समय न था। अँधेरों में भूतनाथ चोर-कदमों से उसी दरवाज़े के सामने पहुँचा। रोज़ की तरह अन्दर रोशनी जल रही थी। छोटी बहू तकिए में मुँह गाड़कर पड़ी थीं। जूड़ा बिखरा पड़ा था। गले का हार बिजली की रोशनी में चकमक कर रहा था। ठाकुर के सामने की धूप-बत्तियाँ जलकर ख़त्म हो रही थीं। भूतनाथ ने आवाज़ दी—छोटी बहू !

छोटी बहू ने चकित हरिणी-सी गर्दन टेढ़ी करके देखा और उठ बैठीं। अपने कपड़े सम्हाले। कहा—कौन भूतनाथ ? ले आए ? और समीप जाकर कहा—दो !

भूतनाथ चुप खड़ा रहा।

छोटी बहू ने फिर कहा—कहाँ है, लाओ।

अबकी भूतनाथ ने साफ़ बताया—नहीं लाया।

—नहीं लाए ? क्या दूकान खुली न मिली ?

—दूकान तक गया नहीं।

—क्यों ?—छोटी बहू के अचरज की सीमा न रही।

भूतनाथ बोला—मुझसे यह न होगा। ये लो अपने रुपए। यह ज़हर लाकर मैं न दे सकूँगा।

छोटी बहू सख्त हो गईं। भूतनाथ को ठीक से ताका। बोलीं—तो तुम नहीं ला सकोगे ?

भूतनाथ ने कहा—मुझे लाने को न कहो छोटी बहू।

—क्यों, एकाएक तुम्हें क्या हो गया ?

छोटी बहू ने उनके दोनों हाथ पकड़ लिए—ख़ासे पागल हो तुम, किसी ने कुछ कहा है ?

भूतनाथ जाने कैसा नरम हो गया। लगा, अब रो पड़ेगा। बोला—आख़िर तुम यह सब क्यों पियोगी छोटी बहू ? यह कुछ आदमी के पीने की चीज़ है ! इसे तो सिर्फ़ अभागे ही पीते हैं।

छोटी बहू ने कहा—क्यों, छोटे बाबू तो पीते हैं। कोई पीता न होता, तो दूकान चलती कैसे ?

—पीता है तो पीता है, मगर तुम्हें मैं न पीने दूँगा। हर्गिज नहीं। पीने से तुम बचोगी नहीं।

छोटी बहू खिलखिलाकर हँस पड़ीं। बोलीं—मरना ही मेरे लिए अच्छा है भूतनाथ ! स्वामी जिसे ताकते तक नहीं, वह जीकर भी क्या करे ! फिर भी एक बार कोशिश क्यों न कर देखूँ, स्वामी को अगर लौटा सकूँ। मैं उन सतियों की तरह तो होना नहीं चाहती, परन्तु एक बार स्वामी की बात रखकर देखूँ। पीने से कोई मरता नहीं।

भूतनाथ ने कहा—मरने की तुम्हें बड़ी इच्छा है न ?

छोटी बहू बोलीं—नहीं भाई ! इच्छा इससे उलटी है। दुनिया में मेरे-जैसा इस तरह कोई जीना नहीं चाहता। लेकिन स्वामी के लिए मरने में भी मुझे हिचक नहीं। जो हो, न जिए न मरे, ऐसी हालत मुझसे अब बर्दाश्त नहीं होती।

—माना, मगर ऐसा करके भी अगर छोटे बाबू की मति न पलटी, तो ?

छोटी बहू ने कहा—फिक्र न करो। तुम्हें दोष न दूँगी। समझूँगी; सारा कसूर अपनी छोटी किस्मत का है। ख़ैर, मेरे लिए इतना सिरदर्द मोल लेने की ज़रूरत नहीं। इस घर में घोड़े की फ़िक्र करनेवाले लोग हैं—यहाँ सबसे सस्ती चीज़ बहू है। बहू मरेगी तो दूसरी आ जाएगी। घोड़ा ख़रीदने में पैसे लगेंगे।

—तो इतना वचन दो कि ज़्यादा न पियोगी।

—यह कैसे कहूँ ? छोटे बाबू जितनी कहेंगे, उतनी पीऊँगी। मैंने वचन दिया है। वे जो भी कहेंगे, वही करूँगी।

ठहरकर भूतनाथ बोला—छिः, वचन तुमने दिया क्यों ?

छोटी बहू हँस पड़ीं। धीमी आवाज़ करके बोलीं—तुम मुझे बहुत प्यार करते हो भूतनाथ, क्यों !

मारे शरम के भूतनाथ के दोनों कान बैंगनी हो उठे। सिर झनझना गया पल में। उसने सिर झुका लिया और तुरत उठा न सका।

छोटी बहू लेकिन अप्रतिभ न हुईं। कहा—पराई स्त्री को प्यार करना पाप है, जानते हो न !

भूतनाथ प्रतिवाद करने जा रहा था। छोटी बहू बोल उठीं—ख़ैर, सच ही अगर प्यार करते हो, तो वह ला दो। आज ही ला दोगे तो समझूँगी, सच ही भूतनाथ मुझे प्यार करता है।

इसके बाद भूतनाथ वहाँ बिलकुल न रुका।

आख़िर उस रात भूतनाथ शराब ले ही आया था ! एक दिन जिस हाथ से उसने मोहिनी-सिन्दूर लाकर दिया था, उसी हाथ से शराब लाकर दी। आज बेशक उसके लिए अफ़सोस होता है। लेकिन इतने बरसों बाद अफ़सोस का कोई अर्थ नहीं होता। अर्थ हो-न-हो, उस दिन यह नहीं हुआ होता तो इस घर का इतिहास ही शायद और कुछ होता। जो भी हो, छोटे बाबू लौटे थे, उनकी मति लौटी थी। भूतनाथ के लिए यही एक तसल्ली है।

सरदार मधुसूदन ने कहा—साले साहब, यह लीजिए आपकी चिट्ठी। कल से पड़ी है।

चिट्ठी को खोलकर वह अवाक् रह गया। सुविनय बाबू ने लिखी थी। रोशनी में उसे पढ़ गया। लिखा था :

भूतनाथ बाबू, प्रेममय ईश्वर की कृपा से अब तक तुम ज़रूर ही अच्छे हो चुके होगे। जितनी जल्दी बने, एक बार मुझसे भेंट करो। ख़ास ज़रूरत से यह पत्र लिख रहा हूँ। मेरे बड़े बुरे दिन जा रहे हैं। मैं पापी हूँ, अफ़सोस की आग में रात-दिन जल रहा हूँ। तुम्हारे आने से कुछ शान्ति पाऊँगा। इति। 'सत्यं ज्ञानमनन्तं।'

निवेदक

श्री.................

उतनी रात को वहाँ जाने का उपाय न था। सारी रात एक तरह से जागकर ही बिताई उसने। आधी नींद। मानो वह बिस्तर पर न हो अपने—छोटी बहू के कमरे में जा पहुँचा हो। दोनों पास-पास बैठे हैं। छोटी बहू ने चिन्ता को कमरे से बाहर भेज दिया है। बातें हो रही हैं। छोटी बहू कह रही हैं—तुम मुझे इतना प्यार क्यों करते हो भूतनाथ ! उसकी सफ़ेद आँखों के बीच दो काली-काली पुतलियाँ। टकटकी लगाए वह उसे देख रही हैं। कभी-कभी दाँतों से निचले होंठ को दबा रही हैं। ठीक दोनों कानों के नीचे गर्दन के पास के कुछ बाल उड़कर सामने आ गए हैं। ठीक उसी तरह से ताकती हुई छोटी बहू ने कहा—मैं शराब पीती हूँ, इससे तुम्हारा क्या बनता-बिगड़ता है ! आख़िर मैं तुम्हारी हूँ कौन कि तुम मुझे मना करते हो ? टूटी-टूटी बातें। नींद के नशे में ही उसने छोटी बहू को साफ़ देखा। वह बोतल को झुकाकर शराब ढालने लगीं।

खप्-से भूतनाथ ने उनकी चूड़ी-भरी कलाई थाम ली—फिर पी रही हो छोटी बहू ?

छोटी बहू ने कड़ी निगाहों से उसे देखा। कहा—कहती हूँ, हाथ छोड़ दो !

—अभी तो पी है, फिर क्यों ?

छोटी बहू ने उसकी बात का जवाब न दिया। बोलीं—अब तुम जाओ भूतनाथ, जाओ, बहुत रात हो गई।

—पहले तुम यह कह दो कि अब न पियोगी।

वह बोलीं—आदत डाल लूँ, नहीं तो छोटे बाबू से हार जो खानी पड़ेगी। मगर बड़ी कड़वी है भूतनाथ !

भूतनाथ ने देखा—हिचकती हुई बहू ने गिलास लेकर जीभ से छुलाया। गिलास हटाकर मुँह कैसा तो बनाया। फिर छुलाया। सब पी गईं। सर्वांग सिहर सा उठा। पान का एक बीड़ा मुँह में ठूँस लिया। पसीना चूने लगा। चेहरा लाल सा हो उठा। सर्वांग में एक आवेश खेल गया।

भूतनाथ ने पूछा—कैसा लग रहा है ?

छोटी बहू की दोनों आँखें मुँद आईं। बोलीं—बड़ी जलन हो रही है। थोड़ा-थोड़ा सा बरफ़-पानी और दो तो।

भूतनाथ ने गिलास में पानी दिया।—

पानी पीकर छोटी बहू ने कहा—मेरी दादी की जो माँ थीं भूतनाथ, सुना है, वह सती हो गई थीं। बड़ी धूमधाम हुई थी। हँसते-हँसते वह चिता पर लेट गई थीं—उनको बाँधना नहीं पड़ा था। धन्य-धन्य कर उठे थे लोग। और आज मैं सहमरण को चली। देख लेना, मेरे मरने पर भी लोग धन्य-धन्य कहेंगे।

भूतनाथ ने अचानक हाथ से छोटी बहू का मुँह दबाया। कहा—मरने के सिवाय कहने को और कोई बात नहीं।

इतने में अजीब घटना हो गई। छोटी बहू ने अपने को छुड़ाकर भूतनाथ के गाल पर तमाचा मार दिया। कोमल हाथ का तमाचा, लेकिन भूतनाथ के गाल पर उँगलियों के निशान उग आए।

छोटी बहू चीख़ उठीं—निकलो—निकलो...तुरत मेरे कमरे से निकल जाओ।

इस आकस्मिक घटना से भूतनाथ दंग रह गया। उसी क्षण ऐसा लगा कि छोटे बाबू के जूतों की आहट हुई। खड़ा रहना मुश्किल था। डर लगा। देखते-ही-देखते सबकी नज़र बचाकर चोर की नाईं भाग आया। केवल इतना मालूम हुआ कि उसे डरते देख छोटी बहू हँस पड़ीं। भयानक हँसी। रुकने की नहीं वह हँसी। पागल-जैसे सारे घर को हिलाती हुई हँसने लगीं वह।

अचानक भूतनाथ की नींद खुल गई। पहले उसे कुछ समझ में न आया। ज़रा देर में पता चला कि वह अपने उसी चोर-कमरे में लेटा है। तुरत ऐसा लगा, कोई दरवाज़े पर धक्का दे रहा है। उछलकर उसने दरवाज़ा खोला। वंशी था। अकेला नहीं, उसके पीछे एक चीनी और एक नूरवाला कोई आदमी। मुसलमान लग रहा था।

वंशी ने कहा—आपकी भी नींद गज़ब की है। कब का दिन निकल चुका—जाने कब से पुकार रहा हूँ।

भूतनाथ कुछ शर्मिन्दा हुआ। चारों तरफ़ धूप फैल गई थी। छोटे कमरे की वजह से मालूम न हुआ।

वंशी ने उस चीनी से कहा—देख क्या रहे हो साहब, पाँव की नाप ले लो !

भूतनाथ ने पूछा—क्या बात है ?

—जूते के लिए पाँव की नाप लेनी है। छोटी माँ का हुक्म है। नन्हे बाबू की शादी है—सबके पाँवों की नाप ली जा रही है।

चीनी ने नाप ली। वंशी ने बगल के आदमी से कहा—खलीफा साहब, अब आप देर न करो। एक कोट, एक कमीज़। मुझे बहुत काम है। आज फिर छोटे बाबू घर ही पर हैं।

नाप लेकर वे दोनों चले गए। भूतनाथ बोला—वंशी, ज़रा सुन जा।

वंशी आया। बड़ा व्यस्त-सा। पूछा—वंशी, माजरा क्या है, यह मेरी नाप-जोख ?

—जी, ऐसा ही रिवाज है। जब घर-भर के सभी लोगों के लिए हो रहा है, तो आपका क्यों न होगा ? भैरव बाबू, मोती बाबू, तारक बाबू, ये इस घर के कौन हैं—मगर उनके लिए हुआ, बल्कि उनके बेटे-पोते तक सुबह अपनी नाप दे गए। जभी तो छोटी

माँ ने कहा :

—छोटी माँ ने ख़ुद कहा ?

—ख़ुद नहीं तो क्या मँझली माँ कहेंगी ? उनकी बला से !

भूतनाथ अवाक् हो गया। इधर कुछ दिनों से उसे यहाँ रहना अच्छा नहीं लग रहा था। विधु सरकार किस दिन क्या कह बैठें ! भूतनाथ बोला—मैं तो यह सोच रहा था कि सरकार बाबू कुछ कह न बैठें। ब्रजराखल यहाँ है नहीं, मैं हूँ और अन्न का श्राद्ध कर रहा हूँ—।

वंशी ने कहा—यह बात भी हो चुकी है।

—अच्छा ! यह बात भी हुई है ?

—जी हाँ, हुई है। मँझले बाबू के बच्चे ननिहाल गए हैं। इम्तहान हो गया है। छुट्टी है। लौटकर आएँगे तो उन्हें आप ही पढ़ाएँगे।

भूतनाथ ने पूछा—बच्चों को तो मैंने कभी देखा नहीं। कहाँ रहते हैं ?

—जी, ज़्यादातर तो वे ननिहाल में ही रहते हैं। जब यहाँ रहते हैं तो गाड़ी से स्कूल जाते हैं। आप तो सुबह ही अपने दफ्तर चल देते हैं, शाम को लौटते हैं। शाम को वे नौकर-नौकरानियों के पास रहते हैं। पढ़ना-लिखना तो जो होता है, मालूम है। मगर आपको सरकार का डर क्या पड़ा है ?

फिर जल्दी करते हुए बोला—मैं चलूँ हुजूर, आज छोटे बाबू घर ही पर हैं।

—अच्छा ! रात छोटे बाबू सोए कहाँ थे ?

—क्यों ? छोटी माँ के कमरे में। मैं उन्हें पहुँचा आया था। कहें चाहे जो आप, आपके मोहिनी-सिन्दूर में सिफ़त है।—वंशी चला गया।

जल्दी-जल्दी तैयार हो गया भूतनाथ। आज मोहिनी-सिन्दूर कार्यालय में जाना था। इधर बड़े महल की पुताई ख़त्म हो गई। किवाड़-खिड़कियों में रंग लगाया जा रहा था। लोचन का काम बहुत बढ़ गया था। तरह-तरह के तम्बाकू जमा हुए थे, रंग-रंग के हुक्के। भूतनाथ पर नज़र पड़ते ही बोला—पालागी साले साहब !

—क्या ख़बर है लोचन ?

—जी, मरने की फुर्सत नहीं। तम्बाकू का सारा झमेला अकेले अपने ही झेलना पड़ता है। एक नया तम्बाकू मैंने बनाया है। गया के 'कड़ा-मीठा' में काशी का छटाँक-भर मिलाकर एक नया मज़ा ले आया हूँ—चढ़ा दूँ एक चिलम ?

भूतनाथ का हाव-भाव देखकर बोला—आप फ़िक्र न करें। पैसा नहीं चाहिए, धेला भी नहीं। यों ही पिलाना चाहता हूँ। मोती बाबू तो परले सिर के पारखी हैं, मगर वे भी न पहचान सके। पूछा तो बार-बार पीकर सोच-समझकर बोले—आठ आने तोले की अम्बरी है—

भूतनाथ ने पूछा—फिर ?

फिर क्या हुआ, यह लोचन ने न बताया। काम करने लगा। ज़रा देर में बोला—यह तो मोती बाबू, मँझले बाबू, भैरव बाबू-जैसे दो चार जने हैं कि यह दुनिया टिकी हैं, नहीं

तो कब का कलजुग आ जाता।

—बेशक ! अच्छा, अभी मुझे ज़रा जल्दी है—मैं चलूँ। और वह भिश्तीखाने में दाख़िल हो गया।

निकलते-निकलते ख़ासी बेला हो गई। माधव बाबू के बाज़ार के पास ख़ासी भीड़ थी। गाड़ी, घोड़ा, पुलिस। चारों तरफ़ यूनियन जैक फहरा रहा था। धक्कमधुक्की से पास तक फटकना मुश्किल। सामने लाल कपड़े पर बड़े हरूफ़ों में लिखा था—कॉनवोकेशन।

ख़ूब याद है, शायद 21 फरवरी सन् 1905 का साल।

भूतनाथ अपनी राह जा रहा था। अचानक हलचल-सी हुई। पुलिसवाले सजग हो गए। हटो, हटो, उल्लू कहीं के...

पास से कोई कह उठा—बड़े लाट आ रहे हैं।

बड़े लाट ! भूतनाथ रुक गया। बड़े लाट को कभी नहीं देखा था। आगे-पीछे माउंटेड पुलिस। वे गाड़ी से उतरे। सीढ़ी से ऊपर जाने लगे।

बी.ए. पास करता तो काला चोगा पहनकर बड़े लाट के हाथ से भूतनाथ भी डिग्री लेता। उसे खड़े रहने का अवकाश न था।

—भूतनाथ भैया !

पीछे पलटकर देखा। अनचीन्हा आदमी। कन्धे पर हाथ रखकर हँस रहा था।

—पहचान नहीं पा रहे हैं ? मैं निवारण हूँ। युवक-संघ की याद है ? तब से आप लापता ही रहे। दो साल हो गए।

—ओ, हाँ-हाँ ! क्या ख़बर है ? अरे हाँ, व्रजराखाल कहाँ है, जानते हो ? तुम्हारे युवक-संघ के सभापति ?

—क्यों, आपको नहीं मालूम ?

—न। यही तो कै दिन हुए, निकल पा रहा हूँ। जख़्म विषाक्त हो गया था। उठने-बैठने, घूमने-फिरने की मनाही थी। और भी साल-भर पड़ा रहना पड़ा। अभी भी ज़्यादा मेहनत करने से सिर दुखता है।

—अभी जा कहाँ रहे हैं आप ?

—वहीं मोहिनी-सिन्दूर कार्यालय। ज़माने से नहीं गया हूँ, नौकरी तो शायद गई। बीच में दो-तीन ख़त डाल दिए थे कि चंगा होने पर आऊँगा। आज बाबू ने बुलाया है।

निवारण ने कहा—बड़े भैया भी दो-एक दिन में आनेवाले हैं।

—कौन, व्रजराखाल ? इतने दिनों से कहाँ था ?

निवारण ने कहा—वे तो तभी से बाहर हैं। काफ़ी दिनों तक तो हमें कोई ख़बर ही नहीं मिली। बहुत दिनों तक अलमोड़े के आश्रम में थे। एक बार ख़बर मिली, बीमार हैं। फिर पता चला, तिब्बत चले गए। अभी उस रोज़ मालूम हुआ, प्लेग के रोगियों की सेवा के लिए नागपुर पहुँच गए हैं। अभी सिस्टर निवेदिता ने उन्हें बुलाया है। लिखा

है–मोक्ष के लिए दौड़ते फिर रहे हो व्रजराखाल, जो उछल नहीं सकते, वे भला लंका पाएँगे ! दो जने के मुँह में दाने देने की जुर्रत नहीं, दो जने मिलकर कोई अच्छा काम करते नहीं बनता और मोक्ष की तलाश ! सिस्टर निवेदिता ने कहा–अहिंसा अच्छी चीज़ है, कोई शक नहीं, लेकिन शत्रुहीन होना और बड़ी बात है। आततायिनमायान्तं–यानी जो हत्या करने आया हो, ऐसे ब्रह्म का वध करना भी पाप नहीं। तुम्हारे मनु ही ने तो कहा है–वीरभोग्या वसुन्धरा। साम-दाम-दंड-भेद की नीति अपनाओ ! पृथ्वी को भोगो और झाड़ू-लात खाकर जीने में तो दोनों लोक में नरक !

भूतनाथ ने पूछा–व्रजराखाल ने इसका कोई जवाब दिया ?

–दिया है। कदम भाई को लिखा है कि मैं आ रहा हूँ, तुम लोग तैयार रहो। मिस्टर निवेदिता उस रोज़ भी संघ में आई थीं। कह गईं, स्वामीजी कह गए हैं–अर्जुन भी इसी तमोगुण में पड़े थे, इसीलिए भगवान् ने गीता का उपदेश दिया। कहा–क्लैब्यं मा स्मगमः पार्थ। जैन-बौद्धों के पल्ले पड़कर हम भी तमोगुण के शिकार हो गए हैं। केवल भगवान् को पुकारते हैं। वे सुनें क्यों भला !...हमारे संघ में रोज़ गीता-क्लास होता है। आइए किसी दिन।

–आऊँगा। अनुशीलन-समिति शुरू हो गई तुम लोगों की ?

–हो गई। आप आइए, तो सब बताऊँगा। गाँव-गाँव में शाखाएँ खुलेंगी, व्यायाम, गीता...बहुत-कुछ बताया जाएगा। बड़े भैया भी आ ही चले। ख़ैर, मैं अभी चलूँ।

भूतनाथ भी चल पड़ा।

मोहिनी-सिन्दूर कार्यालय के सामने पहुँचकर भूतनाथ अवाक् रह गया। साइनबोर्ड नहीं था। दिन को भी सामनेवाला दरवाज़ा बन्द। ऐसा तो नहीं होना चाहिए। दिन-भर आने-जानेवालों का ताँता रहता था। ऐसा क्यों ?

कड़े खटखटाते ही अन्दर से बैजू ने दरवाज़ा खोल दिया।

भूतनाथ ने पूछा–बाबू हैं ?

–हैं ऊपर जाइए।

भूतनाथ ने हिचकिचाते हुए पूछा–और वे लोग कहाँ हैं ? पाठकजी, भरत, मिसिर...

बैजू ने बताया–पाठकजी हैं। बाकी सब चले गए।

–क्यों ? आख़िर सिन्दूर के पैकेट कौन बनाता है ?

–सिन्दूर का कारोबार बाबू ने बन्द कर दिया।

--अच्छा !

अन्दर जाते ही जवा से सामना हो गया। भूतनाथ को देखकर मानो उसे पनाह मिल गई, इस भाव से जवा सामने आई। भूतनाथ को और भी अचरज हुआ। नज़र झुका लेनी चाही उसने। बुख़ार की झोंके में जो हरकत वह उस बार कर बैठा था, उसके बाद नज़र मिलाने का मानो उसे अधिकार नहीं।

जवा ही बोली–आप आ गए, कल से ही इन्तज़ार कर रही हूँ।

बहुत दिनों के बाद यह मुलाक़ात। फिर भी उसे लगा, इसी बीच जवा जैसे और बड़ी हो गई है। और भी श्रीमती, और भी प्यारमयी हो उठी है। अंगों की रेखाओं में और भी प्रखरता। आँखें चौंधिया जातीं। सिर झिमझिमा उठता।

जवा ने कहा—पिताजी ने आपको चिट्ठी दी थी, मिली थी ?

भूतनाथ ने कहा—बीमारी के बाद आज पहली बार इतनी दूर निकला हूँ।

जवा ने कहा—आज सुबह भी पिताजी कह रहे थे, भूतनाथ नहीं आया, ज़रूर उसने कुछ बुरा माना है।

—वाह, उनसे बुरा क्या मानता ? कसूर तो मुझसे हुआ है। फिर जवा की तरफ़ देखते हुए कहा—अपने ही कसूर से अब तक इतना तपता रहा हूँ कि चिट्ठी पाए बिना आने की हिम्मत नहीं पड़ रही थी। सोचता था, इस घर का दरवाज़ा मेरे लिए सदा को बन्द हो गया है। तुम्हारे पिता के स्नेह का लाभ उठाकर मैंने विश्वासघातकता की है।

अचानक जवा पुराने दिनों के सुर में बोली—अब कोई आपको गँवई कहने की ग़लती न करेगा। केवल अपना नाम बदल डालिए।

भूतनाथ लेकिन हँस न सका। बोला—मैं सोच भी नहीं सकता था कि यहाँ से फिर मेरी बुलाहट होगी—नौकरी मुझे फिर मिल जाएगी।

जवा गम्भीर हो गई। बोली—नौकरी तो आपकी नहीं रही।

जवा मज़ाक़ तो नहीं कर रही, यह भाँपने के लिए उसकी ओर देखने की ज़रूरत पड़ी। जवा वैसे ही स्वर में बोली—यह नहीं कि सिर्फ़ आपकी न रही। किसी की न रही। पिताजी ने कारोबार उठा दिया।

—क्यों ?

—इसी का जवाब देने के लिए शायद उन्होंने आपको बुलाया है। ख़ुद ही जाना चाह रहे थे। मैंने ही मना किया। कहा—जो ख़ुद से चले गए, हमारे आदर-जतन के बावजूद जिन्होंने रहना पसन्द न किया, हो सकता है, आपके जाने पर भी वे न आएँ। मगर असल बात यह भी नहीं, बुलाया है उन्होंने अपनी गरज़ से।

भूतनाथ ने कहा—मैं भी किसी के काम का आदमी हूँ ! जो आज तक अपने पैरों खड़ा न हो सका, उससे भी किसी की गरज़ की बात आ सकती है, यही ताज्जुब है।

—ताज्जुब आपको लग सकता है, पर मेरे पिताजी ने कभी किसी को छोटा नहीं समझा। उन्हें आप पहचान नहीं सके हैं। उसी दिन अचानक उन्हें लगा, आज तक सदा ग़लती ही करते आए हैं, लोगों को धोखा देते आए हैं। वह सब चुकाकर फिर से नई ज़िन्दगी शुरू करेंगे।

—सो क्या ?

—घर आते ही साइनबोर्ड को उतरवा दिया। कर्मचारियों को रुख़सत किया। हाथ जोड़कर कहा—माफ़ करना भाई ! अब तक तो चलता रहा, बाज़ार का चलन था। बैंक के खज़ांची के हाथों मेरी कलई खुल गई है।

भूतनाथ ने कहा—चलो, पिताजी के पास चलें।

जवा ने कहा—चलिए।

भूतनाथ बोला—चला-चलाया इतने दिनों का व्यवसाय, एकाएक बन्द कर देना तो ठीक नहीं। इतने लोगों की रोज़ी-रोटी, तुम्हारा भविष्य !

जवा बिना कुछ जवाब दिए सीढ़ियाँ चढ़ती रही।

सुविनय बाबू 'संजीवनी' का अंक पढ़ रहे थे। भूतनाथ ने पाँव छूकर उन्हें प्रणाम किया।

सुविनय बाबू ने नज़र उठाई। पहचानकर बोले—मेरी चिट्ठी मिल गई थी ? तुम्हारी बात मैं सोचता ही रहता हूँ। ब्रजराखाल बाबू तुम्हें मेरे हाथों सौंप गए थे। मैं तुम्हारे लिए कुछ न कर सका और जीवन में कर ही किसके लिए पाया कुछ !

भूतनाथ पास की कुर्सी पर बैठ गया। जवा पिताजी के कुर्सी की बाँह पर बैठ गई। उन्होंने कहा—बिटिया, तो भूतनाथ बाबू से वह बात कहो।

जवा बोली—आप ही कहिए।

सुविनय बाबू बोले—मैं ही कहूँगा। लेकिन उससे पहले तुमसे मुझे माफ़ी माँगनी चाहिए भूतनाथ बाबू !मैं तुम्हारे लिए कुछ कर न सका—

हाथ जोड़कर भूतनाथ ने कहा—मुझे अपराधी न बनाएँ।

—तुम्हें क्या, अपराधी तो मैं हूँ। उस विश्वनियन्ता को सब मालूम है कि मैंने उनके, समाज के, सारे संसार के प्रतिअन्याय किया है। मेरा अपराध मामूली नहीं, पर उसका मुझे ज्ञान न था। उस दिन मेरे पिता मुझे सचेत कर गए।

—आपके पिता !—भूतनाथ ताज्जुब में पड़ गया।

—हाँ। स्वप्न में उस दिन उन्होंने दर्शन दिया। वे कट्टर हिन्दू थे, काली के भक्त। पहले ही बता चुका हूँ। उन्होंने कहा—बेटा, मुझे मुक्ति नहीं मिल रही है। तू मुझे मुक्ति दे।

अन्तिम समय तक उन्होंने मेरा मुँह नहीं देखा, मेरे हाथ पानी न पिया। वे बोले—प्यास से मेरी छाती फट रही है। मैं मुक्ति नहीं पा रहा हूँ—मुक्ति दे। बस, मेरी नींद खुल गई। देखा तो कहीं कोई नहीं। विद्यासागर लिख गए हैं, सपना सच नहीं। मैं भी जानता हूँ, पर चैन नहीं पड़ी। किसी काम में जी न लगा। जवा ने ब्रह्म-संगीत सुना—शान्ति न मिली। शाम को समाज में गया।

—फिर ?

—उस दिन आचार्य, याज्ञवल्क्य के ब्रह्मवाद पर भाषण दे रहे थे। सुनने से लगा, यह तो अपनी ही बात है। घर छोड़ते समय याज्ञवल्क्य ने अपनी दोनों स्त्रियों के बीच सम्पत्ति बाँट दी। मैत्रेयी ने कहा—येनाहं नामृतं स्वाम् किमहं तेन कुर्याम्—जिससे अमरत्व नहीं मिलेगा, उसे लेकर मैं क्या करूँगी ?मैं ध्यान से सुनने लगा। अमृत में ही सत्य है, अमृत से ही ब्रह्म का साक्षात्कार होता है, इस बात की उपलब्धि हमें कब होती है ? जब किसी प्रियजन से बिछोह होता है, जिसे हम चाहते हैं वह मृत्यु में न होगा, जी इसे

कबूल ही नहीं करता। जिसे हमने अमृतलोक में देखा, उसे मृत्युलोक में हम कैसे देखें ! तब लगता है, प्रेम क्या सिर्फ़ हमारा ही है ? किसी विश्वव्यापी प्रेम में क्या अपना प्रेम सत्य नहीं है ? तुम इसे न समझ सकोगे भूतनाथ बाबू, जवा भी नहीं।

भूतनाथ ने कहा—आप कहिए, समझने की कोशिश करूँगा।

समाज में आचार्यदेव ने कहा था—भोग ही प्रेम का एकमात्र लक्षण नहीं है। उसका एक प्रधान लक्षण है कि वह आनन्द से दुःख को स्वीकार कर लेता है, क्योंकि दुःख और त्याग से ही प्रेम की सार्थकता है। यह बात मुझे और भी एक जने कह गए थे।

जवा की ओर मुख़ातिब होकर बोले—यह तुमने भी नहीं सुना है बिटिया, तुम्हारी माँ के मरने के दिन की बात। आज सुन लो।

उनकी दोनों आँखें स्थिर हो आईं। ज़रा देर आँखें बन्द किए रहे। फिर कहा—रात के दो बजे थे। तुम्हारी माँ की तबीयत ख़ूब ही ख़राब थी। तुम बगलवाले कमरे में सोई थीं। मैं उनके पास अकेला बैठा था। अचानक लगा, उन्होंने आँखें खोलकर देखा। मैंने एक ख़ुराक दवा पिलाई। उन्होंने मेरे दोनों हाथ पकड़ लिए। सदा जो उड़ी-उड़ी बातें करती रही थीं, उस रात उन्होंने जो कहा, वह बड़े ज्ञानी भी नहीं कह सकते। वह दृश्य मुझे आज भी याद आ रहा है।

छाती के पास मेरा हाथ ले जाकर कहा—तुम अभी भी जाग रहे हो ?

मैंने पूछा—ख़ूब तकलीफ़ हो रही है ?

बोलीं—हाँ, ख़ूब तकलीफ़ हो रही है, पर अब न होगी।

—क्यों ?

—अब ज़्यादा देर न जिऊँगी।

मैं उनका सिर सहलाने लगा। उनकी आँखों से आँसू टपकने लगे। पूछा—जवा को बुलाऊँ ?

कहा—नहीं।

मैंने कहा—फिर क्या करूँ कि तुम्हारी तकलीफ़ कम हो ?

कहा—मैं जो कहूँगी, कर सकोगे ?

मैंने कहा—कहो।

उन्होंने कहा—तुम मुझे मुक्ति दो।

मैं चौंक उठा। उस रोज़ पिताजी ने स्वप्न में जो कहा था, वही उन्होंने भी कहा। तो क्या मैंने सबको अपने पास बाँध रखा है ? जहाँ प्रेम का सहज सम्पर्क है, वहाँ बन्धन तो व्यर्थ है। प्रेम के माने ही मुक्ति है। मैंने फिर पूछा—ऐसा क्यों कह रही हो तुम ?

—इसलिए कि मुझे न दोगे, तो तुम ख़ुद भी मुक्ति न पाओगे। मैं तुम्हारी ही मुक्ति को कह रही हूँ। जवा को भी मुक्ति दो। दे सकोगे ?

इसके बाद ही उनका हाथ झूल गया। वह चली गईं।

जवा कह उठी—पिताजी !—उसकी आँखों में आँसू भर आए।

सुविनय बाबू बोले—एक हरूफ़ भी झूठ नहीं है इसका। पहले तो समझ ही न सका

कि क्या करूँ, फिर मन को मज़बूत किया। याद आया, पिताजी ने कहा था—भली तरह गुज़ारा-भर चल जाए, तो धन्य समझो ख़ुद को। खा-पहनकर जो बचता था, पिताजी सब दान कर देते थे। मोहिनी-सिन्दूर से मौज़ करने की उन्होंने मनाही की थी।

उसके बाद मैंने मोहिनी-सिन्दूर का साइनबोर्ड उतार फेंका। तमाम चिट्ठी लिख दीं, साथ ही तुमको भी लिखा। भूतनाथ बाबू ! अब मैंने तय कर लिया है, अब तक जो अन्याय करता रहा, जीवन-भर अब उसका प्रतिकार करता रहूँगा। धूल से मेरा सारा बदन मलिन हो उठा है। जवा की माँ को उपनिषद् मैंने पढ़ाई थी और वही मुझे शिक्षा दे गई। मैंने अब समझ लिया है भूतनाथ बाबू, कि मैं जो चाहता हूँ यह वह नहीं है। और धन चाहिए, और यश चाहिए, और शक्ति चाहिए—यही सोचते-सोचते दिन गए हैं। सो मैंने सोचा है, अपनी सारी बढ़ती सम्पत्ति मैं समाज को दे दूँगा—संचय का सारा भार सिर से उतारकर आत्म-समर्पण में अवगाहन करूँगा। सब त्यागकर शान्त हूँगा, पवित्र हूँगा।

जवा ने भूतनाथ की तरफ़ ताका।

भूतनाथ बोला—आप मोहिनी-सिन्दूर का व्यापार भी बन्द कर देंगे।

—कर दूँगा नहीं, बन्द कर दिया भूतनाथ बाबू !—उसके बाद उठ खड़े होकर कहा—ज़रा ठहरो। मैं अभी आता हूँ—और बगल के कमरे में चले गए।

भूतनाथ ने जवा से पूछा—पिताजी जो कह गए, सच है सब ?

—पिताजी झूठ नहीं कहते।

—लेकिन तुम तो रोक सकती थीं। तुम्हारा भविष्य...

ज़रा देर चुप रहकर जवा ने कहा—भविष्य की तो दूर रही, मेरा वर्तमान ही धुँधला होता जा रहा है। इससे बचने का कोई उपाय ही मुझे नज़र नहीं आता।

—तुमने पिताजी से कुछ नहीं कहा ?

जवा बोली—तो आपने अब तक पिताजी को पहचाना ही नहीं। जब धर्म-त्याग किया था, तो कोई प्रलोभन इन्हें रोक न सका। आज भी जब इन्होंने संकल्प कर लिया है, तो कोई डिगा न सकेगा।

भूतनाथ ने कहा—मैं बाहरी आदमी हूँ, मेरा कुछ कहना ज़रूर ही शोभा न देगा...लेकिन तुम्हारी बात सोचकर ही कहता हूँ।

जवा हँसी। कहा—मेरे लिए इतना न सोचें आप।

जवाब सुनकर भूतनाथ का सिर नीचा हो गया। जवा ने क्या सोचकर यह कहा—उसे उस दिन की घटना याद आ गई। बोला—मुझे तुम क्षमा करो जवा !

जवाब ने कहा—जो बात-बात में ऐसे कसूर करते हैं, उन्हें क्या बात-बात में क्षमा किया जा सकता है ?

—मगर जानती हो, बहुत दिनों तक मैं इसका अफ़सोस करता रहा हूँ।

जवा बोली—नाहक ही अफ़सोस किया आपने, नौकरी तो आख़िर चली ही गई आपकी !

—क्या समझती हो कि नौकरी ही मेरी ज़िन्दगी का एक मकसद है ?

—आपकी जिन्दगी का क्या मक़सद है, यह मैं क्यों सोचूँ ? आपका शायद यह ख़याल है कि मैं बैठी-बैठी आपकी ही बात सोचा करती हूँ ?

—लेकिन गुनहगार मैं चाहे जितना ही बड़ा होऊँ, क्या माँफ़ी माँगने का भी अधिकार मुझे नहीं ?

जवा ने कहा—लेकिन माफ़ी वसूल करने की ताक़त सबमें नहीं होती, भूतनाथ बाबू ! होती है सबमें सब क्षमता ? आप इनका ग़म न उठाएँ।

भूतनाथ बोला—तुम अगर मेरा ग़म समझती होतीं तो इतना ग़म मुझे नहीं देतीं।

जवा ने पूछा—यह ग़म प्रत्येक की ज़ुबान पर लगा पाती हूँ। अच्छा बताइए तो, ग़म दरअसल है क्या ?

इतने में काग़ज़-पत्तर लिए सुविनय बाबू आ पहुँचे। कहा—यह देखो, भूतनाथ बाबू ! दिखाने लगे हिसाब-किताब। बहुत हिसाब है, बहुत रसीदें हैं। बहुत पावना है, बहुत देना है। लोगों का बकाया मैंने चुका दिया है। जो रह गया है, उसे भी चुका दूँगा। तुम्हारा बकाया भी मैं आज चुका देना चाहता हूँ। तुमने जान लगाकर मेहनत की है...और मैंने बहुत कम दिया है। तुमने कुल काम किया है...

भूतनाथ मन-ही-मन कैसा तो संकुचित हो उठा। बोला—आप और एक बार सोच देखें।

—क्या सोच देखूँ ?

—इतने दिनों का कारोबार है, जवा का भविष्य पड़ा है।

—सब सोच देखा है। यह संकल्प कुछ एकाएक नहीं किया है। पन्द्रह वर्षों से इस पर सोचता आया हूँ। तब जवा इत्ती-सी थी। एक दिन जिस मन से मैंने हिन्दू धर्म छोड़ा था, आज उसी मन से सारा पार्थिव ऐश्वर्य छोड़ने चला हूँ। जवा के भविष्य की कहते हो—उन दोनों में प्रेम हुआ है। मैं धनी हूँ या ग़रीब, उस प्रेम का कुछ आता-जाता नहीं। अगर आता-जाता है, तो ज़रूर कहीं कमी है। क्यों बिटिया ?

जवा चुप बनी रही।

सुविनय बाबू ने कहा—तुमने सुपवित्र से सब कहा है ?

जवा ने सिर हिलाया—नहीं, उनसे कुछ नहीं कहा।

—तुम उससे कह देना, साधना की राह में सबसे बड़ी बाधा विश्वास की होती है, प्रेम की राह में भी। तुम एक-दूसरे को संस्कारमुक्त होकर ग्रहण करो। तुम शायद सोचो कि मैंने तुम लोगों को वंचित किया है। लेकिन मेरा आन्तरिक विश्वास है कि मैंने मोहिनी-सिन्दूर से जो पूँजी जोड़ी है, उस पर तुम्हारा या मेरा कोई हक नहीं। जीने के लिए जितना चाहिए, उसे छोड़कर। अब तक जिस फ़रेब का आश्रय किए था, उसके लिए मैं विश्व-पिता से बार-बार क्षमा-प्रार्थना करता हूँ। 'विश्वानि दुरितानि परासुव'—मेरा पाप, संसार के सबका पाप क्षमा करो।

भूतनाथ ने कहा—इस सिन्दूर से एक आदमी का बड़ा उपकार हुआ है, मैं जानता हूँ।

—किसका ?

—बड़े घर की छोटी बहू का।

सुविनय बाबू हँसे। कहा—क्या उपकार हुआ, पता नहीं, यहाँ कार्य-कारण का सम्बन्ध कितना सा है, वह भी नहीं मालूम। पर मुझसे पूछो तो कहूँगा कि निष्ठा से, विश्वास से सब कुछ हो सकता है। छोटी बहू को निष्ठा होगी, तो फल मिलेगा। जो हो, मैं अब तक व्यवसाय-बुद्धि से चलता रहा, जवा की माँ की मृत्यु से मैंने अपने चरम सत्य को समझा है, मुक्ति का स्वाद पाया है, मैं जवा को भी मुक्त कर जाऊँगा। क्यों बिटिया, कुछ कहना है ?

जवा ने कहा—आप जो अच्छा समझें, करें, मैं उसी को अच्छा समझूँगी।

सुविनय बाबू बोले—तो सुपवित्र से अब सब खोलकर कहना।

—कहूँगी।

—कहना, इतने दिनों के बाद ऐश्वर्यशाली बनी। यह कुछ अपमान नहीं, इससे मन को बल मिलेगा। अगर तुम दोनों का प्रेम सच्चा, तो इससे वह टूट नहीं सकता। सुपवित्र कुछ नादान नहीं, वह समझेगा। और भूतनाथ बाबू !

भूतनाथ ने कहा—जी।

—तुम्हारे लिए मैं कुछ न कर सका। मैंने ब्रजराखाल को भरोसा दिया था कि तुम्हें मैं जीवन में प्रतिष्ठित करूँगा। नहीं कर सका। ख़ैर, मैंने अपने कई मित्रों को तुम्हारे बारे में लिखा है, शायद वे वैसा करें। जो भी हो, आज तुम्हें यह मामूली सा पारिश्रमिक लेना ही पड़ेगा।

उन्होंने भूतनाथ को रुपयों की थैली दी।

सुविनय बाबू फिर बोले—पाँच सौ रुपए हैं। कुछ भी नहीं है। तो भी ख़ुशी-ख़ुशी इसे स्वीकार करो और मुझे मुक्ति दो। मैं एक-एक कर सबके ऋण से मुक्त होना चाहता हूँ। सबको दे-दिलाकर जो रहेगा, वह मैं समाज को दे जाऊँगा।

भूतनाथ की आँखों में आँसू आ गए। याद आया पहले दिन जब वह ब्रजराखाल के साथ यहाँ आया था, तो कितनी हिचक हुई थी। सोचा था, शायद धर्म को छोड़ना पड़े, जो न खाना चाहिए वह खाना पड़े। कुछ न हुआ लेकिन। सारी आशंकाएँ झूठ साबित हुईं।

देर तक सब चुपचाप। जवा चुपचाप बैठी थी। सुविनय बाबू आँखें बन्द किए बैठे थे। उस शान्त और पवित्र मौन को तोड़ने में हिचक हुई भूतनाथ को। उसकी हथेली पर रुपयों की थैली पड़ी थी। एकाएक वह चीख़-सा उठा—ये रुपए मैं नहीं ले सकूँगा।

सुविनय बाबू ने आँखें खोलीं। जवा भी देखने लगी।

—रुपए आप वापस ले लें। मैं न ले सकूँगा।

—क्यों, ले क्यों न सकोगे ?

—मुझे माफ़ करें, मैंने अन्याय किया है।

—तुमने ऐसा क्या किया ? कोई अन्याय नहीं किया है तुमने।

—किया है, जवा को मालूम है—उसने सिर झुका लिया।

—क्यों जवा, तुम्हें मालूम है ?

जवा जाने क्या कहने जा रही थी कि कमरे में कोई आया। ख़ासा डील-डौल, काला कोट, कम-उम्र। भूतनाथ ने उसे कभी देखा न था।

सुविनय बाबू बोल उठे—सुपवित्र बाबू ! अच्छा ही हुआ, आ गए। अभी-अभी जवा से तुम्हारे बारे में पूछ रहा था। तुमसे बहुत बातें करनी है। अरे, उठ क्यों गए भूतनाथ बाबू, बैठो तुम्हारे सामने बात करने में कोई हर्ज़ नहीं।

जवा ने भी कहा—आप जाइए नहीं बैठिए।

—बेला बहुत हो गई। और किसी दिन आऊँगा।—भूतनाथ बाहर निकल गया।

पीछे से रतन ने पुकारा—किरानी बाबू !

—क्या है रतन ?

—ज़रा सुन जाइए, दीदीजी आपको बुला रही हैं।

बाहर चिलचिलाती धूप। भूतनाथ फिर लौटा। जवा किवाड़ के पास खड़ी थी। बोली—आप चले जा रहे हैं? रुपए नहीं ले गए ?

भूतनाथ ने कहा—इसी के लिए बुलाया था ?

—रुपए आप छोड़ गए। मैंने समझा, भूल गए।

उसकी तरफ़ देखकर भूतनाथ बोला—भूला नहीं हूँ।

—भूले नहीं तो छोड़ जाने का मतलब ?

—रुपए तुम्हें दिए जा रहा हूँ।

—मुझे ! क्या आप यह समझते हैं कि मुझको दान देने का अधिकार आपको है ? पिताजी ने सब कुछ त्याग दिया, क्या इसीलिए मुझे आपके दान पर निर्भर करना पड़ेगा ?

—ऐसा मैं क्यों सोचूँ, इससे सुपवित्र बाबू की तौहीन होगी, फिर मुझमें ऐसी सामर्थ्य कहाँ कि मैं, दान कर सकूँ ?

—यानी सामर्थ्य होती तो इस दुर्दिन में मुझे आप एहसानमन्द करते, क्यों ?

भूतनाथ हँस उठा। कहा—बात करने की इतनी ही अक्ल होती तो कब का शिखा-सूत्र फेंककर ब्रह्मसमाजी हो गया होता। और, तुमसे तर्क करने की मुझमें ताक़त भी नहीं। रुपए मैंने तुम्हें दहेज में दिए।

—कैसा दहेज ?

—तुम्हारी शादी में, यही समझो।

—आपसे दहेज मैं क्यों लूँ? आपसे सम्बन्ध भी क्या है ? कभी आप इस घर में नौकरी करते थे। मिताई का भी नाता नहीं था...।

—या कि...?

जवा हँसी—लगता है, मुझी से कहलाए बिना आप न मानेंगे।

भूतनाथ ने कहा—कहना चाहती हो, न कहो। मगर अपना सम्बन्ध भी क्या ऐसा

है कि उपहार भी नहीं दिया जा सकता ?

—उपहार दिया तो शायद जा सकता है, पर लेने में खटकता है। आपकी नौकरी नहीं है, पराए घर के आश्रित हैं...आपने ही तो बताया है। मुझसे, आपकी ज़रूरत क्या कुछ कम है ?

—रुपयों की ज़रूरत मुझे शायद ज़्यादा ही है, शायद क्यों सचमुच ही ज़्यादा है। लेकिन दुनिया में रुपयों से भी बड़ी चीज़ है।

कौतूहल से जवा का चेहरा दमक उठा। बोली—वह कौन सी चीज़ है ? बताने में एतराज है कुछ ?

भूतनाथ कहना ही चाहता था। संकोच लगा, जाने जवा क्या समझे ! दरअसल जवा से उसका सम्बन्ध सहजबोध्य तो था नहीं—बराबरी का भी नहीं। जवाब देने में उनका चेहरा स्याह-सा हो गया। कान गरम हो गए। जवा के सामने खड़े-खड़े लगा, पाँवों-तले की ज़मीन खिसक रही है। बोला—आज नहीं जवा, फिर कभी कहूँगा।

—लेकिन फिर कहने का मौक़ा अगर न मिले ?

—मौका मैं निकाल लूँगा।

—लेकिन मुझे ही सुनने का अवकाश न हो तो ?

भूतनाथ फिर आफ़त में पड़ गया। कहा—नहीं सुना सका तो क्या, मेरे मन-की-मन में ही रहे; एक दिन भूल से मैं तुम्हारा अपमान कर बैठा था, जीवन-भर उसी का प्रायश्चित करने दो। सात रुपए के अपने एक किरानी से इससे ज़्यादा सुनना भी क्या !

—रुपए के नाम पर चिकोटी तो ख़ूब काट सकते हैं आप। ख़ैर, रुपए का नाता तो अब टूट चुका और उस दिन आपने दामन पकड़कर खींचा था। मानती हूँ, वह हरकत मैं सह नहीं सकी थी, पर आज तो मैं सुनूँगी ही—कहिए !

भूतनाथ ने कहा—लेकिन उधर सुपवित्र बाबू बड़ी देर से तुम्हारा इन्तज़ार कर रहे हैं। नाराज़ हों शायद।

—उनसे बड़ा रश्क होता है आपको, नहीं ?

भूतनाथ गम्भीर हो गया। बोला—रास्ते पर ही खड़े-खड़े मिनट-भर में इसका जवाब नहीं दिया जा सकता जवा, दिया भी जाए तो तुम समझोगी नहीं, मैं समझा भी नहीं सकूँगा। लिहाज़ा ऐसी कोशिश भी न करूँगा मैं। सिर्फ़ एक बात पूछता हूँ। अब तो मैं इस घर का नौकर नहीं हूँ। शायद हो कि आइन्दा यहाँ आने का अधिकार भी न रहेगा, लेकिन मैं जो पूछूँगा, उसका ठीक-ठीक जवाब दोगी ?

जवा ने कहा—दूँगी। पूछिए।

भूतनाथ के पूछने से पहले ही हाँफता हुआ रतन आ पहुँचा—बीबीजी, बाबू कैसा तो कर रहे हैं ! तुरत चलिए।

जवा दौड़ पड़ी। पीछे-पीछे रतन गया। भूतनाथ कुछ देर वहाँ किंकर्त्तव्यविमूढ़-सा खड़ा रहा। आगा-पीछा करता रहा। ऐसी ख़बर सुनकर चला कैसे जाए ! तो वह धीरे-धीरे फिर ऊपर गया। सुविनय बाबू आरामकुर्सी पर जैसे बैठे थे, वैसे ही बैठे थे।

आँखें बन्द। छाती में बहुत दर्द हो रहा था। कभी-कभी छटपटा उठते थे।

झुककर सुपवित्र बाबू ने पूछा—ख़ूब तकलीफ़ हो रही है बाबूजी ?

उत्तर देने की भी शक्ति नहीं रह गई थी सुविनय बाबू में।

सुपवित्र ने भूतनाथ से कहा—आइए तो जरा, मिल-जुलकर इन्हें लिटा दें।

दोनों मिलकर उन्हें सोने के कमरे में ले गए।

सुपवित्र ने जवा से कहा—तुम ज़रा ख़याल रखो, इतने में मैं अपने डॉक्टर को ख़बर कर दूँ।—सुपवित्र निकल पड़ा।

भूतनाथ निकम्मा-सा कुछ देर खड़ा रहा। उसके जी में आया, इस समय वह भी उनके किसी काम आ सकता तो अच्छा होता।

बिस्तर पर पड़े-पड़े सुविनय बाबू ने आँखें खोलीं। बेबस-से चारों तरफ़ देखने लगे। भूतनाथ से पूछा—सुपवित्र कहाँ है ? चला गया ?

उनके मुँह के पास झुककर जवा ने कहा—डॉक्टर के यहाँ गए हैं, अभी आ जाएँगे।

सुविनय बाबू ज़रा देर चुप रहे।

जवा ने पूछा—अब जी कैसा है ?

वे हलका हँसे। मुँह ज़रा बन सा गया। बोले—ज़रा समाज के लोगों को ख़बर कर दो, बिटिया !

जवा ने कहा—आप चंगे हो जाएँगे पिताजी, सोचिए न !

—रूपचाँद बाबू को भी ख़बर दो और धर्मदास बाबू को भी।

ज़रा देर फिर चुप। तन्द्रा में ही फिर बोले—आचार्यदेव को भी।

फिर तन्द्रा। इसी दशा में कुछ देर अवश-से पड़े रहे। उसके बाद फिर आँखें खोलीं। फिर तन्द्रा। उसके बाद होश और बेहोशी में जीवन-मरण की नाव इधर-से-उधर डोलने लगी।

इसके बाद से भूतनाथ के जीवन में बड़ा हेर-फेर आ गया। कहाँ था और एक धक्के में कहाँ जा गिरा ! निवारण की जमात ने मुल्क में अजीब आग सुलगाई। एक दिन व्रजराखाल भी अचानक आ पहुँचा। और छोटी बहू ! मगर...मगर वह बात रहने ही दी जाए। पहले प्रकाश हलवाई की ही बात ले ली जाए। किस बुरी साइत में जो उस रोज़ उससे भेंट हो गई।

जमीन तक झुककर उसने प्रणाम किया और कहा—मुझे पहचान पा रहे हैं ?

—अरे तुम ! क्या ख़बर है ? कई बार तुम्हारी दूकान पर जलेबी खाने गया, मगर तुम न मिले।

—जलेबी का कारोबार मैंने उठा दिया। मुनाफ़े का सारा शक्कर चींटी चाट जाती थीं। कर्ज़ से सिर का एक एक बाल बिकने पर आ गया। आख़िर उठा दी दूकान।

—कर क्या रहे हो इन दिनों ?

—कुछ दिनों तक ब्याह ठीक कराता फिरा लोगों का। कुछ मिल जाता था, खाने

का भी डौल बैठ जाता था। अभी पिछले फागुन में...

भूतनाथ ने फिर पूछा—ख़ैर, करते क्या हो बहरहाल ?

—जी, आप लोगों की दुआ से फ़िलहाल ननी बाबू के दफ़्तर में एक जगह मिल गई है।

—कौन ननी बाबू ?

—ननी बाबू को नहीं जानते ? नया ऑफ़िस खोला है। क़रीब तीन सौ आदमी काम करते हैं। और भी बहुत से लोग लिए जाएँगे, सुना है। पटलडाँगा के सरकार-परिवार में शादी हुई है। पक्के साहब हैं, साहब। ऐसी अंग्रेज़ी बोलते हैं कि किसकी मजाल जो समझे ! ख़ैर, आप कहाँ हैं ?

—वहीं। बड़े महल में। और कहाँ जाऊँ ?

प्रकाश ने पूछा—शादी-ब्याह ?

—नहीं किया है।

—अरे, कहते क्या हैं आप ? कुलीन ब्राह्मण। पहले की बात होती तो दस-बीस शादी हो जाती। पेट के लिए नौकरी की नौबत न आती। कहें तो...पता है।

—ख़ैर। फिर कभी आऊँगा। आज मुझे ज़रा जल्दी है।

भूतनाथ चल दिया था। नन्हे बाबू की शादी थी उस दिन। बरात में जाना था।

वंशी ने कहा था—आज ज़रा जल्दी लौट आइएगा। बाल-दाढ़ी बनानेवालों का ताँता लगा रहेगा। आप जिसमें पहले ही फ़ुर्सत पा सकें।

छोटी बहू ने बुलाकर पूछा था—कुर्ता-जूता पसन्द तो आया भूतनाथ ?

तीन दिन से नौबत झर रही थी। बनारस से बजानेवाले आए थे। एक-एक राग को डेढ़-डेढ़ घंटा धुनते। मीड़, गमक, मूर्च्छना से सारा बहू बाज़ार गूँज जाता। वनमाली सरकार लेन में लोगों की क़तार खड़ी होकर देखा करती।

बीच-बीच में बन्दूक उठाकर बिरिजसिंह घुड़कता—भागो यहाँ से। रास्ता छोड़ दो।

हल्दी के रस्म का सामान जा रहा था। माथे पर परात, थाल, टोकरी लिए जो लोग निकलने लगे तो ख़त्म क्यों हों ? सबका कपड़ा-कुर्ता नया। पुरानी दासियों के बदन पर टसर की धोती। आगे-आगे नत्थूसिंह। हाथ में पीतल से बँधी बाँस की लाठी। देखनेवालों की ताक-झाँक।

शंख बजा।

विधु सरकार ने आज गले में चादर डाल रखी थी। बार-बार लोगों को ताकीद कर रहा था—क़तार बाँधकर चलना रास्ते के किनारे-किनारे।

पहले बर्तन। चालीस आदमियों के माथे पर। उसके बाद मसाले। उसके बाद कपड़े। कोई पचास आदमियों के माथे पर। उसके बाद मिठाई ढोनेवालों का तो अन्त ही नहीं। उसके बाद दही के बर्तन। गहने का बक्स लिए आगे-आगे नत्थूसिंह चल रहा था।

विधु सरकार के हाथ में फेहरिस्त। एक-एक का नाम लिखता, तब आगे बढ़ने

देता। शंख बजाते हुए बरात निकली।

रात को बहार आ गई। सजे-सजाए दुमंज़िले से ऊँचे चतुर्दोल पर नन्हे बाबू। नीचे बहुरंगी गाड़ियों की क़तार। सामने बाँस की मोरपंखी पर नाच। मँझले बाबू के साथ तीन-चार गाड़ियों पर मुसाहब लोग। डेढ़ मील लम्बा जुलूस। सामने रोशनचौकी। बीच-बीच में पटाखे। दोनों तरफ़ फानूसों की क़तार।

अगल-बगल के मकानों के खिड़की-दरवाज़ों पर लोगों की भीड़। सारा कलकत्ता गमगमा उठा।

वंशी ने कहा--नन्हे बाबू फब ख़ूब रहे हैं, है न साले साहब ?

मँझले बाबू की ख्वाहिश थी कि अपने घर से दुलहिन के घर तक रास्ते के दोनों तरफ़ गैस की रोशनी लगा दें। भैरव बाबू ने कहा--यह तो मैंने कालीकृष्ण बाबू के लड़के की शादी में देखा था--एक लाख रुपए की लागत लगी थी। आधे कोस तक बिठाई गई थी गैस की रोशनी। किन्तु इस फानूस का झमेला भी कुछ कम नहीं। इधर दूल्हा दाख़िल हुआ अन्दर और इधर लोग ले भागे सब !

भैरव बाबू सिगरेट पी रहे थे। कहा--आज की ये मोमबत्तियाँ भी क्या ! उस समय दो आने में सोलह बत्तियों का पैकेट मिलता था--असली व्हेल की चर्बी की बत्ती। यह तो नकली मोम है।

वंशी ने कहा--मैं यहीं से लौटता हूँ साले साहब, छोटी माँ की तबीयत ठीक नहीं है।

--उन्हें क्या हुआ है ? मुझे तो कोई ख़बर नहीं ?

--ख़बर नहीं है, वही अच्छा है। नहीं सुनें तो अच्छा।

भूतनाथ ने पूछा--हुआ क्या है उन्हें वंशी ?

--ज़रूरत नहीं जानने की। हाँ, बने तो खा-पीकर जल्द लौट आएँ। कहीं महफ़िल में न जम बैठें।

--क्यों, उनके लिए ख़तरा है कुछ ?

--न होता तो झूठ क्यों कहता ? कल तो दोपहर को सोकर उठी हैं।

--पहले तो छोटी बहू बहुत सवेरे जग जाया करती थीं।

--पहले की छोड़िए। कल तो इमली घोलकर पिलाया, तब होश में आईं।

--ऐसा क्यों हुआ वंशी ?

--मैं क्या बताऊँ सरकार, कोई अपना भला न समझे तो क्या किया जाए ?

वंशी लौट गया।

बरात धीरे-धीरे आगे बढ़ रही थी। नाच-बाजे, मुसाहबों के ठहाके, हँसी-मज़ाक। मँझले बाबू आज ख़ासे मूड में थे। दिल दरिया मिज़ाज। पटाखे छूटते कि मुसाहबों की जमात ठठाकर हँस उठती। गाड़ी के नीचे से बोतल निकलती। खानदानी लहू और गरम हो उठता।

नन्हे बाबू के दोस्त पीछे-पीछे चल रहे थे। कान्तिधर की आवाज़ ज़ोरदार थी। जाने

कहाँ से एक कनस्तर जुटा लिया था। उसी पर तबला बज रहा था। बीच-बीच में चिल्ला उठता—अहा-हा ! ताल कट गई। मारे थप्पड़ के जूड़ा उड़ा दूँगा साली का।

लेकिन ठनठनिया की शिवठाकुर गली में मुसीबत आई। बरात को दरवाज़ा लगाने के लिए इसी गली से होकर जाना ज़रूरी था। दूल्हे की सवारी गली में घुस चुकी थी। मँझले बाबू की गाड़ी भी। बाकी गाड़ियाँ आने को ही थीं कि सुनाई पड़ा—रामनाम सत्य है ! श्रीरामनाम सत्य है !

अँधेरा था। मगर बरात की रोशनी से सारी गली झकमका उठी थी। नज़र आया, उधर से मुर्दे के पीछे-पीछे एक भीड़ आ रही है।

किसी ने पूछा—किसका इन्तकाल हुआ ?

—पता नहीं, कौन साला मरा ! मरने का और समय न मिला। सच ही तो ! मरने का कोई समय-असमय नहीं। जब चाहा, मर गए। और ऐन इसी वक़्त लाश ले जाना !

मँझले बाबू ने कहा—भैरव, देखो तो, कौन मरा !

भैरव बाबू गाड़ी से उतर पड़े। कोई मामूली आदमी ज़रूर नहीं मरा था, नहीं तो ऐसी धूमधाम क्यों होती। पालिश की हुई सागवान की लकड़ी की खाट। फूलों का बिछौना। रोशनी। भीड़। गाड़ियाँ—लैंडों, ब्रुहम, ब्राउनबेटी, बैरुष।

भैरव बाबू ने हाँफते हुए आकर ख़बर दी—छेनीदत्त गुज़र गया !

सबने सुना—छेनीदत्त ! मँझले बाबू का पुराना प्रतिद्वन्द्वी। बरसों खड़दा के मेले में औरतों के लिए उससे ठनती रही है। नाव की होड़। कबूतरों के बारे में तो अभी उस दिन तक लड़ाई चली। मँझले बाबू की हासिनी के लिए उसे बड़ा रश्क था। छोटे बाबू की चुन्नी को भी भगा ले जाने की कई बार कोशिश की। उसी की देखादेखी अपनी रखैल को उसने गहनों से मढ़ दिया था। चितपुर में मकान बनवा दिया था। वही छेनीदत्त मर गया !

मँझले बाबू ने फिर बोतल को मुँह से लगाया। बोले—सो चाहे जो हो, हमारे दूल्हे की सवारी पहले जाएगी।

पतली सी गली। बरात घुस जाने के बाद जगह ही नहीं रहतीं। या तो पीछे हट जाए या और किसी राह से जाए।

मँझले बाबू ने कहा—पूछा देखो भैरव, बरात कब तक खड़ी रहेगी ?

भैरव बाबू गए। वे लोग भी लेकिन माननेवाले न थे। छेनीदत्त ठनठनिया का राजा था। मर गया तो क्या राज भी चला गया ? बाल-बच्चे नहीं हैं उसके ? नाती-पोते, सगे-सम्बन्धी, अपने-बिराने, दोस्त-अहबाब, नौकर-दरबान, मुसाहब, सभी हैं।

उधर छेनीदत्त के लड़के नाटूदत्त का भी पारा गरम हो गया। बाप के मरने का उसे कुछ कम ग़म था ? इस ग़म को ग़लत करने के लिए तीसरे पहर से कितने गिलास ख़ाली कर चुका था वह। बोला—कोई परवाह नहीं, पहले हम जाएँगे। बरात को वे पीछे हटा लें। पथरिया घट्टा जाने के बहुत से रास्ते हैं।

ठन गई। दोनों अड़ गए। यह कहने लगा वह जाए, वह कहने लगा, वह।

मँझले बाबू अब आगबबूला हो गए। कम्बख़्त छेनीदत्त मरकर भी परेशान कर रहा है ! बोले—भैरव बाबू, बिरिजसिंह को बुलाइए तो।

आज बिरिजसिंह ने रेशमी मुरेठा बाँधा था। सफ़ेद पैंट। बन्द गले का कोट। गोलियों की पेटी। हाथ में बन्दूक। मूँछ पर ताव देते हुए आकर खड़ा हो गया। सलाम ठोंककर बोला—हुजूर !

मँझले बाबू ने कहा—फ़ायर करो !

हाँ, फ़ायर करो। भैरव बाबू, मोती बाबू—सब मन-ही-मन ख़ुश हो उठे। देखा जाए, कौन कितना बड़ा बाबू है !

बिरिजसिंह ने फ़ायर किया, लेकिन ऊपर को। गली काँप उठी।

फिर। फिर एक बार—

सिपाही दौड़कर मँझले बाबू के पास आए। इंस्पेक्टर साहब भी दौड़े।

—व्हाट्स अप—क्या हुआ ?

दारोग़ाजी ने मँझले बाबू से जाने क्या कानाफूसी की।

घबराकर शहनाई चुप हो गई। फानूसवाले छोकरों में भगदड़ मच गई। किवाड़-खिड़की से जो लोग झाँक रहे थे उन्होंने झटपट सब बन्द कर लिया।

पता नहीं, दारोग़ाजी ने कौन सा पुर्ज़ा दबाया—लाश का जुलूस पीछे हट गया—एकबारगी गली के मोड़ पर एक किनारे जाकर खड़ा हुआ। नाटूदत्त दाँत पीस रहा था खड़ा-खड़ा। उसे ओट किए दारोग़ाजी आगे खड़े थे। बरात आगे बढ़ चली। भूतनाथ अब तक चुप सब देख रहा था। एक इतना बड़ा मसला इस आसानी से हल हो गया। ताज्जुब ! बड़े महल की यह जययात्रा उस रोज़ तो शायद निर्विघ्न अपनी मंज़िल तक पहुँच सकी थी। लेकिन अखीर तक वह इतिहास के अदेखे इशारे को नाकाम क्यों न कर पाई ? आख़िर उस रोज़ भी तो बन्दूक चलाई जा सकती थी, दारोग़ाजी को घूस दिया जा सकता था। लेकिन बद्री बाबू को पता था—वहाँ इतिहास बड़ा निर्दयी है। दारोग़ा को रिश्वत देकर इतिहास की गति नहीं पलटी जा सकती।

एक दिन सन्दूक का ढक्कन हटाकर छोटी बहू ने कहा था—इसमें जो भी देख रहे हो भूतनाथ, सब मेरा है—यह हीरे का कँगना, मोती का चूड़, पन्ने का कान और जड़ाऊ चूड़ियाँ—सब...सब...

भूतनाथ ने झुककर सन्दूक के अन्दर झाँका—ख़ाली पड़ा था। एक कतरा भी न था। ख़ाली पेट सन्दूक अन्धकार में हा-हा कर रहा था। चूँकि छोटी बहू आपे में न थी, इसलिए उस रोज़ कुछ कहने की हिम्मत न पड़ी भूतनाथ को।

छोटी बहू डगमगा रही थीं। बार-बार कपड़ा खुल-खुल जाने पर। सर्वांग अंगूर-जैसा ढल-ढल। छोटी बहू ने कहा—मैं यह सब कुछ तुझे दे सकती हूँ, पर तू, मुझे क्या देगा, बता ?

भूतनाथ ने पूछा था—तुम्हें चाहिए क्या ? मैं तो ग़रीब हूँ।

—फ़िक्र क्या है, मैं तुझे मालामाल कर दूँगी। यह अट्टालिका, सारी जायदाद—तू

यहाँ आराम से रहेगा हाथ-पर-हाथ धरे बैठा। यह सब सुनकर भूतनाथ का कैसा तो डर-सा लगा था ! आख़िर यह सब कह क्या रही हैं छोटी बहू ! छोटे बाबू तो अभी ज़िन्दा हैं। डरते हुए वह बोला—मुझे कुछ नहीं चाहिए, कुछ नहीं चाहता मैं।

नशे में छोटी बहू फूटकर रो पड़ी थी। कहा था—तू बेईमान है भूतनाथ, बहुत बड़ा बेईमान है तू।

बगल ही के कमरे में छोटे बाबू बेहोश पड़े थे। बीमार। शायद छोटी बहू का रोना सुन लें। भूतनाथ ने छोटी बहू का मुँह हाथ से दबा दिया था। कहा था...

लेकिन इस बातों को अभी रहने दीजिए !

बारात उधर दरवाज़े लग गई। सौ शंख एक साथ बज उठे। नन्हे बाबू को गोद में उठाकर मड़वे पर ले जाया गया। बारातियों को पूजाघर की बड़ी जगह में बिठाया गया। गुलाब-जल का छिड़काव हुआ। मँझले बाबू बीच में जा बैठे। महफ़िल चमक उठी।

नन्हे बाबू के श्वसुर व्यवसायी हैं। स्ट्रैंड रोड पर आटे की चक्की। लोहा ढालने का भी कारोबार। फिर भी बदन पर चूननदार मलमल का कीमती कुर्ता। सामने आए। बोले—छोटे बाबू नहीं नज़र आ रहे हैं ?

—तबीयत कुछ नासाज़ है। नहीं आ सके।

—ज्यादा ख़राब है तबीयत ?

—नहीं-नहीं, अक्सर ऐसा होता है। आने की बड़ी ख्वाहिश थी।

इधर-उधर की और भी दो-चार बातें हुईं।

—ये हैं मेरे बड़े दामाद—पटलडाँगा के सरकार हैं।

—और ये...इन्हें तो देखा ही है।

—और ये...

चारों तरफ़ झाड़-फानूस। बिजली की बत्तियाँ लग चुकी हैं, लेकिन शोभा के ख़याल के खींचे जानेवाले पंखे छोड़ दिए गए हैं। दीवारों पर चारों तरफ़ आदमकद आईने। दीवारें पर रंग-रंग की कारीगरी। फूल, बेल, पत्ते। भूतनाथ एक तरफ़ खोया-खोया देख रहा था। यहाँ उसका परिचय भी क्या ! किस नाते वह यहाँ आया ! कोई पूछ बैठे तो जवाब देना मुश्किल।

एकाएक बाहर शोरगुल हुआ और साथ-ही-साथ सुनाई पड़ी मोटर की आवाज़। कुछ लोग बाहर दौड़ें। कोई सम्मानित अतिथि शायद आए। गाड़ी अहाते में आ लगी।

मोटर की आवाज़ से कुछ घोड़े भड़क उठे।

हाबुलदत्त दो पुश्त के रईस हैं। उनके पिता कुछ रोज पहले तक भी घुटने तक धोती पहनते थे। जब कार्नवालिस स्ट्रीट तैयार हो रही थी, तभी उन्हें लाटरी में बहुत रुपए हाथ लग गए थे। उन्हीं रुपयों से बड़ा बाज़ार लोहापट्टी में दूकान की थी। एक लुहार साथ था। अक्ल उसी की थी। उसके बाद वह लुहार कहाँ गया और कहाँ गया उसका हिस्सा ! सारा मुनाफा दत्त का, किसी ठेके से काफी रुपया आने लगा। फिर

आटे की कल ले आए। पूछिए नहीं जो हुई देखनेवालों की भीड़। बों-बों करके चक्का घूमता और एक नल में से आटा बाहर निकलता रहता। जी चाहे चावल पीस लो, सत्तू पीस लो। उसके बाद पथरिया घट्टा का यह मकान। बड़े-बड़े घरों में लड़कियों की शादी हुई। लक्ष्मी के लाड़ले बनकर वे गुज़रे। सारी जायदाद नाबालिग लड़का हाबुलदत्त को मिली।

भूतनाथ ठगा-सा देख रहा था हाबुलदत्त को। नन्हे बाबू से ससुर। उठानेवाले बड़े आदमी। अपने-सगों की कमी नहीं। चटकल खोलने का इरादा हो रहा था। कोयले की खान ख़रीदने की सोच रहे थे। महज़ ज़मींदारों से अब चलता भी किसका है ! रिआया को पीट-पीटकर कब तक आमदनी होगी ! फिर ब्रह्मसमाजियों ने सबको पढ़ाना-लिखाना शुरू कर दिया है। औरतें तक पढ़ने लगी। ऐसा दिन आएगा कि रिआया ज़मींदार को मानेगी ही नहीं। तब गाड़ी, घोड़ा और गुलछर्रा कैसे चलेगा !

हाबुलदत्त गप्प मारने में पक्के हैं। बैठ गए जमकर। लेकिन अचानक बाधा पड़ी। किसी ने आकर कहा—ननी बाबू आए हैं।

—ननी बाबू ! कहाँ हैं ?—हाबुलदत्त व्यस्त हो उठे।

उनके जाते ही भैरव बाबू ने कहा—जो कहिए सर, व्यवसाय करते-करते दत्त बाबू बिलकुल मारवाड़ी बन गए हैं। कोई रस नहीं रह गया है।

मँझले बाबू पान चबा रहे थे। बोले—दुरुस्त कह रहे हो। रुपए को ख़ूब पहचाना है।

मोती बाबू बोले—मगर दत्त बाबू से आपका नाता भी क्या ! लड़की ले गए और छुट्टी। लड़का बेचने थोड़े ही आए हैं आप ?

भूतनाथ लेकिन अनमना हो गया। कौन ननी बाबू ! वही डॉक्टर साहब का लड़का ननीलाल ! उसी की ऐसी ख़ातिरदारी ! कई लोग बाहर निकले। सबकी नज़र बचाकर भूतनाथ बाहर गया। लोगों की भीड़। सामने की खुली जगह में घोड़ागाड़ी का जमाव। बीच में सिर्फ़ एक मोटर रोशनी में चमक रही थी। गोल-गोल चार पहिए। कुछ लोग उसी को अवाक् देख रहे थे।

चमक रही थी, मोटर। चुन्नी को भी ऐसी ही गाड़ी ले दी थी छोटे बाबू ने। पड़ी है, पड़ी है। कल दबाया कि दौड़ पड़ी। पीछे से धुआँ निकलने लगा।

—कोई हाथ न लगाना गाड़ी को।

—ऐ, कौन जा रहा है गाड़ी के पास ?

चारों तरफ़ दौड़-धूप। लाल बनात के कपड़े पर से बाराती गुज़रे थे। गर्द से भर गया था। मालाओं के टुकड़े बिखरे पड़े थे। फूलों की महक। रसोई की गमक। गन्धों का उत्सव। बड़े महल के सारे लोग बटुर आए थे।

लोचन जा रहा था। भूतनाथ ने पुकारा—अरे लोचन, किधर चल दिए ?

लोचन रुक गया—अच्छा, साले साहब हैं ! मैं ज़रा इस फ़िराक में निकला हूँ कि देखूँ, तम्बाकू का यहाँ कैसा इन्तज़ाम है। परसों तो अपने यहाँ सब मुझी को करना

पड़ेगा।

भूतनाथ बोला—घड़ी बाबू को देखा है कहीं ? आए हैं वे ?

—जी नहीं। वे नहीं आए। बहुतेरा कहा। बोले—मैं जाऊँगा तो घड़ी कौन मिलाएगा ? और यहाँ भी इन्तज़ाम वैसा नहीं है। माला, इत्र—सब कुछ तो किया है, मगर असली चीज़ ही नदारद।

—असली चीज़ क्या ?

—ग़ौर नहीं किया आपने, मँझले बाबू का मिज़ाज उखड़ रहा है।

—क्यों ? दिन-भर आज इतनी हुज्जत रही और ऊपर से रास्ते में छेनीदत्तवाला मामला। इस पर उनका मिज़ाज ठीक भी कैसे रहे ! मगर मैं क्या करूँ, साथ में जो थी, भैरव बाबू, मोती बाबू, वग़ैरह चट कर गए। तब से सोच रहा हूँ, क्या बड़े आदमी हैं ये, जब वही नहीं।

भूतनाथ को अब ख़याल आया। लोचन की लेकिन हर तरफ़ निगाह है। इतने में मँझले बाबू ने आवाज़ दी—लोचन !

—पुकार हुई। मैं चलूँ सरकार।—लोचन चला गया।

उधर नन्हे बाबू को बरामदे पर बिठाया था। मोटे-सोटे आदमी। थके-से दीख रहे थे। बन-ठनकर फब रहे थे ख़ूब। रंगीन पंख-लगी पगड़ी को अभी उतार दिया था। साटीन के चमकी चुने कुर्ते पर हीरे का लाकेटवाला हार ख़ूब चमक रहा था। दोनों हाथों में धागा और कानों में मुक्ता के कान। सोने के कार्तिक-से दीख रहे थे। कान्तिधर, परेश—सब पास ही बैठे थे। लाल मखमल के तकिए पर रह-रहकर लेट पड़ते थे। लत तो उन्हें भी थी। बारह बजे का लग्न। कैसे रहेंगे उतनी रात तक !

भूतनाथ धीरे-धीरे बरामदे से रास्ते पर उतर पड़ा। लगा, कोई पहचानी सी शकल उसी को देख रही है। उसने ग़ौर किया, वह आदमी आगे आया। अरे वृन्दावन ! चुन्नी का नौकर वृन्दावन।

वृन्दावन दाँत निपोरकर हँसने लगा।

भूतनाथ ने पूछा—तुम यहाँ ?

वृन्दावन की अब वह सेहत नहीं थी। रात के अँधेरे में भी कुर्ते के भीतर से उसका कंठ दीख रहा था। पान से दाँत काले। जली हुई बीड़ी क़ो वृन्दावन ने फेंक दिया। कहा—आप ही के पास आया था।

—मेरे पास ?

और भी हैरत में आ गया भूतनाथ।—मेरे पास किसलिए ?

वृन्दावन ने ज़रा आगा-पीछा किया। उसके बाद कहा—कुछ कहना था। ज़रा एकान्त में चलिए, कहता हूँ।

गली के मोड़ पर खड़ा हुआ भूतनाथ। जूठी पत्तलों का पहाड़ लगा था, कुत्तों की छीना-झपटी चल रही थी। नकली मोम के जलने की बू आ रही थी।

वृन्दावन बोला—यहाँ नहीं हुजूर, उधर चलिए। और एकान्त में।

भूतनाथ और भी एकान्त में गया। वहाँ पर कोई गड्ढा भरा जा रहा था। दिन में गाड़ियों से वहाँ कतवार फेंका जाता होगा। कतवार में आग लगाई गई थी। बदबू और धुआँ भर गया था।

वृन्दावन ने कहा—मैं अभी आपके बड़े महल में गया था।

—क्यों ?

—आपसे काम था। वहाँ से फिर पैदल ही आना पड़ा यहाँ। पैर दुःख रहा है। वंशी कहाँ है ?

—वह नहीं आया है।

—नहीं आया है तो अच्छा ही हुआ है। कम्बख़्त बड़ा बदमाश है। उसे पता चले कि मैं आपसे बात कर रहा हूँ तो खोपड़ी खा जाएगा मेरी।

—वंशी से इतना नाराज क्यों हो तुम ?

—जी, वही तो सारी मुसीबतों की जड़ है। आप ही कहें, छोटे बाबू को फुसलाकर ले कौन गया ? आप उसे नहीं पहचानते। उसकी नीयत ही और है, नहीं तो छोटी बहूरानी को वह शराब की लत लगाता ?

—तुमसे किसने कहा यह सब ?

—सब ख़बर मिलती रहती है हुज़ूर ! नई माँ दिनों तक वहाँ रही हैं, सबको जानती हैं। उसी घर में कमाकर मधुसूदन धनी बन गया। बालेश्वर ने जायदाद ख़रीदी, इधर तो लोचन चिलम चढ़ाता है और उधर उसने ठेलों का ठेका ले रखा है। और यह विधु सरकार, उसे तो जानते होंगे आप ?

भूतनाथ ने गर्दन हिलाई।

—मैं कह रखता हूँ आपसे, एक दिन बाबुओं को पता चलेगा कि इस विधु सरकार ने कितना चौपट किया है। बाबुओं को समय कहाँ कि देखें और जानें कि कितनी ज़मीन में कितना अनाज होता है। सुखचर की ज़मीन में सोना फ़लता था, अब बीघे में तीन मन भी नहीं होता है। रिआया से जो सलामी मिलती है, उसकी आधी भी बाबुओं को नहीं मिलती।

भूतनाथ ने पूछा—इतनी बातें तो तुम्हें जाननी नहीं चाहिए। कैसे जान लीं तुमने ?

वृन्दावन चुप रहा। ज़रा देर बाद बोला—जानते सभी हैं साले साहब, नहीं जानते हैं केवल बाबू लोग, बीबी लोग और आप। पारा भी दबा रहता है कहीं !

भूतनाथ ने कहा—और तुम्हारी नई माँ ?

—मेरी नई माँ को कह रहे हैं ?

—हाँ-हाँ, चुन्नी दासी ! थी तो दाई की लड़की—उसी ने छोटे बाबू का कौन सा भला किया ? वैसी उनकी तन्दुरुस्ती, फिर उन्हें शराब पिलाकर, रुपए दुहकर कौन सा उपकार कर रही है ?

—तो सुनिए, बताऊँ।—वृन्दावन ने एक बार चारों तरफ़ होशियार निगाहें दौड़ाईं। कहा—नई माँ का मैं कोई सगा लड़का नहीं, न कोई रिश्तेदार हूँ कि उसकी तरफदारी

करूँ। लेकिन यह भी जान लीजिए, छोटे बाबू के दस-बीस तो नहीं, महज एक ही तो रखैल है। बिना रखैल के बाबुओं का चल भी नहीं सकता। फिर भी नई माँ से आप लोगों को इतनी चिढ़ क्यों ? गिन देखिए, मँझले बाबू के कितनी हैं ? फिर कबूतर पर, तो मुसाहबों पर कितना उड़ाते हैं ? नई माँ की उमर हो आई, अब अगर छोटे बाबू उसे छोड़ दें तो कहाँ हाथ फैलाएगी ? गाड़ी तक बेच देनी पड़ी। एक मन चावल का ही तो दाम तीन रुपया है, दस आने सेर घी, पाँच आने सेर सरसों का तेल, इतने-इतने लोग हम खानेवाले...

भूतनाथ को गुस्सा-सा आया। बोला—लेकिन शराब, सोडा और बर्फ़ के पैसे तो जुट ही जाते हैं !

वृन्दावन बोला—जुटता है कि नहीं, इस पाप-मुँह से मैं बताना भी नहीं चाहता।

भूतनाथ ने कहा—छोटी बहू उनकी ब्याहता हैं, नई माँ यह नहीं सोचती। उनके दिन, उनकी रातें कैसे कटती हैं—कोई बच्चा है नहीं, पति है भी तो नहीं के बराबर। औरत होकर एक औरत की इतनी बड़ी तकलीफ़ को नहीं समझ सकती। एक बार अपनी माँ-बहन की बात सोच देखो तो।

वृन्दावन सहसा गम्भीर हो उठा। ज़रा देर उसके मुँह से बात ही न निकल सकी। उसके बाद बोला—इतनी बड़ी बात कह दी आपने ?

वह रुआँसा-सा हो उठा। दोनों आँखें छलछला आईं। अँधेरे में भी भूतनाथ साफ़ देख सका कि वृन्दावन को ख़ासी चोट लगी है। अचानक जैसे बम फट पड़ा। वृन्दावन बोला—जानते हैं आप, चुन्नी मेरी कौन होती है ?

—कौन ?

दूसरे ही क्षण अपने को सँभालकर वृन्दावन ने कहा—न, रहने दीजिए, बल्कि वही कहूँ, जो मैं कहने आया था।

भूतनाथ ने पूछा—चुन्नी तो रूपा दासी की बेटी है, रूपा दासी तुम्हारी कौन है ?

वृन्दावन ने सिर हिलाया—, न, न—

—क्यों, क्या हर्ज़ है कहने में ?

—जी नहीं, जो बात मेरे और चुन्नी के सिवाय कोई नहीं जानता, उसे मैं न बताऊँगा। पेट के लिए सब कुछ करना पड़ता है हुजूर, मगर हया-शर्म हमें भी है। लोग मुझे चुन्नी दासी का नौकर जानते हैं, वही समझें। गाँव में दोनों जून पेट-भर भोजन नसीब नहीं होता, फिर वहाँ समाज है, पंचायत है। यह सब जानें-सुनें तो जात से निकाल बाहर करें लोग।

भूतनाथ कुछ समय चुप रहा। उसके बाद पूछा—मुझे करना क्या है, सो बताओ ?

—आप सब कुछ कर सकते हैं हुज़ूर !

—मैं ?—उसे यह व्यंग्य-सा लगा।

वृन्दावन ने कहा—मैं वंशी के पास गया था। वह मुझे मारने दौड़ा। मधुसूदन से मालूम हुआ, वंशी ने छोटी माँ को शराब की आदत लगा दी है। उस रोज़ शायद सात

घंटे बेहोश पड़ी थी। डॉक्टर को बुलाना पड़ा। शराबवाली अलमारी की कुंजी तो उसी के ज़िम्मे रहती है। बाद में गाँव लौटकर दोनों भाई-बहन चैन की वंशी बजाएँगे।

भूतनाथ ने बात काटी—झूठी बात है।

वृन्दावन ने जैसे सुना ही नहीं। कहने लगा—सबने किया है, वंशी ही क्यों न करेगा ? अब नौकरी छूट भी जाए, तो किसी को परवाह नहीं पड़ी है। काफ़ी बना लिया। मुझी से कुछ न बना।

—क्यों न बना ?

—जी, मुझसे भी न बना, आपसे भी न बना, गो कि छोटी बहू से आपकी ख़ूब पटती है। उनके सन्दूक में जो गहने पड़े हैं, एक-एक वही बेचना शुरू करें, तो ख़तम होने में जिन्दगी निकल जाएगी। नशे में जाने कहाँ पड़ी रहेगी कुंजी ! आप न लें सही, मगर वंशी लेगा, उसकी बहन चिन्ता लेगी।

रात काफ़ी हो गई थी। शहनाई पर कानड़ा का बड़ा ही करुण अलाप चल रहा था। उस मूर्च्छना में जवा, छोटी बहू, चुन्नी दासी के सिवाय राधा, अन्ना सबके गोपन अन्तर्तम की कामना भूतनाथ के मन में मूर्त हो उठी। कलकत्ते के इस निर्धन सड़ाँध-भरे गढ़े के पास खड़े-खड़े उसे लगा कि वह उन सबका हाथ पकड़े बढ़ रहा था। देखने में सब बाहर से एक-दूसरे के विरोधी हैं, पर हकीक़त में सब एक ही हैं। किसी ने घृणा, किसी ने हिकारत, तो किसी ने प्रेम, किसी ने स्नेह और किसी ने व्यंग्य दिया है। लेकिन कानड़ा की करुण मूर्च्छना में आज सहसा सब एकाकार हो गईं। जिसने नफरत की, हिकारत की—उससे और प्रेम करनेवाली से कोई फ़र्क न रहा। सब एक, हो सकता है, वह अँधेरे का धोखा हो या कानड़ा की भूल हो या यही चिरकाल का चरम सत्य हो।

आपे में आकर भूतनाथ ने कहा—तो मैं चलूँ। देर हो रही है।

वृन्दावन ने कहा—तो वही तय रहा ?

—क्या तय रहा ?

वृन्दावन ने कहा—जी, नई माँ ने सबसे यह सुना है कि छोटी बहू से आपकी गाढ़ी है; आपको जूता, कपड़ा-लत्ता सब दिया है। मोहब्बत की निगाह से देखती है। विधु सरकार ने तो आपको वहाँ से हटाना ही चाहा था। ख़ूराकी के खाने से आपका नाम तक काट दिया। आखिऱ उन्हीं के कहे रखना पड़ा। सो, नई माँ ने आपको एक बार बुलाया है।

—क्यों, मैं उनके लिए क्या कर सकूँगा ?

—सो मैं क्या जानूँ ! मगर मिल लेने से क्या बिगड़ता है?

भूतनाथ ने ज़रा देर कुछ सोचा। फिर बोला—लेकिन जैसा रवैया है, लगता है, ज़्यादा दिनों तक मैं वहाँ रह नहीं सकूँगा।

—लेकिन छोटी माँ आपको छोड़ नहीं सकतीं।

भूतनाथ को नाराज़गी हुई। बोला—क्यों नही छोड़ेंगी ? होती कौन हैं वह हमारी ? मैं चला जाऊँ तो कौन रोक सकता है ?

—रोक सकती हैं, छोटी माँ रोक सकती हैं। मुझे मधुसूदन ने सब कुछ बताया है। जभी तो इतने लोगों के होते, इतनी रात को मैं आप ही के पास आया हूँ।

भूतनाथ ने कहा—अच्छा, अब जाओ।

—तो आप आ रहे हैं ?

—वादा नहीं कर सकता—सोचूँगा।

—कल ज़रूर आइए।

जवाब न देकर ही भूतनाथ दनदनाता हुआ चला गया।

इतिहास की एक बँधी-बँधाई लीक है। जॉब चार्नक से लॉर्ड क्लाइव। लॉर्ड क्लाइव से वारेन हेस्टिंग्स। वारेन हेस्टिंग्स से लॉर्ड डलहौजी। इसके बाद लॉर्ड डलहौजी से लॉर्ड कर्जन। यह लीक बँधी-बँधाई तो है, पर सत्य नहीं सहज और सच्ची राह बहुत पहले ही गुम हो चुकी थी। उसके बाद आए स्वामीजी—स्वामी विवेकानन्द अठारह सौ तैंतीस से उन्नीस सौ दो; लेकिन बहुत दूर पड़ता ठीक से जानी नहीं जा सकती थी यह लीक। जहाँ-तहाँ जंगल-झाड़ियाँ और मरुभूमि। राह ढूँढ़ निकालने का आग्रह तो शायद था, धीरज नहीं था। विवेकानन्द की याद मिट गई थी। बड़े घर के बाबू लोग बेख़बर सोए। छोटी बहू मोहिनी-सिन्दूर के मोह में पड़ी। नन्हे बाबू नई बीवी के पीछे पागल। ब्रजराखाल का कहीं पता नहीं। बेपनाह भूतनाथ मायावी कलकत्ते के भ्रमजाल में बेतरह परेशान। निवारण की जमात बिखर सी गई थी। राह दिखाती चल रही थी अकेली सिस्टर निवेदिता।

लेकिन सहज रास्ता लॉर्ड कर्जन ने दिखा दिया। सिनेट हॉल में खड़े होकर अपने दीक्षान्त भाषण में कहा—तुम भारतवासी झुके हो, सत्य यानी Truth को जानने के लिए तुम्हें हमारे पास—यूरोप के पास—जाना होगा।

उस रोज भूतनाथ जवा के यहाँ से लौट रहा था। सिनेट हॉल के सामने निवारण से भेंट हो गई। निवारण, कदम भाई, शिवनाथ, कुमुद-सभी थे।

कदम भाई ने कहा—अच्छा ही हुआ। लॉर्ड कर्जन ने हम लोगों की बहुत बड़ी भलाई की। अब हम अपने को पहचान सकेंगे।

निवारण की आँखों से शोले भभकने लगे थे। बोला—इतने बड़े झूठ को हम लोग चुपचाप सह लेंगे कदम भाई !

कदम भाई बोले—अरे बेवकूफ़, अच्छा ही तो हुआ। स्वामीजी कही चुके थे, तुम्हारा देवता आज बलिदान माँगता है। और भी कहा था कि आज तुम्हारे सामने तैंतीस करोड़ नहीं, एक है। वह है तुम्हारी जन्मभूमि। कर्जन साहब याद न दिलाते तो हम भूल ही बैठे थे।

भूतनाथ पर नज़र पड़ते ही निवारण बोल उठा—अरे भूतनाथ, बड़े भैया आ गए हैं, पता है आपको ?

—नहीं तो, अभी नहीं आए।

कदम भाई ने कहा—एक ही दो रोज़ में आ जाएँगे। कल चिट्ठी मिली है। अच्छा

निवारण, कर्जनवाली किताब—Problems of the Far East चाहिए—सर गुरुदास ने माँगी है। सिस्टर निवेदिता से उन्हें पता चला है, उसमें झूठों का अम्बार है। कोरिया में लोगों की धारणा थी कि चालीस का हुए बिना आदमी को अक्ल नहीं आती। कर्जन कोरिया के मन्त्री थे, तब उनकी उम्र तैंतीस की थी। किन्तु पूछने पर उन्होंने चालीस बताया था।

कुमुद ने कहा—'हितवादी' में यह छपा नहीं दिया जा सकता।

कदम भाई बोले—छपाने से इसकी कोई दवा न होगी। हमें चोट ही खाने की ज़रूरत थी। हमें अब तैयार होना है। आनन्द-मठ के संन्यासियों-जैसी हमें शक्ति की दीक्षा लेनी होगी—वन्दे मातरम्।

बाद में अवश्य 'अमृत बाज़ार पत्रिका' ने कर्जन की इस भूल की पोल खोली थी।

रात हो रही थी। भूतनाथ घर की ओर चल पड़ा। जाते-जाते जी में आया, इस तरह बैठे-बिठाए कब तक काम चलेगा। कोई-न-कोई नौकरी मिल जाती तो अच्छा था। मगर किससे कहे ?

वनमाली सरकार गली में जाते ही लगा, मकान के सामने भीड़ है। कैसी भीड़ !

भूतनाथ को डर लगा। कहीं उसी दिन-जैसा तो कोई मामला नहीं ! लेकिन पास जाने पर आशंका जाती रही। असल में दक्खिनवाला पोखरा साफ़ हो रहा था। हफ़्ता लेने के लिए मजूर खड़े थे, माथे पर अँगोछा बाँधे। नाहक देर करने में विधु सरकार को आनन्द आता। कैसा अहैतुक आनन्द !

उसी रोज़वाला हाल होता तो हो गया था। ओह ! घर से तब भी नन्हे बाबू के ब्याह की गन्ध न गई थी। घर के बाहर जूठी पत्तलों, मिट्टी के गिलास-कसोरों, जूठन का ढेर लगा था। कुत्ते, मक्खी और बिल्लियों की भीड़।

भूतनाथ पास पहुँचा तो अजीब एक नज़ारा !

—हट जाइए बाबू, हट जाइए।

—ऊपर-ऊपर नाम-जाप, भीतर-भीतर महापाप !

दो-एक बड़े-बूढ़ों ने उझककर झाँका और नाक पर कपड़ा दबाए छि-छि कर उठे।

देखकर भूतनाथ भी सिहर उठा।

—किस घर से फेंका है ?

—और किस घर से—कहकर एक ने अर्थपूर्ण हँसी हँसकर बड़े महल की तरफ़ इशारा किया।

मगर यहाँ कौन फेंकेगा ? कौन ऐसा पापी है ?

—हिल रहा है बच्चा ?

—नहीं भई, कब का मृत हो चुका। देखते नहीं, सफेद हो गया है।

लहू का सादा पड़ा पिंड ही कहिए। मांस का लोथड़ा। शक्ल भी नहीं बन पाई पूरी।

—बच्चा है या बच्ची ?

—पट्ट तो पड़ा है, यह कैसे जान पड़े ! छुए भी कौन !

भीड़ तो उतावली थी। उस कम्बख्त औरत को खींचकर बाहर निकाले। अभी दारोग़ा गया तो है अन्दर। जिसकी करतूत है, उसे देखे बिना जैसे चैन नहीं पड़ रहा था। कैसी शक्ल है उसकी ! काली है कि गोरी ? उम्र क्या है ? विधवा है कि सधवा ? दासी है कि घर की बहू ?

भूतनाथ आगे बढ़ा। बिरिजसिंह ने गेट खोल दिया। पूछा—माजरा क्या है बिरिजसिंह ?

हाथ में बन्दूक लिए परम वैष्णव की तरह बिरिजसिंह ने कहा—सब बजरंगबली की किरपा है हुज़ूर ! महाबीरजी ने दिया, महाबीरजी ने लिया।

अन्दर कोई हलचल नहीं। दारोगाजी बैठकर विधु सरकार से बातें कर रहे थे। विधु सरकार कह रहा था—मँझले बाबू को तो अभी फुर्सत न होगी।

साहब ने कहा—ख़बर कर दो।

—तीन-तीन बार तो बुलवा भेजा, अपना काम पूरा किए बिना वे उतरने के नहीं।

—क्या कर रहे हैं ?

—कबूतर उड़ा रहे हैं। कहीं बिगड़ उठें तो दिन-भर फिर किसी की ख़ैर नहीं। वहाँ से आने के बाद हिसाब-पत्तर देखते हैं। यह सरकारी डाकख़ाना नहीं है हुज़ूर, यहाँ का तौर-तरीक़ा और है।

अंग्रेज़ दारोग़ा साहब यह सुनकर ख़ुश तो नहीं हुए। उन्होंने ज़मीन पर छड़ी को कई बार ठोंका।

बेनी ने कहा—कबूतर उड़ाना सबको तो आता नहीं। चक्कर मारकर कबूतर ऊपर उड़ते रहेंगे और उसी की ताल पर घूमता रहेगा मँझले बाबू का हाथ—बीच-बीच में बजाते रहेंगे चुटकी।

—चुटकी ! चुटकी क्यों ?

—चुटकी बजाई नहीं कि मैंने अपने हाथ के कबूतर को उड़ाया। वह भी जाकर पूरी जमात में जा मिला। बड़ा मज़ा आता है। नशा-सा हो जाता है, फिर किसी को कुछ ख़याल नहीं रहता।

—कब तक चलता है ऐसा ?

—बस यों समझिए कि धूप में कबूतर थकते हैं—बड़े सुखी जीव होते हैं न ! एक-एक कर जब कबूतर मैं उड़ा देता हूँ तो मँझले बाबू का खेल शुरू होता है। बस चला सो चला। इसी बीच लोचन दो बार चिलम भरकर दे जाएगा। रखी-रखी ही चिलम ठंडी। मँझले बाबू के भैरव बाबू को इशारा करते ही, वे मुँह में दो उँगली भरकर ऐसी सीटी बजाएँगे कि उड़ते-उड़ते सारे कबूतर रेल की लाइन-सी दो सीधी क़तार में हो जाएँगे। नए ढंग की फिर सीटी बजेगी कि माला की तरह गोलाकार। सीटी बजाने में हमारे भैरव बाबू एक ही हैं। बरानगर के बगीचे में एक बार ख़ूब सीटी बजाई थी—कहूँ क्या आप से !

—क्यों, ऐसा क्या !

—एक रोज़ आपको ले चलूँगा उस बगीचे में। ऐसी घनी झाड़ियाँ हैं कि आड़ में छिप जाइए, तो ढूँढ़ न पाए कोई। वहीं ये बाबू लोग लुकाछिपी खेला करते हैं।

—किसके साथ खेलते हैं ?

—मँझले बाबू कभी-कभी यहाँ से औरतें ले जाया करते हैं। उनकी आँखों में पट्टी बाँधकर बगीचे में छोड़ देते हैं। बाबू लोग झाड़ियों की ओट में कूँ-कूँ करते हैं। मज़े का खेल है। कभी-कभी छिपकर दरवाज़े की फाँक से हमने देखा है।

—छिपकर क्यों? देखने की मुमानियत रहती है ?

—जी साला बाबू, देखने में खुद ही जो शरम आती...

—बिलकुल नंग-धड़ंग। एक बार चीर-हरण का खेल किया था मँझले बाबू ने।

—चीर-हरण ! श्रीकृष्ण का चीर-हरण ?

—जी हाँ, बड़े महल की दीवार पर तस्वीर टँगी है न, हूबहू वैसा ही मँझले बाबू कृष्ण बने थे।

जवानी में ऐसे बहुत से शौक थे मँझले बाबू के—चीर-हरण, कालिया-दमन, नौकाविला, मानभंजन। अब न वह दिन रहा, न वे बातें रहीं। इस लोचन को उस समय साँस लेने की भी फुर्सत न मिलती थी। दिन-भर नाचघर में अड्डा जमा ही रहता। रात-दिन एक-सा गुलज़ार। दूर-दूर से तवायफ़ें आतीं—नन्हीं बाई—जुहरा बाई—जानें क्या-क्या नाम !

धोती में चून देते-देते बेनी निराश-सा बोला—कपड़े का तब कोई हिसाब रहता था साले साहब। हमीं लोग कितने कपड़े इसको-उसको दे देते थे। कितने कपड़े तो छिपाकर ले जाते थे भैरव बाबू। और उस रोज़ आकर मोती बाबू ने कहा, क्यों रे बेनी, सारे कपड़े तो फट गए, नहीं मिलने से अब इज्ज़त नहीं बचती। मैंने बताया—अब वह दिन नहीं रहा हुजूर ! गिनकर मिलते हैं कपड़े। एक भी कम हो तो विधु सरकार खोपड़ी खा जाएँ। फट जाए, तो फटा कपड़ा पेश करना पड़ता है सबूत के लिए—इतनी कड़ाई हो गई है।

—आख़िर ऐसा हाल क्यों हुआ बेनी ?

कपड़े का एक छोर पाँव के अँगूठे से दबाए दूसरे छोर को चुनियाते हुए बेनी ने कहा—कह नहीं सकता कि ऐसा क्यों हुआ साले साहब ! नन्हे बाबू की अभी शादी हुई न। पहले मैंने देखी है, मिठाइयों की रेलमपेल। कौए, चिड़ियाँ खाकर अघा जाते थे और यह शादी शुक्रवार को हुई—सोमवार को कहीं कुछ नहीं। हर बार एक धोती एक अँगोछा मिलता था। इस बार अँगोछे की शकल भी न दिखाई पड़ी।

सचमुच भूतनाथ को भी आश्चर्य लग रहा था। इन्हीं कई वर्षों में कितना क्या बदल गया ! कब से एक मोटर लाने की बात चल रही है, शील, सेठ—सबने गाड़ी ली। मरते-मरते भी छेनीदत्त मोटर ले गया। यहाँ न आई।

एक दिन एक गाड़ी आई थी।

भोजन करके उठा ही था भूतनाथ कि भों-भों की आवाज़ आई आँगन से।

वंशी दौड़ा—मँझले बाबू की मोटर आई है।

भूतनाथ भी गया। झकाझक गाड़ी। सब कुछ लोहे का। सिर्फ़ उसकी छत कपड़े की। रबर के चार पहिए। बैलून-जैसी फूली-फूली कोई चीज़ थी—दबाते ही भों-भों आवाज़ होती। सभी देखने के लिए दौड़े आए।

अपनी छत पर इब्राहिम बाल में कंघी कर रहा था। उसकी भी नज़र पड़ी। आँखें जल उठीं। वंशी ने कहा—देखिए, इब्राहिम के बदन में आग लग गई।

—क्यों, उसे क्यों गुस्सा आया ?

—मोटर आ गई, अब उसकी घोड़ागाड़ी की कौन पूछेगा ?

जो जहाँ थे, वहाँ से गाड़ी देखने के लिए आ धमके। अन्त में आए मँझले बाबू।

उनके आते ही साहब गाड़ी पर से उतरा। दोनों में बातें हुईं।

चारों तरफ़ से गाड़ी को देखा-दिखाया।

मँझले बाबू ने कहा—वेरी गुड ! और क्या-क्या कहा, समझ में न आया। मँझले बाबू साहब को नाचघर में ले गए।

हवागाड़ी को देखकर जी भर नहीं रहा था। गाड़ी तो शहर में बहुतों की थी, मगर इसकी तुलना नहीं। मँझले बाबू ने कहा था—मेरी गाड़ी सबसे अच्छी होनी चाहिए। सो गाड़ी तो गाड़ी ही आई।

श्यामसुन्दर अब तक ठगा सा देख रहा था। अब बोला—इसे चलाएगा कौन ?

किसने तो बगल से कहा—क्यों, इब्राहिम।

किसी ने कहा—ऐसा बेवकूफ़ कौन है ! जिसने कहा था, उसने मुँह छिपा लिया। ऐसी बेवकूफ़ी की बात कह ही कौन सकता है ! छत पर उस समय भी इब्राहिम बाल सँवार रहा था। शायद उसने यह सुना।

—इब्राहिम मियाँ, सुना तुमने, क्या कहा ?

इब्राहिम के कान और भी लाल हो उठे। यासीन उसके बालों में क्यारियाँ बना रहा था।

इब्राहिम मुँह फिराकर आईना देखने लगा। मुँह से उसके निकला—बेवकूफ़ !

बेवकूफ़-जैसी ही बात ! यह दुनिया ही बेवकूफ़ों से भरी है, कम-से-कम इब्राहिम का यही ख़याल है। इसका चाचा जोधपुर के राजा का घुड़सवार था। तगड़ा डीलडौल। राजा को पोलो का शौक़ था। इसका चाचा ही दो सौ घोड़ों की निगरानी करता। एक बार यह महाराजा की पार्टी में अपने चाचा के साथ कलकत्ते आया। मँझले बाबू ने उसी समय वेलर का जोड़ा ख़रीदा था। इब्राहिम को काम मिल गया। तब से मज़े में चल रहा था। मँझले बाबू की काफ़ी खिदमत की। लेकिन अब।

मोटर की घर्र-घर्र शुरू होती कि इब्राहिम कमरे से चुपचाप बाहर निकलता। छिपकर छत से देखता। उसकी आँखें देखने-देखते ही कठोर हो उठतीं। इतनी कठोर, जितनी कि शिकार को देखकर जंगली जानवर की आँखें भी न हो सकतीं। मुँह से अस्फुट-से

कुछ शब्द निकलते। शायद वह उस निर्जीव गाड़ी को गाली देता।

लेकिन इब्राहिम की गाली बीसवीं सदी को ज़रा भी न डिगा सकी। चाँदपाल घाट में जहाज़ से लद-लदकर आने लगीं हवागाड़ियाँ। मैंचेस्टर से रैली ब्रादर्स का कपड़ा आने लगा। ग्रामोफ़ोन, कचकड़े के खिलौने, स्टीम इंजन, छोटे-बड़े कल-पुर्ज़े आने लगे। विलायती महावर, साबुन, एसेंस, ख़ुशबू-तेल, रेशमी फीते, माथे के काँटे, सब आने लगे। रंग-रंग की बोतलों में आने लगी शराब।

लेकिन ननीलाल की मोटर देखकर हैरान रह जाना पड़ा। लम्बी गाड़ी, वैसी ही चकाचक और वैसी ही उसकी आवाज़। रबर के बेलून को दबाने से मज़ेदार आवाज़ होती। उस आवाज़ से घोड़े नहीं भड़कते। गाड़ी के पास खड़े होने से कैसी तो ख़ुशबू आती ! भूतनाथ को दुविधा होती, यह ख़ुशबू गाड़ी के तेल की है कि ननीलाल के कपड़ों की या सिगरेट की ? फिर भी नई सी लगती वह बू।

नन्हे बाबू के ब्याह में उस रोज़ ननीलाल से भेंट हुई थी। नहीं के ही बराबर। उसे खिलाने के लिए लोग ख़ुशामद कर रहे थे। खुद हाबुलदत्त कह रहे थे—यह क्या, आपने तो मुँह भी जूठा नहीं किया !

ननीलाल ने कहा—अभी-अभी वरानगर से खाकर आया हूँ, गोलू-टोला में और एक जगह न्यौता आया है। आख़िर शरीर ही तो है।

किसी ने कहा—आपके चरणों की धूल पड़ गई, पथरिया घट्टा इसी से कृतार्थ है।

ननीलाल चुप रहा।

—नई मिल कब से चालू कर रहे हैं ? उस बार तो सारे शेयर बाजार से छूमन्तर हो गए। इस बार ज़रा ख़याल रखेंगे।

ननीलाल ने सिगरेट का कश खींचा। गाड़ी के पायदान पर पाँव टिकाकर खड़ा हुआ। उसकी अंग्रेज़ी पोशाक को भूतनाथ ने दूर से देखा। नन्हे बाबू से भी क़ीमती थी शायद, ज़्यादा चटकदार। गाड़ी के अन्दर दो जने और बैठे थे। गोरे-गोरे। अंग्रेज़ थे शायद।

जली सिगरेट फेंककर ननीलाल बोला—तो मैं चलूँ ?

हाबुलदत्त हाथ जोड़कर आगे बढ़ गए। कहा—उस नई बिल्डिंग में ठेके का...

—फ़िक्र न करें, मैं हूँ।

हाबुलदत्त ने कहा—आपने तो पानी तक न पिया...डर लग रहा है।

—सब होगा। आपका दामाद मेरा दोस्त है। हम दोनों सहपाठी हैं। अब तो अपने से हो गए। आइन्दा ना न कह सकूँगा—और विलायती ढंग से हँसकर ननीलाल गाड़ी पर बैठ गया।

वही आखिरी मुलाक़ात। उस दिन जी में तो आया था कि आगे बढ़कर दो बातें कर ले। मगर मुमकिन न हुआ। ख़ुशबू उड़ाती हुई जब उसकी गाड़ी निकल गई, तो भूतनाथ के सामने ननीलाल का पिछला सारा इतिहास तिर आया। वही ननीलाल। गंज

बाज़ार के डॉक्टर का लड़का। जाने उस पर भूतनाथ को क्या मोह था ! उसके जीवन की पहली चिट्ठी ननीलाल की ही लिखी थी। उसके बाद जिस दिन स्वामीजी कलकत्ते आए, उस दिन भेंट। उसके बाद नन्हे बाबू की ज़बानी सुनी मोतिया बीबी की कहानी। 'जख़्मी दिल को न मेरे दुखाया करो' वाला गीत। शिव ठाकुर गली की बिन्दी की बात। कॉलेज के दरवाज़े पर God is Good की जगह God is money लिखना। और आज का ननीलाल !

नन्हे बाबू ने बताया था, पाँच हज़ार रुपए उनसे कर्ज़ ले गया था, और उसी ने उन्हें ऐसी लतें लगाईं। और नन्हे बाबू ने यह भी कहा—मगर मेमें भी उसकी क़दर करती हैं। उस रोज़ एक बैंक भी खोला है। जूट की तीन-तीन मिलें हैं। कोयले की छह खानों के हिस्से ख़रीदे हैं। रात को दिन बना छोड़ा। जवान है, बहादुर। उसके बाद ज़रदार ससुर और ख़ूबसूरत बीवी। गोकि ऐसी भी नौबत आई थी अंग्रेज़ दर्ज़ी के यहाँ कपड़े सिलने दिए थे—देने को पैसे पास न थे। फिर मैंने ही रुपए दिए।

नन्हे बाबू के ब्याह की दावत के समय फिर एक बार उससे मिलने का मौक़ा मिल गया। पीछे से उसने आवाज़ दी—ननी !

सेठ, शील, लाहा, मल्लिक—सभी अपनी-अपनी गाड़ी पर आए थे। इत्र, गुलाबजल, माला, सिगरेट-तम्बाकू की पूछिए न। लखनऊ के उस्ताद रहमतुल्ला और तीन दिनों तक टोड़ी, भैरों, दरबारी कानड़ा बजाते रहे, जिससे बड़े घर के ऐश्वर्य और संस्कृति के आडम्बर में आँच न आए।

सुखचर के नायब ने एक बार सलामी की मोटी रक़म भिजवाई थी। मँझले बाबू की चिट्ठी लेकर खुद विधु सरकार गए थे। बड़े बाबू के श्राद्ध के समय रिआया ने धोखा दिया था। सन् अट्ठारह सौ तैंतीस के आँधी-तूफ़ान में जो तबाही हुई थी, उसमें दो साल का लगान माफ़ कर दिया गया था। सन् छिहत्तर के अकाल में रिआया ज़मींदार के घर से धान ले गई। पुराने रिकॉर्ड में सब दर्ज है। सो इस बार घर-पीछे एक-एक बेगार और आदमी-पीछे आठ आना नज़राना देना ही पड़ेगा। विधु सरकार ने धमकी दी—नहीं तो अगले साल की बन्दोबस्ती में देखा जाएगा।

विधु सरकार के साथ मधुसूदन गया था। वसूली जैसे-तैसे आदमी से तो होती नहीं। रिआया की ज़ात होती ही बड़ी बदमाश। लाख हो, कचहरी में आकर रोना उनकी आदत है। ऐसे-ऐसे भी पाजी हैं, जो प्यादे से बात भी नहीं करते। कहते—अपनी राह लगो, खाना नसीब नहीं होता और ज़मींदार के बेटे के ब्याह का नज़राना चाहिए।

लौटकर विधु सरकार ने बताया—सुखचर अब वह सुखचर नहीं रहा हुज़ूर ! उस बार आपकी नींद हराम न हो, इसलिए रात-भर लोग पोखरों में मेंढक भगाते रहे थे, याद है न ? और उस बार जब होली के समय राजा बहादुर गए थे, तो मालोपाड़ा के सरदार ने हुज़ूर का पाँव धुलाया था। लेकिन आज क्या कहते हैं, पता है ? कहते हैं, ज़मींदार पिता-तुल्य है। दुःख-दुर्दिन में ख़याल न रखें तो ज़मींदार क्या ? बाप भी ऐसा हो तो लड़के उसे नहीं खिलाते।

मँझले बाबू को ये बातें अच्छी न लगी थीं। अगर नन्हे बाबू की शादी न होती, तो यह घटना और ही रूप लेती।

बात नन्हे बाबू के कानों तक भी पहुँची। न्योते में एक धोती, एक सौ अट्‌ठाईस गंडा सुपारी और एक थाल मिठाई भेजने का रिवाज था। सदा से यही होता आया था। पंडित-पुरोहित का कितना, दान में कितना—सबका रिकॉर्ड था। लेकिन इस बार कुछ त्रुटि हुई। आठ सौ तिरानवें घर में न्योते के समान तो हिसाब से उतने ही गए, लेकिन मिठाई में चीनी ज़्यादा, धोती कुछ दब, सुपारियों में कुछ दाग़ी सुपारियाँ।

जो भी हो, आए लेकिन सभी। बाहरी टीमटाम में कोई कमी नहीं। रहमतुल्ला ने न केवल बहू बाज़ार, बल्कि सारे कलकत्ते को गुँजा दिया। सब पर खाते-सोते जैसा नशा सवार हो गया। मँझले बाबू मालोपाड़ा के सरदार के अपमान को भूल गए और नन्हे बाबू भूल गए समारोह की ख़ामियाँ। साँझ को बड़ा महल गुलज़ार हो गया।

भूतनाथ ने फिर आवाज़ दी—ननी !

ननीलाल जाने को था। बहू को देख चुका था। हज़ार-बारह सौ का एक खिलौना भी उसने भेंट किया। ख़ास पेरिस से उसके किसी मुवक्किल ने भेजा था।

वह गाड़ी पर सवार हो रहा था कि भूतनाथ ने आवाज़ दी।

—अरे, भूतनाथ ! क्या ख़बर है, आ। हाथ पकड़कर उसे अपनी गाड़ी पर बिठा लिया।—कहाँ है इन दिनों ?

—यहीं, इन्हीं के यहाँ।

—क्या कर रहा है ?

—कुछ नहीं।

गाड़ी बनमाली सरकार लेन में चलने लगी। जिन्दगी में मोटर पर वह यही पहली बार चढ़ा। किस आसानी से निकल आई इतनी दूर गाड़ी ! वह आराम से बैठ गया।

ननीलाल ने ही पहले बात की—नन्हे बाबू की बीवी कैसी लगी ?

—बहुत अच्छी। ये लोग रूप ही देखकर तो ब्याह करते हैं।

—लेकिन बहुत छोटी है। दस साल से ज़्यादा उम्र न होगी। नन्हे क्या करेगा यह बहू लेकर ?

भूतनाथ ने क़हा—इस घर का यही रिवाज है।—फिर कुछ देर चुपचाप रहकर बोला—और कहाँ तक चलूँ, यहीं उतर पड़ूँ !

—क्यों, मेरे यहाँ चल—पटलडाँगा।

—इतनी रात को मैं लौटूँगा कैसे ?

—उसकी फ़िक्र तू न कर। मेरा घर तो देख लो। ख़ैर, करता क्या है ?

—कहा तो, कुछ नहीं करता।

—नौकरी करेगा ?

—नौकरी देगा कौन ?

—मैं दूँगा। अपने बैंक में इतना-इतना आदमी रख रहा हूँ।

—मैं कर सकूँगा ?

—काम कुछ कठिन तो नहीं। रुपएवाले बैंक में रुपया रखेंगे, सूद मिलेगा और अगर तू किन्हीं का रुपया लाएगा, तो उसका अलग से कमीशन मिलेगा। पैसेवाला कोई तेरी जान-पहचान का हो, तो मेरे बैंक में रखे, सूद मिलेगा, रुपए भी हिफ़ाजत से रहेंगे और जी चाहे जब निकाल लेगा।

ननीलाल ने और भी बहुत तरह की बातें बताईं। सुनकर वह तो हैरान। बताया, रुपया तो धरती में बिखरा पड़ा है। बटोर लेने की अकल होनी चाहिए। ननी करोड़ों का ख़्वाब देखा करता है। बोला—दुनिया में रुपया नहीं तो कुछ नहीं। सो रुपया ही मेरा ध्यान है। जीवन में जिन वस्तुओं की कामना होती है, यानी इज़्ज़त, नाम, तन्दुरुस्ती, ख़ूबसूरती, भोग, स्त्री, परिवार, मान-प्रतिष्ठा—सबकी जड़ रुपया है। आज मेरे पास रुपया है, तो सब मेरी कद्र करते हैं। ऐसा कोई भी खोटा काम नहीं, जो मैंने नहीं किया, मगर मैं उसमें गर्क नहीं हो गया। शराब पी है, आज भी पीता हूँ, बड़ों की दोस्ती गाँठी है। अड्डा भी जमाया है। कर्ज़ करके भी दोनों हाथों रुपए उड़ाए हैं। मगर किसलिए ? इसलिए कि और रुपए आएँ। मैंने सिर्फ़ ख़ूबसूरती देखकर शादी नहीं की है, दौलत भी देखी है। खूसबूरती भी चाहिए, रुपए भी चाहिए। इसीलिए तो नन्हे से कहा था—

—नन्हे बाबू को कितने रुपए मिले ?

—फूटी पाई भी नहीं। हाबुलदत्त को क्या जुर्रत है ! रात-दिन तो रुपयों के लिए मेरे पास दौड़ता है। मेरे रुपयों से वह बड़ा आदमी बना है।

भूतनाथ ने पूछा—उसे रुपए देने से तुझे लाभ ?

—मैं कुछ अपनी टेंट में से देता हूँ ! राम का रुपया श्याम को और श्याम का जद्दू को—बीच में मुझे मिल जाता है मुनाफ़ा ! इतने-इतने लोगों का मैं तनख़्वाह देता हूँ। देता हूँ कुछ अपनी जेब से ? राम-श्याम का दे देता हूँ।

इतनी बातें भूतनाथ के दिमाग़ में नहीं आतीं। उसने पूछा—अभी जा कहाँ रहा है ?

—अब सीधे घर जाऊँगा। दिन-भर कुछ खाया नहीं।

—बड़े महल में कुछ नहीं खाया ?

—ज़िद तो बहुत की उन लोगों ने, मगर पेट में जगह न थी। शाम की तरफ बेतरह शराब पी है।

—शराब ! शराब में रुपए क्यों बर्बाद करता है ?

ननीलाल ठठाकर हँस पड़ा।—तू पूरा बछिया का ताऊ ही रह गया। शराब में चूड़ामणि-जैसे गोबरगणेश ही रुपए फूँका करते हैं। मुझे तो शराब पीने से रुपए मिलते हैं।

—कैसे ?

ननीलाल ने कहा—यह फिर कभी समझाऊँगा। कलकत्ते में ऐसे भी लोग हैं, जो साथ शराब पीने से मुझे रुपए देते हैं। मैं उनसे बात करूँ, तो धन्य हो जाते हैं। ये

इतने कारोबार जो मैंने चला रखे हैं, इसमें अपना धेला भी नहीं लगा। आएगा यक़ीन तुझे ?

यकीन न आने-जैसी ही बात थी। आख़िर किस कलकत्ते का ज़िक्र कर रहा है ननीलाल। ब्रजराखाल से उसे पता चला था, स्वामीजी का जो अभिनन्दन समारोह हुआ था, उसका ख़र्च-भर भी इकट्ठा न हो सका। बाढ़ या अकाल के समय गा-गाकर लोग चावल, कपड़ा, पैसा माँगते हैं। कोई नहीं देता। रुपयों की कमी से देश की भलाई के कितने ही काम ठप्प पड़े हैं। पैसे मिलते तो स्वामीजी की एक मूर्ति कलकत्ते के राजपथ पर कहीं स्थापित की जाती। रुपयों की कमी से फूलदासी-जैसी कितनी औरतें हैज़े की शिकार होती हैं। रुपए होते तो निवारण की जमात कितना काम करती ? जर्मनी से रिवॉल्वर, बन्दूक, बम-बारूद आता। ग़रीबों के लिए अस्पताल खोला जा सकता। और इधर ननीलाल के लिए रुपंया कोई बात ही नहीं।

ननीलाल ने कहा—रुपया लाना सहज है, उसे लगाना कठिन है। रुपए के बच्चा होता है, मालूम है तुम्हें ? यह बच्चा दिलाना ही मुश्किल काम है।

भूतनाथ ने कहा—मेरे पाँच सौ रुपए हैं।

ननीलाल ने कोई आग्रह नहीं दिखाया। सिर्फ़ इतना ही कहा—पाँच सौ !

—हाँ, पाँच सौ।

अबकी भी ननीलाल ने वैसा कुछ न कहा—भूतनाथ मन-ही-मन हिसाब लगाने लगा कि पाँच सौ रुपए अगर इसके बैंक में रख दिए जाएँ, तो साल में पाँच बाराँ साठ रुपए सूद के आ जाएँगे। जवा की शादी में वह कोई भेंट देगा, यही सोचकर रुपए उसने छोटी बहू के पास रख छोड़े थे।

अचानक भूतनाथ बोल पड़ा—एक और आदमी के पास बहुत से रुपए हैं—लाखों-लाख।

अबकी ननीलाल मुख़ातिब हुआ। जली सिगरेट को फेंककर तुरत पूछा—किसके पास ?

एक झटका देकर गाड़ी फिर सीधी चलने लगी।

भूतनाथ बोला—और उतने-उतने रुपए उनके पास यों ही पड़े हैं—बेकार। अच्छा, नन्हे बाबू ने तेरे बैंक में नहीं रखा ?

ननीलाल ने हिक़ारत दिखाते हुए कहा—उन लोगों की सारी टीम-टाम बाहरी है। जमा-जथा कुछ नहीं है। कर्ज़ से लदे हुए हैं।

अभी-अभी तो मँझले बाबू ने गाड़ी ख़रीदी है।

—लटकती धोती, गाड़ी-घोड़ा, पाई-नौकर से ही कोई बड़ा आदमी नहीं होता। आजकल बड़प्पन बड़ा वैसा हो गया है। ज़मीन-ज़मींदारी जब तक है, तभी तक बड़प्पन। रिआया तो लगान बन्द कर दिया कि गए। अभी एक घोड़ा मर गया था, दूसरा न ले सके। इधर रखैल के लिए मकान बन रहा है, कबूतरों की लड़ाई चल रही है। सब ढाप है ढाप !

भूतनाथ बोला—मगर मैं जिनकी बात कह रहा था, उनके पास बहुत रुपए हैं। रखेगा अपने बैंक में ?

—है कौन वह ?

—सुविनय बाबू—मोहिनी-सिन्दूरवाले। अपने सब रुपए वे दान कर रहे हैं। कहने से रख भी सकते हैं। उनकी लड़की जवा से मेरी जान-पहचान है। उसे भी कहने से हो सकता है काम—

—जवा ?

—हाँ, हैं तो ब्रह्मसमाजी, पर सुविनय बाबू के पिता हिन्दू थे। उन्होंने ही नाम रखा था। बड़ी अच्छी लड़की है, पहचानता है क्या ?

—कैसी शक्ल है, बता तो !

भूतनाथ ने कहा—शक्ल बड़ी अच्छी है, फिर ब्रह्मसमाजी हैं। पूरे हाथ का कुर्ता पहनती है, मखमली गला गूँथकर चोटी झुलाती है—

कुछ सोचकर ननीलाल ने पूछा—ब्राह्म है न ? ब्राह्म लड़कियों से तो कभी बहुत मिलता रहा हूँ। काफ़ी ज़िद्दी-सी लड़की है, क्यों ?

—हाँ-हाँ, बड़ी ज़िद्दी है। मान नहीं सकती कभी।

—तो किसी दिन चल, चलें।

भूतनाथ ने कहा—सुविनय बाबू अभी काफ़ी बीमार हैं। बीच में तो अब-तब हालत हो गई थी। सुना, अब कुछ ठीक हैं। पहले मैं किसी दिन देख आऊँ, फिर तुझे ले चलूँगा।

गाड़ी इतने में पटलडाँगा जा पहुँची। घर के पास पहुँचते ही एक बड़ा सा कुत्ता ज़ोरों से भूँक उठा।

उतरकर ननीलाल ने कुत्ते को पकड़कर छाती से लगाकर कहा—बद्री...

ननीलाल चला जा रहा था। भूतनाथ ने पुकारा। मुड़कर उसने पूछा—कुछ कहना है ?

—अब अपनी उस बिन्दी के पास नहीं जाता ?

ननीलाल को याद आ गया।—ओ-ओ—याद आया न, अब उसे छोड़ दिया है। अब मिसेज़ ग्रियर्सन हैं।

—यह कौन ?

—मेरे पार्टनर की बीवी।

कबूतर उड़ाना कोई दस बजे ख़त्म हुआ।

इन्तज़ार करते-करते दारोग़ा का तो धीरज छूट गया। मगर कुछ कहते भी न बन रहा था। बड़े महल से थाने को सदा से काफ़ी भेंट-पूजा चढ़ती आई है। शुरू से थाने के दारोग़ों की पूरी सूची बही में दर्ज़ है। ब्लेक साहब जाने कब स्कॉटलैंड की क़ब्र में दफ़न हो गए, पर उनका नाम है। आज भी उनके नाम से ख़र्च लिखा जाता है। भूमिपति

चौधरी को उन्होंने ख़ून के जुर्म से बेदाग़ बचा लिया था। अपनी बीवी को गोली मारकर जिस रात इटालियन चित्रकार भागा, उसी रात पाँच सौ एक गिन्नियाँ दारोग़ा के पास पहुँच गईं। फिर टाउनसेंट साहब, उसके बाद रॉबिंसन साहब। पुलिस से दोस्ती न होती, तो नन्हे बाबू की बरात में उस दिन जाने क्या हाल होता !

खा-पीकर भूतनाथ हाथ धोने गया कि वंशी से भेंट हो गई। बड़ा व्यस्त-सा था। हड़बड़ में दो लोटा पानी डालकर तुरन्त भागने को तैयार। बोला—आज बिलकुल फुर्सत नहीं है हुज़ूर—चला।

भूतनाथ ने कहा—इन दिनों तुम्हारा काम सचमुच ही बहुत बढ़ गया है वंशी !

बात भी सही थी। जब तक छोटे बाबू घर नहीं रहा करते थे, तब तक फुसर्त-ही-फुसर्त थी। आजकल साले साहब से भेंट ही नहीं कर पाता। और इधर भूतनाथ भी नौकरी के लिए चक्कर काटता फिर रहा था। बहुतों के पास गया। व्रजराखाल की जान-पहचानवालों में, सुविनय बाबू के समाज के कुछ लोगों के पास। छोटी सी कोई नौकरी। जैसी भी तनख़्वाह हो चाहे। पाँच रुपया, छह रुपया। डलहौज़ी के बड़े-बड़े हाउसों की ख़ाक छानी। कई नए दफ़्तर खुले थे—रैली ब्रदर्स, मैलकम एंड कं., मार्टिन पिलर्स एंड को., टर्नर कैडोगन एंड कं.। देशी कम्पनियाँ भी थीं। प्रेमचन्द एंड कं., दत्त लिनिज एंड कं.।

किसी-किसी ने उपदेश देकर ही बैरंग वापस कर दिया। मोती शील का नाम सुना है ? तुम्हीं-जैसा ग़रीब था और बड़ा आदमी हो गया। बैठकर पत्ते खेलने से तो न होगा।

हलकी-सी आपत्ति की भूतनाथ ने—जी, ताश तो खेलना मैं जानता ही नहीं—तो—

—यह देखो, मामूली चीज़ ताश, उसी के व्यापार से लोग लखपति हो रहे हैं—और तुमने खेलना तक नहीं सीखा। बोतल और कॉर्क के कारोबार से मोती शील ने कितना पैदा किया, जानते हो ? उन दिनों वही ऑस्ट्रेलिया बिस्कुट चलान भेजते थे। वही क्यों, विशम्भर सेन आठ-दस रुपए से बैंक में दो लाख पौंड छोड़ गए थे। राजा नवकृष्ण—

एक-से-एक उदाहरण देते लोग। दुनिया-भर के नाम गिना जते। यह...वह...।

भूतनाथ ने पूछा—आख़िर दारोग़ाजी क्या कह गए वंशी ?

—ख़ाक-पत्थर कहेगा। साहब की कोठी पर कल डाली पहुँच जाएगी ? सारा किस्सा ख़त्म हो जाएगा। मैं तो चिन्ता की फ़िक्र से परेशान हूँ, भर्तार को खा बैठी है, ऐसा है बड़े महल का रवैया।

भूतनाथ कौतूहल को दबा न सका। पूछ बैठा—अच्छा, यह करतूत किसकी है वंशी ?

—आपने क्या यह हरकत पहली ही बार देखी साले साहब ? बीच में शशी की नौकरी गई। इधर गिरि की क्या शक्ल हो गई है, देखी है आपने ?

—गिरि

—जी, मँझले बाबू तो मारने पर आमादा हो गए। इधर से मँझली मालकिन भी डपट उठीं। बोलीं—सारा क़सूर औरत के मत्थे। घर के लड़के की बाग थामो। कल

जिसकी शादी होनेवाली है, उसकी यह हरक़त ! आख़िर ख़ून तो तुम्हीं लोगों का है—भला भी कितना हो ! मँझले बाबू तो फिर ज़्यादा कुछ न बोले, लेकिन मँझली माँ और बड़ी माँ में ठन गई।

—वह क्या ?

—बड़ी माँ टट्टी में थीं। नंगी ही बाहर निकल आईं। बोलीं—तू मेरे बेटे को तोहमत दे रही है मँझली ! कार्तिक-जैसा सलोना लड़का, उसे दूसरी औरत नहीं मिली ! शहर में औरत की कमी पड़ी है कि घर में पैसे की ! बड़े बाबू के रहते यहाँ नाचनेवाली नहीं आई ! एक रात में उन्होंने लाख रुपया नहीं फूँका ! तेरा बाप फूँक सका है उतना ! कि तेरे सात पुश्त में किसी ने फूँका ! मेरे लड़के पर तोहमत !

—और नई बहू ने सब सुना ?

वंशी ने कहा—पूछिए न, लंकाकांड हो गया। जल्दी-जल्दी सिन्धु आई। बड़ी माँ के बदन पर ओदा अँगोछा डाल दिया, तो आबरू बची।

—और नई बहू ?

—अन्दर ही थी। आकर माँ की आरज़ू-मिन्नत करने लगी। बहुत बातें हैं। फिर कहूँगा। अभी चलूँ, मरने की भी फुर्सत नहीं।

—आख़िर इतना क्या काम पड़ा है?

—जी, छोटे बाबू बाहर जाएँगे। फिर अनबन हो गई।

वंशी चला जा रहा था। भूतनाथ ने रोका। पूछा—छोटे बाबू कहाँ जाएँगे ?

—और कहाँ, जान बाज़ार !

जान बाज़ार ! फिर चुन्नी के पास ! इतने दिनों की सारी साधना बेकार हो गई ! इतने दिनों तक कभी भी बाहर नहीं गए छोटे बाबू। उनकी गाड़ी अस्तबल में पड़ी रही। घोड़े दाना खाते रहे और मोटे होते रहे। शादी की इतनी धूमधाम हुई, उनकी झाँकी भी न दिखाई पड़ी। बरात तक नहीं गए।

भूतनाथ ही नहीं, घर-भर के लोग हैरत में थे। मँझली बहू ने होंठ दबाकर हँसते हुए कहा—तूने कोई टोना किया क्या रे छोटी ?

बड़ी बहू ने भी सुना सिन्धु से—अच्छा, अपनी बीवी के साथ इस घर में यही पहली बार मरद को सोते देखा। छोटे बाबू खानदान का नाम डुबोएँगे !

गिरि में अब वह तेज़ नहीं रह गया था। अब वह उछल-उछलकर तिमंज़िले पर नहीं चढ़ पाती पहले-जैसी। सौदामिनी से गला फाड़कर झगड़ भी नहीं सकती। मगर सौदामिनी सब्ज़ी काटती हुई आप-ही-आप बुदबुदाती—दिन-रात बीवी का दामन थामे पड़ा रहता है, यह कैसा ख़सम रे बाबा ! जभी तो भोला बप्पा कहा करता था, फूल बहू—आँखें रहते ही तिरभुवन चीन्ह लो। भोला का बप्पा मरा, मुझे भी मार गया। छिः, शरम की हद हो गई !

एक रोज़ गिरि से भूतनाथ का आमना-सामना हो गया। वह सीढ़ी से चढ़ रही थी और आप-ही-आप बुदबुदाती जा रही थी—मेरी तरफ़ नज़र देनेवालों की आँख जाए।

मेरी सेहत गई, तो तुम्हारे बाप का क्या...। तेरे समांग में कीड़े पड़ें...।

अचानक भूतनाथ की नज़र पड़ी कि उसने लम्बा घूँघट काढ़ लिया। उसी तरह बुदबुदाती रही, जाने किसे कह रही थी—हरामज़ादी, यम के घर जा...ये मरे तो मेरा कलेजा ठंडा हो। कन्धे पर मसान पहुँचा आऊँ, चिता में पानी उँडेलूँ, गया में पिंड दे आऊँ...

एक ही पल में भूतनाथ की निगाह में आया कि गिरि की शक्ल जली लकड़ी-सी स्याह पड़ गई है, महज़ कै दिन पहले वह अच्छी-खासी थी।

वंशी ने बताया था—यह चार बार हो चुका जी।

नन्हे बाबू की नई बीवी दस साल की थी। वह भी दंग रह गई। बहू बनकर आने से पहले इस घर के बारे में बहुत-कुछ सुन चुकी थी। सुन चुकी थी कि इस घर के मर्द रात को अपने घर नहीं रहा करते। ऐसा ही नियम है—और भी बहुत-सी बातें।

उसने मँझली सास से पूछा—छोटे चाचा शायद रात को घर ही रहते हैं ?

मँझली बहू हँस पड़ी और गिरि से कहा—ज़रा बहू की बात सुन ले गिरि !

बाघ-गोटी खेलते समय गिरि कहती—जो भी चाहे कहिए, मुझे लगता है कि छोटी माँ ने कुछ टोटका ज़रूर किया है। पूजा-पाठ की बात बेकार है, कुछ दवा-दारू किया है।

छोटे बाबू की इस हरकत से हर कोई हैरान था—बुनियादी ख़ानदान के मर्द की आख़िर यह कैसी चाल !

इस अर्से में छोटी बहू ने भूतनाथ को शायद ही कभी बुलाया। बीच में एक बार वह अपनी गरज़ से आया था। चोर दरवाज़े से निकलकर चुपचाप कमरे के सामने जा खड़ा हुआ। शाम हो रही थी। बरामदे पर कोई न था। मँझली बहू अपने कमरे में बाघ-गोटी खेलने में मशगूल थी। बड़ी बहू सिन्धु से बातें कर रही थीं। नन्हे बाबू की तो तब शादी ही न हुई थी। नई बहू नहीं आई थी। अच्छा मौक़ा था।

दरवाज़े के सामने से भूतनाथ ने धीमे-से पुकारा—छोटी बहू—

पता नहीं, अन्दर क्या कर रही थीं वह। बोलीं—कौन, भूतनाथ ?

क्या कहे, भूतनाथ सोचने लगा। इतने में घूँघट काढ़कर चिन्ता बाहर निकली और अँधेरे में खो गई।

भूतनाथ के पाँव काँप रहे थे। छोटी बहू के पास आते ही जाने क्यों तो उसके पाँव काँपने लगते। पाँव ही क्यों, सारा शरीर। क्यों काँपता है, कहना कठिन है। यह भी नहीं कि जवा उससे बहुत घनिष्ठ है। वह भी आसमान के चाँद-सी पकड़ के बाहर है। मगर उससे इतना डर नहीं लगता। इतना वह प्यार भी नहीं करता शायद उसे। फिर भी ऐसा क्यों होता है, कौन कहे !

छोटी बहू पलंग पर लेटी थी। चिन्ता उसके पैर दबा रही थी।

अन्दर झाँककर उन्हें उस हालत में देख भूतनाथ अप्रतिभ हो गया।

छोटी बहू ने उठ बैठने की कोशिश न की। कहा—खड़ा क्यों है, अन्दर आ जा,

बैठ यहाँ।

भूतनाथ गया। कैसी तो शर्म आने लगी उसे। पूछा—तबीयत ठीक नहीं है क्या ?

लेटी-लेटी ही हँसती रही वह। कहा—तबीयत क्यों ख़राब होने लगी ? आजकल मैं बिलकुल अच्छी हूँ। फिर ज़रा रुककर हँसती हुई बोलीं—अभी भी मेरी याद आती है तुझे ?

—रोज़ ही आने को जी चाहता है तुम्हारे पास।

—मगर रोज़ आने न लगना।

—क्यों ?—पूछकर वह चौंक उठा। मानो इस कमरे में आने का उसे अधिकार है।

—न, रोज़ नहीं आते। आजकल छोटे बाबू जो आते हैं !

—वह तो रात को।

—तुझे पता नहीं भूतनाथ, वे आते तो रात को हैं, मगर दिन को भी मैं रात की ही सोचा करती हूँ। मेरे रात-दिन एकाकार हो गए हैं। जानते हो, समय पर यशोदादुलाल की पूजा करना भी भूल जाती हूँ मैं।

भूतनाथ चुप रह गया। बोलते हुए छोटी बहू का मुखड़ा मानो और भी ख़ूबसूरत हो उठा। इन कै दिनों में वह न केवल ख़ूबसूरत हो गई है, बल्कि और भी पवित्र, और भी निर्मल, और भी मुलायम हो उठी है।

भूतनाथ बोला—मैं एक काम से आया था।

—कौन सा काम, बता !

कपड़े की एक पोटली दिखाकर वह बोला—कुछ रुपए हैं, तुम्हारे पास रख देता। मेरे तो बकस-पिटारा है नहीं।

—कैसे रुपए हैं ?

—जवा के पिता ने पाँच सौ रुपए दिए। नौकरी तो रही नहीं, दफ़्तर ही बन्द कर दिया उन्होंने।

—नौकरी गई, बला गई।

—बलो गई ! रोटी कैसे चलेगी ! रहूँगा कहा—जिन्दगी-भर तुम थोड़े ही खिलाओगी।

—खिलाऊँगी भई, खिलाऊँगी। मैं ज़िन्दा रह गई तो तुझे रोटियों के लाले न पड़ेंगे। तू महल में रहेगा—किसकी मजाल कि तेरा कुछ बिगाड़े ! अब तो छोटे बाबू से मैं जो कहूँगी, वही सुनेंगे। तूने मुझ पर इतना बड़ा अहसान किया, मुझे पति की सेवा करने का सुयोग मिला, उन्हें बाघ के जबड़े में से निकाल सकी मैं—किसकी बदोलत आख़िर—

छोटी बहू ने करवट बदली, अँगड़ाई ली, जम्हाई ली।

भूतनाथ बोला—तुम्हें नींद आ रही है, मैं चलूँ—

—नहीं रे पगले, नींद नहीं आ रही। छोटे बाबू रात-भर सोने ज़रूर नहीं देते, फिर भी इतनी जल्दी नींद नहीं आती। ले, कुंजी ले। उस सन्दूक में रुपयों को रख दे।

—कुंजी ले—यह सुनकर भूतनाथ को कैसा डर-सा लगा।

उसमें न धमकी थी, न आदेश। आखिर क्या है इस आवाज़ में, यह सोचते हुए

भूतनाथ ने छोटी बहू के चेहरे की तरफ़ देखा। आँखों में सुरमा तो नहीं ! या स्याही पड़ी है। रात जागने की स्याही। सोचकर हैरत होती है, इन आँखों के इस कर्षण की अब तक छोटे बाबू कैसे उपेक्षा कर सके ! सोचा भी नहीं जा सकता, कि औरत की सहज निगाह में इतना मोह, इतनी माया, इतनी मदिरा होती है। फतेहुपर की राधा ! उसके रूठने पर आँखों में यह नशा नहीं होता। बात-बात में चिकोटी काटनेवाली अन्ना। वह भी इस कदर नहीं खींचती थी। हरिदासी थी तो गम्भीर स्वभाव की, लेकिन पेट में शरारत भरी थी उसके। उसके व्यंग्य से गुस्सा ज़रूर आता, पर अच्छा भी लगता था। जवा उसका मज़ाक बनाने लगती तो गुस्सा चाहे लाख आए, अच्छा लगता। अच्छा लगने की भी मात्रा होती है। लेकिन इसके अच्छा लगने की गोया हद ही नहीं कोई।

भूतनाथ ने कहा—सन्दूक मैं खोल सकूँगा ?

—बेशक ! न खोल चाहे, मगर अभी मैं उठने की नहीं।

—और न खोल सकूँ तो ?

—फिर मर्द क्या बना ?

उस रोज़ सन्दूक के अन्दर झाँककर भूतनाथ हैरान रह गया था। मोतियों की माला थी शायद। पास ही ढेरों गिन्नियाँ। अँधेरे में हीरे के गहने झकझक कर रहे थे। चाँदी की एक तश्तरी में रुपयों की थैली उसने रख दी। झन्न से आवाज़ हुई। वह चौंक उठा। वह झंकार उसकी नस-नस में कुछ देर तक दौड़ती रही। उसे लगा, छोटी बहू के बदन पर उसका हाथ पड़ गया। नरम शरीर। वह चौंक पड़ी और झटके में हाथों की चूड़ियाँ झनकार उठीं।

—बन्द कर दे और उस दराज़ में से निकालकर बोतल ला दे।

एक काली बोतल पर भूतनाथ की नज़र पड़ी। लेबिल लगी बोतल—शराब है !

—हाँ, ले आ तू।

बढ़ाकर भी हाथ खिंच आए उसके। दुविधा हुई। लगा, कुंडली मारकर फन फैलाए कोई विषधर बैठा है। छुआ नहीं कि डँसा। मुड़कर कहा—पियोगी क्या अभी ?

वह उठ बैठी। कहा—कैसा तो लग रहा है !

—लगे चाहे, उससे थोड़े ही दुरुस्त होगी तबीयत ?

छोटी बहू हँसी। बोली—होगी, दुरुस्त होगी। उस दिन नील का उपवास था—दिन-भर पानी तक न छुआ, लेकिन शाम को ज़रा सी पी और ताज़ा हो गई।

—अब उल्टी नहीं आती, पहले दिन की तरह ?

छोटी बहू हँसने लगी।

—हँस रही हो ?

—हाँ, अब बिलकुल उलटा हो गया है। दिन बिना पिए भी कट जाता है, मगर साँझ हुई नहीं कि जम्हाई आने लगती है, सूना-सूना लगता है और जीभ से लगाते ही सब ठीक।

भूतनाथ ने गम्भीर होकर कहा—फिर तो तुम्हें लत लग गई है, ज़रूर—

धत्, जब तक छोटे बाबू चाहेंगे, पीऊँगी, फिर छोड़ दूँगी।

—तो अभी क्यों पी रही हो फिर ?

—कैसा तो कर रहा है जी, इसीलिए। तू ला। ज़रा सी पीऊँगी। सच।—लेटी-ही-लेटी उसने हाथ बढ़ाया।

—मैं नहीं देता। तुमने वचन दिया था कि ज़्यादा न पिओगी।

—सच मान, मैं ज़्यादा नहीं पीती भूतनाथ, सच कह रही हूँ। जिस दिन छोटे बाबू के पल्ले पकड़कर पीती हूँ, उस दिन सुबह सिर नहीं उठा सकती। एक दिन तो तमाम दिन बहोश पड़ी रही, जाने क्या बकती रही। मैंने छोटे बाबू से भी कहा। बोले, शुरू-शुरू में ऐसा होता है। देख नहीं रहा है, कितनी मोटी हो गई हूँ मैं !

मोटी हुई भी कि नहीं, भूतनाथ ने ग़ौर किया। बोला—मोटी कहाँ हुई हो—हाँ, पहले से और ख़ूबसूरत हो गई हो।

—छोटे बाबू ने कहा है—शराब से सेहत कभी ख़राब नहीं होती। अंगूर का रस ही तो है।

भूतनाथ ने कहा—हरगिज़ नहीं। शराब अंगूर का रस होता तो नशा क्यों आता ? इसके नशे में आदमी बर्बाद क्यों होता ? क़दम लड़खड़ाते क्यों हैं, चक्कर क्यों आता है ?

छोटी बहू फिर लेट गई। बोली—आख़िर कहना क्या चाहता है तू ? उनकी न मानकर तेरी ही सुनूँ !

भूतनाथ क़रीब जाकर बोला—यह थोड़े ही कह रहा हूँ मैं, नाहक मुझ पर तोहमत डाल रही हो !

—फिर ? मना क्यों करता है तू ?

—अपने लिए थोड़े ही मना करता हूँ। तुम ख़ुदकुशी करोगी तो तुम्हारा ही नुक़सान होगा।

छोटी बहू ने कहा—वह भी करनी पड़े, तो उनके चरणों में माथा टेककर करने का मौक़ा मिलेगा—एक सधवा के लिए इससे बड़ी हविस और क्या हो सकती है ?

भूतनाथ को अब सच ही ग़ुस्सा हो आया। वह बोतल लाकर बढ़ाते हुए बोला—तो तुम मरो—पिओ, मन की अपनी हविस पूरी कर लो।

हँसती हुई वह उठ बैठी। कहा—जब शराब दी तो सोडे की बोतल भी बढ़ा दे ज़रा।—और बोतल को उसने ख़ुद खोल लिया।

भूतनाथ एकदम देखता रहा। एक दिन इसी बोलत को लेते हुए उसके हाथ काँप उठे थे, डर भी गया था शायद, शायद अन्दर से रोना भी आया था। लेकिन आज उस दृश्य पर जैसे यक़ीन नहीं आता। आज यह कितना आसान हो गया। उस ज़हर को उसने गिलास में उँड़ेला। बिजली की रोशनी में गिलास चमकने लगा।

और फिर ?

फिर भूतनाथ की अपलक आँखों के सामने छोटी बहू ने घूँघट को ज़रा ऊपर खींच

लिया और लमहे में गिलास ख़ाली हो गया। चेहरे पर शिकन आ गई। खटका नहीं। पीकर छोटी बहू हँसने लगी। बोली—तू उल्लू की तरह देख रहा है भूतनाथ।—थोड़ी सी फिर ढाली। पूछो—पीएगा ?

भूतनाथ कुछ न बोला।

—देख तो सही पीकर। आ, हम दोनों साथ ही मरें।

भूतनाथ फिर चुप रहा।

छोटी बहू ने दोबारा गिलास को खाली कर दिया। फिर थिर-सी हो गई। बेवस-सी। सर्वांग में फिर वही प्रशान्ति। आप-ही-आप बोलने लगी—मैं पीती ही हूँ तो किसी का क्या ? ग़ैर के पैसे से पीती हूँ ! ज़रूर पीऊँगी, ख़ूब पीऊँगी—अभी और पीती हूँ—देखती हूँ, कौन क्या कर लेता है—कहकर सच ही उसने फिर से गिलास में शराब ढाली। एक ही साँस में पी डाली। सिर से घूँघट हट गया। बोली—पीती हूँ, ठीक करती हूँ। ख़ुशी अपनी, पीऊँगी। जिसे नहीं सुहाता, वह हट जाए, चला जाए यहाँ से, निकल जाए मेरे कमरे से। मैं किसी का खाती हूँ कि पहनती हूँ ?

अब भी भूतनाथ के मुँह से कुछ न निकला। देखते-देखते छोटी बहू की आँखें सुर्ख हो गईं, पसीना बहने लगा। पतले होंठ रसीले हो उठे। तकिए के सहारे पलंग पर ओठंग कर पूछा—देख क्या रहा है भूतनाथ ?

भूतनाथ ने कहा—शर्म नहीं आती, छिः !

छोटी बहू खिलखिलाकर हँस पड़ी। हँसी के आवेग में सारा शरीर मानो उभर उठने लगा। उसके बाद बोली—शर्म ! शर्म किस दुःख से हो ! बता सकता है, मुझसे सुखी कौन है ! मुझ-जैसी है कोई ख़ूबसूरत, मुझ-सी इतनी बड़े परिवार की बहू—छोटे बाबू-जैसे पति, इस खनदान में जो किसी ने नहीं किया, मेरे लिए वही किया छोटे बाबू ने। वे रात को घर में सोते हैं—मुझ-सी सुखी कौन है ! मैं समझती हूँ, हिंसा से छाती फटती है तुम्हारी।

भूतनाथ चुप रहा। लगा, वह हद से बाहर जा रही है। ज़रा रुककर छोटी बहू ने कहा—एक दिन छोटे बाबू से मैंने पूछा था—तुम सुखी हुए ? जानते हो, क्या कहा उन्होंने—

—क्या कहा ?

—कहा, मेरी छोड़ो, तुम सुखी हुईं ? जो चाहती थीं, मिला तो ?

मैंने कहा—तुम्हारे ही सुख से मेरा सुख है। तुम क्या सुखी नहीं हुए ? मैं क्या तुम्हें सुखी नहीं कर सकी ? तुमने कहा था कि बाज़ार की औरतें ही आनन्द देना जानती हैं। मैंने ज़ोर के साथ कहा था—मैं भी दे सकूँगी। तुम्हीं बताओ, दे नहीं सकी मैं ? छोटे बाबू हँसने लगे। रात ख़त्म हो रही थी। वे मेरी छाती पर सिर रखकर सोए थे। मैं उनके बालों के अन्दर उँगली डालकर सहलाती रही, फिर पूछा—जवाब नहीं दे रहे हो ?

छोटे बाबू देर तक जाने क्या सोचते रहै ! बोले—तुम्हें मन्त्र पर विश्वास है ?

मैंने कहा—धरती पर कोई मन्त्र पर विश्वास करती है, तो वह मैं हूँ। तुम्हें अपने

कलेजे में मैंने मन्त्र के ही ज़ोर से तो पाया है। देखो, मेरी तरफ़ देखो।

उनकी ठोड़ी पकड़कर मैंने उनका चेहरा अपनी तरफ़ किया। पूछा—क्या देख रहे हो, कहो तो ?

—कहाँ, कुछ भी तो नहीं।

—मेरे कपाल में क्या है ?

—कपाल में ? कुछ भी तो नहीं देख रहा हूँ।

—सिन्दूर नहीं दिखाई देता ?

—हाँ, सिन्दूर का टीका है।

—वही तो मन्त्र है—मन्त्रवाला सिन्दूर—मोहिनी-सिन्दूर। इसी की बदोलत तुम्हें मैंने अपने पास पाया है।

सुनकर छोटे बाबू हँसने लग। हँसने पर बड़े अच्छे लगते हैं वे। पहले कभी देखी तो नहीं थी हँसी। पूछा—हँस रहे हो ?

छोटे बाबू ने कहा—मैं उस मन्त्र की बात नहीं करता। वह तो ठगी है, गाँठ काटने का मनसूबा। मैं उस मन्त्र की कह रहा हूँ, जो ब्याह के समय पुरोहित ने पढ़ाया था। तुम्हें शायद याद न हो। तब तुम्हारी उम्र दस साल की होगी। मैंने उस समय इस मन्त्र का मतलब नहीं समझा था, लेकिन जो भी समझा, उसके अनुसार मैंने तुम पर ज़ुल्म किया है।

मैंने हाथ से उनका मुँह ढँक दिया। कहा—तुमने कुछ भी ज़ुल्म नहीं किया। वह सब मेरे कर्म का लिखा था।

वे बोले—नहीं-नहीं, किया है। मैंने तुम्हें शराब की आदत लगाई है।

रात-भर हम दोनों ने खूब पी थी। फिर भी देखा, उन्हें होशोहवास है। दिलासा देते हुए मैंने कहा—फ़िक्र न करो, जब भी कहोगे, पीना मैं छोड़ दूँगी। तुम्हें चूँकि अच्छा लगता है, इसलिए तो मैं पीती हूँ।

वे बोले—उहूँ, तुम्हें नशे की अब लत हो गई।

उन्होंने आँखें मूँद लीं। मैंने देखा, उनकी आँखों से आँसू बह रहे हैं। मैं बताऊँ भूतनाथ, उस आदमी को इतने दिनों तक हम लोग ग़लत समझते रहे। दरअसल इस घर में उसे किसी ने नहीं पहचाना, सो उसने भी किसी की परवाह न की। मँझले जेठ भी तो हैं। उन्हें एक नहीं, दर्ज़नों नशे हैं। और छोटे बाबू को एक है—जान बाज़ार। वह भी इसलिए कि आदमी अभिमानी है, सो नशे में अपने को डुबाए रखता है। मैंने देखा है, खुद बहुत ज़्यादा नहीं पीता, बल्कि मुझे ही ज़्यादा पिलाता है—ज़रा आदर करो कि गल जाता है, प्यार करो तो धन्य-धन्य हो जाता है।

भूतनाथ ने पूछा—लेकिन सच ही अगर तुम्हें नशे की लत लग जाए छोटी बहू ?

छोटी बहू ने कहा—अरे, यह नशा नहीं है भैया, पीकर देख, तू भी समझ जाएगा। कैसी जो एक धुन हो आती है, लगता है, सबको मैं क्षमा कर सकती हूँ, सबको प्यार कर सकती हूँ, किसी की बुराई पर निगाह नहीं पड़ती। मेरे देवता और मेरे छोटे बाबू

उस घड़ी जैसे एक हो जाते हैं। उस समय तुझे भी प्यार करने को जी चाहता है।

भूतनाथ बोला—लेकिन ऐसे में तो यहाँ मेरा ज़्यादा दिन रहना नहीं चल सकेगा।

छोटी बहू के चेहरे का भाव अचानक बदल गया—क्यों ?

—सभी कानाफूसी करने लगे हैं कि तुमसे मेरी गहरी पटती है। तुमने मुझे जूते-कपड़े दिए हैं। विधु सरकार ने सूची में से मेरा नाम काट डाला था—तुमने ही अपने ज़ोर से—

कहते हैं लोग ? बैठी-बैठी वह सामने की तरफ़ झुक गई। ज़रा देर टकटकी लगाए भूतनाथ को देखती रहीं। गिर ही पड़ती नीचे कुछ देर में।

झट से भूतनाथ ने उसे पकड़ लिया। बोला—देखो, क्या हो जाता अभी !

—हाथ छोड़ दे। मेरे बदन पर हाथ न लगा।—कहकर वह अपने कपड़े सँभालने की कोशिश करने लगी—जा, निकल जा यहाँ से—और वह बोतल को झुकाकर गिलास में शराब ढालने लगी।

भूतनाथ ने पूछा—फिर पीओगी ?

—पिऊँ तो तुम्हारा क्या ?

भूतनाथ आगे आकर अड़ गया—अब नहीं पी सकतीं तुम ?

—ज़बर्दस्ती है ?

—हाँ, है। छोटे बाबू के सामने जो चाहे सो करो, मैं कुछ नहीं कहता, मगर मेरे सामने नहीं पी सकतीं।—भूतनाथ ने उसके हाथ से बोतल छीन लेनी चाही कि वह छूटकर फ़र्श पर जा गिरी। झन्न की आवाज़ के साथ बोतल चकनाचूर। काँच के टुकड़े तमाम बिखर गए। कमरे में शराब फैल गई। भूतनाथ के हाथ से ख़ून बहने लगा। वह ठगा-सा रह गया।

जाने क्या हुआ कि छोटी बहू ने हँसना शुरू किया। शुरू किया तो किया। वह हँसी रुकने क्यों लगी ! और घर तोड़ गिरानेवाली हँसी। हँसते-हँसते दम घुट जाएगा मानो। उस रात बोतल टूटने की आवाज़ से छोटी बहू की हँसी मिलकर एक हो गई थी।

उस रात इस वारदात के बाद भूतनाथ ने चोर कमरे में आकर अन्दर से दरवाज़ा बन्द कर लिया था। लेकिन आज वंशी की बात सुनकर, वह मानो आसमान से गिर पड़ा। छोटे बाबू से फिर कैसी लड़ाई हो गई कि वे जान बाज़ार चले ! क्या कोई मौक़ा पाकर वृन्दावन का टोना काम कर गया।

वंशी ने कहा—वह देखिए, उनकी गाड़ी की सफ़ाई हो रही है। नया इत्र निकालना है, तैयारियाँ कर देनी हैं—आज बेतरह काम है साले साहब—इजाज़त दीजिए।

भूतनाथ ने पूछा—अच्छा, एक बात बता सकता है तू ?

—क्या ? वंशी पलटकर खड़ा हो गया।

—तुझे मालूम है, चुन्नी वृन्दावन की कौन होती है ?

वंशी अवाक् रह गया—आपने कैसे जाना ?

—वृन्दावन से मेरी मुलाक़ात हुई थी।

—आपके पास भी आ पहुँचा था—ख़बरदार, उसे सहारा न दीजिए। इसी तरह कुछ दिनों ठनठनिया के छेनीदत्त के यहाँ भी चक्कर काटता रहा, छेनीदत्त तो चल बसा, अब नाटूदत्त के पीछे पड़ा है। छोटे बाबू तो जाते नहीं, अब उन्हें दाना नहीं नसीब होता। छोटे बाबू ने मोटर ख़रीद दी थी, उसे भी बेचना पड़ा। क्यों न बेचना पड़े—चीज़ें महँगी हो गई हैं—सात आना सेर मांस, चौदह पैसा सेर सरसों का तेल, दूध दस पैसे का सेर और घी तो बारह आने ! उनका चले कैसे, कहाँ से चले ! ख़ैर, बिन्दावन कह क्या रहा था आपसे ?

—कह रहा था कि उसकी नई माँ ने मुझे ज़रा बुलाया है।

वंशी आगभभूका हो गया—कमबख़्त बिन्दावन की हिमाक़त देखिए ज़रा ! यह सब उसकी साज़िश है। किसी तरह आपको ले जाकर फँसाएगा—

—तुम क्या मुझे इतना कच्चा समझते हो वंशी ?

—हाँ, उसने और क्या-क्या कहा ?

—वही सब रोना-गाना, और क्या ! गाड़ी बेचनी पड़ी, गुज़ारा नहीं चलता। मतलब यह कि किसी तरह से छोटे बाबू को जान बाज़ार भेज सकूँ तो—। लेकिन खोलकर कुछ बोला नहीं, इतना ही कहा कि मुझे बुलाया है।

—ख़बरदार, आप हर्गिज़ न जाइए। डायन है वह डायन। छोटे बाबू का लहू सोखती रही। अरे बाबा, कलकत्ते में तो बहुतेरे बाबू पड़े हैं—उनके पास जा। वे गाड़ी देंगे, जूतों के तलवे चाटते रहेंगे—जा उनके पास।

भूतनाथ ने पूछा—वंशी, चुन्नी कौन होती है उसकी ?

वंशी ने सिर हिलाया—जी नहीं, जगन्नाथ परभु की कसम खाई है...नहीं बता सकता। हाँ, इतना कहे देता हूँ, इस बिन्दावन को नरक में भी जगह नहीं मिलेगी—मगर न-न, बता नहीं सकूँगा मैं।

ज़रा देर चुप रहकर भूतनाथ बोला—लेकिन इतने दिनों के बाद छोटे बाबू जान बाज़ार क्यों जा रहे हैं ?

—क्या पता, नौकर ठहरा, बड़ों के मन की क्या जानूँ ?

—तुमने कुछ नहीं सुना ?

—सुना तो सारा कुछ है—मगर समझा खाक भी नहीं।

—सुना क्या, सो हा बताओ ?

वंशी ने कहा—सुनिए फिर। उस रोज़ मैं छोटी माँ के पास गया। साँझ नहीं हुई थी। छोटे बाबू अन्दर थे। मैं अन्दर नहीं गया। देखा, झड़प हो रही है। छोटी माँ कह रही हैं—मुझसे ऐसी क्या चूक हुई—बताओ तो !

छोटे बाबू ने कहा—वह तुम ठीक-ठीक समझ नहीं सकोगी। छोटी बहू—मन्त्र पढ़कर जिससे शादी की जाती है, उसके साथ वास्तव में मौज़ नहीं की जा सकती। ख़ासकर

इस घर के मर्दों के साथ तो यही है।

छोटी माँ ने कहा—लेकिन तुमने जो कुछ भी कहा है, सब तो किया मैंने। तुम्हारी ख़ातिर मैंने पूजा-पाठ तक छोड़ दिया है—तुम्हारे सिवा मेरा और कोई देवता नहीं। जो मेरे यशोदादुलाल हैं, वही तुम हो। जाने कितने जन्मों के तप के बाद तुम्हारे जैसा पति पाया है मैंने। तुम पर मुझे कितना नाज है, पता है ? इस घर की किसी बहू से जो नहीं बन सका, मैंने वह किया है—तुम्हें पाकर मैंने मुट्ठी में स्वर्ग पाया है, जानते हो ?

छोटे बाबू ने कहा—स्वर्ग-नरक की फ़िक्र बुढ़ापे में करूँगा। इस उम्र में वह दिमाग़ में घुस भी नहीं सकता। इन कै महीनों तक घर में रहकर दम घुटने लगा है--दिन-भर जी छटपटाता रहता है।

छोटी माँ ने कहा—तुम्हारे लिए मैंने और भी दामी शराब मँगाई है, पियोगे थोड़ी सी ?

छोटे बाबू ने कहा—मुझे भुलाने की कोशिश न करो छोटी बहू !

छोटी माँ ने लम्बी उसाँस ली—काश तुम्हें मैं भुला सकती ! बोतल की ठेपी खोलते हुए बोली—लोग कहते हैं, मैंने तुम पर जादू किया है, टोना किया है; लेकिन जो भी हथियार भगवान् ने औरतों को दिया है, मैंने सबको तो इस्तेमाल किया—शिव को भुलाना फिर भी सहज है, मगर तुमको ! पत्थर के देवता होते, तो भी समझती कि उसका कुछ मतलब है—तुम्हें अपनी छाती पर सुलाकर मैंने तुम्हारी हँसी देखी है।—और कुछ न हो चाहे, जब कुछ भी न होगा तो इसी याद का सहारा रहेगा।—इसके बाद थोड़ी सी शराब ढालकर छोटे बाबू की तरफ़ बढ़ाते हुए पूछा—लो, पियोगे ?

—शराब से मुझे ऊब नहीं आती—देती हो, पी लेता हूँ।

छोटी माँ ने कहा—तुम इसे शराब कहते हो, मैं कहती हूँ अमृत। याद है, कभी इस चीज़ से किस कदर नफ़रत थी मुझे, शराब से, शराब पीनेवालों से कितनी घृणा करती थी मैं ! मगर यह मैं हर्गिज़ न भूलूँगी कि इसी अमृत ने तुम्हें मेरे पास ला दिया है। जानते हो, अब मैं इसे क्यों पीती हूँ ?

—क्यों ?

—तुम्हारे लिए। मुझे नशे की आदत नहीं पड़ी—न कभी पड़ेगी। और सच ही अगर मुझे नशा हुआ है, तो वह नशा शराब का नहीं, तुम्हारा है। तुम्हारे सिवा मैं जिन्दा नहीं रह सकूँगी। इन कुछ महीनों में मुझ पर तुम्हारा सरूर सवार हो गया है। तुम्हारे पैरों पड़ती हूँ, दिन को तुम जहाँ जी चाहे जाओ, मगर रात को मेरे पास रहा करो।

छोटे बाबू ने कहा—मौज क्या दिन को हो सकती है छोटी बहू ?

—तो फिर एक काम करो।

—क्या ?

—मुझे तुम अपने बग़ीचे के बँगले में रख छोड़ो, चाहे वरानगर में चाहे खदड़ा में। या फिर जान बाज़ार ही में दूसरा मकान ख़रीद लो, उसी में मैं रहूँगी।

—इस घर की बहू होकर बाहर रहोगी तुम ?

—नहीं तो क्या, तुम्हीं घर में न होगे तो मेरे लिए यह घर जंगल ही जानो। वहाँ रहूँगी तो रात को तुम मेरे पास होगे, मैं तुम्हारी सेवा करूँगी। तुम न हो, तो यही सोचना कि चुन्नी के पास हो। या हो तो मेरा कोई और नाम रख लेना, मुझे कोई ऐतराज़ नहीं।

छोटे बाबू ने कहा—इससे इस घर की बदनामी होगी।

—और तुम बाहर रात बिताते फिरोगे, उससे बदनामी न होगी ?

—नहीं। घर में ही रात बिताने से बदनमी होगी, जैसी कि अभी हो रही है।

—यह कैसा रिवाज है तुम्हारे घर का ?

—रिवाज नहीं, यह यहाँ का कानून है कि घर के मर्द पराई औरत के साथ रात बाहर बिताया करेंगे, लेकिन घर की बहुओं को सती होना होगा। कभी ज़रा चूक हुई, तो उसे माफ़ी नहीं मिल सकती।

—फिर मैं क्या करूँ ?

छोटे बाबू ने कहा—क्यों, तुम्हें क्या फ़िक्र पड़ी है ? और बहुएँ जैसा करती हैं, करो। बाघगोटी खेलो, गहने पहनो—

छोटी माँ ज़रा देर मौन रहीं, फिर साँप की तरह फन निकाला।—तुमने मँझली और बड़ी दीदी से मेरी तुलना की लेकिन—और वह अचानक चुप हो गईं।

छोटे बाबू किन्तु चुप न हुए। कहा—रुक क्यों गईं ? कहो—

छोटी माँ शराब-भरे गिलास को ख़ाली कर गईं। ज़हर पीने से आदमी की शक्ल शायद वैसी ही होती होगी। छोटी माँ की आँख, नाक, मुँह—सारे चेहरे से मानो आग निकलने लगी। छोटे बाबू मेरे अन्नदाता हैं, मुझे कहना नहीं चाहिए, कहीं मालिक न होते तो क्या जो करता मैं, नहीं कह सकता।

उसके बाद छोटी माँ खिलखिलाकर हँसने लगीं। मुझे लगा, वे हँस नहीं रही हैं, रो रही हैं। उस हँसी की पूछिए न। मतवाले-सी, पागल-सी। हँसते-हँसते वे बिस्तर पर लुढ़क पड़ीं।

छोटे बाबू को जैसे काठ मार गया। उन्हें भली तरह पता था कि पीने से औरतों की क्या हालत होती है। फिर भी छोटी माँ की यह हालत उनके लिए जैसे नई थी। बिस्तर के पास जाकर पूछा—इस ज़ोर से हँस क्यों रही हो ?

छोटी माँ ने सिर उठाया। एक बार बाबू की आँखों पर अपनी आँखें रोपीं। फिर कहा—तुमने मँझली बहू से मेरी तुलना की ! मैं गहने तुड़वाकर नए बनवाया करूँ और बाघगोटी खेलती रहूँ बैठी-बैठी।

छोटे बाबू ने कहा—ऐसी क्या आफ़त ढा दी मैंने ! सदा से यही होता आया है। दादा के दादा के वक़्त से यही चला आया है, कभी किसी ने एतराज़ नहीं किया। बाबू लोग शराब पीते रहे, कबूतर उड़ाते रहे, रखैल रखते रहे और बहुओं को दाई-नौकर, गहना-गुरिया जुगाते रहे। किसी ने कभी चूँ न किया—यह नहीं समझा कि अपमान हो रहा है उनका। आज तुम्हारी बात से रातोंरात सारा कुछ कैसे बदल जाएगा !

छोटी माँ तकिए में मुँह गाड़कर पड़ी रहीं।

पैरों की आहट हुई तो छोटी माँ ने सिर उठाया। बोलीं—मेरी बात का जवाब देते जाओ—

उलटकर खड़े हो गए छोटे बाबू—किस बात का जवाब ?

—यही कि तुमने दूसरी बहुओं से मेरी तुलना क्यों की ?

—आख़िर तुम क्या दुनिया से बाहर हो ?

छोटी माँ बाघिनी-सी गुर्रा उठीं—हाँ, बाहर हूँ। बाहर नहीं होती, तो अपने भाग्य में ऐसा क्यों लिखा होता ? दुनिया में और है कौन ऐसी, जिसने अपना सर्वस्व यों गँवाया हो ? हिन्दू घर की बहू होकर शराब किसने पी है ! कहो, जवाब दिए बिना तुम जा नहीं सकते।

गम्भीर गले से छोटे बाबू ने कहा—छोटी बहू ने।

छोटी माँ फिर साँपिन-सी फुफकार उठीं—क्या कहना है, कहो ?

—शराब आख़िर हम लोग भी पीते हैं, मगर तुम्हारी तरह नशे में नहीं होते।

छोटी माँ बोलीं—यही क्या मेरी बात का जवाब है ?

—मैं शराबी की बात का जवाब नहीं देता।—कहकर छोटे बाबू ने दरवाज़े की तरफ़ क़दम बढ़ाया।

छोटी माँ फिर चीख़ उठीं—सुनो, अपने सवाल का खुद मैं ही जवाब देती हूँ। तुमने किस मुँह से और बहुओं से मेरी तुलना की ? उन सबके जो कुछ था या है, तुम वह दे सके हो मुझे ? तुमने कौन सी दुनिया दी है—लड़का दिया है ?

बम फटने से जैसी चमक होती है, कमरा एकाएक उसी तरह चमक उठा। लेकिन जिसे कही गई थी यह बात, उन छोटे बाबू के ही कानों तक न पहुँची। छोटे बाबू जा चुके थे। मैंने कमरे में झाँककर देखा, छोटी माँ बिस्तर पर पट पड़ी फूल रही थीं। रो रही थीं कि हँस रही थीं, समझ न सका।

भूतनाथ ने पूछा—उसके बाद ?

वंशी ने कहा—फिर क्या, मैं तो समझ नहीं पा रहा था कि क्या करूँ कि छोटी माँ ने आवाज़ दी—वंशी—

मैंने पूछा—मुझसे कह रही हैं ?

—चिन्ता कहाँ है ?

मैंने कहा—चिन्ता आपके भोजन के इन्तज़ाम में निकली है।

छोटी माँ ने कहा—कह दे उससे, मैं आज नहीं खाऊँगी और उसे तुरत बुला ला, कहना, मेरे गहने-कपड़े निकाल दे, और सुन, गाड़ी जुतवा, मैं बाहर जाऊँगी।

सोचने लगा कि कुछ पूछना ठीक भी होगा या नहीं। उन्हें भूले भी कभी बाहर निकलते नहीं देखा। मँझली माँ, छोटी माँ तो पर्व-त्योहार पर कभी-कभी गंगा नहाने भी जातीं। इन्हें तो जब से आई हैं, एक दिन को भी घर से बाहर क़दम रखते नहीं देखा। सो उनकी बात पर कुछ परेशानी हुई। मैंने पूछा—कहाँ जाएँगी ?

गुस्से में तो थीं ही, बोलीं—तुझे भी सफाई देनी पड़ेगी ?

मैं वहाँ से जाने लगा कि मियाँ जान को ख़बर करूँ। ज़माने से उनकी गाड़ी खड़ी है। ज़रा झाड़ना-पोंछना होगा। इतने में छोटी माँ ने पुकारा—वंशी, सुन जा—

मैं क़रीब गया। बोलीं—ज़रा भूतनाथ को भी देखना। अगर हो तो कहना तैयार हो ले, उसे मेरे साथ जाना होगा।

भूतनाथ ने कहा—छोटी बहू ने मेरा नाम लिया ?

—जी हाँ साले साहब, मैं भी हैरान हुआ। नौकर-चाकर नहीं, आपको साथ लें जाएँगी। घर के बाबू लोग कितनी ही मनमानी क्यों न करें, औरतों ने ज़रा भी आज़ादी बरती कि कुहराम। छोटे बाबू सुनेंगे तो कुछ बाक़ी भी रखेंगे !

भूतनाथ ने पूछा—फिर ?

—फिर मैंने आपकी खोज शुरू की। मास्टरजी का कमरा तो वैसे-का-वैसा ही बन्द पड़ा था। यहाँ-वहाँ देखा, चोर कमरे में झाँक गया, नन्हे बाबू के बैठके में देखा—आप कहीं न मिले। मैंने जाकर छोटी माँ से कहा।

छोटी माँ ने पूछा—तमाम देख लिया ?

मैंने कहा—कोई कोना-कतरा न छोड़ा। आप कल थे कहाँ साले साहब ?

भूतनाथ बोला—सारा दिन नौकरी की खोज में चक्कर काटता हूँ। और घर में करूँ भी क्या रहकर ?

—रात के दस बजे छोटी माँ ने फिर बुलाकर पूछा—आया वह ?

मैंने कहा—जी नहीं, अभी तक नहीं आए।

भूतनाथ ने पूछा—फिर ?

—फिर क्या, रात-भर छोटे बाबू अपने कमरे में पीते रहे। मैंने तो पलकें नहीं मोड़ीं, चिन्ता का भी वही हाल। छोटी माँ भी नहीं सोईं...वह भी पीती रहीं। क्या जो वाक़या हुआ, भगवान् जानें ! दोनों में इतनी कहा-सुनी ही क्यों हुई, यह भी राज़ समझ में न आया। बीच में ठीक था। राम जाने, अब क्या होगा ?

भूतनाथ ने कहा—इस अर्से में कभी वृन्दावन मिला था क्या छोटे बाबू से ?

—क्या पता ? मैं तो बिन्दावन को देखते ही दुत्कार भगाता हूँ। कह भी दिया है, इस अहाते में क़दम रखा तो टाँग तोड़ दूँगा। फिर भी लुक-छिपकर आता है। ये मधुसूदन वगैरह हैं न, ये सारे-के-सारे लोग उसी जमात के हैं—यहाँ तक कि विधु सरकार भी। क्या मनसूबे गाँठ रहे हैं, वही जानें ! आज सुबह ही छोटे बाबू ने कहा—शाम को मैं जान बाज़ार जाऊँगा...गाड़ी तैयार रखने को कह दो। सुबह से ही मैं तैयारी में लगा हूँ।

वंशी जाने लगा। अचानक फिर लौटा—जी, एक बात—

भूतनाथ ने कहा—क्या ?

—आज सुबह भी आपको पूछ रही थीं छोटी माँ। मैंने कहा, कल बड़ी रात हो गई, तब लौटे हैं। मुझसे भेंट नहीं हुई है। मिलेंगे तो कह दूँगा।

छोटी माँ ने कहा—मिलेगा तो नहीं, तू जाकर उसे मिल ले। कह देना, आज शाम

को कहीं न निकले। छोटे बाबू के चले जाते ही उसके साथ मैं बाहर जाऊँगी। सो आज तो हुज़ूर, भगवान् के नाम पर आप कहीं न जाएँ, वरना मुझे तो कच्चा चबा डालेंगी।

भूतनाथ को डर लगा। आड़-ओट में छोटी बहू से उसकी कितनी ही घनिष्ठता हो चाहे, खुलेआम इस तरह उसके साथ गाड़ी में जाना कैसा दीखेगा ! कोई बात उठ खड़ी हो तो छोटी बहू तो निकल जाएगी, अपना क्या हाल होगा ? मैं न तो इन लोगों का कोई सगा-सम्बन्धी हूँ, न बन्धु-बांधव। अपनी हस्ती भी क्या ? इस घर का आश्रित मास्टर साहब और उसका आश्रित मैं ! एक ही भरोसा है कि छोटी बहू का कृपापात्र हूँ। लेकिन डर की वजह भी तो यही है। इस घर की बहुओं को धूप के दर्शन नहीं होते, फिर ऐसी एक बहू से उसका सम्बन्ध तो असामाजिक ही है, ग़ैरक़ानूनी। फिर यह भी सोचने की बात है कि छोटे बाबू से उसकी बनती नहीं। और पी-पिवाकर जानें कब क्या कर बैठें ? रास्ते में ही कोई वाक़या कर गुज़रें।

भूतनाथ ने पूछा—तुम्हारा क्या ख़याल है वंशी, मेरा साथ जाना उचित होगा ?

—आप ख़ुद पढ़े-लिखे हैं हुज़ूर, मैं आपको क्या बताऊँ ?

—फिर भी तुम्हें इस घर के रवैए का बहुत-कुछ पता है।

—इस घर में तो अपनी जिन्दगी में मैंने ऐसा कभी नहीं देखा। बहुएँ कभी निकलती भी हैं, तो पिछली खिड़की और पालकी से जाती हैं। पहले पालकी के पीछे-पीछे दाइयाँ दौड़ती जाती थीं। जहाँ जातीं, वहाँ कपड़े से मच्छरदानी-जैसा घेरा डालकर तब उतरतीं। मगर ऐसा कभी नहीं सुना। छोटी माँ की बात ही जुदा है। इनके-जैसा स्वाभिमान भी किसी में नहीं, इनकी तरह प्यार करना भी कोई नहीं जानती। आप ही समझिए, तीन महीनों से हम दोनों भाई-बहनों को तनखा नहीं मिली है। फिर भी कलेजे के ज़ोर से टिके हैं यहाँ।

भूतनाथ ताज्जुब में आ गया—कह क्या रहा है तू ?

—जी, सच ही बता रहा हूँ।

—तनखाह क्यों नहीं मिली ?

—यह न पूछिए हुज़ूर, मेरी तरह जो छोटी माँ की तरफ़ हैं, वैसे बहुतों को नहीं मिली है।

—छोटी बहू को इस बात का पता है ?

—छोटी माँ की मैं देवी की तरह भक्ति करता हूँ साले साहब ! उनकी सारी ज़िन्दगी दुःख में ही गुज़री। कसम ले लें, जभी तो कभी-कभी लगता है, भगवान् है भी ? आख़िर इस बेचारी को भी तो हविस है।

—कैसी हविस ?

—बच्चे की ! बच्चा न हुआ, न होगा अब। इसी से अपनी तनखाह का ज़िक्र करके उनका दिल नहीं दुखाना चाहता। देखा आपने, उस दिन हवागाड़ी के लिए क्या हो गया।

हवागाड़ी की भूतनाथ को याद है। कितनी ख़ूबसूरत गाड़ी ! चुनकर सबसे अच्छी

गाड़ी ख़रीदी थी मँझले बाबू ने। देखते ही बनती थी ! वैसी गाड़ी किसी रईस को नसीब नहीं। छेनीदत्त ज़िन्दा नहीं, नहीं तो ईर्ष्या से उसकी छाती फटती। जिस दिन गाड़ी आई, देखनेवालों का काफ़ी रात तक ताँता लगा रहा। आँखें नहीं अघातीं।

किसी ने कहा—आईने-सा मुँह दीखता है इसमें , है न ?

उत्सुकता को ज़ब्त न कर पाकर किसी ने भोंपू को दबा दिया कि आवाज़ हुई। हलचल हो गई।

—गाड़ी को कौन हाथ लगा रहा है? कौन है रे ?

मधुसूदन दौड़ा आया। लोचन। विधु सरकार।

बार-बार ताक़ीद कर दी है मँझलेबाबू ने—गाड़ी को कोई हाथ न लगाए। छूते ही दाग लग जाएगा। आख़िर यह लैंडो और ब्रह्म नहीं है कि दाग़ लगा और ब्राइटन कम्पनी में भेजकर ठीक करा लिया। यह ख़ास विलायती गाड़ी है। यहाँ इसकी मरम्मत नहीं हो सकती है। पुर्ज़ा बिगड़े तो विलायत भेजना पड़ेगा।

विधु सरकार ने डाँट बताई—अबे लड़को, निकलो। सब दाई-नौकरों के बच्चे उनकी घुड़की से भाग खड़े हुए। दासू मेहतर का लड़का दूर खड़ा देख रहा था। उसने गाड़ी को हाथ नहीं लगाया। लगाने की हिम्मत भी न थी। परिवार-सहित दासू ख़ुद भी आया था। लौट गया। उसका छोटा बेटा वहीं रह गया था। लोभ न रोक सका बेचारा।

विधु सरकार उसी पर झपटा।

लेकिन पास पहुँचते ही पहचानकर सहम गया। मेहतर को छूने से शाम को नहाना पड़ जाएगा। धमकाकर बोला—अबे लौंडे, भाग जा हरामज़ादे !

मेहतर का लड़का, सरकार बाबू को देखकर ही रो न पड़ा, यही ग़नीमत। ऊपर से यह डाँट। पास ही एक-दूसरा लड़का खड़ा-खड़ा देख रहा था। आख़िर में विधु सरकार कान पकड़कर उसी को खींचने लगा—तू कौन है बे, किसका बेटा है ?

लड़का चुप।

लोचन ने बताया, वह इब्राहिम का बेटा है।

एक थप्पड़ जमाकर विधु सरकार किटकिटाया—जैसी बाप की शक्ल ! जोधपुर के फीलखाने में था, मरने की और कोई जगह नहीं मिली—फिर वहीं भाग जा—अब तो बाबुओं ने मोटर ले ली—अब क्या ख़ाक करेगा यहाँ !

लेकिन वह रत्ती-भर का लौंडा भी छँटा हुआ था—गेहुँअन का बच्चा हो जैसे। वह न रोया, न कुछ बोला। किया क्या कि भर मुँह थूक लेकर सरकार के मुँह पर थूक मारा।

फिर क्या था, आग में छींटें पड़ गए। देखने ही लायक हो गया विधु सरकार ! सरकंडे-सा चिमड़ा शरीर। वह उछल-कूद शुरू की कि पूछिए न। सुबह जो मोटर देखने नहीं आए थे, अब वे भी आ जुटे। माना कि वह ब्राह्मण नहीं है, मगर थूक तो मुसलमान का ठहरा। जात ही चली गई। बुला कम्बख़्त इब्राहिम को। उसकी तो नौकरी पर बन आई—अब गई, तब गई !

शोरगुल सुनकर अन्त में आ पहुँचे बद्री बाबू। क्या हुआ ? मोटे-मोटे से आदमी। इतनी ही दूर आने में हाँफ उठे। ख़ाली बदन। कमर में घड़ी। कमर पर हाथ रखकर खड़े हो गए। बोले—गोबर खा ले विधु, जात बच जाएगी।

विधु सरकार गरम हो उठा—आप तो चुप ही रहो घड़ी बाबू ! नास्तिक ! मुर्शिद कुली खाँ की जूठन पर पले, ज़ात का मर्म क्या जानो !

बद्री बाबू हँसने लगे। बोले—मैं तो जात-पाँत नहीं मानता, यह सबको मालूम है।

—पता है मुझे तुम न तो हिन्दू हो, न ब्राह्मण; ईसाई भी नहीं हो, मुसलमान भी नहीं—तुम अधार्मिक हो—मक्कार।

बद्री बाबू ने शान्त स्वर में कहा—जात नहीं मानता, इसके यह मानी नहीं कि धर्म भी नहीं मानता। अक्ल होती, तो समझते कि जात और धर्म दोनों एक चीज़ नहीं।

विधु सरकार ने कहा—अक्ल होती तो तुम भी घड़ी में कुंजी नहीं देते फिरते, मेरी तरह ख़ज़ांचीख़ाने में बैठते।

बद्री बाबू बोले—ख़ुशक़िस्मत हूँ कि ख़ज़ांचीख़ाने का पोद्दार न बना।

—बनते क्या, उसके लिए तो अकल चाहिए !

—सो हो, मगर धर्म नहीं रहता है।

विध सरकार ज़ोरों से बिगड़ उठा। बोला—यानी तुम यह कहना चाहते हो कि मेरा धर्म नहीं ! मैं अधर्म करता होता तो बाबुओं की जमा-पूँजी बचती ?

—आख़िर ज़मींदारी तो तुम्हारी ही वजह से जाने को है।

—मतलब ?—विधु सरकार आपे से बाहर हो गया।

—मतलब कि घड़ी अब न चलेगी, मैं कुंजी लाख दूँ चाहे, घड़ी न चलेगी। देख लेना, एक दिन मेरी टेंट की घड़ी भी बन्द हो जाएगी। उतना बड़ा बादशाह आलमगीर, वही न रहा—सीताराम, अबू तुरप, रजा खाँ, ईशा खाँ—कोई न रहा तो ये बाबू—क्या पिद्दी और क्या पिद्दी का शोरवा ! और आ गई वह—

—क्या आ गई ?

—यह !—कहकर उन्होंने मोटर दिखा दी।

—इसकी क़ीमत भी जानते हो, यह कोई घड़ी नहीं तुम्हारी !

—क़ीमती है, जभी तो जाएगी। दर्पनारायण जब जेल में थे, तो एक रात एक साधु उनके पास आया। चालीस दिनों की फाकाकशी। मुर्शिद खाँ ने प्रतिज्ञा की थी कि उनका ख़ून करके ही शान्त होऊँगा। साधु ने पूछा—धर्म चाहते हो कि जिन्दगी ? दर्पनारायण ने कहा, धर्म। साधु चला गया। पन्द्रह दिन के बाद फिर पहुँचा। दर्पनारायण की हालत बड़ी दर्दनाक थी। चावल का एक दाना। पानी की एक बूँद। छटपट कर रहे थे। साधु ने फिर वही सवाल किया। उन्होंने फिर कहा—धर्म। अन्तिम दिन भी साधु ने उनसे यही पूछा था और उन्होंने यही जवाब दिया था। मैं उसी दर्पनारायण का वंशधर हूँ। मैं पूछता हूँ, बाबुओं के धर्म के पैसों से तुमने कै गाँव, कै ताल्लुके खरीदे ?

जिसके लिए यह सारा टंटा खड़ा हुआ, जाने वह कब चुपचाप खिसक गया। सामने

आ खड़ा हुआ इब्राहिम। बोला—जाने दीजिए घड़ी बाबू।

इब्राहिम को सामने देखकर विधु सरकार ने पूछा—अच्छा, आ गए। कै महीनों से तुम्हें तनखा नहीं मिली, बताओ ?

—दो महीने से।

विधु सरकार एकाएक चिल्ला उठा—आज ही मैं मँझले बाबू से कहता हूँ कि बद्री बाबू सभी लोगों को उभार रहे हैं और चाबुकों की चोट से आज ही सबको खदेड़ने का इन्तज़ाम करता हूँ।

सबको सुनाकर बद्री बाबू बोले—इससे मगर तुम्हारी जात नहीं लौटने की। याद रखना, तुमने मुसलमान का थूक खाया है।

ग़ुस्से से गुर्राता हुआ विधु सरकार चला गया।

किन्तु दो ही दिन बाद बद्री बाबू का कहा फला।

गाड़ीवाला साहब एक दिन आया। उसके आने की ख़बर पाकर मँझले बाबू नीचे नहीं उतरे। उस रोज़ नाच-घर में खाना-पीना भी न चला। साहब आया और गाड़ी को ले गया। फिर न लौटा।

जिस रोज गाड़ी आई थी, इब्राहिम ने उस दिन भी कुछ न कहा था, आज भी ऊपर से सिर्फ़ देखता रहा।

शाम को रोज़ की तरह इब्राहिम गाड़ी ले गया। यासीन ने उसके हाथ में चाबुक दिया। मँझले बाबू चढ़े। हाथ में पान का डिब्बा लिए बड़ी मालकिन बैठीं। उसके बाद मँझली बहू। हासिनी। पिछली गाड़ी में भैरव बाबू, मोती बाबू, तारक बाबू वगैरह। कुछ बोतलें लदीं, भोजन-भरा टोकरा चढ़ाया गया, बर्फ़, सोडा, हारमोनियम-तबला, घुँघरू—और भी क्या-क्या !

गेट खोलकर बिरिजसिंह चीख उठा—होशियार...और इब्राहिम ने गली पार करके गाड़ी को बहू बाज़ार स्ट्रीट पहुँचा दिया।

—मोटर जब आई, तो चली क्यों गई ?

मधुसूदन ने कहा—मँझले बाबू दूसरी गाड़ी लेंगे।

हुक्के में दम लगाते हुए भैरव बाबू ने कहा—उँहूँ, असल में यह काला रंग उन्हें पसन्द नहीं—आँखों में लगता है। गोरपंखी रंग चाहिए। आ रही है विलायत से वैसी गाड़ी जहाज़ से--आ ही चली।

भूतनाथ ने पूछा—सच ही क्या गाड़ी आएगी वंशी ?

—अब ख़ाक आएगी ! देखा नहीं, नन्हे बाबू के श्वसुर का रोज़ चक्कर लग रहा है ?

—क्यों आता है !

देखा तो भूतनाथ ने भी था। शादी के कुछ दिन तक तो हाबुदलदत्त बिलकुल नहीं आता था, पर आजकल अक्सर आने लगा था। गाड़ी पर ही आता था। मोटर नहीं थी। पहली बार जब लड़की मैके लौटी तो उसी की मोटर से गई थी और फिर आई

थी बड़े घर की मोटर से। आजकल हाबुलदत्त ट्राम से आया करता।

भैरव बाबू कहते—ट्राम से आना हुआ क्या ?

—हाँ, ट्राम से ही आया।

—बड़ी तकलीफ़ हुई। कित्ते पैसे लगे ?

—सात पैसे। बड़े आराम से आया।

—वह चाहे जो हो, ट्राम में लेकिन इज़्ज़त नहीं है।

इतने में आ पहुँचे मँझले बाबू। इत्र की महक से कमरा महमहा उठा। तीसरे पहर सोकर उठे और बिलकुल तैयार होकर ही उतरे। लोचन चिलम भरकर दे गया। फूँककर धुआँ भी निकाल दे गया। पीते-पीते मँझले बाबू बोले—इज़्ज़त की कुछ कह रहे थे शायद भैरव ?

—जी, ट्राम का ज़िक्र हो रहा था। चीज़ तो अच्छी ही हुई, लेकिन उसमें इज़्ज़त नहीं—सट-सटकर बैठो।

हाबुलदत्त ने पूछा—मोटर ख़रीदी क्या समधी साहब ?

मोती बाबू ने बगल से कहा—मोटर न ख़रीदना ही बेहतर है मँझले बाबू ! खुली और हवा हो गई। न किसी ने देखा, न कोई तारीफ़ कर सका। यह ज़रा कैसी तो...

भैरव बाबू बोले—कल-पुर्ज़े का कारबार, बिगड़ा कि मुसीबत, रास्ते पर पड़े-पड़े सिर मारते रहो...।

तारक बाबू ने कहा—वैसा घोड़ा हो तो मोटर को मात कर दे। हीरा-मोती से सजाइए घोड़े को, कोचवान को दीजिए ज़री का पोशाक—देखनेवाले देखते ही रह जाएँगे।

बात जमती नहीं कुछ। रोज़ यही होता।

हाबुलदत्त पूछता—नन्हे बाबू की नींद खुली ?

मँझले बाबू बेनी को बुलाकर कहते—ज़रा देख तो आ रे बेनी, नन्हे बाबू नीचे उतरे या नहीं ?

उस दिन नन्हे बाबू से भी भेंट हो गई। भूतनाथ ने छेड़ा—कैसे हैं आप नन्हे बाबू ?

इन्हीं कुछ दिनों में नन्हे बाबू के रवैए बदल गए। गाने-बजाने का सिलसिला टल गया। इस घर में एक अजीब ही जीव हैं ये। पहले भी इस घर में बहुतों की शादी हुई। मगर जो ब्याह से पहले, वही ब्याह के बाद। छोटे बाबू तो पहली रात, रात के बारह बजे घर आए थे। इन्तज़ार करते-करते छोटी बहू सो गई थीं। ऐसे में भी शोर करते हुए घर आने में उन्हें शर्म न आई। मुँह से बदबू निकल रही थी। पैर लड़खड़ा रहे थे। उस रात बीवी के कमरे में सोए ज़रूर थे, मगर इसके लिए उलाहने नहीं सुनने पड़े थे। वैदूर्यमणि भी छुटपन में कुछ कम न थे। बड़ी मालकिन को देखकर उस समय की शक्ल का अनुमान भी नहीं किया जा सकता। दूध-सा साफ़ रंग। जिस दिन बरात लौटती की दावत थी, दूल्हे का पता नहीं। सारे कलकत्ते की ख़ाक छानी गई। आख़िर रामबागान के साहब वीणा के घर मिले। वीणा का रंग अंग्रेज़ों-सा गोरा-चिट्टा था, इसी से ऐसा नाम पड़ा था। बदहोश पड़े थे वहाँ। और मँझले बाबू ! इनके कारनामों की

तो गिनती ही नहीं। फिर भी बाबुओं में उनकी क़द्र ही बढ़ी है।

मगर नन्हे बाबू जैसे सबसे जुदा हैं।

भूतनाथ ने कहा—आजकल तो आपका पता ही नहीं चलता। संगीत की बैठक भी नहीं होती।

गाड़ी से उतर रहे थे नन्हे बाबू। हाथ में थी किताब। कॉलेज से लौट रहे थे शायद। बोले—इम्तहान सिर पर है। ज़रा पढ़ने में लग गया हूँ। होली के मौक़े पर गाने-बजाने का कुछ किया जाएगा।

भूतनाथ ने पूछा—अभी इम्तहान कैसा ?

—ऐटर्नीशिप का। बड़ा कड़ा इम्तहान है। शादी के चलते काफ़ी दिन बर्बाद हो गए, पढ़ाई हुई नहीं।

बस, इतनी ही बात हुई थी। जाने कहाँ, किस कमरे में बैठकर पढ़ा करते हैं !

वंशी ने कहा—आखिर तक आपने मेरे भाई के लिए कुछ न किया, नन्हे बाबू ने दूसरा आदमी रख लिया।

—किसे रख लिया ?

—अपनी ससुराल से लाकर किसी को रखा। यहाँ के किसी को अब नहीं रखेंगे वे।

—इस घर के लोगों से नन्हे बाबू को इतना गुस्सा क्यों है ?

वंशी ने कहा—वे आदमी ज़रा और क़िस्म के हैं। जी, मैं जो कहूँगा, सच ही कहूँगा। रात-दिन बस ससुराल कि ससुराल। और वैसे मिले हैं उन्हें ससुर—जब देखो यहीं, दामाद का कान फूँक रहे हैं।

भूतनाथ ने पूछा—हाबुलदत्त की कह रहे हो ?

—जी, दत्तों का खानदान कुछ बुनियादी तो है नहीं। इसीलिए मँझले बाबू की ख़्वाहिश नहीं थी वहाँ शादी करने की। लेकिन बड़ी माँ अड़ गईं। उन्हें लड़की पसन्द आ गई थी। घर ही पर एक दिन लड़की को दिखा गए थे। आते ही उस ज़रा-भर की लड़की ने बड़ी माँ को माँ कहना शुरू कर दिया। देखते-ही-देखते सबको अपना बना लिया उसने।

इस घर का नियम ही यह है। बड़ी माँ के बाप भी यहाँ लड़की दिखा गए थे। मँझले बाबू के ससुर भी मँझली माँ को ब्याह के पहले यहाँ ले आए थे।

वंशी ने कहा—इस घर के लोग तो कभी कहीं लड़की देखने जाते नहीं; जिस रोज़ दत्त नई बहू को दिखाने ले आया था, बड़ा मज़ा आया—हँसते-हँसते बुरा हाल—

बड़ी माँ ने पूछा—नाम क्या है बिटिया ?

चुप बैठना तो वह जानती न थी। लट्टू-सी दौड़ती फिर रही थी। कभी मँझली माँ के कमरे में तो कभी छोटी माँ के। कभी बाघ-गोटी में हाथ, तो कभी खिलौनों की अलमारी में। अभी यहाँ है तो अभी वहाँ।

मँझली माँ तो हँसते-हँसते बेदम। बोलीं—यह बहू आसमान में दीया जलाएगी, देख

लेना दीदी !

बड़ी माँ ने कहा—तू ख़ुद क्या थी मँझली, बड़ी तो आज हुई है। माटी पर पड़ी-पड़ी दीवार पर पैर टेककर गाती नहीं थी तू ?

उसी दिन विधु सरकार को बुलवाकर आड़ में खड़ी होकर बड़ी माँ ने कहा—अरी ओ सिन्धु, सरकार बाबू से कह दे कि मँझले बाबू ब्याह की पक्की कर लें, मुझे लड़की पसन्द है।

सारी बातें सुनकर मँझले बाबू ने कहा—ज़रा सोचो तो सही...लोहे का व्यवसायी है, महज़ दो पुश्त से तरक्की हुई है—अभी तक घर में दुर्गा-पूजा की धूम नहीं होती। अपने घर के बाहरी कमरों में किराएदार रखे हैं, यह काम कभी किसी बुनियादी खानदान ने नहीं किया—ऐसों से रिश्ता—

भैरव बाबू बोले—मैंने सब पता लगा लिया है—शराब के नाम से ही हाबुलदत्त नाक सिकोड़ लेता है।

मँझले बाबू बोले—ज़रा पता तो करो, कि कोई रखैल-वखैल भी है या नहीं ?

—पता किया है। आप भी जैसे। हाबुलदत्त और रखैल ! आदमी ही दूसरे दर्ज़े का है। लोहे का कारोबार और ठेके का काम। औरत रखने के लिए खानदानी कलेजा चाहिए। देखिए, अन्त तक कहीं दामाद को मुट्ठी में न कर ले।

मगर होनी तो होकर ही रहती है।

हाबुलदत्त अपनी दूकान बढ़ाकर रोज़ यहाँ आता। बाबुओं से भेंट हुई, न भी हुई तो हर्ज़ नहीं। सीधे नन्हे बाबू के कमरे में।

एक दिन दोपहर को वसूली का हिसाब लेकर विधु सरकार की बुलाहट हुई—सारे कागज़ात लेकर।

सरकार आँधी की तरह खजांचीख़ाने में दाख़िल हुआ। बोला—शोर न करो, हटो यहाँ से। अभी मुझे मरने की फुर्सत नहीं—और उसने चार-पाँच बहियाँ सँभालीं और दौड़ता हुआ निकल गया।

—जी, बर्फ़ की क़ीमत के लिए मैं सवेरे से बैठा हूँ।

विधु सरकार बिगड़कर आग हो गया—बेअदब कहीं का, बाबुओं की पंचायत बैठी है—अभी उनका हुक्म बजाऊँ कि तेरा ? ज़िन्दा रहा तो कल चुका दूँगा।

भूतनाथ ने बेनी से पूछा—बाबुओं की पंचायत कैसी ?

—मुझे मालूम नहीं हुजूर !

बेनी को मालूम नहीं। लोचन को भी नहीं। मधुसूदन जानता भी होगा, तो बताएगा ? दिन-भर कैसी उदासी रहती ! कहीं जैसे कोई आकर्षण नहीं। छोटी बहू शायद अपने कमरे में नशे में झूम रही हो ? भूतनाथ की अब ज़रूरत नहीं रही शायद। जिस दिन बोतल टूट गई थी, उस दिन से भूतनाथ फिर नहीं गया।

वंशी ने भी कहा—राम जाने, कैसी पंचायत है हुज़ूर !

—नाचघर में हैं कौन-कौन ?

—मैंने देखा, मँझले बाबू, छोटे बाबू और नन्हे बाबू और नन्हे बाबू के ससुर, ये चार जने हैं। चाहें तो पंचायत कहें। खजांचीबाबू भी हैं—खड़े-खड़े जो पूछा जाता है, जवाब देते हैं।

बरसों सब साथ रहे हैं, ऐसा तो कभी नहीं हुआ। देखा-देखी भी मुश्किल से ही होती है, गो कि आपस में कोई झगड़ा भी नहीं।

अभी-अभी मधुसूदन बालक बाबू को बुलाने गया है।

—बालक बाबू कौन ?

—जी, इनके वकील हैं। बहू बाज़ार के बालक बाबू वकील।

बड़े महल के इतिहास में बेशक नई बात थी यह। फिर भी काफ़ी दिन निकल गए, नतीजा कुछ मालूम न पड़ा। दो-दो घंटे तक बातें चलती रहीं और शाम को फिर जो जहाँ चले गए। भूतनाथ जवा के यहाँ गया था। लौटकर उसने वंशी से पूछा—क्या हुआ, कुछ पता चला ?

—किस बात का क्या हुआ ?

—बाबूओं की पंचायत का।

—राम जानें साले साहब ! छोटे बाबू ने आकर बर्फ़ माँगी। मैंने दी। बड़े थके-से दीखे। गम्भीर-से थे। कुछ बोले नहीं। पलंग पर पड़ गए। मैं पैर दबाने लगा। इस घटना के बाद फिर सब शान्त।

विधु सरकार का मिज़ाज़ और भी रूखा हो उठा। कहता—भैया, यह तुम्हारा डाकघर नहीं है, क़ानून न बघारा करो यहाँ—जो करना हो, करो जाकर। इस महीने में कुछ नहीं मिलेगा—अगले महीने आना।

—जी, पाँच-पाँच महीने हो गए, सिर्फ़ बाईस रुपए।

सरकार उछल पड़ता—बाईस हो चाहे बासठ हो, नहीं मिलेगा तो नहीं मिलेगा, कह तो दिया ! अदालत खुली पड़ी है, जो करते बने, करो !

जाड़ों में बनारस की नन्ही बाई कलकत्ते आया करती। इन दिनों शायद भारत के तमाम बड़े शहरों में मुजरे के लिए जाया करती वह। अच्छी शक्ल। नाक में हीरे की कील। गले में ,चन्द्रहार। दाएँ कन्धे पर साड़ी का अँचरा लटका देती। यहाँ कई जाने-सुने घरों में जाकर सलाम बजा आती। इस बार भी बड़े महल में आई। मँझले बाबू ने कभी वापस नहीं किया।

जमात का सरदार था मुन्नालाल। रेशमी पगड़ी पर चुमकी का काम। पैरों में आगरे का नागरा जूता।

विधु सरकार ने पहचाना। बहीखाते से सिर उठाकर ऐनक के ऊपर से एक बार देखा।

—सलाम खजांची बाबू !

—मुन्नालाल ! आ गए फिर ?

—जी, दो रोज़ हुए, आया हूँ। कल हाटखोला के दत्त बाबू के यहाँ मुजरा था, आज

ठनठनिया के दत्त बाबू के यहाँ है। मँझले बाबू को सलाम पहुँचाने आया हूँ।

—नन्ही बाई कैसी हैं ?

—जी, आप लोगों की दुआ और ख़ुदा के फज़ल से ठीक है सब—मँझले बाबू का हुक्म हो तो एक दिन यहाँ भी...

कहने से विधु सरकार बाज़ न आया। बोला—हर मरतबा तुम लोग पहले यहाँ आते थे, तब कहीं जाते थे ठनठनिया के दत्त के यहाँ। अबकी ऐसा क्या ? क्या मँझले बाबू ज़्यादा नहीं देते हैं ?

—राम-राम, यह क्या कह रहे हैं आप ? असल से इस बार ननी बाबू ख़ुद लिवा लाए थे हमें, साहबों की पार्टी थी। तीन दिन तक तो वहीं से फ़ुर्सत न मिली। आने की सोच ही रहा था कि नाटू बाबू का पैग़ाम पहुँचा—आज मौक़ा निकालकर आया हूँ—गुस्ताख़ी माफ़ हो।

—यह ननी बाबू कौन ?—विधु सरकार ने भवें सिकोड़ीं।

—जी, पटलडाँगा के ननी बाबू।

विधु सरकार फिर भी न पहचान सका। भाड़ में जाए ! आजकल तो हर कोई बाबू हैं। थोड़े से कच्चे पैसे हुए कि बाबू बन गए। छेनीदत्त मरा, अब नाटू बराबरी कर रहा है। ख़ैर, तुम बैठो मुन्नालाल। मँझले बाबू अभी सो रहे हैं—जाग जाएँ तो ख़बर कर दूँगा।

नज़र पड़ी और दौड़ा आया वंशी।—आज तमाम दिन आप रहे कहाँ साले साहब, आपको तो बार-बार कह दिया था कि शाम को हरगिज़ कहीं न जाएँगे—तैयार रहेंगे। मुझे छोटी माँ से क्या नहीं सुनना पड़ा।

—क्यों, क्या हो गया ?

—छोटी माँ तैयार हो रही हैं।

—तो मैंने देर कहाँ की ! ज़रा निकल गया था घूमने।

—कहाँ गए थे आप, सुनूँ ज़रा ?

—और कहाँ जाता, नौकरी की तलाश में रोज़ जैसे जाता हूँ।

बात बिलकुल सही तो न थी। नौकरी की तलाश में निकला ज़रूर था, लेकिन कैसे-कैसे इस तरह वह जवा के यहाँ जा निकलेगा, यह कौन जानता था ! और ज़रूरत भी क्या थी जाने की ! किसी ने कसम तो दिया नहीं था जाने के लिए। फिर गया न होता तो वैसी जगह लोचन से भेंट भी न होती।

वंशी ने कहा—आप अपने कमरे में बैठें—मैं देख आऊँ, छोटी माँ को क्या देर है।

ख़बर मिली थी, एक नई कम्पनी खुल रही है। कुछ लोग उसमें लिए जाएँगे। चिलचिलाती धूप। उसी में पाँव-पयादे जा पहुँचा दमीहाटा। मगर कहाँ तो कम्पनी और कहाँ तो क्या ! पुराना मकान तोड़कर नया बन रहा था।

एक ने बताया—अभी क्या पूछते हैं—पहले मकान तो बन ले, फिर आदमी। अभी कम-से-कम छह महीने।

नई कम्पनी का दरबान था शायद वह। बैठा-बैठा खैनी मल रहा था। गले में जनेऊ। बात बताकर रामायण पढ़ने लगा। सटे-सटे मकान। तंग गली। लेकिन उसी पतली सी गली के मोड़ पर एक बड़ा सा बरगद। रास्ते तक उसकी जड़ें। कहीं बैठकर सुस्ता लेता तो ठीक था। कुली ठेलों पर सामान लिए जा रहे थे।

जो भी सामने मिला, भूतनाथ ने उसी से पूछा—इधर कोई नौकरी मिलेगी भैया ! कोई भी नौकरी—सात-आठ रुपए की ?

इस तरह कुछ रोज़ चक्कर काटने से कोई-न-कोई जगह मिल ही जाएगी। चीना बाज़ार, सुर्तीबगान, राधाबाज़ार, सोयालो लेन, लियंसरेंज—इन मोहल्लों में बहुतेरे नए दफ्तर खुले थे।

उस दिन ननी के यहाँ गया था। बातें होती रहीं इधर-उधर की। भूतनाथ ने कहा—रात हो गई, चलूँ अब।

—जाएगा। और थोड़ी देर ठहर जा।

—आख़िर तू खाएगा नहीं—बीवी फटकारती नहीं तुझे ?

ननी ने गिलास को ख़ाली करके कहा—औरतों का नशा अब उतर गया भाई—वह बिन्दी, मिसेज़ ग्रियर्सन और अपनी बीवी—सब एक ही हैं। अब तो रुपए की लगन है। बस, ज़माना रुपयों का है और रुपयों की जड़ हैं कल-कारखाने और कोयले की खानें। मैं कहता हूँ, देख लेना, एक दिन रानीगंज, आसनसोल, कुलटी, हावड़ा, हुगली, बर्दवान, मानभूम, सिंहभूम—ये सारी जगहें सोना उगलेंगी। ये जगहें कलकत्ते से बड़ी बन जाएँगी—सारे कल-कारखाने वहीं खुलेंगे।

—सपना देखा करता है तू ?

—हाँ, लेकिन जागते हुए। भैया, मेरे और कोई सपना नहीं—यही देखता हूँ कि मेरे कारखाने में हज़ारों-हज़ार, लाखों-लाख लोग काम करते हैं—मजदूरों की क़तारें चल रही हैं और मेरी गाड़ी के सामने रुक-रुककर लोग सलाम कर रहे हैं।

इसीलिए मैंने उस दिन नन्हे से कहा कि रुपया चाहता है तो खान ख़रीद—वग़ैर कोयला के कुछ नहीं होने का। ज़माना स्टीम का है। स्टीम के लिए कोयले की ज़रूरत है—मगर उसके चाचा की राय नहीं।

भूतनाथ ने कहा—नन्हे बाबू ने तो इन दिनों पढ़ने में बड़ा जी लगाया है। बोले कि गाना-बजाना बन्द कर दिया है।

—उससे कुछ भी न होगा। कह रहा था मुझसे, ज़मींदारी से अब वैसी आमदनी नहीं होती। खा-पका जाते हैं लोग। गाँव के लोग अब शहरों में ही नौकरी के लिए आने लगे हैं। उसकी शादी में भी ज़मींदारी से कुछ नहीं आया। उस दिन उसके मँझले चाचा ने गाड़ी ख़रीदी, दाम दे नहीं पाए सो गाड़ी बेच देनी पड़ी। बीच में कुछ रुपयों की खामखाह चपत पड़ गई।

—लेकिन सुना कि नन्हीं बाई तो तीन सौ रुपए ले गई उस दिन।

—बस, आन की बात। मैं बाईजी को पाँच सौ पर लखनऊ से ले आया था।

साहबों को दावत दी थी। सो पाँच सौ गँवाए तो पाँच हज़ार कमाए भी।

—वह कैसे ?

—मुझमें और उनमें यही तो फ़र्क है। वे रुपयों से बच्चे नहीं दिलवा सकते। सुना, अभी-अभी उसकी चाची ने अपनी दाई की गुड़िया से अपने गुड्डे का ब्याह रचाया है। बड़ी धूमधाम हुई। नन्हे ही तो कह रहा था।

वह भी एक ही रही। नन्हे बाबू के ब्याह के दो दिन पहले। अचानक भूतनाथ को भी न्यौता आ गया।

भूतनाथ ने पूछा—एकाएक यह न्यौता कैसा ?

—जी, आज तो मँझली माँ के गुड्डे का ब्याह हो रहा है गिरि की गुड़िया से।

गिरि ने कहा—माँजी, मेरे पल्ले रुपए कहाँ, बिटिया को मैं गहने-पाते तो कुछ दे न सकूँगी।

मँझली माँ ने कहा—अपनी बहू ही तो ठहरी ! गहनों से मैं सज़ा लूँगी उसे, तू ब्याह की तैयारी कर।

तैयारी भी ऐसी-वैसी नहीं। नौबत झरने लगी : बदस्तूर लोगों को न्योता भेजा गया। देखने लायक सामान। काँच और सोने की चूड़ियाँ, हार, चेन, खिलौने—दस टोकरे कपड़े। ब्याह में जो होता है, सब हुआ। मुबलिग हज़ार-बारह सौ रुपए निकल गए।

ननी ने कहा—ज़माना बदल गया है, इसकी उन्हें ख़बर ही नहीं। मैंने कहा तो उससे, धीरे-धीरे ज़मींदारी को समेट ले, कलक्टरी में दरखास्त देकर जो भी हकूक हैं, बेच डाल। ख़रीदारों की कमी नहीं। मैं ही ख़रीद ले सकता हूँ। और फिर उन रुपयों से चाहे कुछ न कर, कोयले की खान ख़रीद ले। एक खान से एक पुश्त का मज़े में चल जाएगा। वहीं कारखाना खोल दे। लोहे का युग है। रत्ती-रत्ती सब समझा तो दिया मैंने।

—कहा क्या नन्हे बाबू ने ?

—असल में वह कहे तो क्या, उसकी नकेल तो उसके ससुर ने थाम ली है। वही सारी राय देता है। ब्याह के पहले उसने लड़के के बारे में पूछा था। मैंने कह दिया था, गोबरगणेश है। भले-बुरे की बला नहीं। खुद सँभाल सकें, तो लड़की दीजिए। खानदान पुराना है, इसमें शक नहीं, मगर आजकल उसकी पूछ भी क्या रही ? वह ज़माना लद गया। यह कैपिटलिज़्म का युग है, जिसे पूँजी है, कदर उसी की है। द्वारकानाथ ठाकुर ने विलायत में दोनों हाथों रुपए लुटाए, नमक के एजेंट प्लाइडन साहब की दीवानी की, नील का कारोबार किया, यूनियन बैंक, चीनी की मिल, कोयले की खान—इसी से प्रिंस कहलाए। लोग नाम राममोहन का लेते हैं, मगर आदमी तो प्रिंस है।

ख़ासी रात हो आई थी। आरामकुर्सी पर पाँव समेटे ननी लेट गया था। ख़ासा बड़ा मकान। दुमंज़िला। पूजा-घर। डेवढ़ी देखते ही पता चल जाता कि इसके मालिक ने भी कलकत्ते की नींव पड़ने के समय से धन बटोरना शुरू कर दिया था। ननीलाल के ससुर न था। नाबालिग साले ननीलाल की दया पर रहते थे। मकान-मालिक जिसकी कल्पना भी नहीं कर सके, ननीलाल ने वह कर दिया।

ननी ने कहा—एक बार विलायत जाने की सोच रहा हूँ।

—बीवी एतराज़ न क़रेगी ?

—किसी के कहने-सुनने की परवाह करने से काम नहीं चलता। काफ़ी दिनों से जाने को लिख रहे हैं लोग। बहुत सी नई मशीनों का ऑर्डर दिया है। अपनी आँखों देखकर ख़रीदने की इच्छा है। फिर बताया तो, अपना आदर्श है प्रिंस द्वारकानाथ।

इतने में किसी के पैरों की आहट हुई। ननीलाल ने आवाज़ दी—कौन है, बद्री ?

—जी, हुज़ूर।

—क्या बज गए ?

—जी, रात काफ़ी हो गई—आज क्या खाएँगे ?

—क्या खिलाएगा, बता ?

—हुज़ूर की जो भी मर्ज़ी होगी, वही खिलाऊँगा !

—जी चाहे, सो पका।

बद्री चला गया। घनी दाढ़ी। सिर पर पगड़ी। कमर में पेटी। खानसामे-जैसी शकल।

ननी बोला—यह बदरुद्दीन है। मैंने उसका हिन्दू नाम रख दिया है—बद्रीनारायण।

—मुसलमान है ?

—हाँ। बड़ा बेहतरीन खाना बनाता है। इसका दादा द्वारकानाथ का बावर्ची था।

—घर की रसोई नहीं खाता है ?

—मेरा रात का खाना बाहर ही बनता है। कब लौटूँगा, इसका ठिकाना नहीं। इसके अलावा, अन्दर की रसोई का बड़ा नियम है। वहाँ के बर्तन बाहर आए तो फिर अन्दर नहीं जाते। बाहर के बर्तन अलग हैं। मेरे अन्दर जाने में कोई एतराज़ नहीं, मगर बर्तन गए कि पुराण अशुद्ध।

बहुत आगा-पीछा करने के बाद भूतनाथ बोल उठा—मेरी नौकरी के बारे में कुछ सोचा था ?

ननी शायद सो गया था—आँखें खोलकर बोला—बेशक मैंने तो कह ही रखा है कि मेरी ही फ़र्म में होगी नौकरी।

भूतनाथ बोला—मारा-मारा फिर रहा हूँ, लोग—

अचानक ननी को क्या तो याद आ गया। कहा—हाँ, तेरे उस आदमी का क्या हुआ, कह रहा था, बहुत रुपए हैं उसे !

दोषी की तरह भूतनाथ कुंठित हो गया। बोला—ओ, सुविनय बाबू ! नौकरी के चक्कर में उधर जा ही नहीं पाया। कल ही जाऊँगा।

लेकिन दूसरे ही दिन वहाँ न जा सका। आख़िर क्या बहाना लेकर जाए ? दुविधा होने लगी।

ननी के यहाँ से निकलते ही प्रकाश हलवाई से भेंट हुई। वह अनमना-सा था। उसने भूतनाथ को नहीं देखा।

—प्रकाश !

प्रकाश चौंक उठा।—भूतनाथ बाबू, आप यहाँ !

—यहीं आया था। इतनी रात को तुम क्यों खड़े हो यहाँ ?

—अपने साहब का घर है। रात ही को तो साहब लौटते हैं। आते ही पकड़ लूँगा पैर। जो हो नसीब में। चाहे इस किनारे, चाहे उस किनारे। क्या ख़याल है आपका ?

—बात क्या है ?

—जी, नौकरी अपनी जाती रही।

—क्यों जाती रही ?

—अपनी तकदीर का फेर, और क्या कहूँ ? कहाँ सोच रहा था कि साहब से आपके लिए कहूँगा, सो अपनी ही नौकरी छूट गई। एक बार साहब से कह देखूँ।

उस दिन प्रकाश के लिए भूतनाथ को माया-सी हो आई। कहीं नहीं टिक सका। शायद कहीं टिक भी न सके। यह किया, वह किया, किसी में न जम सका।

भूतनाथ ने पूछा—कसूर क्या किया था ?

—जी, अपने जानते कोई कसूर तो नहीं किया।

—तुम्हारे साथ-साथ और भी किसी की नौकरी छूटी है ?

—जी नहीं। ज़रा देर रुककर बोला—एक रोज़ साहब के कमरे में जाकर यह ज़रूर कहा था कि आठ रुपए मिलते हैं, इससे गुज़ारा नहीं होता। बेटी का ब्याह करना है, बाज़ार का कुछ बाक़ी भी पड़ गया है—कुछ बढ़ा देते, तो दया होती।

—उसके बाद क्या हुआ ?

—और क्या हुआ, नौकरी छूट गई। अचानक मैनेजर साहब की चिट्ठी आ गई। मुझे ख़ाक पता न था। पता होता तो बल्कि यह कहता कि चाहें तो तनखाह कम कर दीजिए।

याद आता है, प्रकाश की बातों पर उसे हँसी आई थी। व्यंग्य की नहीं, मज़ाक़ की भी नहीं। रोने-जैसी करुण हँसी। ज़िन्दगी में भूतनाथ को ऐसी हँसी बहुत बार हँसनी पड़ी है। अन्त-अन्त तक ननी ने उसे नौकरी नहीं दी। लेकिन कसूर ननीलाल का भी क्या ! संसार के सभी भूतनाथों से ननीलालों का यही सलूक होता है। जीवन में इसके लिए भूतनाथ ने कभी अफ़सोस नहीं किया। ज़रा देर के लिए दुःख ज़रूर हुआ। छोटी बहू के लिए आज भी, अब तक भी उसका गला भारी हो आता है, गीली हो आती हैं आँखें।

जवा ने उस रोज़ यही कहा भी, बेशक हँसते-हँसते कहा। बोली—ख़ुद अपमान करने की हिम्मत नहीं, शायद इसीलिए ननी बाबू को भेज दिया था।

—कह क्या रही हो तुम ? कौन से ननी बाबू ?

—आपके दोस्त।

—वह यहाँ आया था ?

शुरू से ही सारी बातें बताएँ। बड़े दिनों के बाद सारी हिचक हटाकर एक रोज़ भूतनाथ फिर मोहिनी सिन्दूर के दफ्तर के सामने जा खड़ा हुआ। आज ऐसा लगता है

कि उस दिन नहीं गया होता, वही अच्छा था। कम-से-कम वैसे समय जबकि घर-भर व्यस्त था। मगर भूतनाथ को पता भी क्या था इसका ! सारे मकान की शक्ल बदल गई थी। दीवारों से तस्वीरें उतार ली गई थीं। सामानों के ढेर लगे थे। यहाँ-वहाँ कतवार जमा पड़ा था। ऐसी स्थिति, मानो कोई तुरत इस घर में आया है या कि यहाँ से जा रहा है।

भूतनाथ ने पूछा—यह क्या हो रहा है जवा ?

जवा ने कहा—हम लोग यह घर छोड़कर जा रहे हैं।

—अरे ! कब ?

—आज ही। अभी।

उसने साड़ी का छोर कमर में लपेट रखा था। चेहरे पर पसीने की बूँदें झलक पड़ी थीं। सुबह से उसे काफ़ी मेहनत करनी पड़ी हो गोया। बातें करते-करते किसी काम के बहाने जाने कहाँ चली गई। लौटकर बोली—वाह, आप तो अजीब हैं ! पाँच सौ रुपए लेकर वही जो गए-सो-गए। दर्शन भी नदारद ! बाबूजी अक्सर आपको पूछते हैं।

—कैसे हैं पिताजी ?

—देखकर ही समझेंगे।

—सच ही मैं न आ सका। नौकरी के लिए दौड़-धूप करने में इतना थक जाता हूँ कि फिर इतनी दूर आने की इच्छा नहीं होती। लेकिन बीच में एक दिन सुपवित्र बाबू से भेंट हुई थी, रास्ते में। उनसे पता चल गया था कि बाबूजी अच्छे हैं। फिर पराए घर का रहना—शायद और ज़्यादा दिन वहाँ रह भी न सकूँ। रहूँ भी किस नाते ! खाने को दे देते हैं, यही बहुत।

जवा ने कहा—जब तक आप बाबूजी के पास बैठें। मैं हाथ से काम निपटा लूँ।

सुविनय बाबू चुपचाप बिस्तर पर पड़े थे। बोले—कौन ? भूतनाथ बाबू ? आओ।

भूतनाथ क़रीब जाकर बैठा। इस कमरे में भी बड़ा हेर-फेर हो गया था। राजा-रानी की तस्वीर थी दीवार पर—नीचे लिखा था god save the king. जवा की माँ का एक तैलचित्र था। पाँव मोड़े आसन पर बैठी। आधा घूँघट। लम्बे आस्तीन का कुर्ता। कलाई पर सोने की कई-कई चूड़ियाँ। चौड़ी कोर की साड़ी।

पहले दिन इस घर में आकर भूतनाथ ने पूछा था—तुम्हारी कोई तस्वीर नहीं है जवा, छुटपन की कोई ?

—छुटपन में मैं माँ के पास थोड़े ही थी कि मेरी तस्वीर होती। नौ साल की हुई, तब कलकत्ते आई। मैं तो रहती थी बलरामपुर में।

—कहाँ ? बलरामपुर में ?

जवा ने कहा—जानते हैं, मैं दादाजी को ही बाबूजी कहा करती थी। वे पूजा करते थे। आँखों से ठीक देख नहीं पाते थे। एक दिन मैं नैवेद्य का फल चट कर गई। दादी ने कहा—अरे, नैवेद्य का केला क्या हो गया ?

टटोलकर दादाजी ने भी देखा—ठीक तो, केला क्या हो गया ! खोज शुरू हुई। मैं

भागकर आम के एक पेड़ पर चढ़ गई। दादाजी खा न सके। मुझे खोजने चले। उठकर तो हिन्दू लोग फिर खाने नहीं बैठते। लगे मुझे ढूँढ़ने। मैं ऊपर से चुपचाप सब देख रही थी। उन्हें डर लगा। गई कहाँ आख़िर ! गोपी तो नहीं ले गया। बाबूजी को वे गोपी ही कहते थे। बाबूजी का तो वे मुँह भी नहीं देखते थे और मरते दम तक उन्होंने अपनी यह प्रतिज्ञा निभाई थी।

—फिर ?

—फिर, दादाजी तो अन्धे थे। शनिवार को उपवास करके सोमवार को कहीं खाने बैठे, दादी ने पहरे के लिए मुझे उनके पास बिठा दिया—मेरे तो मज़े समझिए—पत्तल से उठा-उठाकर खाने लगी, किसी को पता क्या ! अचानक दादाजी को ख़याल आया, पूछा—मछली नहीं बनी आज ?

दादीजी बोलीं—बनी क्यों नहीं, बिल्ली ले गई लगता है। फिर मुझे देखकर कहतीं—नहीं-नहीं, यह जवा की करतूत है।

—अच्छा !—दादाजी हँस पड़ते। उनके भी दाँत न था। पोपले मुँह से हँसते हुए कहते—दिन-दिन शरीर हुई जा रही है तू, तुझे अब गोपी के पास भेज दूँगा—वहीं रहना।

—उस समय कलकत्ता भेजने के नाम से ही मुझे डर हो आता था।

—कलकत्ते से क्यों डर हो आता था ?

—पता नहीं। उमर तो ज़्यादा नहीं थी। सब कहते थे, मेरे माता-पिता म्लेच्छ हो गए हैं, वहाँ जाने से मेरी जात जाएगी। जात क्या होती है, तब मालूम न था, लेकिन लगता था कि जात जाना कोई बड़ी बात है। बलरामपुर की चर्चा आज भी अच्छी लगती है।

भूतनाथ ने पूछा—कितने दिनों तक थी वहाँ ?

—आठ-नौ साल की उम्र तक। माता-पिता को कभी आँखों भी न देखा था। पिताजी दादी को चिट्ठी लिखते। वह उसे और कहीं से पढ़ा लातीं, क्योंकि दादाजी को ख़बर हो जाती तो आगबबूला हो जाते।

दादीजी कहतीं—यह देख, तेरे बाप ने तेरे बारे में पूछा है। जाएगी तू ?

मैं कहती—नहीं जाऊँगी—जात जाए तो ? मगर मैं पैदा कलकत्ते में हुई थी—ताज्जुब !

—इसी घर में ?

—नहीं। उस समय अपना मकान बारशिमले में था। लेकिन मैंने यह सुना है कि जब मैं दो महीने की थी, तभी दादाजी मुझे बलरामपुर चुरा ले भागे थे।

—चुरा ले गए थे ?

एक दिन जवा ने यह किस्सा सुनाया था।

बहुत दिन हो गए। सुविनय बाबू के पीछे उनके पिता ने गुंडा लगा रखा था। इस पर बीस रुपए भी ख़र्च किए थे। कह रखा था, जहाँ कहीं भी गोपी दीख जाए, उसका काम ही तमाम कर दे। उस कम्बख़्त ने जात गँवाई है। वह मेरा लड़का नहीं। मैं प्रतिज्ञा

करता हूँ, उसकी शक्ल न देखूँगा।

बलरामपुर से कलकत्ता पैदल आने में डेढ़ दिन लगता। शाम को रामहरि भट्टाचार्य गाँव के बरगद के नीचे चुपचाप बैठे रहते। गर्मियों में खा-पीकर सिर पर ओदा अँगोछा डाले बाहर निकला करते। रथ-स्थान में शतरंज के अड्डे पर ज़रा देर बैठते। फिर कलमी साग के लिए नहर की तरफ़ जाते। पके कटहल की खोज में मल्लिकों के बगीचे की तरफ़ पहुँचते। कहते, कटहल पके और ब्राह्मण को नहीं दिया ! शाम को नारायण हलवाई की दुकान पर जा बैठते। कहते—नारायण, ज़रा ब्राह्मण के लोटे में पानी तो दे।

नारायण बताशे बनाया करता। पर्व-त्योहार में छेना की मिठाइयाँ बनाता, पापड़ी बनाता—ऐसी पापड़ी कि जूते से दबाने पर भी नहीं टूटती। चैत संक्रान्ति के मेले में वही पापड़ी बेचता। बिकने से जो रह जातीं, उन्हें गलाकर फिर बनाता और आषाढ़ महीने में रथयात्रा के मेले में बेचता। उससे भी जो बच जातीं उन्हें भादों की ताड़नौमी पर बेचता और फिर भी रह जातीं उन्हें दशहरे के मेले में। लेकिन नाम उसका बताशे के लिए था। ऐसे हलके बताशे बनाता कि पानी पर तैरते !

रामहरि बोले—अरे, पानी-ही-पानी दिया नारायण, बताशे कैसे बने, देखूँ ज़रा !

कभी-कभी घर ले आते बताशे। आते ही जवा को पुकारते।

एक बताशा। या कभी नींबू या केले का टुकड़ा। या कभी दो-चार पूरियाँ, थोड़ा सा हलवा, उसके साथ रसदार चने के दो-चार दाने। कहते—प्रसाद है, गिराना नहीं।

जवा कहती—दादाजी मुझे बड़े ही अच्छे लगते थे। वह गाँवघर, मल्लिकों का बगीचा—यह सब छोड़कर कलकत्ता मुझे अच्छा नहीं लगता था।

आख़िरी दिनों आँख से वे अच्छी तरह देख नहीं पाते थे। लेकिन चाहते तो क्या वे धनी नहीं बन सकते थे ?

शुक्रवार पड़ता था 'मोहिनी सिन्दूर' देने का दिन। कितनी दूर-दूर से आते लोग !

—तुम्हें क्या शिकायत है बेटी ?

एक पैसा लेते। सिर्फ़ एक पैसा। एक पैसा भी कभी-कभी दो धेला मिलाकर होता। बड़े ही ग़रीब थे बेचारे गाँव के लोग। साग, केले, आम, कटहल ज़रूर मिल जाते खाने को, लेकिन पैसे की बात आई कि माथे पर बिजली ठनकी।

—यह मेरी बिटिया है बाबा। दामाद इसे साथ नहीं रखता। इसे अपने सिन्दूर का आशीर्वाद दीजिए।

ऐसी कितनी आरजू-मिन्नतें, दुःख-दुर्दशा की पुरदर्द कहानियाँ। वैसे सख़्त आदमी थे, सुनकर उनकी आँखों से भी आँसू बहने लगते।

कभी-कभी रात में नींद टूट जाती जवा की। देखती, दादाजी गायब हैं। अँधेरी रात अमावस की। हाथ को हाथ नहीं सूझता। पूजा-घर से आवाज़ आती। मन्त्र पढ़ते होते थे। उस आवाज़ से डर सा लगता। लगता, धरती काँप रही है—जैसी भूकम्प के समय काँपी थी।

रामहरि ठाकुर को ख़बर मिली—गोपी के लड़की हुई है। रात के उसी अँधेरे में धीरे

से दरवाज़ा खोलकर बाहर निकले। गुंडों को बुलाकर कहा—एक काम करना है।

—जी, हुक्म कीजिए।

रामहरि बोले—ये ले बीस रुपए।

बीस रुपए। तेल से चिकने काले चेहरे चमक उठे। बीस रुपयों के बदले कुछ भी किया जा सकता है। आदमी की जान तक ली जा सकती है। बेवजह जाने कितनों की जानें लीं उन्होंने। अकाल के समय उनके पुरखों को हर कुछ करना पड़ा। महज़ एक गमछे के लिए किसी का ख़ून करने में भी न हिचके वे।

रामहरि ने कहा—जान नहीं लेनी है, चोरी करनी पड़ेगी।

—तैयार हैं, बताइए, किसका क्या चुराना है ?

थोड़ी रात रहते रामहरि चुपचाप आकर सो गए। लेकिन स्त्री भाँप गई। बोली—कहाँ थे अब तक ?

रामहरि कुछ न बोले।

दो दिन बाद भोर-भोर को दरवाज़े पर थपकी पड़ी। रामहरि ने उठाकर जैसे ही दरवाज़ा खोला, वैसे ही उन लोगों ने उनकी गोद में दो महीने की एक बच्ची को रख दिया।

रोने की आवाज़ सुन सुबह ब्राह्मणी जागी। पूछा—यह कौन ?

रामहरि बोले—गोपी की बेटी है।

—इसे यहाँ कौन ले आया ?

रामहरि बोले—चुप ! मैं जानता हूँ, मेरा बेटा नहीं रहा, मगर पोती की जात मैं नहीं जाने दूँगा।

—इस दो महीने की बच्ची को तुम ज़िन्दा कैसे रखोगे ?

—देवी मेरी सहायता करेंगी—मैं इसे यहीं पालूँगा। नाम रखूँगा जवा। काली माँ का प्यारा फूल।

ब्राह्मणी रो पड़ी—तुम पागल तो नहीं हो गए ?

ब्राह्मणी ने गोपी को चुपचाप ख़त लिख भेजा। उसे यहाँ आने को मना किया। आने से पिताजी एक न बाकी रखेंगे। बीच-बीच में गोपी जाता। गाँव में बाहर कहीं खड़ा रहता। बच्ची की ख़बर पूछ लेता। देखने की इच्छा होती। कपड़े-लत्ते दे जाता। पैसा-कौड़ी।

रामहरि को कभी-कभी शुबहा होता। इतना-इतना दूध कहाँ से आता है ! पैसे तो घर में थे नहीं !

उसके बाद वह लड़की बड़ी हुई। देखने-सुनने में ख़ूबसूरत। दिन कटने लगे।

एक दिन गोपी की स्त्री ने चिट्ठी भेजी कि वे सख़्त बीमार हैं। बाबूजी चाहें तो आख़िरी मुलाक़ात कर जाएँ। अब-तब हालत है।

ब्राह्मणी बोली—तुम पत्थर बन सकते हो, मैं माँ हूँ। मैं ज़रूर जाऊँगी।

—जाओगी कैसे ?

—जैसे भी हो, जाऊँगी। पैदल जाऊँगी। जिसका लड़का अब-तब हालत में हो, वह माँ रुक सकती है ?

रामहरि ने कन्धे पर चादर रखी। ब्राह्मणी के दो अदद गहने सुनार के यहाँ गिरवी रखकर पचास रुपए लाए और निकल पड़े। पीछे-पीछे घूँघट काढ़े ब्राह्मणी।

सुविनय बाबू कहा करते—मैं तब सख़्त बीमार था, समझ गए भूतनाथ बाबू, जवा की माँ मेरे पास बैठी थी, हठात् नज़र पड़ी माँ आई हैं। ज़माने के बाद भेंट। फिर भी माँ को पहचानने में बेटे को कैसी तकलीफ ! मैंने कहा—माँ !

वही जो माँ मेरे बिस्तर के पास बैठीं सो लगातार सात दिन तक बैठी ही रहीं। मैंने पूछा—पिताजी नहीं आए ?

वह बोलीं—वे रास्ते के मोड़ पर बैठे हैं। डॉक्टर को भेज दिया। आप वहीं बैठे हैं। नहीं आए।

सुविनय बाबू कहते थे—जवा नौ साल की उम्र में मेरे पास आई—पिताजी की मृत्यु के बाद। नए सिरे से उसे सिखाया-पढ़ाया। जब वह आई, उसका भाई गुज़र चुका था। उसकी माँ की हालत शोचनीय थी। वह उसे पहचान नहीं सकी।

भूतनाथ ने पूछा—उसके बाद आप फिर कभी गाँव नहीं गए ?

—गया था। उनकी अन्तिम क्रिया करने का कोई अधिकार तो था नहीं मुझे, फिर भी गया था। अपनी जन्मभूमि ठहरी, छुटपन के कितने साल वहाँ बीते, वहाँ जाने को जी रोता था, मगर पिताजी की प्रतिज्ञा के डर से जा नहीं पाता। घर के अन्दर कदम रखने के बाद मैं अपने आँसू रोक न सका।...कहकर रुक गए। उसके बाद दाढ़ी पर हाथ फेरते हुए बोले—उसके बाद माँ चल बसीं। घर सूना हो गया। एक सुबह मैंने एक बैलगाड़ी पर रहे-सहे सामान लादे। पिताजी की जो भी यादगार थी, सबको साथ लिया। उस पुराने बक्स को देखो, उसी में उनके सारे दस्तावेज़, ख़त-वत थे। हाथ की लिखावट बड़ी अच्छी थी उनकी।

भूतनाथ ने देखा था ,सुविनय बाबू के सोने के कमरे में आज भी वह बक्स सुरक्षित था।

—एक ही बात का दुःख रहा कि उनकी कोई तस्वीर नहीं। उन्हें देखने को बड़ा जी चाहता है। अपने आदर्श भी दो ही थे--एक ब्रह्मानन्द केशव चन्द्रसेन, दूसरे अपने पिताजी। इस ज़माने में ब्रह्मानन्द के सिवा वैसी जीती-जागती निष्ठा किसी में नहीं मिलती। सोच देखो ज़रा, जिस दिन इम्तहान में नकल करने की वजह से उन्हें निकाल दिया गया था—उसके बाद उनकी लिखने-पढ़ने की वह चेष्टा। और जब धर्म जाने के दोष पर घर से निकाल दिया गया, तो स्त्री के साथ महर्षि देवेन्द्रनाथ के आश्रम में पहुँचे। सोचो ज़रा :

भूतनाथ को और एक आदमी की बात याद आती है। सन् उन्नीस सौ का इकतीस दिसम्बर। करारी सर्दी पड़ रही थी। रात को व्रजराखाल घर लौटा। बदन पर कुर्ता नहीं चादर सिर्फ़।

भूतनाथ सोने जा रहा था। बोला—क्यों भाई साहब, ख़ाली बदन !

व्रजराखाल गीत गाने लगा। बोला—जाड़ा लगे तो गीत गाओ। देखो, जाड़ा भाग जाता है कि नहीं।

—आख़िर कुर्ता डाल कहाँ आए ?

व्रजराखाल खाने बैठ चुका था। खाते-खाते बोला—फूलदासी मर गई।

भूतनाथ चौंक उठा, ज़बान न खुली।

व्रजराखाल बोला—जाने किन कष्टों से उसे पादरियों के हाथ से बचाया था... शिवनाथ शास्त्री ने उसका उद्धार किया था—और—व्रजराखाल चुप लगा गया और जल्दी-जल्दी खाने लगा। खाना क्या निगलना कहिए !

—और दूँ थोड़ा सा ? अभी बहुत है।

मज़ा देखो, हैज़ा से बचाया, प्लेग से बचाया, एक बार गुंडों के भी शिकंजे से बचाया। मगर जानेवाले को कौन रोक सकता है ? हाँ, दो भाई साहब, थोड़ा सा और दो।

माँगकर वह कभी नहीं खाता था। जाने आज हुआ क्या उसे ! खाते-खाते बोला—ऐसे मर जाएगी, सोच भी न सका था।

भूतनाथ ने पूछा—मरघट तक गए थे शायद ?

—हाँ। जभी तो कुर्ता उतारकर डोमड़े को दे आया। धोती गंगा में भिगो ली थी, बदन ही पर सूख गई।

—बीमारी क्या थी ?

—बीमारी कोई न थी। अच्छी-ख़ासी थी। मकान का किराया चन्दे से दिया जाता था, खाना मैं दिया करता था। ईसाई हो जाने के बाद से सगे-सम्बन्धी कोई पूछते नहीं थे। काफ़ी दिनों तक तो शिवनाथ शास्त्री ही सब कुछ चलाते थे।

—आख़िर में खाना न मिलने से ही मर गई, क्यों ?

—न-न, खाकर ही मरी।

—क्या खाकर ?

—ज़हर !—व्रजराखाल ज़रा देर चुप रहा। उसके बाद बोला—पुलिसवाले लाश ही नहीं दे रहे थे। पेट में उसके बच्चा मिला था न ! मगर मैं कहता हूँ भाई साहब, वह मरने ही क्यों गई ? मरकर जी सकी क्या ?

व्रजराखाल उठा।

—अरे, खाया नहीं ?

—नहीं भाई, ज्ञानयोग से मेरा विश्वास उठ गया। गिरीश बाबू ठीक ही कहते थे। जानते हो उनको तो ? गिरीश घोष। 'चैतन्यलीला' लिखी है। एक दिन उन्होंने नरेन से कहा—ज्ञानयोग-ज्ञानयोग की धूम तो मचाते हो—संसार का सारा दुःख मेंट सकोगे ज्ञानयोग से ? श्मशान में फूलदासी का चेहरा देखकर यही बात मेरे जी में उठ रही थी। कहाँ, इन अभागिनों को तो हम बचा नहीं सके—तर्कशास्त्र या मीमांसाशास्त्र से तो इनका

दुःख नहीं मिटने का। कह नहीं सकता क्यों, भाई साहब, प्लेग के समय रात-दिन आँखों के आगे बहुत सी मौत देखीं, बाप, बेटे–सबको एक घर, एक कमरे, एक खाट पर मरते देखा, पर मेरा मन इतना न डगमगाया।

इस घटना के कुछ ही दिनों बाद व्रजराखाल कहाँ तो ग़ायब हो गया। इतने दिनों के बाद आज यहाँ उसकी याद आ जाने का एक कारण था। लगता है, सुविनय बाबू के अन्दर वैसा ही एक वज्र-कठोर व्यक्तित्व छिपा है, गोकि यों हर घड़ी, हर समय प्रसन्न। सदा सुखी। कभी उन्हें अगाध ऐश्वर्य के बीच यहाँ देखा था, आज रोग से जर्जर, ऐवर्श्यहीन, असहाय अवस्था में भी उनमें कोई फ़र्क़ नहीं। वही शान्त दृष्टि, वही अडिग निष्ठा !

सुविनय बाबू चित लेटे छत की तरफ़ नज़र किए पड़े थे। करवट बदलकर बोले–बहुत दिनों से तुम्हें नहीं देखा। नौकरी का कुछ ठिकाना हुआ ?

भूतनाथ बोला–जी, नहीं तो।

–मैंने तुम्हारे लिए कई जगह चिट्ठी लिखी। कई के जवाब भी आए हैं। चंगा हो लूँ तो ख़ुद कोशिश करूँगा। हाँ, व्रजराखाल की कोई ख़बर मिली ? तुम्हें देखकर बड़ी ख़ुशी हुई। जवा की शादी में तुम्हें आना ही पड़ेगा। अगहन में तय हो पाई है।

चारों तरफ़ एक बार देखकर भूतनाथ ने पूछा–लेकिन ब्याह में इतनी देर क्यों हो रही है?

–कुछ तो उन दोनों की इच्छा से और कुछ मेरी बीमारी की वजह से। लेकिन इस बार मैंने कहा है भूतनाथ बाबू, तुम दोनों में प्रेम है, दोनों के मिलन में कोई अड़चन नहीं है, आपस में एक-दूसरे को पहचाना है और मन-ही-मन एक ने दूसरे को ग्रहण किया है, तो समझना होगा, ईश्वर की यही इच्छा। बेजा कहा ?

–जी नहीं, आपने तो ठीक ही कहा।

–मैं भी यही कहता हूँ, बहुत बार अर्थ से ही अनर्थ होता है। और इधर सामाजिक जीवन में उसकी ज़रूरत को भी इनकार नहीं किया जा सकता। मेरे पिताजी कहते थे, पैसा हाथ-पैर का मैल है। और उन्होंने शान्ति से जीवन बिताया। लेकिन मुझसे न बना। जवानी की उठान में मुझ पर पैसे का सरूर सवार हो गया था–आज मैं सब कुछ लुटाकर फकीर हूँ। लेकिन सब गँवाकर भी मैंने पाया है–धर्म को पाया है। ग़लत कहता हूँ ?

–जी नहीं, ठीक ही कह रहे हैं आप।

–यह देखो, न इस घर को मैं छोड़ रहा हूँ–यहाँ अब अस्पताल होगा। जवा को दुविधा-सी थी, लेकिन जब उसे समझा दिया कि बेटी, यह त्याग नहीं, भोग है–विश्व के सभी लोगों से एक होकर, मिल-जुलकर काम करना। उपनिषद् के ऋषि ने कहा है–'तेन त्यक्तेन भुंजीथाः'–तो वह समझ गई। ज़रा देर रुककर फिर बोले–मैंने उससे पूछा कि तुमने सुपवित्र बाबू से खोलकर सब कहा तो है ? कहा है कि इस ब्याह से वह सिर्फ़ तुम्हीं को पाएगा–मोहिनी-सिन्दूर की पूँजी पर उसका या तुम्हारा कोई अधिकार

न होगा ? जवा ने कहा—जी हाँ, कहा है।

—सुनकर मुझे बड़ी शान्ति मिली भूतनाथ बाबू ! मैंने जवा से कहा—तुम्हारी माँ अन्तिम दिन मुझसे तुम्हें मुक्ति देने की कह गई थी। मेरी इच्छा है कि तुम मुक्त हो, मिथ्या, ग्लानि, सब बन्धन से मुक्ति मिले। ऐश्वर्य का प्राचुर्य भी तो एक बन्धन ही है। क्यों भूतनाथ बाबू ?

बात करने का मौक़ा मिले तो सुविनय बाबू और कुछ नहीं चाहते। भूतनाथ ने पूछा—इस घर को आज ही छोड़ रहे हैं ?

—हाँ, आज ही। मुक्ति जितना जल्दी मिले, उतना ही अच्छा। मोहिनी-सिन्दूर का कारखाना खोलने से पहले मैं वकालत करता था, शायद पता हो तुम्हें। कुछ आमदनी हो जाती थी। उसी आमदनी को रखकर बाकी मैंने छोड़ दिया है। इस घर पर मेरा कोई अधिकार नहीं। मैंने जो भूलें कीं, उसके लिए अनुताप भी बहुत किया। सोच देखो, एक दिन जब मैं घर लौटा तो सुना, मेरी इकलौती सन्तान को जाने कौन उठा ले गया। यही किस्सा उस रोज़ मैंने सुपवित्र से कहा। कहा कि तुम एक साथ जवा के प्रति पिता, माता और स्वामी का कर्त्तव्य करोगे। इसे माँ का स्नेह नहीं मिला और मेरी आयु तो चुक ही गई।

—सुपवित्र ने मेरे पैरों की धूल ली। कहा—आशीर्वाद दीजिए, मैं इस कर्त्तव्य की कभी उपेक्षा न करूँ। सुपवित्र के पिता मेरे गहरे मित्र थे। उसे मैं जन्म से ही जानता हूँ। उसके हाथों जवा को सौंपकर मैं भी निश्चिन्त हो सकूँगा। तुम्हें ख़बर दूँगा—अगहन में !

इतने में जवा कमरे में आई। बोली—आप फिर बातें करने लगे बाबूजी !

आइए भूतनाथ बाबू—बस, बातें ही करते हैं—मेरी मदद कर दीजिए थोड़ी सी। जब आ गए हैं, तो आपसे कुछ काम ही करा लूँ। फिर पिता की तरफ़ देखकर बोली—वही पुरानी सब बातें कह रहे थे शायद !

—तुम्हारी बातें कह रहा था। कह रहा था कि अब से तो तुम्हें ख़ुद ही सब कुछ करना पड़ेगा। काम करने की आदत तो है नहीं।

—क्यों, उस बार ठाकुर के चले जाने के बाद मैंने रसोई नहीं की थी ?

—यह मैं थोड़े ही कह रहा हूँ ?

—जाने भी दीजिए। बहुत सारे काम पड़े हैं। मैं भूतनाथ बाबू को ले जा रही हूँ। आप सोने की कोशिश कीजिए ज़रा। आइए—कहकर जवा चली। भूतनाथ ने देखा, उसके सारे बदन पर धूल लगी है। वह भंडारघर में जाकर रुकी। कहा—देख क्या रहे हैं ऐसे ?

भूतनाथ ने नज़र हटा ली।

जवा खिलखिलाकर हँस पड़ी। बोली—इस तरह ताकते हुए शर्म नहीं आती !

कमरा अँधेरा था। काँसे-पीतल के ढेरों बर्तन एक तरफ़ को पड़े थे। और-और चीज़ें भी बिखरी पड़ी थीं।

इस प्रसंग को टाल जाने की नीयत से भूतनाथ ने उधर देखकर कहा—ये चीज़ें तुम्हारे साथ जाएँगी ?

जवा ने कहा—इन सबको एक-एक कर इस टोकरी में डाल तो दीजिए। कुर्ते की आस्तीन सँभालकर भूतनाथ जुट जाने लगा कि जवा बोली—यह न सोचिए कि महज़ आप ही से काम करा रही हूँ—सुपवित्र को भी काम से भेजा है। धूप में ही बाज़ार गया है, सुबह से चक्कर काट रहा है—ज़रा भी नहीं बैठने दिया। आप ही आराम करें, यह कैसे हो सकता है !

बर्तन की टोकरी हटाते हुए वह बोला—मैं यह कहाँ कह रहा हूँ ! जवा ने धोती के छोर को फिर से भली तरह कमर में लपेटा। लपेटकर कहा—मुँह से शायद न कहें, पर मन-ही-मन बिगड़ें और गाली दें।

भूतनाथ से और न सहा गया। बोला—तुमने मेरा ऐसा क्या बिगाड़ा है कि मैं गाली दूँगा ! तुमसे क्या अपना यही सम्बन्ध है ?

जवा काम कर रही थी। उसी तरह पलटकर बोली—हर बात में आप सदा सम्बन्ध लेकर बात क्यों करते हैं ?

भूतनाथ जो जवाब देने जा रहा था, उसे उसने बड़ी मुश्किल से ज़ब्त किया। काम करता रहा। बोला—यह सब तो हो गया, और क्या करना है, बताओ !

जवा खड़ी होकर बोली—यह सन्दूक है न, इसमें की सारी चीज़ें निकालनी हैं—अकेले बनेगा ? न बने तो आने दीजिए सुपवित्र को।

सुपवित्र का नाम सुनकर भूतनाथ को कैसी तो ज़िद सी हो आई। बोला—देखूँ, अकेले ही कर लूँगा।

जवा ने कहा—नौकर-दाइयों को हटा दिया गया है। अब वे सब कुछ मुझे अकेले ही करना पड़ेगा।

भूतनाथ ने कहा—तुम सब कुछ कैसे अकेली करोगी, यही सोचता हूँ।

जवा ने कहा—भगवान् ने दो हाथ सिर्फ़ खाने के लिए नहीं दिए हैं। पाँव हों चाहे हाथ, काम न करने से सब निकम्मे हो जाते हैं।

इसके बाद जवाब देने की गुंजाइश न थी। भूतनाथ लोहे के उस भारी सन्दूक को एक ही हाथ से खोलने की कोशिश करने लगा। ढक्कन बहुत भारी था। फिर भी न जाने कहाँ से राक्षस की ताक़त बदन में आ गई। दोनों हाथों से हिलाते-हिलाते आख़िर खुल गया। पसीने-पसीने हो गया लेकिन।

जवा भी कुछ कम हैरान न हुई।

उसकी विस्मित दृष्टि की तरफ़ देखते हुए हँसते-हँसते भूतनाथ बोला—हैरान रह गई। मैं गँवई-गाँव का हूँ, यह भूल गई क्या ?

जवा कुछ बोल न सकी। तब भी हैरान रह गई थी। उसी तरह हँसते हुए भूतनाथ ने कहा—अगहन महीने में तुम्हारी शादी का कहीं न्योता मिल गया, तो यह भी देख लेना कि हम सिर्फ़ चावल ही नहीं, पूरियाँ भी काफी खा सकते हैं।

जवा कुछ क्षण चुप रही। उसके बाद हँसी। कहा—न्योता देनेवाली मैं तो कोई नहीं होती, न्योता बाबूजी भेजेंगे। लेकिन भरपेट पूरियाँ खाना ही शायद आपका मकसद है।

इतने में भूतनाथ काम में जुट पड़ा। कोई भारी सी चीज़ उतारते हुए बोला—इसके सिवाय मकसद हो भी क्या कसता है ? हम न तो वर-पक्ष के हैं, न कन्या-पक्ष के। हैं सिर्फ़ इतर पक्ष—मुँह मीठा कि ख़ुश !

जवा फिर हँसी—विद्यासागर का वर्ण-परिचय पढ़ा है न ?

—बिना पढ़े उपाय क्या था ? तुमने शरत् गुरुजी की छड़ी तो देखी नहीं। उफ, किस मुसीबत का था वह लिखना-पढ़ना—हरूफ़ और अंक तो माटी पर ही लिखे, बही-कलम नसीब न हुई—पीठ की रीढ़ दुःख जाती थी। ख़ैर। आज लगता है, लिखना-पढ़ना बिलकुल बेकार नहीं गया।

—क्यों ?

—लिखना-पढ़ना आया चाहे न आया, मगर गुरुजी की छड़ी ने देह को मज़बूत बना दिया है।

जवा ने कहा—घमंड तो बहुत है आपको।

—घमंड का ऐसा क्या पाया तुमने ?

—लोहे के सन्दूक को खोल क्या लिया, सोचा, इससे मैं दंग रह गई हूँ।

—तुम्हें दंग कर देने की यदि स्पर्धा मुझमें रही तो धिक्कार है मुझे।

भूतनाथ ने फिर काम में मन लगाया।

कुछ देर बाद जवा बोली—नाराज़ हो गए ?

भूतनाथ थम गया। बोला—इसके पहले जाने कब-कब कितना क्या कहा है तुमने, यदि उस समय नाराज़ न हुआ, तो अब भी न हुआ जानो।

जवा बोली—मगर अपनी तकदीर ही ऐसी है कि सभी लोग मेरी भूल समझते हैं।

भूतनाथ ने उसकी तरफ़ ताका। जवा अपनी धुन में काम करती जा रही थी। मेहनत से पसीने-पसीने हो गई थी। गूँथी हुई लट पीठ पर से होकर ज़मीन पर लोट रही थी। उस कमरे में झुटपुटे परिवेश में आज उसने नए सिरे से जवा का आविष्कार किया।

भूतनाथ ने पूछा—क्या सबने ही तुम्हारी भूल समझी ?

—सबने।

दुविधा को काटकर भूतनाथ बोला—एक आदमी भी अपवाद नहीं ?

—एक भी नहीं।

भूतनाथ बोला—सबका तो अपने को पता नहीं, अपने बारे में इतना ही कह सकता हूँ—न-न, अपनी बात आज रहे...लेकिन सुपवित्र बाबू ?

जवा ने कहा—सुपवित्र ? वह तो अपने ही को नहीं समझता, तो मुझे समझेगा ! अच्छा, आपने ऐसा भी देखा है जिसका ऐनक का डिब्बा दिन में दसियों बार खो जाता है—कभी-कभी खाना भूल जाता है, ऐसा तो पागल है। यक़ीन आएगा आपको, उसकी

माँ आज भी उसे सुलाया करती हैं। शादी करके वह गिरस्ती कैसे चलाएगा, कौन जाने ! कभी-कभी सच ही मुझे बड़ा डर लगता है।

भूतनाथ को जवाब न सूझा। अन्त में बोला—हो सकता है, काम के आदमी दुनियादारी मज़े में चला सकते हैं—लेकिन अच्छा पति होना तो और बात है।

जवा ने कहा—लेकिन सुपवित्र तो निरा बालक-सा है। आज भी उसे अपनी इच्छा जैसा कुछ भी नहीं। पता नहीं, उसने एम.ए. कैसे पास किया ! मैंने जब कहा कि कोई नौकरी तलाश करो—और करोगे क्या ? तो नौकरी ढूँढ़ने लगा। मगर इतनी भी अक्ल उसे नहीं कि ब्याह के पहले ही यह सोचना चाहिए। यह भी नहीं मालूम कि ब्याह के मानी कन्धे पर ज़िम्मेदारी का बोझ लादना है।

भूतनाथ चुप रहा।

जवा बोली—मगर उसकी एकनिष्ठता की तारीफ़ करनी पड़ती है। समाज के और भी बहुतेरे जवानों से तो मिलती रही हूँ, किसी की नज़र मेरे रुपयों पर थी, किसी की रूप पर, कोई-कोई काफ़ी दुनियादार मिला—जन्म-दिन पर क़ीमती-क़ीमती भेंटें दीं—मगर सुपवित्र ग़रीब है—कितनी बार कितना कुछ कहा, नाराज़ हुई; जानते हैं, कई बार तो घर में दाख़िल नहीं होने दिया उसे, उसने जब जो कहा, मैंने ठीक उसका उलटा किया, उसके मित्रों के आगे उसकी तौहीन की, फिर भी उसने कुछ न कहा। कभी-कभी रास्ते पर खड़े होकर घंटों मेरे घर की तरफ़ देखता रह गया है।—जवा कुछ देर रुक गई। फिर बोली—कभी-कभी जी में ऐसा आता है, कहीं ग़लती तो नहीं कर रही हूँ। बाबूजी को सुपवित्र पसन्द है। उनकी राय है—तो भी कभी-कभी डर लगा है।

उसके बाद अचानक सिर उठाकर जवा बोली—कभी-कभी यह सोचती हूँ भूतनाथ बाबू, हिन्दू होकर पैदा हुई होती तो अच्छा था। माता-पिता जिसके साथ जोड़ देते, उसी को स्वामी मान लेती—उसमें इतनी परेशानी न होती—कम-से-कम अपनी फ़िक्र भाग्य के ऊपर डालकर निश्चिन्त हो सकती थी।

इस बार भी भूतनाथ ने कोई उत्तर नहीं दिया। उत्तर देने को था भी क्या ? यह कल्पना भी न कर सका था वह कि जवा ऐसी भी बातें करेगी—अथच वे बातें भूतनाथ को ही लक्ष्य करके कह रही थी, ऐसी भी धारणा उसकी न थी। जवा की स्वगत उक्ति समझना ही उसे वाजिब लगा था। भूतनाथ अचानक बोल उठा था—काफी देर हो गई—देर तो नहीं हो रही है ?

—यह मज़ा देखिए—कहकर चौंक उठी थी जवा। कहा था—छिः-छिः, कोई भी काम न हुआ। गप्पें ही मारती रह गई। वह उठ बैठी—आपसे बड़ा काम कराया आज—बुरा तो न मानेंगे...अरे, आपके कपड़ों की क्या गत हो गई !

—होने दो गत। एक अर्ज़ है, मानोगी ?

—अर्ज़ फिर कैसी ?

—पहले कह लो, मानोगी या नहीं। अनुचित कुछ न कहूँगा।

—मानूँगी। कहिए।

—ज़िन्दगी में जब भी कोई ज़रूरत हो, मुझे बुलाना। तुम्हारे किसी काम आ सकने से अपने को धन्य समझूँगा मैं।

जवा हँसी। बोली—कृतज्ञता न मिले तो भी ?

—हाँ, तो भी।

जवा ने पूछा—आखिर ऐसा अजीब ख़याल क्यों ?

—ख़याल नहीं, यह मेरा...

—आपका क्या है यह ? नशा ?

—नशा होता, तो जी जाता। कभी-न-कभी उतर भी सकता था वह—मगर यह जाने का नहीं—एक व्रत समझो।

—इससे लाभ ?

—लाभ और नुकसान का लेखा कभी लगाया तो नहीं, दान-प्रतिदान की भी बात कभी नहीं सोची—सिर्फ़ ज़रूरत होने पर प्राण देकर तुम्हारा उपकार करूँगा—और कुछ नहीं।

जवा कुछ देर सोचती रही। उसके बाद बोली—लेकिन मैं कभी भूल कर बैठूँ, आपको चोट पहुँचाऊँ ?

—भूल क्या और कभी की नहीं ? या कि मुझे चोट नहीं पहुँचाई ?

जवा ने नज़र झुका ली। बोली—अपनी यही किस्मत है—मुझे किसी ने नहीं समझा, किसी ने कभी समझने की कोशिश भी नहीं की।

भूतनाथ कुछ कहना चाहता था कि जवा बोल उठी थी—आपने भी आख़िर मुझे ही ग़लत ही समझा भूतनाथ बाबू। आठ-नौ वर्ष की उम्र तक जिसके दिन गाँव-घर में एक-दूसरे ही समाज में बीते, पढ़ने-लिखने का जिसे मौका नहीं मिला, जिसे गुंडे माँ-बाप से अलग चुरा ले गए—उसके बाद एकाएक एक और ही समाज में आ पहुँची—यहाँ पाया कि माँ मुझे चीह्नती नहीं, उस समाज में जो गुण गिने जाते थे, यहाँ आकर वे दोष हो गए—जिसे ठोंक-पीटकर फिर से सभ्य बनाया गया हो, उसका अपना रहा ही क्या ? आपने मेरी बात को ही सच मान लिया, बाहरी आवरण को ही असली रूप समझ बैठे—गलती अगर कभी की ही हो, कभी अगर चोट ही पहुँचाई हो, तो कम-से-कम आज तो मुझे क्षमा करें ! सुपवित्र की तरह आप...कहते-कहते जवा एकाएक रुक गई।

भूतनाथ ने देखा, सामने सुपवित्र खड़ा था।

जवा ने पूछा—सब ठीक कर आए ?

सुपवित्र ने कहा—बस ठीक हो गया।

—कमरे-वमरे साफ़-सुथरे क़िए जा चुके ?

भूतनाथ ने सुपवित्र को ग़ौर से देखा। आज बदन पर अलपाका का कोट नहीं था। बनियान थी। मोटे ऐनक के नीचे दोनों आँखें काँप रही थीं। देखते ही लगता कि उसकी सारी जिन्दगी लिखने-पढ़ने में ही कटी है। कम-से-कम जिस निगाह से वह जवा

को देखता है, शायद उसी निगाह से किताब के पन्नों को भी देखता है। मानो उसके लिए सारे मनुष्य, सारी धरती, सारा संसार कोई ग्रन्थ हो। किताब के बाहर भी एक दुनिया है, इसे मानो वह सोच भी नहीं सकता। सोचता भी, तो शायद ज़बर्दस्ती भूले रहना चाहता है। इसमें सुख चाहे न हो, शान्ति है। इसीलिए वह जवा को भी उसी दृष्टि से देखता है। जवा भी उसके लिए मानो एक किताब के सिवा और कुछ नहीं। पढ़ने के पहले या बाद में उसे हाथ से छूने में भी तृप्ति है।

जवा ने पूछा—और गाड़ी ? गाड़ी का क्या किया ?

सुपवित्र मानो आसमान से गिर पड़ा। बोला—लो, गाड़ी की एक बात तो एकबारगी भूल गया। जा रहा हूँ—वह मुड़ने लगा।

जवा ने कहा—रहने दो। अब जाने की ज़रूरत नहीं। धूप में चक्कर काटकर जो शक्ल बन गई है तुम्हारी।

सुपवित्र ने कहा—कोई तकलीफ़ न होगी। जाऊँगा मैं। और वह सच ही चलने को तैयार हो गया।

लेकिन जवा ने उसका हाथ पकड़ लिया। बोली—सवेरे से ही घूम रहे हो, अब नहीं जाना है। आख़िर माँ की फटकार मुझे ही तो सुननी पड़ेगी। ऊपर जाकर आईने में शक्ल देखो अपनी—क्या दशा हुई है ! भूतनाथ बाबू हैं, तुम्हें अब कुछ नहीं करना है। भूतनाथ बाबू, एक गाड़ी तय कर देंगे !

भूतनाथ ने पूछा—कब जाना है ?

—तीसरे पहर। बार-शिमले जाना है। बारह आने से ज़्यादा किराया न कहिए।

भूतनाथ ने कहा—वहाँ के लिए बारह क्यों, आठ आने बहुत हैं।

उस रोज़ आठ ही आने में गाड़ी तयकर लाया था भूतनाथ। बैल-गाड़ी से धीरे-धीरे सामान भेज दिया गया। घर ख़ाली हो गया। कभी स्त्री के साथ सुविनय बाबू यहाँ आए थे। उनकी पहली सन्तान यहीं पैदा हुई थी। एक दिन उस शिशु के रोने से यह घर मुखरित हुआ था और फिर यहीं उस शिशु ने अन्तिम साँस ली। यहीं जवा की माँ का दिमाग़ दुःख, शोक और सूनेपन से धीरे-धीरे ख़राब हुआ। यहीं सुविनय बाबू अपने पिता का छोड़ा हुआ सामान उठाकर लाए थे—साथ जवा को ले आए थे—यहीं जवा का पुनर्जन्म हुआ। इसी घर में कितने उत्सव, कितने अनुष्ठान हुए। विद्यासागर, शिवनाथ शास्त्री, देवेन्द्रनाथ ठाकुर, ब्रह्मानन्द, केशवचन्द्र सेन इसी घर में पधारे। इसी घर में बंकिमचन्द्र आए थे। सन् 1864 में जिस साल आश्विन में आँधी आई थी ज़ोरों की, उसी समय 'दुर्गेशनन्दिनी' पहली बार प्रकाशित हुई थी। एक प्रति अपने हाथ से वह सुविनय बाबू को भेंट दे गए थे।

सुविनय बाबू ने कहा—विलायत जाने से पहले केशव बाबू यहाँ आए थे—सम्भवतः सन् 1870 में। उस कुर्सी पर बैठे थे वे। कई बड़ी अच्छी बातें बताई थीं। एक तो यह कहा था कि महापुरुष चश्मे-से होते हैं। चश्मा नज़र को ढँकता नहीं, उसे और भी तेज़ी देता है। महापुरुषों की दरबान से भी उपमा दी थी उन्होंने—प्रभु तक पहुँचानेवाला।

आज उनकी बात मानो ख़त्म नहीं होना चाहती थी। जवा बोली—साँझ हो चली बाबूजी, चलिए।

सुविनय बाबू बोले—ज़रा देर रुक जाओ। इस घर में फिर तो कभी आना न होगा—कह लूँ। यहाँ घटनाएँ क्या कुछ कम हुई हैं ? आँखें बन्द करने से आज भी सब देख पाता हूँ। केशव बाबू विलायत से लौटे—Indian Reform Associations कायम हुई और उसका पहला अधिवेशन यहीं हुआ। शिवनाथ शास्त्री की किताब निकली—शराब या ज़हर। सुलभ-समाचार अख़बार निकला। एक पैसा दाम।

सुपवित्र बैठा-बैठा बनियान का बटन घुमाता रहा। कल सवेरे ही यह घर अस्पताल में बदल जाएगा। सुविनय बाबू का सपना सफल होगा। लेकिन आज तीसरे पहर की इस सन्धिबेला में कमरों की तरफ़ ताककर ऐसा लगा मानो सारी मृतात्माओं ने अचानक चलना-फिरना शुरू कर दिया है ! मानो कान लगाने से उनकी बातें भी सुनाई पड़ेंगी। जवा की माँ की याद आई। यहाँ पर एक आरामकुर्सी पर बैठी कुछ बुनाई कर रही हैं, और मन-ही-मन कुछ सोच रही हैं।

सुविनय बाबू कहते ही चले जा रहे थे, पर भूतनाथ के कानों तक कुछ पहुँच नहीं रहा था। बड़े महल और इस घर के इतिहास में मानो कोई मेल न हो। इतने क़रीब से दोनों, इतने समसामयिक। नए युग के होने के बावजूद भूमिपति चौधरी की सन्तानें अपने पुरखों के बुनियादीपने के नशे में मदहोश थीं और पास ही सुविनय बाबू के घर में दूसरे इतिहास की रचना चल रही थी। राजनारायण बसु ने हिन्दू धर्म की श्रेष्ठता पर भाषण दिया। विलायत के 'टाइम्स' में उसकी रिपोर्ट छपी। ब्रह्मानन्द, केशवचन्द्र सेन विलायत से वापस आए और उन्होंने 'भारत आश्रम' की स्थापना की।

जवा ने कहा—अब चलिए बाबूजी !

—हाँ-हाँ। मगर जाने से बातें तो रही जाएँगी। ऊब तो नहीं रहे हो सुपवित्र ?

जवा ने कहा—सुपवित्र बाबू से आज बड़ा काम कराया है—हो सकता है, उनकी माँ फटकारें मुझे।

—अच्छा, ऐसा ! फिर तो देर करना ठीक नहीं। चलो...।

बाहर बग्घी खड़ी थी। साँझ हो चली थी। भूतनाथ ने घर में ताला डाल दिया। पूर्ववाले कमरे की तरफ़ से आते ही जवा उसके पीछे आ खड़ी हुई। कहा—ज़रा ठहरें भूतनाथ बाबू !

भूतनाथ चौंक उठा। वहाँ पर झुटपुटा सा था। कमरे बिलकुल खाली पड़े थे, इसलिए हल्की सी आवाज़ भी प्रतिध्वनि बनकर लौट आती थी। खाँ-खाँ करती हुई आबहवा में दम मानो घुट रहा था। दिन-भर की मशक्कत से भूतनाथ थककर चूर हो गया था। अचानक बोल उठा—कौन ?

जवा ने कहा—एक बात कहनी थी !

जवा का चेहरा गुस्से से मानो काला हो उठा था। अँधेरे में ठीक-ठीक दीखा तो नहीं, फिर भी भूतनाथ ने अन्दाज़ लगा लिया कि ख़ौफ़नाक कुछ हुआ है। कहा—कहो।

जवा ने कहा—शायद फिर कभी आपसे भेंट न हो, इसलिए कह रखना ही ठीक है।

अपने को सँभालकर भूतनाथ ने पूछा—कोई बहुत ज़रूरी बात ?

—जरूरी चाहे न हो, काम की है।

—क्या वह बात सबके सामने नहीं कही जा सकती ?

—सबके सामने ही सुनना चाहते हों तो कह सकती हूँ मैं। पर उससे आपकी मर्यादा नहीं बढ़ेगी।

—आज तुमसे यह नई बात सुन रहा हूँ जवा, मर्यादा पर तर्क करना नहीं चाहता, लेकिन बात चाहे जो हो, बाद में भी तो कह सकती थीं। अभी बहुत परेशान हो तुम।

—परेशानी कितनी ही क्यों न हो, अब तक काम में भूल बैठी थी, अब याद आ गई है।

—कोई कसूर बन पड़ा है मुझसे ?

—आपको हिम्मत नहीं थी, तो आपने ननीलाल को क्यों भेजा था ?

—कौन ननीलाल ?

—आपका कहा न होता तो इस घर में क़दम रखने की हिम्मत क्या थी उसे ? आपने उसे पिताजी के पास क्यों भेजा था ?

—यक़ीन मानो...

—वह साफ़ बता सकता था कि पिताजी की जायदाद को वह हड़पना चाहता है, लेकिन बैंक के नाम से वह क्यों ठगना चाहता है ? उसे यह मालूम ही कैसे हुआ कि हम अपनी सारी सम्पत्ति समाज को दे रहे हैं ?

अपराधी की नाईं भूतनाथ ने कहा—यह मैंने बताया था।

—सिर्फ़ कहा ही नहीं, उसे आपने हमारे पास भेजा था। आपका ही नाम लेकर उसने ज़िक्र छेड़ा, वरना मुझे मुँह दिखाने का उसे साहस कहाँ ? उसने समाज की किसी लड़की की मर्यादा नहीं रखी, किसी का विश्वास नहीं पा सका। हो सकता है, आज वह अमीर हो गया है, बड़ी-बड़ी जगहों में उसकी ख़ातिरदारी होती है, मगर आप तो जानते हैं, हम वैसों में से नहीं हैं। हमारी शिक्षा-दीक्षा अलग है, हम रुपयों से मनुष्य का विचार नहीं करते। जिसमें मनुष्यत्व नहीं, ऐसे किसी को बाबूजी बर्दाश्त नहीं करते।

ताला-कुंजी हाथ से हिलाते हुए भूतनाथ बोला—शायद कसूरवार हूँ मैं, पर विश्वास करो, मैंने उसे यहाँ नहीं भेजा।

जवा ने कहा—फिर वह आया किस साहस से ?

भूतनाथ बोला—यह मैं नहीं जानता, और अगर तुमने उसे ठीक से पहचाना है, तो समझ ही सकती हो कि वह मेरे भेजने की परवाह नहीं करता।

—मगर आप उसके दोस्त हैं, यही सोचते तो घृणा होती है।

—विश्वास करो जवा...

अचानक सुविनय बाबू की आवाज़ आई—जवा बेटी...

—आई पिताजी—जवा चली गई।

भूतनाथ के शरीर की सारी शक्ति पल में लुप्त हो गई। खुले कमरे के सामने ताला लिए वह बुत-सा खड़ा रहा। बड़ी देर के बाद जब वह घर के सामने आकर खड़ा हुआ, तो अँधेरा हो चुका था। सुविनय बाबू को अपनी शक्ल दिखाने में भी उसे शर्म मालूम हुई। आख़िर ननी ने ऐसा किया ही क्यों ? साथ ही तो ले चलने की कही थी !

सुविनय बाबू सीढ़ी से धीरे-धीरे उतर रहे थे। जवा भी उनका हाथ थामे उतर रही थी। पीछे-पीछे था सुपवित्र। समाज के भी कई सज्जन आ पहुँचे थे। मोहल्ले के भी कुछ जाने-माने लोग। भूतनाथ ने सुविनय बाबू को पकड़कर धीरे-धीरे नीचे उतारा।

गाड़ी में बहुत सामान लदा था। छत पर जगह न थी। कुछ क़ीमती सामान गाड़ी के अन्दर था। कुछ पीछे भी बँधा था।

भूतनाथ ने सावधानी से सुविनय बाबू को गाड़ी पर सवार करा दिया। कहा—जी, सिर बचाकर।

उसके बाद जवा सवार हुई। सामने की सीट पर बैठी।

सुविनय बाबू ने जो लोग खड़े थे, उनसे दो-चार बातें कीं, और सुपवित्र से कहा—अन्दर आ जाओ, रात हो रही है।

सुपवित्र चुपचाप जाकर बैठ गया।

कोई जगह नहीं बच रही।

सविनय बाबू ने कहा—भूतनाथ, तुम भी आ जाओ।

भूतनाथ ने कहा—आप परेशान न हों, मैं कर लूँगा इन्तज़ाम।

सुविनय बाबू कुछ परेशान-से हुए—फिर भूतनाथ कहाँ बैठेंगे ?

भूतनाथ ने झट से कहा—मैं पैदल ही चलूँगा।

—छत पर जगह नहीं है ? पीछे ?

—मैं गाड़ी के पीछे-पीछे पैदल ही चलूँगा। आप फ़िक्र न करें।

जवा ने कहा—हाँ, वे पैदल ही चलेंगे। चलने की ख़ूब आदत है उन्हें।

भूतनाथ बोल पड़ा—हाँ, चलने की मुझे आदत है। भई गाड़ीवान, बढ़ाओ गाड़ी।

फिर किसी ने कुछ न कहा। गाड़ीवान ने गाड़ी बढ़ाई। पहले तो घोड़े ज़रा हिले, फिर पहियों की रूखी आवाज़ कानों में पहुँचने लगी। रूखी और ऊबड़-खाबड़ राह पर सुविनय बाबू का इतिहास चल पड़ा। इनका इतिहास बड़े महल के इतिहास-जैसा अचल नहीं अनेक रास्ते, अनेक बाधाओं की ठोकर बचाते हुए उसे बीसवीं सदी के पहले दशक तक पहुँचना है।

हाँफता हुआ भूतनाथ भी चलने लगा। गाड़ी के पीछे लाल रोशनी के दो बिन्दु दीख रहे थे। उन्हीं दो बिन्दुओं को देखते हुए चलना। कहाँ बाग़ बाज़ार और कहाँ बार शिमले ! ख़ैर, गँवई-गाँव का आदमी ठहरा। भात ज्यादा खाता है, पैदल चलने की आदत है। चलने की आदत सुपवित्र को नहीं है। बड़ा भुलक्कड़ है। खाने तक की याद नहीं रहती। उसकी माँ अभी भी उसे सुला दिया करती है। कैसे गिरस्ती चलाएगा, पता नहीं !

मशक्कत से थक जाता है, चेहरा ख़राब हो जाता है। गाड़ी पर बल्कि वही जाए।

साँझ बीत गई। और एक मोड़ से घूमते ही गाड़ी आँखों से ओझल हो गई।

रास्ते में चलते-चलते अचानक कई दिन पहले की एक घटना भूतनाथ को याद आ गई।

अचानक जी में आया, अरे, भूल ही गया था, वंशी ने सवेरे-सवेरे लौट आने की बार-बार ताकीद की थी। छोटी बहू बन-ठनकर तैयार होंगी। मियाँजान गाड़ी लेकर पहुँच गया होगा। वंशी तमाम ढूँढ़ता फिर रहा होगा। बड़े महल की अब वह बात न रही। नन्हे बाबू की संगीत-गोष्ठी अब नहीं जमती। सारे आँगन में सन्नाटा। सूने महल में बन्दूक लिए बिरिजसिंह ऊँघता रहता। पहले टहला करता था, अब बैठकर ऊँघता है। हाबुलदत्त आकर बेटी-दामाद के कमरे में जो धँसता है सो रात ही को बाहर निकलता है। कानों में क्या मन्त्र देता है, राम जाने ! मँझले बाबू अकेले ही रात का उत्सव चलाया करते हैं। हासिनी अब भी आती है, मँझली बहू आती हैं, पान का डिब्बा लिए बड़ी मालकिन भी आती हैं। उस रोज़ नन्हीं बाई की महफ़िल भी हो गई। नन्ही बाई ने ग़ज़ल सुनाई, ठुमरी सुनाई, लेकिन वह वाह-वाही इस बार न मिली। नाचते-नाचते होंठ से अशर्फी उठा ली। बस। दोबारा चाँदी की थाली में अशर्फियों की झड़ी न लगी। और बार की तरह विदाई में बनारसी ओढ़नी भी मिली, लेकिन नन्हीं बाई वैसी खुश न हुई, सारंगी बजाते-बजाते मुन्नालाल इस बार मस्त होकर लौट नहीं पड़ा। नन्हीं बाई का घूँघट उठ-उठ नहीं गया। महफ़िल के बाद मँझले बाबू के ख़ास कमरे में उसकी बुलाहट भी न हुई, यह मानो नियम का पालन-भर हो। आ ही गई है तो नाउम्मीद होकर लौट क्यों जाए—कुछ ऐसा भाव।

और छोटे बाबू ! ये फिर जान बाज़ार क्यों जाने लगे ? फिर क्या अनबन हो गई ? छोटी बहू ने ठीक से शराब नहीं पी क्या ? या क़ायदे-क़ानून में कोर-कसर रह गई? हो सकता है, ब्याहता स्त्री के साथ वह आनन्द नहीं आता। या छोटी बहू में वह बात नहीं आती, जो चुन्नी में है। अचानक उसे एक घटना याद आ गई।

भूतनाथ कहीं जा रहा था कि वृन्दावन की नज़र पड़ गई। बोला—मैंने चुन्नी से कह रखा था कि आप आएँगे। ख़ैर, अभी चलिए। दो क़दम तो है यहाँ से !

—नहीं वृन्दावन, अभी मुझे ज़रूरी काम है, यक़ीन मानो।

मगर वृन्दावन मानने क्यों लगा ?

भूतनाथ ने कहा—बहुत काम पड़ा है वृन्दावन, जानते ही तो हो, ग़ैर के यहाँ रहता हूँ—समय पर खा न लूँ तो...

—मैं एक नहीं सुनने का साले साहब !

—मैं वादा करता हूँ, एक दिन ज़रूर आऊँगा—आज छोड़ दो।

—जी नहीं, यह तो हो ही नहीं सकता।

आख़िर जाना ही पड़ा। कुल एक ही बार वहाँ गया था भूतनाथ। वंशी के साथ। दरवाज़े से घुसते ही छोटा सा बरामदा। उसी के बाद ऊपर चढ़ने की सीढ़ी।

ऊपर जाकर जानें किसे तो वृन्दावन ने कहा—सुनती हो, देखो, मैं किसे साथ लिवा लाया हूँ।

—कौन है रे ?—औरत की आवाज़। चुन्नी-जैसी।

—देखो भी। पहचानती हो ?

भूतनाथ कमरे के दरवाज़े पर खड़ा। गहनों से लदी चुन्नी फ़र्श पर बैठी। सामने पनबट्टा। चूना, सुपारी, लौंग, इलायची के डिब्बे। कुछ और मोटी हो गई है। गोरा रंग। सँवारे बाल। भूतनाथ को देखकर बाएँ हाथ से ज़रा घूँघट काढ़ लिया। कहा—अरे, खुश-किस्मती अपनी ! आइए-आइए !

बड़ा स्वागत-सत्कार। वृन्दावन ने फ़र्श के सामने के हिस्से को ज़रा झाड़ दिया। गाव-तकिए को भूतनाथ की तरफ़ खिसकाते हुए कहा—आराम से बैठिए हुजूर ! फिर चुन्नी की तरफ़ देखकर बोला—बड़े सज्जन हैं साले साहब ! छोटी माँ के लिए कौन सा कष्ट नहीं उठाते !

एक तश्तरी पर पान के दो बीड़े रखकर उसकी तरफ़ बढ़ाते हुए चुन्नी ने कहा—भला, इतना भी न करेंगे ! जो सज्जन होते हैं, उनका सब कुछ भला ही होता है। ख़ैर, सज्जन बाबू, पान तो खाइए।

भूतनाथ तो अवाक् हो गया था। दीवार के ताख पर सजी हुई बोतलें। पास ही ढँकी सी कोई चीज़। शायद हारमोनियम। उसी के पास तबला। घुंघरू। सामने छोटे बाबू की तस्वीर।

वृन्दावन ने कहा—तकिए के सहारे आराम से बैठें हुजूर—ऐसे सिकुड़े से क्यों ?

भूतनाथ तकिए के सहारे बैठा।

—हाँ, लेट जाइए मज़े से और चुन्नी से बातें कीजिए। कई दिनों से सोच रहा था, आपने कहा था, फिर भी आए क्यों नहीं ? लेकिन चुन्नी कहती थी, जब कहा है, तो सज्जन बाबू आएँगे ज़रूर।

पान चबाते हुए चुन्नी ने कहा—सचमुच, कई दिनों से कह रही थी, कि इतना निहोरा किया और सज्जन बाबू नहीं आए। सोचा, ख़ुद ही जाऊँ—लेकिन गाड़ी तो बेच दी है, सुना होगा शायद...लेकिन दुबले क्यों हो गए हैं ?

फिर जाने क्या सोचकर वृन्दावन को आवाज़ दी।

भूतनाथ ने देखा—अभी-अभी वृन्दावन यहीं था—तुरत ग़ायब।

—आया !—बगल के कमरे से जवाब आया।

—तोते को चना दे दिया है ? मुसीबत देखिए, कै दिनों से कुछ छूता ही नहीं है भैया, सब तरफ़ झंझटें—छोटे से ही पाला है, अब ऐसी ममता हो गई है कि...

वृन्दावन आया। चुन्नी ने कहा—थाको को बुला तो।

भूतनाथ ग़ौर से कमरे को देखने लगा। छोटी बहू के कमरे से इसमें बड़ा फ़र्क था। दीवारों पर कई तस्वीरें टँगी थीं। विलायती लग रही थीं। परियों के बदन से कपड़े खिसक पड़ रहे थे। एक परी नहा रही है। पहाड़ी झरने के किनारे एक परी अपने शरीर

की परछाईं देखने में मशगूल। कहीं तीन परियाँ अजीब ढंग से खड़ीं। बदन पर कपड़े का नाम नहीं।

कैसी तो एक तीखी गन्ध मिल रही थी। आप ही एक अजानी उत्तेजना-सी होती। काफ़ी मोटा बिछौना। बैठिए कि एक हाथ धँस जाता। पाँच-छह मोटे-मोटे तकिए। बिस्तर पर ही पान की तश्तरी। मसाले की डिबिया। एक कोने में गड़गड़ा।

चुन्नी ने कहा—संकोच क्या भैया, आराम से बैठिए।

भूतनाथ ने ग़ौर किया—नाक में हीरे की कील थी। छोटी बहू से मिलती-जुलती। चुन्नी पान छोटी बहू से ज़्यादा खाती है। उस बार जब आया था भूतनाथ, छोटे बाबू इसी बिस्तर पर सोए थे। लेकिन उस रोज़ चुन्नी इतनी अच्छी न लगी थी।

कुछ ठहरकर चुन्नी ने कहा—तम्बाकू के लिए कहूँ ? फिर भूतनाथ के चेहरे का भाव देखकर बोली—फ़िक्र न करें, ब्राह्मण का हुक्का भी है।

भूतनाथ ने बताया, तम्बाकू वह नहीं पीता। कहा—बल्कि पानी मँगवाओ, प्यास लगी है।

—पानी क्यों, शर्बत मँगवाऊँ।

—न, पानी ही बहुत है।

—तैयार तो हो ही रहा है शर्बत। यहाँ शर्बत रोज़ ही बनता है, छोटे बाबू पिया करते थे न—आजकल हैं कैसे वे ?

—वैसे ही हैं। कभी अच्छे, कभी बीमार।

—कोई ख़याल नहीं रखता है, क्यों ?—वह कहने लगी—मैं किस एहतियात से रखती थी उन्हें—कभी ज़्यादा पी जाते थे, तो मना करती, बक-झक करती थी। मगर लोगों से देखा न गया। अच्छा, उन्होंने दवा पीना छोड़ दिया है ?

भूतनाथ बोला—मैं नहीं कह सकता, वंशी को पता है।

—बड़ा कमीना है यह कम्बख़्त—मुझे वेश्या कहता है। मगर बड़े महल की मैं क्या पहली हूँ, सब पता है। कलकत्ता के किसी घर की ख़बर बाक़ी नहीं है। सबको यहाँ आना पड़ा है। काली-पूजा के दिन छोटे बाबू को आख़िर किसने बचाया ! आग में जलकर दुर्गत हो जाती। वंशी को क्या पता इसका !

भूतनाथ की आँखों में अचरज देखकर चुन्नी ने पूछा—नहीं जानते हैं आप ?

भूतनाथ बोला—नहीं, सुना तो नहीं।

—बगल में यह मकान है न, उसके दक्खिन जो मकान है, उसमें कुछ बाज़ारू औरतें रहती हैं—दीवाली में उस घर के बाबू लोग पटाखे, मुरहे छोड़ रहे थे। छोटे बाबू के साथ देखने के लिए मैं भी छत पर गई। एक अपने आँगन में जा गिरा और सुखी चिल्ला उठा।

—सुखी कौन ?

—तोता था एक। उसके पिंजरे पर गिरा कि वह टें-टें कर उठा। मरती-जीती नीचे उतरी। रोने लगी। छोटे बाबू को तो पहचानते ही हैं आप, नाराज़ होने से होश-हवास

नहीं रहता। बोले—तुरत आतिशबाज़ी मँगवाओ—हज़ार रुपए की !

—हज़ार रुपए की ?

—हज़ार से कम की तो बात ही नहीं करते छोटे बाबू। ख़ैर, वृन्दावन गया। हज़ार की आतिशबाज़ी कोई मज़ाक़ तो नहीं। जो मिला, जोड़-बटोरकर लेता आया।

छोटे बाबू ने कहा—अब सब मिलकर उनकी तरफ़ छोड़ो।

उस रोज़ सभी आए हुए थे—मधुसूदन, लोचन, मेरा दरबान, नौकर सब।

—मधुसूदन यहाँ आता है ?—भूतनाथ ने पूछा।

—हाँ, रोज़ ही तो आता है। अपनी ही तरफ़ का है। शर्बत पी जाया करता है, आपको पता न था ? मधुसूदन, लोचन, क़भी-कभी श्यामसुन्दर और बेनी भी। पहले शशी भी आया करता था। असल में वृन्दावन शर्बत बेहतरीन बनाता है। कलकत्ता में चर्चा है इसकी।

उसके बाद चिल्लाई—क्यों रे, शर्बत तैयार भी हुआ ? हाँ, तो उसके बाद की बताऊँ—

पान का एक बीड़ा उसने और डाल लिया मुँह में। डंठल से थोड़ा सा चूना। डिबिया से तम्बाकू निकालकर थोड़ा सा वह भी खा लिया। भर गया मुँह। बगल से पीकदान उठाकर थूका और मुँह पोंछते हुए कहा—पान खाते हुए मुझसे बातें करते नहीं बनता भैया !

भूतनाथ ने पूछा—फिर हुआ क्या ?

मुँह में फिर पीक भर आई। हटकर उसने फिर थूका। बोली—धो ही डालूँ मुँह। तम्बाकू खाकर बातें करने में सहूलियत नहीं हो रही है। आवाज़ दी—थाको, लोटे में पानी ले आ।

उसका पान खाना, तम्बाकू खाना, उठना-बैठना, सब कुछ देखते-देखते एक अजीब सा ख़याल भूतनाथ को हो आया। आख़िर नाचते हुए यह कैसी दीखेगी, कौन जाने ! थोड़े में सन्तुष्ट होनेवाले जीव तो छोटे बाबू हैं नहीं। हर ऐरू-गैरू उन्हें तृप्त नहीं कर सकती। महज़ रूप की बहार से काम नहीं चलने का। उस रूप में प्रकाश चाहिए, अदा चाहिए। उस रूप को बिगाड़कर, विश्लेषण कर तब उन्हें सन्तोष होता है। इसी कमरे में छोटे बाबू आज तक अपनी तृप्ति खोजते और पाते रहे हैं। मगर चुन्नी में वह खासियत कहाँ है, अनूठापन कहाँ है ! यही औरत हँसी, गीत, नाच और बातों में छोटे बाबू को मन्त्रमुग्ध किए रहती है। पेशेवर नाचने-गानेवालियाँ जो आती हैं, उन्हें तो देखते ही वह ख़ूबी झलक जाती है। उनकी चितवन ही कुछ और होती है। बड़ी मालकिन कभी नाच सकती थीं। पाँव देखने से आज भी समझ में आता है। कभी-कभी गाड़ी पर चढ़ते हुए उनके पाँव का जितना-भर कपड़ा उघड़ गया है, उसी को देखकर भूतनाथ ने समझ लिया है। मगर यह चुन्नी अजीब औरत है। ऐसी औरत से भूतनाथ का यही पहली बार मुक़ाबला हुआ है।

चुन्नी कहती गई। कहा—उस मकान में एक साथ चालीस आसमान-तारे करीने से

रखकर चालीस औरतें आग लगा देतीं। सों-सों करते हुए आसमान-तारे ऊपर को उड़ जाते और फूटकर शून्य में बिखर पड़ते। ख़ुशी से शोर कर उठतीं औरतें और उनके साथ-साथ उनके सौ चाहनेवाले। छत पर ही गाना-बजाना भी चल रहा था। जुटे हुए सौ बाबुओं की एक स्वर में 'क्या कहने, क्या कहने !' की आवाज़।

इधर से वृन्दावन ने भी छोड़ना शुरू कर दिया—लगातार। बाप रे !—औरतें छिटक पड़ीं। गाना-बजाना बन्द हो गया। कपड़ों में चिनगी लगी। हल्ला पड़ गया।

छोटे बाबू ने कहा—हाँ, चला वृन्दावन, चला। इन दईमारियों को फूँक दे; पटाखे छोड़ने आई हैं !

रास्ते पर भीड़ जम गई। आग के फुहारे-से छूटने लगे। औरतों में भगदड़ मचने लगी।

लेकिन बाबू लोग छोड़नेवाले कब थे ! रुपए ख़र्च करके मज़े लूटने आए थे, किरकिरा क्यों होने दें ? बला से एकाध औरत गई, गई।—बातों के बीच ही में चुन्नी ने आवाज़ दी—अरे वृन्दावन, शर्बत हुआ तैयार ?

भूतनाथ ने कहा—फिर ?

—फिर उधर से एक आकर गिरा छोटे बाबू पर...

इतने में शर्बत लेकर वृन्दावन आया। बिस्तर के पास दो गिलास रख दिए। चाँदी के गिलास...झकमका रहे थे। ऊपर वृन्दावनी काम किया हुआ। एक में चुन्नी का नाम खुदा हुआ। वृन्दावन ने छोटे बाबूवाला गिलास भूतनाथ के सामने रखा। कहा—गटगटाकर पी जाइए, हुज़ूर, देर न कीजिए।

वृन्दावन चला गया। भूतनाथ ने पूछा—किस चीज़ का है ?

—पीकर ही देखिए न सज्जन बाबू ! खटाई डालकर गिलास को साफ़ करा दिया है। भला ब्राह्मण को हम ऐसी कोई चीज़ दे सकते हैं ? इतनी भी अकल नहीं हमें ?

भूतनाथ फिर भी आगा-पीछा करने लगा। भंग तो नहीं है ? एक बार नन्हे बाबू की महफ़िल में पीकर गत कर ली थी अपनी...जान जाने की नौबत—लगने लगा कि सारा घर ही उलटा जा रहा है।

चुन्नी तब तक चुस्की लेने लगी थी। एक साँस में सारा गिलास गटककर मुँह से एक आवाज़ निकाली—आह, बेहतरीन बना है !

लेकिन इधर दुर्घटना हो गई। गिलास से चुस्की लेते ही भूतनाथ का सिर चक्कर खा गया। हाथ से फिसलकर गिलास गिर गया।

—क्या हुआ ? चुन्नी लपककर पकड़ने गई। मगर होना था सो हो चुका था। बिस्तर गीला हो गया। भूतनाथ अप्रतिभ हो गया।

आगे बढ़कर अपनी साड़ी से चुन्नी ने भूतनाथ का हाथ-मुँह पोंछ दिया। भूतनाथ ने कहा—सिर चकरा गया...

उसे लगा, अब बैठ न सकेगा वह।

—अब भी चक्कर आ रहा है ?

भूतनाथ ने पूछा—शर्बत में था क्या ?

—होगा क्या सज्जन बाबू, सबने तो वही पिया, मैंने भी।

—फिर मेरा जी ऐसा क्यों कर रहा है ?

भूतनाथ को लगा, वह गिर पड़ेगा। सिर झिमझिमाने लगा। सारे शरीर में कँपकँपी। नन्हे बाबू के यहाँ भंग पीकर जैसा लगा था, यह वैसा नहीं था। उसे ऐसा लगा कि ज़हर पी गया है। ज़हर कभी पिया नहीं था। ज़हर पीने से क्या हाल होता है, वह भी मालूम न था। फिर भी उसे ऐसा लगने लगा कि इन लोगों ने हो-न-हो उसे ज़हर पिला दिया है। कमरा, दरो-दीवार, तस्वीरें, सब उसकी आँखों के आगे घूमने लगीं।

—सिर दबा दूँ ? चुन्नी ने उसका सिर अपनी गोद में रख लिया।

बोली—सो जाने की कोशिश कीजिए।

उसकी गोद पर सिर रखकर कितना आराम आया ! कितना तो चैन-सा पड़ा ! सिर के नीचे उसकी नई साड़ी खसखसा रही थी। जाने कौन सा इत्र लगाया था उसने ! जी भर खुशबू लेने लगा वह। लगा, चुन्नी उसके बालों के भीतर धीरे-धीरे उँगलियाँ चला रही है। कितनी नरम उँगलियाँ !

चुन्नी ने कहा—ज़रा सोने की तो कोशिश कीजिए सज्जन बाबू ?

भूतनाथ ने कहा—तुम्हारे कपड़ों की दुर्गत हो रही है।

—हो दुर्गत। सिर का चकराना कम हुआ कुछ ? कहकर चुन्नी ने अपने आँचल से उसका पसीना पोंछ दिया।

आराम-सा लग रहा था। भूतनाथ ने कहा—तुम लोगों को बड़ी तकलीफ़ दी मैंने।

—तकलीफ़ ! तकलीफ़ काहे की ! मैंने तो बुलवा भेजा था, आप आए और यह क्या हो गया देखिए ! मगर कुछ फ़िक्र न करें आप।

भूतनाथ ने कहा—वंशी मुझे ढूँढ़ता होगा। आज ज़रा सवेरे ही लौटने को कहा था। काम था।

—कुछ देर सो लीजिए। जी अच्छा हो जाएगा तो गाड़ी मँगाकर भेज दूँगी। सोचिए न आप।

भूतनाथ ने फिर आँखें बन्द करने की कोशिश की। लेकिन दिमाग़ जाने कैसा करने लगा। अचानक तन्द्रा-सी हो आती और लगता कि कमरे में भीड़ जमी है। पुलिस पहुँच गई है। पूछ रही है, इसका ख़ून किसने किया ? फिर ऐसा लगा कि कमरे में जाकर वृन्दावन ठी-ठी हँस रहा है। चुन्नी उससे कह रही है—अब इसे ले जाकर रास्ते पर फेंक दे। उसकी शकल भी और हो गई है। बोतल निकालकर गिलास में शराब ढाल रही है। फिर बोली—ज़रा कल्लू को बुला, तबला बजाएगा। तन्द्रा में ऐसा लगा, गोया चुन्नी ने साड़ी उतार फेंकी। बालों को गूँथकर वेणी बना लिया। सिर पर पतली जाफरानी ओढ़नी। मखमली घाघरा पहन लिया है। उधर कोई तबला बजा रहा है, गा रहा है, और इधर चुन्नी नाच रही है। अदाकारी चल रही है, आँखों के इशारे चल रहे हैं। महफ़िल में शराब उड़ रही है, सिगरेट का धुआँ घुमड़ रहा है। और उधर एक कोने में बैठे हैं

छोटे बाबू। चाँदी के गड़गड़े में रेशमी कपड़े से बँधी नय लगी है। धीरे-धीरे कश खींच रहे हैं। आखिर आ कब पहुँचे ये सब ! मारे डर से सकपका गया। आँख मलते सारा दृश्य छाया सा हो गया।

चुन्नी ठीक उसी तरह अपनी गोद में उसका सिर रखे बैठी थी। वृन्दावन सामने खड़ा था। बोला—आँखें खोली हैं।

चुन्नी उसके मुँह के पास मुँह ले जाकर बोली—अब कुछ आराम लग रहा है ?

भूतनाथ ने पूछा—छोटे बाबू आए थे न ?

—नहीं तो ! सपना देख रहे थे। सोने की कोशिश कीजिए।

वृन्दावन बोल उठा—अच्छा हुज़ूर ,छोटे बाबू को आप एक बार यहाँ नहीं ला सकते ? बस, आ जाएँ एक बार !

भूतनाथ टुकुर-टुकुर उसकी तरफ़ ताकता रहा।

वृन्दावन ने फिर कहा—एक बार अगर उन्हें यहाँ ला सकें, तो जिन्दगी-भर के लिए खाने-पहनने की फ़िक्र ही न रहे आपको।

चुन्नी ने कहा—सज्जन बाबू, मेरा यह घर-द्वार, गहना-गाठी, बस आपका होगा।

वृन्दावन ने कहा—छोटी माँ ने आपको ऐसा क्या दिया है, कहें तो ? इतना करते हैं आप उनके लिए, ठीक से खाना भी तो नहीं देतीं। आप वहाँ बेकार पड़े हैं, छोटी माँ की जो भी जमा-पूँजी है, सब वंशी हथिया लेगा। शराब की लत तो लगा ही दी है, कभी नशे में होंगी और वह सब निकाल ले जाएगा हुज़ूर !

चुन्नी बोली—अच्छा, एक काम नहीं कर सकते आप ? छोटी बहू से तो आपकी काफी घनिष्ठता है, कभी कुछ खिलाकर खात्मा ही कर दीजिए...

वृन्दावन ने कहा—इसकी कोई ज़रूरत नहीं, आप छोटे बाबू को एक बार ला सकते हैं यहाँ ? मैं सिर्फ़ एक गिलास शर्बत उन्हें पिलाऊँगा, नई किस्म का शर्बत, जिसे पीकर घर लौटने को जी नहीं चाहेगा।

इतनी-इतनी बातें ! इतने-इतने सवाल ! भूतनाथ का सिर फिर चकराने लगा। आँखें बन्द करते ही फिर वही सब नजारे। अबकी चुन्नी ने बदन पर से घाघरा, अँगिया, ओढ़नी सब उतार दी। पैरों में सिर्फ़ घुँघरू। छोटे बाबू ने झुककर शराब के गिलास में होंठ लगाया। इतने में पुसिलवाले घुस आए। कहा—भूतनाथ का किसने ख़ून किया ? फिर ऐसा लगा कि छोटे बाबू के हाथों हथकड़ियाँ पड़ी हैं, चुन्नी के हाथों, वृन्दावन के हाथों सबको पुलिस ने पकड़ लिया। भूतनाथ ने सहसा आँखें खोल दीं। चुन्नी तब भी गोद में उसका सिर रखे बैठी थी। सामने उदास मुँह किए वृन्दावन खड़ा था। उसके पास खड़े थे मधुसूदन, लोचन, श्यामसुन्दर, बेनी।

भूतनाथ अवाक् हो गया। ये सब यहाँ क्यों ?

मधुसूदन ने कहा—अगर किसी से काम हो सकता है, तो वह हैं साले साहब। छोटी माँ इनसे काफ़ी मिलती-जुलती हैं। अभी-अभी नन्हे बाबू के ब्याह में छोटी माँ ने ही तो इन्हें धोती, कुर्ता, जूता दिया है। और हम लोग वहाँ इतने दिनों से काम करते हैं,

हम लोगों को मिली सिर्फ़ एक धोती, एक गमछा।

लोचन ने कहा—कहने को मैंने इतना कहा था, रोज़ाना एक धेला दीजिए, नहीं तो यों ही तम्बाकू पी जाया कीजिए जैसे सब पीते हैं—बड़ों की बात ठहरी, कौन तो हिसाब रखता है—उस पर भी राज़ी न हुए थे। छोटी माँ के पास पाँच सौ रुपए रखे हैं, खुद वंशी ने बताया है।

वृन्दावन ने पूछा—अच्छा, मधुसूदन चाचा, छोटी माँ को शराब की आदत किसने लगाई ?

मधुसूदन ने कहा—वंशी और उसकी बहन चिन्ता ने। सारा सत्यानाश तो इन्हीं दोनों जनों ने किया है।

वृन्दावन ने कहा—अच्छा, मँझले बाबू ने मोटर क्यों बेच दी ?

बेनी ने कहा—पसन्द नहीं आई। विलायत से दूसरी गाड़ी आ रही है।

मधुसूदन ने टोका—तू बस भी कर बाबा, सारी ख़बर तो है, सुखचर की रिआया ने इस बार धता बता दिया। नन्हे बाबू के ब्याह में नज़राना लेकर कोई नहीं आया। लाख किया, कोई नतीजा नहीं। मँझले बाबू ने कहा है—इस बार चाबुक लेकर मैं खुद जाऊँगा।

वृन्दावन ने कहा—जाएँगे मँझले बाबू ?

—गए थे। सरकार बाबू ने कहा, उनका जाना और न जाना, दोनों का एक ही फल होगा।

वृन्दावन ने पूछा—क्या होगा ?

—होगा यह ! और उसने अँगूठा दिखा दिया।—अब वह बात नहीं रही वृन्दावन... बड़े महल की भी वह बात नहीं।

वृन्दावन हताश-सा हुआ। बोला--तू ज़रा चुन्नी को समझा। हर घड़ी छोटे बाबू कि छोटे बाबू ! छोटे बाबू के सिवाय क्या कलकत्ते में और बाबू नहीं ? छेनीदत्त का बेटा नाटू तो है। कहा भी है उसने मुझसे। मगर यही हरदम छोटे बाबू की रट लगाती है।

मधुसूदन ने कहा—भैया, छोटे बाबू में अब गूदा नहीं रहा। जो है भी, वह वंशी चट कर जाएगा।

भूतनाथ ने फिर आँखें बन्द कर लीं। लगा, वह छोटी बहू के कमरे में लेटा है। छोटी बहू आपे में नहीं। वह भूतनाथ को खींच रही है और खींच रही है। कहती है, छोटे बाबू कहीं जान बाज़ार गए, तो मैं भी घर नहीं रहने की। तू ही बता भूतनाथ, कहाँ चलेगा ? वरानगर के बाग में ? खड़दा के मेले में ? गंगा में नौका-विहार करेगा ? उसके बाद छोटी बहू ने उसके बदन पर थोड़ा-सा इत्र मल दिया। कंघी से उसके बाल सँवार दिए। और अब बोतल से थोड़ी शराब ढालकर बोली—ज़रा पीकर देख भूतनाथ !

भूतनाथ ने कहा—उँहूँ, नहीं पीता मैं। कै हो जाएगी।

—कै-वै कुछ न होगी। शुरू-शुरू में मुझे भी वैसा ही लगता था। आदत होने से सब ठीक हो जाएगा।

इतने में बाहर किसी के जूतों की मसमसाहट हुई। सभी चौकन्ने हो उठे। वृन्दावन बाहर निकला और तुरत दौड़ा आया।

चुन्नी ने पूछा—कौन ? कौन ?

—नाटू दत्त ! मधुसूदन चाचा, लोचन, अब चल दो तुम लोग। कल मैं दत्त बाबू से कह आया था।

चुन्नी ने अपनी गोद से भूतनाथ का सिर उतार दिया। दोनों हाथों से अपने जूड़े को ठीक करती हुई बोली—वृन्दावन, सज्जन बाबू को कमरे से हटा दो।

नाटू दत्त को भूतनाथ ने यहीं पहली बार देखा था। ख़ासा लम्बा कद। छोटे बाबू-जैसा रंग न था, मगर सेहत अच्छी थी। तीखी निगाहों से उसने एक बार भूतनाथ को देखा, फिर शायद वृन्दावन से पूछा—यह कौन है ?

वृन्दावन ने जवाब क्या दिया, समझ में न आया।

खीझकर चुन्नी बोली—इसे जल्दी यहाँ से हटा ले जा वृन्दावन !

वह नौबत न आई। भूतनाथ ख़ुद उठा। बदन डगमगा रहा था। उठने की भी ताक़त न रह गई थी गोया ! मगर उठना ही था। वह दरवाज़े के पास पहुँचा। वृन्दावन सहारा देने आया। पूछा—अकेले जा सकेंगे आप ?

—फ़िक्र न करो, ठीक ही चला जाऊँगा मैं। कहने को तो ऐसा कह दिया भूतनाथ ने, पर उसके बदन में सच ही कोई ताक़त नहीं थी। धीरे-धीरे सीढ़ियाँ उतरा, मगर ठिकाना न कर सका कि रास्ता किधर से है। पीछे से कुछ लोग हँस पड़े—व्यंग्य की हँसी।

भूतनाथ कुछ ठीक न कर पाया, किधर को जाए। रास्ता अँधेरा था। रात हो आई थी। दो-चार दूकानों में तेल की बत्तियाँ टिमटिमा रही थीं। उसे चलते-चलते शुबहा हुआ—ठीक ही रास्ते चल रहा है तो ! रात को कलकत्ते की शकल ही मानो और हो रही थी—गोया उस आदिम कलकत्ते का नंगा-उघरा हुआ रूप। यहीं कहीं पोर्चुगीज़ों के छिपने के अड्डे थे। सप्तग्राम के जहाज़-घाट को लूटकर औरतें लाया करते और यहीं के जंगल में छिपाकर रखते थे। इस समय भूतनाथ को फिर कलकत्ता उसी जंगल-जैसा घिनौना लगा। मानो दो-ही-चार क़दम चलने से रतन सरकार का घर मिलेगा—धोबी रतन सरकार ! साहबों को औरत पहुँचाने के कारोबार से धनी बन बैठा।

भूतनाथ को डर लगने लगा। किताब में पढ़े हुए कलकत्ते से यह कलकत्ता मानो हू-ब-हू मिल रहा था। वही डिहि कलकत्ते के पश्चिम भगीरथी। उत्तर की और सूतानूटी और पूर्व को जहाँ तक जाओ—लोनी ज़मीन। सीधे दक्षिण की तरफ़ गोविन्दपुर। कलकत्ते के चारों तरफ़ लकड़ी का घेरा। वह घेरा शुरू हुआ था फैंसी लेन के मोड़ से और लारकिंस लेन के अन्दर से होता हुआ आ मिला था ब्रिटिश-इंडियन स्ट्रीट में। उसके बाद बटोटा लेन, मैंगो लेन, मिशन रो। वहाँ से सीधे लाल बाज़ार, राधा बाज़ार, एज़रा स्ट्रीट, अमड़ातल्ला, आर्मेनियन स्ट्रीट, हमाम गली, मुर्गीहाटा, दरमाहटा, खगरापट्टी,

बोनफील्ड्स लेन, राजा ऊहमंड स्ट्रीट होकर एकबारगी गंगा के किनारे जा पहुँचा था। इसी कोयलाघाट स्ट्रीट और फेयरली प्लेस के बीच में था पुराना किला। और उसी के पीछे था मालगोदाम और छोटा सा डॉक। चर्चलेन और हैस्टिंग्स स्ट्रीट के मोड़ पर मिट्टी के बुर्ज़ों पर तोपें सजी रहती थीं।

चलते-चलते भूतनाथ मानो किसी और ही ज़माने में जा निकला—सब मानो अजानी जगह, सब नई ! आख़िर यह कहाँ आ निकला वह ! कहाँ है माधव बाबू का बाज़ार—वनमाली सरकार लेन ! उसे लगा, रात-भर वह यों ही सारे कलकत्ते का चक्कर काटता रहा है। जान बज़ार के फिरंगी मोहल्ले में उस वक़्त तक भी लोग जगे थे। लेकिन उधर चौरंगी में बिलकुल सन्नाटा। फुटपाथों पर ही कुली-कबाड़ी लोग बेफ़िक्र सो रहे थे। भूतनाथ वह रास्ता छोड़कर उत्तर की तरफ़ मुड़ा। मोड़वाली मस्जिद के पास एक साँड बैठा जुगाली कर रहा था। जहाज़ से उतरे कई काफ़्री कलकता घूमना ख़त्म नहीं कर पाए थे, हाथ छड़ी डुलाते हुए लड़खड़ाते हुए सटे-सटे चल रहे थे। भूतनाथ को मछुआ बाज़ार के पास जाकर ख़याल आया कि वनमाली सरकार की गली तो वह कहाँ छोड़ आया। इधर यह कार्नवालिस स्ट्रीट और उधर शायद चितपुर रोड। बीच की गली में कुछ खपरैल। चाय की दुकान के सामने काफ़्रियों का जमघट। इस मोहल्ले में शराब की दूकानें कुछ ज़्यादा हैं। लिहाज़ा यहाँ अभी रात मानो ज़्यादा नहीं हुई। साँझ की-सी आबहवा। काफ़्रियों की निगाहें भूतनाथ पर टिकीं, डर गया। ऐसे समय यहाँ से निकलना ठीक न हुआ। दिन में यहाँ का हाल देख चुका है वह। जहाज़ से उतरकर दो-तीन जनें मिलकर एक-एक खपरैल किराए पर लेकर रहते। उसके बाद गुंडई। बहुत बार मोहल्ले में ख़ून हो चुका है। 'सोमप्रकाश' में ख़ून की ख़बरें छपी हैं। यहाँ की गलियाँ बड़ी टेढ़ी-मेढ़ी हैं। कौन सी गली कहाँ जा निकलेगी, कहा नहीं जा सकता। ऐसी ही किसी गली में कभी ब्रजराखाल गुंडों की चपेट में आ गया था। साहसी था, अड़ गया और किसी तरह सही-सलामत लौटा।

भूतनाथ को उतनी हिम्मत नहीं। एक जगह पचास-एक काफ़्री बैठकर चाय पी रहे थे। भूत-सा काला-कलूटा चेहरा एक-एक का ! सिकुड़े-सिकुड़े बाल ! एक के हाथ में लाठी थी। इतने में एक बग्घी जाती हुई दीखी। इतनी रात गए इस राह से बग्घी ! बग्घी के सामने आते ही काफ़्रियों में कुछ सजगता सी हुई। अचानक उनमें से एक जाकर गाड़ी के आगे अड़ गया।

भूतनाथ थमक गया। गाड़ी को लूँटेंगे क्या ये ? वह चुपचाप ज़रा देर खड़ा रहा। उसे क्या कोई देख नहीं सका है ? इस समय सारे मछुआ बाज़ार में उन काफ़्रियों के सिवा कहीं कोई न था। उन्हीं का राज। भूतनाथ को ये मार भी डालें तो किसी को ख़ाक भी ख़बर न होगी। पुलिस का नामोनिशान नहीं। घुप-धुप अँधेरा और उस पृष्ठभूमि में सिर्फ़ कुछ काले-काले काफ़्री। भूतनाथ को सच ही ऐसा लगा कि यह कलकत्ता नहीं, वही शुरू का जंगल है। सुन्दरवन का आख़िरी छोर ! समन्दर से चौर निकला है। होगला और गरान के जंगल। सतगाँव से कुछ औरतें लूटकर ले आए हैं

पुर्तगीज़; काफ़ी दाम पर उन्हें अंग्रेज़ों के हाथ बेचेंगे। अंग्रेज़ यहाँ अपनी बीवियाँ तो लाते नहीं। मुगल बादशाह और नवाब मेम की काफ़ी क़ीमत देते थे। सफेद चमड़े की एक औरत के बदले सारे देश का इजारा लिख दे सकते थे। इतना दाम था मेमों का ! डचों ने फिर भी औरतों की कमी दूर की थी। औरतें अंग्रेज़ी न जानती थीं। उनसे बोलने और मिताई करने में दिक्कत होती थी। मगर धोबी रतन सरकार मौजूद था। दुभाषिया ! इसी की दलाली करते-करते अंगरेज़ी बोल लेता था। औरतों की बिक्री से काफी रुपयों की आमदनी थी उसे।

रात को कलकत्ते का आदिम रूप प्रकाश में आता। हैलीडे स्ट्रीट में कितनों का काम तमाम होता, खिदिरपुर के पुल पर कितना छीन-छोर और मारपीट होती, कितनी ख़ून-ख़राबी होती मछुआ बाज़ार में, दिन के कलकत्ते को इन बातों का पता न होता। कोई लैंडो गाड़ी चली जा रही है कि गली से लपके गुंडे; चढ़ गए गाड़ी पर। बाबू के अद्धी के कुर्ते की जेब से घड़ी ले ली, सोने की जंजीर खींच ली। साईं बाबा के साँची में जाने कितने बाबू बेखौफ़ चाय पीने गए और जुए में रक़म और जान गँवा बैठे ! पुलिस को पता तक न चला। बेचाराम चटर्जी आदि ब्रह्मसमाज के आचार्य थे। बेहाला में रहते थे। एक दिन समाज की सभा में शामिल होकर घोड़ा-गाड़ी से लौट रहे थे। खिदिरपुर के पुल पर काफ्रियों ने लथेड़ा। पंडितजी मोटी लाठी लिए जाते-आते थे। साहस सँभाला और बच निकले।

भूतनाथ तब भी हक्का-बक्का देख रहा था। सूने रास्ते पर एक गाड़ी और काफ्रियों ने उसे घेर लिया। गाड़ीवान शायद जान लेकर भाग खड़ा हुआ। उसके बाद हमला शुरू हो गया। गाड़ी बिलकुल बन्द थी। मगर झटके से दरवाज़ा खुल गया। और फिर जो हुआ...

भूतनाथ का नशा जैसे गाढ़ा हो गया। आँखों के आगे सब अन्धकार हो उठा। फिर सब साफ़ दीखने लगा। लगा, कोई कहीं नहीं है। खड़ा-खड़ा वह मानो सपना देख रहा था। इन आँखों के आगे जो कुछ भी देखा, सब मानो कल्पना थी। फिर लगा—नहीं। कलकत्ते में जहाज़ आया है। मुंशी नवकृष्ण तब छोटे थे, नौकरी की कोशिश में गंगा-किनारे खड़े। साहब लोग उतरें तो कुछ खोज-पूछ की जाए। फिर लगा, कलकत्ते को सिराज़ुद्दौला ने आग लगा दी है; अंग्रेज़ों का किला जलकर राख हो रहा है। चर्च लेन के मोड़ की तोप मौन हो गई है। कुछ धुआँ निकल रहा है। सिराजुद्दौला छावनी के सामने ख़ड़ा-खड़ा हँस रहा है। अलीवर्दी खाँ ने ठीक ही कहा था, अंग्रेज़ों को खदेड़े बिना राज्य में शान्ति नहीं आ सकती। सो कलकत्ते का नाम बदलकर रखा गया अलीनगर। बादलों-जैसे ये दृश्य आँखों पर तिर जाते। फिर लगा, वह बड़े महल के चोर-कमरे में लेटा है; दीवारों की उड़नपरियाँ जिन्दा सी हो उठी हैं। आधी रात को दरवाज़े पर किसी ने थपकी दी, पहले आहिस्ते-आहिस्ते फिर ज़ोर-ज़ोर से। लेकिन दरवाजा खोलते ही हवा का एक झोंका आया और सामान को बिखेर गया।

जवा की गाड़ी के पीछे-पीछे चलते हुए भूतनाथ को उस रोज़ की सारी घटना याद आ गई। सच ही उस दिन बड़ा नशा आया था। चीख़ उठने की इच्छा हुई थी, पर हाल यह है कि सारी शक्ति लगाने पर भी गले की आवाज़ नहीं निकलने की। आँखें खोलकर उसने ग़ौर किया और अचरज से अवाक् हो गया वह। सामने एक भरा-पूरा आदमी चित पड़ा था। बदन पर हाथ लगाते ही चौंक उठना पड़ा। लाश थी। यहाँ कैसे मर गया यह ! भूतनाथ ने भागने की कोशिश की, मगर रुक गया। वह लाश उसे आँख के इशारे से बुलाने लगी।

—इधर आ, डर मत। मैं बद्री बाबू हूँ।

—बद्री बाबू ! अब पहचान पाया। बदन पर वही रूई की बंडी। भारी-भरकम लम्बा शरीर। मुँह से लार टपक रही थी। लेकिन हँसते भी जा रहे थे।

बद्री बाबू ने कहा—मैं मर गया हूँ।

—कैसे मरे आप ?

—घड़ी में कुंजी दे रहा था। उलटकर गिर पड़ा—घड़ी भी बन्द हो गई, मेरी कमरेवाली घड़ी भी टूट गई और मेरी साँस भी घुट गई।

भूतनाथ ने मानो यह पूछा—मर ही चुके तो बात कैसे कर रहे हैं।

—मरकर इतिहास जो हो गया, अब कोई ग़म न रहा मुझे। घड़ी अब नहीं चलेगी। बड़े महल की घड़ी बन्द हो गई। मोटर आई थी, चली गई। बाबू लोग अब कोयले की खान ख़रीद रहे हैं। ज़मींदारी बेच दी। कलि के चारों चरण पूरे। पता है, कलि कौन है ? क्रोध के औरस से हिंसा के गर्भ से जन्म होता है कलि का। और हा-हा-हा—हँसने लगे बद्रीबाबू। देखते-ही-देखते उनकी दोनों आँखें जलने लगीं, अंगारे-जैसी। सफ़ेद और सब्ज़ रोशनी ! अचानक उन आँखों का रंग बदल गया; लाल हो गईं आँखें—सुर्ख लाल। अन्त में मानो दो स्थिर बिन्दु रहे—धीरे-धीरे दोनों बिन्दु दूर हटने लगे।

चारों ओर अँधेरा ! उस अँधेरे में दो लाल बिन्दु देखकर पहले भूतनाथ को डर लगा था। फिर लगा, खड़े-खड़े कुछ लोग बात कर रहे हैं। जवा की आवाज़ ! सुविनय बाबू की आवाज़ ! सुपवित्र बाबू का गला ! अरे, बार-शिमले आ पहुँचा। अब उसे याद आया, जवा की गाड़ी के पीछे-पीछे चलते हुए वह कै दिन पहले की बातें सोचता रहा; पुरानी यादों की जुगाली करता रहा।

जवा की आवाज़ कानों में आई—अरे, आप तो हाथ बाए खड़े हैं भूतनाथ बाबू, चीज़ें उतारनी हैं कि नहीं ?

सुविनय बाबू भी थक गए थे। उन्हें उतारकर अन्दर ले जाना था। भूतनाथ बढ़ आया—चलिए, मैं चलता हूँ।

बिस्तर पर बैठकर सुविनय बाबू बोले—शुरू में वकालत से जो आमदनी की थी, उसी से यह मकान बनाया था। ज़माने के बाद यहाँ आया हूँ, मगर लगता है, कल की बात है। जिस समय केशव बाबू ने 'साधन-कानन' खोला था, उसी समय इस घर को छोड़ा था। केशव बाबू की तरह हम लोग मुठिया पर गुज़ारा चलाते थे—ख़ुद पकाते, ख़ुद

बर्तन माँजते। आनन्दमोहन वसु की प्रेरणा से मध्यवित्तों के लिए 'भारत-सभा' कायम की—उसी की देखादेखी शिशिर बाबू—अमृत बाज़ार के शिशिरबाबू ने भी 'इंडिया लीग' कायम की।

जवा कमरे में आई। कहा—आप फिर क़िस्सा कहने लगे बाबूजी !

—पुरानी बातें याद आ गईं बेटी ! ख़ैर, सुपवित्र कहाँ है ?

जवा ने कहा—दिन-भर काम ही करता रहा है। मैंने उसे घर भेज दिया। भूतनाथ बाबू को भी छुट्टी देनी है और इधर काम बहुत पड़ा है।

—तुम इन्हें ले जाओ—बातें मैं फिर कर लूँगा।

बड़ा पुराना मकान ! नए सिरे से रहने के लिए सजाया गया। लेकिन 'मोहिनी सिन्दूर' वाले मकान से कोई तुलना नहीं। बीच का कमरा उपासना के लिए रखा गया। बीच में केवल एक वेदी। चारों तरफ़ दरी बिछी। दीवार पर जवा की माँ की तस्वीर लगा दी गई। उसके ऊपर राजा-रानी की तस्वीर। कार्पेट पर जवा की माँ के हाथ का काढ़ा हुआ 'गॉड सेव दै किंग' लगा दिया गया। रसोई घर से लगी ही हुई थी। भूतनाथ ने ख़ुद लाकर सामान वहाँ सँवार दिया। ब्याह के बाद जवा और सुपवित्र की नई दुनिया यहीं बसेगी। भूतनाथ को काफ़ी देर हो गई।

जवा ने पूछा—बहुत रात हो गई, अकेले जा सकेंगे तो ?

भूतनाथ बोला—जाने से पहले तुमसे एक बात पूछनी है जवा !

—पूछिए।

—तुम यक़ीन करो, ननीलाल को मैंने यहाँ नहीं भेजा था। मैंने तो उसे कहा था कि लिवा चलूँगा कभी।

—जानती हूँ, मगर रुपए की बात उसे किसने बताई ?

—वह मैंने ही बताई थी। उसके बैंक में जमा करने से सूद काफ़ी मिलेगा, इसी से। फिर उसने मुझे नौकरी दिलाने की भी कही है। ननी की सब जगह कद्र है। बड़े महल के बाबू लोग भी ख़ातिर करते हैं। हाबुलदत्त, नन्हे बाबू के ससुर, वह भी तो उसके साथ कारोबार करते हैं। इसी उम्र में जूट की मिल से हिस्से ख़रीदे, गाड़ी ली, खानें ख़रीदीं। अंगरेज़ भी उसे विश्वास पर रुपए देते हैं। पता है, कलकत्ते में उसकी कैसी धाक-पूछ है ?

—सब पता है भूतनाथ बाबू, सब पता है। ननीलाल का परिचय मुझे आपको नहीं देना पड़ेगा।

—फिर मेरा कसूर कहाँ मिला तुम्हें ?

जवा ने कहा—उसे अगर फिर कभी यहाँ लाए तो आपके लिए यह घर बन्द हो जाएगा। सिर्फ़ आपकी वजह से उस रोज़ उसे निकाल बाहर नहीं किया। मैं शुरू-शुरू जब कलकत्ते आई तो मुझे पढ़ाया करती थी एक मेम साहब। फिर पिताजी ने मुझे सिखाया है कि आदमी होना क्या होता है—मैं ननीलाल की बातों में नहीं आ सकती।

—लेकिन आज तो तमाम रुपयों की ही पूछ है। जानती हो, उसने चारों तरफ़

कितने रुपए और चन्दे दिए हैं ?

जवा हँसी। बोली—रात हो गई है, आप घर जाएँ। यह बात शुरू की जाएँ तो ख़त्म नहीं होने की। बीच-बीच में भेंट कर जाया करेंगे। नया घर, नया मोहल्ला, सुपवित्र का इम्तिहान आ धमका। हर समय वह शायद आ भी न सके।

भूतनाथ खड़ा ही रहा। सिर्फ़ इतना कहा—आने को कहने का अर्थ है—कँगले को साग की क्यारी दिखाना !

—आइएगा। जब जी आए, आ जाइएगा। बाबूजी की सेहत अच्छी नहीं। ब्याह के कामों में भार तो आप ही को उठाना है, अकेले सुपवित्र से नहीं बन पड़ेगा...मुझसे भी नहीं। इसी तरह आपको कष्ट दूँगी, रोज़ काम कराया करूँगी।

—ऐसे काम करने में मुझे कष्ट नहीं होता।

जवा हँसी। बोली—डर से शायद फिर कभी भेंट भी न करेंगे। और जब आपकी अपनी घर-गिरस्ती हो जाएगी, तो याद भी न आएगी।

भूतनाथ ने कुछ सोचा। उसके बाद बोला—यही तो अपनी कमज़ोरी है कि किसी को भूल नहीं सकता। भूल पाता तो जी ही जाता। जो अपने को भूल गए हैं, मैं उन्हें भी मन से नहीं निकाल सकता।

—लेकिन इतना याद रहे, याद रखने की ज़िम्मेदारी जहाँ तक एक ही की होती है, वहीं सम्बन्ध स्थायी होता है।

भूतनाथ ने कहा—कहीं यह ज़िम्मेदारी दो की होती तो कितना अच्छा होता ?

—ऐसा नसीब संसार में कितनों का होता है ?

भूतनाथ ने पूछा—लेकिन मैं शायद उन्हीं अभागों में से एक हूँ ?

जवा खिलखिलाकर हँसी। बोली—आपके सवाल का जवाब मैं नहीं दूँगी। रात हो रही है, लौटने में आपको कष्ट तो न होगा ?

भूतनाथ उठ खड़ा हुआ। बोला—अब मैं ख़ुशी-ख़ुशी लौट सकूँगा जवा, क्योंकि मेरे मन का उत्तर मुझे मिल गया।

—ख़ाक उत्तर मिला है ! जवा हँसने लगी।

भूतनाथ पलटकर खड़ा हो गया—तो क्या मुझसे भूल हुई ?

जवा ने कहा—नहीं। लेकिन लगता है, घर जाने की आपकी कतई इच्छा नहीं।

भूतनाथ ने कहा—लेकिन सुने बिना जा जो नहीं पाता।

—गज़ब के आदमी हैं आप ! सारा दिन इतना काम किया, फिर भी आपको नींद नहीं आती ! सुपवित्र शायद खा-पीकर सो भी चुका होगा।

—मैं तो लेकिन उतना बड़ा भाग्यवान नहीं हूँ।

—रहिए, आप यहाँ खड़े हाय-तोबा करते रहिए। मैं चली।

इसके बाद भूतनाथ लौट आया था। रात को उसे देर तक नींद नहीं आई। बाहर सन्नाटा। आधी रात को सिर्फ़ फाटक खोलने की आवाज़ से मालूम हुआ कि मँझले बाबू लौटे। घोड़ों ने दो-चार बार पैर पटके। दक्खिन के पोखरे के पास कोई चिड़िया

एक-सी चीख़ती हुई जाने किधर को उड़ गई ! फिर सन्नाटा। उस सन्नाटे का भी शायद कुछ अर्थ है। उसमें भूतनाथ को ख़ुद को बड़ा अकेला लगा। राधा की याद आई। एक दिन उसने कहा था—इस तरह से नज़र न लगाओ, कहे देती हूँ।

भूतनाथ ने पूछा था—क्यों, नज़र लगाने से क्या होता है ?

उसने कहा था—नज़र लगाना भी ठीक है भला, मैं लगाऊँगी तो ?

भूतनाथ ने कहा था—लगा, लगा नज़र, कहाँ लगाएगी तू !

ज़रा देर कुछ सोचकर राधा ने कहा था—अभी तो नहीं लगाती, तुम्हारी बहू आ जाए, फिर लगाऊँगी।

मगर यह सुयोग उसे न मिला। पेट में बच्चा लिए एक दिन वह गुज़र गई। फिर याद आई अन्ना। कितनी ख़ुशमिज़ाज थी ! जहाँ रहती, गुलज़ार किए रहती। वही अन्ना ! उस रोज़ शायद उसी से भेंट हो गई थी। बड़ी अप्रत्याशित थी वह भेंट !

कालीघाट की तरफ़ जा रहा था। पूस की काली के दर्शन की ज़माने से इच्छा थी। धरमतल्ले की ओर से रास्ता।

बाईं तरफ़ साहब-मेमों के घर, दाएँ मैदान। बीच-बीच में पेड़-तले छाया में ज़रा सुस्ता लीजिए। फेरीवाले गन्ने के टुकड़े बेच रहे हैं। नाई दाढ़ी-मूँछ साफ़ कर रहा है, सिर घोट रहा है। लोगों की क़तार दर्शन को जा रही है या लौट रही है। भूतनाथ सीढ़ी पर चढ़ ही रहा था कि उसे लगा—अरे, अन्ना तो नहीं है वह !

भूतनाथ ने बार-बार देखा—बाल छोटे-छोटे छँटे। सफेद कोर की धोती। गोद में साल-भर की बच्ची। अगल-बगल और तीन-चार लड़के-लड़कियाँ। साथ में उसकी सास थी शायद—सधवा। माँग में दमक रही थी सिन्दूर की लकीर। सफ़ेद बालों में सिन्दूर। जब सधवा थी तब नाक में नथ पहनती थी शायद अन्ना। नाक में निशान था सूराख का। भूतनाथ को लगा था—बेशक अन्ना ही है। फिर जाने कब भीड़ में खो गई ! लौटते वक़्त लेकिन उसी जमात से फिर भेंट हो गई।

चौरंगी के पासवाली पगडंडी पर जा रही थी वह जमात। आगे-आगे एक मर्द सूरत। बार-बार पीछे मुड़कर कह रहा था—ज़रा लपककर चलो, लपककर।—श्रीमान् का घर ?

भूतनाथ ने पलटकर देखा, यह सवाल उसी से किया गया था। कहा—मेरा घर फतेपुर है। ज़िला नदिया।

—नाम आपका ?

—भूतनाथ चक्रवर्ती।

—उस भले आदमी ने कहा—हम लोग भी नदिया ज़िले के हैं। अरे, ज़रा क़दम बढ़ाकर चलो, गाड़ी नहीं मिलेगी।

भूतनाथ बातें करता गया। तब तक जमात पास आ पहुँची। उस भले आदमी ने पूछा—अच्छा, अपनी बहू का मैका तो फतेपुर ही है न ?

भूतनाथ ने मौके से देखा, उस विधवा ने लम्बा घूँघट काढ़ लिया। उसी पल उसकी

आँखें ज़रा दीखीं। भूतनाथ पर ही लगी थीं।

—बहू, ज़रा तेज़ चलो बेटी, गाड़ी छूट गई तो आफत...

देखने की जो ख्वाहिश हुई थी, भूतनाथ उसे भी दबा गया। वे लोग तेज़ चलने लगे। भूतनाथ जानकर धीमे चलने लगा। अन्ना ही होगी। वही होगी तो एक बार पीछे मुड़कर ज़रूर देखेगी। बड़ी देर तक भूतनाथ टकटकी लगाए रहा। उस विधवा स्त्री ने एक बार भी पीछे मुड़कर न देखा। नन्ही बच्ची को गोद में लिए धीरे-धीरे वह आँख से ओझल हो गई। शायद अन्ना न रही हो। वही हो शायद। कौन जाने !

और हरिदासी ! उससे जिन्दगी में फिर कभी भेंट न हुई। जीवन में सबसे थोड़े ही भेंट होती है। कोई-कोई जीवन में रात-भर का मेहमान बनकर ही आता है, सुबह होते ही खो जाता है। शायद यही इस संसार का नियम हो।

उस रोज़ चोर-कमरे में यही सब सोचते-सोचते बहुत रात हो गई थी।

बड़ा बाज़ार की गली में खड़ा-खड़ा भूतनाथ सोच रहा था—अब कहाँ जाया जाए ! इसी तरह चक्कर काटते-काटते किसी-न-किसी दिन लग ही जाएगी नौकरी। अब बड़े महल को ही चलें। वंशी ने आज ज़रा पहले ही लौटने को कहा था। छोटे बाबू फिर जान बाज़ार जाने को हैं—चुन्नी के पास। वे उधर गए कि छोटी बहू भूतनाथ को साथ लेकर बाहर निकलेगी। सोचते ही डर लग आया। बड़े महल के क़ानून के खिलाफ़ काम। लेकिन अब लौटना ही चाहिए। इतने में मिल गया लोचन।

—लोचन, इधर कैसे ?

—जी, आप इधर कैसे ?

—मैं तो नौकरी के लिए रोज़ ही ख़ाक छानता हूँ। तुम ? आज क्या बाबू लोग घर में नहीं हैं ?

—हैं। नौकरी करता हूँ तो क्या बाहर निकलना भी पाप है ? फिर उस तनखा से गुज़ारा चलता है ? विधु सरकार टैम से तनखा भी नहीं देता। ऊपरी आय तो जाती रही।

—क्यों ?

—तम्बाकू पीनेवाले ही घटते जा रहे हैं। अब कोई दूसरा रास्ता अख़्तियार किए बिना कै दिन काम चलेगा ? इसीलिए दौड़-धूप करता हूँ। मगर नौकरी तो अब न करूँगा साले साहब !

—क्यों ?

—नौकरी में अब वह सुख न रहा। बड़े महल में जो मौज़ काट चुका, वह कहीं नसीब नहीं होने की। अपने यहाँ का एक आदमी घुसा तो है ननी बाबू के यहाँ...मगर दाल नहीं ग़लती।

—जी, नन्हे बाबू के दोस्त ननी बाबू। अब तो बहुत बड़े आदमी हैं। कितने दफ़्तर हैं उनके। वह आदमी उन्हीं के यहाँ काम करता है, यह-वह हुक्म बजाता है। मानते

हैं वे, सो रुपए-पैसे देते हैं, मगर कौड़ी-कौड़ी का हिसाब। सुना है, सुबह सात बजे तक साहब को हिसाब समझा देना पड़ता है। इधर-उधर हुआ कि नौकरी गई। यह कुछ बड़े महल की बात नहीं कि खाया, चुराया, उड़ाया। ननी बाबू के यहाँ हो तो धेले का गोलमाल ! यों साहब तो पी-पवाकर पड़े रहते हैं, मगर पैसों के मामले में बड़े चौकन्ने। जितनी ही रात को सोएँ चाहे, सुबह जग ही जाना चाहिए। बड़े महल जैसी नौकरी अब कहाँ मिलने की ! जो सुख कर चुका, कर चुका। अब आज अपनी राह बनानी है, क्योंकि गाँव लौटकर न तो हल चला सकूँगा, न माटी-गोबर कर सकूँगा।

—फिर ? कोई व्यापार करोगे ?

—जी, वही सोचता हूँ, व्यापार क्या करूँ ? कुछ ठेले रखे थे, वे भी न रहे। जैसा चाहिए, जमा नहीं मिलता, ऊपर से मरम्मत का ख़र्चा। अब सोचता हूँ, कोई जगह मिल जाए तो पान की दूकान करूँ।

—पान की दूकान ?

—जी हाँ। अपना तो ज़ाती पेशा है। मौक़े की जगह मिल जाए तो नौकरी छोड़ दूँगा। बिना तनखा के कब तक चले, आप ही कहिए ! सुना है, बाबुओं पर यों ही बहुत कर्ज़ हो गया है।

—यह कहाँ सुना है तुमने ?

—जी, मधुसूदन तो कहता है अब तो समझिए कि सारी अक्ल तो नन्हे बाबू के ससुर ही देते हैं। सुना है, ज़मींदारी बेचकर अब कोयले की खान लेंगे। बाबुओं को क्या कमी पड़ी है ! इधर से लाख गया तो उधर से लाख आया—ले-दे-बराबर। मगर इतने नौकर अब क्यों रखेंगे ?

भूतनाथ अवाक् हो गया। पूछा—तुमने ठीक-ठीक सुना है ?

—क्या ?

—यही, ज़मींदारी बेचकर खान ख़रीदने की बात ?

—आपने नहीं ख़याल किया, बालक बाबू रोज़ आ रहे हैं, नन्हे बाबू और उनके ससुर में रोज़ राय-मशविरा चल रहा है। कई दिनों से मँझले बाबू कबूतर नहीं उड़ाते। उस रोज़ मँझले बाबू निकल रहे थे कि बालक बाबू आ गए। बाहर जाना रुक गया। फिर सब कोई नाचघर में जा बैठे, सो रात के तीन बज गए। बातें होती रहीं। तम्बाकू चढ़ाते-चढ़ाते मेरा हाथ-पैर पिराने लगा।

—सुना क्या-क्या ?

—मैं मूरख आदमी, समझूँ क्या भला ! लेकिन उस दिन देखा, कुछ लोग पोखरे को नाप-जोख गए। सुना, भर दिया जाएगा। उसके बाद वह ज़मीन बेची जाएगी; ख़रीदार खोजा जा रहा है। अन्दर-अन्दर क्या-क्या हो रहा है, कौन जाने ! हम तो नौकर ही हैं।

—लेकिन वंशी ने तो कुछ नहीं बताया ? उसे नहीं मालूम है ?

—जी, वह तो छोटी माँ का मुँह ताकता हुआ बैठा है...अब तो...कहते-कहते अचानक रुक गया वह।

—रुक क्यों गए, कहो !

—जी, ज़नानख़ाने की बातें न कहना ही ठीक है और बड़े महल की औरतों की बातें हम जान भी कितनी सकते हैं...तब जो सुनते हैं...

—क्या सुनते हो लोचन ? कहो !

—हुजूर पहले यह कहें कि किसी से कहेंगे नहीं; कहा तो मेरा सर्वनाश होगा।

—मैं तुम्हें वचन देता हूँ, किसी से न कहूँगा।

आवाज़ धीमी करके लोचन बोला—वंशी ने छोटी माँ को शराब की आदत लगाई है। हम ग़रीब-गुरबे हैं। अपने यहाँ की औरतों का यह रवैया बाप-जन्म में भी नहीं सुना। लेकिन वंशी को इस पाप का फल भोगना पड़ेगा। उसने सोचा है, छोटी माँ को नशे में चूर करके सारे ज़ेवर मार ले जाएगा, लेकिन भगवान् नाम का एक आदमी माथे पर है, साले साहब, उसकी नज़र कोई नहीं बचा सकता। जी हाँ !

भूतनाथ कुछ देर तक कुछ बोल न सका।

लोचन ने कहा—शायद आपको विश्वास नहीं हो रहा है। मधुसूदन काका से पूछ लीजिएगा कि सच है या नहीं। उस रोज़ पालकी के कहारों को जवाब दे दिया गया। जाते-जाते बेचारे जो ढाढ़ें मारकर रोए कि क्या बताऊँ ! तीन पुश्तें यहीं बीतीं; दूसरा काम तो नहीं जानते। सरकार बाबू ने डाँट बताई। रोया-गिड़गिड़ाया, कोई नतीजा न निकला। दोपहर की कड़ी धूप में निकल गए बेचारे। बाबुओं ने झाँककर देखा भी नहीं। हम लोगों की भी यही गत होगी हुजूर ! घर की वह रौनक ही नहीं। पहले क्या बोलबाला था ! दशहरा-दीवाली की धूम, होली में मारे अबीर के गली लाल हो जाती थी, नाच-गान—अब वह सुख रहा नहीं हुजूर ! तनखा तक बाक़ी रह जाती है। तो जब कमा-कोड़कर ही खाना है तो यहाँ व्यापार करना ही ठीक है।

—उससे कुछ मिलेगा ?

—क्यों नहीं ? देख नहीं रहे हैं, देखते-देखते कलकत्ता क्या-से-क्या हो गया ! आँखों से तो देखा, क्या था बड़ा बाज़ार और क्या हो गया ! घोड़े की ट्राम थी, कल की ट्राम आ गई। रेड़ी के तेल का दीया जलता था, बिजली की बत्ती हो गई।

रेड़ी के तेल की बत्ती भूतनाथ ने भी देखी थी। याद है। नन्हे बाबू के कमरे में गिलास की बत्ती जलती थी। तीन हिस्सा पानी, एक हिस्सा रेड़ी का तेल। बच्चों के पढ़ने के कमरे में नारियल का तेल जलता था। इसकी रोशनी थोड़ी साफ़ होती थी। उसके बाद एक तीली की नोक पर तेल में भिगोई रुई को चकमकी पत्थर की आग से सुलगा देना। लेकिन मोमबत्ती ही सबसे अच्छी थी। नाच-घर में जब मँझले बाबू पढ़ने बैठते थे, तो ऊपर रहता था मोमबत्तीवाला झाड़-फानूस और उसके अगल-बगल दो मोमबत्तियाँ। उसके बाद आया किरासन। किरासन तेल की लालटेन। इसकी तरह-तरह की बत्तियाँ निकलते-न-निकलते रास्तों पर गैस की रोशनी जलने लगी। बड़े महल में भी गैस की बत्तियाँ पहुँचीं। उसके बाद ऐसिटिलिन। अन्त में पहुँच गई बिजली। वह भी कभी गुल हो गई तो वही अँधेरा ! अन्दर से लालटेन निकल आती, मोमबत्ती जल जाती।

भूतनाथ के देखते-ही-देखते कितना-क्या बदल गया ! मगर लगता है, महज़ उस दिन की बात है !

लोचन ने कहा—चीज़ों की क़ीमत ही देख लीजिए न, पहले गया का कड़ा-मीठा तम्बाकू मँगवाया है—सात आने सेर गोश्त, दस पैसा सेर दूध, बारह आने सेर घी, छह पैसे को दाल, तीन आने को सरसों का तेल, आज कहाँ पहुँच गया ! समय दिन-दिन बुरा आता जा रहा है।

भूतनाथ ने कहा—अब चलूँ लोचन, देर हो गई।

लोचन बोला—जी, अब मैं भी लौटूँगा हुज़ूर !

लेकिन लौट न सके वे। उधर कुछ लोग शोर मचाकर क्या तो कह रहे थे। एक-एक आदमी दूकान के सामने खड़ा हो रहा था और जाने क्या कह रहा था ! भाषण के बाद सबने गाना शुरू कर दिया—

बंगाली का प्राण बंगाली का मन
बंगाली घर के भाई ओ बहन
एक होवें एक होवें
एक होवें भगवान !

गाते-गाते सब पास आ पहुँचे। छपा हुआ कोई काग़ज़ बाँट रहे थे। भूतनाथ ने एक इश्तहार माँगकर लिया।

लोचन ने पूछा—क्या लिखा है हुज़ूर ?

भूतनाथ पढ़ने लगा—अगले 30 आश्विन को क़ानून द्वारा बंगाल का बँटवारा हो रहा है। लेकिन ईश्वर ने बंगालियों को अलग नहीं किया है, इस बात की याद दिलाने के लिए उस रोज़ हम राखी-बन्धन त्यौहार मनाएँगे और आपस में एक-दूसरे की कलाई पर पीला धागा बाँधेंगे। मन्त्र होगा—भाई-भाई एक हैं !—हस्ताक्षर—रवीन्द्रनाथ ठाकुर।

लोगों ने वन्देमातरम् का नारा बुलन्द किया।

एक ने कहना शुरू किया—30 आश्विन याद रखें। लॉर्ड कर्ज़न ने तय किया है कि उस रोज़ वे बंगाल को दो हिस्सों में बाँट देंगे। हम लोगों ने भी तय किया है कि इसका विरोध करेंगे। हमारे राष्ट्रीय कवि रवीन्द्रनाथ उस दिन जातीय नवजागरण के पुरोहित बनकर नंगे पाँवों जनता के जुलूस के आगे-आगे प्रधान रास्ते से पुण्य-सलिला गंगा के तट तक जाएँगे। आप सबसे अनुरोध है, उस दिन आप भी भारत-भाग्य-वाहिनी भागीरथी को साक्षी मानकर शपथ लें—विदेशी बहिष्कार की शपथ।

सबने फिर नारा लगाया—वन्दे मातरम् !

—उसके बाद गंगा में स्नान कर लोग एक-दूसरे के हाथ में राखी बाँधेंगे। एक निवेदन और। 30 आश्विन को घर-घर रसोई बन्द रखकर, उपवास करके हम इस राष्ट्रीय वेदना को अंकित करके रखना चाहते हैं। निहत्थे लोगों का बिना हथियार का प्रतिरोध। दूकानदार भाई अपनी-अपनी दूकानें बन्द रखें; गाड़ीवान-बन्धु गाड़ी चलाना बन्द रखें; कुली, मेहतर, मोटिया, मजूर, सबसे हमारी प्रार्थना है, हमें सबका सहयोग चाहिए।

लोचन कुछ समझ नहीं सका। पूछा—ये दूकान क्यों बन्द करने को कह रहे हैं हुज़ूर ?

भूतनाथ ने कहा—बंगाल को अखंड रखने के लिए।

लोचन फिर भी कुछ न समझ सका। बोला—मैं जो पान की दूकान खोलनेवाला हूँ, नहीं खोलने देंगे क्या ?

भूतनाथ बोला—पहले सुनने दो।

भाषण चल ही रहा था—हमारे नेताओं ने उसी दिन बंगाल की राजधानी में 'फेडरेशन हॉल' की स्थापना करने का निश्चय किया है, जो भारत के सभी प्रदेशों के लोगों का एक महामिलन केन्द्र होगा। उसी दिन तीन बजे उस मिलन-मन्दिर की नींव डाली जाएगी। नींव डालेंगे हमारे पूज्य नेता आनन्दमोहन बसु !

फिर से वन्देमातरम् की ध्वनि गूँज उठी। पाँच-छह छोकरे थे। दूकानदारों ने शायद उनकी बात नहीं समझी।

भूतनाथ ने कहा—चलो, अब चलें लोचन।

रास्ते में एक बार भूतनाथ के जी में आया—आख़िर ये छोकरे कौन हैं ! युवक संघ के तो नहीं ? लेकिन घर पहुँचते-पहुँचते कुछ भी याद नहीं रहा। देर हो चुकी थी। पहुँचते ही नज़र पड़ी, छोटे बाबू की लैंडो गाड़ी बरामदे में जुती खड़ी है। ज़रा ही देर में छोटे बाबू उतरे। वंशी साथ था। लैंडो का सईस अब्बास मियाँ दरवाजा खोलकर सलाम ठोककर खड़ा हो गया। घंटी घनघना उठी। घोड़ों का सब्र छूट रहा था; दाँतों से लगाम को चबा रहे थे। लगाम लेते ही दौड़े पड़ेंगे। अचानक छोटे बाबू को मानो कुछ याद आया। पुकारा—वंशी...

वंशी मौजूद ही था। बोला—हुज़ूर !

—मेरा कोड़ा।

बिजली की तरह वंशी दौड़कर अन्दर गया और दूसरे ही दम सकुची की पूँछवाला कोड़ा लाकर उसने छोटे बाबू को दिया। उसके बाद लगाम खींचते ही घोड़ों ने एक झटका दिया और देखते-ही-देखते गाड़ी गेट पार करके वनमाली सरकार लेन पहुँच गई।

नत्थूसिंह चिल्लाता रहा—होशियार, होशियार...

अब वंशी के जी-में-जी आया।

भूतनाथ को देखकर बोला—आप आ गए...उधर छोटी माँ भी तैयार हैं।

भूतनाथ ने कहा—मैं भी तैयार हूँ।

—फिर आप चोर-कमरे के दरवाजे से आइए। मैं मियाँजान को ख़बर दे आऊँ।

वंशी अन्धड़ की तरह चला गया। भूतनाथ चोर-कमरे के बरामदे से गया और धीरे से दरवाजे को खोला। उस तरफ बड़ी मालकिन का गला सुनाई पड़ रहा था। सिन्धु से अंड-बंड बातें चल रही थीं उनकी। मँझली बहू के कमरे से गिरि का गला सुनाई पड़ रहा था। बरामदा सूना पड़ा था।

भूतनाथ छोटी बहू के कमरे के सामने जा खड़ा हुआ। अन्दर चूड़ियों की खनक

आ रही थी—

भूतनाथ ने आवाज़ दी—छोटी बहू...

—आ गया भूतनाथ ! उसे अन्दर बुला ले चिन्ता !

कमरे में कदम रखते ही भूतनाथ अवाक् रह गया। चिन्ता उसका शृंगार कर रही थी। अभी भी साज-सिंगार पूरा न हो सका था। लेकिन छोटी बहू में इतना रूप !

काठ का मारा सा कुछ देर देखता रह गया भूतनाथ। जूड़े को काफी फैलाकर बाँधा था। कितने गहने पड़े थे उसमें। हीरे की कील, मोती-जड़ी एक कंघी, जिसमें लिखा था पति परम गुरु ! कोई और गहना था, भूतनाथ को नाम नहीं मालूम। कान में हीरे का फूल। पूरे दोनों कान, सोना, हीरा-मोती से मढ़े हुए। गले में हार। जूड़े के नीचे गोरी गर्दन पर एकाध बाल उड़ रहे थे।

छोटी बहू ने कहा—बस, ज़रा और रुक जा भूतनाथ ! उसके बाद चिन्ता से कहा—दोनों कंगन ला, बाजूबन्द ला और कुछ अँगूठियाँ निकालकर दे।

सन्दूक से निकाल-निकालकर चिन्ता छोटी बहू को गहने पहनाने लगी।

आख़िर में निकली करधनी। कमर के नीचे से दो इंच चौड़ी करधनी छोटी बहू के चारों तरफ़ लिपटी रही।

आईने में आख़िरी बार अपना चेहरा देखकर वह बोलीं—अब चल भूतनाथ ! चिन्ता से कहा—चिन्ता, ज़रा पता लगा तो, छोटे बाबू चले गए या नहीं।

चिन्ता बाहर निकल गई तो भूतनाथ ने पूछा—कहाँ चलना है बहूजी ?

—जहाँ जी चाहेगा।

—मुझे भी चलना होगा ?

—हाँ, तू मेरे साथ चलेगा।

—लेकिन यह अच्छा न होगा ? बड़े महल की छोटी बहू के साथ मैं बाहर जाऊँ, यह मेरे लिए ठीक होगा ?

छोटी बहू ने कहा—गाड़ी मेरी है, मैं जी चाहे जहाँ जाऊँगी, कोई कह क्या सकता है ? और तू मेरे हुक्म से चल रहा है।

—आख़िर छोटे बाबू को पता तो चलेगा ही, तब ?

—मैं क्या छोटे बाबू से डरती हूँ ! वे जान बाज़ार जा सकते हैं, मैं नहीं जा सकती ? औरत हूँ तो क्या मानव नहीं हूँ मैं ?

भूतनाथ बोला—तुम तो बहू हो, मर्द से तुम्हारी तुलना ही क्या ?

छोटी बहू मानो बिगड़ उठी। ज़रा देर चुप रही। फिर बोली—मैं क्या करती हूँ, क्या नहीं, तुझे भी इसकी सफाई देनी पड़ेगी ?

भूतनाथ ने आवाज़ धीमी कर ली। बोला—गुस्सा न हो, मगर नशे की झोंक में जो-सो कर बैठोगी...और...

यानी ! छोटी बहू ने मानो फन उठाया—तू कहा चाहता हैं कि मैं नशे में हूँ ! आज षष्ठी का उपवास है, दिन-भर में एक बूँद पानी भी नहीं हुआ तो नशा ! और अगर

पी ही है, तो तू बता, किसकी वजह से पी है ? किसके लिए पी है ? किसने पीना सिखाया ? और कोई न जाने चाहे, मेरे देवता तो जानते हैं। मगर तू कहनेवाला कौन होता है ?

भूतनाथ ने कहा—मैं तुम्हारे भले के लिए कहता हूँ।

—मेरा भला किसी को नहीं सोचना पड़ेगा। तेरे पैरों पड़ती हूँ, मेरे भले की तू मत सोच, मेरे भले की फ़िक्र दुनिया में कोई न करे। जो अपने हैं, उन्होंने जब न सोचा, तो तू तो बिराना है।

—फिर भी एक बार अच्छी तरह से सोच देखो छोटी बहू !

—मैंने बहुत अच्छी तरह से सोचकर देख लिया है। और ज़्यादा सोचने से दिमाग़ ख़राब हो जाएगा। ब्याह के बाद जो इस घर में दाख़िल हुई, फिर कभी बाहर न निकली। पता है तुझे, इस दुनिया में ऐसी कोई जगह नहीं जहाँ मैं जाऊँ। लोगों के मैका होता है, मुझे वह भी नहीं। इस कमरे और इस बरामदे से बाहर झाँककर भी नहीं देखा कभी। चारों ओर से घिरा है। कहाँ है वरानगर और कहाँ है जान बाज़ार, यह भी नहीं जानती।

ज़रा देर चुप रहकर बोली—अच्छा भूतनाथ, वरानगर कहाँ है, जानता है तू ?

भूतनाथ ने कहा—जानता हूँ। ब्रजराखाल के दोस्त पहले वहीं रहते थे। मगर वहाँ कहाँ जाओगी ? अपने बगीचे में ?

—नहीं। लेकिन अगर वहीं जाऊँ तो एतराज़ है तुझे ?

—मैं नहीं जाऊँगा।

—क्यों ?

भूतनाथ ने कहा—इतना भी नहीं समझतीं ? तुम बड़े महल की बहू हो। और मैं ? मैं कोई नहीं। न तुम्हारा कोई हूँ, न इस घर ही का कोई हूँ। मेरे साथ तुम्हारा निकलना ठीक नहीं दीखता—इसमें तुम्हारा ही नुक़सान होगा छोटी बहू !

—मेरे नुक़सान की सोचनेवाला तू कौन होता है ?

—आख़िर एक कोई तो सोचनेवाला होना चाहिए, तुम्हारा जो कोई नहीं ?

—अगर तुझे मेरी इतनी फ़िक्र रहती है, तो तू मेरे साथ चल, मेरे भले ही के लिए चल।

—मैं सुनूँ कि वरानगर जाने से क्या भला होगा तुम्हारा ?

—तुझे अपनी सब बात मैं बताऊँ क्यों !

—फिर मैं भी नहीं जाता। भूतनाथ रूठ बैठा।

छोटी बहू ने गम्भीर स्वर में कहा—नहीं जाएगा तू ?

—तुम मुझे जाने को न कहो।

छोटी बहू ने कहा—तू न जाएगा तो मेरे साथ जाएगा कौन, बता ?

—क्यों, वंशी जाएगा या चिन्ता जाएगी।

—उनके जाने से काम न चलेगा। मेरे घर की निगरानी कौन करेगा ? छोटे बाबू के काम कौन करेगा ?

भूतनाथ कुछ देर चुप रहा। उसके बाद कहा—जा सकता हूँ, बशर्ते कि तुम वचन दो, आज पियोगी नहीं।

—दिया वचन, नहीं पिऊँगी। और अब शायद पीने की ज़रूरत भी न पड़ेगी। जिसके लिए पिया करती थी, वही तो अब रात को घर में नहीं रहा करेंगे।

इतने में चिन्ता आई। बताया—बाबू चले गए।

वंशी भी आ पहुँचा।

छोटी बहू ने पूछा—गाड़ी तैयार है ?

वंशी ने कहा—जी, खिड़की पर गाड़ी लिए मियाँजान खड़ा है।

छोटी बहू ने कहा—चल भूतनाथ ! उसके बाद चिन्ता से कहा—घर की खबरगिरी रखना। सन्दूक की चाभी तेरे ही ज़िम्मे छोड़े जाती हूँ, लौटकर सारी चीज़ें सही-सलामत ही पाऊँ। शाम को धूप जलाना, दीया-बत्ती करना। रोज़ जैसे देती है, यशोदादुलाल को भोग देना। चलते-चलते फिर बोली—और अगर कोई पूछे तो कहना कि मैं वरानगर गई हूँ।

वंशी पूछ बैठा—लौटेंगी कब ?

—लौटने में रात होगी।

चिन्ता ने पूछा—खाने का क्या करूँगी ? पूजा का प्रसाद रखा है, वही रखे रहूँगी।

छोटी बहू ने ज़रा देर कुछ सोचा, जुड़े की एक कील को ठीक तरह से खोंसा और तब कहा—प्रसाद ही खा लूँगी आज और कुछ नहीं। लेकिन तुम लोग खा-पी लेना, मेरे इन्तज़ार में बैठे न रहना। उसके बाद चलकर भी वह रुक गई। कहा—कहीं न लौटी तो...

—यह कैसी बात, लौटेंगी कैसे नहीं ?

—ठीक-ठीक कहा तो नहीं जा सकता—रास्ते में जाने कैसी-कैसी आपदाएँ आ सकती हैं। अगर मैं ना लौटूँ तो तुम लोग...

—ऐसा न कहिए छोटी माँ ! आप न लौटेंगी तो हमारा क्या होगा ?

—क्या सोचती है कि मैंने इसका इन्तज़ाम नहीं किया है ? मेरा सारा कुछ पड़ा रहा, तुम सब लेना, भूतनाथ लेगा...और किसके लिए रख जाऊँगी, बता !

वंशी और चिन्ता की आँखें छलछला आईं।

छोटी बहू ने कहा—और देर न कर भूतनाथ, चल, जाने-आने में रास्ता काफी लम्बा पड़ेगा।

आगे-आगे छोटी बहू। पीछे-पीछे भूतनाथ। वंशी और चिन्ता भी साथ-साथ बढ़े। सीढ़ी से उतरते हुए लगा, आहट पाकर मँझली और बड़ी बहू भी बरामदे में निकल आई हैं।

—छोटी बहू निकली ?

—कहाँ चली रे छोटी ?

छोटी बहू सुन न पाई शायद। पीछे उलटकर भूतनाथ ने देखा, गिरि और सिन्धु

अवाक् खड़ी देख रही हैं। डर-सा लगने लगा। सबकी नज़रों के सामने इस तरह से जाना ! कोई बात आ पड़े। कल कहीं छोटे बाबू के कानों तक पहुँचे यह ख़बर ? नन्हे बाबू सुनें। आजकल नन्हे बाबू भी तो अकले नहीं, हाबुलदत्त भी इस घर के एक मालिक ही हैं। सारी परिस्थिति को सोचकर अनमना हो उठा था भूतनाथ।

मियाँजान गाड़ी लिए खड़ा था। घोड़ों की लगाम थामे था इलियास। दौड़कर गाड़ी का दरवाजा खोल दिया। छोटी बहू ने लम्बा घूँघट खींचा। इलियास हटकर खड़ा हुआ। गाड़ी पर पहले छोटी बहू सवार हुई, फिर भूतनाथ। वंशी ने दरवाजा बन्द कर दिया। कहा—हाँको मियाँजान !

गेट खोलकर बिरिजसिंह खड़ा था। गाड़ी के निकलते ही गेट को फिर बन्द कर दिया।

एक साथ, एक गाड़ी में आमने-सामने बैठकर जाना। भूतनाथ ने देखा, छोटी बहू ने घूँघट हटा लिया। अभी गाड़ी वनमाली सरकार लेन से जा रही थी, मगर समझना मुश्किल था। अन्दर अँधेरा था, सिर्फ़ सामने के नीले काँच से थोड़ी सी रोशनी आ रही थी। गाड़ी की छत के नीचे रेशमी जाल टँगा था। चारों ओर भी रेशमी झालर झूल रही थी। गाड़ी के तख़्तों पर मखमल मढ़ा था। कितना मुलायम ! आवाज नहीं। पालकी-सी हिलती-डुलती चल रही थी गाड़ी। गाड़ी पर भूतनाथ बहुत बार चढ़ चुका है, पर उन गाड़ियों में झटके से लगते। वही रूखी आवाज़ ! सारी गाड़ी ही थरथराती रहती। लेकिन वह गाड़ी ही और तरह की थी। उससे दूर जाने मे कोई दिक्कत नहीं। बदन में दर्द नहीं होने का। रह-रहकर घंटी बजती जा रही थी। बगल से ट्राम गुज़र गई। शायद सामान से लदी बैलगाड़ी जा रही थी, आवाज़ करती हुई। लदी गाड़ी में कैसी आवाज़ होती है !

लगा, गाड़ी ट्राम के रास्ते पर जा रही है।

भूतनाथ कैसा जड़-सा बैठा रहा ! इतने पास बैठी थी छोटी बहू ! भूतनाथ ने एक बार उसकी तरफ ताका। अपने ही मन में क्या सोच रही थी ! किसी तरफ उसकी नज़र न थी मानो। साड़ी और जूड़ा धीरे-धीरे हिल रहा था। रेशमी साड़ी बार-बार कन्धे से गिर-गिर पड़ने को होती। दाएँ हाथ से फिर उसको सरका लेती छोटी बहू। गाड़ी का अन्दर इत्र की ख़ुशबू से महमहा रहा था। अँधेरे में भी करनफूल चकमका उठा था। कपाल पर सिन्दूर का बड़ा सा टीका—शायद 'मोहिनी सिन्दूर' का। मगर अब भी उसे क्यों लगाती हैं छोटी बहू, किसी काम तो आया नहीं यह।

ट्राम की लाइन पार करते समय गाड़ी की चाल थोड़ी धीमी हो गई। उसके बाद फिर वही झूलते हुए चलना।

भूतनाथ को कैसा अकबक-सा लग रहा था। कोई बातचीत नहीं। आमने-सामने चुपचाप बैठे। भूतनाथ ने अपने कपड़े-कुर्ते पर निगाह डाली। काफी दिनों से धुला न था। बड़ा मैला दीख रहा था। ख़ासकर छोटी बहू के वैसे साज-सिंगार के बगल में।

अन्दर न बैठने से भी चलता। वह तो ऊपर ही बैठना चाह रहा था, लेकिन छोटी बहू ने अन्दर बैठने को कहा। कोई बात ही न करती थी, तो अन्दर बैठना क्या ! अचानक आज उसे अपना आप बड़ा गरीब लगा। बड़ा गरीब ! छोटी बहू से इतनी घनिष्ठता बढ़ाने ही क्यों चला वह ! जवा से ही इतना मिलने-जुलने की क्या ज़रूरत थी ! उनके बुलाने पर बार-बार वह जाता ही क्यों है ? वे तो उसे नीची निगाह से ही देखते हैं। चाहती तो उस दिन जवा उसे गाड़ी में बिठा नहीं सकती थी ? सब लोग तो गाड़ी से ही गए, वही अकेले पैदल गया बाग बाज़ार से बार-शिमले। कम-से-कम गाड़ी की छत पर तो थोड़ी सी जगह निकल ही आती। और आज ही वह क्यों जा रहा है ? क्या केवल छोटी बहू के आग्रह से ? क्या उसे ख़ुद जाने की इतनी सी भी ख़्वाहिश न थी ? और इच्छा ही थी तो किसलिए ! छोटी बहू का सामीप्य ! छोटी बहू के सामीप्य का इतना लोभ ! यह लोभ ठीक तो नहीं। फिर याद आया, ये कपड़े-लत्ते तो छोटी बहू ने ही दिए हैं। उसने न दिया होता तो भूतनाथ पहनता क्या ? लेकिन कपड़े-लत्ते तो वे बहुतों को दिया करते हैं। जो खिलौने के ब्याह में हज़ार-डेढ़ हज़ार फूँक सकते हैं, उनके लिए इतना सा क्या है? इतने ही थोड़े में लेकिन उसने अपने को क्यों धन्य समझा ? ब्रजराखाल ने पहले ही कहा था—वे साहब-बीवी की जात हैं—हम सब गुलाम हैं। सच ही छोटी बहू उसे गुलाम-जैसा देखती है। अपने ऊपर कैसी नफ़रत होने लगी !

जी में आया, छोटी बहू से एक बार पूछे कि कहाँ जा रही हो तुम ? लेकिन उसकी तरफ देखकर बात मुँह से निकली नहीं।

छोटी बहू मानो उसके मन की ताड़ गई। पूछा—क्या सोच रहा है रे भूतनाथ ?

भूतनाथ की आँखों से रोना फट पड़ने लगा। अपने को किसी तरह से सँभाल कर बोला—ऐसा जानता होता तो मैं हरगिज़ न आता।

छोटी बहू हँस पड़ी—क्यों, हुआ क्या तुझे ?

—तुम बिलकुल न बोलो, यह अच्छा लगता है मुझे ?

छोटी बहू ने कहा—तो बोल, मैंने मना कब किया ?

—और तुम सिर्फ़ चुपचाप सुनती रहेगी ?

—मेरी तो सारी बातें चुक गईं भैया ! तू बोल, मैं सुनूँगी।

—उससे तो बेहतर है, मैं यहीं पर उतर जाऊँ।

छोटी बहू ने कहा—बड़ा मान है तुझे ! मर्दों को इतना नहीं सोहता। देखा है न, छोटे बाबू किसी के मान की क़ीमत नहीं देते।

भूतनाथ ने कहा—तुम क्या मुझे छोटे बाबू-सा बनने को कहती हो ?

हँसते-हँसते छोटी बहू ने कहा—इसीलिए तो तू मुझे इतना भला लगता है। काश, वह तेरे-जैसा होता...वह जान बाज़ार जाकर क्या करता है, नहीं जानती, कितनी तो कोशिश की मैंने, एक औरत से जो नहीं बन सकता है, वह भी करके देखा, मगर सब बेकार। कभी-कभी जी में आता, जान बाज़ार में उस राक्षसी के यहाँ छिपकर देख आऊँ कि वह कौन सा मन्त्र जानती है, कैसे उसने छोटे बाबू को इस कदर लुभा रखा है।

रात में सोए-सोए अचानक उसका नाम लेकर जाग पड़ता है, कभी-कभी भूलकर मुझे चुन्नी कह बैठता है। नशे में बदहोश पड़ा रहता है, तब भी मैं कुछ नहीं कहती, मगर मेरा कलेजा टूट जाता है भाई !

भूतनाथ ने कहा—लेकिन तुम भी तो जाने कैसी औरत हो ! अरे, तुम्हारे सामने उसकी बिसात क्या है, पाँव-बराबर भी नहीं, मैंने तो देखा है।

छोटी बहू ने कहा—मैं भी तो यही सोचती हूँ। ज़रूर उसने कुछ खिलाया है, जैसा तुझे खिलाया था। सुना है, कामाख्या की औरतें मर्दों को भेड़ बनाकर रखती हैं; कुछ खिला देती होंगी।

भूतनाथ बोला—तुम कहो तो एक बार और जाऊँ जान बाज़ार। अबकी कुछ पिऊँगा नहीं, सब देख आऊँगा।

उँहूँ, तुझे अब वहाँ न जाने दूँगी। तुझ पर भी टोना कर दे कहीं। लेकिन अबकी मैं आख़िरी कोशिश कर देखूँगी भूतनाथ। इससे भी न पड़ा तो समझूँगी, अब होने ही का नहीं।

—किस बात की कोशिश कर देखोगी ?

—आज उसी के लिए तो वरानगर जा रही हूँ।

भूतनाथ ने पूछा—किस कोशिश में ?

—एक साधु के पास जा रही हूँ। हमारी नाइन ने बताया—उसे तो साल-साल लड़का होता था और मर जाता था, उसी साधु की दवा से तो इस बार बचा बच्चा उसका। देखूँ भी, क्या बताता है ? सुना, हर तरह की दवा देता है। उसी से पता पूछा है।

—क्या है पता ?

—तू वरानगर जानता है ?

—सिर्फ़ एक बार गया था ब्रजराखाल के साथ; उसके गुरुभाई उस समय वहीं रहते थे। क्या है पता ?

—पता तो नहीं मालूम। नाइन ने कहा, वहाँ जिससे भी पूछोगे, पता देगा; सभी जानते हैं ?

—लेकिन इसके लिए तुम्हारे जाने की क्या ज़रूरत थी ? मैं अकेले ही जाकर आ सकता था।

—नाइन बोली, खुद मुझी को जाना पड़ेगा। हाथ में वह धागा बाँध देगा न...और खुद साधु की सेवा करनी पड़ती है।

—कैसी सेवा !

छोटी बहू अचानक कुछ ढूँढ़ने लगी। बोली—लो, सब गया !

—क्या हो गया ?

छोटी बहू बोली—असली ही चीज़ लाना भूल गई रे !

—कैसी असली चीज !

—सुपारियाँ थीं, पान थे। बाँधकर रखे थे। अब क्या होगा ?

छोटी बहू बेचैन हो उठी। बोली—चिन्ता से सारा कुछ मँगवाया और हड़बड़ में वहीं भूल आई। छोटी बहू ने फिर गाड़ी के अन्दर इधर-उधर देखा—ना, असली चीज़ ही भूल आई। कैसा भुलक्कड़ हो गया है मन, बता तो !

—उसके बिना काम न होगा ?

—वही देने पर तो दवा मिलेगी। नाइन ने कहा है, अचूक दवा है, कितनों का क्या-क्या उपकार हो रहा है ! मैंने उससे यह नहीं कहा कि मैं जाऊँगी, नहीं तो उसी को साथ लाती। मगर उससे भी अपनी बात कही जा सकती है ! फिर तो बात बड़ी दीदी, मँझली दीदी तक पहुँच जाएगी, हँसेंगी। यों ही तो हँसा करती हैं। उनका क्या, उन्हें दुःख किस बात का है, बोल तू ! बड़ी दीदी पतोहू के पीछे मस्त हैं और मँझली दीदी के बच्चे तो प्रायः मामा के ही यहाँ रहते हैं, इस घर में तो उनकी झाँकी भी नहीं दिखाई देती; दीदी बस रात-दिन गहने बनवाती हैं और बाघगोटी खेलती हैं। अपना दुखड़ा उनसे कहूँ तो क्या समझें वे !

भूतनाथ ने कहा—तो मैं दौड़कर वे चीज़ें ले लाऊँ ?

—ला सकेगा तू ?

—क्यों नहीं, बख़ूबी ले आऊँगा। वंशी से कहूँगा जाकर...लेकिन हम लोग आ कितनी दूर गए ?

झिलमिली से उसने झाँककर देखने की कोशिश की। साँझ घनी हो आई थी। चौराहे का मोड़ था, शायद श्याम बाज़ार के आसपास। दूकानों में रोशनी जल चुकी थी। रास्ते की गैस-बत्तियाँ भी जल रही थीं।

—तो क्या हुआ, इतनी दूर जाने-आने में कितनी देर लगेगी ? भागकर जाऊँगा, भागकर आऊँगा। भूतनाथ को लगा, छोटी बहू के लिए इतना करना कुछ भी नहीं। निहायत मामूली-सी बात ! इससे भी ख़ौफनाक़ कुछ किया जा सकता है। उसने कहा—तो मैं जाऊँ ?

छोटी बहू ने कहा—और मैं यहाँ अकेली रहूँ, क्यों ?

—ठीक ही तो ! उत्तेजना में भूतनाथ अब तक महज़ अपनी ही बात सोचता रहा। शाम के वक़्त छोटी बहू को शहर में अकेली छोड़कर जाना ठीक होगा क्या ? दिन में ही जाने कितनी राहज़नी होती है...शाम के अँधेरे में तो कुछ भी असम्भव नहीं। तिस पर जो बनी-ठनी हैं आज छोटी बहू ! सारे बदन में जड़ाऊ गहने, हीरे, मोती, सोने की भरमार ! अभी उसी दिन तो दिन-दहाड़े गाड़ी रोककर लोग औरतों के गहने लूट ले गए। पुलिस की आवाज़ तक न मिली। भूतनाथ ने पूछा—तो लौट ही चलें ?

—हाँ, लौट ही चलें। चल !

भूतनाथ ने गर्दन बाहर निकालकर कहा—मियाँजान, गाड़ी घर ले चलो।

घोड़े घूम गए। घर जाकर फिर वरानगर ? वहाँ कितनी देर होगी, कौन जाने ! भूतनाथ ने पूछा—वरानगर ही जाना था, तो ज़रा पहले ही क्यों न चलीं ?

छोटी बहू ने कहा—छोटे बाबू जो देर से निकले।

भूतनाथ ने कहा—कहीं छोटे बाबू जान जाएँ कि तुम बाहर गई थीं।

—वे क्यों जान पाएँगे ?

अचानक भूतनाथ पूछ बैठा—अच्छा, तुमको ख़बर है, बड़े महल के पोखरेवाली ज़मीन बिक रही है ?

छोटी बहू बोली—पता नहीं; ये बातें ज़नानख़ाने तक नहीं आतीं।

—यह भी सुना कि ज़मींदारी बेचकर खान ख़रीदी गई है ?

छोटी बहू ने कहा—राम जाने भैया, इन आँखों कभी ज़मींदारी नहीं देखी, कोयले की खान भी होगी, तो देख नहीं पाऊँगी। हमसे कभी कोई पूछता भी नहीं कि क्या भला है, क्या बुरा है। हमसे तो सिर्फ़ नाम का सम्पर्क है...बीमारी में डॉक्टर-बैद आते हैं, सौर में धाई आती है और भूख लगती है तो मँझली चाची खाना दे जाती हैं।

—मगर बाबुओं के लिए ?

—अपने यशोदादुलाल से जभी तो मैं विनती करती हूँ कि अगले जन्म में मैं मर्द होकर जन्म लूँ। किसी को सफाई नहीं देनी पड़ेगी...जब जी में आया, घर आया, या रात-भर नहीं ही आया। जी में आया, बीवी पर ज़ोर-जुल्म किया, डाँट-फटकार की... मिन्नत-ख़ुशामद करके मनाने की ज़रूरत नहीं।

भूतनाथ ने कहा—लेकिन गरीबों के लिए मर्द होना या औरत होना दोनों बराबर है।

—लेकिन मुझे तो तुझ पर भी रश्क होता है भूतनाथ !

भूतनाथ को हँसी आ गई। उस पर भी रश्क ! घर-गिरस्ती की तो दूर रहे, आज तक अपना कह सके ऐसा कोई आश्रय तक नहीं। बड़े महल का तो वह एक बोझा है। विधु सरकार की निगाह बचाकर चलना पड़ता है, खाने बैठते हैं तो कौर जैसे अन्दर नहीं धँसता। बड़े महल में जाते हुए शर्न लगती है। ब्रजराखाल तो कब का चला गया। उसका काम भी मिल गया होता, तो बात थी।

छोटी बहू बोली—बड़ी धीमी चल रही है गाड़ी।

भूतनाथ ने गर्दन निकालकर कहा—मियाँजान, ज़रा तेज़ चलो। घर से होकर फिर वरानगर जाना है।

—जी हुज़ूर ! कहकर मियाँजान ने घोड़े को एक चाबुक जमाया। घोड़े हवा से बात करने लगे। अब छोटी बहू का सर्वांग डोलने लगा। भूतनाथ भी डोलने लगा।

भूतनाथ बोला—कहीं उलट न जाए गाड़ी !

छोटी बहू बोली—नहीं उलटेगी। और उलट भी जाए तो क्या हर्ज़ है ?

भूतनाथ ने कहा—तुम्हारा क्या, तुम तो बच जाओगी, पकड़ा जाऊँगा मैं। कहेंगे, बहू को लेकर भागा जा रहा था।

—मुझे भी क्या रिहाई मिलेगी ? लोग इस बात को जानें, इससे पहले ही मुझे गाड़ देंगे, बड़े महल के नीचे, नहीं तो खानदान की इज़्ज़त को आँच जो आएगी। यदि ज़िन्दा रह गई तो डॉक्टर-बैद बुलाएँगे, दवा देंगे, मगर मर गई तो माटी में गाड़ देंगे, देख लेना।

—क्यों, गाड़ क्यों देंगे ?

छोटी बहू ने कहा—खुदाई में बड़े महल के नीचे से कितनों की हड्डियाँ मिलती हैं, नहीं मालूम है ? मैंने अपनी सास से सुना था—एक बार सुखचर से कोई आया था बाबुओं के पास फरियाद करने, रिआया की तरफ से पैरवी करने। बाबू लोग मालगुज़ारी घटाने को तैयार नहीं और बिना घटाए वह लौटने को तैयार नहीं। भूखा-प्यासा डेवढ़ी पर पड़ा रहा, कई दिनों तक पड़ा रहा निराहार। बाबुओं का निकलना मुश्किल ! चाबुक लगाए गए। सारा बदन लहूलुहान हो गया, बेहोश हो गया। खींचकर उसे बाहर डाल दिया। फिर भी टस-से-मस नहीं। उनके बाद उसका पता ही न चला। गाँव से उसके बीवी-बच्चे उसे ढूँढ़ने आए। मैंने सुना, उसे शायद गाड़ दिया गया।

—कहाँ ?

—महल की खिड़की की तरफ जो सीढ़ी है, उसी के नीचे...जहाँ फेंक देने से कोई जान भी नहीं सकता, वहीं।

—कितने साल पहले ?

—यह कोई आज की बात है रे ! तब छोटे बाबू नहीं हुए थे, मैं भी पैदा न हुई थी, तू भी नहीं। और यह घटना कोई एक बार की है ?

—खोदने से आज भी मिलती हैं हड्डियाँ उनकी ?

—कौन खोज करता है ! जानते हैं सिर्फ़ खज़ांची बाबू और बाबू लोग। रिआया जब बागी हो उठती थी, तो ज़मींदारी पर जो करना होता था, करते ही थे, उन्हीं में से जो कलकत्ते तक आ पहुँचते थे, उनके लिए इस वैकुंठ का इन्तज़ाम किया गया था। यह सब मैंने अपनी सास से सुना है। सास ने अपनी सास से सुना था। इसलिए कभी-कभी ज़्यादा रात तक जगी रह जाती हूँ, तो बाज़-बाज़ वक्त कैसी-कैसी आवाज़ें सुनती हूँ ! लगता है, दूर कोई रो रहा है। गिद्ध की आवाज़ जैसी आवाज़। कभी-कभी बड़ा डर लगता है।

भूतनाथ को सुनते ही स्मरण हो आया, उसने भी मानो कई बार वैसा रोना सुना है। शहर का सारा कोलाहल जब थम जाता है, बड़े महल की हलचल जब मरी सी हो उठती है, तब लगता है, कोई जैसे महल के चारों ओर चुपचाप चहलकदमी कर रहा है। सुनकर भूतनाथ अनमना हो जाता—ठीक जैसे बहुत बार फतेहपुर में नदी-किनारे उस पेड़ के नीचे हुआ था। अचानक हवा भारी हो उठती, पेड़ों की मर्मराहट थम जाती, पत्तों का काँपना रुक जाता। लगता, कोई पास आकर खड़ा हुआ। दीखता नहीं। समझ में नहीं आता। तो भी लगता, कोई आया, आकर बदन से सटकर खड़ा हो गया। तुम्हें वह एकटक देख रहा है, तुम उसे देख रहे हो। यहाँ भी उस समय अस्तबल के घोड़े पैर नहीं पटकते। बत्ती गुल करके नौकर सब सो जाते। बगीचे के कनेर पर कोई चिड़िया बोलते-बोलते सहसा चुप हो जाती। कुछ क्षण के लिए राह के कुत्ते भी जैसे बेजान हो उठते। ऐसे ही सन्नाटे की घड़ी में बहुत बार भूतनाथ को ऐसा लगा है, कोई मानो इतिहास के काले पर्दे को हटाता हुआ आया है और सारे मकान के चारों तरफ

घूम रहा है। डेवढ़ी से लेकर पीछे की खिड़की तक। नारियल के बगल से होकर दक्खिनी पोखरे को पार करके, दासू जमादार और धोबियों के घर से घूमकर, इब्राहिम के घर के सामने से होता हुआ आँगन के बीच में आकर खड़ा हो गया। उसके बाद जाने कहाँ खो गया। ज़रा ही देर बाद लगता, वह छत पर चल रहा है। जी में आता, वह कुछ नहीं। प्रेतात्मा नहीं, स्वप्न भी नहीं, शायद बड़े महल की अभिशप्त आत्मा अपनी प्यासी अधूरी चाह लिए यों ही चलती फिर रही है। वह ऐसी उन्नींदी रातों में बद्री बाबू की बकबक की तरह अपनी कामयाबी खोजती चलती है। और फिर आती वही आवाज़—हवा की सन्-सन्-सी ! रोने सी करुणा-भरी ! अजीब है, आज तक तो भूतनाथ उसे अपनी ही कल्पना समझता रहा है; समझा है कि यह महज़ डर है, लेकिन छोटी बहू ने भी सुना है। इसने भी इतिहास के उस अचूक इशारे को सुना है।

छोटी बहू ने कहा—लेकिन एक दिन मैंने देखा था।

—किसको ?

छोटी बहू बोली—नई-नई शादी हुई थी। रात-भर नींद नहीं आई। रात के पहले पहर बारिश हो चुकी थी। दरवाज़ा खोलकर मैं बरामदे पर आई। लगा, मँझली दीदी सीढ़ी की तरफ जा रही हैं। लेकिन इस समय बाहर ? शंका हुई। आवाज़ दी—कौन ? फिर पूछा—कौन ? कोई जवाब नहीं। मैंने फिर पुकारा—मँझली दीदी ! वह मानो खिसक जाना चाहने लगीं। फिर कहा—कौन ?

इस बार उस मूर्ति ने पीछे घूमकर देखा। उसका चेहरा देखते ही चौंक उठी। उसी दम दाँत बैठ गए। बेहोश हो गई मैं। मेरी सास तब ज़िन्दा थीं। होश आया तो पाया, सास मेरे सिरहाने बैठी थीं। बोलीं—कभी अकेली न निकलना बहू ! जब भी निकलना हो, चिन्ता को साथ ले लेना।

भूतनाथ ने कहा—एक दिन मैंने भी देखा है बहू !

—सिर्फ़ मैंने और तूने ही देखा है। इस घर के और किसी ने नहीं देख पाया।

सच ही तो, और कोई देख पाता तो इस घर का इतिहास ही जुदा होता। उसी दिन की तो बात है, यह घर फिर एक बार जश्न की हलचल से गुलज़ार हो उठा। इस बार बहुतेरे साहब, बहुतेरे मारवाड़ी आए थे। नई वर्दी डाटे बिरिजसिंह गेट पर डटा था। सारे घर की सफ़ाई हुई। साहबी होटल से खाना आया।

पहले तो भूतनाथ ने कुछ समझा नहीं। वंशी को बुलाकर पूछा—माजरा क्या है वंशी ?

वंशी ने कहा—क्या जानूँ हुज़ूर, कुछ मालूम नहीं।

लोचन पर आज भीड़ न थी। साहबी मामला ठहरा। तम्बाकू की वैसी ज़रूरत न थी। साहब-सूबा तो सिगरेट पिएँगे। फिर भी तैयारी तो रखनी थी। माँग ही बैठे कोई ! बोला—न बात-न-चीत, अचानक यह कैसा हंगामा, भला कहिए तो—आज अपनी दूकान का बयाना देना था।

—कैसी दूकान लोचन ?

—वही पान की दूकान हुज़ूर ! छोड़कर जाना तो मुश्किल। कब पुकार हो जाए ! मुझे तो कल सवेरे सरकार बाबू ने बताया।

—होगा क्या ?

—जो बीच-बीच में हुआ करता है, वही। बाबू लोग खाएँगे-पीएँगे, गपशप करेंगे। बहुत दिनों से यह सब छूट गया था। पहले तो बराबर होता ही रहता था—शायद फिर से ख़याल हो आया है—कौन जाने !

—तो तम्बाकू नहीं पिएँगे कोई, सब सिगरेट ही पिएँगे ?

—जी, सरकार बाबू ने तो यही बताया। मैंने तम्बाकू मँगाने को कहा, तो बोले—जो है, उसी से काम चला लो। साहबों का सिगरेट-चुरुट से ही चल जाएगा।

मैंने पूछा—ये सब कौन साहब हैं ?

सरकार बाबू बोले—ये सब बड़े-बड़े साहब हैं। कार्टर कम्पनी के मैक फरलेन साहब, फर्गुसन साहब आएँगे। अभी-अभी विलायत से आए हैं। ये सब मँझले बाबू के नए दोस्त हैं। इनके अलावा भी बहुत से लोग आएँगे—बड़े बाज़ार की गद्दी के सेठ लोग। आज साफ़-साफ़ कपड़े पहनना। बस, यही तो सुना।

शाम को मोटर और घोड़ागाड़ियों से वनमाली सरकार लेन ठसाठस इस छोर से उस छोर तक। विलायती होटल के ख़ानसामा-बावर्ची गाड़ी पर खाना ले आए। नाच-घर की शकल बदल गई। दरी-जाजिम की जगह कुर्सी-मेज़ लग गई। मेज़ पर सफ़ेद चादरें। फूलदानी में गुलदस्ते। गुलाबजल, इत्र, राखदानी सिगरेट, चुरुट, खानसामे बोतल खोलने और गिलासों में ढालने लगे। कमरे का दरवाजा अन्दर से बन्द। बाहर से समझना मुश्किल। साहब-सूबा, मारवाड़ी-महाजन के अलावा हाबुलदत्त और ननीबाबू आए थे। इस बार महफिल में नन्हे बाबू भी बैठे थे। मँझले बाबू तो आप ही सौ बराबर ! छोटे बाबू चुपचाप।

नज़र पड़ते ही ननीलाल ने सिर हिलाया। भीड़ चीरकर भूतनाथ करीब पहुँचा। मेम साहबों की भीड़। ननी ने कहा—तुझसे फिर बातें होंगी भूतनाथ, मिलना।

कौतूहल ज़ब्त करना लेकिन मुश्किल था। भूतनाथ ने पूछा—माजरा क्या है ?

ननी ने कहा—बस, मढ़ दिया गले।

भूतनाथ समझ नहीं सका। पूछा—यानी ?

—यानी आख़िर नन्हे कोयले की खान के कारोबार में आया। आना क्या चाह रहा था...डर रहा था। सोचता था, लोग ठग लेंगे।

—मँझले बाबू राज़ी हो गए ?

—अड़ंगा तो उन्हीं ने लगाया, वर्ना कब का हो गया होता। मैंने समझाया, हाबुलदत्त ने समझाया, मगर छोटे बाबू राज़ी ही न हो रहे थे। झूमटमल मारवाड़ी से कहलवाया, मैकफरलेन साहब ने अपना बैलेंस सीट दिखाकर बता दिया, पच्चीस फीसदी का मुनाफा है; फिर भी मानने को तैयार नहीं। ज़मींदारी में सौ फीसदी का मुनाफा उठाते रहे हैं न !

मैकफरलेन साहब ने सुझाया, इसकी क्या गारंटी है कि ज़मींदारी में सदा यही बात रहेगी ?

मँझले बाबू बोले—ज़मींदारी अपनी लक्ष्मी है, अपने बाप-दादे उसी से गुलछर्रे उड़ाते हुए हमें आदमी बना गए हैं—बड़े भैया कह रहे थे...

चूड़ामणि ने कहा—आप लोग न ख़रीदना चाहते हों तो मुझे मेरा हिस्सा दे दीजिए, मैं ख़रीदूँगा।

चचा-भतीजे में बोल-चाल बन्द हो गई। तनाव हो गया। मेरे पास दौड़ा आया हाबुलदत्त। आख़िर एक इतना बड़ा घर बर्बाद हो जाएगा। सच ही टूट जाने की नौबत आ पहुँची थी। दामाद की बात। हाबुलदत्त को फ़िक्र ज़्यादा थी। छोटे बाबू तो आगबबूले हो गए। छोटे और मँझले बाबू एक तरफ, एक तरफ नन्हे और उनका ससुर। मैंने सुना, बालक बाबू यानी उनके वकील से अलग होने का राय-मशविरा पूछा गया। नन्हे का पढ़ना-लिखना ठप्प ! दिन-भर ससुर से कानाफूसी। उफ, झंझट के गए कई दिन !

भूतनाथ बोला—अच्छा ! मैं तो कुछ भी नहीं जानता।

अब उसे याद आने लगा। इसीलिए बाबुओं के चेहरों पर कई दिनों तक कैसा तो भाव रहा। कई दिनों तक नाच-घर में बड़ी मालकिन या हासिनी नहीं आई। लोचन तम्बाकू भरकर दे जाता और मँझले बाबू पीते रहते। नन्हे बाबू का अड्डा तो पहले ही ठप्प पड़ा था। दो-एक दिन महफिल लगी थी, वह भी बन्द हो गई। पोखरे की नाप-जोख के लिए कुछ लोग आए। भैरव बाबू आए और लौट गए। भूतनाथ को अब समझ में आने लगा कि उस रोज़ नाच-घर में पंचायत आख़िर क्यों बैठी थी। ख़रीदने के बाद भी मोटर क्यों चली गई और क्यों बालक वकील बार-बार आता-जाता रहा। अब सारी घटनाओं के सामंजस्य का एक सूत्र मिल गया।

ननीलाल ने कहा—आख़िर खान उन लोगों ने ख़रीदी, मगर ख़रीदने से पहले मुझसे एक बार पूछा तक नहीं, इतने जेलस हैं।

—तुझसे भी न कहा ? भूतनाथ भी अवाक् रह गया।

—मगर उनकी खोपड़ी को यह अकल मैंने दी थी। नन्हे को यह सूझ सबसे पहले मुझी से मिली और उसने मुझी को नहीं बताया। सोचा, मैं कहीं कमीशन न खा जाऊँ। बहुत रुपयों की बात थी।

—लेकिन अन्त तक ख़रीदा किससे ?

—मुनाफा जो भी हुआ, झूमटमल को हुआ। मैंने तो नन्हे से यही कहा था। उसने कहा—जायदाद अकेली अपनी तो है नहीं। मँझले चाचा के हितू-मित्रों ने जैसी सलाह दी।

—और नन्हे बाबू के ससुर को कुछ मालूम न हुआ ?

—उँहूँ। उसे भी कुछ न बताया। जो कुछ भी किया, मँझले बाबू ने किया। घर के बड़े वही हैं। नन्हे किन्तु भीतर-भीतर नाराज़ है।

—और छोटे बाबू ?

—छोटे बाबू कभी किसी बात में नहीं रहते। उन्हें रुपया मिलना चाहिए। जब तक रुपए मिलते जाते हैं, चूँ नहीं करेंगे। इतने वकील, मुख़्तार, बैरिस्टर आते रहे, कचहरी चली, छोटे बाबू को कोई वास्ता नहीं। दस्तावेज़ पर सही बनाई, छुट्टी। आज भी तो यह खाना-पीना चल रहा है, लोग-बाग आ रहे हैं, छोटे बाबू भी एक नज़र दीखे और खिसक पड़े। ज़्यादा कभी बोलते नहीं, समझते सब हैं।

यह जलसा काफी रात को ख़त्म हुआ। कब लोग गए, ननीलाल गया, ऐश-मौज चलता रहा, नाच-गान हुआ, भूतनाथ को ख़ाक भी मालूम नहीं। जिस घर में गुड़ियों के ब्याह में हज़ार-बारह सौ रुपए उड़ाए जा सकते हैं, वहाँ व्यवसाय के श्रीगणेश में ऐसा जलसा हो तो अचरज क्या! आसनसोल या बिहार में जाने कहाँ पड़ी है कोयले की खान! मिट्टी के पेट में रत्न भरा पड़ा है! कैसी है, कितनी बड़ी है, काग़ज़ पर बट्टा-बट्टा हिसाब तैयार है। दस्तावेज़ महल के सन्दूक में बन्द हो गया। और उधर सुखचर के तालाब में भेंट के फूल नहीं फूलते, मछुए वहाँ मछली नहीं मारते; सूखकर दरारें पड़ गई हैं। बाघ आ जाए तो कोई भागने का ज़िम्मा नहीं लेता...इस पर भी कहीं अकाल पड़ जाए तो मालगुज़ारी माफ़ नहीं करता। सुबह ही वहाँ की रिआया अवाक् होकर नए मालिक, नए गुमाश्ते की शक्ल देखेगी। ज़मींदारी वैसी ही रहेगी, लेकिन रातोंरात यह अदला-बदली जो हो गई, उसका उन्हें पता भी न चला। भूमिपति चौधरी के पुरखों ने कभी मुगल बादशाह से सनद पाई थी, सूली-फाँसी का हक पाया था, सात हाथी रखने की आज़ादी पाई थी। काल की गति से मुग़ल बादशाहों का ज़माना चला गया, अंग्रेज़ आए। अंग्रेज़ी हुकूमत में भूमिपति चौधरी को नमक और शोरे का व्यापार मिला। ज़माने से सुख़चर-कलकत्ते के बीच एक अदृश्य सेतु की रचना हुई थी। ब्याह, श्राद्ध और ऐसे मौकों पर गाँव के लोग नज़राना देने आते थे, बेगार खट जाते थे। अब से वह भी न रहा। चौदह पुश्तों का एक दिन में चुक गया। अब ये बाबू लोग व्यापार से लक्ष्मी-लाभ करेंगे, साहबों की तरह कल-कारखाने खोलेंगे। मशीनें चलेंगी, कुली-मज़ूर काम करेंगे, रुपए बच्चा जनेंगे, लेन-देन चला करेगा। फिर इस महल की दसों अट्टालिकाएँ कलकत्ते में खड़ी हो जाएँगी। अस्तबल मोटरों से भर जाएँगे। नौकर बढ़ेंगे, दवाइयाँ बढ़ेंगी, शराब और भी चलेगी,, और ज़्यादा औरतें! और ज़्यादा विलास, और ज़्यादा विश्राम, और ज़्यादा अवसर, और ज़्यादा फिज़ूलख़र्ची। वैदूर्यमणि राजाबहादुर बने थे, हिरण्यमणि नाइट बनेंगे। रुपया कमाने के लिए नन्हे बाबू को एटर्नीशिप में परीक्षा नहीं देनी पड़ेगी। खान कहीं चल निकली, तो कर चुकाने के बाद भी तो आमदनी आएगी, उसी से लाल हो जाएँगे। अब रैयतों के बागी होने का डर न रहा, अकाल की आशंका न रही; बाढ़, महामारी किसी की भी परवाह न रह गई। कोयला सारी दुनिया को चाहिए। कपड़े की मिल खुलेगी, कोयला चाहिए। रेल चलेगी, कोयला चाहिए। काग़ज़ का कारखाना, जूट की मिल, पानी-कल सबको कोयला चाहिए।

इतनी सारी बातें नन्हे बाबू को पहले ननीलाल ने सुझाई थीं। उसके बाद झूमटमल ने बताई और उसी की जीत हुई।

—सलाम हुज़ूर !

भूतनाथ चौंक उठा। दरवाजा खोलकर इलियास खड़ा था।

छोटी बहू ने कहा—उतरना पड़ेगा भूतनाथ ! वंशी से कहना, पोटली मेरे पलंग पर रखी है।

भूतनाथ अब जाकर मानो आपे में आया। वह उतर पड़ा। बोला—मियाँजान, रुकना। अभी वरानगर जाना पड़ेगा।

ख़बर मिलते ही बिरिजसिंह खिड़की का ताला खोलने आया। उसे देखकर छोटे बहू ने घूँघट काढ़ लिया। गाड़ी खिड़की पर जाकर खड़ी हुई। भूतनाथ उस नारियल के पेड़ के पास खड़ा हुआ। यहीं पर कहीं सीढ़ी के नीचे वह घर है। बाहर से कुछ भी पता नहीं चलता। वह आवाज़ शायद यहीं से उठती है ! छोटी बहू बोली—देख क्या रहा है, वंशी को आवाज़ दे।

लेकिन इसी बीच गाड़ी की आवाज़ सुनकर चिन्ता नीचे उतर आई। उसके चेहरे पर, आँखों में घबराहट ! गाड़ी के अन्दर मुँह डालकर फुसफुसाकर बोली—छोटी माँ, छोटे बाबू आ गए हैं।

छोटे बाबू ! शाम ही को तो गाड़ी से गए। वंशी से चाबुक मँगाया। आज तो जान बाज़ार में चुन्नी के यहाँ रात बिताने की बात थी। अभी ही लौट आए !

छोटी बहू ने पूछा—वंशी कहाँ है ?

—बहुत बातें हो चुकी हैं। आप एक बार उतरिए तो !

—क्यों, क्या हुआ है, खोलकर बता ?

—आपको उतरना ही पड़ेगा छोटी माँ, सब बताती हूँ। छोटे बाबू की तबीयत अच्छी नहीं है।

—सो क्या ? छोटी बहू गाड़ी से उतर पड़ी और लम्बा घूँघट काढ़कर चिन्ता के आगे-आगे अन्दर चली गई। भूतनाथ कुछ देर वहीं खड़ा रहा। पता नहीं, छोटी बहू को कितनी देर हो ! छोटे बाबू की जाने क्या तबीयत ख़राब हुई !

मियाँजान ने पूछा—गाड़ी यहीं रहेगी हुज़ूर ?

—रहने दो। मैं ज़रा देख आऊँ।

पिछले दरवाजे से पार होकर भूतनाथ सदर दरवाजे से अन्दर दाख़िल हुआ। सच ही छोटे बाबू की गाड़ी अस्तबल में खड़ी थी। कैसा सन्देह हुआ ! ऐसा होना तो नहीं चाहिए। जाने कहाँ से यह दुर्घटना घटी ! सब गड़बड़ हो गया। वंशी का भी कहीं पता नहीं। नन्हे बाबू की बैठक आज भी अँधेरी पड़ी थी। भूतनाथ आगे बढ़ा। लोचन अपने काम में लगा था। भूतनाथ को उसने देखा नहीं। अच्छा ही हुआ, देखता तो बहुत समय खा जाता। वंशी शायद छोटे बाबू की खिदमत में लगा हो।

वह आँगन में कुछ क्षण खड़ा रहा। अचानक गाड़ी की घंटी बज उठी। मँझले बाबू आ रहे हैं क्या ! इस समय वह क्यों आने लगे भला !

—हटो, हट जाओ बाबूजी !

भूतनाथ हटकर खड़ा हो गया। गाड़ी जाकर गाड़ी-बरामदे में रुकी। अनचीन्हीं गाड़ी। घोड़े दोनों ही दुबले-दुबले। यहाँ के घोड़ों-जैसे तन्दुरुस्त नहीं थे।

गाड़ी पर से पहले विधु सरकार उतरा। पीछे से उतरे शशी डॉक्टर—बहू बाज़ार के शशी डॉक्टर। कोई सख़्त बीमारी होती है, तो वही यहाँ आते हैं कभी-कभी। लेकिन तबीयत किसकी ख़राब हुई ?

विधु सरकार कुछ तटस्थ-सा गाड़ी से झटपट उतरा और दवा के बक्स को उठा लिया। कोई सामने पड़ गया सो झुँझला उठा—भैया, सामने से हट जाओ, यह लगे-लगे डोलना मुझे नहीं सुहाता।

जो सामने आ गया था, झटपट हट गया।

विधु सरकार ने कहा—आइए डॉक्टर साहब !

डॉक्टर को लेकर वह अन्दर चला गया।

भूतनाथ फिर भी वहीं चुपचाप खड़ा था। आज सारा घर उसे बड़ा उदास-सा लगा। कहाँ, किसी की भी तो आवाज़ नहीं मिल रही है। आख़िर गए कहाँ सब !

लोचन आ रहा था। भूतनाथ को देखते ही फफककर रो पड़ा—जी आप, शाम को कहाँ थे हुज़ूर ?

लोचन का हाव-भाव देखकर भूतनाथ को डर हो आया। पूछा—क्यों, हुआ क्या ?

—जी, छोटे बाबू तो घायल हो गए हैं।

—घायल ! भूतनाथ मानो भूत देखकर चौंक पड़ा।

—जी, मारे ख़ून के छोटे बाबू के कपड़े भीग गए हैं। शशी डॉक्टर तो आए अभी...ज़रा देखूँ चलकर।

गिरा कि पड़ा, कुछ ख़याल न करके लोचन अन्धाधुन्ध दौड़ पड़ा।

—लोचन, अरे ओ लोचन, सुन जाओ !

वह रुका। बोला—ज़रा डॉक्टर बाबू को तम्बाकू दे आऊँ। मेरे तम्बाकू की बड़ी तारीफ़ करते हैं वे। यहाँ आने पर मेरा तम्बाकू पिए बिना वे हिल नहीं सकते। उस बार मँझले बाबू कैसे सख़्त बीमार पड़े...

भूतनाथ ने टोक दिया—रुको भी, ये बातें फिर होंगी। पहले खोलकर यह तो बताओ कि छोटे बाबू को हुआ क्या है ?

लोचन ने कहा—जाइए न, वंशी से सब मालूम होगा।

—वंशी कहाँ है ?

—वंशी क्या अब खड़ा भी हो सकता है हुज़ूर ! देखिए भी तो जाकर, क्या हालत हुई उसकी !

—उसकी फिर क्या हालत हुई ?

लोचन ने कहा—मैं तो कहूँगा हुज़ूर, कसूर वंशी ही का है। हज़ार बार यही कहूँगा। इधर छोटे बाबू लहूलुहान खड़े हैं और हुज़ूर लापता। छोटे बाबू निकले क्या कि उसने

मानो साँप के पाँव देख लिए। ताश खेल रहा था। छोटे बाबू ने जमकर मरम्मत की।

—किसने मरम्मत की, बताया ?

लोचन के एक हाथ में गड़गड़ा था, दूसरे हाथ में चिलम। फूँकते हुए वह बोला—पीटा तो अच्छा ही किया। क्यों न पीटें ! यह तो छोटे बाबू थे कि चाबुक से पीटा, मँझले बाबू होते तो ख़ून ही कर डालते। गुस्से में लोचन ज़ोर-ज़ोर से चिलम फूँकने लगा। कहा—पीटा तो अच्छा ही किया, उसे तो बस छोटी माँ की रट रहती है। जैसे छोटी माँ ही मालिक हों । अरे कम्बख़्त, तुझे खिलाता कौन है ? आप तो विद्वान् आदमी हैं, आप ही कहें तो, तनखा छोटी माँ देती हैं कि बाबू ? आप ही कहें।

भाड़ में जाए यह फ़िजूल की बात ! गुस्से से भूतनाथ का बदन जल उठा।

लोचन ने कहा—घर की मालकिन छोटी माँ थोड़े ही हैं, छोटे बाबू हैं, क्यों हुज़ूर ? ख़ैर, मैं तम्बाकू दे आऊँ। टिकिया जलकर राख हो गई।

भूतनाथ ने पूछा—लेकिन छोटे बाबू लहूलुहान कैसे हुए, मालूम है कुछ ?

लोचन बोला—मैं भी तो वही सोचता हूँ, हाथ में चाबुक लिए उन्हें मैंने गाड़ी ले जाते देखा। मैं मँझले बाबू के लिए चिलम भरकर ले जा रहा था। मेरा दिमाग़ उस समय सही नहीं था हुज़ूर ! और आज जो तम्बाकू आया, बिलकुल गोबर। जब-जब चिलम भरता, गोंद की तरह हाथ से चिपक जाता। तम्बाकू क्या, ठीक जैसे खजूर का पुराना गुड़ हो। खजूर का गुड़ देखा है ? वह भी नहीं, ठीक जैसे बरगद का दूध, हाथ में लगे तो...

आजिज़ आकर भूतनाथ वंशी की तरफ चला। वहाँ काफ़ी भीड़ जम गई थी। मधुसूदन खड़ा था। श्यामसुन्दर, बेनी, सब थे। नत्थूसिंह भी खड़ा-खड़ा तमाशा देख रहा था।

लोगों को ठेलते हुए भूतनाथ वंशी के पास जा पहुँचा। उसके सिर पर, पीठ में, हाथ में भीगे लत्ते की पट्टी पड़ी थी।

भूतनाथ का नज़र पड़ते ही वंशी रो उठा।

समीप जाकर भूतनाथ ने कहा—रो मत वंशी !

वंशी ने कहा—आप आ गए हुज़ूर, छोटी माँ आईं ?

—हाँ, आ गई हैं, आ गईं। लेकिन तुझे यह हुआ क्या वंशी ?

वंशी फिर भी रोता रहा। रुलाई के आवेग में मुँह से बात नहीं निकल रही थी।

भूतनाथ बोला—हुआ क्या है, मुझे यह बता तू ?

बेनी ने कहा—तो आप मुझसे सुनिए, छोटे बाबू ने कोड़े से इसे भरपूर पीटा है; देख नहीं रहे हैं, सारे बदन में ददोरे पड़ गए हैं।

भूतनाथ ने बेनी की तरफ मुड़कर पूछा—लेकिन क्यों, अचानक उन्होंने इसे मारा क्यों ?

—जी, गाड़ी आकर लगी। छोटे बाबू ने कई बार पुकारा—उन्हें सहारा देकर उतारे कौन ? और वंशी उधर ताश खेल रहा था। सोचा था, मालिक तो हैं नहीं। मैं जा रहा

था, देखा, छोटे बाबू के कपड़े-कुर्ते में लहू लगा है, माथे से लहू बह रहा, तर-बतर ख़ून से ! मैंने जाकर सँभाला।

—उसके बाद ?

—उसके बाद दौड़ता हुआ वंशी पहुँचा। पहुँचना था कि कोड़े पड़ने लगे। एक-दो-तीन-पचास ! मारते-मारते छोटे बाबू ज़मीन पर गिर पड़े हुज़ूर !

—उसके बाद ?

—उसके बाद वंशी ने पकड़कर उनको उठाया। छोटे बाबू खड़े हुए और फिर वंशी को मारने लगे। चारों तरफ से सब दौड़ आए। मेरा तो सारा शरीर थर-थर काँपने लगा हुज़ूर ! वह पिटता रहा और छोटे बाबू को जकड़े रहा कि कहीं वे फिर न गिर पड़ें, आख़िर...

वंशी ज़ोर-ज़ोर से रोकर कहने लगा—छोटे बाबू का हाल तो देखते आप हुज़ूर, ख़ून से लथपथ...जाने क्या होगा !

मधुसूदन ने डाँट बताई—तू ठहर भी, पागल की तरह रो मत वंशी !

वंशी उसकी डाँट से चुप हो गया।

बेनी ने कहा—लेकिन उस हालत में भी वंशी छोटे बाबू को सँभालकर ऊपर ले गया। उसके बाद यह दशा। पानी की पट्टी दे रहे हैं। उस बार मुझे मँझले बाबू ने मारा था—याद है चाचा ? पानी की पट्टी से ही ठीक हुआ। बिगड़ने पर नशेबाज़ों को होश तो रहता नहीं।

—लेकिन छोटे बाबू कैसे ज़ख़्मी हुए, कुछ पता है ?

जवाब वंशी ने दिया। कहा—ओह, उन्हें जो तकलीफ़ हो रही है—आप देखते, तो आँखों से ज़रूर आँसू बहने लगता।

मधुसूदन डपट उठा—रुक भी, शर्म नहीं आती कहते ?

—शर्म कैसी चाचा ! मैंने तो कसूर किया, मार खाई। मगर छोटे बाबू की तकलीफ़ को तो सोच देखो।

भूतनाथ फिर भी ठीक-ठीक समझ नहीं सका कि बात क्या हुई। पूछा—छोटे बाबू घायल कैसे हुए बेनी ?

बेनी ने बताया—जी, शायद गाड़ी उलट गई थी। पिए हुए तो थे ही, ताल सँभाल नहीं सके।

रोते-रोते वंशी ने कहा—अब कैसे हैं छोटे बाबू ? शशी डॉक्टर आ गए ?

मधुसूदन फिर डाँट उठा—तू पहले अपना ज़ख़्म सँभाल। मर नहीं गया, यही गनीमत। इस कदर मार खाई है...

अचानक दौड़ता हुआ लोचन पहुँचा। हाँफने लगा। कहा—गज़ब हो गया काका, पुलिस आई है, पुलिस! सब मानो एक ही साथ बोल उठे—पुलिस क्यों ?

लोचन ने कहा—देखो भी जाकर, बाहर महल का आँगन लोगों से ठसाठस भर गया। दारोग़ा साहब सरकार बाबू से बतिया रहे हैं।

बेनी, श्यामसुन्दर, मधुसूदन—सभी दौड़ पड़े। अकेला लोचन खड़ा रहा।

वंशी भूतनाथ की तरफ देखकर फिर रो पड़ा।

भूतनाथ ने कहा—रो क्यों रहा है रे ? ख़ूब दर्द हो रहा है ?

—क्या होगा हुज़ूर ?

—काहे का क्या होगा ?

—पुलिस अगर छोटे बाबू को ले जाए ?

—छोटे बाबू को क्यों पकड़ेगी पुलिस ? उन्होंने क्या किया है कि उन्हें पकड़ेगी ?

—फिर पुलिस आई क्यों ?

—पुलिसवाले तो साँझ-विहान यहाँ आते ही रहते हैं। दारोग़ा तो मँझले बाबू का दोस्त है।

वंशी को इससे भी तसल्ली नहीं हुई। कहा—ख़ून-फसाद जो किया है।

भूतनाथ ने कहा—धत्तेरे की, गाड़ी उलट गई तो ख़ून नहीं बहेगा ? छिल गया होगा।

—जी नहीं हुज़ूर !—लोचन क़रीब आ गया। आवाज़ धीमी करके बोला—जी नहीं, यह बात नहीं है।

लोचन का रंग-ढंग देखकर भूतनाथ को कैसा तो सन्देह हुआ जानें। बोला—फिर क्या बात है ?

—जी, किसी से कहें नहीं—और उसने चारों ओर देख लिया।

—न, किसी से न कहूँगा—बता तू।

—छोटे बाबू ने ख़ून किया है !

—किसका ?

किसका ख़ून किया है, यह जवाब न मिल सका। शोर-सा हुआ। लगा, आँगन में काफी लोग आ गए हैं। लोचन उसी तरफ भागा।

भूतनाथ बोला—मैं देख आऊँ वंशी, बाहर क्या हो रहा है ! वंशी ने कहा—न जाइए साले साहब, पुलिस का हंगामा ! उसके बाद पूछा—छोटी माँ लौट आईं ?

—हाँ, आ गईं।

—उन्होंने सब सुन लिया ?

—क्या जानें ! एक बार उनसे भेंट कर आऊँ।

—आप बल्कि छोटे बाबू को देख आएँ। उनके लिए कैसा तो कर रहा है जी। अच्छा, वे बच तो जाएँगे हुज़ूर ?

बाहर फिर हो-हल्ला हुआ। भूतनाथ उठ खड़ा हुआ। कहा—मैं अभी आया। देख आऊँ, उधर क्या हो रहा है।

वह बाहर आया। एक बार चारों तरफ निगाह दौड़ाई। शशी डॉक्टर की गाड़ी खड़ी ही थी। इब्राहिम छत पर खड़ा था। यासीन भी खड़ा होकर देख रहा था। मियाँजान, अब्बास, इलियास भी आँगन में खड़े थे। लाल मुरैठावाले दो-चार सिपाही फाटक पर

खड़े थे। हाथ में लाठी। खज़ांचीखाने के अन्दर रोशनी जल रही थी। वहाँ भी दरवाजे पर भीड़। शायद दारोग़ा साहब उसी के भीतर थे। घर-भर में एक दवी हुई हलचल। भूतनाथ सामने पहुँचा।

कोई जा रहा था। पास पहुँचने पर पता चला—मधुसूदन है।

—क्या ख़बर है मधुसूदन ?

—गज़ब हो गया हुजूर !

—क्या हुआ ?

—सुना, चुन्नी का ख़ून हो गया। मैं एक बार वहाँ जा रहा हूँ।

—चुन्नी का ख़ून !

—जी, सुन तो रहा हूँ। पता नहीं, क्या बात है ?

—ख़ून किसने किया ?

मधुसूदन बोला—सुना कि नाटूदत्त से छोटे बाबू की मारपीट हुई।

—नाटूदत्त ?

—जी हाँ। आज छोटे बाबू जान बाज़ार गए। देखा, चुन्नी के कमरे में नाटूदत्त बैठा है। छोटे बाबू गुस्सा न सँभाल सके शायद। दोनों में मारपीट हो गई। उस मुहल्ले के गुंडे तो नाटूदत्त की मुट्ठी में हैं। छोटे बाबू थे अकेले। उस परिवार से इस घर का झगड़ा कुछ आज ही का तो नहीं है।

—लेकिन ख़ून किसने किया ?

—किसने किया, कौन जाने, या तो नाटू ने किया या छोटे बाबू ने।

भूतनाथ ने पूछा—चुन्नी मर गई ?

मधुसूदन बोला—सुना तो कि अभी होश है। ज़रा देख आऊँ। बड़ी अच्छी औरत थी बिचारी।—मधुसूदन चला गया।

भूतनाथ कुछ देर वहीं खड़ा रहा। चुन्नी की बात याद आई। उसी रोज़ की तो बात है, भेंट हुई थी और आज यह हाल ? उस दिन वह लेकिन बैसी बुरी नहीं लगी थी भूतनाथ को। कितना अच्छा व्यवहार ! कितनी इज़्ज़त-ख़ातिर की ! तम्बाकू के लिए पूछा। पानी माँगा, तो शर्बत दिया। हो सकता है, शर्बत में भंग मिली हो। भूतनाथ चूँकि कभी पीता नहीं, इसलिए चक्कर आ गया। जो पीते हैं, उन्हें नशा नहीं आता। लेकिन अपनी गोद में सिर रखकर चुन्नी ने कितनी हिफाज़त की उसकी ! आँचल से उसका मुँह पोंछ दिया ! कौन इतना कर सकती है ! भूतनाथ की ख़ातिरदारी से उन्हें क्या लाभ ! छोटे बाबू न जाएँ तो बिचारी का काम कैसे चले ! इतने नौकर, दाई, ख़ुद, फिर एक चिड़िया भी। खर्च क्या कम होता है ! गाड़ी तक बेच देनी पड़ी।

भूतनाथ धीरे-धीरे बीच आँगन में पहुँचा।

नन्हे बाबू घर ही थे। ख़बर पाकर नीचे आए थे। हाबुलदत्त रोज़ की तरह आया था। पीछे-पीछे वह भी आया।

दारोग़ा साहब से नन्हे बाबू की क्या-क्या बातें हो रही थीं। इतने में हलचल

हुई।—हटो, हट जाओ सब, रास्ता छोड़ दो—

भीड़ में अब जैसे आशा का संचार हुआ—मँझले बाबू आ गए ! आ गए मँझले बाबू !

सबने जैसे सन्तोष की साँस ली। मँझले बाबू रहे होते तो इतनी देर लगती पुलिस से बतकही करने में ? पहलें ऐसी कितनी घटनाएँ घट चुकी हैं। सुखचर में ख़ून हो चुका है, रिआया ने कचहरी में आग लगाई है। यहीं उस बार दशहरे के वक्त नौमी पूजा के दिन मँझली मालकिन की दाई विलासी गले में फन्दा डालकर झूल गई थी, वैसे आड़े वक्त भी मँझले बाबू ने ही थाने-पुलिस के झमेले से बचाया। उनके आ जाने से भूतनाथ को भी थोड़ा भरोसा हुआ।

मँझले बाबू की गाड़ी सरसराती हुई गाड़ी-बरामदे के नीचे पहुँची और शशी डॉक्टर की गाड़ी के पीछे खड़ी हो गई।

उनके आने की ख़बर मिलते ही दारोग़ा साहब लपके।

मँझले बाबू गाड़ी से उतरे। उनके पीछे भैरव बाबू।

सामने जाकर दारोग़ा साहब ने सलाम किया।

उसका कोई ख़याल न करके वे सीधे ऊपर चले गए। भैरव बाबू से बोले—मैं ज़रा देख आऊँ, छोटे बाबू कैसे हैं।

भैरव बाबू ने पूछा—क्या हुआ है दारोग़ा साहब ?

दारोग़ा साहब बोले—शाम को जान बज़ार में ख़ून हुआ है।

भैरव बाबू बोले—जान बाज़ार में ख़ून हुआ है, तो यहाँ क्या ?

—कौस्तुभमणि चौधरी का स्टेटमेंट लेना है।

—ख़ून किया किसने है ?

—उसी की छानबीन के लिए तो आया हूँ।

ज़रा ही देर में बेनी आया। दारोग़ा साहब से बोला—मँझले बाबू आपको ऊपर बुला रहे हैं।

दारोग़ा के जाते ही सारी घटना पर मानो एक पर्दा-सा पड़ गया। सब अपनी-अपनी जगह लौट गए। अब कोई डर न रहा। मँझले बाबू ने दारोग़ा साहब को ऊपर बुलाया। वह चाहे दारोग़ा हों, चाहे लाट साहब, ऊपर नाचघर में पहुँचे कि सब ठीक। जानें कितनी बार कितनी समस्याओं का समाधान वहाँ हो चुका है। उस घर के एकान्त में कितनी बार कितने सन्देहों का अन्त हो गया है।

फिर धीरे-धीरे आँगन सूना हो गया। फिर निर्जन हो गया बड़ा महल। इब्राहिम के कमरे के सामने की बत्ती वैसी ही टिमटिमाने लगी। रात घनी हो आई। शशी डॉक्टर लेकिन तब भी वहीं थे। गर्दन झुकाए दाँतों से घास चबाते हुए घोड़े रह-रहकर पैर ठोंक रहे थे। पक्की ज़मीन पर उनके पाँव पीटने की आवाज़ काफ़ी दूर से सुनी जा रही थी। सिपाही तब भी गेट पर खड़े खैनी खा रहे थे।

अकेले अपने को बड़ा असहाय लगने लगा भूतनाथ को। इतनी उत्तेजना, ऐसी

दुर्घटना में भी अपने को इतना कमज़ोर क्यों लग रहा था, पता नहीं। मानो कहीं कोई न हो। इतना बड़ा मकान, लेकिन लग रहा था घने जंगल का सन्नाटा हो। उसी आदिम कलकत्ते का प्रागैतिहासिक रूप मानो लौट आया हो। भूमिपति चौधरी ने जब इसे बनाया, उससे पहलें का रूप। मानो चारों तरफ खाई-खन्दक हो, मेंढक टर्रा रहे हों। हिजल और होगले की दो-चार झाड़ियाँ। जुलाहों के कुछ झोंपड़े। शाम होते-न-होते बाघ के डर से अन्दर घुस पड़े हैं सब। लेकिन भूतनाथ के देखते-ही-देखते तो यह शहर फैल रहा है। यह हरीसन रोड उसके सामने बना। नल, बड़े-बड़े रास्ते, बिजली की बत्तियाँ, कलवाली ट्राम, धन और जन की कैसी भीड़ हो गई; बस्तियों की जगह नई-नई इमारतें बनीं, खन्दक-खाइयों को पाटा गया, मैदान बने। पार्क बने। फिर भी इस समय बड़े महल में खड़े-खड़े उसे ऐसा मालूम हो रहा था कि वह शहर से बहुत दूर, बहुत पीछे निकल गया है। शहर, सभ्यता, समाज, परिचित-अपरिचित सबकी निगाहों से दूर एक-दूसरे ही मुल्क में। लेकिन जिस रोज़ वह यहाँ आया था, कितनी उम्मीद थी उसके मन में ! इस घर से कितना रश्क होता था उसे ! कितना अदम्य कौतूहल था ! रात को जागकर इस घर की हर आवाज़ को सुनता। अन्दर झनझनाकर किसी के हाथ से शायद काँसे की थाली छूट गई। छत के कोने में कबूतरों का बकबकम्। और तो और, दासू मेहतर के झाडू लगाने तक की आवाज़ अच्छी लगती थी। जद्दू की माँ मसाला पीस रही है, सब्ज़ी कूटते हुए सौदामिनी गालियाँ बके जा रही है। पोखरे के बाँध पर के आँवले पर किसी अजानी चिड़िया की बोली—सब, सब अच्छा लगा है। रात को गेट खुलता और घड़घड़ाती हुई मँझले बाबू की गाड़ी आती...यह भी अच्छा लगता। सब कुछ अलौकिक हो जैसे। घोड़ों की मलाई, क्लप-क्लप, हिस्-हिस् की आवाज़। इन सारी शब्द-तरंगों के परे भी किसी-किसी दिन और कोई आवाज़ आती। कौन जाने कहाँ की आवाज़ ! वह सुर सारे घर में घूमता रहता। उसे किसी ने नहीं सुना। दो ही जने शायद उसे सुना। दो ही जने शायद उसे सुना करते—एक वह, दूसरी छोटी बहू।

लेकिन जवा के यहाँ का हाल जुदा। वहाँ जाने से लगता, ज़िन्दगी की राह अभी बहुत बाक़ी पड़ी है। जवानी जैसे अभी शुरू हुई। सुविनय बाबू को जब दौलत थी, तब भी कहीं आडम्बर नहीं था। प्राचुर्य था, अपव्यय नहीं था। इसके सिवा आज तो मानो राह-बाट में भी नया जीवन लौट आया है। अन्दर-ही-अन्दर मानो किसी आन्दोलन की अनबुझ लौ जल रही है। कभी-कभी उसकी जोत दिखाई पड़ जाती है। सिस्टर निवेदिता ने बाग़ बाज़ार में स्कूल खोला है। कोई एक विदेशी औरत, उसका ऐसा अजीब ख़याल, लेकिन महज़ ख़याल ही ! उस रोज़ जो छोकरे बड़ा बाज़ार में गाते और भाषण देते फिर रहे थे, वह भी क्या ख़याल ही था सिर्फ ! और कुछ नहीं ! निवारण की जमात क्या बेवजह ही अन्दर-अन्दर जल रही है, घुल रही है !

शशी डॉक्टर शायद उतरे। सरकार बाबू ने दवा का बैग गाड़ी पर रख दिया।

जी में आया, सरकार बाबू से छोटे बाबू के बारे में पूछे। डर लगा। आदमी वह अजीब है। लेकिन उस रोज़ बद्री बाबू ने उसे ख़ूब सबक सिखाया ! इधर इतना कुछ

हो रहा है, मालूम नहीं, बद्री बाबू क्या कर रहे हैं ! खिड़की से उसने अन्दर झाँका।

एकाएक सारे शहर को हिलाती हुई ज़ोरों की आवाज़ हुई। शायद नौ बजे। किले की तोप छूटी। बद्री बाबू चित पड़े थे। चीख़कर उठ बैठे—बम काली कलकत्तेवाली। कमर से घड़ी निकाली और समय मिला लिया। उसके बाद बड़ी दीवारघड़ी की ओर ताका। उसमें भी टन्-टन् करके नौ बजे। भूतनाथ पर नज़र पड़ी। कहा—इधर आ।

भूतनाथ जाकर चौकी पर बैठा। कुछ देर बाद बोला—सूना आपने, क्या हुआ है !

निर्विकार की नाईं बद्री बाबू बोले—मैं जानता था।

—यह भी सुना है, वंशी भी मार खाकर बेहोश पड़ा है !

—मैं जानता था कि ऐसा होगा।

—और चुन्नी मार डाली गई है !

—यह भी होगा, मैं जानता था।

बद्री बाबू कैसे सब जानते थे, नहीं मालूम।

उन्होंने फिर कहा—और क्या-क्या होगा, यह भी बता सकता हूँ, सुनोगे ?

अचम्भे में पड़े भूतनाथ की ओर ताककर बद्री बाबू कहने लगे—देख लेना, एक दिन छत की ये लकड़ियाँ टूट गिरेंगी, यह घर चकनाचूर हो जाएगा, इस घर की बुनियादी पर पोंडकी चरेगी, दाने बिना कबूतर मरेंगे, नौकर-चाकर भाग जाएँगे, न भागेंगे तो ईंट के नीचे दबकर मरेंगे। फिर यहाँ की ज़मीन चौरस की जाएगी, उसी को खोदते-खोदते कभी मजूरों के मुँह से ख़ून उबलेगा और अन्त में...

बद्री बाबू रुक गए।

भूतनाथ ने पूछा— और अन्त में ?

—अन्त में मिट्टी खोदकर एक स्फटिक मिलेगा।

—स्फटिक ?

—हाँ, स्फटिक पत्थर। यक़ीन नहीं आ रहा है ?

—स्फटिक पत्थर क्यों ?

—सब नहीं बताऊँगा अभी, तू डर जाएगा। लेकिन तुझे भी रिहाई नहीं मिलेगी, भोगना पड़ेगा ही तुझे भी, सिर फूटकर ख़ून बहेगा, तेरा भी समय हो आया है, उस समय एक गिलास पानी के लिए तड़पता रहेगा, कोई पानी न देगा। इस खानदान के ख़ून की छूत लगी है न तुझे ! दर्पनारायण का अभिशाप झूठ हो सकता है, मरते-मरते एक बूँद पानी तक नहीं मयस्सर हुआ, मुर्शिद कुलीखाँ के 'वैकुंठ' में बैठा घुल-घुलकर मरा और अन्तिम क्षण तक केवल शाप देता गया कि...कहते-कहते उनका चेहरा खौफ़नाक हो उठा। आँखें फूल उठीं। भूतनाथ चुपचाप कमरे से निकल आया। आज मानो बद्री बाबू घातक-से हो उठे। घड़ी देख-देखकर हर पल अपने अन्नदाता को शाप दिए जा रहे हैं। लेकिन यह क्षोभ किस बात का ! कैसी शिकायत ! लेकिन किसे पता था कि बद्री बाबू की बात का एक-एक अक्षर आख़िर तक फलेगा !

भूतनाथ वंशी के पास गया। कपाल पर हाथ रखकर देखा। जल रहा था बदन।

अचानक मधुसूदन अन्दर आया।

भूतनाथ ने पूछा—क्या देख आए मधुसूदन ?

मधुसूदन ने कहा—अस्पताल गया था—चुन्नी को चाँदनी के अस्पताल में ले गए हैं।

—कैसी है अब ?

मधुसूदन ने कहा—कुछ होश हुआ है।

—बोलती है ?

—बोलती तो नहीं है, लेकिन मुझे देखकर पहचान गई, आँखों के कोने से आँसू ढुलक पड़े। डॉक्टर ने बताया, जान का खतरा नहीं, बच जाएगी, लेकिन समय लगेगा।

—क्या हुआ था ?

—क्या जानें हुजूर, ठीक-ठीक कोई बता नहीं पा रहा है। नाटूदत्त और छोटे बाबू में मारपीट हुई थी, छोटे बाबू के हाथ में चाबुक था और नाटूदत्त के गुंडे महल्ले में तैयार ही थे, लेकिन असल में हुआ क्या था, कोई ठीक-ठीक नहीं कह पाता है।

धीरे-धीरे भूतनाथ अपने चोर-कमरे में पहुँचा। आज तो वंशी है नहीं, खाने को कौन पूछेगा ? अपना बिस्तर डालकर वह पड़ रहा अँधेरे में। लगा, अन्धकार में कोई छायामूर्ति घूमती फिर रही है। जाने पिछले किस जमाने में से वह इटालियन कलाकार अपनी बीवी की सेज के पास लौटकर आया है। आज भूमिपति चौधरी को मानो उसने अपनी मुट्ठी में पा लिया है। आज नए सिरे से फिर उसका बदला चुकाएगा। आज उसके हाथ से पिस्तौल की गोली यों ही नहीं छूट जाएगी। बहुतेरे समन्दर और नदियों को पार कर फिर अपनी खोई हुई पत्नी की खोज में वह भारतवर्ष पहुँचा। दीवार की बेजान तसवीरें फिर मानो सजीव हो उठीं। उड़ती परियों के नए डैने निकल आए हैं। इस कमरे में नए सिरे से फिर अभिसार होगा।

अचानक दरवाज़े के पास से आवाज आई—बाबू...बहुत धीमी आवाज़। समझ में नहीं आती कि किसकी है आवाज़। लेकिन इतना समझ में आया कि गला किसी औरत का है।

दरवाज़ा खोलकर वह बाहर निकला कि नज़र पड़ी, घूँघट काढ़े चिन्ता खड़ी है। हाथ में लालटेन। सादी साड़ी। मुँह और तरफ घुमाए खड़ी थी।

भूतनाथ ने कहा—मुझे पुकार रही थी ?—और क्या कहे, उसे कुछ न सूझा।

उसी तरह घूँघट काढ़े हुए चिन्ता ने कहा—आपका भोजन परोसा जा चुका है।

भूतनाथ ने कहा—चलो, मैं आता हूँ।

चिन्ता चल पड़ी। पीछे-पीछे भूतनाथ चलने लगा। गली-सा रास्ता। रसोई के बगल का हिस्सा। रसोई के बगल में ही भंडार। उसके बाद एक दीवार का व्यवधान। सारी दीवार पर धुएँ के दाग। दिनों से चलते-फिरते जगह-जगह पर फर्श का सीमेंट उखड़ गया है। थाली ठीक से बैठती नहीं। घर में एक तेलचट्टा सूँड हिला रहा था।

खाते-खाते भूतनाथ ने तेलचट्टे की तरफ देखा। लगा, वह तेलचट्टा भी उसी तरफ

देख रहा है। गज़ब का बादामी रंग। आँखों के चारों ओर गोल पीला दाग। बैठा-बैठा कौन-सा मनसूबा गाँठ रहा है, कौन जाने ! शायद रोशनी को देखकर खीझ उठा है। या जूठी थाली चाटने के लोभ में बैठा है। क्या खाकर जीता है, राम जानें ! कितना-सा प्राण ! कहाँ रहता है ? यहीं किसी गढ़े में रहता होगा। वहीं अंडा देता होगा और जूठन पर जीता होगा। उसे देख-देखकर बड़े-बड़े अजीबोगरीब खयाल उसके दिमाग में आए। मैं भी इस घर का आश्रित हूँ। मुझसे इस तेलचट्टे का फर्क क्या है ?

अचानक ऐसा लगा, वह तेलचट्टा हिलने लगा। उसकी थाली ही की तरफ आ रहा हो, ऐसा नहीं, लेकिन लक्ष्य मानो वही हो। पहले उत्तर की तरफ जा रहा था, फिर बेवजह पूरब की तरफ मुड़ गया। इधर-उधर देखकर फिर अपनी सूँड हिलाने लगा। उसके बाद थिर। लगा, अब इधर नहीं आएगा।

भूतनाथ खाने लगा। न, अब उधर नहीं देखेगा। शरीर सिरसिराने लगा। कैसी अजीब-अजीब रचना ! जिन्होंने आदमी को बनाया, यह तेलचट्टा भी तो उन्हीं का बनाया हुआ है। लेकिन एक ही हाथ से ऐसी विपरीत सृष्टि कैसे सम्भव हुई ! अनमना-सा था। फिर उसकी नजर उस ओर गई। अबकी लगा कि वह तेलचट्टा उसी तरफ आ रहा है।

पास आया। और पास। अब खूब सावधानी से करीब जाकर वह थाली में मूँह लगाने...

—भैया कैसे हैं, मालूम है ?

भूतनाथ आपे में आया। वहाँ कोई न था। यह सवाल दरवाज़े की आड़ से आया—कौन, वंशी ? वंशी कैसा है, पूछती हो ?

—हाँ।

—मैं देख आया, काफी बुखार हो आया है।

—आज कुछ खाएगा ?

—न, आज रहे, आज उपवास ही ठीक है।

भूतनाथ को लगा, वह तेलचट्टा थाली में मुँह लगाकर कुछ खा रहा है, मुँह नहीं हिल रहा है, शरीर डोल रहा है। सिर्फ सूँड मानो कभी-कभी काँप उठती है। भूतनाथ ने एक बार थाली को हिला दिया। भाग जाए, तो जाए। मगर अजीब था वह। ज़रा भी हिल-डुल नहीं। थाली से लगा ही रहा। भूतनाथ का बदन फिर सुरसुराने लगा।

—छोटी माँ बेहोश हो गई थीं, मालूम है ?

भूतनाथ ने सिर उठाया—बेहोश कैसे हो गई थीं ?

दरवाज़े की ओट से फिर वही स्वर सुनाई पड़ा—घर आई और छोटे बाबू के बारे में सुना कि बेहोश हो गई।

—उसके बाद ?

—सिर पर बर्फ थोपती रही। अब होश में आई हैं। आपके बारे में पूछ रही थीं।

—मुझे बुला रही थीं क्या—

—जी हाँ। मैं आपको बुलाने गई थी। आप अपने कमरे में नहीं थे। मुझे लग रहा था। उनकी आँखें देखकर ऐसा लगता था कि छोटी माँ बचेंगी नहीं। मैंने मँझली मालकिन को खबर दी, बड़ी माँ से कहा...आखिर बर्फ मँगवाकर सिर पर देते-देते...

—अब कैसी हैं ?

—अब कुछ अच्छी है। दिन-भर तो उपवास रहा, एक दाना नहीं पड़ा पेट में। मैंने बेनी को छोटे बाबू का पादोदक लाने को भेजा था—छोटे बाबू ने पाँव से कटोरे को उछाल दिया, पत्थर का कटोरा था, टूट गया। उन्होंने भोजन नहीं किया। अभी ज़रा दवा पीना चाहती थीं।

—दवा ? कौन-सी दवा ?

—जो रोज़ पिया करती हैं।

भूतनाथ पहले तो समझ नहीं सका। उसके बाद अचानक खयाल हो आया। ओ !—उसने पूछा—वह क्या अभी तक रोज़ पिया करती हैं ?

—जी हाँ, रोज़ ही पीती हैं।

रोज़ पीती हैं ! कैसा तो लगा भूतनाथ को ! थाली से उठकर आते हुए उसने पीछे मुड़कर देखा। तेलचट्टा अब थाली पर जमकर बैठ गया था। मन घिन-घिन करने लगा। उसके बाद अँधेरे में बिस्तर पर पड़े-पड़े उसे लगा कि एक प्रकांड तेलचट्टा उसकी तरफ टुकुर-टुकुर ताकता रहा है। तुरत जी में आया, वह तेलचट्टा नहीं, उसी का विकृत मन घिनौने जीव के रूप में शायद उसे ग्रास करने को आ रहा है।

दिन बीतता है, साँझ होती है। साँझ के बाद रात। और रात बीतने पर होता है सवेरा।

फिर भी और दिन के सवेरे से आज के सवेरे में बड़ा फर्क था। दासू जमादार के बुहारने की आवाज़ आज और दिनों से मानो मन्द थी। आज शोर कम था। सभी जैसे चौकन्ने-से, डरे हुए-से। अन्दर सौदामिनी के गले में आज वह तेज न था। घोड़े की मलाई तो आज भी चल रही थी, लेकिन आज थपकियाँ हल्की-फुलकी थीं। घोड़े भी मानो समझ गए थे। वे भी पाँव धीरे-धीरे ठोंक रहे थे।

भूतनाथ वंशी के पास पहुँचा। बुखार घट गया था। मगर वैसे ही चित पड़ा था वह। भूतनाथ ने पूछा—आज कुछ खाने को जी चाहता है ?

वंशी ने कहा—छोटे बाबू कैसे हैं, पहले यह बताइए हुजूर ! रात-भर मैं छोटे बाबू का सपना देखता रहा।

मधुसूदन ने कहा—शशी डॉक्टर को तो फिर बुलाने गए हैं सरकार बाबू।

भूतनाथ ने पूछा—तुम जानते हो, छोटे बाबू कैसे हैं ?

मधुसूदन बोला—शशी डॉक्टर की दवा और फायदा न हो ! आप कहते क्या हैं हुज़ूर !

वास्तव में शशी डॉक्टर धन्वन्तरि हैं। हैं तो बूढ़े, पर कल रात घंटे तक ज़ख्मी के पास बैठे रहे और उसे चंगा कर गए। दर्द बहुत कम है।

भूतनाथ ने पूछा—और पुलिसवाले कब गए ?

मधुसूदन ने कहा—आखिर पुलिस के बड़े साहब आए कल।

—कब ?

—रात के तीन बज रहे होंगे उस समय। मँझले बाबू ने बुलावा भेजा। रात-भर हममें से कोई सोया नहीं हुज़ूर, लोचन लगातार चिलम चढ़ाता गया, मैं और विधु सरकार खड़े-के-खड़े; अन्दर बातें और ठहाके, खाना-पीना, उसी रात को गाड़ी निकली, सरकार ने जाकर खज़ांचीखाने को खोला।

—किस लिए ?

—जी, दक्षिणा भी तो चाहिए। कुछ ले गए...जब सोने गया तो गंगा नहानेवालों का चलना शुरू हो गया। सरकार बाबू तो सोए ही नहीं। तड़के ही मछली के जुगाड़ में निकल पड़े...थाने में भेंट भेजनी थी! मँझले बाबू ने कहा—अलमारी खोलो।

भूतनाथ चलने लगा। अचानक एक और बात याद आ गई। चुन्नी के बारे में कुछ खबर है मधुसूदन ?

—उसकी खबर का मौका ही कहाँ मिला हुज़ूर ! अब जा रहा हूँ—बाज़ार जाऊँगा और झट चाँदनी का एक चक्कर काट आऊँगा।

मधुसूदन के जाते ही वंशी ने पूछा—छोटी माँ ने क्या कहा साले साहब ?

छोटी बहू की बात भूतनाथ के जी में भी कई बार आई। कल जाते-जाते भी वरानगर जाना न हुआ, उसके बाद एक बार तो मुलाकात होनी चाहिए थी। चिन्ता से मालूम हुआ, फिर से उसने वही सब खुराफात की है। सारी रात के उपवास के बाद जाने अब कैसी है।

चोर-कमरे के दरवाज़े के पास जाकर एक बार वह खड़ा हुआ था। उधर के बरामदे से सिन्धु और गिरि का गला सुनाई पड़ रहा था। शर्म होने लगी ! सुबह का वक्त। पूर्व मुँह का बरामदा। धूप से भर गया था। ऐसे वक्त कभी गया नहीं भूतनाथ। इतनी नज़रों के सामने जाना। कौन क्या कहे ! आज वंशी भी न था। वह रहता था तो मौका समझकर झट से उसे वहाँ पहुँचा आता था। आसपास चिन्ता का भी आभास न मिला। वंशी ने पूछा—आज क्या खाऊँ हुज़ूर ?

भूतनाथ ने कहा—साबूदाना। मैंने चिन्ता से कह दिया है।

—देखिए तो भला...यह सब झमेला कौन झेले ! छोटे बाबू बीमार हैं, छोटी माँ का जाने क्या हाल है और मैं इधर पड़ा हूँ...मास्टर साहब होते तो एक गोली में फौरन सब साफ।

भूतनाथ ने कहा—ग्रहों का फेर, तू क्या करेगा, बता ? वंशी ने कहा—आप आज-भर कहीं न निकलें हुज़ूर—छोटी माँ कब क्या कर बैठें !

भूतनाथ समझता था। फिर भी निकले बिना चारा न था।

बार-शिमले है आखिर कितनी दूर ! गया और आया। पैदल भी चला, तो देर नहीं लगने की। सुविनय बाबू की चिट्ठी मिली है। न जाना उचित नहीं होगा। उन्होंने लिखा

था, एक जगह पता चला है। चिट्ठी ले जानी पड़ेगी। ठेकेदार के वहाँ का काम। मकान का ठेकेदार। काम की निगरानी। मजूरों से काम कराना। लेख रखना। यही सब।

लेकिन आज भी याद है, उस रोज़ भूतनाथ ने सुविनय बाबू के चेहरे पर जो उल्लास देखा था, वह फिर कभी न देख पाया। मुमूर्षु दशा। पड़े रहते चुपचाप। शहर के एक किनारे। नौकर-चाकर, कमिया-कारिन्दा, ऐश्वर्य के सारे आडम्बरों से दूर होते हुए भी ज़रा भी दुःख नहीं। बीच में गाते हैं। या तो अकेले या जवा के गले से गला मिलाकर।

गीत गाते-गाते अचानक थम गई जवा। बोली—चावल उबल रहा है। जल नहीं गया हो कहीं ! देख आऊँ।

सुविनय बाबू ने कहा—दो ही जने तो हैं, इतनी परेशानी क्या ?

जवा ने कहा—दो जने हैं, अभी तो ढंग से पकाना-चुकाना चाहिए।

सुविनय बाबू बोले—दादा-दादी के पास बलरामपुर में पली है न, और मेरी माँ भी रसोई करना खूब पसन्द करती थीं, समझ गए भूतनाथ बाबू ! जवा को उन्होंने खुद रसोई बनाना सिखाया है।

मँझोला घर। फिर भी बड़े ढंग से सब-कुछ सजा-सँवारकर रखा था जवा ने। रातों-रात उतने ऐश्वर्य से मध्यवित्त के स्तर पर उतर आने में मानो उसे भी कोई असुविधा नहीं। खुद को सहज कितना कर लिया उसने ! साबुन से कपड़े धोकर आँगन की अलगनी पर सूखने देती है। झाड़ू से कमरों को बुहारती है।

बाहर के काम-काज के लिए सिर्फ एक नौकरानी। बाज़ार से ला देती। यह-वह कर देती। साँझ से पहले ही अपने घर चली जाती। एक दिन जो खुद ढालकर पानी नहीं पी सकती थी, उसका यह परिवर्तन देखकर दंग रह जाना पड़ता।

सुविनय बाबू बोले—बेटी, अब उपासना की तैयारी करो। पाँच बज चले।

उन्हें उपासना के कमरे में जाकर बिठाया। यही कमरा बड़ा था। बीच की वेदी पर गलीचा बिछा था। जवा ने धूप जला दिया। सुपवित्र आकर एक तरफ बैठ गया। बीच में जवा। एक ओर भूतनाथ।

उपासना हो चुकने पर जवा ने कहा—सुपवित्र, अब तुम घर जाओ।

सुपवित्र की इच्छा नहीं थी शायद जाने की। कहा—रात अभी ज़्यादा तो हुई नहीं, कुछ देर और रहूँ तो क्या !

जवा बोली—न, ज़्यादा रात न करो, तुम्हारी सेहत अच्छी नहीं है।

सुपवित्र ने कहा—आजकल तो कुछ ठीक हूँ मैं।

—ठीक क्या हो, दिन-दिन शक्ल क्या होती जा रही है, आईने में अच्छी तरह से देखो एक बार।

इसके बाद एक भी शब्द बिना कहे वह चला गया।

लेकिन उसके जाते ही जवा कैसी अनमनी-सी हो उठी। चेहरे से चिन्ता झलकने लगी। बोली—इतनी रात को उसे अकेला जाने देना अच्छा नहीं हुआ।

सुविनय बाबू ने आवाज़ दी—बिटिया—

जवा झटपट पास आ गई—मुझे पुकारा ?

—रात बढ़ रही है, भूतनाथ बाबू को तुमने अब तक रोक रखा है ?

जवा हँस उठी—रात कहाँ हुई है बाबूजी, भूतनाथ बाबू तो गाँव के हैं, रात को घूमने की इन्हें आदत है।

भूतनाथ ने कहा—जी, रात ज़्यादा नहीं हुई।

जवा ने भूतनाथ से कहा—चलिए मेरे साथ।

कमरे के बाहर ले जाकर बोली—आप आते हैं मुझसे मिलने, फिर बाबूजी के पास क्यों बैठे रहते हैं ? आइए।

जवा उसे अपने कमरे में ले गई। बोली—सिर्फ बैठना नहीं है, ज़रा इस कपड़े को पकड़िए तो।

अपने ब्याह के लिए उसने कपड़े सिए थे।

भूतनाथ ने पूछा—बाकी क्या-क्या रहा ?

जवा ने कहा—सुपवित्र को जो कुछ दिया जाएगा, वह सब तो हो चुका। उसे तो पसन्द नाम की कोई चीज है नहीं, सब मुझी को करना पड़ा। लेकिन मेरी ही सब चीज़ें न हो पाईं।

—लेकिन दो महीने के करीब तो रह गया है अब ?

जवा बोला—एक काम और रह गया है। बाबूजी ने नाम-पते बताए हैं, उनकी एक सूची बनानी पड़ेगी और घर-घर जाकर न्यौता दे आना पड़ेगा। यह ज़िम्मा आपका।

भूतनाथ बोला—बताओ सो करूँ।

—सब काम क्या आपके सामने रखना पड़ेगा ? दिन-भर तो आपको छुट्टी ही रहती है, सुबह खा-पीकर चले आएँ तो क्या ?

—अब तक तो मुझसे कहा नहीं।

—सब-कुछ आपसे कहना पड़ेगा ? आपको खुद भी तो समझना चाहिए। मैं कौन-सा काम कब करूँ, आप ही कहिए। दिन-भर तो गिरस्ती में जुती रहती हूँ, ऊपर से बाबूजी का भी बहुत-सा काम करना पड़ता है—यह सब भी आप न कर दें, तो मेरा उपकार ही क्या हुआ।

भूतनाथ ने कहा—अब तक तो खोलकर यह बताया नहीं—मैं तो यही नहीं जानता था कि बार-बार मेरा यहाँ आना तुम्हें अच्छा लगेगा या नहीं।

—अच्छा लगेगा, लगेगा, लगेगा। ज़ोर से यह न कहूँ तो मानो आप समझते ही नहीं। इधर तो इतने सयाने हो गए और यह बात नहीं समझ सकते ?

—अब से समझ गया।

—हाँ, जान लीजिए ताकि भूल न जाएँ कभी। देखते नहीं हैं, आप आते हैं तो कितना काम करा लेती हूँ। सुपवित्र का तो हाल देखते ही हैं, बाबूजी भी अस्वस्थ हैं, ऐसा एक भी आदमी नहीं जो मदद करे ! आपके आने से मदद होगी, यह तो बड़ी

सहज बात है।

—मैंने तो कही रखा था कि मुझसे तुम्हारा कोई काम कभी-कभी बन सके, तो मैं अपने को कृतार्थ समझूँगा।

—लेकिन यह क्या चीखकर कहना पड़ेगा कि आइए, मेरा कोई उपकार कर जाइए ?

—बिना कहे मैं समझूँ कैसे ?

—बिना कहे तो आपने मेरी इतनी बातें समझीं और हमें न समझ सकेंगे !

—फिर भी सुनने में अच्छा तो लगता है।

जवा ने कहा—अभी उस रोज़ की बात है, तीन दिन से सुपवित्र का पता नहीं। सोच रही थी, बीमार तो नहीं पड़ गया—ऐसा तो नहीं होता कभी, कम-से-कम उपासना के समय रोज़ आ ही जाता है। अकेली मैं जाती भी तो कैसे—आपको देख तो आना चाहिए था।

भूतनाथ चुप रहा। उसके बाद बोला—एक बार ज़बान से कह तो सकती थीं।

—मैं क्यों कहूँ, आपको तो समझना चाहिए था।

—लेकिन सबकी बुद्धि क्या एक-सी होती है जवा ! होती तो सभी सुपवित्र-जैसा एम.ए. और कानून पास कर सकते, तुम्हारी-जैसी स्त्री पा लेते !—कहकर वह हा-हा हँस पड़ा।

जवा लेकिन हँस नहीं सकी। सिलाई करते-करते सिर उठाकर बोली—मैंने सुपवित्र से तुलना थोड़े ही की !

भूतनाथ बोला—तुम क्यों करो, तुलना मैंने खुद की—अचानक खयाल हो आया।

जवा ने कहा—अचानक ऐसी बात का खयाल कर लेना भी तो आपका अच्छा नहीं।

भूतनाथ ने कहा—ठीक कहती हो, मगर मन तो नहीं मानता।

जवा फिर सिलाई में लग गई—मन को बस में रखना सीखिए, उससे भला होगा।

भूतनाथ बोला—मेरे भले की जरूरत नहीं, फिर बात ऐसी है कि सबका भला ही हो, तो बुरा किसका हो ?

—किसी-न-किसी का बुरा होना ही चाहिए, क्यों ?

भूतनाथ ने कहा—बेशक ! आखिर भले की भी तो कोई हद है। सब भले को जब लोग चुन-बीन लेंगे, तो किसी के नसीब में तो बुरे बच ही जाएँगे। मैं उन्हीं में से हूँ।

जवा फिर हँसी। कहा—भली लड़की एक मैं ही नहीं हूँ भूतनाथ बाबू, ढूँढ़ने से मुझ-जैसी बहुतेरी मिलेंगी।

भूतनाथ ने कहा—जब समझ ही रही हो, तो कह लूँ, उतनी भली की मुझे ज़रूरत भी नहीं।

जवा पहले तो कुछ न बोली। कुछ रुककर कहा—सच, आप जल्दी से अपना ब्याह कर लीजिए।

भूतनाथ बोला—और चाहे जिस वजह से भी आता होऊँ, कम-से-कम उपदेश के लिए तुम्हारे पास नहीं आता।

जवा ने कहा—उसके सिवाय कोई उपाय भी तो नहीं दीखता।

भूतनाथ अबकी ज़ोर से हँस उठा। बोला—उपाय ढूँढ़ने के लिए मैंने गोया तुम्हें सिर की कसम दे रखी है।

जवा हँसी नहीं। बोली—तो फिर आज आपको खोलकर ही बताऊँ, सुपवित्र को बाहर से जैसा समझते हैं, वह वैसा नहीं है, सब समझता है, बात केवल कम करता है, लेकिन वैसी तीखी अनुभूति कम ही आदमियों की है। मैंने आपसे जो कहा, यही अगर उससे कहती तो वह शायद खुदकुशी कर लेता, या संन्यासी हो जाता, पागल हो जाता। उसे आप ठीक से जानते नहीं।

भूतनाथ अब चुप हो गया।

सुपवित्र की चर्चा करते वक्त जवा सुध-बुध भूला जाती है जैसे। सुई जाने कब रुक जाती। लगता, जवा अपने आप से ही बात करती जा रही है। यह भी होश नहीं रह जाता कि सामने भूतनाथ बैठा है। वह बोली—जानते हैं, एक दिन मैंने ठीक से बातें नहीं की उससे, वह तीन रात नहीं सोया। उसकी माँ से पता चला, तमाम दिन जाने कहाँ-कहाँ भटकता रहा। तीन दिन खाया तक नहीं। जब मैंने बुलवा भेजा तो देखा, बाल बिखरे हैं, आँखें लाल हो रही हैं। मैंने पूछा—इतने दिनों तक आए क्यों नहीं ? उसने कोई जवाब न दिया। मैंने कहा—ऐसा पागलपन करके क्या संसार में जिया जा सकता है ? दुःख सहना पड़ेगा, कष्ट उठाना होगा, जीवन तो तब है। जीवन सुन्दर भी है, कठोर भी। इतने थोड़े में जी खराब करने से कैसे चलेगा ? फिर तुम तो मर्द हो न ?—फिर भी उसके मुँह से बात न निकली।

जवा ने फिर कहा—वह ऐसा ही है। इस किस्म के मर्द आज की दुनिया में बेकार हैं, लेकिन वैसी निष्ठा भी किसी में नहीं देखी मैंने। ऐसा सच्चा प्रेम, इतनी एकाग्रता किसमें है भूतनाथ बाबू ?

भूतनाथ ने भी देखा है। जवा अपनी सिलाई में मशगूल है और सुपवित्र एकटक उसे देख रहा है। घंटों। बाहर का कोई ज्ञान ही न हो मानो। बात नहीं, चीत नहीं—एक चुपचाप अपने काम में लगी है और एक आदमी उसे देख ही रहा है।

जवा ने कहा—यह स्वभाव है उसका। प्रेम किसी-किसी का स्वभाव होता है। उसकी भी वही बात है।

भूतनाथ बोला—सुपवित्र को तो समझा, लेकिन तुम ? तुम भी क्या...

जवा एकाएक बोल उठी—लीजिए, सब्ज़ी चढ़ा आई हूँ चूल्हे पर। ज़रा देख तो आइए, कड़ाही में पानी है या नहीं ? सूख गया हो तो थोड़ा-सा पानी डाल देंगे ?

आज भूतनाथ को देखते ही जवा बोल उठी—बाबूजी की चिट्ठी मिल गई थी ?

भूतनाथ बोला—हाँ। जभी तो आया हूँ।

सुविनय बाबू के कमरे में जाकर भूतनाथ ने देखा, वे उसी का इन्तज़ार कर रहे

थे। बोले—आ गए भूतनाथ बाबू, आओ, मैं तुम्हारी ही बात सोच रहा था।

घड़ी-भर रुककर फिर बोले—चिट्ठी मिल गई थी न मेरी ? रूपचन्द बाबू खुद मेरे पास आए थे। कह रहे थे कि आदमी उन्हें तुरत चाहिए—अच्छे आदमी हैं, वहाँ तुम्हें कोई तकलीफ नहीं होगी।

भूतनाथ बोला—नहीं जानता, कैसे अहसान जताऊँ। इधर बड़े अभावों में दिन बीत रहे हैं।

—अहसान क्या, तुम्हारी नौकरी लगा देना तो मेरा फर्ज़ था। मैंने ब्रजराखाल को वचन दिया था। फिर तुमने मेरे यहाँ बड़ी निष्ठा से निभाया। काम यह भी सख्त नहीं है, लेकिन बाहर-बाहर चक्कर काटने पड़ेंगे—मकान बन रहे हैं, निगरानी करनी होगी, हिसाब रखना पड़ेगा। कभी किया है यह काम ?

—जी नहीं। नौकरी मैंने आप ही के यहाँ पहली बार की। दफ्तर कहाँ है ?

—भवानीपुर में काम करना पड़ेगा—मकान उधर ही बन रहे हैं। पहले वे सारे इलाके जंगल थे और अब वहाँ वकील-बैरिस्टरों के मकान बन रहे हैं। पहचानना मुश्किल है। कर सकोगे तो वह काम ?

—आपके आशीर्वाद से सब कर लूँगा मैं।

—तो मैं चिट्ठी लिखे देता हूँ, ले जाओ।

जवा आई।

सुविनय बाबू बोले—दो कर्त्तव्य मेरे रह गए थे, एक भूतनाथ की नौकरी, वह हो गई; दूसरा रह गया तुम्हारा ब्याह—उसको भी अब देर नहीं है। उसके बाद मैं छुटकारा चाहूँगा। इसी बार का माघोत्सव शायद मेरे जीवन का अन्तिम उत्सव होगा।

भूतनाथ निकला। निकलकर सोचा, भवानीपुर काफी दूर है। कल सुबह जाया जाएगा।

उस तरफ कलकत्ता, इस तरफ भवानीपुर।

इधर नया शहर बन रहा है। सारे ही मकान नए। सारे रास्ते नए। शहर ने मानो यहाँ एक नई ही सभ्यता को जन्म दिया है। बीसवीं सदी का नवजातक। गंगा के किनारे-किनारे ऊँची-ऊँची चिमनी। चिमनीवाले कल-कारखाने से शहर का मानो कहीं सम्पर्क है। उस पार की धूल-मलिन भावनाएँ गोया रात को यहीं आराम के लिए आती हैं। और हाईकोर्ट के कूट विचार खत्म करके नत्थियाँ शायद यहीं आकर ज़रा सुस्ताया करती है। मकानों के सामने पटियों पर मालिकों के नाम-गाम। कोई वैरिस्टर, कोई वकील, कोई व्यापारी, कोई दलाल। गंगा की जेटियों में जहाज़ों के जमघट। जूट और धान, लाह और रुई का जमाव। किरानियों को कलम घिसने से फुरसत नहीं। लगता है, दफ्तर चाहे जहाँ हो, उनकी कुँजियाँ मानो आजकल यहीं आती हैं। भवानीपुर।

आज पहले के गोविन्दपुर को कौन पहचान सकता है। कौन भुवनेश्वर ब्रह्मचारी। कौन उनके दामाद भवानीदास। वही भवानीदास ही कालीघाट के सेवायत हालदारों के

पूर्वज थे। आज अपने नाम की इस जगह को वही नहीं पहचान सकेगा।

बाँस की सीढ़ियों से भूतनाथ एक-एक अधूरे मकान पर चढ़ता और चारों तरफ निगाह दौड़ाता। जिस रोज़ यहाँ आया, उस रोज़ से भी आज का शहर नहीं मिलता। दिन को इंजीनियरों का गज-फीता, ठेकेदारों का लेखा-जोखा, कुली-मजूरों का सब्बल और रात को अधूरा शहर एक स्वप्न-सा दीखता। शाम को साइकिल से लौटता तो देखता हुआ जाता। बहू बाज़ार की बुनियादी बाबत न हो चाहे, करीना है। मेद नहीं है, स्वास्थ्य है। इस मुहल्ले के मकानों की तरह मकानों के रहनेवाले भी जुदे ढंग के। बच्चे-बच्चियाँ साफ धुले कपड़े पहनतीं। बड़ों में से कोई चपकन, कोई कोट-पैंट। देखने में स्वस्थ, सुन्दर। रास्ते में तार के खम्भे तक सभ्य-भव्य। और कुछ न हो, सुरुचि तो है। भूतनाथ को अच्छा लगता।

अच्छे आदमी थे रूपचन्द बाबू। पूछा था उन्होंने—तनखा के बारे में सुविनय बाबू ने आपसे कुछ कहा है ?

भूतनाथ ने जवाब दिया था—काम देखकर जी चाहे सो दीजिए।

वे इस बात से खुश ही हुए थे। ईंट-चूना का लेखा रखना, मिस्त्रियों की निगरानी, काम की देखभाल—यही सब काम। चिलचिलाती धूप में पाँव-पयादे शहर जाना। रोटी के लिए करना ही था।

रूपचन्द बाबू ज़रूर खुश हुए थे, वरना साइकिल क्यों खरीद देते ? बोले—चढ़ना सीख लीजिए, बड़ा काम देगा।

दो पहियों की गाड़ी, मगर इन्हीं दो चक्कों से जैसे दुनिया जीत सकते हैं। भूतनाथ सुबह ही बड़े महल से निकल पड़ता। दोपहर को खाने के लिए जाता और लौट आता। शाम को लौटते वक्त कभी-कभी जवा के यहाँ जाता। थका-माँदा होता, मगर अच्छा लगता।

उस दिन एक वारदात हो गई।

बड़े महल के फाटक में कदम रखते ही बिरिजसिंह ने कहा—मास्टर साहब आ गए हुज़ूर !

—मास्टर साहब !—भूतनाथ को यकीन न हुआ गोया। पूछा—ब्रजराखाल बाबू ?

सच ही ब्रजराखाल था। अस्तबल के ऊपर वाला कमरा खुला था। रोशनी जल रही थी। झटपट ऊपर पहुँचा वह। यह तो दूसरा ही ब्रजराखाल था।

वह कई लोगों से बातें कर रहा था। कदम भैया, निवारण, शिवनाथ। भूतनाथ को देखकर सिर्फ यह कहा—आओ भाई साहब !

भूतनाथ ने गौर किया—कुछ साल पहले के ब्रजराखाल से कोई समानता ही नहीं। रंग और निखर आया था। सारा सिर घुटा हुआ। वसन्ती रंग का मोटा कुरता। मोटा कपड़ा।

कदम से कह रहा था—मुझसे तुम लोगों का कौन-सा काम होगा ?

कदम ने कहा—देश के लोगों के मन का हाल तो आप समझ ही रहे हैं—अनुशीलन

पार्टी की राय में दूसरा कदम उठाना है—सशस्त्र क्रान्ति।

ब्रजराखाल बोला—मैं लेकिन इस पर राज़ी नहीं। सिस्टर निवेदिता से मेरी बातें हो चुकी हैं। तुम लोगों ने अगर इसी उम्मीद पर मुझे बुलाया है, तो भूल की है। मैं राजनीति में न रहूँगा—अपने क्लब से बल्कि मेरा नाम काट ही दो।

कदम चुप रहा।

ब्रजराखाल ने कहा—राजनीति के सिवाय क्या दूसरा कोई काम ही नहीं ? बम और पिस्तौल में ही मुक्ति छिपी पड़ी है ? आखिर तुम भी उसी राह के राही बनोगे ? वह किस्सा याद नहीं है ? बाग बाज़ार में प्लेग हुआ, सिस्टर निवेदिता खुद पनाला साफ करने लगीं। बस्तियों में बच्चे मर रहे थे। आठ साल के एक अरमराते बच्चे ने सिस्टर का कपड़ा पकड़ा और रोते हुए कहा—माँ, माताजी—सिस्टर अपने को रोक न सकीं। स्वामी सदानन्द उन्हें ज़बरन पकड़ लाए। लेकिन सिस्टर को हरदम यही जी में आता रहा—उसे वह बचा क्यों न सकीं ? उनके प्रेम में कोई कमी थी ? प्रेम से क्या मौत को नहीं जीता जा सकता ? सावित्री-सत्यवान की कहानी झूठ है ?

बोलते हुए ब्रजराखाल की आँखें दमकने लगीं। कहने लगा—एक बार मेरी भी यही दशा हुई थी कदम। फूलदासी के मरने की याद है तुम्हें ? मैंने भी ठीक यही सोचा था और जब कोई कूल-किनारा न मिला तो अलमोड़े चला गया। वहाँ भीं अपने अन्तर्यामी से यही पूछता रहा। सिस्टर निवेदिता के साथ भी यही हुआ—सन् अठ्ठारह सौ निन्यानवे में।

निवारण ने पूछा—क्या कहा उन्होंने ?

ब्रजराखाल ने कहा—उन्होंने जो कहा, वह तुम लोगों को नहीं जँचेगा। कोई कूल जब न मिला, तो सिस्टर ने स्वामी विवेकानन्द से पूछा—त्याग का वह मन्त्र क्या है ? कौन-सा त्याग जीवन-त्याग से भी बड़ा है ? स्वामीजी ने कहा—प्रेम से भी ऊपर जो कर्म है, उसे पहचानना सीखो। सृष्टि के आनन्द में सृष्टा का जो प्रेम झर रहा है, वही उनका कर्म है। साँझ हो चुकी थी। सिस्टर ने कहा—मुझे उसी व्रत की दीक्षा दीजिए।

ब्रजराखाल की बातें गीत के सुर-सी हवा में तैरने लगीं। भूतनाथ जड़-सा खड़ा सुनता रहा।

—उसके बाद दीक्षा की बारी, कितना कठोर व्रत ! तड़के जगना, एक शाम भोजन, और भी क्या-क्या। अपरिग्रह, शौच और व्रतनिष्ठा की शपथ लेंगी सिस्टर, होमाग्नि में सर्वस्व स्वाहा करना होगा। फल-फूल, घी की आहुति के साथ-साथ यह मन्त्र पढ़ा—जिन्होंने सब कामना-वासनाओं को छोड़ दिया है, जो वीतक्रोध, अद्वेष्टा, सर्वभूतों में ब्रह्मदर्शी हैं, दान, शौच, सत्य और अहिंसा ही जिनका जीवन है, वही धन्य हैं, वही ईश्वर में लीन हैं, उनका सब ईश्वर को अर्पित है...उठके फिर सिस्टर ने स्वामीजी को प्रणाम किया। स्वामीजी ने उनके ललाट पर भस्म का तिलक लगा दिया। भस्म क्या, मानो स्वयं निवेदिता के ही जले जीवन की राख हो। उसके बाद गीत गाया गया—हे अग्नि, हे पावक, हे अमृत, हे वनस्पति, हे प्राण—देखो, पार्थिव जो कुछ भी है अपना,

सबकी मैंने आग में आहुति दे दी। अहं की आहुति दी। हे अग्नि, मुझे ग्रास करो—हरिः ओम् तत्सत्...

व्रजराखाल बोला—ऐसे ही दस-बीस तरुण हों तो कोई राष्ट्र उद्‌बुद्ध हो सकता है। खैर, आज अब जाओ। रात हो रही है।

कदम ने पूछा—फिर कब मुलाकात होगी ?

व्रजराखाल बोला—मुझसे भेंट की क्या ज़रूरत रह गई ?

कदम बोला—शायद पड़ जाए कोई ज़रूरत।

—तो फिर बेलूड़ पहुँच जाना। हूँ दो-चार दिन अभी। उसके बाद कहाँ जाऊँगा, नहीं जानता।

सब खड़े हो गए। सबकी आँखें डबडबा आईं। सबने व्रजराखाल के पैरों की धूल ली। चले गए। अब व्रजराखाल ने भूतनाथ की तरफ नज़र उठाई। वह टुकुर-टुकुर सिर्फ ताक रहा था। बोलने का साहस नहीं हो रहा था।

भूतनाथ की पीठ पर चाँटा जमाकर वह हँस उठा—खबर क्या है भाई साहब ?

क्या जवाब दे, भूतनाथ को कुछ न सूझा। इतने दिनों तक इन्तज़ार करने का यही नतीजा !

जूते पैरों में डालकर व्रजराखाल ने कहा—बोल नहीं रहे हो, बात क्या है भाई साहब ?

भूतनाथ सिर्फ इतना ही कह सका—चल दिए क्या ?

—हाँ भई, चला।

—रहोगे कहाँ ? खाना-पीना ?

व्रजराखाल बोला—रहने को तो यहाँ आया नहीं। खाना-पीना बेलूड़ में ही होगा। अब आऊँगा भी नहीं।—वह अपनी वैसी ही मधुर हँसी हँस उठा।

—तो फिर बेलूड़ में तो भेंट होगी न ?

—नहीं। मिलने न जाना। शायद अब भेंट न हो।

—क्यों ?

—अब, इतने दिनों के बाद मैंने दीक्षा ले ली—क्यों ली, यह तो सुन ही चुके।

गेट तक व्रजराखाल ने कोई बात ही नहीं की फिर। भूतनाथ पीछे हो लिया।

बिरिजसिंह ने सलाम बजाया। हँसकर व्रजराखाल ने उसे सन्तुष्ट किया। सड़क पर उतरकर बोला—तो अब तुम लौट जाओ भाई साहब !

उसके बाद भूतनाथ आगे बढ़ गया, मुड़कर पीछे की ओर ताका तक नहीं।

भूतनाथ को रुलाई छूटने लगी। व्रजराखाल इतना कठोर कैसे बन सका ! कहाँ से कौन-सी शक्ति ग्रहण कर रहा है वह ! कौन-सा मन्त्र मिल गया उसे ! प्रेम की कोई कीमत ही नहीं उसके लिए ! या उसने उस परम कर्मचेतना को पहचान लिया है, जो प्रेम के बहुत ऊपर है—जो सिस्टर निवेदिता को मिली ?

भूतनाथ ने दौड़कर पूछा—मुझे तो कुछ नहीं कह गए ?

—तुम्हें क्या कहूँ ? क्या सुनना चाहते हो तुम ?

—जो चाहे कहो, वही मेरा पाथेय बनकर रहेगा।

—तो कहता हूँ, मैं आशीर्वाद देता हूँ, तुम्हारा कल्याण हो !

भूतनाथ चुप रह गया।

—खुश हुए तो ?

भूतनाथ ने सिर हिलाया।

उसके बाद व्रजराखाल धीरे-मन्थर चल पड़ा, मुड़कर देखा भी नहीं।

उस दिन व्रजराखाल ने कहा, कल्याण हो। लेकिन सच ही क्या कल्याण हुआ था भूतनाथ का ? कभी-कभी सन्देह हो आता उसे। फिर जी में आता, कल्याण ही तो हुआ है। पाप, प्रलोभन, कामना—सब-कुछ को वह छोड़ पाया, यह भी तो कल्याण ही है। जवा ने उसके जीवन में जो आँधी उठा दी, किस तरह उसने उसे दबाया ? और छोटी बहू की निकटता भी उसे...लेकिन आज यह रहे !

साइकिल पर तगादे में पटलडाँगा जा रहा था। ननीलाल की याद हो आई। दिन हो गए, उससे भेंट नहीं हुई। और इस बात का भी राज न खुला कि उसे कहे बिना ही, ननी जवा के यहाँ क्यों जा धमका।

ननी ने मकान पर पहुँचकर दरबान से पूछा—साहब हैं ?

दरबान बोला—साहब भवानीपुर की नई कोठी में हैं।

नई कोठी ? समझ नहीं सका भूतनाथ। फिर पूछा—साहब दफ्तर से लौटे ?

अबकी दरबान ने अच्छी तरह समझा दिया—साहब ने भवानीपुर में नया मकान बनवाया है। वहीं रहते हैं। महीने-भर से यहाँ उनकी विधवा सास और बड़े साले रहते हैं। बीच-बीच में आते हैं। यह तो उनकी ससुराल है। साहबों को यह मकान जँचता भी न था। बड़ी गाड़ी अन्दर नहीं आ सकती थी। इसीलिए भवानीपुर में एलगिन रोडवाले मकान में मेमसाहब के साथ रहते हैं।

—मकान का नम्बर ?

जेब से नोटबुक निकालकर नम्बर दर्ज कर लिया। बिल के रुपए, ईंट, चूना, सुरखी के वाउचर, मिस्त्रियों की हाज़िरी-बही, सब सरकार को रोज़ समझानी पड़ती। सरकार पक्की बही में सब उतार लेते, तब छुट्टी मिलती। इसी में रात के सात-आठ बज जाते। कभी-कभी रूपचन्द बाबू से भेंट हो जाती। जिस रोज़ वे काम की भीड़ में होते, भूतनाथ पर नज़र ही नहीं पड़ती। सामने की खुली जगह में कुली, मजूर, मिस्त्री कतार बाँधकर बैठे रहते। हफ्तावारी हिसाब। बाबू के सामने बीड़ी नहीं पीते—शोर-गुल भी न करते। उनके आने से पहले ही हो-हल्ला होता।

मिस्त्री उनसे बताते—ये बाबू तो बड़े भले हैं हुज़ूर, बस काइयाँ हैं सरकार साहब !

काम की नाप इंजीनियर-ओवरसियर लिया करते। पक्की बही में उनका लेखा दर्ज हो जाता। कीमती सामान ओवरसियर बाबू लोग खरीदा करते। इंजीनियरों से उनकी

साँठ-गाँठ होती। खरीदगी के कमीशन में उनका हिस्सा सुरक्षित रहता।

बूढ़ा मिस्त्री इदरिस पूछता—इस महीने में कितना मिला बाबू ?

—वही बारह रुपए, जो मिलते हैं।

—यह नहीं पूछता मैं, दस्तूरी क्या मिली ?

भूतनाथ अवाक् रह जाता।—दस्तूरी किस बात की ?

—आपको कुछ नहीं देते हैं, क्यों ?

भूतनाथ को दस्तूरी का पता यहीं पहली बार चला।

—अबकी आप माँग कीजिए। बिना माँगे कौन तो देता है !

—गोली मारो। दस्तूरी मुझे नहीं चाहिए।

—गोली क्या मारिए, वाजिब पावना छोड़ देंगे ? दूसरे बिल-बाबू तो लेते हैं।

—रहने दो इदरिस ! कहीं बाबू सुन लें, तो नौकरी भी जाएगी।

इदरिस बोला—नौकरी क्यों जाएगी ? इसमें बाबू का तो नुकसान होता नहीं; दस्तूरी दुकानदार देते हैं।

—जो भी हो, ऐसे पथ पर पैर न रखना ही अच्छा। अपने को नुकसान भी क्या है ! पहले सात रुपए मिलते थे, अब बारह। ट्राम का किराया भी नहीं लगता।

सरकार कहता—आपकी बात ही और है, आपसे किसी की तुलना क्या ?

—क्यों ?

—आप मालिक के दुलरुआ हैं। सभी बिल-बाबुओं को सात रुपए मिलते हैं, आपकी बहाली ही बारह पर हुई। आपका मुकाबला क्या ?

—ऐसी बात क्यों कहते हैं सरकार बाबू ? आप लोगों की दुआ से नौकरी बनी रह जाए तो भाग्य जानूँ। कितनी तो पूजा की, कालीघाट में मन्नत मानी।

उस रोज़ सरकार बाबू को काम कम था। पान चबाते हुए हँस-हँसकर कहा—आपकी क्या बात ! लेकिन देखिएगा, हम लोगों की नौकरी कायम रह सके।

—कहते क्या हैं आप ?

—मैं बिलकुल सही कहता हूँ। आप क्या अब ज़्यादा दिनों तक बिल-बाबू रहेंगे, हो गए ओवरसियर, देख लीजिएगा।

इसके मानी कि रहस्य सब पर खुल गया है, सुविनय बाबू की सिफारिश पर उसे यह जगह मिली। सभी उससे अदब से बात करते।

इदरिस ने कहा—दस्तूरी न दें, तो बाबू से कह दीजिए आप।

भूतनाथ बड़े महल की तरफ साइकिल से यही सोचते हुए लौट रहा थ। घर-घर देखा यही लेखा। हर नौकरी में एक ही रश्क। मोहिनी सिन्दूर कार्यालय के रसोइए से कैसी तो हो गई !

उधर रास्ते पर उन नौजवानों की जमात आगाह करती चल रही थी कि तीन आश्विन को सब हड़ताल करें...रसोई बन्द रखें, उपवास करें...आदि-आदि।

चार-पाँच जवान। रास्ते में उनकी मौजूदगी का खास पता ही नहीं चल रहा था।

मगर उत्साह कितना ! लगन कैसी ! रोज़ यही धुन, गो कि लोग खास दिलचस्पी भी नहीं दिखाते !

भूतनाथ वनमाली सरकार लेन में पहुँचा।

बड़े महल की अब वह रौनक न रही। फिर भी शाम को वहाँ आने के लिए उसका जी छटपटाता रहता। इन दिनों अकेले बिरिर्जासिंह ही ड्यूटी पर रहता।

एक दिन भूतनाथ ने पूछा—तुम्हारा साथी नत्थूसिंह कहाँ गया ?

—छुट्टी लेकर घर गया है। महीना पूरा हो गया, लेकिन आ नहीं रहा है।

—तो सरकार बाबू से कहते क्यों नहीं कि एक दूसरा आदमी रख लें ? अकेले रात-दिन कहाँ तक पहरा दोगे ?

पहरा भी आजकल वैसा ही पड़ता। बन्दूक को बगल में रखकर खड़ा-खड़ा खैनी मलता रहता। गाड़ी-वाड़ी आती, तो होशियार-होशियार चीखा करता।

आजकल इब्राहिम के कमरे के सामने रेड़ी के तेल की बत्ती नहीं जला करती। एक दिन आँधी में गिर गई, तब से अँधेरा ही रहता है। अस्तबल में गाड़ी-घोड़ों का आना-जाना भी वैसा नहीं रहा। छोटे बाबू की गाड़ी वही जो उस दिन अस्तबल में दाखिल हुई है, फिर निकली ही नहीं शायद।

—अब कैसे हो वंशी ?

वंशी धीरे-धीरे चलता। कमज़ोर था। वैसी दौड़-धूप नहीं कर पाता। बोला—जी, अब कुछ अच्छा हूँ।

—तुम्हारी छोटी माँ कैसी है ?

—कोई भी अच्छे नहीं हैं हुज़ूर, कोई भी अच्छे नहीं हैं। छोटे बाबू ने वही जो खाट पकड़ी है, अब तक नहीं उठे। मैं तो खैर, चल-फिर लेता हूँ, आज भी शशी डॉक्टर कह गए, अभी समय लगेगा। उन्होंने शराब पीने को बिलकुल मना कर दिया है।

भूतनाथ ने कहा—करें मना, मगर छोटे बाबू क्या छोड़ सकेंगे ?

वंशी बोला—वही तो, मैं भी दंग रह गया हूँ। छोटे बाबू शराब अब नहीं छूते। कहते हैं, उस ज़हर को अब मेरे सामने न लाया कर। मैं माँगूँ तो भी न देना।

—सच ?

—जी, काली किरिया, एक दिन भी नहीं पीते। शराब की अलमारी की कुँजी तो अपने ही पास थी—सब झाड़-पोंछकर साफ कर दिया है।

—अच्छा ! भूतनाथ अचरज में आ गया। यह भी सम्भव है ?

—उनकी शक्ल देख लें तो और भी हैरान रह जाएँ। ऐसे हो गए हैं—कहकर उसने अपनी कानी उँगली दिखा दी।—जी हाँ, इतने दुबले हो गए हैं। चल-फिर नहीं सकते। पड़े ही रहते हैं। जब पीने की बड़ी इच्छा हो जाती है, तो सोडा पीते हैं। लेटे-लेटे पीठ में घाव हो गया है। मेरे बिना एक घड़ी भी नहीं चल सकता उनका। अकेला मैं किधर-किधर देखूँ, कहिए तो। बाज़ार तो मैं, तम्बाकू तो मैं। जूता-सिलाई से चंडी-पाठ तक।

—क्यों, लोचन कहाँ गया ?

—आपको पता नहीं। बड़ा बाज़ार कि कहाँ तो उसने पान-बीड़ी की दुकान की है। मधुसूदन घर जो गया सो आने का नाम नहीं। कैसा नमकहराम है देखिए ! सात पुश्त से इस घर का नमक खाते आए हैं हम—ऐसे समय छोड़ जाना ठीक है ? हाँ माना, कई महीनों से तनखा नहीं मिली—तनखा ही बड़ी चीज़ हो गई, सात महीनों से हम दोनों भाई-बहिनों को भी तो तनखा नहीं मिली है, बोलता हूँ कुछ ?

आजकल मँझले बाबू भी रोज़ बाहर नहीं जाते। जिस दिन देर से निकलते, उस दिन भेंट हो जाती। साथ में बड़ी मालकिन, मँझली मालकिन होतीं और होती हासिनी। पनबट्टा लिए गाड़ी पर सवार होती। भैरव बाबू भी रोज़ नहीं आते। उमर ज़्यादा हो गई और वह मौज-मज़ा भी न रहा। बारह बजते-न-बजते मँझले बाबू लौट आते। नींद में ही गेट खुलने की आवाज़ सुनाई पड़ती।

विधु सरकार के पास आजकल भीड़ ज़्यादा होती। केवल बर्फवाला ही नहीं, बनिया, बजाज, ग्वाला, मिस्त्री, मजूर। सरकार का मिज़ाज और भी रूखा हो गया है। कहा—अरे बाबा, टें-पें काहे की, बाकी कभी मिला नहीं है, फिर ऐसी हेठी क्यों ? मिलेगा, मिलेगा, मिलेगा—बस। इतना ही कह देता हूँ। बाबुओं की कमाई धर्म की है, ये अधर्म नहीं करेंगे। तुम्हारे थोड़े-से पैसे बचाकर ये बड़े हो जाएँगे !

लेकिन आजकल रात को वह सुर मानो ज़्यादा सुनाई पड़ता। खिड़की की तरफ के नारियल की जड़ के पास इकमंज़िले की सीढ़ी से पहले तो वह हलका-सा सुर उठता, फिर फैल जाता। सारे घर में घूम जाता। दक्षिण के बगीचे का चक्कर काटकर वह मानो एकबारगी आँगन में आकर थम जाता। फिर छत पर चढ़ता। तीव्र से तीव्रतर हो जाता। फिर सारे अन्तरिक्ष में वह सुर आर्त्तनाद-सा गूँजता। उस आर्त्तनाद से बड़े महल का अन्दर तक काँप उठता। उसके बाद बगीचे के आँवले की डाल पर चीख-चीखकर वह अजीब-सी चिड़िया जब कहीं उड़ जाती, तो धीरे-धीरे वह सुर थम जाता। शायद उसी अन्धकूप में फिर जा घुसता। दिन की रोशनी में बाहर निकलने की मानो मन ही हो।

सुबह उठने में भूतनाथ को आलस लगता। सर्वाङ्ग में दर्द। और मन ? मन क्या नहीं दुखता ? मगर खबर किसे है मन की ! मन के बारे में सिर खपाने का कभी समय तो मिला नहीं। एक बार शायद ऐसा मौका एक जगह आया था, लेकिन उसे भूल जाना ही ठीक है। कभी-कभी पटेश्वरी बहू की बात याद आती। सोचते ही डर-सा लगता। इतनी रूपवती...जो इतना स्नेह करती हो, प्यार करती हो, उससे इतना डरना ही गलत है। फिर भी मुँह कैसे दिखाए ! अगर छोटी बहू के चेहरे पर हँसी न दीखे—तो ? कैसे बर्दाश्त होगा ? अगर लगे कि छोटी बहू भी अनाचार, जागरण, निराशा और उसाँस से दुबली हो गई है ? इससे तो अच्छा है कि नहीं देखे उसे। कई बार चोर-कमरे के दरवाज़े तक जाकर भी रुक गया है वह। क्या देखना है ! क्या सुनना है आखिर !

लेकिन रात को कभी-कभी सपने में वह छोटी बहू के कमरे में जाता। उनकी शक्ल देखकर चौंक पड़ता वह। कैसी हो गई हैं ! वह रूप कहाँ चला गया ! कहाँ गया वह

सलोनापन ! वे बुझती-दमकती आँखें ! वह चितवन !

छोटी बहू ने कहा—तू बेईमान है भूतनाथ !

भूतनाथ अपराधी की नाईं चुप रह गया।

छोटी बहू बोली—मैंने तुझे खिलाया-पहनाया और तू एक बार भी मेरे पास नहीं आता, मैंने तेरा क्या बिगाड़ा ?

बड़ी देर बाद भूतनाथ ने कहा—तुम्हारा यह हाल क्यों हुआ बहू ? मैंने तुम्हारी यह हालत नहीं देखनी चाही थी।

छोटी बहू बोली—क्यों, कुछ तो हुआ नहीं मुझे। अब तो मैं सुखी हूँ। छोटे बाबू तो अब घर ही रहते हैं। मुझे कोई दुःख नहीं—तू सोचता क्या है ?

भूतनाथ ने कहा—फिर तुम्हारा चेहरा ऐसा क्यों हुआ ?

—कहाँ, क्या हुआ है मेरे चेहरे को ?

—क्या हुआ है, सो मैं नहीं बता सकूँगा। लेकिन तुम अच्छी नहीं लगती हो, पहले-जैसी तुम हँसती नहीं हो।

—हँस तो रही हूँ, देख—और वह ज़ोरों से हँस पड़ी। हँसते-हँसते वह हँसी अचानक रुलाई में बदल गई। भूतनाथ होश में आया। चारों तरफ देखा—कोई कहीं नहीं। अँधेरा चोर कमरा। भूमिपति चौधरी का अभिसार-कक्ष ! सारा कलकत्ता सन्नाटा, शब्दहीन। अस्तबल में घोड़ों का पैर ठोंकना तक बन्द, बगीचे के आँवले पर से रात को बोलने वाली वह चिड़िया भी चुप। लगा, यह बड़ा महल नहीं—प्रेतपुरी है।

लेकिन भवानीपुर में खड़े होते ही रात का सपना जाने कहाँ खो जाता। कतार-के-कतार मकान खड़े हो रहे थे रूपचन्द बाबू के। ईंट, चूना, लोहा-लक्कड़। छत की पिटाई। मानो यहाँ कलकत्ता की जवानी लौट आई है। छत-पर-छत, उस पर छत। एक मकान बन जाता और गाड़ी पर लद-लदाकर नए आदमी आते। खाट, मेज़, कुरसी, असबाब।

इदरिस पूछता—दस्तूरी के बारे में कहा था बाबू से ?

—नहीं।

—कहें, तो आपकी तरफ से मैं कहूँ ?

—नहीं इदरिस, ज़रूरत नहीं।

—मैं ओवरसियर बाबू से कहूँगा। आखिर आपका वाजिब पावना देंगे क्यों नहीं ?

एक दिन भवानीपुर में एलगिन रोड के सामने भूतनाथ ठिठक गया। ननीलाल से भेंट न कर ली जाए।

जेब से ठिकाना निकाला। मकानों को देखने लगा। गज़ब देखिए, सामने का ही मकान ननीलाल का था। कितना बड़ा मकान ! प्रासाद भी कहा जा सकता।

भूतनाथ अपनी साइकिल से उतर पड़ा।

दरबान से पूछा—ननी बाबू हैं ?

दरबान ने भूल सुधारकर कहा—बाबू नहीं, साहब !

भूतनाथ ने सुधारकर पूछा—साहब हैं ?

दरबान बोला—साहब निकल गए हैं।

—कब लौटेंगे ?

—कोई ठीक नहीं।

दरबान की बातें रुचीं नहीं। मगर उसकी बात से बिगड़ना भी बेवकूफी ! फिर पूछा—कल साँझ को भेंट हो सकेगी ?

—नहीं।

—परसों सवेरे ?

—नहीं।

—उसके दूसरे दिन ?

—जी नहीं बाबू, नहीं। साहब विलायत चले जाएँगे।

विलायत ? ननी विलायत जाएगा ? फिर पूछा—कल ही जाएँगे ?

—जी हाँ।

लाचार भूतनाथ ने साइकिल सँभाली। कल ही जा रहा है। जाने से पहले एक बार मिल न लिया जाए ? एक ही क्लास, एक ही स्कूल में पढ़ा है। उस समय ननीलाल कितना अच्छा लगता था। उसके हाथ की चिट्ठी अभी भी टिन के बक्स में पड़ी है। क्या से क्या हो जाता है आदमी ! पलटकर फिर उसने मकान को देखा। कितना बड़ा ! बड़े महल से भी बड़ा। उत्तर रुख। दूर तक फैला। पीछे भी जाने कहाँ तक है ! हर खिड़की में परदा। ताँबे के प्लेट पर ननीलाल का नाम। हुआ कैसे यह ? उधर बड़े महल के बाबू लोग गिर रहे हैं, फिर ये कैसे उठ रहे हैं ? उन्हें तो अगाध रुपए थे। बल्कि ननीलाल को ही रुपए न थे। कितनी बार तो नन्हे बाबू से उधार माँग ले गया। फिर दिया भी नहीं शायद। आखिर ऐसा क्यों ? ननीलाल एक बार कह ज़रूर रहा था कि बाबू लोग बैठकर खाते हैं।

मगर ननीलाल ही क्या मशक्कत करता है ! गाड़ी पर घूमता रहता है। दोनों हाथों रुपए उड़ाता है। यह भी तो शराब पीता है, औरत रखता है। कितने घाट का पानी पिया ! नन्हे बाबू को मोतिया बाई के यहाँ यही तो ले गया था ! फिर ?

और थे रूपचन्द बाबू ! किस निष्ठा से व्यापार कर रहे हैं ! महीने-महीने तनखा देते हैं। इतने-इतने इंजीनियर, ओवरसियर, बिल-बाबू, मिस्त्री-मजूरे खटते हैं। भवानीपुर में नए शहर का निर्माण कर रहे हैं, लोहा-ईंट-लकड़ी से मनुष्य के स्वप्न को साकार कर रहे हैं; भविष्य बना रहे हैं अपना, औरों का, सबका।

रूपचन्द बाबू कहते—बनना-बिगड़ना ही नियम है। नदी का यह किनारा टूटता है तो वह बनता है।

भवानीपुर के नए मुहल्ले के बच्चे पार्क में खेला करते। फुटबॉल खेलते, गाते—शायद वे बन रहे हैं। लेकिन एक और बनाने के लिए दूसरे को तोड़ना क्या ज़रूरी है ?

उस रोज़ इदरिस नहीं आया। काम बन्द होने की नौबत।

दूसरे दिन आया कि सवाल हुआ। इंजीनियर, ओवरसियर नाराज। ओवरसियर ने पूछा--काम ख़त्म होने को है और किस अक्ल से तुम गैरहाज़िर रहे ?

इदरिस ने कहा—रोज़ी तो अपनी गई, आप लोगों का क्या नुकसान हुआ ?

—बाबू को तो हरजाना देना पड़ेगा ?

—काहे का ? और देना भी हो तो दें। इतनी तरफ से तो मुनाफा उठा रहे हैं—थोड़ा-सा हर्ज ही सही।

—यही बात मैं कहूँ जाकर उनसे ?

—कहिए। मजूरी का डर नहीं लगा है। जहाँ जाएँगे, वहीं काम मिलेगा। सारा भवानीपुर पड़ा है—मकान-ही-मकान बनता है और जहाँ बनेगा, हम लोगों के बिना चारा नहीं।

—लो-लो, काम करो, बात ही सिर्फ...ओवरसियर बाबू बुदबुदाते हुए चले गए।

भूतनाथ से इदरिस ने कहा—देखिए तो सही बिल-बाबू, ख्वाहमख्वाह झगड़ते हैं—खुद बड़े भले बने हैं। हमें खिजाएँ तो हम लोग भी बिगाड़ना जानते हैं। ऐसा काम कर देंगे कि दो ही दिन में दीवार फटकर चौचीर। कम्पनी फेल हो जाएगी।

भूतनाथ दिलासा देकर बोला—जाने दो इदरिस, झमेले से क्या लाभ ? लेकिन सच ही कल आए क्यों नहीं ?

इदरिस बोला—आता कैसे बाबू, जहाँ रहता था, कल वहाँ से डेरा-डंडा हटाना पड़ा। वहाँ भी मकान बनेंगे। पाँच सौ की बस्ती—रातों-रात बाल-बच्चों सहित उठ जाया जा सकता है !

—वहाँ भी मकान बन रहे हैं ?

—जी, बिल-बाबू। मकान बनने से अपने लिए तो अच्छा ही है, काम मिलेगा। लेकिन, अपना रहना तो न होगा न !

भूतनाथ ने कहा—यह तो मज़े की बात है।

इदरिस बोला--यही तो सोचता हूँ, मकान हम बनाएँ, रहें और लोग ! यह देखें कि भवानीपुर की बस्ती में रह रहा था, अब बालीगंज के धोबियों के मुहल्ले में जाना पड़ा। फिर वहाँ कुछ होगा, तो चेतला जाइए।

दूसरे दिन ननीलाल ने भी यही कहा था।

तड़के ही निकल पड़ा था भूतनाथ। चारों तरफ थोड़ा-थोड़ा कुहरा। रात रहते ही उठना पड़ा। बड़े महल में अब नौकर-चाकर ज़्यादा हैं नहीं। भिश्तीखाने में हर घड़ी पानी नहीं मिलता। तड़के नल में भी पानी नहीं आता। किसी की नज़र से पहले ही साइकिल लेकर निकल पड़ा। सड़क सूनी थी। एलगिन रोड पर पहुँचते-पहुँचते मौसम साफ हो गया। ननीलाल सदा सवेरे उठ जाता है। मिलने का यही समय है। लेकिन इतने ही में उससे मिलनेवाले और बहुत-से लोग पहुँच चुके थे।

जहाँ ले जाकर दरबान ने उसे बिठाया, उस कमरे में चार-पाँच बेंचें पड़ी थीं। और

भी कई लोग वैठे थे। लेकिन बैठा-बैठा थक गया भूतनाथ।

बगल के आदमी ने उससे पूछा—आप कहाँ से आए हैं सर ?

गरीब-सा आदमी। बेंच पर एक पैर रखकर बैठा था।

भूतनाथ ने कहा—बहू बाज़ार से।

—नौकरी के लिए ?

—नहीं।

—तो फिर दलाली के लिए ?

—नहीं।

दूसरे लोग उनकी बातें सुन रहे थे। कोई-कोई भलेमानस-से। एक आदमी कोट-पैंट में। सब इन्तज़ाम में। नया घर। नई दीवारें। दीवार पर लिखा था—शोर न करें।

उस आदमी ने कहा—मैं वरानगर से आया हूँ।

—बड़ी दूर है वह तो !

—दूर है तो क्या करना ? पेट के लिए लोग कहाँ-से-कहाँ जाते हैं, यह क्या है ! रात रहते ही निकला हूँ—सुना, साहब आज चले जाएँगे।

भूतनाथ ने कहा—मैंने भी सुना है।

तब तो हरिहर बाबू ने ठीक ही बताया, वे यहीं काम करते हैं न ! बताया, साहब का पाँव पकड़ ले, कोई-न-कोई हीला हो ही जाएगा। आपका क्या खयाल है ?

कोट-पैंटवाले सज्जन ने तब तक सिगरेट सुलगा ली थी। पीते-पीते घड़ी देख रहे थे। पता नहीं, क्या काम है। नौकरी के लिए ही आए हो शायद।

इतने में अचानक सब जैसे चौकन्ने-से हो उठे। बगल के कमरे में ज़रा खटका हुआ। कोट-पैंटवाले बाबू ने सिगरेट फेंक दी।

दरबान आया। कहा—अपना-अपना नाम-पता लिखा दें। कोट-पैंटवाले बाबू ने लिखा—एस.आर. मिटर।

बगलवाले ने कहा—मुझे तो लिखना नहीं आता सर, आप ज़रा लिख देंगे ?

सबसे अन्त में भूतनाथ ने लिखा—भूतनाथ चक्रवर्ती, बड़ा महल, बहू बाज़ार।

दरबान सब लेकर चला गया। सभी मानो तटस्थ होकर बैठे। एक-एक कर पुकार होगी अब। भूतनाथ को इतने लोगों में अपना ही नाम अजीब लगा। पता नहीं, फूफी ने ऐसा नाम क्यों रखा था ! पिताजी का रखा हुआ अतुल नाम ही तो अच्छा था। बाबूजी जब तक ज़िन्दा थे, अतुल कहकर ही पुकारते थे।

अचानक दरबान आया। पुकारा—भूतनाथ बाबू—

इतने लोगों के होते सबसे पहले ही पुकार ! वह जल्दी से अन्दर गया।

—अरे, तू ? खबर क्या है ?

क्या कहें, सोच न सका। इतनी जल्दी घट गई घटना ! समय ही न मिला। और ननी का चेहरा कैसा तो हो गया है। उम्र मानो और भी बढ़ गई है। देखने से डर लगता है। सामने एक वहुत बड़ी टेबुल। चारों तरफ कागज-पत्तर। एक कागज़ पर कुछ लिख

रहा था। हाथ में कलम थी। मुँह में सिगरेट। आँख पर ऐनक।

—बैठ, तेरी जगह खाली है। इतने दिनों से मिला ही नहीं तू ! है कहाँ ?—एक साँस में बहुत-से सवाल पूछ गया।

भूतनाथ ने कहा—वहीं, बड़े महल में और कहाँ रहूँ ?

—अभी भी वहाँ है...और नौकरी ?

—नौकरी तो एक कर ली है रूपचन्द बाबू की कम्पनी में। बिल-सरकार का काम।

—अच्छा ही किया। मैं भी आज जा रहा हूँ।

—कहाँ ?

—तुझे बताया था न, घूमने जाऊँगा। आज ही जा रहा हूँ, सिर्फ नन्हे की वजह से देर हो गई।

—नन्हे बाबू ?

ननीलाल ने दूसरी सिगरेट सुलगाई। बोला—अपना मकान मेरे पास गिरो रखा न—अपनी वैसी इच्छा न थी।

गिरो ? बन्धक ! बड़ा महल ! सब-कुछ कैसा तो गोल-माल हो गया ! कह क्या रहा है ननी ?

ननी बोला—मैं चाहता न था, इतने दिनों की जान-पहचान, छुटपन से ही जाता रहा हूँ, कितना खाया-पकाया, नन्हे से कितनी बार रुपए उधार लिए...मगर वही करना पड़ा। बड़ा संकोच हो रहा था।

भूतनाथ का मन कहाँ तो उड़ गया था ! जो सुन रहा है, सब सच है ! अस्तबल, खज़ाना, भिश्तीखाना...वैदूर्यमणि, हिरण्यमणि, कौस्तुभमणि, नन्हे बाबू, भूतनाथ के आधे जीवन से उस घर का सारा कुछ जुड़ा हुआ है। भैरव बाबू ! नन्हे बाबू का ब्याह ! और छोटी बहू ! छोटी बहू का क्या होगा ?

छोटी बहू ने कहा था—ये बाबुओं की बातें हैं, अपने लोग इन पर दिमाग नहीं खपातीं।

लेकिन अन्त तक ऐसा क्यों हुआ ?

ननीलाल कहने लगा—पहले अपना इरादा न था, इतना पुराना खानदान...जब नन्हे ने प्रस्ताव किया तो मैंने कहा—मुझसे यह न होगा भाई, कहो तो रुपयों के लिए कोई और आदमी ठीक कर दूँ !

नन्हे बोला—और कोई होगा तो बात खुल जाएगी। तू ही ले ले। साल-दो-साल में हम रुपए चुका देंगे। जितना कहेगा, सूद दूँगा।

अन्त में तैयार होना पड़ा—मगर जानता हूँ, रुपए वे चुका न पाएँगे। घर ही छोड़ना होगा।

—घर ही छोड़ना पड़ेगा ?—भूतनाथ ने मानो अपने कानों अपनी फाँसी का हुक्म सुना।

—छोड़ना तो पड़ेगा ही। रुपया तो मेरा अपना ही नहीं है, परिवार का है। मेरे

नावालिग साले हैं, सास हैं—वे सूद क्यों छोड़ने लगे...और घर ही क्यों छोड़ेंगे ? अन्त तक मकान छोड़ना भी पड़ सकता है।

—आखिर वे लोग जाएँगे कहाँ ? इतना पुराना वंश, इतने-इतने लोग, नौकर-चाकर, पूजा-पर्व, विग्रह—सबको लेकर...यह भी सम्भव है कहीं !

ननी बोला—नन्हे तो एटर्नीशिप पास न कर सका। ब्याह के बाद भी कोई इम्तहान पास करता है ?

—फिर करेगा क्या ?

—कह रहा था, फिर इम्तहान देगा। मगर पास नहीं कर सकेगा, देख लेना। अब उसे सिर्फ इन्हीं बातों की फिक्र है—जायदाद लौटाने का सपना देख रहा है—उनका बैंक भी फेल हो गया। जो थोड़ी-सी ज़मींदारी है, उससे कुछ नहीं होना। खान खरीदी, उसमें भी...

—उसमें क्या ? कोलियरी क्यों न चली ?

ननीलाल ने फिर दूसरी सिगरेट सुलगाई। बोला—उसका भाग्य ही खराब है। मुझे खबर तक न दी, पूछा तक नहीं। सोचा, इतने-इतने रुपए का मामला है, मैं कहीं दलाली मार लूँ। झूमटमल को बुलाया—अब समझे ! इतनी नमकहरामी तो कम-से-कम मुझसे न होती—मैंने उनका बहुत खाया है, नन्हे के पैसों से बहुत गुलछर्रे उड़ाए हैं—मुझसे थोड़ी कृतज्ञता तो ज़रूर मिलती...खैर, हुआ ऐसा कि बाद में पता चला, खान में ऊपर-ही-ऊपर कोयला है, नीचे सब पत्थर...ननीलाल ने घड़ी देखी।

भूतनाथ बोला—तो मैं अब चलूँ भाई, तुझे देर हो रही है।

वहाँ से निकला तो भूतनाथ को रुलाई आने लगी। जी में आया, तुरत वह बड़े महल जाए। छोटी बहू के पास पहुँचे बिना चैन नहीं पड़ रहा था। बड़े महल के हर प्राणी के लिए उसे माया होने लगी। नन्हे बाबू, मँझले बाबू, छोटी बहू, वंशी, चिन्ता, यासीन सबके लिए, यहाँ तक कि रसोई के उस तेलचट्टे के लिए भी। ऐसा क्यों हुआ ? जाएँगे कहाँ सब ? इससे बचने का क्या कोई उपाय नहीं ? उसे अपनी चिन्ता नहीं लेकिन छोटी बहू ! और छोटे बाबू, जो खुद उठ-बैठ भी नहीं सकते, उन्हें पकड़कर उठाना पड़ता है, बैठाकर खिलाना पड़ता है, नहलाना पड़ता है। छोटे बाबू कहाँ जाएँगे ? खानदानी आदमी, कभी अपने हाथ से ढालकर एक गिलास पानी तक न पिया। अपने कपड़े का हिसाब तक न रखा। कहाँ जाएँगे वे, जाएँगे कहाँ ?

शाम को भूतनाथ रूपचन्द बाबू के यहाँ पहुँचा कि सरकार बाबू ने बुलाया—अरे भूतनाथ बाबू, बाबू आपको ढूँढ़ रहे थे।

—मुझको ? क्यों ?—डर लगने लगा। काम में कोई गड़बड़ी तो नहीं हुई, कोई चूक।

सरकार बाबू बोले—अरे, आपका क्या, मार दिया आपने तो !

—क्या हो गया ?

—यों ही तो नहीं बुलाया है, और किसी को तो नहीं बुलाते। कहने को आप जो कहें, आप पर कुछ नेक नज़र है। दाँत निपोरकर निर्बोध-सा हँसने लगा। फिर बोला—आपको ठहरने को कह गए हैं—अभी आएँगे।

भूतनाथ सोचने लगा—ऐसा क्या काम है कि रुकने को कह गए हैं ? कोई गलती हुई है ?

सरकार बाबू बोले—डरने की बात नहीं, कोई नुकसान न होगा आपका।

—यह कैसे समझा ?

—इतने दिनों से काम कर रहा हूँ, यह भी नहीं समझता। आपकी तरक्की हुई समझिए।

—कब आएँगे ?

—तुरत आने की तो कह गए हैं, गाड़ी भी तैयार है।

भूतनाथ ने देखा, सच ही उसकी गाड़ी तैयार है। दोनों घोड़े उतावले हो रहे हैं।

सरकार बाबू वाउचरों को पक्की बही में उतारने लगे। ज़रा-ज़रा का हिसाब देना पड़ता। रूपचन्द बाबू की कम्पनी का काम बड़ा पक्का है। रोज़ का हिसाब रोज़। उसी बही से बकायावालों का भुगतान होता। कहाँ दो गाड़ी सुरखी गई, कहाँ कितनी ईंट गईं, चुना कै बोरा दिया गया—सब लिखना पड़ता। जहाँ तो ज़रूरत होती, इंजीनियरों-ओवरसियरों के निर्देशानुसार बिल-बाबू को सब देना पड़ता। दुकानों से माल-लोडिंग से डिलीवरी तक बिल-बाबू का काम, इसी से सीखते-सीखते ओवरसियर होना। नाप-जोख की जानकारी, नक्शा बनाना, कैसे मकान में किस हिसाब से क्या सामान लगेगा, इसका हिसाब लगाना।

इन्हीं कै महीनों में भूतनाथ पक्का हो गया। अब तो अकेले फीता पकड़कर हिसाब कर सकता है। चोरी पकड़ सकता है। इतने-इतने मकान बन रहे हैं—ओवरसियर भी बढ़ाए जाएँगे। रूपचन्द बाबू की कम्पनी भी पहले से बड़ी हो गई। नया शहर बनने लगा, बस्ती उजाड़कर नए मकान, नया समाज, नई सभ्यता। यहाँ मानो सब-कुछ नया। नए लोग, नया समाज, नए मकान, नए प्राण ! नए-नए वकील-बैरिस्टर। कुछ पैसा हुआ कि भवानीपुर में मकान बनाना ही चाहिए।

उसी दिन की तो बात है।

तीन आश्विन। भूतनाथ ने सोचा था, कुछ होगा नहीं। लेकिन राखी बाँधने की कैसी धूम पड़ी !

इदरिस ने कहा—कलाई बढ़ाइए तो बिल-बाबू !

—क्यों ?

—आप बढ़ाइए तो !

ओवरसियर और इंजीनियर भी न छूटे। रूपचन्द बाबू पहले कुछ न बोले। लेकिन हिम्मत बाँधकर भूतनाथ ही उनके पास पहुँचा।

—अरे, यह क्या ! ओ, राखी ! बाँधिए—उन्होंने बायाँ हाथ आगे बढ़ा दिया।

बिल की अदायगी को निकला, तो भीड़ देखकर भूतनाथ साइकिल से उतर पड़ा। तीखी धूप। फिर भी बहुत-से लोग खड़े। सुबह घर-घर रसोई बन्द थी। उपवास किया था लोगों ने। स्वयंसेवकों ने घर-घर जाकर कहा—एक दिन न ही बनाई, न ही खाया तो क्या बिगड़ता है ? यहाँ भी बहुतों के यहाँ भोजन न बना। दुकानें भी बहुत बन्द रहीं। एक नया ही अनुभव।

बड़े महल में मँझले बाबू ने हुक्म दे रखा था—किसी को अन्दर न घुसने देना...बदमाश हैं सब।

और वहाँ घुसने का साहस ही कौन करता ! भूतनाथ ने सोचा था, वह न खाएगा। सच ही तो, एक दिन न खाया तो क्या ? नहा लिया। साइकिल पर सवार हो ही रहा था कि वंशी आया—चल दिए, खाएँगे नहीं ?

—रसोई बनी है आज ?

—रसोई क्यों न बनेगी ?

—आज रसोई बन्द नहीं हुई ? स्वयंसेवक नहीं आए थे ?

—यहाँ आने की कौन हिम्मत करे ? मँझले बाबू ने बिरिजसिंह को गेट बन्द कर देने का हुक्म दिया है।

—बाज़ार खुला था ?

—कुछ-कुछ खुला था। बाज़ार किस दुःख से बन्द हो ! मछली आई, सब्ज़ी आई, मधुसूदन के जाने के बाद से तो सरकार बाबू खुद ही बाज़ार जाते हैं...।

भूतनाथ को लगा, एक बड़े महल को छोड़कर उस दिन घर-घर की शायद एक ही अवस्था थी। कम-से-कम भीड़ में लोगों के चेहरे देखकर ऐसा ही लगा। उसे एक और ऐसी ही भीड़ की याद आई। जाड़े के दिन। स्यालदा स्टेशन में स्वामी विवेकानन्द उतरे थे—कुछ ही साल पहले।

भीड़ में से किसी ने कहा—आज प्रेसिडेंट नहीं आ पा रहे हैं, पता है ! आनन्दमोहन बोस बीमार हैं।

दूसरे ने कहा—आ रहे हैं वे, आ ही चले। स्ट्रेचर पर आ रहे हैं। खबर आई है।

और सच ही वे आ पहुँचे। सारी जनता जय-जयकार कर उठी। वन्दे मातरम्। बहुत दिनों से बीमार। मुमूर्षु अवस्था। लेकिन यह घड़ी तो उनके जीवन में फिर नहीं आने की। चारों तरफ विशाल भीड़ अपने नेता को सुनने के लिए शान्त बैठी।

भूतनाथ को सब याद नहीं। कुछ-कुछ फिर भी याद आता है। इस दिन कलकत्ते के उस जन-समुद्र में खड़े होकर उसके जी में आया था कि सच ही वह एक जाति के महा-अभ्युदय को अपनी आँखों से देख रहा है।

लेटे-लेटे ही आनन्दमोहन बसु ने कहा—आज मेरा वह दिन आ पहुँचा है, जब मुझे दुनिया से विदाई लेकर अनन्त की राह से जाना है : आज आप लोगों को इन आँखों देख लिया—शायद यही मेरा अन्तिम देखना हो...मैं कोई ऋषि नहीं, किसी ऋषि के चरणों की धूल लेने योग्य नहीं, फिर भी जो सबके पिता हैं, जो भारतीय और अंग्रेजों के पिता

हैं, उन्हें मैं हृदय से धन्यवाद देता हूँ कि उन्होंने मुझे आज के दिन तक जीवित रखा; जाने से पहले मुझे एक जाति का अभ्युदय देख लेने का सौभाग्य मिला। जिस मिलन-मन्दिर की आज नींव पड़ी, उस बंग-भवन की नींव हम सबके आँसू-धुले गीले हृदय पर पड़ी, इस रक्तपातहीन नए युद्ध-क्षेत्र में फूल बरसाने के लिए ऊपर से देवगण आए हैं...

आनन्दमोहन के पास अपने कृपाणधारी अनुचरों के साथ सिख नेता मौजूद थे—कुँवरसिंह। बंगाल की तरफ से सुरेन्द्र बनर्जी ने उनकी कलाई पर राखी बाँध दी। बोले—बंगाल और पंजाब का प्रेम-बन्धन अटूट हो !

उनके बाद कवि रवीन्द्रनाथ खड़े हुए। उन्होंने घोषणा की—चूँकि सारी जाति के सम्मिलित प्रतिवाद के होते हुए भी सरकार ने वंग-भंग करना तै कर लिया है, इसलिए हम भी प्रतिज्ञा करते हैं कि इस बँटवारे के दुष्परिणामों को मिटाने के लिए हम सभी बंगाली, अपनी शक्ति से जो भी हो सकता है, सब करेंगे। ईश्वर हमारे सहायक हों !

सुनते-सुनते भूतनाथ का भी कलेजा काँप उठा। एक दिन निवारण से उसने अंग्रेजों के जुल्मों की कहानी सुनी थी। किस तरह दगा से, धोखे से उन्होंने हिन्दुस्तान को हथिया लिया था। एक और आदमी से सुना था—बद्री बाबू से। जिस दिन वैदूर्यमणि को राजाबहादुर का खिताब मिला था, बद्री बाबू ने कहा था, राजाबहादुर नहीं, बड़े बाबू राजनाग बने हैं। और वे हिन्दुस्तान का सारा इतिहास ज़बानी उगल गए थे।

आज भी कान लगाने से भूतनाथ को सुनाई पड़ता है—वन्दे मातरम्।

दो शब्द। समुद्र-तरंग की लगातार गर्जन जैसे सारे देश के हृदय से, यही दो शब्द ध्वनित हो उठे। हजारों कंठ में चढ़कर ये दो शब्द एक राष्ट्र का मर्म-संगीत बन गए। महाकाल के इंगित से वही दो शब्द एक दिन राष्ट्र की जाग्रत चेतना से अक्षय हो रहे।

सभा खत्म होने पर भूतनाथ बड़े महल में गया और ज़रा देर के लिए उदास-सा हो उठा। वंशी छोटे बाबू के पास था। उससे भेंट न हो सकी। अस्तबल में अपनी साइकिल रखकर वह चोर-कमरे में पहुँचा। छोटी बहू की याद आ गई। एक राखी बच रही थी। छोटी बहू को तो बाँधी नहीं गई है।

बरामदा आज अँधेरा था। मँझली बहू शायद अन्दर गिरि के साथ बाघगोटी खेल रही हों। और बड़ी बहू साबुन के चौंसठ टुकड़े लिए हाथ धोने में परेशान हों शायद। यहाँ नए समाज की आवाज पहुँच नहीं पाती। दरबान, डेवढ़ी, सदर, अन्दर महल पार करके यहाँ तक आने में शायद डर लगता है उसे।

धीरे-धीरे वह छोटी बहू के दरवाज़े पर जा खड़ा हुआ था—धीरे-ही-धीरे आवाज़ दी थी—छोटी बहू...

अन्दर से जवाब आया—कौन ? भूतनाथ ! आ...अन्दर जाते कितना डर लग रहा था उसे ! बहुत दिनों से आया नहीं। जाकर यह देखना पड़े कि छोटी बहू के होंठों पर वह हँसी नहीं है, आँखों की वह दीप्ति नहीं है अब ! स्वप्न में दीखी छोटी बहू को देखने में डर लगता। छोटी बहू उसके ध्यान की वस्तु थी—आत्मा का वैभव। उसकी

कोई क्षति वह सह नहीं सकता।

लेकिन नहीं। सब-कुछ वैसा ही था। घर की हर चीज़, हर बात। यहाँ तक कि छोटी बहू के यशोदादुलाल भी। अलमारी की घाघरावाली मेम खिलौना भी। और छोटी बहू ! उनकी तरफ देखने से पहले-जैसी ही आँखें जुड़ा जातीं।

छोटी बहू लेटी थी। बोली—मैं लेकिन तुझ पर नाराज़ हूँ भूतनाथ !

भूतनाथ धीरे-धीरे आगे बढ़ गया। कहा—तुमने भी तो कभी बुलवा नहीं भेजा।

—मैं यह देख रही थी कि बुलाए बिना तू आता भी है या नहीं।

भूतनाथ बोला—नौकरी कर रहा हूँ इन दिनों। पहले की तरह समय नहीं मिलता।

—वह भी वंशी से सुन चुकी हूँ। वह कह रहा था—साले साहब को बुलाऊँ ? मैंने कहा—ज़रा तेरे साले साहब का अपना विचार भी तो देख लूँ...एक-एक कर सब तो जा ही रहे हैं, तू ही क्यों रह गया है ? चला जा। छोटे बाबू बीमार—सुना है, नौकरों को समय पर वेतन नहीं मिलता...खूब जानती हूँ, बड़े महल के आड़े वक्त में कोई न रहेगा। तुम लोग तो सुखी कबूतर हो—फिर तू ही क्यों रहेगा—जा।

भूतनाथ का कलेजा टूक होने लगा, रुलाई आने लगी। कहा—तुम भी यही कहोगी बहू ?

छोटी बहू हँसने लगी। बोली—आखिर तुझसे इस घर का नाता भी क्या ! एक दिन अचानक आ पहुँचा था, फिर एक दिन अचानक ही चला जाएगा। तू मेरा है कौन कि तुझे ज़बर्दस्ती रख सकूँगी। मेरे न भाई हैं, न बहिन, न माँ, न बाप—न हो तो यही सोचूँगी कि मैं अकेली हूँ। जब तक छोटे बाबू हैं, मैं भी हूँ, फिर जो करें अपने यशोदादुलाल।—कहकर छोटी बहू हँसने लगी। अजीब हँसी।

भूतनाथ ने कहा—अपना ही कौन है ?

—तू मर्द है, तेरे सब हैं।

—नहीं, तुम जानती नहीं छोटी बहू, मेरे कोई नहीं। संसार में अपना कहने को कोई नहीं, एक तुम्हारे सिवा।

अब छोटी बहू उठ बैठी। हीरे का करनफूल झकमका उठा। हाथों की चूड़ियाँ और गहने झनक उठे। बोली—सच ही तू मुझे अपनी-जैसी समझता है ?

भूतनाथ फर्श पर ही बैठ गया। बोला—विश्वास करो, तुम्हारे-जैसा अपना मेरा कोई नहीं। आज अगर तुम लोग मुझे यहाँ से निकाल दो, तो जाने की कोई जगह नहीं।

छोटी बहू उठ बैठी। कहा—आज लेकिन तू मुझे डाँट मत भूतनाथ—आज ज़रा-सी पीऊँगी।—छोटी बहू अलमारी से बोतल और गिलास निकाल लाई।

—अभी भी पीती हो तुम ?

—हर रोज़ तो नहीं पीती। कभी-कभी पिए बिना कष्ट होता है, तब रह नहीं सकती।

भूतनाथ ने कहा—लेकिन मैंने तो सुना कि छोटे बाबू ने पीना छोड़ दिया है एकबारगी ?

—उन्होंने तो छोड़ दिया, जिनके लिए मैंने पीना शुरू किया था, उन्होंने छोड़ दिया, लेकिन मुझसे अब नहीं छोड़ा जाता।

—लत लग गई ?

गिलास को मुँह में उलटते हुए बोली—हाँ भैया, लगता है, लत ही लग गइ। तुझसे क्या छिपाना ? स्वामी को घर लाने के लिए शुरू किया था, शुरू-शुरू कितनी घिन लगती थी, जी मिचलाता था—पर अब पिए बिना नहीं रह सकती। आज तू मना न कर—आज मैं जी भरकर पिऊँगी।

—नहीं पियो तो न चले ?

छोटी बहू ने इसका कोई जवाब नहीं दिया। बोतल को हाथ में लेकर एक बार गौर से देखा। थोड़ी ही-सी बच रही थी। बोली—एक काम कर दोगे भूतनाथ ?

—क्या ?

—और एक बोतल के बिना काम न चलेगा।

—तो मैं क्या करूँ इसका ?

—छोटे बाबू तो अब पीते नहीं। शराब है नहीं। जो दो-चार बोतल बच रही थीं, आज चुक गईं। एक बोतल ला देनी पड़ेगी।

—पगली तो नहीं हो गईं ?

छोटी बहू ने कहा—यह पागलपन नहीं है, मैं बिलकुल दुरुस्त हूँ। उस दिन छोटे बाबू तक ने कहा—बड़ा हत्यारा नशा है यह, इसे छोड़ दो छोटी बहू। मर्द तो छोड़ भी सकते हैं, लेकिन कहीं औरत को यह लत लगी तो राम मालिक।

भूतनाथ बुत-सा छोटी बहू को देखता रहा।

छोटी बहू की आँखों से आँसू बहने लगे। बोली—आखिर पति को तो मैंने पाया भूतनाथ, लेकिन इस तरह का पाना किसने चाहा था ?

भूतनाथ ने छोटी बहू को इस तरह से रोते कभी नहीं देखा। आँखों से एक-एक कर आँसू की बूँदें टपक रही थीं, मानो हीरे के टुकड़े हों। कहने लगी—कभी-कभी छोटे बाबू के कमरे में जाती हूँ, बड़ा ही दुःख होता है देखकर। हिल-डुल नहीं सकते। पंगु हो गए हैं। वैसा रूप, वैसी तन्दुरुस्ती, वह मन और ऐसी बीमारी—मगर आँख में एक बूँद भी आँसू नहीं भूतनाथ। मैंने आँसुओं से उनके पैर डुबो दिए...मैंने अपने यशोदादुलाल से कहा—देवता, मेरे पति को जब लौटा ही दिया, तो उसका सर्वस्व क्यों छीन लिया प्रभु ? मैंने कौन-सा अपराध किया ? यह कैसा न्याय तुम्हारा ?

मेरी रुलाई देख छोटे बाबू पत्थर-से हो गए। जानते हो, एक बात तक नहीं बोले। बोलने का मुँह नहीं रहा शायद।

भूतनाथ ने पूछा—किसी दिन फिर चलोगी वहाँ ?

—कहाँ भैया ?

—वहीं...वहाँ, बरानगर।

छोटी बहू ने कहा—तेरी इच्छा है तो चल, लेकिन अब मैं सारा विश्वास खो बैठी

हूँ। मुझे लगता है, यशोदादुलाल की इतनी बिनती, इतनी पूजा, इतना व्रत-उपवास, जो भी हो सकता था, सब किया और इतना करने से जब न हुआ तो अब किसी भी बात से न होगा। आदमी पर, देवता पर, यहाँ तक कि अपने ऊपर भी विश्वास नहीं रहा।

भूतनाथ बोला—मेरा कहा मानोगी, अपना सब-कुछ वापस पाओगी, एक शराब की लत को छोड़ दो।

छोटी बहू बोली—पीने का अपने को शौक थोड़े ही है भैया, लेकिन कहा न, अब अपने आप पर भी विश्वास न रहा। बहुत बार सोचा, अब न पीऊँगी, जिसके पति बीमार हों, उसे यह पीना नहीं चाहिए, शपथ खाई, देवता के पैर छूकर कसम खाई, कहाँ निबाह सकी ! मुझसे न हो सकेगा भूतनाथ। आज-भर तो तू ला ही दे, मेरे भैया।

भूतनाथ बोला—खैर, आज ला देता हूँ मैं, लेकिन फिर कभी न कहना।

छोटी बहू बोली—फिर जो कभी पीऊँ तो तू शाप देना भूतनाथ। तू ब्राह्मण है, तेरा शाप बेकार न जाएगा।

भूतनाथ हँसा—तुम्हें शाप दूँगा तो वह मुझे न लगेगा, क्यों ?

छोटी बहू ने कहा—सच कह रही हूँ तुझसे, जीने को अब जी नहीं चाहता। जीकर बहुत देख चुकी, अब देखना है मरने में कितना सुख है।

भूतनाथ बोल उठा—मुझे भी अब जीने की इच्छा नहीं होती।

—तू किस दुःख से मरना चाहता है, मैं तुझे किसी बात की कमी नहीं रहने दूँगी। जो कुछ भी मेरे पास है, मैं सब तुझको दे जाऊँगी। सास अपने सारे ज़ेवर मुझको दे गई हैं, मैं छोटी बहू थी, बड़ी दुलरुआ थी घर की—अपना सब मैं तुझको दे दूँगी।

बोतल की रही-सही गिलास में ढालकर गटक गई छोटी बहू। फिर कहा—अच्छा जा, एक बोतल ला दे—कल से न पीऊँगी—वचन देती हूँ—कहकर उसने भूतनाथ के दोनों पाँव छुए और बोली—ले, वचन देती हूँ तुझे।

भूतनाथ ने झट अपने पैर हटा लिए और छोटी बहू की हथेली को दबाकर कहा—छिः-छिः, यह क्या किया तुमने...नशे में आदमी बुद्धि बेच खाता है।

छोटी बहू ने हाथों को सिर से लगाकर कहा—नहीं रे, तू ब्राह्मण है, इसमें कोई दोष नहीं।

भूतनाथ बिगड़ उठा। बोला—अब कभी ऐसा हरगिज़ न करना छोटी बहू, नहीं तो मैं यहाँ आऊँगा ही नहीं।

छोटी बहू ने रोना शुरू कर दिया। आँखें बन्द किए चुपचाप बैठी। दोनों गालों पर आँसू की धारा बहने लगी। भूतनाथ उसके दोनों हाथों को तब भी पकड़े हुए था। छोड़ते ही मानो छोटी बहू गिर पड़ेगी। उसका शरीर मानो अवश हो गया हो। छोटी बहू ने कहा—सच ही एक दिन वरानगर चलूँगी भूतनाथ।

भूतनाथ ने पूछा—कब चलोगी ?

छोटी बहू बोली—कुछ अच्छे हो लें छोटे बाबू...अभी बड़ा डर लगता है, जाने कब क्या हो जाए—तमाम दिन वे रोग से कातर होकर पड़े रहते हैं, कैसा तो करता है

जी...शायद पुकारें मुझे...आजकल बहुत बुलाया करते हैं, बहुत बातें करते हैं।

मैं कहती हूँ—घबराओ नहीं, चंगे हो जाओगे।

वे कहते हैं—शायद चंगा न हो सकूँ छोटी बहू।

मैं दिलासा देकर कहती हूँ—चंगा तो तुम्हें होना ही पड़ेगा, नहीं तो मेरा पूजा-पाठ, मेरा व्रत-त्यौहार सब झूठा जो होगा।

कभी-कभी मेरे मुँह से महक मिलते ही उनकी नज़र कड़ी हो जाती है, कहते हैं—अभी तक छोड़ नहीं सकी उसे ?

मैं पूछती हूँ—कैसे छोड़ूँ बताओ ?

—छोड़ना तो अपने ही मन के ज़ोर से हो सकता है, अपनी इच्छा न हो तो कोई छुड़ा नहीं सकता।

तब से जाने कितनी कोशिश कर रही हूँ। बार-बार अपने देवता के चरणों में लुट पड़ती हूँ, रोती हूँ, फिर कब तो सो जाती हूँ। इन फूटी आँखों को नींद भी तो आ जाती है। फिर सारी प्रतिज्ञा काफूर हो जाती है—स्वामी, संसार और देवता, सबको भुला बैठती हूँ। तब ऐसा लगता है कि जाने कब से सो नहीं सकी हूँ, कब से नहीं पी है और फिर खुद से बोतल को उतार लेती हूँ, पीती हूँ, बाद में पछताती हूँ।

छोटी बहू ने कहा—जा, सन्दूक खोलकर रुपया निकाल ले। आज ही आखिरी बार पीऊँगी, कल से नहीं, वचन देती हूँ।

मगर सन्दूक खोलकर उस दिन भूतनाथ के अचरज की सीमा न रही। उसने एक दिन इस सन्दूक को और खोला था, जब सुविनय बाबू के दिए पाँच सौ रुपए रखने थे। उस दिन सन्दूक में दौलत की बहार देखकर आँखें चौंधिया गई थीं उसकी। कितने गहने, कितनी अशर्फियाँ बिखरी पड़ी थीं। आज सन्दूक बहुत-कुछ खाली था। अँधेरे में ठीक-ठीक दीख नहीं रहा था—बहुत खोजने के बाद भी उसमें रुपया न मिला।

भूतनाथ ने कहा—रुपए तो इसमें नहीं हैं।

—नहीं हैं ?—कहकर छोटी बहू खुद पलंग पर से उतरी। कहा—सामने ही पड़े हैं रुपए और नहीं मिले तुझे ? लेकिन जब निकालने गई तो वह भी अवाक् रह गई। बोली—रुपए हो क्या गए, बता तो ! इसी चाँदी के कटोरे में तो रखे रहते थे। बहुत ढूँढ़ा। बोली—खैर, जाने दे, रात हो रही है। तू इसे ले जा। और छोटी बहू ने कान से मोती का फूल उतारकर दिया।

—मुक्ता का फूल ? इसकी तो बहुत कीमत होगी ?

—होने दे, ऐसे बहुत हैं और ज़िन्दा रही तो ऐसे बहुत हो जाएँगे। तू अब ना-नू न कर, जा, देर हो रही है।

उसे हैरत हुई थी, पर छोटी बहू के हुक्म को टालने का साहस न था। आज भी याद है कि सुनार के यहाँ गिरवी रखकर कैसे उसने रुपए लिए थे। बोतल छोटी बहू को पहुँचाकर जब वह लौटा, तो काफी रात हो चुकी थी।

बाहर कदम रखते ही मानो किसी ने टोका—कौन ?

मँझले बाबू की-सी आवाज़।

अन्धकार में दुबककर भूतनाथ तुरत चोर-कमरे में भाग गया था। मँझले बाबू तब भी पूछ-ताछ कर रहे थे—कौन भागा उधर ? कौन था ?

चोर-कमरे में पहुँचने पर भी भूतनाथ का दिल धड़कता रहा। पकड़ा गया होता, तो ? कोई देख लेता कहीं ! तब जो गति होती, उसकी कल्पना से ही पड़े-पड़े उसका सर्वांग सिहरता रहा। लेकिन किसे पता था कि मँझले बाबू ऐसे वक्त जनानखाने में आएँगे ! कभी तो आते नहीं ऐसे। उनकी गाड़ी रात के बारह से पहले कभी नहीं लौटी। उनके आते ही घर में हलचल होती, पास-पड़ोस को पता चल जाता। दरबान से लेकर सब नौकर चौकन्ने हो जाते। सिर्फ मँझली बहू अपने कमरे में बेहोश सोती होती।

दूसरे दिन वंशी ने कहा—कल तो आप बाल-बाल बच गए हुज़ूर !

—मँझले बाबू खोज रहे थे न ?

वंशी ने कहा—उन्होंने बुलाकर मुझसे पूछा—कौन गया उधर ?

—तुमने क्या कहा ?

—मैंने कहा, जी, मैं ही तो था। मगर फिर भी वे कहते रहे, बरामदे को अँधेरा क्यों रखता है, कोई पहचान में नहीं आता ?

—तुम्हारी छोटी माँ ने क्या कहा ?

वंशी बोला—सुनकर वह बोलीं, अब से कभी कोई पूछे तो भूतनाथ की बात कहना, कहना मेरा गुरुभाई है। भाग्य कहिए कि सब सो रहे थे, नहीं तो बड़ा अनर्थ हो जाता। मँझले बाबू यों गम्भीर आदमी हैं, ठीक हैं तो ठीक, बिगड़े तो उन्हें कोई खयाल नहीं रहता।

—लेकिन मँझले बाबू कल इतना सवेरे कैसे लौटे ?

—कल तो वे निकले ही नहीं। भैरव बाबू आए, तो साँझ हो चुकी थी। हासिनी भी आई...सब लौट गए। मँझले बाबू ने किसी से भेंट ही न की। नाच-घर में बैठे-बैठे तम्बाकू पीते रहे। मिज़ाज इधर ठीक नहीं है उनका। छोटे बाबू भी बीमार हैं—घर में चैन नहीं है।

—ऐसा आखिर हुआ क्यों वंशी ?

वंशी ने कहा—झूठ या सच, सुनते हैं, बाबुओं का खान का कारोबार फेल हो गया। उधर खज़ाने में बकाएदारों की भीड़ नहीं देखते। सुनते हैं, घर बेच देंगे। अब झूठ है कि सच, राम जानें।

—घर बेचेंगे, तो जाएँगे कहाँ इतने-इतने लोग ? दो-चार हैं ?

निराशा में वंशी ने दोनों हथेलियाँ फैला दीं। कहा—नन्हे बाबू तो ससुराल चल देंगे, कहे देता हूँ। शादी के बाद से ही दत्त बाबू ने रात-दिन एक कर रखा है और कभी-कभी नन्हे बाबू भी ससुराल में रात बिताते हैं। इतने दिनों से हूँ, इस घर में ऐसा होते तो नहीं देखा कभी। और कोयले का कारोबार तो नन्हे बाबू ने ही कराया—वही ले डूबा। मँझले बाबू और छोटे बाबू की इच्छा नहीं थी।

—ठीक पता है तुम्हें, कोयले का कारोबार फेल हो गया ?

—लोग तो कहते हैं हुज़ूर !

—कौन लोग कहते हैं ?

—हम सबसे कुछ छिपा रहता है हुज़ूर ! बालक बाबू को ज़्यादा आते देखकर ही समझ गए कि कुछ-न-कुछ अनर्थ होगा। अब मँझले बाबू का कबूतर उड़ाना भी बन्द है।

—मँझले बाबू कहाँ जाएँगे ?

—जी, उन्हें क्या फिक्र पड़ी है ? कलकत्ता में उनके ससुर के तीस-तीस मकान हैं, कोई लड़का नहीं, मँझली माँ ही एक लड़की। बस। देख नहीं रहे हैं, सभी बच्चे साल-भर नाना के ही यहाँ रहते हैं। ससुर की जायदाद मँझले बाबू ही तो पाएँगे। चिन्ता तो छोटे बाबू और छोटी माँ के लिए होती है। किसी के छह-पाँच में नहीं, मगर सारा दुःख-तकलीफ उन्हीं पर। उन्हें देखकर आँसू बह आते हैं। क्या यही बाबू थे ! एक कपड़े को दुबारा कभी नहीं पहनते, एक कुरते को दुबारा बदन पर नहीं रखते—और वही आदमी हैं कि गन्दा तो गन्दा ही सही। कोई खयाल नहीं। पहले चूनन ठीक न होती तो जूतों से मेरी मरम्मत करते। उसी आदमी को देख आइए, महादेव-से पड़े हैं। पैरों पर सिर रखकर कभी-कभी रो पड़ता हूँ मैं—रोक नहीं सकता खुद को।

इन सबसे भूतनाथ को लगता...अब कै दिन और ! लेकिन किसी को लक्ष्य करके वह प्रार्थना करता, वैसा इन आँखों न देखना पड़े—वैसी नौबत आने से पहले ही जिसमें यह घर छोड़कर वह चल दे सके ! ओह, बड़ा मर्मभेदी होगा वह !

उस रोज़ एक और घटना इससे भी मार्मिक लगी। सामने से एक गाड़ी आ रही थी। साइकिल से उतरते ही अवाक्-सा हो गया। साँझ का समय। ठीक से अँधेरा भी न हुआ था। फिर भी बगल की दूकानों में बत्ती जल चुकी थी। साइकिल की रोशनी जलानी थी। मोड़ पर पान-बीड़ी की एक दुकान से सलाई लेने को वह रुका।

पीछे से किसी ने आवाज़ दी—साले साहब !

पलटकर शक्ल देख दंग रह गया। वह शक्ल न पहचान सकना ही तो वाजिब था। वृन्दावन की शक्ल बदल गई थी बिलकुल। बाल छँटे। मुँह में पान। साफ-सुथरा घुटा हुआ चेहरा।

भूतनाथ बोला—तुम ? वृन्दावन ?

—जी। जा रहा था, रास्ते से, आप पर नज़र पड़ी। चुन्नी ने कहा, सज्जन बाबू हैं न ?

भूतनाथ ने पूछा—चुन्नी ? कहाँ है ?

—वह रही।

भूतनाथ ने इधर-उधर ताका। कहीं दिखाई न पड़ी।

—वह, वहाँ। गाड़ी पर।

अब देखा। नीले रंग की मोटर। उसी में बैठी थी।

—चलिए, आपको बुला रही है।

साइकिल को टिकाकर भूतनाथ पास गया। दंग रह गया। इतने गहने ! मोटर कब खरीदी ! वृन्दावन की भी साज़-पोशाक खासी।

चुन्नी के हाथ में चाँदी का पनडब्बा। गालों में दबा पान। पीककर हँसती हुई बोली—हमें पहचान रहे हैं सज्जन बाबू ?

भूतनाथ कैसा तो सकपका गया ! उसने हँसने की चेष्टा भी की, तो मुँह कैसा तो बन गया !

—मैं तो चल ही बसी थी सज्जन बाबू, दो महीने अस्पताल में रही, अब कुछ दिन हुए कि उठ सकी हूँ। डॉक्टर ने गंगा-किनारे हवाखोरी के लिए कहा है—वही घूमने गई थी। दिन हो गए एक बार आए थे मेरे यहाँ, अब क्या नहीं आ सकते ?

भूतनाथ ने कहा—समय ही नहीं मिलता; इस नौकरी में बड़ा खटना पड़ता है।

वृन्दावन ने कहा—पहले मधुसूदन काका या लोचन से बड़े महल की खबर मिल भी जाती थी—अब उसका भी उपाय नहीं। मधुसूदन काका तो अब लौटते नहीं।

—लोचन ने तो बड़े बाज़ार में पान की दूकान कर ली है।

—क्यों न करे, बना लिया और खिसक पड़ा। खैर उनकी जगह पर आजकल काम कौन करते हैं ?

—कोई नहीं। यों ही काम चल रहा है।

वृन्दावन ठठाकर हँस पड़ा—मैंने उसी समय चुन्नी से कहा था—छोटे बाबू कि छोटे बाबू ! अब देख तो। दत्त बाबू ठीक ही कहते हैं।

—कौन दत्त बाबू ?

—नाटू बाबू। चुन्नी को तो जान के लाले पड़े थे। हज़ारों-हज़ार रुपए तो दवा में उड़ गए। कोई उम्मीद ही नहीं थी। छोटे बाबू तो एक बार देखने तक नहीं आए।

चुन्नी ने बाधा दी। पूछा—छोटे बाबू कैसे हैं ?

ओठंग पर बैठी थी चुन्नी। शान्तिपुरी साड़ी का जड़ाऊ आँचल छाती पर लोट रहा था। इतनी देर बाद भूतनाथ को लगा—चुन्नी कुछ दुबली दीख रही है। हीरे की कील, पाउडर और गहनों की चमक से पता ही न चला था। पूछा—डॉक्टर ने क्या बताया ?

—बताया कि अब अच्छा न होगा।

—कह क्या रहे हैं सज्जन बाबू ? कोई खयाल नहीं रखता होगा। छोटी बहू क्या ठीक से सेवा-जतन नहीं करती ?

चुन्नी की आँखें करुण हो उठीं। बोली—पहले बीमार होने पर मेरे पास आते ही चंगे हो उठते थे। मगर मैं क्या करूँ, अपने हाथ-पैर बँधे न होते तो जाकर उन्हें लिवा लाती।

वृन्दावन झुँझला उठा—बक-बक रहने दो चुन्नी...दत्त बाबू थे कि बच गई, याद रखना !

चुन्नी ने इस पर कान ही न दिया, बोली—रोग केवल दवा से ही नहीं जाता सज्जन बाबू, सेवा-जतन भी चाहिए। बड़े महल में जो सेवा होगी, जानती हूँ—रह चुकी हूँ वहाँ।

दिन में बहुओं से मिलना मना। बस जो करे वंशी। उस कम्बख्त को फूटी आँखों भी नहीं देखना चाहती।

वृन्दावन ने कहा--आप ही सोचिए न हुजूर, दत्त बाबू थे, तभी तो अपनी चुन्नी को मोटर मिली, गहने मिले। छोटे बाबू के भरोसे होती तो हो चुका था। चलो चुन्नी, दत्त बाबू आ चुके होंगे।

चुन्नी ने कहा--एक काम करेंगे सज्जन बाबू ?

—क्या ?

—छोटे बाबू को शराब के साथ पीने के लिए एक दवा दूँगी। वे बराबर उसे पिया करते थे।

भूतनाथ ने कहा—पीना तो उन्होंने छोड़ दिया।

—छोड़ दिया।

वृन्दावन भी अवाक् रह गया—छोड़ दिया !

दोनों कुछ देर तक बोल न सके। लगा, बड़ी चोट लगी। वृन्दावन बोला—चलो-चलो, दत्तबाबू बैठे-बैठे सिर मार रहे होंगे।

जाने के समय चुन्नी एक शब्द भी न बोली। मानो इस खबर से उसे काठ मार गया हो। धुआँ उड़ाकर गाड़ी निकल गई। उस बार लेकिन चुन्नी ने भूतनाथ को आने का बारम्बार आग्रह किया था। खैर, न कुछ बोली तो ठीक ही हुआ। पिछली बार उसके यहाँ से लौटकर घर जो पहुँचा, यही अचरज है। सारे कलकत्ता शहर का चक्कर काटता रहा था। घर जब पहुँचा, तो रात खत्म हो रही थी। बिरिजसिंह फाटक पर खड़ा-खड़ा ऊँघ रहा था। आहट मिलते ही पूछ बैठा—कौन है ?

वंशी माथे पर बर्फ थोपकर उसे होश में लाया था। कहा—कैसा अनर्थ कर बैठे थे, कहिए भला।

भूतनाथ ने पूछा—वे लोग भाग गए ?

—कौन लोग ?

—जो पीछा करते आ रहे थे, गुंडे ?

—कोई तो नहीं आया।

भूतनाथ को तब भी ऐसा लग रहा था कि मछुआ बाज़ार के काफी गुंडे उसका पीछा करते आ रहे हैं। उनके पैरों की आहट, कानाफूसी, बुदबुदाना—सब सुन रहा था वह। कलेजे में तब भी धड़कन हो रही थी।

इन बातों को ज़्यादा दिन न हुए, लेकिन देखते-ही-देखते बड़ा महल क्या हो गया ! क्यों तो किसकी सलाह से खान खरीदी बाबुओं ने ! उस समय मधुसूदन था। एक रोज़ वह खान देखने के लिए गया था। एक दिन लौटा। बोला—अभी कुछ भी नहीं हुआ है साले साहब; ऑफिस खुला है, नाप-जोख चल रही है, नल से पानी निकालकर फेंका जा रहा है और हज़ारों-हज़ार मजूरे माटी कोड़ रहे हैं—चारों तरफ़ खुला मैदान, धुआँ और धूल।

—धुआँ क्यों ?

—कच्चा कोयला जला रहे हैं, उसी से रसोई बनेगी।

—तुम लोगों ने खाया-पीया कहाँ ?

—बैहार में एक ओर बैठकर पका लिया। एक ही दिन तो था। अभी वहाँ बड़ी देर है, क्रेन बैठेगा, इंजन चलेगा—कुली लोग मिट्टी के अन्दर बैठेंगे...रात-दिन काम चलेगा।

मधुसूदन बाबुओं की ज़मींदारी पर गया था, कोलीयरी से भी हो आया। ऐसी खान ठप्प हो जाएगी यह कौन जानता था ! जाने कितने लाख रुपए पानी में गए, फूटी पाई भी घर नहीं पहुँची।

सोचते-सोचते काफी देर हो गई। अचानक सरकार बाबू बोल उठे—आ गए, बाबू आ गए।

—कहाँ ?

—गाड़ी की आवाज़ सुन नहीं रहे हैं ?

सच ही रूपचन्द बाबू आ पहुँचे। गाड़ी से उतरते ही बोले—भूतनाथ बाबू कहाँ हैं ?

—जी, मुझे कुछ कह रहे थे ?

रूपचन्द बाबू रुक गए। बोले—आप ही को ढूँढ़ रहा था। आपने सुना, सुविनय बाबू बीमार हैं।

—बीमार हैं ? जी, मैं तो कल ही गया था वहाँ। कुछ बुरा तो न दीखा।

अभी-अभी खबर मिली। हालत नाज़ुक है। समाज के सभी वहाँ गए। मैं भी जा रहा हूँ। आप चलेंगे क्या ?

सुविनय बाबू की बीमारी की बात सुनते ही भूतनाथ को जवा की याद हो आई। वह बोला—जी, मुझे तो थोड़ी देर होगी। वाउचर समझाकर जाऊँगा।

—अच्छा, तो मैं चलता हूँ।

रूपचन्द बाबू चले गए। भूतनाथ को कैसा तो डर लगने लगा। महज़ कुछ दिन तो रह गए थे जवा की शादी के। तैयारियाँ हो चुकी थीं। निमन्त्रण-पत्र तैयार। ऐसे में सुविनय बाबू पड़ गए बीमार ! वाउचरी के लेखा-जोखा में काफी देर हो गई। रुपए-पैसे का मामला। जल्दबाजी से काम नहीं चलता।

सरकार बाबू बोले—अरे साहब, आप लोगों को क्या है, दफ्तर से निकले कि छुट्टी। मगर मुझे तो करम कूटना है। सब मिला लूँगा, तब कहीं छुट्टी होगी। कभी-कभी तो घर पहुँचकर भी रात को नींद नहीं आती।

लेकिन भूतनाथ को उतना सोचने का वक्त कहाँ था ! बार-बार जवा की याद हो आती थी। भले-भले सुविनय बाबू चंगे हो जाएँ, तो ब्याह निर्विघ्न हो जाए। जवा के ब्याह में भूतनाथ की ही क्या कुछ कम ज़िम्मेदारी है ? बाहर के सारे काम उसे ही करने हैं।

सुविनय बाबू ने कहा था—सारी ज़िम्मेदारी तुम्हें ही लेनी पड़ेगी भूतनाथ बाबू !

जवा ने कह रखा था—छुट्टी की आप फ़िक्र न करें, पिताजी रूपचन्द बाबू से कह देंगे।

सच ही तो। छुट्टी के लिए उसे भी फिक्र न थी। सुविनय बाबू की महज़ बात पर उसकी तनखाह बारह रुपए हो गई थी। बाकी सभी बिल-क्लर्कों को सात ही रुपए मिलते हैं।

सुविनय बाबू के घर शादी यही पहली बार है। बड़े-बड़े अरमान हैं। जलसे तो उन्होंने कई बार किए। माघ का उत्सव हर साल मनाया जाता है। जवा ही सब-कुछ करती-धरती है। समाज का एक-एक आदमी उस दिन आता है। उतने-उतने लोगों के खान-पान का प्रबन्ध, प्रार्थना। कितनी बार भूतनाथ सुबह से शाम तक वहाँ काम करता रहा है। कितने जवान, कितनी तरुणियाँ आतीं। बीस-बीस, बाईस-बाईस साल की लड़की और सिर पर घूँघट नहीं। ज़रा भी संकोच नहीं। नज़र मिलाकर उनसे बातें करते बल्कि भूतनाथ को संकोच होता। कीमती साड़ियाँ, दामी ब्लाउज़। माथे में सिन्दूर नहीं। उस रोज़ बड़ा वाला कमरा फूल-पत्तों से सजाया जाता। उन दिनों फलहारी पाठक था। मोहिनी-सिन्दूर का कार्यालय उस दिन बन्द रहा करता। नौकर-दरबानों के साथ घर सजाने का भार भूतनाथ लिया करता। सबके लिए खिचड़ी पकती। गीत गाए जाते। कई गीतों की कड़ियाँ तो उसे आज भी याद हैं।

इस बार भी जवा की शादी के बाद माघ-उत्सव होने की बात थी। लेकिन उनकी बीमारी से सब गड़बड़ हो गया। अब शादी का ही जानें क्या हो ! पिछली बार भी सुविनय बाबू बीमार पड़ गए थे और ठीक होने में दिन लगे थे। कहीं अबकी भी वैसा ही हो, तो शादी का दिन ज़रूर टल जाएगा।

कहाँ भवानीपुर और कहाँ बार-शिमले !

साइकिल से जाते-जाते कितनी ही बातें याद आने लगीं। रूपचन्द बाबू अब पहुँच गए होंगे। उस बार सुपवित्र गया था डॉक्टर को बुलाने, लेकिन करना सब-कुछ पड़ा था भूतनाथ को ही। अबकी भी इसे ही करना होगा ! अपना सगा कहने को उन्हें है भी कौन ! एक है सुपवित्र। वह भी निरीह-सा। ज़्यादा बोलता नहीं। चुपचाप सुना करता है। काम करने का आग्रह तो है, पर है बड़ा लजीला। इतने दिनों के इन्तज़ार के बाद यह घड़ी आई तो बाधा !

तंग गलियों में कहीं-कहीं साइकिल से उतर जाना पड़ता। दोनों तरफ पनाले—बीच में टिमटिमाती बत्ती जलाए कोई बैलगाड़ी खड़ी। इस तरफ तबले की दूकान—पास में लटक रही है हरिण, भालू, बाघ की खाल। रास्ते पर ही अँगीठी सुलगाकर कोई खाना पकाने बैठ गया है। इतनी रात हो गई, मगर नल के पास भीड़ नहीं घटी। कहीं-कहीं बूढ़े लैम्प-पोस्ट के नीचे ही शतरंज बिछाकर जुट गए थे। अगल-बगल उनकी हार-जीत देखने वालों का मजमा। रास्ते में चलना मुश्किल। साइकिल की घंटी बजाते हुए सँभलकर चलना पड़ता।

किले की तोप छूटी। खैर, रात ज़्यादा नहीं। लेकिन अभी भी बड़ी दूर है। पैडिल मारते-मारते पाँव दुखने लगे। यही साइकिल जब शुरू-शुरू चली थी, टक लगाए देखा करते थे लोग। दंग भी रह जाते। दो चक्कों की गाड़ी...गिरती कैसे नहीं ? सर्र-सर्र निकलती। लोग किनारे हो जाते। किसी से लड़ जाए, दबा बैठे तो खैर नहीं किड़िंग-किड़िंग बजती घंटी। हाथ के काम छोड़कर घर के औरत-बच्चे खिड़की पर जा खड़े होते। अब वह दिन न रहा। कोई पलटकर ताकता भी नहीं अब।

बहू बाज़ार के पास ही स्यालदा का मोड़। यहाँ रोशनी है। भीड़-भाड़ भी ज़्यादा। पहली बार जब भूतनाथ कलकत्ता उतरा था तो इस सड़क पर ठोकर खाकर गिर पड़ा था। तब हरीसन रोड नहीं बना था। इस पर भीड़ बहुत ज़्यादा रहती थी। शहर के ही चारों तरफ उस समय कितने पोखरे थे। एकाएक सब भर दिए गए। दुनिया-भर का कचरा उनमें डाला गया। मारे बू के बगल से जाना मुश्किल। पंखों की डोरियों पर मक्खियाँ बैठती। डोरी काली हो जाती। चैत-वैशाख में हवा के झोंकों से वही कचरे उड़-उड़कर घर-आँगन में पहुँच जाते।

बार-शिमले के रास्ते पर वह साइकिल से उतर पड़ा। इस रास्ते पर अभी रोशनी नहीं आई है। अँधेरे में कुछ सूझता नहीं। फिर भी ज़रा दूर जाते ही उसे लगा, जवा के दरवाज़े पर कुछ बग्घियाँ खड़ी हैं। सुविनय बाबू की बीमारी सुनकर लोग शायद आए हैं।

दरवाज़ा खुला ही था। अन्दर कैसा तो एक जमा-जमा भाव ! अँधेरी सीढ़ी पर चढ़ते ही दवा की गन्ध लगी। तीखी गन्ध। आजकल बड़े महल में छोटे बाबू के कमरे के पास भी ऐसी ही गन्ध आती है। उपासना-घर में फर्श पर बहुत-से लोग थे। सबके दाढ़ी। सभी उम्र वाले आदमी। धीमे-धीमे बोल रहे थे। रूपचन्द बाबू भी दीखे। किसी डॉक्टर से बात कर रहे थे।

भूतनाथ ने सुविनय बाबू के कमरे में झाँका।

उनके सिरहाने जवा बैठी थी। उसके पास ही बैठा था सुपवित्र। वह भी आज उद्विग्न-सा था। एक डॉक्टर सुविनय बाबू की नाड़ी देख रहे थे। वे बिस्तर पर पड़े थे। आँखें मुँदी थीं।

पाँव दबाकर भूतनाथ अन्दर गया और एक किनारे खड़ा हो गया। जवा ने उसकी तरफ ताका। सुविनय ने भी देखा। मगर किसी के मुँह से कोई बात न निकली।

मौत !

मौत को भूतनाथ आमने-सामने देख चुका है। कठोर, सफेद, साफ। मौत को उसने इतना साफ देखा है कि एक बार देख लेने पर पहचानने में भूल नहीं हो सकती। उसकी पुरानी शक्ल पहचान में आ जाती है। चीन्ही जाती है पैरों की आहट। पहले तो अँधेरे की धुँधली आबहवा में हलचल-सी होती है, फिर अँधेरा गाढ़ा हो जाता है। उसी गहरे अन्धकार से साफ झलकने लगती है उसकी शक्ल। धीरे-धीरे हिंसक पशु-जैसी सतर्कता से वह उतरती है यहाँ के अवसाद-भरे घर में। चारों तरफ सजग आँखों देख लेती है

और सेवा में लगे हुए लोगों के मस्तिष्क के कोष-कोष में ज़हर भर देती है। नज़र को अन्धा कर देती है। अच्छे दिमाग को खराब किए देती है। रोते-रोते जब लोगों की आँखें धुँधली हो जाती हैं, विचार बिखर जाते हैं, तो मौका पाकर वह पास आ बैठती है। छिपकर मरणासन्न के बदन पर हाथ फेर देती है। हिमशीतल होता है वह स्पर्श ! सारा शरीर धीरे-धीरे बर्फ हो जाता है। गला रुँधता आता है। रोगी बोलने की कोशिश करता है, आँख खोलने की चेष्टा करता है। दोनों हाथ फैलाकर जकड़ लेना चाहता है। उसकी कोशिशों की सीमा नहीं रहती। बारम्बार निगाहें लक्ष्यहीन हो पड़ती हैं। अनुभूति के तीव्र आवेग से वह चीखने की कोशिश भी करता है। लेकिन सारी कोशिशें हो जाती हैं बेकार। सारी चेतना पड़ जाती है मन्द।

मौत की पहली अभिज्ञता उसे अपने पाले हुए नेवले से हुई। बेबोल जानवर। लेकिन अन्तिम क्षणों में उसने भी मानो बोलने की चेष्टा की थी। साफ भाषा में उसने अपनी तकलीफ बतानी चाही थी। दाँतों से काटकर उसने अपना अन्तिम प्यार जताना चाहा था। लेकिन धीरे-धीरे सुस्त पड़ गया। ज़रा-सी शक्ति की कमी से आदमी से उसका निवेदन करना व्यर्थ हो गया।

उसके बाद फूफी !

पहले ही दिन से हर पल वह मौत के पैरों की आहट सुनता रहा। हर पल के श्वास-प्रश्वास में उसे मृत्यु का परोक्ष स्पर्श मिलता रहा। कैसे शिरा-उपशिराएँ शिथिल हो जाती हैं, कैसे बुझ जाती है जोत आँख की, किस तरह इस संसार की सारी चेतना, सारी अनुभूति लुप्त हो जाती है, इनका लेखा उसे मुखस्थ है। ठीक उस नेवले ही की तरह एक दिन फूफी का बदन भी उसके हाथों पर ठंडा और सख्त हो उठा। शायद उसकी अनुभूति आज भी इन हाथों के स्पर्श से खोजने पर मिल सकती है। आदमी की सारी कोशिशें, सारा आवेदन-निवेदन, सम्पूर्ण प्यार किस तरह मूल्यहीन हो उठता है, यह भूतनाथ को ज़बानी याद है।

इसके सिवाय भी एक अभिज्ञता है। वह लेकिन अभिज्ञता नहीं, अनुभूति है।

वह है उसके पिता की मृत्यु ! मृत्यु नहीं, मृत्यु का संवाद। मौत की खबर भी मनुष्य के मन को इस तरह जड़ बना सकती है, यह भी एक अजीब अनुभूति है। उस रोज़ उसे लगा था, कलेजा जैसे खाली हो गया हो, सारा आवेग मानो ठंडा पड़ गया हो, निःशेष हो गया हो जैसे सारा जीवन।

आज सुविनय बाबू की रोगशय्या के पास खड़े होकर, लोग, बर्फ और दवा की तीखी बू के बीच भी पुरानी स्मृतियाँ लौट आईं। वही कठोर, साफ और बेरहम मौत ! अभियोगहीन, प्रतिकारहीन एक अवश्यम्भावी दुर्घटना !

धीरे-धीरे रात ज़्यादा हो गई। एक-एक कर सभी जाने कब चले गए। अपने अन्तिम कर्त्तव्य को चुराकर डॉक्टर भी कुछ देर के लिए चला गया। एक ओर जवा और सुपवित्र पत्थर की मूरत-जैसे बैठे। भूतनाथ माथे पर बर्फ डाल रहा था। हाथ से तो वह काम करता जा रहा था, लेकिन जाने कहाँ अँधेरी रात में एक अशरीरी के

आविर्भाव की आशंका से धड़क रही थी उसकी छाती। गफलत हुई नहीं कि वह आई ! पल-भर में सारी कोशिशों को बेकार करके चल देगी !

अचानक सुविनय बाबू का ज्ञान लौटा। बोल उठे—कौन ? बड़ी ही धीमी आवाज़।

मुँह के पास मुँह ले जाकर भूतनाथ बोला—मैं हूँ भूतनाथ।

—जवा, जवा कहाँ है ?

—बाबूजी ! जवा की रुआँसी आवाज़ बड़ी करुण लगी। भूतनाथ उठ पड़ा। जवा उनके सामने जाकर बैठी।

—बेटी !—सुविनय बाबू ने बाकी दोनों को भी एक बार देखा।

—कुछ कहना है बाबूजी ?

फिर भी मुमूर्ष दृष्टि में उन्होंने दुविधा दिखाई। आँखें एक बार बन्द कर लीं। फिर खोलीं। सुपवित्र की तरफ ताका। आँखों से स्नेह मानो छलका पड़ रहा था। कुछ बोलने की चेष्टा करते हुए रुक-से गए।

जवा ने कान के पास मुँह ले जाकर पूछा—मुझे कुछ कहेंगे ? उन्होंने मानो अपराधी की नाईं एक बार जवा की ओर देखा—बेटी !

—तकलीफ हो रही है ?

—नहीं।—उनकी दोनों आँखें आँसू से भर आईं। अबकी भी कुछ कहते-कहते रुक गए। सुपवित्र की ओर देखा।

सुपवित्र ने भी झुककर पूछा—मुझसे कुछ कहना है ? सुविनय बाबू ने हाथ हिलाया—नहीं।

इशारे से भूतनाथ ने सुपवित्र को बुलाया। जवा से बोला—हम लोग बगल के कमरे में हैं। ज़रूरत हो तो बुला लेना।

सुविनय बाबू ने अब जैसे चैन महसूस की। निगाह कुछ सहज हो आई। आँखों से वे भूतनाथ और सुपवित्र का अनुसरण करते रहे।

जवा तब भी एकटक उन्हें देख रही थी।

भली तरह भोर नहीं हुई थी। बार-शिमले की कम आबादीवाले मुहल्ले में तब भी घना अँधेरा था। केवल खिड़की से पूर्व की तरफ लग रहा था कि जहाँ आसमान ने माटी को छू लिया है, वहाँ अँधेरा कुछ पिघल-सा आया है। भूतनाथ फिर कान लगाकर सुनने लगा कि सुविनय बाबू के कमरे से कोई आवाज़, चेतना का कोई आलोड़न सुनाई पड़ता है या नहीं।

वह जवा के कमरे की एक-एक चीज़ को गौर से देखने लगा। उसकी मेज़ पर रखी थी सुपवित्र की तसवीर। एक-एक किताब साफ-सुथरी और ढंग से सजी थी। अलगनी पर उसकी साड़ियाँ तक सहेजकर रखी थीं। कहीं भी ज़रा अपव्यय नहीं। तमाम रात बैठे-बैठे उसे थकावट हो आई। उसने एक बार सुपवित्र की ओर देखा। जवा के बिस्तर पर, जवा के ही तकिए पर सिर रखे वह तब से सो रहा था। सोने पर भी

सुपवित्र जगा हुआ-सा ही कैसा तो असहाय दीखता है। कैसा निश्चिन्त आदमी ! ऐसी परिस्थिति में भी सो गया !

घड़ी में घंटा कटता ही जा रहा था। भूतनाथ को लगा, जाने कब रात खत्म होगी। इन्तज़ार के आलस में वह मानो बेचैन हो उठा।

सुबह अचानक जवा आई।

दरवाज़ा खुला ही था। उसकी शक्ल देख भूतनाथ मानो चौंक उठा। इस जवा को पहचानना मुश्किल था। सारी रात जगने से सहसा उसकी उमर दस साल बढ़ गई थी मानो।

अधीर आग्रह लिए भूतनाथ ने पूछा—पिताजी अब कैसे हैं ?

जवा ने लेकिन इस सवाल का जवाब नहीं दिया। बोली—डॉक्टर बाबू आ गए—लेकिन सुपवित्र ! कहाँ है वह ?

—सो रहे हैं।

—आप एक काम कीजिए भूतनाथ बाबू, सुपवित्र को उसके घर पहुँचा आइए।

—घर नहीं गए तो क्या, रहें। सो रहे हैं। उनकी माँ से तो कही आया हूँ।

—उँह। आप उसे जगाइए।

उसकी आवाज़ से भूतनाथ को भी कैसा डर-सा लगा। जवा कभी ऐसे सुर में तो नहीं बोलती ! रात ऐसी बात क्या हो गई ! अकेले में सुविनय बाबू ने कहना क्या चाहा था !

भूतनाथ ने फिर एक बार विनती की—जगाने से लाभ क्या जवा...सो रहे हैं, सोएँ....खामख्वाह।

जवा और भी रूखी और कठोर हो उठी। बोली—जो कह रही हूँ, करेंगे कि नहीं आप ?

भूतनाथ विनय करते हुए खाट से उतर पड़ा। कहा—उनकी सेहत तो खराब नहीं हो रही है, फिर ऐसे वक्त वे ही क्या तुम्हें अकेली छोड़कर जाना चाहेंगे ?

जवा ने कहा—इतनी बातों का मुझे समय नहीं है भूतनाथ बाबू, वह न भी चाहे, तो भी उसे जाना ही पड़ेगा।

—क्यों, ऐसा क्यों कह रही हो तुम ? उसका भी तो अपना फर्ज़ है।

जवा गला फाड़कर चीखने को हुई, लेकिन रुलाई से गला रुँध गया उसका। बोली—नहीं, उसका कोई फ़र्ज़ नहीं।

—ऐसा क्या ?

जवा सुविनय बाबू के कमरे की तरफ चली जा रही थी, लेकिन उलटकर खड़ी हो गई। बोली—आप इस समय तर्क न करें। मुझे सब गड़बड़ लग रहा है—मेरे लिए उसका अब कोई कर्त्तव्य नहीं और मेरा भी उससे मिलना-जुलना ठीक नहीं।

—ऐसा क्यों ?

जवा पागल-सी तड़प उठी। बोली—भूतनाथ बाबू, मेहरबानी करके उसे घर छोड़

आइए। कहिएगा—वह अब कभी यहाँ न आए, कभी नहीं।

सुनकर भूतनाथ को काठ मार गया। जवा पगली-सी अपने पिता के कमरे में घुस गई।

पीछे-पीछे भूतनाथ भी गया। अचानक उसका सारा हिसाब ही गड़बड़ हो गया। जवा के चेहरे पर एक अस्वाभाविक कठिनता। लेकिन आँखों में वही सजलता। मानो अपने-आपको वह बड़ी मुश्किल से ज़ब्त किए हो।

सुविनय बाबू के कमरे में एक निःशब्द भयावनापन। डॉक्टर उनके मुँह की तरफ देखते हुए चुपचाप बैठे। उस चरम क्षण के लिए उद्ग्रीव-से। मानो तुरत अवश्यम्भावी पदसंचार शुरू होगा। छाया-छाया भोर। नीला अँधेरा। भूतनाथ ने उन्मुख आग्रह से डॉक्टर की तरफ ताका, लेकिन उस चेहरे पर विरक्ति न थी, व्यतिक्रम न था कोई।

और सुविनय बाबू ! उनकी मुँदी आँखें मानो इस दुनिया से परे किसी और लोक में लीन थीं। वहाँ जीवन नहीं, मृत्यु नहीं, है एक अवाङ् मानस-गोचर अलौकिक स्वाद ! उनके चेहरे पर एक बारीक रेखा थी हँसी की।

खड़े-खड़े भूतनाथ को बहुत-सी यादें याद आने लगीं।

एक दिन सुविनय बाबू ने कहा था—आत्मा में परमात्मा, जगत् के बीच जगदीश्वर को पाना चाहिए। बात यह बहुत सहज है भूतनाथ बाबू, लेकिन इससे कठिन भी कोई बात नहीं। जैसे एक सहज बात है—स्वार्थ का त्याग करके—सभी भूतों पर दया बढ़ाकर, हृदय से वासना को निकाल फेंकने से ही मनुष्य की मुक्ति होती है—इसी सहज बात के लिए एक राजकुमार को राज-पाट छोड़कर दर-दर की खाक छाननी पड़ी।

और एक दिन माघोत्सव के अन्त में कहा था—नदी जब चलती है, तो दोनों तटों से केवल पाती ही चलती है—'पाना' ही होती है साधना उसकी, लेकिन जब समुद्र से जा मिलती है, तब आती है उसकी देने की बारी—देना ही हो जाता है उसका ध्यान। अपना सब-कुछ देते चलने का यह जो अन्तहीन दान है, यह तो पूर्णतया पाना है। इसमें रिक्त होने पर भी क्षति नहीं होती। अपना क्षय करके ही अक्षय की उपलब्धि होती है। संसार में इसीलिए क्षय है। मृत्यु है, इसीलिए हम अमृत को जानते हैं; क्षय है, इसीलिए अक्षय को समझ पाते हैं।

आज इसीलिए मौत के सामने पड़कर भी उनके चेहरे पर से हँसी की रेखा नहीं मिटी।

भूतनाथ ने जवा की ओर देखा। वह चाँद के एक टुकड़े-सी दीख रही थी। तेज न था, मगर वही स्निग्धता, वैसी ही छाया। शीतल। चेहरे पर बिखरी उदासी। एक ही जगह एक-सी बैठे उसने रात बिताई। भूतनाथ ने समीप जाकर कहा—तुम जाकर आराम कर लो जवा, मैं तो हूँ ही।

उसने कोई जवाब नहीं दिया।

बाहर पूर्व आसमान साफ होता आ रहा था। भूतनाथ दुतल्ले के बरामदे पर ही कुछ देर खड़ा रहा। आज सुबह से ही जवा की गिरस्ती ठप पड़ी थी। कहीं भी शब्द

का कोई आंडम्बर नहीं। मौत की छाया यहाँ घनी हो आई थी, इसीलिए सारी दुनिया मानो मुरझाई पड़ी थी—सारी सृष्टि बिखरी-बिखरी।

बगल के कमरे में सुपवित्र अब भी सो रहा था।

भूतनाथ ने पास पहुँचकर पुकारा—सुपवित्र बाबू—

अनाड़ी शिशु-जैसा वह निर्भय सो रहा था। पुकारने से फड़फड़ाकर उठ बैठा। चारों तरफ देखने पर परिस्थिति याद आ गई। आँखें पोंछते हुए पूछा—बाबूजी अभी कैसे हैं ?

भूतनाथ ने कहा—डॉक्टर बाबू आए हैं—हालत वैसी ही है।

सुपवित्र मन-ही-मन जैसे लजाया। सब-कुछ पहने-ओढ़े ही सो पड़ा था। बिछौने पर नज़र पड़ते ही पूछा—और...

—जवा की पूछ रहे हैं ? वह भी वहीं है।

—क्या बजे ?

थोड़ी देर पहले जवा जो कह गई थी, वह बात कैसे कहे, कहे भी या नहीं, इसी चिन्ता में भूतनाथ अनमना-सा हो पड़ा था। इतने में सुपवित्र ने कपड़े सँभाल लिए। जवा की कंघी से वह बाल सँभाल रहा था। एक दिन इस घर पर वह अधिकार करेगा। आज भी जो बिराना है, दो दिन के बाद ही वह अंतरंग हो जाएगा।

सुपवित्र ने कहा—आपने मुझे पहले ही क्यों न जगा दिया भूतनाथ बाबू ?

भूतनाथ के जवाब से पहले ही जवा अन्दर आई।

भूतनाथ भी जवा को देखकर ठीक से पहचान नहीं सका। सोए-सोए भी क्या कोई चल सकता है ! लगा, जवा का लम्बा शरीर अभी-अभी अवश हो पड़ेगा। छाया-शरीर हो मानो। रक्त-मांसहीन, स्पर्श-गन्ध-रंगहीन एक विवर्णता !

जवा ने कहा—भूतनाथ बाबू—

उसका कंठ-स्वर सुन सुपवित्र भी उसकी ओर मुड़ा। पूछा—बाबूजी कैसे हैं ?

वह छाया-शरीर अब मानो ज़रा हिली। बोली—सुपवित्र, तुम अभी तक गए नहीं हो ?

इस सवाल से सुपवित्र मानो कुछ विचलित हुआ। क्या जवाब दे, सोच न सका।

जवा ही फिर बोली—अब तुम घर चले जाओ सुपवित्र !

—घर जाऊँ ?—वह ऐसे सवाल के लिए बिलकुल तैयार न था।

—हाँ, अपने घर जाओ।

—लेकिन मुझे तो कोई तकलीफ नहीं है ?

—न हो तकलीफ, तुम घर जाओ—फिर कभी यहाँ न आना। बने तो मुझे भूलने की कोशिश करना। भूतनाथ बाबू, आप आइए—बाबूजी नहीं रहे !

भूतनाथ को आज भी स्पष्ट याद है। बाबूजी ! बड़े महल के खंडहरों के साथ ही यह भी क्या भूलने की बात है ! जो जीवन से लिपटे-चिपटे हैं, उन्हें भूलें तो अपने को भी भूलना पड़ता है जो ! उस रोज सुबह के धुँधलके में जवा की वह स्पष्ट उक्ति मानो

भूतनाथ को आज भी सुनाई पड़ती है।

बाबूजी नहीं रहे !

सच ही आज बहुतेरे नहीं रहे। तब के लोगों में से आज बहुतेरे नहीं हैं। जाने कहाँ हवा में खो गए ! कहाँ है ननीलाल ! कहाँ वंशी ! कहाँ चिन्ता ! कहाँ गए नन्हे बाबू ! कहाँ गए विधु सरकार, इब्राहिम और बद्री बाबू ! और कहाँ तो गई छोटी बहू ! बड़े महल से भूतनाथ के जीवन-परिच्छेद में जो यति आई थी, उसकी समाप्ति हुई जवा के साथ-साथ।

आज भी उस रास्ते से गुज़रते हुए ऊपर की ओर ताकने से दिखाई पड़ता है। दिखाई पड़ता है एक और ही रूप। एक नया ही रूप लिए समूचा मकान दोनों रास्तों के मोड़ पर खड़ा है। ऊपर की खिड़की खुली रहती है। अन्दर जलती रहती है रोशनी। बीच-बीच में तिरती आती हैं गीत की कड़ियाँ। अन्दर ऑर्गन बजाकर शायद जवा ही की लड़की गाती है। वैसी ही मीठी आवाज़। रुक जाने को जी चाहता है। जी चाहता है, ज़रा देर सुने। अन्दर घुसने का लोभ हो आता है। चलते-चलते गीत के शब्द मानो उसका पीछा करते हैं–

जीवन के कुंज में तुम्हारी ही रागिनी सदा गुंजित हो
हृदय के कमल पर सदा तुम्हारा ही आस सज्जित हो
तुम्हारे नन्दन-गन्ध-नन्दित सुन्दर भुवन में घूमा करूँ
तुम्हारे चरणों की रेणु मलकर यह तन सदा रंजित हो !

जवा की बिटिया ने भी ठीक जवा-सा ही गाना सीखा है। और सुपवित्र ? वह चर्चा अभी रहे।

उस दिन बड़े महल में लौटा तो वहाँ भी एक परिवर्तन देख वह अवाक् रह गया। वहाँ भी मिस्त्रियों का मेला। आँगन में ईंटों का ढेर। अस्तबल में चूना-बालू का पहाड़। चारों तरफ कूड़ा-कतवार। नाचघर से बालक बाबू वकील कागज़-पत्तर लेकर बाहर निकले। अलाउद्दीन के दिये-सा इन्हीं कै दिनों में बड़े महल में गज़ब का परिवर्तन हो गया।

वंशी उसके पास आया–कै दिनों तक कहाँ गायब रहे आप ?

आँगन के बीचों-बीच वहाँ से यहाँ तक दीवार खींची जा रही थी। यहाँ-वहाँ सूता तना था। पन्द्रह इंच मोटी दीवार। बीच में छह फुट का दरवाज़ा। दासू जमादार के कमरे की तरफ भी लकीर खींची गई थी। वहाँ भी बीच में दीवार खड़ी हो रही थी। चारों तरफ हलचल।

वंशी ने कहा–आपस में बँटवारा हो रहा है साले साहब। हाँडी अलग हो चुकी है।

इन्हीं कै दिनों में इतना परिवर्तन हो गया। माथे पर ईंटों का बोझ लिए कुली चिल्लाते–होशियार–और दूसरे ही क्षण मचान पर ईंट गिरने की आवाज़ होती। उस छोर पर एक मिस्त्री सूता पकड़ता, दूसरे छोर पर दूसरा उसे ताने रहता। ओलन से

जाँच-परख करते—टेढ़ी-मेढ़ी न रह जाए दीवार। ऊँची दीवार होगी। उधर के लोग इधर न देख सकें। अस्तबल के भी तीन हिस्से हो गए। एक हिरण्यमणि का, एक कौस्तुभमणि का और एक चूड़ामणि का।

वंशी बोला—सब बदल गया हुज़ूर ! बड़े महल में अब जी नहीं टिकता।

भूतनाथ ने पूछा—छोटी बहू का क्या हाल है वंशी ?

—जी, अच्छा नहीं है हुज़ूर !

—एक बार उनसे मिलना चाहता था। बहुत दिनों से भेंट नहीं हुई है।

वंशी के चेहरे पर कैसी तो दुविधा फूट उठी।

भूतनाथ ने कहा—तू उनसे कह रखना, शाम को आऊँगा।

वंशी बोला—भेंट नहीं करें, तो क्या ?

—क्यों, तबीयत ठीक नहीं ?

वंशी बोला—जी, तबीयत तो उनकी कई दिनों से खराब चल रही है, कल तो एकबारगी बदहोश हो गईं। अब गईं, तब गईं—ऐसी दशा।

—क्यों ?—भूतनाथ सिहर उठा।

—जी, कई दिनों से कुछ खातीं-पीतीं नहीं और उसी खाली पेट में वह ज़हर। कब तक बर्दाश्त हो भला। रात चिन्ता मुझे बुलाने आई। गया आखिर। बर्फ नहीं थी। बेनी से पैंचा ली बर्फ। माथे पर दिया। मगर उससे क्या होता है ! अन्त में पिछली बार जो किया था, वही किया। इमली घोलकर पिला दी ज़बरदस्ती। तब कहीं सोईं। नहीं तो पूछिए मत, जो तड़प रही थीं। आँखें उलट गई थीं।

—बहूजी को तुम वह सब देते क्यों हो ?

वंशी ने कहा—मैं क्यों देने लगा भला ! मुझसे लाने को कहती हैं तो मैं 'ना' कह देता हूँ। इसी के लिए मुझे क्या नहीं सुनातीं ! रुपया नहीं रहता है, तो सोने की चूड़ी, कान की बाली खोलकर देने लगती हैं। इस तरह उन्होंने कितना जो गँवाया, क्या बताऊँ ! आखिर यह सब आता कहाँ से है, आप ही कहिए ?

भूतनाथ ने पूछा—छोटे बाबू कुछ नहीं कहते ?

—जी, खुद तो उन्होंने छोड़ दिया है। सबको बारहा मना कर दिया है कि छोटी माँ को कोई शराब न दिया करे। आपे में रहती हैं तो छोटी माँ भी कहती हैं, माँगूँ भी तो मुझे न दिया करना। लेकिन कभी-कभी ऐसा कर बैठती हैं न ! दोनों हाथ पकड़कर गिड़गिड़ाने लगती हैं—बस, एक बोतल ला दे। फिर कभी न कहूँगी। होश में कितनी भली और जब मदहोश हो जाती है, हाथ-पाँव पकड़ने लगती है, तो देखकर माया होने लगती है। अभी-अभी उस रोज़, मँझली चाची तो अब छोटे बाबू की तरफ ही हैं।

—ले कौन आया !

—जी, बेनी। वह तो मँझले बाबू की तरफ है। उसे क्या पड़ी है ! पराया ही तो ठहरा। बस उस दिन पी कि वही हाल हुआ। हाथ-पाँव खींचने लगीं, आँखें उलट गईं। और बदन में ताकत। कहिए मत। मैं और चिन्ता हलुआ-हैरान। मुँह से फेन निकलने

लगा। जान जाने की नौबत। मैंने बेनी को सुनाया भी खूब। कह दिया—अरे, अलग तो आज हुआ है, आज तक नमक तो छोटे बाबू का ही खाता रहा। छोटे बाबू और मँझले बाबू दो हैं। भाई ही हैं। एक माँ के पेट के।

बोलते-बोलते वंशी कह उठा—अरे जा—

भूतनाथ ने पूछा—क्यों ?

वंशी बोला—इतना काम पड़ा है और मैं गप्प में मशगूल हो गया हूँ। छोटे बाबू साबू खाएँगे। बाज़ार जाना है।

भूतनाथ ने पूछा—आजकल बाज़ार तुम्हीं जाते हो ?

—केवल बाज़ार ही ? जी, अकेले ही सब करना पड़ता है। हाट-बाज़ार, झाड़ू-बुहारू। है ही कौन ? मधुसूदन काका जो वही घर गए हैं, सो नहीं लौटे। और लोचन ने पान-बीड़ी की दूकान खोल दी है, जानते ही हैं। बेनी और श्यामसुन्दर उनके हिस्से में चले गए हैं। नन्हे बाबू ने सबको निकालकर ससुराल के आदमी को रखा है। पुरानी में से बड़ी माँ की नौकरानी सिन्धु रह गई है। हमारी तरफ पकाती-चुकाती हैं मँझली चाची। रसोई के सिवाय सब तो मुझे ही करना पड़ता है।

अचानक उसके हाथ में झटका देकर वंशी ने कहा—हट जाइए साले साहब, चटपट खिसक पड़िए।

भूतनाथ वंशी की यह घबराहट समझ नहीं सका। पूछा—क्यों, हुआ क्या ?—उसने इधर-उधर देखा।

—सरकार बाबू आ रहे हैं। चल दीजिए यहाँ से।

—क्यों ? विधु सरकार मेरा क्या कर लेगा ?

—चलिए भी। आदमी यह बेहद बुरा है हुज़ूर !—चोर-कमरे के पास जाकर बोला—आप तो काम पर जाएँगे ? आपका भोजन बनाने को कहूँ।

—नहीं। मुझे कै दिनों की छुट्टी है। देर से जाऊँगा। विधु सरकार ने बही से मेरा नाम काट दिया है।

वंशी बोला—आप तो हम लोगों की तरफ हैं हुज़ूर, सरकार क्या बिगाड़ सकता है ? मगर आदमी वह अच्छा नहीं। झूठ-मूठ की निन्दा करता फिरता है। उसने मँझले बाबू से आपके बारे में सब कहा है।

—क्या कहा है ?

—दुनिया-भर की झूठी बातें। उस दिन आप छोटी माँ के कमरे से निकल रहे थे, मँझले बाबू ने देख लिया था, मगर आपको पहचान नहीं सके थे। मुझसे पूछा—कौन था रे ? मैंने कहा, मैं ही तो हूँ। इस पर वे बोले, बरामदा अँधेरा क्यों रहता है, रोशनी जलाया कर ? बस, बात यहीं खत्म हो गई। लेकिन सरकार ने मँझले बाबू को आपका नाम बता दिया। कह दिया, वह आदमी रोज़ रात को छोटी बहू के पास जाता है। गाड़ी पर उसके साथ बाहर जाता है। एक दिन आप छोटी माँ के साथ गए थे न बाहर, वही।

—फिर क्या हुआ ?

—हगामा हो गया। मँझले बाबू कहने लगे—है कहाँ वह आदमी ? भाग्य से आप उस समय तक आए नहीं थे। मँझली माँ को भी कम न जानिए। गिरि ने कहा—हाँ-हाँ, मैंने भी देखा है। इस पर छोटी माँ ने कहा—वह मेरा गुरुभाई है। आता है। इससे क्या ? बड़ी माँ ने भी छींटे कसे...वह सब-कुछ मैं बता नहीं सकता हुज़ूर ! मँझली माँ और बड़ी माँ ने छोटी माँ को जो मुँह में आया, वही सुनाया। कई दिन जो लड़ाई हुई...वह सब सुनें तो कान में उँगली देनी पड़ेगी। खैर। आप ज़रा यहाँ बैठें, मैं बाज़ार से हो आऊँ।

यह सब सुनकर भूतनाथ को जाने कैसा डर लगने लगा। बोला—वंशी, इसके बाद भी इस घर में मेरा रहना ठीक होगा ?

वंशी चला जा रहा था। मुड़कर खड़ा हो गया। बोला—कहते क्या हैं आप ! आई-गई बात हो गई। अब तो हम अलग हो गए हैं।

—लेकिन छोटे बाबू ने तो सब सुना होगा ?

—छोटे बाबू भी क्या आदमी हैं हुज़ूर ! उन्हें अपने हाथों खिलाना पड़ता है, पकड़कर सुलाना पड़ता है। वे न तो किसी के छह में हैं, न पाँच में। हाथ-पाँव झूल गए हैं। बेबस। आदमी नहीं रह गए हैं वे। लेकिन जब तक छोटी माँ न कहें, मैं आपको जाने तो नहीं दे सकता।

—आज एक बार उनसे मुलाकात करा दोगे ? बस, एक बार।

—करा दूँगा, लेकिन काफी रात होने पर, जब सब सो जाएँगे।

—तो मुझे बुला ले जाना। मैं जगा रहूँगा।

—वह देखा जाएगा। अभी आप बैठिए, मैं आया।—वंशी चला गया।

बिस्तर पर पड़े-पड़े भूतनाथ आकाश-पाताल सोचने लगा। यह घर छोड़कर चल देना होगा, यह सोचते ही कैसी तकलीफ होने लगी। यह क्या सिर्फ आश्रय है उसका ! केवल आश्रय का ही लोभ है। चार दीवारें और उन पर एक छत—इसी का प्रलोभन ! और खाना ! बस इतना ही ? और कुछ नहीं ? दिनभर भूत के समान मेहनत करने के बाद यहाँ आकर सोने से शान्ति क्यों मिलती है ? कारण देकर इसे साफ-साफ समझाया नहीं जा सकता। लेकिन अगर छोटी बहू का आकर्षण ही इसका एकमात्र कारण हो, तो छोटी बहू ही कौन होती है उसकी ? सम्बन्ध क्या है ? किस तरह का सम्बन्ध ? कितनी बार छोटी बहू के भले की कोशिश की है उसने। छोटी बहू ने भी जाने कितनी बार उसे क्या-क्या कहा है। बेईमान कहा है। लेकिन तो भी जाने कहाँ से एक आत्मीयता हो आई थी ! उस दिन दोनों हाथों छोटी बहू को उसने जकड़ लिया, तो सारे शरीर में रोमांच नहीं हो आया ? छोटी बहू का सपना नहीं देखा ? जवा बेशक उसकी पहुँच के बाहर है। जवा को पाने का सपना देखने की उसे हिम्मत नहीं हुई कभी। लेकिन छोटी बहू के लिए भी क्या यह बात अक्षर-अक्षर सत्य है ! खैर। अच्छा ही हुआ, सारे प्रलोभनों से छूटकर, स्नेह-प्यार के आश्रय से बिछुड़कर और कहीं चला जाएगा

वह। नए सिरे से शुरू होगी ज़िन्दगी। नए ढंग से काल काटना। लेटे-लेटे उसे जवा का गाया हुआ गीत याद आ गया। यदि कभी कहीं भूल की हो, तो तुम मुझे माफ न करना–मेरा विचार करना। अपने हाथों विचार करना। सारे संसार में भूतनाथ जिन लोगों से मिला, जिन-जिनको प्यार किया, जिन्होंने प्यार नहीं किया–आज सब उसकी नज़रों में भीड़ लगा बैठे। अन्ना, राधा, हरिदासी, जवा, छोटी बहू–सब। सबसे विदा लेकर चला। शायद ज़िन्दगी में फिर कभी भेंट न हो। मगर तुम सब मेरा विचार करना। अगर मुझसे गलती बन पड़ी हो, तो मुझे माफ न करना, सज़ा देना, वह सज़ा मैं सिर नवाकर स्वीकार करूँगा।

याद है, एक माघोत्सव में जवा ने गाया था–

मेरा करो विचार, प्रभो! तुम अपने होकर,
लाया दिन का कर्म तुम्हारे ही विचार-घर।
झूठी पूजा करूँ कहीं जो
मिथ्याचार धरूँ सिर पर तो
करूँ पाप, मन से अविचार किसी के ऊपर!
दिया लोभ से पर को दुख जो
हुआ त्रास से धर्म-विमुख जो
पर की पीड़ा से सुख जो पाया हो क्षण-भर!

वहाँ से आने के दिन भूतनाथ ने जवा से पूछा था–सुपवित्र को तो तुमने निकाल दिया, क्या मुझे भी आने से मना करती हो?

घर-भर में विधवापन-सी एक अकरुण निर्जनता। जवा की वह प्रखरता खो गई थी। वैसी व्यस्तता, चलने-बोलने में वह चंचलता नहीं रही। प्रत्येक पदचाप में सुविनय की अनुपस्थिति प्रखर हो उठी थी।

जवा ने अब तक एक भी बात का जवाब नहीं दिया। अपने ही में खोई बैठी थी। इतनी-इतनी सिलाई, इतनी इन्तज़ार–सब मानो समाप्त हो गया। अतिथि आने के पहले ही बुझ जानेवाले दीये-जैसे अपार सूनेपन ने मानो जवा को ढँक लिया था। गो कि उसका यह व्यवहार जैसा आकस्मिक था, वैसा ही युक्तिहीन। इस सूने घर में आखिर उसकी निगरानी कौन करेगा? किससे बातें करके वह समय काटेगी? किसकी सेवा करके दिन बिताएगी? इन प्रश्नों का उत्तर देना मानो जवा का काम नहीं।

अन्त में खुद भूतनाथ ने ही सारी व्यवस्था कर दी। नौकरानी ने कहा–देखो, जब तक दूसरा कोई इन्तज़ाम नहीं हो जाता, तब तक तुम्हें दीदीजी के पास रात-दिन रहना पड़ेगा।

नौकरानी राज़ी हो गई। बोली–लेकिन दीदीजी के ब्याह में मुझे नया कपड़ा देना पड़ेगा।

भूतनाथ ने कहा–यह उस समय देखा जाएगा–अभी ज़रा सावधान रहना। घर का दरवाज़ा खुला न रहे–घर में कोई मर्द नहीं है–अपना-जैसा घर सम्हालना, काम-काज

करना। जानती तो हो, दीदीजी के अपना कोई नहीं।

जवा ने इस व्यवस्था पर न तो हामी भरी, न ना कहा। गूँगी-सी बैठी सुनती रही केवल।

समाज के आचार्य धर्मदास बाबू आए थे। कह गए—बेटी, कोई ज़रूरत पड़े, तो मुझे खबर देना। मैं तुम्हारे पिता के समान हूँ, मुझसे संकोच न करना।

समझा भी गए—तुम तो सभी जानती हो बेटी, तुम्हें क्या बताऊँ ? जीवन का तत्व ही यही है—मौत में से नवीनता का प्रक्रम। संसार का संचय इसीलिए दिन-दिन क्षय हो जाता है। इस संसार की शुरुआत शिशु से होती है और वही संसार एक दिन उसे बूढ़ा बना छोड़ता है। इसीलिए उपनिषद् की मैत्रेयी ने कहा था—येनाहं नामृता स्याम किमहं तेन कुर्याम्।

रूपचन्द बाबू भी आए थे। बोले—मेरी बच्चियाँ तुम्हारी हम-उम्र हैं। यहाँ अगर तकलीफ हो तो तुम मेरे घर चल सकती हो। दोनों ही घर तुम्हारे हैं, जो अच्छा समझो।

भूतनाथ ने कहा—लेकिन जवा, सुपवित्र को तो तुमने खदेड़ दिया, क्या इसी तरह जीवन बिताने की सोच रही हो ?

जवा ने कहा—मैं आपके पैरों पड़ती हूँ भूतनाथ बाबू, मुझे ज़रा देर एकान्त में रहने दीजिए।

उसका धीरज देखकर भूतनाथ को अवाक् रह जाना पड़ा। लोग जब सुविनय बाबू को वहाँ से ले गए, तब भी उसकी आँखों से एक बूँद आँसू नहीं गिरा। एक भी शब्द नहीं बोली वह। रोने की बात तो अलग, सोचा भी नहीं जा सकता कि वह अपने को संयम से इस कदर ज़ब्त रख सकेगी।

सुपवित्र तो भी आया था एक बार। अन्तिम संस्कार के समय वह शुरू से आखिर तक एक तरफ खड़ा था। उसने किया कुछ नहीं, चेहरे पर जाने कहाँ तो एक संकोच-सा, एक अपराधी-सा भाव था। एक-एक कर जब सब लोग चले गए, तो वह भी चला जा रहा था। मानो उसे करने को कुछ न रहा।

भूतनाथ को कैसी तो तकलीफ हुई। पूछा—आप भी जा रहे हैं ?

—हाँ।—कहकर ही वह रास्ते पर जा रहा।

भूतनाथ ने लपककर उसे पकड़ा। कहा—ऐसे में आप भी अबूझ न बन जाएँ। जवा को देखने वाला कोई नहीं, इसे आप न भूलें।

सुपवित्र ज़रा ठिठका, फिर चल पड़ा।

भूतनाथ ने कहा—रूठकर जवा ने जाने क्या कहा, उसी से अगर आप भी रूठ जाएँ तो काम कैसे चले।

शाम हो चुकी थी। गलियों की गैस-बत्तियाँ जलाई जाने लगी थीं। सुपवित्र का चेहरा साफ दीख रहा था। उसने सिर्फ इतना कहा—इसके बाद भी मुझे आने को कहते हैं ?

सान्त्वना देते हुए भूतनाथ बोला—उसने ऐसा कहा भी क्या ! मैं उसे छुटपन से ही जानता हूँ, उसकी बात पर आप नाराज़ न हों, यही स्वभाव है उसका। क्या कहती

है, वह खुद भी नहीं जानती। उसे माँ का प्यार न मिला। तिस पर आठ-नौ साल तक गँवई-गाँव में पली। मुझसे तो कितनी ही बार कितना-कुछ कहा है, मगर आए बिना रहा गया मुझसे कि मैंने गुस्सा किया ?

—गुस्सा ?—सुपवित्र मानो हँसा। वह हँसी थी या रूठना था, अँधेरे में ठीक-ठीक पता न चला। कहा—नाहक गुस्सा मैं क्यों करूँ भला, गुस्सा नहीं किया है—एक साथ इतनी बात बोलकर वह हाँफ-सा उठा।

भूतनाथ ने पूछा—फिर, कल आ रहे हैं न ?

सुपवित्र ने कहा—मुझे तो आने की मनाही है।

—फिर तो आपने ज़रूर गुस्सा किया है।

सुपवित्र बोला—यकीन मानें भूतनाथ बाबू, गुस्सा नहीं किया है—सच ही मुझे आने की मनाही है।

भूतनाथ बोला—गुस्से में वह क्या कह गई, उसी को आप क्यों पकड़ बैठे हैं। अभी तो बहुत-कुछ करना बाकी है।

सुपवित्र फिर ठिठक गया। कुछ कहने जा रहा था—किन्तु...

—किन्तु-परन्तु रहने दीजिए, बहाना मैं नहीं सुनने का। आप कल आइए, मैं सब झगड़ा मिटा दूँगा।

सुपवित्र की आँखें जैसे जल उठी हों। गैस की रोशनी में भूतनाथ को उसकी शक्ल साफ दिखाई दी। सुपवित्र ने गर्दन झुका ली। बोला—शायद आपने सुना नहीं, जवा के पास जाने का मुझे अब चारा भी तो नहीं।

—ऐसा क्या ?—भूतनाथ के मन में एक साथ ही बहुत-से प्रश्न उठ आए।

लेकिन सुपवित्र तब तक काफी दूर निकल गया। काठ का मारा-सा भूतनाथ कुछ देर वहीं खड़ा रहा। भूत ने पकड़ा हो, ऐसे आदमी की तरह विह्वल दृष्टि से वह सुपवित्र को देखता रहा। उसके बाद जवा के यहाँ लौट गया।

जवा उपासना-घर में चुपचाप बैठी थी। तीसरे पहर से जैसी बैठी थी, ठीक वैसी ही। ज़रा भी नहीं हिली। जिसका तमाम दिन व्यस्तता में बीता, जो कामों में डूबी रहती है, इस-उस कमरे के चक्कर काटती रहती है, बातों में, गीतों में, सुबह से शाम तक खोई रहती है, उसकी यह परिणति आँखों को खटकती है। दीवार पर सुविनय बाबू की तसवीर राजा-रानी के फोटो के नीचे टँगी थी। जवा की उधर भी नज़र नहीं थी। भूतनाथ को देखकर भी मानो देख नहीं रही थी।

भूतनाथ ने कहा—जवा, दिन-भर तुमने कुछ खाया नहीं, खा लेती तो अच्छा होता।

जवा बोली—आप बल्कि कुछ खा लीजिए—और वह उठने लगी।

भूतनाथ ने बाधा दी। बोला—ठहरो, उठने की ज़रूरत नहीं। अपने खाने का प्रबन्ध मैं कर लूँगा। लेकिन उससे पहले तुमसे एक बात पूछूँ ?

जवा ने भूतनाथ की आँखों में आँखें गड़ाईं। फिर भी जब भूतनाथ की ज़बान पर कोई प्रश्न नहीं आया तो बोली—पूछिए।

भूतनाथ बोला—तुम्हारे पिताजी की इच्छा थी कि तुम्हारा भार सुपवित्र ही ले—लेकिन उसे तो तुमने हटा दिया।

जवा ने सिर झुका लिया। बोली—सुपवित्र को पता है कि मैंने उसे—वह और न बोल सकी।

भूतनाथ ने कहा—लेकिन सिर्फ सुपवित्र को बता देने से ही क्या सारे मामलों का हल हो जाएगा ? तुम्हारा अपना भविष्य, सुपवित्र का भविष्य...तुम कुछ न सोचोगी ?

जवा कुछ देर चुप रही। फिर बोली—आप क्या सोच रहे हैं कि सुपवित्र को आने की मनाही करके मैं बहुत खुश हूँ ?

—तुम भी खुश न रहो और सुपवित्र भी दुःख उठाए—तो यह दुर्गति आखिर किसलिए ?

जवा बोली—यह क्या मैं नहीं जानती भूतनाथ बाबू, जानती हूँ, सुपवित्र घर जाते हुए रास्ते का चक्कर काटेगा। इन दिनों वह सो भी न सका हो शायद। और इतना ही क्यों, शायद वह मेरे ही दरवाज़े पर खड़े-खड़े ज़िन्दगी काट देगा—फिर भी मैं उसे यहाँ आने को नहीं कह सकती—आना उसका उचित भी न होगा।

—आखिर क्यों ?

जवा रो पड़ी। सुविनय बाबू के मरने से जो पत्थर-सी सख्त हो गई थी, उसकी यह कमज़ोरी अचरज में डालनेवाली थी।

बड़ी देर बाद भूतनाथ बोला—मुसीबत है अपनी—इस हालत में तुम्हें छोड़कर कैसे जाऊँ ?

जवा ज़रा रुककर बोली—आप फिक्र न करें। मैं आप अपनी राह तै कर लूँगी।

भूतनाथ बोला—लेकिन जब तक कुछ तय न कर लो तब तक मैं निश्चिन्त नहीं हो सकता।

जवा ने फिर गर्दन उठाई। रुलाई से पलकें भारी हो उठी थीं। बोली—भूतनाथ बाबू, आपका ऋण मैं जीवन में न चुका सकूँगी।

—ऋण की तो चर्चा ही बेकार है। संसार में कौन किसका ऋण चुका सकता है ! इतने बड़े अहंकार की क्षमता संसार में है किसे ?

—ना, आज सोचती हूँ कि आप पर कितने जुल्म किए हैं मैंने !

—ज़ुल्म की बात छोड़ो जवा, मैंने तो एक दिन कहा था तुमसे, यह अपना नशा नहीं, कर्त्तव्य है और सिर्फ कर्त्तव्य ही नहीं, व्रत है। तुम्हारे किसी काम आ सकूँ, तो अपने को धन्य समझूँगा। मैंने तो प्रतिदान कभी माँगा नहीं।

जवा ने सिर झुका लिया—भाग्य जिस पर विरूप हो, उससे प्रतिदान माँगना भी तो विडम्बना है।

—आखिर तुमने भी भाग्य का सहारा लिया ?

—जिसे उसकी विडम्बना सहनी पड़ी है, वही भाग्य का सहारा लेता है।

भूतनाथ बोला—सोचा था, दुर्भाग्य सिर्फ अपने ही हिस्से है—खैर। तुम जल्द कोई

राह चुन लो, मैं तो निश्चिन्त हो सकूँ।

जवा बोली—मुझे थोड़ा समय दीजिए। दो ही एक दिन में मैं तै कर लूँगी।

—अपना संकल्प मुझे बताने में कोई रुकावट है ?

जवा बोली—मैं अस्पताल में काम करूँगी।

—कहाँ ?

—पिताजी ने बाग बाज़ार वाले मकान में जो अस्पताल खोला है, उसी में। सोच रही हूँ। आप मुझे दो-चार दिन का समय दीजिए।

कुछ क्षण चुप रहकर भूतनाथ बोला—मैं एक बात पूछना चाहता हूँ। साफ-साफ जवाब दोगी ?

—पूछिए।

—सुपवित्र से ब्याह करने में रुकावट क्या है ?

जवा ने सिर उठाया। असहाय की तरह ताका। उसके बाद फिर सिर झुकाकर बोली—पता नहीं, आप विश्वास भी करेंगे या नहीं, पर आदमी के जीवन में बहुत बार जो घटित होता है, उसमें उसका कोई हाथ नहीं रहता। बाबूजी के आखिरी दिन की बात आपको याद है ? आप लोग दूसरे कमरे में चले गए, मैं उसके पास रह गई—कहकर चुप हो गई वह।

भूतनाथ ने कहा—फिर ?

—उसके बाद जो हुआ, सब सपने-सा लगता है—वह सपना बलरामपुर का। वहाँ रही भी कितने दिन ! दादाजी ने प्रतिज्ञा की थी, वे बाबूजी की शक्ल न देखेंगे। बाबूजी के ब्रह्मसमाजी बन जाने के अपराध को क्षमा न कर सके—मरने तक भी नहीं। लेकिन तब तक मेरी उम्र महज़ दो महीने की थी...उसी समय...

अचानक नौकरानी आई। बोली—कोई बाबू आए हैं दीदीजी !

भूतनाथ ने पूछा—कौन बाबू ?

—सो मैं नहीं जानती।

भूतनाथ ने नीचे जाकर देखा, धर्मदास बाबू थे। बोला—ऊपर चलिए। उन्होंने पूछा—जवा बिटिया कैसी है ?

वे रोज़ एक बार आ जाते थे। सुविनय बाबू के पुराने मित्र। जभी आते, काफी उपदेश दे जाते। कहते—माँ-बाप किसी के सब दिन नहीं रहते बिटिया—लेकिन नितान्त अपने की मौत में ही हम वास्तव में इस बात की उपलब्धि करते हैं कि हम जिसे भी पिता कहकर क्यों न पुकारें, वही हमारे पिता हैं—इसीलिए उपनिषद् में आया है 'पिता नोहसि'—पिता में पिता-रूप जो सत्य है, वह भी वही हैं—वही हैं निराकार परम पिता। माता में जो माता-रूप सत्य है, वह भी वही है—वही परम पिता। उसी परम पिता की उपलब्धि करो।

जवा ने पूछा—आप मुझे एक बात समझा दें कि जो मुझे अच्छा लगता है, उसके संचय और भोग में कुछ पाप है ?

उन्होंने कहा—जो वस्तु हमारे स्पर्श-दृष्टि-श्रुति-बोध को तृप्त करती है, वह निन्द्य नहीं होती। दरअसल बुराई अपने में ही होती है। जब हम सब-कुछ को छोड़ खुद को ही अपनाते हैं, तो वह अपवित्र हो उठती है—यही स्वार्थपरता असत्य है। अन्न को अगर हम बदन में मलें तो वह अपवित्र है; खाएँ तो कुछ बुराई नहीं। असल में अन्न का बदन में लगाना व्यवहार्य नहीं है।

ज़वा ने फिर पूछा—एक बात और ! मुझे यह समझा दें कि अतीत सत्य है या वर्तमान !

धर्मदास बाबू ने कहा—इस बात का जवाब कठिन नहीं है बेटी, तुम सब शोक से ऊपर उठोगी तो खुद समझोगी—सत्य सदा का है—सत्य का अतीत और वर्तमान नहीं होता।

जवा ने कहा—लेकिन जो सत्य मेरे अनजाने घट चुका है, मेरे अगोचर में, यों समझिए कि जब मैं मात्र दो महीने की थी—उस सत्य को भी क्या परम सत्य ही मानना पड़ेगा ?

उन्होंने कहा—बात एक ही है—चाहे जितने दिन पहले, चाहे जिस उम्र में घटे—जब अपनी दिशा एकान्त हो उठती है तो वह अपवित्र हो उठता है क्योंकि मैं तो केवलमात्र अपने में ही सत्य नहीं।—कुछ क्षण रुककर वे फिर बोले—आत्मा पतिव्रता स्त्री-जैसी है—उसका सर्वस्व अपने स्वामी से ही सत्य होता है। उसके इस स्वामी के बारे में उपनिषद् ने कहा है—'एषास्य परमा गतिः, एषास्य परमा सम्पत्, एषोऽस्य परमो लोकः, एषोऽस्य परम आनन्दः'—यही उसकी परम गति, चरम सम्पद्, आश्रय, आनन्द—सब हैं।

धर्मदास बाबू के चले जाते ही जवा उठ खड़ी हुई। बोली कुछ नहीं। सीधे जाकर दरवाज़े की कुंडी बन्द कर दी।

भूतनाथ ने इतना ही पूछा—कुछ खाओगी नहीं ?

जवा ने जवाब न दिया। किन्तु देखने से ऐसा लगा, उसके सारे शरीर का लहू उसके चेहरे पर सिमट गया है। बिस्तर पर पड़कर तुरत वह रोना ही शुरू कर देगी।

चोर-कमरे के अन्दर पड़े-पड़े यही बातें सोच रहा था भूतनाथ। बड़े महल में रात का सूनापन दमक उठा था। लेकिन चारों तरफ पहले से भी ज्यादा सन्नाटा। दक्षिण के बगीचे से अब वे आवाज़ें नहीं आतीं। दासू जमादार के बेटे की बाँसुरी की आवाज़ न आई। वह अजानी चिड़िया न चीखी बाग के आँवले पर। धीरे-धीरे रात काफी हो गई। लेकिन वंशी कहाँ आया ?

वंशी कह गया था, खूब होशियार रहिए साले साहब, मँझले बाबू बहुत बिगड़े हुए हैं। कहा है, महल की बहू से बाहर का आदमी मिले-जुले, यह कैसी बात !

भूतनाथ ने इस पर कहा था—ऐसे में मैं यहाँ क्यों रहूँ वंशी, मैं कल ही यहाँ से चल दूँ।

वंशी बोला था—जब तक छोटी माँ हैं, तब तक रहिए हुज़ूर ! अब तो सब अलग

हो गए हैं। मैं भी अब नहीं रहूँगा हुज़ूर, आखिर किसके लिए रहूँ !

बात सही है। यों बड़े महल के ऐश्वर्य का आकर्षण भूतनाथ को नहीं है। शुरू-शुरू में था। वहाँ के गाड़ी-घोड़ा, नौकर-चाकर, ब्याह-पूजा—सबसे अपने को उसने एकात्म कर लिया था। औरों के साथ-साथ उसके लिए भी जूता-कपड़ा मँगाया जाता था। सबके साथ वह भी अपने को इस घर का एक सदस्य समझता था।

वंशी ने कहा था—अब की से शायद पूजा भी बन्द हो जाएगी हुज़ूर ! हिस्सेदारी की पूजा—कौन भार ले ?

हुआ भी यही। इतने दिनों से चली आती थी पूजा। कितनी स्मृतियाँ जुड़ी थीं। इतने-इतने लोगों के कल्याण को तिलांजलि देकर पुरखों से चली आनेवाली पूजा बन्द हो गई। यह घटना जैसी अचरज की थी, वैसी ही मार्मिक भी। कलकत्ते में इसके लिए बाबुओं की बदनामी हुई। छोटे बाबू की चुन्नी को नाटूदत्त ने अपने पास रख लिया। शायद उसे गाड़ी खरीद दी है। आँखों के आगे बड़े महल की ऐसी हार देखकर भी किसी को होश न आया। और ननीलाल ! उसी ननीलाल को यह घर बची-खुची जायदाद लिख देने में चौधरी बाबुओं की आत्ममर्यादा को ठेस न लगी। हर महीने सूद की वसूली के लिए ननीलाल का आदमी आता। इस अवश्यम्भावी सर्वनाश को कैसे रोक सकते हैं ये !

आधी रात को दरवाज़े पर थपकी पड़ी—साले साहब !

बिछौने से लपककर भूतनाथ ने दरवाज़ा खोल दिया। बोला—आ गया वंशी ! मैं तब से यही सोच रहा हूँ

—चलिए। लेकिन मँझले बाबू आज मँझली माँ के कमरे में हैं !

—तुमने छोटी बहू से कह तो दिया है न ?

—कह दिया है। मगर खूब धीरे-धीरे हुज़ूर ! बरामदे के बीच में दीवार खड़ी हो गई है, लेकिन उस पार से आवाज़ सुनी जाती है।

पाँव दबाए भूतनाथ छोटी बहू के कमरे के सामने खड़ा हुआ जाकर।

शायद सो रही थी। भूतनाथ के आने की सुन उठ बैठी। आँखों में अभी नींद थी। भूतनाथ को देखकर गम्भीर हो गई। कहा—इतने दिनों तक कहाँ था भूतनाथ ?

भूतनाथ बोला—नाराज़ न हों, मैं यहाँ था ही नहीं। आज ही आया हूँ। सिवाय रात के तुमसे भेंट भी तो नहीं की जा सकती।

छोटी बहू ने कहा—जहाँ था, वहीं रहता। अब क्यों आया—क्या देखने के लिए ?

भूतनाथ ने गौर किया। छोटी बहू के बदन पर गहने कम-से दीख रहे थे। नाक की कील कहाँ गई ? हीरे की वह बाली भी नहीं। उसकी जगह पर सोने का दूसरा ही ज़ेवर था कान में।

भूतनाथ बोला—तुमने एक दिन वरानगर जाने की बात कही थी। उसी के लिए आया हूँ...चलोगी ?

—सच ही मुझे ले चलेगा तू ? पलक मारते-भर में छोटी बहू फिर दमक उठी।

बोली—छोटे बाबू की जो दशा हो गई है, वह देखी नहीं जाती। दिन-दिन बदतर होती जा रही है। अब शायद ठीक न हो। शशी डॉक्टर देख रहा है, रुपया भी काफी ले जा रहा है। मैं वरानगर जाकर सिर्फ यही कहूँगी कि छोटे बाबू अच्छे हो जाएँ। बस, और कोई मन्नत नहीं।

भूतनाथ ने पूछा—शराब छोड़ दी तुमने ?

—छोड़ कहाँ सकी ! लुक-छिपकर अभी भी पीती हूँ। वंशी भी आजकल मेरी बात नहीं सुनता, कोई नहीं सुनता, फिर भी बिना पिए नहीं रह सकती—जाने छोटे बाबू बिना शराब के कैसे रह लेते हैं ?—छोटी बहू तकिए से ओठँग गई।

भूतनाथ बोला—मैं भी तुम्हारे लिए मन्नत करूँगा छोटी बहू, कि तुम भली हो जाओ। मेरे लिए भी पान-सुपारी मँगाकर रख लेना।

—तो फिर कब चलता है ?

भूतनाथ जवाब देने ही जा रहा था कि बाहर कुछ शोर मचा। शोर मचा और दौड़ता हुआ वंशी आ धमका—साले साहब, सर्वनाश हो गया—चलिए !

—क्या हुआ रे वंशी ?

छोटी बहू की बात का वंशी ने जवाब नहीं दिया। सिर्फ इतना बोला कि आप बाहर न निकलें माँजी, मैं आया।

बाहर जाकर वंशी ने कहा—आप चोर-कमरे में घुस पड़ें हुज़ूर—बैठके में आग लगा दी है।

आग ?—भूतनाथ अवाक् हो गया—किसने लगाई ?

वंशी बोला—आप बाहर न निकलें हुज़ूर—आँगन में सभी इकट्ठे हुए हैं। बेनी मँझले बाबू को बुलाने गया है।

—आग लगाई किसने वंशी ?

जाते-जाते वंशी ने कहा—बद्री बाबू ने।

—बद्री बाबू ने ? क्यों ?

भूतनाथ के अचरज की सीमा न रही। इतनी चीज़ों के होते अन्त में बद्री बाबू ने आग लगा दी ?

वंशी ने कहा—इधर उनका दिमाग खराब हो गया था न।

—दिमाग कब खराब हुआ ?

—जी, उस दिन मँझले बाबू ने उन्हें फटकारा था। घर में पन्द्रह-पन्द्रह घड़ियाँ हैं, एक भी ठीक समय नहीं देती—वे दिन-रात पड़े ही रहते हैं। इसीलिए मँझले बाबू ने कहा था—निकाल देंगे। सरकार बाबू ने कहा था—घड़ी के लिए आदमी रखने की ज़रूरत नहीं। हम लोग आप ही देख लेंगे। आदमी पर खर्च क्या कम पड़ता है।

उधर वंशी गया कि इधर चोर-कमरे से बाहर निकलकर भूतनाथ अँधेरे में खड़ा-खड़ा देखने लगा। अँधेरे आँगन में लाल आभा। घड़ों से सब बैठके में पानी उँडेल रहे थे। यह कैसा बदला ! सबके साथ वंशी भी घड़े में पानी ढो रहा था। पानी से

बह गया आँगन। चारों तरफ धुआँ भर गया। एक अजीब बू हवा को गन्दा कर रही थी। भूतनाथ ने नाक पर कपड़ा रखा।

इतने में लगा, सब मिलकर किसी को बैठके से बाहर निकाल रहे हैं। अँधेरे में सब छाया-मूर्ति से दीख रहे थे। साफ पहचानना मुश्किल। आसमान धुँधला। चाँद की कहीं निशानी भी नहीं। डरी हुई रात सहसा और डरावनी हो उठी।

वंशी फिर आया। बोला—आप अन्दर रहिए हुजूर ! वहाँ मँझले बाबू हैं—आपको देख लेंगे।

भूतनाथ ने पूछा—लोगों ने किसे अन्दर से खींचकर निकाला रे वंशी ?

—जी, बद्री बाबू को। जलकर बैंगन का भुरता हो गए हैं। अभी भी ज़रा-ज़रा होश है। कीं-कीं कर रहे हैं।

—ऐसा कैसे हुआ ?

वंशी बोला—घर में एक भी घड़ी नहीं बची हुजूर, पन्द्रह घड़ियों को बैठके में बटोरा, उन पर अपना कपड़ा-लत्ता भी रख दिया और अन्दर घुसकर आग लगा दी। गज़ब का ज़ोर है—कब जो यह सारा कुछ किया, किसी को पता नहीं। वंशी दौड़कर फिर उधर ही चला गया।

अब शायद दमकल आ गई। घंटा बजाते हुए महल के अन्दर दाखिल हुई। उस पर मुहल्ले वालों की चीख-पुकार से अँधेरी रात मुखर हो उठी। पास-पड़ोस की छतों पर लोग जमा हुए थे। आग बुझ जाने पर भी धुएँ में आँख खोलना मुश्किल। भूतनाथ की आँखों में जलन होने लगी। दमकल ने सों-सों करके पानी डालकर आग ठंडी कर दी। सब ठीक हो गया। भूतनाथ ने कमरे में जाकर अन्दर से कुंडी लगा दी। क्या करना ! कहीं देख न लें मँझले बाबू ! कल काम भी बहुत है। तड़के ही उठकर जवा के यहाँ जाना है। शाम को छोटी बहू को लेकर वरानगर जाना। अब रात भी बाकी न थी। भूतनाथ ने एक झपकी लेने की कोशिश की।

लेकिन अँधेरे में भी आँखों पर बद्री बाबू की शक्ल खिंच जाने लगी। घड़ियों से बद्री बाबू को इतना गुस्सा क्यों ? जो आदमी हर रोज़ हर घंटे घड़ी मिलाया करता था, समय की पद-ध्वनि सुनने के लिए रात-दिन कमर में घड़ी रखा करता था, उसने यह क्या किया ! क्या बद्री बाबू ने समय का गला घोंटना चाहा था ? या समय ने ही आखिर में बद्री बाबू को दगा दिया ? कौन जाने !

अजीब रात। न ठीक-ठीक नींद, न जागरण। नींद-जागरण के बीच ही ऐसा लगा कि बद्री बाबू की आत्मा सारे घर में घूमने लगी। मानो वह हर कमरे में यह देखने लगे कि जल तो गईं सारी घड़ियाँ। पन्द्रह घड़ियाँ। दीवार-घड़ी। आज तक काल की ताल पर समय देती आईं। भूमिपति चौधरी के समय से ये किले की तोप के साथ घंटा बजाती रही है। विजय की घोषणा सुनाती रही हैं—विजय-गौरव के किस्से सुनाती रही हैं। शायद इसीलिए आज बद्री बाबू ने डाँट बताई—झूठी कहीं की, बस भी कर !

वंशी ने बताया—मँझले बाबू ने कसकर डाँटा था।

—क्यों ?

—सभी देखते रहे, कोई काम नहीं करते थे। पड़े रहते थे। मँझले बाबू ने सिर्फ इतना कहा—घड़ियों पर गर्द-कालिख पड़ी है, देखते नहीं ?

बद्री बाबू ने कहा—जी, गर्द नहीं है, वह पाप जमा है।

—पाप ? काहे का पाप ?—मँझले बाबू ने पहेली समझी नहीं। बद्री बाबू ने कहा—हर तरह का पाप हुज़ूर—अन्याय, अत्याचार, अपव्यय, आलस्य—इस घर में क्या पाप का अन्त है ?

मँझले बाबू फिर भी न समझ सके। उन्होंने जाकर विधु सरकार से कहा—घड़ी-बाबू क्या पागल हो गया है ?

सरकार बाबू तो पहले से ही खार खाए बैठे थे। जिस रोज़ घर में मोटर आई थी—इब्राहीम के लड़के ने मुँह में थूक दिया था। उन्हें याद थी। बोले—ये तो शुरू से पागल ही हैं सरकार। आपकी तो नज़र सभी तरफ रहती नहीं। सिर्फ खाने से गरज है—चार सेर चावल का भात अकेले चट कर जाते हैं। और काम भी क्या—घड़ियों में चाबी तो मैं खुद दे सकता हूँ। यह कौन-सा काम है !

मँझले बाबू ने कहा था—तो उसे निकाल दो।

बस, इसी निकाल देने की बात पर ऐसा किया। कब जो सारी घड़ियों को दीवार पर से उतारा, कब सबको एक जगह इकट्ठा किया, कब आग लगाई—किसी को कोई पता नहीं। और उस कमरे की तरफ जाता भी कौन है !

भूतनाथ को लगा—समय मानो एक ही साथ स्तब्ध हो गया है। बद्री बाबू के जाने के साथ-साथ बड़े महल का मानो कुछ भी नहीं चलता। सब अचल हो गया—सब। काल का चक्का गोया टूट गया। लँगड़ाकर थोड़ा-बहुत चलता भी है तो मानो ठोकर खाकर गिर पड़ने के लिए। गिरस्ती का दम घुटता आ रहा है। तीन परिवारों की बारह दीवारों के अन्दर बड़े महल की आत्मा मानो निस्तेज, मरणासन्न हो उठी है। बाहर से कुछ समझ में नहीं आता। बिरिजसिंह फाटक पर खड़ा-खड़ा आज भी पहरा देता है—भूले-भटके कभी मँझले बाबू की गाड़ी निकलती है, तो चीखता है—होशियार...लेकिन टूटी-टूटी आवाज़। गाड़ी से निकलते ही सामने के खोमचेवाले को बुलाकर बैठा गप्पें मारता है। खैनी खाता है। पहले की तरह अब कोई खातिर नहीं करता। सब दिन मुरैठा बाँधने की भी याद नहीं रहती। बहुत दिन पहले गेट से लगा पीपल का एक पौधा उगा था, वह अब फैल गया है। उसी की छाँह में खड़ा बिरिजसिंह शुरू कर देता—क्यों भुवन भैया, मुलुक का क्या हाल है—

भुवन पास आता। ज़रा देर बात करता। चुटकी-भर खैनी देता और अपने काम में लग जाता।

आँगन के बीचों-बीच जो दीवार खड़ी की गई थी, उसके माथे पर काई जम गई। जाड़ों की दोपहर में कौओं का झुण्ड उस पर आ बैठता। जूठन के लिए छीना-झपटी। आँगन में बिखर जाती जूठन। पहले दासू जमादार दो बार आँगन बुहारा करता था। अब

वह जूठन तीन दिन यों ही पड़ी रहती। सूखकर ऐंठ जाती। लोग जिधर से चलते, वही राह पैरों से साफ रहती केवल। घूँघट काढ़ती हुई सौदामिनी बाहरी आँगन के दरवाज़े के पास आती और अगल-बगल झाँक-ताक-कर जूठन को दीवार के पार डाल देती।

कहीं सद्दू की माँ की नज़र पड़ जाती तो कहती—तेरी अक्ल की बलिहारी—मछली के छिलके घर-भर बिखेर दिए—अब इस साँझ-पहर छलाओं और नहाओ।

विधु सरकार सुबह एक बार आता। कैश-बक्श को खोलकर गंगाजल छिड़कता, धूप जलाता और कुछ देर लिखता-पढ़ता। एकाध कोई आ जाता तो कहता—आज नहीं भई, बिफ्फे हैं, बिफ्फे। कलजुग है तो क्या धर्म-कर्म भी गया !

उसके बाद ख़ज़ाना-घर में ताला डालकर दोपहर को कचहरी चल देता—मामले-मुकदमे की पैरवी। एक साथ कई-कई मुकदमे लगे रहते। दिन-भर घूम-फिरकर शाम को लौटता। उसके बाद देर तक मँझले बाबू से राय-मशविरा चलता।

कहता—आज फिर तारीख पड़ गई हुज़ूर ?

मँझले बाबू का चिलम ठीक से सुलगा नहीं होता। बेनी बगल में फूँकता होता। वे कहते—नाटूदत्त क्या बोला विधु ?

विधु ने कहा—जी, बड़े बाबू का हिस्सा तो वसूल हो गया। अब आपका और छोटे बाबू का भी हो जाए तो मुकदमा उठा लेगा।

मँझले बाबू बोले—तुम एक बार ननी बाबू के यहाँ जाओ तो।

—जी, ननी बाबू तो विलायत में हैं।

—रहें। उनके नातेदार हैं, सास हैं—सभी हैं। उनसे कह आओ कि इस महीने का पावना अगले महीने चुकाऊँगा। न कहोगे तो जाने कब मामला दायर कर देगा।

विधु सरकार उल्टे-पाँवों लौट पड़े। तम्बाकू पीते-पीते मँझले बाबू ने बेनी को आवाज़ दी। बेनी गिरस्ती के और काम कर रहा था। रसोई के आँगन में मँझले बाबू की आवाज़ नहीं सुनाई पड़ती। आँगन बुहारते हुए बोला—मैं कल ही गाँव चला जाऊँगा गिरि !

गिरि मँझली मालकिन के लिए पान लगाने आई थी। बोली—जाना, जाना। धमकी किसे दे रहा है। उनके वंशी को देख, साल-भर से तनखा नहीं मिली।—काम कर रहा है कि नहीं ? मैं क्या काम से डरती हूँ ? तू जा न, काम पड़ा थोड़े ही रहेगा ?

काम भला बन्द रहता है ! कहाँ से सामान आ जाता है, कौन जाने ! समय पर मँझले बाबू के लिए तम्बाकू पहुँच जाता। शराब भी। हासिनी आ जाती, बड़ी मालकिन आ जाती, मँझली मालकिन। आजकल सब नाचघर में बैठते। बीच-बीच में घुँघरू की आवाज़ भी आती है अन्दर से। गीत की कड़ी। घड़ी-घड़ी चिलम दे आता है बेनी। कभी-कभी रात के बारह बज जाते। कभी एक।

एक दिन मुन्नालाल आ पहुँचा। पैरों में नागरा जूता। माथे पर पगड़ी। पूछा—सरकार साहब कहाँ हैं ?

खज़ांचीखाने में ताला पड़ा। यह सब देखकर मुन्नालाल हैरत में आ गया। इसी

जगह वह जाने कितनी बार आ चुका है। जाने कितनी बार विधु सरकार के कमरे में बैठा है। लेकिन अब अजीब-सा लगता है। आँगन में दीवार देखकर उसके मन में कुछ सन्देह हुआ।

बेनी जा रहा था। बोला—क्यों भैया, क्या खबर है ? नन्हीं बाई आई है क्या ?

—बाबू साहब कहाँ हैं ?

बेनी ने मँझले बाबू को खबर दी।

मँझले बाबू बोले—उसे यहाँ बुला ला।

नाचघर में पहुँचकर ज़मीन तक झुककर मुन्नालाल ने सलाम किया—हुज़ूर !

—क्यों बे मुन्नालाल—नन्हीं बाई कहाँ ?

—जी, एक दिन गाना-बजाना नहीं होगा ?

—ज़रूर होगा, ज़रूर। किस अहमक ने कहा कि नहीं होगा ?—मँझले बाबू की तबीयत उस समय रंगीन थी। मुन्नालाल की बात से उनके नवाबी मिज़ाज में बिजली खेल गई। बोले—नन्हीं बाई को ले आ—

—जो हुकुम सरकार !

आई नन्हीं बाई। ज़माने के बाद बड़ा महल फिर से हँस उठा। नाचघर में फिर से झाड़-फानूस जल उठे। चाँदी के थाल पर फिर अशर्फी पड़ी। सारंगीवाला सिर हिला-हिलाकर बजाने लगा और उड़ने लगा नन्हीं बाई का घाघरा। इत्रदान की खुशबू की बहार। भैरव बाबू आज नहीं हैं, तारक बाबू, मोती बाबू, कोई नहीं, नहीं तो नहीं, मँझले बाबू का कुछ आता-जाता नहीं। वे अकेले ही सौ के बराबर। पाँवों का पम्प जाने कहाँ गिर गया खुलकर। धोती कमर से सरक गई। दिनों बाद नाचघर गुलज़ार हुआ। दिनों बाद रूप और रूपा की बहार आई।

मँझले बाबू चीख उठे—क्या कहने...क्या कहने...

मँझले बाबू की नज़र से नज़र मिलाकर नन्हीं बाई गाने लगी—

नयना ना मारो राजा
घूँघट पट खोले—

अचानक सारंगी का तार टूट गया।

मँझले बाबू अस्फुट स्वर में आर्तनाद करके तकिए पर पट पड़ गए। डरकर नन्हीं बाई ने गाना बन्द कर दिया। सारंगीवाला थम गया।

करीब जाकर बेनी चिल्ला उठा—बाबू...मँझले बाबू...

ये घटनाएँ भूतनाथ की सुनी हुई हैं। वह रोज़ सवेरे निकल पड़ता। लौटता वही रात को। मँझले बाबू की नज़र बचाकर चलना पड़ता। मँझले बाबू ही क्यों, विधु सरकार ही क्या कम ! दोनों मानों यम की तेज़ निगाह लिए देखते। कोई डौल बैठ जाए तो भूतनाथ इस घर को छोड़ देगा। लेकिन जी में आता, ऐसे समय में छोटी बहू को छोड़कर चल देना उचित होगा ?

छोटे बाबू की तरफ रसोई में कभी-कभी देर हो जाती। सुबह चूल्हा सुलगाकर

मँझली चाची चुपचाप बैठी रहती। बाज़ार आने में देर होती। छोटे बाबू का बिछौना साफ करके, उनका मुँह धुलाकर, दवा पिलाकर फुरसत पाने में वंशी को देर हो जाती। फिर कहीं बाज़ार जाता।

कभी-कभी पैसे के बदले सोने की बाली लेकर ही उसे बाज़ार जाना पड़ता। उसी को बेचकर सामान आता, छोटी माँ की शराब भी। बोतल छोटी माँ को चाहिए ही। सुबह जगने पर वह न मिले तो उनका मिज़ाज खराब हो जाता है। जम्हाई आने लगती है। बदन में अजीब थकावट।

छोटी माँ बोली—इतनी देर क्यों वंशी ?

वंशी ने कहा—सुनिए, साले साहब, एक अकेला मैं कहाँ-कहाँ देखूँ—हाथ तो दो ही हैं।

छोटी बहू ने कहा—बोतल देकर तब बाज़ार जा सकता था।

इधर मँझली चाची और उधर बुढ़िया दादी। बुढ़िया दादी इतने दिनों से भण्डार देखती रही। बुढ़ापे में रसोई करने में बेशक असुविधा होती है। एक दिन चूल्हे पर से भात की हाँडी उतारने लगी कि गरम माँड गिर पड़ा हाथ पर, फफोले उग आए। उसी हालत में काम करना पड़ता है। कहती है—काम की न कहो...एक काम है। लोग ही घट रहे हैं, काम तो नहीं घटता। भगवान् जाने, कब इस जेलखाने से छुटकारा मिलेगा !

सौदामिनी कहने लगी—भगवान के मुँह में आग, झाड़ू मारूँ ऐसे भगवान को। भोला का बप्पा कहा करता था—फूल बहू, आँखें रहते तिरभुवन को चीन्ह लो...भोला का बप्पा होता तो फिकर थी अपने को—भगमान को अकल-शऊर है; मैं आज़ किसके घर दिया जलाती हूँ और अपने खसम का घर घुपघुप अँधेरा।

दीवार के उस पार के सदूदू की माँ बोल उठती—हाँ री सौदी—गरहन कब लगेगा ?

दीये की बत्ती बाँटती हुई सौदामिनी कहती—अरी, तू तो बाँझ-बेवा है। गरहन की खोज तुझे क्यों ! सारी बहुएँ जब शामिल थीं तब भी तो तेरे हाथ का पानी नहीं पीती थी कोई—अब तू भी सती हो गई। जाने क्या-क्या देखूँगी।

उधर से बुढ़िया दादी पूछती—आज क्या-क्या पकाया मँझली ?

मँझली चाची बोली—गिने-गिनाए दो ही तो आदमी हैं...कितना क्या पके ? छोटे बाबू तो नाम को भात मुँह से लगाते हैं और छोटी बहू का तो परब-त्यौहार लगा ही रहता है साल-भर।

मँझली चाची काफी पकाने की आदी रहीं—थोड़ा-बहुत पकाने में जी नहीं लगता। नमक ज्यादा पड़ जाता। मसाले, चीनी ज्यादा पड़ जाती।

छोटे बाबू को खिला देना पड़ता। मुँह में ज़ायका है फिर भी। कहते—थूः-थूः। पहले-सा स्वाद नहीं पड़ता। पहले जब वे खाने बैठा करते थे, तो थाली के चारों तरफ कटोरों की कतार होती। ऐसा नहीं कि खाते बहुत थे। ज़रा-ज़रा चख लेते सब। रसोई की तारीफ़ करते थे। रसिक आदमी। कद्र समझते थे। लेकिन आजकल कुछ भी अच्छा

नहीं लगता।

मँझली काकी कहती—यह क्या रे वंशी, नमक ज़हर हो गया है !

यही सब देख-सुनकर हाबुलदत्त ने अपनी बेटी से कहा—यहाँ तेरी सेहत खराब हो जाएगी—चल, घर चल !

बेटी ने कहा—मगर मेरी सास का क्या होगा ?

नन्हे बाबू इस बार भी फेल हो गए। बार-बार फेल होने से कैसे मुरझा-से गए ! पहले के दोस्त-मोहिम, अपने-बिराने सब बिखर गए। खान में नुकसान से और भी चोट लगी। उन्हीं की ज़िद थी। चाचाओं को उन्हीं ने राज़ी किया था। अब लाज लगती है। कहीं कोई उम्मीद नहीं। चारों तरफ से बुरे समाचार। लोगों से मिलना-जुलना बन्द कर दिया है। पुराने जी-हुज़ूर दोस्तों ने कोशिश की थी शुरू-शुरू। साँझ के अँधेरे में आँगन में आकर खड़े हो जाते। खबर भेजते—कह दो, विश्वम्भर आया है।

ऊपर से नन्हे बाबू कहला भेजते—मैं अभी नीचे न आ सकूँगा।

ऐसे ही दिन बीत रहे थे। लेकिन नन्हीं बाई के नाचवाले दिन मँझले बाबू के पेट में अचानक दर्द जो उठा, सो नन्हे बाबू राज़ी हो गए।

दूसरे दिन सवेरे बड़े महल के प्रांगण में चार-पाँच बग्घियाँ आ लगीं। सामान लादा गया। नन्हे बाबू सवार हुए। उनकी स्त्री सवार हुई और सवार हुई बड़ी मालकिन। सिन्धु का हाथ पकड़कर बड़ी माँ रोती-रोती गाड़ी पर सवार हुईं। लेकिन रोते-रोते भी उन्होंने कहा—नन्हे, कोचवान से कह दे, गाड़ी को सड़क के बीच में ले चले। कहीं किनारे जो-सो होकर चले, तो कुवेला को नहा-नहाकर मरने की नौबत आएगी मुझे।

बनारसी साड़ी की कोर से आँखें पोंछती हुई इस घर की लक्ष्मी विदा हुई। बड़ी बहू। मुहल्ले के लोग, बहू, नौकरानियाँ खिड़की से झाँक-झाँककर देखने लगे।

मँझले बाबू नाचघर में तकिए के सहारे पड़े थे।

बेनी ने जाकर कहा—बड़ी माँ आज चली जा रही हैं।

मँझले बाबू चुपचाप तम्बाकू पीने लगे। मानो सुना ही नहीं। बेनी फिर से कहने जा रहा था।

मँझले बाबू ज़ोर से डपट उठे—चुप रह...हरामज़ादा—

ये घटनाएँ भी वंशी की जुबानी सुनी हैं। ऐसा ही होगा, मानो भूतनाथ को यह मालूम था। कुछ भी अविश्वसनीय नहीं। अप्रत्याशित नहीं। वह मानो प्रतीक्षा की आशंका से जर्जर हो उठा है। आँगन की फाँकों में घास उग आई थी। अस्तबल की दीवार में जाले पड़ गए थे। मियाँजान नहीं, यासीन नहीं, अब्बास नहीं। एक इब्राहिम ही टिमटिमा रहा था, वह भी कै दिन !

एकाएक वंशी ने खबर दी—पता है साले साहब, कल मँझले बाबू भी जा रहे हैं ?

—कहाँ ?

—गरानहट्टा—अपनी ससुराल।

दूसरे दिन सुबह ही बहुत-से ठेले आ गए। विधु सरकार मुस्तैद था।—उँहूँ, ठीक

नहीं हुआ। वैसे रखने से लकड़ी के सामान में दाग आ जाएगा।

हाथीदाँत का काम किया हुआ पलंग। उसके साथ मच्छरदानी लगाने की छतरी। दामी चीज़। होशियारी से रखना चाहिए। बक्स-पिटारा, सन्दूक-अलमारी, मँझली बहू के खिलौनों का बक्स; कबूतर का दरबा, मँझले बाबू के गाय-बैल, तकिया-बिछौना, बर्तन-बासन, सूप-डलिया–। सब-कुछ बटवारा हो चुका था पहले ही। उफ, सामान। सामान का तो मानो अन्त ही नहीं। सुबह से शाम तक ठेलों का ताँता। ठेले आते रहे, माल लदता गया। सरकार बाबू ने सवेरे से न नहाया, न खाया। एक-से खड़े रहे।

तीसरे पहर के करीब इब्राहिम गाड़ी लेकर आया। आज़ उसने वर्दी पहनी थी, तमगा लगाया था। घंटी बज़ा दी एक बार।

हाथ में छड़ी लिए ज़ीने से उतरते-उतरते जाने क्या सोचकर मँझले बाबू मुड़ पड़े। दुतल्ले के बरामदे से होकर छोटे बाबू के कमरे के सामने जाकर खड़े हुए। कितने सालों के बाद वे इस कमरे के सामने आकर खड़े हुए, याद नहीं। छुटपन में जब साथ खेलते थे, तभी दोनों वास्तव में अपने थे। बड़े हो जाने पर, और खासकर ब्याह हो जाने के बाद बात करने की कभी ज़रूरत ही नहीं हुई। सुखचर से मालगुज़ारी आती रही और खज़ाने में जमा होती रही। ज़मींदारी की आमदनी सन्दूक में पहाड़-सी जमती रही। हर कोई अपने आप में व्यस्त। कोई किसी की राह का रोड़ा न बना, किसी के बिना किसी को कोई रुकावट न पड़ी--मज़े में सब चलता रहा। लेकिन आज मँझले बाबू बहुत-कुछ कहने को ही तैयार थे शायद।

पहले वंशी की ही नज़र पड़ी। बोला--जी, छोटे बाबू सो रहे हैं।

–सो रहा है–जानें क्या सोचकर मँझले बाबू बोले–तो रहने दो।

वंशी बोला–जी, मैं जगा देता हूँ, आप बैठें।

वंशी छोटे बाबू के कान के पास मुँह ले जाकर आवाज़ देने लगा–छोटे बाबू... छोटे बाबू...

उनके पलंग में भी हाथीदाँत का काम किया हुआ था। बाद में छोटे बाबू ने उस पर मीनाकारी कराई थी। वंशी ने उनके कपड़े सम्हाल दिए। कई दिनों से नाई शायद हजामत बनाने नहीं आया था। फर्श पर पीकदान। मालिश की शीशी। खरल।

छोटे बाबू ने आँखें खोलीं। सामने ही मँझले बाबू पर नज़र पड़ी। छोटे बाबू की उदास-उदास निगाह।

क्या कहें, कुछ न सूझा तो छड़ी घुमाकर मँझले बाबू बोले–मैं चला मिट्ठू !

इतने दिनों बाद अपनी पुकार का नाम सुनकर छोटे बाबू का जैसे सब गड़बड़ हो गया। गौर किया, लेकिन मँझले भैया तब तक जा चुके थे।

मँझली बहू पिछले दरवाजे से निकलेंगी। जहाँ पर बाघगोटी का घर बना था, वहीं खड़ी थीं। सामान सब जा चुका था। गिरि ने कहा–माँजी, चलिए। बेनी पुकार रहा है–

मँझली बहू ने जाकर दीवार के दरवाज़े को खोला। पूछा–क्या कर रही है छोटी ?

चिन्ता ने देखा। बोली–छोटी माँ, जरा बाहर आइए।

छोटी बहू शायद सो रही थी। आँखें मलती हुई उठी और माथे का घूँघट सरकाती हुई बाहर आई।

उसकी ठुड्डी छूकर मँझली बहू ने कहा—होशियारी से रहना छोटी, और क्या कहूँ !

—जा रही हो मँझली दीदी ?

—उपाय क्या है ? बड़ी दीदी चली गईं। घर जैसे खाँ-खाँ कर रहा है। इस घर में भी अब रहा जा सकता है ?

—मैं लेकिन रहूँगी। मैं किस भाड़ में जाऊँ !—वह खिलखिला उठी।

मँझली बहू ने कहा—उनकी सेहत भी तो ठीक नहीं रहती। इसीलिए बाबूजी ने न माना। उसके बाद चिन्ता की तरफ देखकर बोली—अपनी छोटी माँ का खयाल रखना, और क्या कहूँ ?

अचानक गले में आँचल डालकर दूर से ही चिन्ता ने ज़मीन पर माथा टेका।

उसके बाद पिछले द्वार से मँझली बहू की और सदर दरवाज़े से मँझले बाबू की गाड़ी निकली। बेनी भी गया। बुढ़िया दादी भी गई। सौदामिनी भी गई।

वंशी ने कहा—अब ?

सूने प्रांगण में खड़े-खड़े भूतनाथ को रुलाई छूटने लगी। बर्बादी जब शुरू हुई, तो इसका अन्त कैसे होगा, कौन कह सकता है ! एक बार जी में आया—भाग जाए। किसी को बिना कहे, बिना ठिकाना बताए। इस इलाके से दूर भाग जाए। केवल जवा का कोई हिल्ला लग जाए, तो उसकी ज़िम्मेदारी खत्म हो जाए। अब भवानीपुर में ही डेरा ले लेगा। वहाँ ये बातें न याद आएँगी। नए सिरे से शहरी जीवन शुरू करेगा। आज भी याद है उसे, उस दिन उसे बड़ा बुरा लग रहा था, सब झूठ है। प्रेम, प्यार, स्नेह, आत्मीयता, स्वार्थ, त्याग, सब झूठ है। संसार में किसी चीज़ की कोई कीमत नहीं। इतने बड़े मकान के तिमंज़िले के एक कोने में केवल एक जीव और दुमंज़िले के कमरे में एक मौत की घड़ियाँ गिनता हुआ बीमार। कैसे रहे यहाँ !

वंशी ने कहा—छोटी माँ का कोई हीला हो जाए तो चिन्ता को लेकर मैं भी घर चल दूँगा।

भूतनाथ ने पूछा—और छोटे बाबू—उन्हें कौन देखेगा ?

—बस, ज़बानी जमा-खर्च समझिए। अन्त-अन्त तक मैं जा थोड़े ही सकूँगा हुजूर !

भूतनाथ की भी यहीं समस्या थी। बद्री बाबू ने पहले ही चेता दिया था। उसी वक्त कहीं चल दिया होता, तो अच्छा था। मगर जाता भी कहाँ ! जाने को एक ही जगह थी—निवारण का अड्डा ! उन लोगों से मिल गया होता, तो ज़िन्दगी शायद और तरफ मुड़ गई होती। वह उस कलकत्ते को नए सिरे से देख पाता, जिसका आदिम इतिहास बद्री बाबू से उसने सुना था। जिस कलकत्ते के दीवाने थे गोविन्दराम मित्र, आज वही कलकत्ता भारतवर्ष का केन्द्र हो गया है। भूतनाथ ने वह दृश्य देखा है। एक दिन किंग्सफोर्ड साहब टहलने निकले थे। साथ में थे दो अंगरक्षक।

पीछे से कौन लोग तो बोल उठे—वन्दे मातरम्—

किंग्सफोर्ड साहब रुक पड़ें।—कौन है...कौन है...

लेकिन जिन्होंने नारा लगाया था, वे लोग गायब हो चुके थे। साहब ने बुद-बुदाकर गालियाँ दीं—साला, नेटिव, रासकल—

अचानक उधर से दो छोटे-छोटे लड़के फिर चिल्ला उठे—वन्दे मातरम् !

साहब की निगाह पड़ गई। बोले—पकड़ो कम्बख़्तों को, पकड़ो !

मगर हाथ कोई नहीं लगा।

साथ के अंगरक्षक ने कहा—साहब, घर चलिए।

साहब चीख उठे—चुप रहो।

इतने में एक लड़का उनके सामने आकर बोला—साहब, सलाम ! साहब ने जेब से चॉकलेट निकालकर कहा—गुड बॉय।

लड़के ने चॉकलेट ले लिया। लेकिन लेते ही बोला—बंडे माटरम्। छड़ी लेकर साहब उसे मारने दौड़े—रासकल... ! लड़का नौ-दो ग्यारह। साहब ने कहा—This horrible Bendematram will make me mad.

एक दिन निवारण से भेंट हुई थी। बड़ा व्यस्त-सा। बोला—भूतनाथ बाबू ! भूतनाथ दफ्तर से लौट रहा था। साइकिल से उतर पड़ा। पूछा—क्या खबर ?

निवारण बोला—काम तो हमारा शुरू हो गया, आपने देखा नहीं ? देखा क्यों नहीं ? अखबार खोलते ही नज़र पड़ती। बड़े-बड़े हरूफों में कभी लिखा होता—'ढाका के मजिस्ट्रेट ऐलेन साहब पर गोली।' कभी रहता—बंगाल में स्वदेशी डाकुओं के उत्पात। तो कभी रहता—छोटे लाट साहब की गाड़ी में बम।

निवारण ने देशी कपड़े पहने रखे थे। बहुतों ने विलायती कपड़ों का बायकाट कर दिया था।

निवारण बोला—बारिशाल में कान्फ्रेंस हुई थी, जानते हैं ?

—सुना है।

—रसूल साहब सभापति थे। कैम्प साहब को खासा सबक दिया है।

—कैम्प साहब कौन ?

—पुलिस के प्रधान। एमर्सन साहब मजिस्ट्रेट। कह रखा था—कोई 'वन्दे मातरम्' नहीं बोल सकता। सुरेन्द्र बनर्जी ने आम सड़क पर खड़े होकर कहा—वन्दे मातरम्। लम्बी दास्तान है। अखबार में सब तो छपा नहीं। मैं अपनी आँखों देख आया था। उसी पर काव्यविशारद ने गीत लिखा।

—कौन-सा गीत ?

—गीत तो बहुत-से लिखे, मगर यही सबसे अच्छा बन पड़ा—

लाठी खाकर बारिशाल हो गया पुण्यमय !
गाते जाते हैं माँ की जय !
बहे खून की धारा
चल न सके बेचारा

खाकर मार न माँ को भूले
चोट सहे दोबारा !
पड़ती लाठी, बहता शोणित
फिर भी रोष, न भय !

बड़े महल के प्रांगण में खड़े-खड़े भूतनाथ को निवारण की बात भी याद आ गई। थोड़ी-सी पूँजी, मामूली-सी कामना, कभी उसने कोई बड़ा सपना नहीं देखा। लेकिन कैसा तो डर लगता ! डर मौत का नहीं। उससे बन पड़ेगा ? ब्रजराखाल ने तो इस रास्ते पर जाने को नहीं कहा। उसका भी अपना अलग ही रास्ता ! मगर कौन बताए, कौन-सा रास्ता सही है।

उसी रोज़ भूतनाथ ने पूछा भी था निवारण से—ब्रजराखाल की कुछ खोज-खबर है ?

—उँहूँ।

—मेरी इच्छा होती है तुम्हारे दल में शामिल होने की।

निवारण ने कहा—मैंने तो कहा था, मगर तब आप आए नहीं।

—अब मैं बदल गया हूँ। विवेकानन्दवाली राह मुझे कठोर लगती है, तुम लोगोंवाला काम मैं कर सकूँगा।

निवारण बोला—स्वामी विवेकानन्द ने गलत तो नहीं कहा है। आपने अरविन्द की रचनाएँ पढ़ी हैं।

भूतनाथ ने कहा—'वन्दे मातरम्' पत्र में जो लिखते हैं, वह तो पढ़ा है—पर, आप गौर करें, अरविन्द जो कह रहे हैं, वही बातें स्वामीजी ने चार-पाँच साल पहले कही थी। पढ़ देखें आप, मैं आपको किताब दूँगा।

रूपचन्द बाबू के पुस्कालय से वह किताब भूतनाथ ने पढ़ी थी। उस समय उसे पढ़ने का नशा था। अरविन्द घोष ने लिखा था—

Vivekanand was a very lion among man. We preceive his influence still working gigantically. We know not well how, we know not where, in something not yet formed, something leonine, grand intutive uphearing that has entered the soul of India and we say—Behold ! Vivekanand still lives, in the souls of the mother and in the souls of the children.

एक और भी सवाल पूछा था भूतनाथ ने—अच्छा, यह जो बंग-भंग हुआ, क्या समझते हो कि यह रद्द होगा !

पाँव के जूते से जमीन पीटकर निवारण ने कहा—रद्द करना ही पड़ेगा। स्वामीजी ने कहा है—साधना करो तो सिद्धि ज़रूर मिलेगी। यह भी तो साधना है अपनी। कदम भैया और शिवनाथ को पुलिस पकड़ ले गई है—लेकिन हम सब तो नहीं दबे—हमारे युवक संघ में आज कितने सदस्य हैं, जानते हैं आप ? पाँच सौ इकत्तीस। लेकिन शुरू में महज तीन-चार जने थे हम।

भूतनाथ ने पूछा—यानी तुम लोग स्वामी विवेकानन्द को मानते हो ?

—मानते हो का मतलब ? वही हमारे गुरु हैं। जो हमारे संघ के सदस्य बनते हैं, उन्हें पहले उन्हीं की किताब पढ़ने को देते हैं। उन्हें न मानें, कहते क्या हैं आप !

—लेकिन व्रजराखाल भी तो उन्हीं का भक्त है, उसने तुम्हारा साथ क्यों नहीं दिया ?

निवारण हँसा। बोला--आपने बड़ा टेढ़ा सवाल पूछा। लेकिन रास्ते पर इसका निराकरण हो सकेता है कभी ? कभी हमारे यहाँ आइए, क्यों ?

लेकिन जिस दिन मुरारीपुकुर की खबर पहले-पहल अखबार में छपी, याद है—बत्तीस नम्बर, मुरारीपुकुर रोड ! कैसी भयानक बात !

निवारण से बातें करके भूतनाथ जो चला, तो लगा, कोई उसके पीछे-पीछे चल रहा है। वह भी साइकिल पर है। गर्दन फिराकर भूतनाथ ने देखा। कोई आ रहा था। भूतनाथ ने साइकिल तेज़ की। गली-कूचों में घूम-घूमकर जब वह घर पहुँचा, तो कोई न था।

लेकिन दूसरे दिन शाम को बड़े महल के सामने उस आदमी को चक्कर काटते देखा गया। बदन पर नारंगी रंग का एक अलवान। चेहरे पर जैसे चेचक के दाग। ठीक उसी दिनवाली शक्ल।

एक दिन वंशी से पूछा—वह आदमी है कौन वंशी, रोज़ खड़ा रहता है और मेरा पीछा करता है ?

वंशी ने ज़रा गौर से देखा। बोला—कोई राहगीर है, और क्या !

—राहगीर है तो मेरे पीछे-पीछे क्यों चलता है ?

इन कुछ दिनों भूतनाथ जहाँ-जहाँ भी गया, वह पीछे लग गया। उसके बाद नन्हे बाबू, मँझले बाबू—सब जब घर छोड़कर चले गए, सूना घर खाँ-खाँ करता है, गेट पर पहरा नहीं, तो भी लगा, कोई उसे देखते ही झट सामने से हट गया। उस दिन भूतनाथ ने फिर कहा—वंशी, वह देखो, वही तो है !

वंशी ने कहा—कहाँ, किधर ?—वह अँधेरे गेट की तरफ ताकने लगा।

अब साँझ होते ही वंशी गेट पर ताला लगा देता। कोई जाने-आनेवाला तो रहा नहीं। शाम को ही बड़े महल में सन्नाटा हो जाता। बत्तियों को वंशी बुझा देता। नाहक खर्च। छोटे बाबू भी तो कहीं जाते नहीं। कौन रात गँवाकर लौटे ! भूतनाथ को कभी लौटने में देर हो जाती, तो उसके पास कुँजी रहती एक। खुद ताला खोलकर अन्दर आता, खाता-पीता और चोर-कमरे में जाकर सो रहता। वहाँ सहूलियत न हो तो कितने तो कमरे पड़े हैं, जी चाहे जहाँ सोओ। बैठका उसी दिन से बन्द पड़ा रहता। वही उस दिन से, जिस दिन बद्री बाबू ने आत्महत्या की। वहाँ कोई नहीं जाता। जाने की ज़रूरत भी नहीं होती। बद्री बाबू ने अस्पताल की राह में अन्तिम साँस ली। फिर भी लगता, यहीं, इसी कमरे में उसकी आत्मा छिपी है। किसी मनसूबे से यहीं-कहीं घूमती-फिरती है। सबको डर लगता।

उस दिन वनमाली सरकार गली में फिर वैसा ही कोई आ खड़ा हुआ। भूतनाथ

ने कहा—वह देख वंशी, वह—

—कहाँ ? कौन है ?

—अरे, वह, वहाँ—

अबकी वंशी ने देखा। झटपट जाकर उसने गेट खोल दिया। कहा—ये तो ननीबाबू के मैनेजर हैं हुजूर !

मैनेजर की काफी उम्र हो गई है। हाथ में कनवास का एक थैला। दुबला-दुबला आदमी। होंठों के दोनों छोरों पर नुकीली मूँछें। अँधेरे में उस अलवानवाले आदमी-सा ही दीख रहा था। अन्दर जाकर उस आदमी ने पूछा—मँझले बाबू कहाँ हैं ? मँझले बाबू ?

वंशी ने बताया—वे तो अब इस घर में नहीं रहते।

—नहीं रहते ? अजीब मुसीबत है ! फिर कहाँ रहते हैं ?

—गरानहाटा में।

उस आदमी ने ज़रा देर सोचा।

वंशी ने पूछा—आज रात को कैसे मैनेजर बाबू ?

—अरे भाई, निकला तो सुबह का ही हूँ। सारे कलकत्ते की खाक छानता रहा, अब कहीं बहू बाज़ार पहुँचा, यहाँ से पटलडाँगा। वहाँ हिसाब-किताब समझाकर तब घर। खैर ! आजकल यहाँ रहता कौन है ?

वंशी ने कहा—नन्हे बाबू भी पथरियाघट्टा चले गए। यहाँ हैं सिर्फ छोटे बाबू, बीमार हैं, बिछावन से उठ नहीं सकते।

मैनेजर ने कहा—तो फिर रुपए कौन देगा ? तीन महीने का बाकी पड़ गया, इसका खयाल कौन करेगा ? झमेले में डाल दिया देखता हूँ।

जाने मैनेजर थैले में क्या ढूँढ़ने लगा ! बोला—ज़रा बत्ती तो जला—अँधेरे में सूझ नहीं रहा है। रोशनी के पास जाकर मैनेजर ने एक मुड़ा हुआ कागज़ निकालकर वंशी के हाथ में दिया।

—कैसा कागज़ है मैनेजर बाबू ?

—अपने छोटे बाबू को दो। पढ़ते ही वे समझ जाएँगे। न साँप है न बिच्छू। साफ-साफ लिखा है।

वंशी ने कहा—अरे, खोलकर ही न कहिए कि क्या है ?

मैनेजर खीझ उठा। बोला—अरे बाबा, नोटिस है, नोटिस ! मकान छोड़ देने का नोटिस ! सब-कुछ क्या नौकर को जानना ही चाहिए ! मैं चलूँ। मरे बिना पाप नहीं जाने का। माँ तारा ब्रह्ममयी—

मैनेजर चला गया।

वंशी ने कहा—ज़रा देखिए तो हुज़ूर, क्या लिखा है ?

भूतनाथ पढ़ने लगा—बज़रिए नोटिस हाजा के यह इत्तिला दी जाती है कि... आदि-इत्यादि। गिरवी जायदाद की बाबत कुल इतने रुपए का बकाया होता है, चूँकि पिछले तीन महीनों से कोई वसूली नहीं हुई, इसलिए मकान छोड़ देने का नोटिस दिया

जाता है, नहीं तो अदालत की मदद से दखलदारों को निकाल बाहर किया जाएगा।

वंशी ने पूछा—घर छोड़ना पड़ेगा क्या हुजूर ?

—लिखा तो कुछ वैसा ही है।

—यह कैसे हो सकता है...घर छोड़कर चल देंगे ?

भूतनाथ भी किंकर्तव्यविमूढ़-सा हो गया। अन्त में क्या यही होगा ! भूतनाथ ने पूछा—मैनेजर क्या चला गया ?

—बुलाऊँ क्या हुज़ूर ?

—हाँ, बुला तो ज़रा।

वंशी वहीं से पुकार उठा—मैनेजर बाबू, अरे ओ मैनेजर बाबू !

मैनेजर तब तक काफी दूर निकल गया था। वंशी पीछे से दौड़ा। वनमाली सरकार लेन में अँधेरा गाढ़ा हो चुका था। उधर की दो-एक दुकानों में बत्ती जलाई गई थी। बड़े महल का प्रांगण लेकिन सबसे ज़्यादा सन्नाटा। विमूढ़-सा इस सूने में खड़े-खड़े भूतनाथ को कुछ डर लगने लगा। मँझले बाबू के कबूतर के खाल दरबे पड़े थे कई। उन्हीं में कबूतरों के कुछ जोड़ों ने बसेरा लिया था। अँधेरे में अचानक कभी-कभी वे बक-बकम् कर उठते। डैनों की फड़फड़ाहट होती। फिर सब सन्नाटा। इब्राहिम के कमरे के सामने जो चौकोर बत्ती लटक पड़ी है, सो लटकी ही पड़ी है। अँधेरे में चमगादड़ का भ्रम होता। चमगादड़-सा ही झूलता रहता। हवा में डोला करता। कोई चूहा इधर-से-उधर जाता कि पैरों से पत्ते खड़खड़ा उठते। भूतनाथ ही क्यों, खुद वह चूहा भी चौंक जाता। रसोईघर के पीछे जब वंशी हथौड़े से कोयला तोड़ता तो तमाम घर में उसकी प्रतिध्वनि गूँज जाती। लोहे की जंज़ीरें और कड़े झनझना उठते। भूतनाथ को लगता मानो बद्री बाबू कह रहे हों—क्यों, कहा था न मैंने ! कैसा !

डेवढ़ी पर पहले-सा कोई घड़ियाल नहीं बजता अब। घंटा तो झूल ही रहा था, पर बजाए कौन ! घड़ियों को तो बद्री बाबू ने फूँक दिया था, लेकिन उससे समय थोड़े ही रुक गया था ! हाँ, अब समय जानने की किसी को ज़रूरत ही नहीं पड़ती। न कोई स्कूल ही जाता, न कोई दफ्तर। समय पर जगकर रसोई चढ़ाने की दरकार नहीं होती। दरबार भी नहीं रहे कि समय के अनुसार पारी बदला करें। नन्हे बाबू भी नहीं कि इम्तहान की पढ़ाई के लिए घड़ी देखें या घड़ी देख-देखकर राग-रागनियों का क्रम उनके अड्डे पर चले। अब तो सूरज जब माथे के ऊपर आ जाता तो समझना पड़ता कि बारह बज गए—चक्का अस्त होने पर साँझ। घड़ी नहीं है, मगर समय क्या बैठा है ? माना कि बद्री बाबू ने बड़े महल की सारी घड़ियाँ जला दीं, लेकिन सूरज क्या नहीं उगता ?

भूतनाथ खूब समझ रहा था कि यहाँ का सूरज यद्यपि डूब गया, लेकिन कहीं और एक दूसरे मुहल्ले में उग रहा था। वहाँ रूपचन्द बाबू के हज़ारों-हज़ार मकान बन रहे थे। वहाँ आदमी की एक टोली एक नई ही सभ्यता की नींव डाल रही थी। शायद कि वे लोग इतने बड़े नहीं, ऐसे अभिजात नहीं, उनके घर इतने घोड़े, पालकियाँ, औरत,

ब्रुहम, लैंडोलेट नहीं, उनकी बीवियाँ नाक में हीरे की कील नहीं पहनतीं, गुड़ियों के ब्याह पर हज़ार-बारह सौ रुपए नहीं उड़ाया करतीं, तीन सौ पर चीनी आर्किड का पौधा लेकर बाँट नहीं देतीं, मर्दों को राजाबहादुर का खिताब नहीं—तो भी रात को वे सोया करते हैं, सुबह जगा करते हैं, औरों को कमाई कौड़ी का हिस्सा नहीं बँटाते। वे पाँव-पयादे दफ्तर जाते, झड़ीपानी में छाता ओढ़ते और कमाकर खाते हैं। उनमें से सभी ननीलाल जैसे धनी शायद नहीं, पर कोई स्वल्पवित्त, कोई मध्यवित्त, कोई वकील, कोई बैरिस्टर, तो कोई बैंकर हैं।

सोचते-सोचते सोच ही में खो जाता भूतनाथ। वही सन् तेरह सौ पैंतालीस का साल। जाने किस गिरजे की घड़ी में यन्त्रयुग के स्वागत का घंटा बजा था। किन्तु किसे पता था कि एक दिन वही घड़ी मध्ययुग के महाकाल के कल्पना-सौध को ज़मींदोज़ कर देगी ? घंटा, मिनट और सेकेंड में महाकाल को टुकड़े-टुकड़े करके समय के क्षय का अक्षय इतिहास तैयार करेगी ? महाकाल को खंडित कर अभिजातों के आभिजात्य का हरण करेगी ? महाकाल की कल्पना को चूर-चूर करके शायद इसी घड़ी ने पहली बार यह बताया कि आकाश चूमते गिरजों की गुम्बदें, मस्जिदों की मीनारें, मन्दिरों के शिखर न तो शाश्वत हैं, न सनातन। उसने बताया—धर्म, देवता और ब्राह्मणों के रौब-दाब सब कल्पना है, छलना है; सत्य हैं सिर्फ पाँवों तले की ज़मीन और भले-बुरे की मिलावटवाले मनुष्य। 'सर्वोपरि सत्य मनुष्य है'—यह बात चंडीदास से बहुत पहले कह गई है घड़ी। वह कह गई, सत्य केवल मनुष्य ही नहीं उसके चौबीसों घंटे सत्य हैं, चौदह सौ चालीस मिनट सत्य हैं, छियासी हज़ार चार सौ सेकेंड भी सत्य हैं। घड़ी ने और भी कहा—हिसाब के घेरे में समय को नाप-नापकर चलना होगा, और-और चीज़ों की तरह मनुष्य का भी मूल्य है। वैदूर्यमणि, हिरण्यमणि और कौस्तुभमणि चौधरी की तरह समय का अपव्यय करने से वह उसका बदला ज़रूर चुकाएगा।

बद्री बाबू की बातें आजकल इस घर की आबहवा में मुखर हो उठती हैं।

बद्री बाबू कहा करते थे—Time is money.

और ननीलाल कहता था—God is money.

सच ही तो, समय रुका नहीं रहता। घड़ियों को जलाकर बद्री बाबू ने क्या अपने से ही बदला चुकाना चाहा था ? लेकिन समय तो अपनी ही राह चलता गया। उसने किसी की तरफ नहीं ताका। उसने जैसे चौधरी बाबुओं का मुँह नहीं जोहा, वैसे ही लार्ड कर्जन का मुँह नहीं जोहा।

अठारह सौ निन्यानवे की छठी जनवरी को कर्ज़न बड़े लाट होकर आए। जिस कर्ज़न की सूझ से बंगाल के दो टुकड़े हुए, समय के फेर से उसी कर्ज़न को इस्तीफा देकर अपने देश लौट जाना पड़ा। बारह अगस्त उन्नीस सौ पाँच ई. में। लेकिन समय चुप न बैठा रहा। गाँव-गाँव में अनुशीलन समिति बनी। निवारण की जमात ने विलायती कपड़े जलाए, बम फेंके, लाठी सीखी। सोचते बदन सिहर उठता। वह दृश्य आँखों पर नाच उठता।

राजा सुबोध मल्लिक का घर। झुटपुट में अन्दर सब-कुछ दिखाई नहीं पड़ता। अन्दर तीन जने बैठे : अरविन्द घोष, सुबोध मल्लिक और पी. मित्र। इधर-उधर और भी कुछ लोग। उनमें एक ओर बारीन घोष भी।

अचानक बारीन घोष बोल पड़े—किंग्सफोर्ड साहब के ज़ुल्म दिनों-दिन बढ़ते जा रहे हैं—आप लोग इसका कुछ कीजिए, कोई उपाए, कोई किनारा—

पी. मित्र बोल उठे—Yes. Kingsford must die !

अरविन्द घोष ने कहा—I concur.

कमरे का अँधेरा अचानक और घनिष्ठ हो उठा।

यह बात घटना के अनेक दिन बाद निवारण की ज़बानी सुनी थी। लेकिन वह शायद सन् उन्नीस सौ ग्यारह के बाद की बात। उसी साल दिल्ली-दरबार हुआ। बंगाल फिर एक हुआ। राजधानी कलकत्ते से दिल्ली ले जाई गई। उसी बारह दिसम्बर की रात को अचानक रास्ते में निवारण से भेंट हो गई थी। खैर। अभी वह बात छोड़िए।

मैनेजर से अचानक एक दिन और मुलाकात हो गई। भूतनाथ बार-शिमले जा रहा था और मैनेजर उधर से आ रहा था। हाथ में वही कनवास का थैला। दुबला-दुबला। ओंठ के ऊपर नुकीली मूँछें। भूतनाथ ने पुकारा—मैनेजर साहब !

मैनेजर आवाज़ पाकर-उधर देखने लगा।—कौन हो भाई, किसने मुझे पुकारा ?

भूतनाथ बोला—जी, मैं हूँ। बड़े महल में रहता हूँ।

मैनेजर मानो पहचान गया। बोला—अच्छा ही हुआ, भेंट हो गई। आज ही कोर्ट में दरखास्त दी है, पता नहीं होगा शायद। अब बाबू लोग कोर्ट ही में जवाब दें। घर भी नहीं छोड़ेंगे, रुपए भी नहीं चुकाएँगे—अच्छा रवैया है यह तो !

भूतनाथ बोला—छोटे बाबू तो बेचारे मरने दाखिल हैं—घर छोड़ें तो कैसे !

—तो फिर रुपए क्यों रखे हुए हैं ?—कहकर हनहनाता वह जाने लगा।

भूतनाथ ने कहा—सुनिए-सुनिए, इतनी जल्दी में क्यों ?

मैनेजर रुक गया—कहिए, जल्दी कहिए, मुझे बड़ा काम है।

भूतनाथ ने पूछा—ननी बाबू कब तक लौटेंगे, बता सकते हैं ?

—लौटने की बात तो थी, उसके भी छह महीने हो गए। जाने कब लौटेंगे। लेकिन साहब की खोज क्यों ?

—यों ही पूछा।

—साहब को कहने से कुछ न होगा, सुन रखो ! साहब के पाँव भी पकड़ो तो फूटी पाई की माफी नहीं मिल सकती। साहब तो साहब ही हैं। बस, एक बात। ज़रूरत हो तो दान-खैरात कर सकते हैं, पर सूद की कौड़ी नहीं छोड़ सकते। साहब की उम्मीद तो छोड़ ही दो भैया ! तारा ब्रह्ममयी...

भूतनाथ ने फिर पूछा—उनका पता दे सकते हैं आप ?

—कहाँ का पता ?

—विलायत का।

—बाप रे !—कहकर मैनेजर दस डग पीछे हट गया। बोला—तुम लोग मेरी नौकरी खोना चाहते हो। उससे तो यह करो कि मैं गर्दन बढ़ा देता हूँ, कटार मार दो।

लम्बी डगें भरता मैनेजर चला गया। भूतनाथ एकटक देखता रहा। दिनभर घूम-घूमकर जाने कहाँ-कहाँ तकाज़ा करता है। हैरत होती है, कभी रुपए के लिए ननीलाल ऐसे ही घूमता रहा है। किस-किस बहाने से सारे कलकत्ते की खाक छानता रहा है। जब कहीं कुछ नहीं मिला तो नन्हे बाबू के सामने हाथ फैलाया है। आज उसका रवैया देखो ! जो भगवान् को मानता तक नहीं था, उसी पर भगवान् के आशीर्वाद का ढंग तो देख लो।

कहाँ बहू बाज़ार और कहाँ बार-शिमले ! रोज़-रोज़ का यह जाना-आना अब नहीं चलता, कुछ दिनों के बाद जब छुट्टी खत्म हो जाएगी, तो यह देखना-सुनना बन सकेगा। खत्म तो हो ही गया, मगर खत्म होने का नशा नहीं जाता। किन्तु भूतनाथ के जी में आता, उसके मन की छिपी हुई इच्छा संसार से सदा छिपी रहे। वह बात किसी से कहने की नहीं, बताने की भी नहीं। सुनकर लोग हँसेंगे।

बहुत पहले जवा ने एक बार कहा था—अच्छा, आप जो रोज़ इतनी दूर आया करते हैं सो किस उम्मीद से ? ऊब नहीं आती ?

भूतनाथ तुरत उसका कोई उत्तर न दे सका। फिर भी बोला—शायद यह मेरा स्वभाव बन गया है जवा ! अब जब तक तुम मना नहीं करतीं, मेरा आना बन्द नहीं होगा।

उसके बाद जवा ने कहा—लेकिन सच ही आप आना बन्द न कर बैठें !

फिर भी भूतनाथ को डर होता। डर होता कि किसी कारण से कभी उसका यहाँ आना कहीं बन्द हो जाए ! जवा जब उपासना करने बैठती, तो कभी-कभी भूतनाथ भी साथ देता। जब तक वह आँखें बन्द किए रहता, तब तक आँखों में जवा की सूरत ही तैरती होती। भूतनाथ जानता है। अपने अधिकार की सीमा की तरफ से वह सचेत है। लेकिन लगता, वहाँ मानो कोई और नहीं। फतेहपुर की मंगलचण्डी, बाग बाज़ार की शीतला, सभी देवताओं की याद करके वह भूलने की चेष्टा करता। जिन्दगी से पोंछ डालना चाहता। सारी स्मृतियाँ नोंच फेंकना चाहता। भूतनाथ समझता कि यह अनधिकार चेष्टा है उसकी। यहाँ उसका सम्बन्ध सिर्फ कर्त्तव्य और परोपकार का है। यह नाता उपकार और उपकृत का है। दाता और ग्रहीता का है। मालिक और नौकर का है। याद है, जिस दिन जवा के ब्याह की बात उसने सुनी थी, उस दिन कोई अनजानी पीड़ा उसकी सारी चेतना को निस्पन्द कर गई थी। याद है, अपने मन के कान को मलकर उसने कहा था—यह अपराध है, अपराध। जब भी जानते में यह बात मन में आती, वह अपने को डाँट दिया करता। अपनी इस दुराशा पर उसे शर्म आती। औरों से कहने की बात तो दूर रहे, अपने इस अपराध के लिए मन-ही-मन वह आप ही सज़ा भोगता रहा है।

फिर भी क्या वह कलेजे पर हाथ रखकर ऐसा कह सकता है कि यह उसका

स्वभाव है, उसके सिवाय कुछ नहीं !

उस रोज़ वह ज्यों ही जवा के यहाँ पहुँचा, नौकरानी ने कहा—मैं अब यहाँ काम न कर सकूँगी।

—क्यों, तुम्हें फिर क्या हुआ ?

नौकरानी कुछ बोली नहीं।

—दीदीजी ने कुछ कहा है ?

नौकरानी बोली—नहीं।

—फिर ?

—जी, मुझे अच्छा नहीं लगता। रोज़ पकाती हूँ, रोज ही सब फेंकना पड़ता है। आखिर यह गिरस्ती किसकी है, किसके लिए मैं जी-जान से खटती हूँ !

भूतनाथ अवाक् हो गया। बोला—क्यों, दीदीजी खातीं नहीं ?

—कहाँ खाती हैं ! दो कौर मुँह में डालती हैं और सब छोड़ देती हैं। फिर पकाने की क्या पड़ी है ? मैं तो विधवा हूँ, मेरे लिए मछली-मांस...इतने प्रकार की क्या ज़रूरत है।

भूतनाथ बोला—अच्छा, मैं उनसे कहूँगा—तुम दरवाज़ा बन्द कर लो। उस रोज़ भी जवा सुविनय बाबू की तस्वीर के नीचे चुप बैठी थी।

भूतनाथ ने कहा—तुम्हारी यह क्या हरकत सुनी मैंने ! सुना—तुम खाती ही नहीं हो !

जवा ने नज़र उठाकर देखा। शान्त आँखें। उन आँखों में कोई अभियोग, कोई अनुरोध, ऐसा कोई प्रश्न भी न था। मानो देखना भले आदमी का काम है, इसलिए देख लिया। बस।

भूतनाथ बोला—आज तुम्हें खिलाकर ही मैं लौटूँगा, चाहे जितनी भी रात हो। मेरे सामने खाना पड़ेगा।

जवा कुछ न बोली।

भूतनाथ ने कहा—तुम्हारा क्या खयाल है, इस तरह करने से पिताजी की आत्मा को शान्ति मिलेगी...पता नहीं, तुम लोग दूसरे जन्म पर विश्वास करती हो या नहीं, लेकिन इतना मैं बेशक कह सकता हूँ कि इससे सर्वज्ञ को तकलीफ होती है। तुम्हारे चलते वे स्वर्ग में भी कष्ट पा रहे हैं।

जवा ने कहा—मैं और सोच नहीं सकती भूतनाथ बाबू—कहकर धीरे-से वह अपने कमरे में चली गई।

रोज़ यही हुआ करता। कोई बात उठती और जवाबदेही का समय आता कि अपने कमरे में जाकर दरवाज़ा बन्द कर लेती।

उस दिन लेकिन इसका व्यक्तिक्रम हुआ। अँधेरी गली में से होकर भूतनाथ जवा के घर में पाँव रखने को ही था कि उसे लगा, बगल से झट कोई निकल गया। पहचानी-सी शक्ल। गैसपोस्ट के नीचे जाते ही थोड़ी-सी रोशनी उसके चेहरे पर पड़ी।

साफ दीख पड़ा—सुपवित्र था। वह जल्दी-जल्दी चला जा रहा था। भूतनाथ भी खूब अवाक् हुआ। वह चिल्लाकर उसे पुकारने जा रहा था, लेकिन सहम गया। सुपवित्र क्या जवा के घर से निकला ? ऐसे समय वहाँ गया ही क्यों था ?

जवा उस दिन भी यथास्थान बैठी थी।

भूतनाथ ने जाते ही पूछा—सुपवित्र यहाँ आया था क्या ?

नाम सुनकर जवा कुछ विचलित-सी हुई।

भूतनाथ ने फिर पूछा—अभी सुपवित्र को देखा, तुम्हारे पास आया था ?

सिर झुकाए जवा बोली—नहीं।

—मैंने इसी गली में उसे देखा। सोचा, शायद तुम्हारे पास आया होगा।

सिर उसी तरह झुकाए जवा बोली—वह तो रोज़ ही आता है।

—रोज़ आता है ? तुम्हारे पास ?

जवा ज़रा देर चुप रही। बोली—मैं जानती थी कि उससे रहा नहीं जाएगा। लेकिन अन्दर तो आ नहीं सकता, इसलिए रास्ते पर ही खड़ा रहता है, वहीं से खिड़की की तरफ़ देखता रहता है।

भूतनाथ ने पूछा—तुमने देखा है ?

जवा ने कहा—दो-तीन दिन देखा था, लेकिन अब नहीं देखती। इसलिए अब उस खिड़की को नहीं खोलती, बन्द ही रखती हूँ।

भूतनाथ ने देखा, रास्ते की तरफ की खिड़की बन्द थी, भूतनाथ ने कहा—बारहा पूछता रहा, तुमसे कोई जवाब नहीं मिला, फिर भी पूछता हूँ, आखिर यह सज़ा क्यों भोग रही हो, कुछ कहोगी ?

जवा चुप रही।

भूतनाथ ने कहा—दुहाई है, जवाब देने से बचने के लिए कमरे में जाकर दरवाज़ा बन्द न कर लेना। तुम्हारे भले के लिए ही कह रहा हूँ।

अब जवा ने सिर उठाया। बोली—मेरी भलाई की चेष्टा के लिए आपको धन्यवाद ! लेकिन तकलीफ क्या मुझे नहीं होती—आप क्या यह कहना चाहते हैं कि सुपवित्र को कष्ट देकर मैं सुखी हूँ ?—कहते-कहते उसकी आँखें गीली हो आईं।

भूतनाथ चुप।

ज़रा देर में जवा बोली—आप मेरी भलाई चाहते हैं, तो मेरा एक उपकार करेंगे ?

—कहो।

—आप उसके घर जाकर उससे कह दें, वह मेरे घर के सामने इस तरह घूमा-फिरा न करे—इससे मुझे तकलीफ होती है।

—कह तो मैं आऊँगा, मान लो, लेकिन तुम्हारी इस बेवजह की ज़िद का वह कारण पूछे तो क्या कहूँगा मैं ?

जवा बोली—उसे सब मालूम है। मैंने उसे बताया है।

भूतनाथ ने कहा—मुझे क्या वह नहीं जानना चाहिए ?

करुणा-भरी निगाह से एक बार भूतनाथ को ताककर जवा ने आँखें झुका लीं। उसके बाद बोली—आप भी तो सब जानते हैं। उसी दिन तो धर्मदास बाबू आपके सामने ही सब बता गए। पतिव्रता स्त्री का धर्म ही एकनिष्ठता है—एषास्य परमा गति...

भूतनाथ फिर कुछ समझ न सका। बोला—पतिव्रता स्त्री से तुम्हारा क्या नाता जवा ?

नज़र झुकाकर जवा बोली—मेरा भी विवाह हो चुका है।

भूतनाथ बोला—अच्छा !

जवा उसी तरह सिर झुकाकर बाली—हाँ। लेकिन मुझसे और कुछ न पूछें आप।

अभिभूत होकर भूतनाथ आकाश-पाताल सोचने लगा। इतने दिनों की तैयारी, इतनी लम्बी इन्तज़ारी—सब बेकार ! शादी भी हो चुकी है तो यह बात उसे इतने दिनों के बाद जताने के लिए कौन आया ! छह महीने की उम्र में शादी हो गई थी, यह बात इतने दिनों तक पोशीदा क्यों रही ? भूतनाथ ने जवा की ओर ताका। अचानक वह तपस्विनी-जैसी लगी। सिर झुकाए वह चुपचाप रोज़ की जगह पर निर्विकार बैठी थी। भूतनाथ को ऐसा भी लगा कि जवा का तन-मन एक अद्भुत अनुभूति से आच्छन्न है, जिस अनुभूति में से सूरज धरती को खींचा करता है, जिस अनुभूति में से आलोक-तरंगें लोक से लोकान्तर तक तरंगित होती रहती हैं। शोक के आए हुए आघात को झेलकर मानो वह शोक से परे पहुँच सका है। भूतनाथ ने पूछा—लेकिन ये बातें तुमने सुनीं किससे ?

जवा ने कहा—पिताजी से।

भूतनाथ और भी हैरान हो गया। बोला—यही ठीक है तो वे सुपवित्र को आशीर्वाद कैसे दे गए ? इस ब्याह में उन्होंने आपत्ति की थी ?

—नहीं।

भूतनाथ ने समझा नहीं। पूछा—उनकी क्या राय थी ?

—उनकी राय थी, लेकिन मेरी नहीं है। एक स्वामी के रहते स्त्री की दुबारा शादी नहीं होनी चाहिए।

—तुम्हारे पति हैं ?

—हैं।

—फिर यह सम्भव कैसे हुआ ? सुपवित्र को ही उन्होंने इतने दिनों तक प्रश्रय क्यों दिया ?

सिर उठाकर जवा बोली—पिताजी तो इसे संस्कार कहते थे—इस पर उन्हें विश्वास न था। दादा के किए कामों पर वे अनुताप करते रहे हैं, कभी कुछ ज़ाहिर नहीं होने दिया।

भूतनाथ ने पूछा—उन्हें सब मालूम था ?

—हाँ, जानते थे। लेकिन उन्होंने स्वीकार नहीं किया।

—स्वीकार नहीं किया ? फिर मरते वक्त वे बता क्यों गए ?

जवा ने कहा—स्वीकार वे नहीं करते थे, मरने से पहले जब उन्होंने मुझे बताया तो कहा—तुमने तो धर्म बदला है, तुम्हारे लिए वह विवाह झूठा है। मैं सम्मति देता हूँ, तुम कोई संकोच न करो। उसके बाद उन्होंने मुझे चिट्ठी दिखाई।

—चिट्ठी ?

—हाँ, वह चिट्ठी, जो दादी ने पिताजी को लिखी थी।

जवा कहने लगी—पिताजी ने कहा—अब तक तुम्हें मैंने बताया नहीं था बेटी, दुनिया में किसी को नहीं बताया। लेकिन अगर यह पूछो कि फिर आज क्यों बता रहा हूँ, तो कहूँगा, ज़िन्दगी में मैंने अपने जानते कोई मिथ्याचार नहीं किया; अब तक मन में बड़ी दुविधाएँ थीं, संकोच था; सोचता था सुनकर तुम्हें बड़ी चोट लगेगी। फिर भी आज कहे बिना रहा नहीं जाता। मेरे भगवान् मुझसे कह रहे हैं, यह झूठ है, अन्याय है—न कहूँ, तो मुक्ति नहीं होगी मेरी। तुम्हें तो पता है, बाल-विवाह का मैं समर्थक नहीं, पर यह तो शैशव-विवाह है, तुम्हारे ज्ञानोदय से पहले ही हुआ था।

भूतनाथ को उस रात की बात याद आई। आधी रात का समय होगा। अचानक सुविनय बाबू ने आँखें खोलीं—पुकारा—बिटिया—

भूतनाथ सुपवित्र को लेकर बगल के कमरे में चला गया। उसी समय मौत के पहले बहुत दिनों की गोपनीयता को उन्होंने जवा पर ज़ाहिर कर दिया। जवा उस दिन की सारी बातें एक-एक कर सुना गई।

सुविनय बाबू ने कहा था—मेरा जन्म आँधी-तूफान के लग्न में हुआ था—वह एक महा दुर्दिन। सारी ज़िन्दगी आँधी की ही तरह बीती। मैंने सोचा था, तुम्हें उस अँधड़ के झोंकों से दूर ही रखूँगा। लेकिन तुम्हारी पैदाइश के एक ही महीने बाद मैंने तुम्हें खो दिया। और जब फिर से पाया, तो पहले ही तुम्हारे जीवन की चरम दुर्घटना घट चुकी थी।

जवा की ज़बानी सुनी हुई उस दिन की सारी घटनाएँ आज भी याद आती हैं। कितने साल पहले की घटना ! रामहरि भट्टाचार्य उसी रोज़ जवा को चुराकर बलरामपुर ले गए थे।

पत्नी ने कहा—माँ की गोद छुड़ाकर इसे उठा जो लाए, पालोगे कैसे ?

उन्होंने कहा—तुम पालना। एक बच्चे को जैसे पाला था, वैसे ही।

—लेकिन इसने तो अभी माँ का दूध पीना छोड़ा नहीं है ?

—दूध का इन्तज़ाम मैं किए देता हूँ—और चादर लेकर वे निकल पड़े। गाँव-भर में प्रभाव था उनका। वह पत्रा देखकर बताते तभी गाँव के ज़मींदार के यहाँ कोई शुभ काज होता। उन्हीं के बताए सन्धि-पूजा होती, शादी-ब्याह होता, वर-वधू की विदाई होती। पेड़ का पहला फल पहले रामहरि भट्टाचार्य को देकर बाद में यजमान खाते। मानो उनके पहले पौधे का बैंगन, पोखरे की मछली, गाय का दूध खुद ग्रहण करना पाप है।

सूरज सवेरे से ही बरामदे पर बैठा था उनके इन्तज़ार में। वे बगीचे गए थे। उनके बगीचा जाने के माने और भी कुछ। इस-उस पर में घूमकर यह-वह चीज़ लेकर लौटने में दस बज जाते। लौटकर तम्बाकू पीते, फिर बरामदे में बैठकर एक-एक सारी पोथियों

को धूप में सूखने देते, गंगाजल छींटकर उन्हें पवित्र करते। लेकिन घर आते ही वे बोले—कौन है वहाँ, सूरज ?

ज़मीन तक झुककर सूरज ने दण्डवत् किया। बोला—जी, बच्चे को पाठशाला भेजने का इरादा हो रहा है—कोई दिन देख दें।

—अबे, तुझे गले में फन्दा डालने को रस्सी नहीं जुटती ! ग्वाला है, बच्चे को दूध बेचना सिखाएगा कि लिखना-पढ़ना ! लिखा-पढ़ाकर उसे ब्रह्मसमाजी बनाने का इरादा है ?

—हम लोग तो मूरख रह गए। बच्चे को भी काला अच्छर भैंस बराबर ही रहने दें ! आजकल तो सभी लिखा-पढ़ा रहे हैं।

—फिर तू भी लिखा-पढ़ा। मेरा गोपी ब्रह्मसमाजी बनकर गाय का मांस खाने लगा है, तेरा भी लड़का वही करेगा। मुझे दोष न देना। हाँ, दक्षिणा क्या देगा ?

—जी, जो भी है, सब तो आप ही के आशीर्वाद से है। आप लेंगे तो ऐसी क्या बात हुई ?

रामहरि पंडित पोथी-पत्रा खोलकर बैठ गए। बोले—अच्छा, एक दुधारू गाय दे जाना—दूध चाहिए।

—खैर, प्रणामी में चार-पाँच सेर दूध ही दे जाऊँगा।

—न-न, सिर्फ दूध से मेरा काम नहीं बनेगा। बाद में तुम्हारी गैया तुम्हें लौटा दूँगा। असल में मेरी नन्हीं पोती के लिए चाहिए।

—पोती के लिए ?—सूरज अचरज में पड़ गया।

—हाँ, पोती के लिए। मेरे गोपी की बेटी।

दूसरे दिन नारायण हलवाई से भेंट हो गई। प्रणाम करके उसने कहा—मैंने सुना, आप अपनी पोती को ले आए हैं ?

—हाँ, ले आया हूँ। ब्रह्मसमाजी तो मेरा लड़का हुआ है, इस बच्ची ने कौन-सा कसूर किया ? महीने-भर की है, उसकी नसों में अपना ही तो लहू है, वंश तो नहीं डूबा, अभी भी लहू में खासा ब्रह्मतेज है।—उन्होंने हाथ में जनेऊ लेकर नारायण की तरफ कसमसाकर ताका।

उसके बाद एक-एक कर सबने पूछा। सब हैरान रहे। जब लड़का ब्रह्मसमाजी हो गया, तो उसके बाल-बच्चे भी ब्रह्मसमाजी ही होंगे ! और लड़का अगर गोमांस खाएगा, तो भगवान् न करे, वह पाप उसकी सन्तान को भी लगे।

रामहरि ने कहा—अरे नहीं, दो महीनों की उमर तक बच्चा बिलकुल निष्पाप रहता है—सभी तरह की छूत से सर्वथा परे। उसकी तो अभी कोई जात ही नहीं—जैसी मेरी काली, वैसी वह—शुद्ध, अपापविद्ध।

—लेकिन जब वह बड़ी होगी ?

रामहरि ने कहा—उससे पहले ही मैं ब्राह्मण से उसकी शादी कर दूँगा। जवा पूरे दो महीने की भी नहीं हुई थी। वैशाख का महीना। साँझ ही से वैशाखी अंधड़ के झोंके चलने लगे थे। रात होने से पहले ही पंडिताइन ने खिड़की-दरवाज़ा बन्द कर लिया था,

खाना-पीना खत्म कर लिया था। दो महीने की पोती को अपनी बगल में लिए सो गई थीं। आधी रात को पंडितजी की पुकार से नींद खुल गई। देखा, हाथ में दीया लिए रामहरि खड़े हैं। देवीथान के पास बहुतेरे लोगों की आवाज़ सुनाई पड़ी। पूछा–क्या है ? कब आए ? यह शोर-गुल कैसा ?

रामहरि ने कहा–लोग-बाग आ गए हैं। जवा को दो, लाओ !

–क्यों, जवा को कहाँ ले जाओगे ?

रामहरि के एक हाथ में रोशनी थी। दूसरा हाथ बढ़ाकर बोले–जल्दी करो, साइत टल जाएगी।

पंडिताइन रोने लगीं--कैसी साइत, कैसी ?

रामहरि को समय कहाँ ? उन्होंने स्त्री की गोद से जवा को छीन लिया। बोले--जवा का विवाह है।

–ब्याह है ? और उसके बाप को खबर भी न दी–उसी की लड़की और...

रामहरि चले जा रहे थे। जाते-जाते बोले–समझ लो कि अपना गोपी मर चुका है।

एक अनजाने आतंक से स्त्री काँप उठी। पूछा–किससे ब्याह कर रहे हो ?

–उसकी फिकर न करो तुम, जात-कुल सब देख लिया है, तब कर रहा हूँ।

–दूल्हे को देख तो लिया है ठीक से। मुझे जो डर लग रहा है।

बाहर अंधड़ दूने ज़ोर पर आ गया मानो। रामहरि ने उसकी कोई परवाह न की और निकल गए। बाहर शंख की आवाज़ हुई। घंटा बजा। मन्त्रोच्चार सुनाई पड़ा। बड़ी दुविधा में पंडिताइन की रात कटी। रात बीतने को आई तो रामहरि लौटे। जवा को स्त्री की गोद में दिया। उसकी माँग में सिन्दूर था। लेकिन, गजब, बच्ची ज़रा भी न रोई। वह शुरू से आखिर तक रामहरि की गोद में सोई रही।

उसके दूसरे ही दिन दूल्हा कहाँ गया, किसी को पता नहीं। रामहरि कहा करते थे–मैंने अपना कर्त्तव्य निबाहा है। अपनी पोती को ब्रह्मसमाजी के हाथों नहीं सौंपा।

सुनते-सुनते भूतनाथ अभिभूत हो पड़ा था। बोला–फिर ? जवा ने कहा--उसके बाद कुछ नहीं। पिताजी बोले, इस घटना का उल्लेख दादी ने अपने पत्र में किया था--लेकिन तब कोई चारा नहीं रह गया था। पिताजी बोले--इस विवाह को मैं जायज़ नहीं मानता। जिसमें तुम्हारी राय नहीं थी, वह ब्याह, ब्याह नहीं।

भूतनाथ ने पूछा–उसके बाद ?

बार-शिमले की राह पर उस समय अँधेरा और भी घना हो उठा। एक मालगाड़ी स्यालदह स्टेशन की ओर हाँफती हुई दौड़ी जा रही थी। बार-बार सीटी दे रही थी। सारी पृष्ठभूमि की शुचिता को वह टुकड़े-टुकड़े कर देना चाह रही थी। भूतनाथ को लगा, लाख योजन दूर का कोई उनींदा तीर रुँधी साँस से वर्तमान की ओर तेज़ी से आ रहा है। वह जवा की सारी शान्ति को नष्ट कर देगा। किसी अदेखे तीरन्दाज़ का अचूक निशाना मानो खाली नहीं जाएगा। भूतनाथ की सारी शक्ति की उपेक्षा करके वह तीर जवा को सर्वनाश की शेष सीमा पर पहुँचा देगा।

जवा बोली—पिताजी ने यह भी कहा, आज अपने अन्तिम दिन इसे मैं छिपाए न रख सका, मेरे सत्य-बोध को यह बात खलती रही थी, इसी से मैंने किसी से न कहा, तुम्हारी माँ से भी नहीं। वह तो कहने पर न समझतीं। तुम्हारी उम्र हुई, तुम अपनी ही बुद्धि से समझना—यह झूठ है, नाजायज़ है।

जवा कहती गई—मैं चुप रही। पिताजी ने कहा—तुम सुपवित्र को ही अपनाओ बेटी, मैं आशीर्वाद देता हूँ !

मैं फिर भी कुछ न बोली। पिताजी की साँस तेज़ हो आई। बोलकर थकावट से बड़ी देर तक वे आच्छन्न हो रहे। मैं उनकी छाती पर हाथ फेरने लगी। रात खत्म होने को थी। उन्होंने फिर एक बार आँखें खोलीं—सुपवित्र को तुम अपनाओगी तो बेटी—

मैंने कहा—नहीं।

उनकी आँखों से आँसू बहने लगे। मेरा जवाब सुनकर कुछ कहते न बना उनसे। बाद में बोले—लेकिन मुझे तो क्षमा करोगी तुम ?

मुझसे और न रहा गया। उनकी छाती पर मुँह रखकर छिपकर आँखें पोंछ लीं। अपनी उस समय की हालत मैं आज बता नहीं सकती हूँ भूतनाथ बाबू, ऐसा लगा कि सारा आसमान भी टूटकर सिर पर आ रहे तो ऐसी असहनीय पीड़ा न होगी। लेकिन उस समय मैं यह बात किससे कहती, कौन समझता मुझे ? मैंने सोचा, सुपवित्र को अब अपने यहाँ आने देना उचित नहीं—जिसे हृदय से अपनाया, उसी को दूर हटाना—यह जो क्या तकलीफ है, मैं कैसे समझाऊँ आपको ? मैं पिताजी की छाती में मुँह गाड़े रही। वे शायद समझ गए। मुझसे उन्होंने भी कुछ न कहा। ज़रा देर में उनके कलेजे में कैसा तो आलोड़न शुरू हुआ...पिताजी धीरे-धीरे कहने लगे...असतो मा सद्गमय, तमसो मा ज्योतिर्गमय, मृत्योर्मामृतं गमय—ओम् शान्तिः शान्तिः—हरिः ओम्—

—उसके बाद ?

आसमान में उस समय गाड़ी की चीख कर्कश होकर गूँज रही थी। कहीं थम गई थी गाड़ी। स्टेशन में दाखिल होने की इजाज़त नहीं मिली थी। बार-बार वह चीखकर गन्तव्य स्थान के प्रति करुण निवेदन कर रही थी। भूतनाथ चुप था। उसकी भी युक्तियाँ मानो चुक गई थीं। फिर भी उसने पूछा—उसके बाद ?

जवा ने उस बात का जवाब ने देकर कहा—सुपवित्र से आपकी भेंट हो, तो उससे कह देंगे, वह इस रास्ते पर न आए, मेरे घर के सामने उस तरह अब खड़ा न रहा करे। मुझे पीड़ा होती है। मैं उसे भूलने की कोशिश करती हूँ।

—लेकिन क्यों ? तुम क्या सचमुच विश्वास करती हो कि तुम्हारा वह विवाह जायज़ है ?

जवा ने कहा—इसका जवाब तो मैंने पिताजी को दे दिया है भूतनाथ बाबू ! भूतनाथ ने कहा—लेकिन ठीक से सोच देखो तुम।

—ठीक से सोच देखा है, रात-दिन सोचा है। कभी-कभी ऐसा लगा है कि सारा कुछ सपना है, सपने-सा ही सब झूठा है, लेकिन पिताजी की बात याद आते ही उसे

अविश्वास करके टाल नहीं सकती मैं।

भूतनाथ ने पूछा–तुम तो ब्रह्मसमाजी हो, तुम भी क्या हिन्दू धर्म में विश्वास करती हो ?

–मेरा ब्रह्मसमाजी होना भी तो सोलहों आने सच नहीं भूतनाथ बाबू, मन-प्राण से तो मैं हिन्दू हूँ। हिन्दू के यहाँ मेरी शादी हुई है–अगर यह बात पहले जान पाती तो कम-से-कम सुपवित्र को तो अपने यहाँ नहीं आने देती।

–और तुम्हारे पति ?

जवा ने कहा–उनके बारे में मुझे जानकारी नहीं। बड़ी होने से पहले ही दादाजी चल बसे, दादी भी गुज़र गईं, पिताजी मुझे यहाँ लिवा लाए। उसके बाद उनकी खोज-खबर की कोई ज़रूरत नहीं समझी पिताजी ने।

–लेकिन कहाँ के हैं वे ? नाम क्या है उनका ? कोई परिचय पाने का उपाय नहीं ?

–वह परिचय है, लेकिन उसे सोचते हुए भी डर लगता है भूतनाथ बाबू, फिर नए सिरे से ज़िन्दगी शुरू करनी पड़ेगी। अपने प्रत्येक आदर्श से पग-पग पर संघर्ष होगा।

–फिर उस रास्ते पर क्यों कदम बढ़ा रही हो ?

जवा ने कहा–जाने क्यों तो ऐसा लगता है कि अपना सच्चा परिचय वही है, वहीं अपना सच्चा आश्रय है; मेरा संस्कार, मेरी शिक्षा, मेरी मुक्ति मेरे स्वामी के पास है, विधाता की यही इच्छा शायद थी...नहीं तो...

भूतनाथ ने तो भी पूछा–जिसे तुम जानती नहीं, चीन्हतीं नहीं, जिसकी अवस्था से तुम्हारी अवस्था, तुम्हारी शिक्षा का शायद कोई मेल नहीं–ऐसे को ग्रहण करके सुखी हो सकोगी ?

–मेरी अन्तरात्मा कह रही है, मेल न हो, सामंजस्य न रहे चाहे, लेकिन उसी में मेरा मंगल है, उसी में मेरा कल्याण है। पिताजी से मैंने यह सुना है कि स्वच्छन्दता ही बड़ी बात नहीं, बड़ी बात है कल्याण। लता-पौधे सहज ही लता-पौधे हैं, पशु-पंछी यों ही पशु-पंछी हैं, लेकिन आदमी जी-जान से कोशिश के बाद आदमी होता है। अब तक तो आराम ही चाहती रही हूँ भूतनाथ बाबू, कहाँ मिला ? अब कल्याण की कामना करूँ, देखूँ, पाती हूँ कि नहीं।

–सच ही क्या तुम यह सोचती हो जवा, कि यह पथ कल्याण ही का है, मंगल ही का है ?

जवा ने कहा–बस इतना ही जानती हूँ कि केवल आराम में ही कल्याण नहीं है। पिताजी ने इसीलिए अपने सारे आराम को लात मारकर कल्याण के पथ को अपनाया था।

भूतनाथ ने पूछा–लेकिन एक और दिशा की बात सोची है क्या ?

–कौन-सी दिशा ?

–यही कि अगर तुम्हारे पति ने दूसरी शादी कर ली हो–कर तो सकते हैं–तुम्हारे धर्म-परिवर्तन के समाचार से हो सकता है, वह तुम्हारी उम्मीद छोड़ बैठे हों।

जवा बोली—ऐसा भी हुआ हो, तो भी मैं उन्हीं को ग्रहण करूँगी। जब तक वे जीवित हैं तब तक उन्हें स्वीकार करना ही पड़ेगा—तब तक वही मेरे स्वामी हैं।

—इतने पर भी तुम सुपवित्र को नहीं अपना सकोगी ?

—उँहूँ, नहीं अपना सकूँगी। मेरा संस्कार, मेरी शिक्षा मुझे बताती है कि ब्याह धर्म है, धर्म का ही अंग है, यह न तो महज़ विलासिता है न लोकाचार ही।

—कहीं यह पता चले कि तुम्हारे पति गरीब हैं, फरेबी हैं ?

—फिर भी वे मेरे स्वामी हैं।

—लेकिन कहीं उनकी मौत हो चुकी हो ?

जवा कुछ क्षण चुप रही। उसके बाद बोली—ऐसी दशा में हिन्दू धर्म में ब्याह का विधान है, लेकिन कुलीन से नहीं, मौलिक से। ऐसी स्त्री को...मगर आप इतना सब पूछ क्यों रहे हैं ? मैं तो हर हालत के लिए तैयार हूँ भूतनाथ बाबू !

भूतनाथ ने कहा—जो भी हो, खोज करना तो ज़रूरी है।

—आप खोज करेंगे ?

भूतनाथ ने कहा—मैंने तुमसे कहा था जवा कि मैं अगर कभी तुम्हारे किसी काम आ सकूँ, तो अपने को धन्य समझूँगा—आज वह अवसर मिला है।

जवा की आँखें सजल हो उठीं। ज़रा देर उसी तरह चुप बैठी रही। उसके बाद धीरे-धीरे बोली—आपका ऋण जीवन में चुक नहीं सकेगा।

भूतनाथ ने कहा—छोड़ो भी वह बात, मुझे उनका पता दोगी ?

जवा ने कहा—बड़ी दूर है भूतनाथ बाबू, कलकत्ते से बाहर, किसी गाँव में।

भूतनाथ ने कहा—जितनी भी दूर हो चाहे, मैं जाकर खबर लाऊँगा। लेकिन उन लोगों ने कभी तुम्हारी खोज नहीं ली ?

जवा बोली—पिताजी ने कहा, दूल्हे के घरवालों की राय के बिना ही दादाजी ने शादी कर दी थी। उसके बाद उन लोगों ने हमारे ब्रह्मसमाजी हो जाने की खबर सुनी। खोज की ज़रूरत ही न रही।

भूतनाथ ने पूछा—फिर तुम इतनी बेचैन क्यों हो रही हो ? यह भी तो हो सकता है कि विधर्मी कहकर वही तुम्हें ग्रहण न करें।

जवा ने कहा—फिर भी वही मेरे स्वामी हैं—स्वामी स्त्री को ग्रहण न करे, तो भी स्त्री की और कोई गति नहीं।

भूतनाथ ने कहा—तुम्हारी स्वतन्त्र इच्छा में बाधा न दूँगा, पर मुझे उनका पता-ठिकाना दो।

जवा उठी। उठकर कमरे के कोने में पड़े काठ के सन्दूक से कागज़ का एक टुकड़ा निकाला। भूतनाथ के पास आकर बोली—इसी में पता है। यह चिट्ठी दादी ने छिपाकर पिताजी को लिखी थी।

बहुत पहले की चिट्ठी। हर मोड़ फट गया था। सफेद कागज़ काला हो गया था। फिर भी टेढ़े-मेढ़े हरूफों को पढ़कर भूतनाथ ने सब सार निकाला। जवा ने जो घटना सुनाई,

हू-ब-हू वही कहानी। अन्त में दूल्हे का नाम-पता। भूतनाथ ने पढ़ा—दूल्हे का नाम था श्री अतुल चक्रवर्ती, बाप का नाम श्री सतीशचन्द्र चक्रवर्ती, स्वभाव कुलीन, मुकाम फतेपुर, पोस्ट गाजना, जिला नदिया। पढ़ते-पढ़ते भूतनाथ का हाथ हिम हो उठा। यह किसकी कहानी सुन रहा है। उसी का डाकखाना, उसी के पिता का नाम और उसी के पिता का दिया हुआ उसका नाम अतुल। पिता उसके होश सम्हालने से पहले ही चल बसे थे। उनकी बहुत थोड़ी-थोड़ी याद आती है। पिता के साथ सोया करता था। फूफी से भी सुना था। पिता ज़मींदार के यहाँ काम करते थे। गाँव-गाँव घूमा करते। इससे ज़्यादा याद नहीं। लेकिन यह घटना उसके जीवन में कब और कैसे घटी, किसी ने तो नहीं बताया। अथच यह भूतनाथ के सिवा दूसरा भी कोई नहीं, इसमें सन्देह की गुंजाइश नहीं। अब उस मुकाम में होगा भी कौन ! अपने पिता का वही तो इकलौता है !

हैरान होने की ताकत भी जाती रही भूतनाथ की। अचरज भी नहीं, आनन्द भी नहीं, दुःख भी नहीं, अवसाद भी नहीं। यह एक अनोखी ही अनुभूति। यह सम्वाद कहाँ और कैसे अब तक छिपा हुआ था, कौन जाने ! कब किस अदृश्य के इशारे से वह यहाँ आ पहुँचा था, कौन बताए। कौन कहे, यह कोई सम्वाद है या दुःसम्वाद ! वह क्या साफ-साफ अपना परिचय कबूल कर ले ? अपने अधिकार का दावा करे। जो उसके स्वप्न की वस्तु थी, वही जब सत्य होकर सामने आई, तो क्या वह त्याग की महिमा दिखाकर जीवन-भर विडम्बना का शिकार हो ? जवा के सामने वह त्याग की महिमा दिखाकर जीवन-भर विडम्बना का शिकार हो ? जवा के सामने वह स्वीकार कर ले कि यह नाम मेरा ही है ! पता-ठिकाना, पिता का नाम, मेरा नाम—सब मेरा है। पिताजी ने नाम रखा था अतुल, फूफी ने भूतनाथ।

उसने जवा की तरफ ताका। उसके चेहरे में कोई विलक्षणता न थी। किन्तु लगा, आज जवा बड़ी ही खुबसूरत है। आज संसार के सारे सौन्दर्य ने मानो इसी मुखड़े पर आश्रय लिया है। इतने दिनों की देखी-जानी जवा आज इस घड़ी नई लग रही थी। अब तो यह जवा उसकी अपनी है। अभी -अभी वह उसका दावा कर सकता है। उस पर मानो उसका बहुत दिनों का अधिकार है। न केवल अधिकार, अधिकार से भी ज़्यादा कुछ। जन्म-जन्मान्तर के परिचय से मानो दोनों के हृदय का विनिमय हुआ है। मानो बहुत युग से जवा ही उसकी संगिनी होकर बार-बार पृथ्वी पर पैदा होती रही है और और भी युगों तक बार-बार पैदा होती रहेगी।

बड़ा अच्छा लगा भूतनाथ को। जवा का सान्निध्य भला लगा। आज इस सान्निध्य में कोई अन्याय नहीं, कोई अनुपात नहीं। यह भला लगना आज अब अपराध नहीं। आज तक मन की जिस प्रवणता को वह छिपाता आया, अपनी शिक्षा, अपने धर्म से उसे अगोचर रखा—आज अब उसका कोई प्रयोजन नहीं। वह प्रयोजन समाप्त हो गया। आज गर्व के साथ वह सारी दुनिया को यह जता सकता है। छत के कंगूरे पर खड़े होकर अपने सौभाग्य की कहानी की घोषणा कर सकता है।

खयाल नहीं, कब वह बार-शिमले से निकलकर चला आया। अँधेरी राह में वह

अपनी इसी अवस्था की चिन्ता में मग्न रहा।

निकलने के समय जवा ने पूछा था—फिर कब आएँगे ?

भूतनाथ बोला—यह खबर लेकर आऊँगा किसी दिन।

—आप क्या उनके गाँव जाएँगे ?

—वह तो अपना ही इलाका है।

जवा भी जैसे ताज्जुब में पड़ गई। एक अचरज-भरे कौतूहल ने मुखड़ा दमक उठा। पूछा—आपका घर भी क्या वहीं है ?

—सिर्फ घर नहीं, एक ही जगह, एक ही डाकघर, एक ही गाँव, एक ही मुहल्ला, एक ही...कहने जा रहा था—एक ही नाम। वह कहता जा रहा था—भूतनाथ और अतुल एक ही आदमी का नाम है। लेकिन ऐन वक्त पर अपने को सम्हाल लिया। अचानक कुछ कर बैठना ठीक नहीं। अपने चोर-कमरे में अकेले पड़े-पड़े वह सोचेगा। सोचेगा कि यह सम्भव कैसे हुआ ! उसके जीवन में कहाँ से, किस अदेखे ईश्वर के इंगित से यह सम्भव हुआ ! यह उनका आशीर्वाद है या अभिशाप !

कलकत्ते की राह सूनी पड़ी थी। केवल एक बार ऐसा लगा कि अलवानवाला वह आदमी दूर से उसके पीछे-पीछे आ रहा है। पीछा कर रहा है उसका। अजीब आदमी है। जहाँ भी भूतनाथ गया, वहीं उसके पीछे लगा रहा। लेकिन अचानक चमककर खड़ा हो गया भूतनाथ। आज मानो उसकी हिम्मत लौट आई। आज पता नहीं क्यों, मानो संसार में किसी से वह डरनेवाला नहीं। आज मानो वह किसी भी आफत के आगे सिर ऊँचा किए खड़ा हो सकता है।

वनमाली सरकार लेन के मोड़ पर आकर भूतनाथ उस आदमी के आमने-सामने खड़ा हो गया। पास आए कि पूछे—तुम हो कौन ? क्या चाहते हो ? दिन-रात मेरे पीछे क्यों घूमा करते हो ? इरादा क्या है ?

मगर आश्चर्य ! भूतनाथ का खड़ा होना था कि वह आदमी पास की एक गली में गायब हो गया।

भूतनाथ बड़ी देर तक उसी तरह वहाँ खड़ा रहा। नरहरि महापात्र के देवी-देवता जहाँ पर रहते थे, वहाँ पर अब वह पीपल का पेड़ न था। एक दिन जड़ पर बनी वेदी को लिए-दिए मूल-सहित उखड़ गया। भूतनाथ गली में घुसा और वहीं पर पीछे मुड़कर खड़ा हो गया। वह आदमी जैसे गली के मोड़ पर आकर फिर खड़ा हो गया। भूतनाथ ने सोचा—गोली मारो, यह ज़रूर कोई स्पाई है।

निवारण छिपकली कहा करता था। छिपकली ही कहिए। क़ई बार रास्ते में भूतनाथ ने निवारण से बातें की थीं। इसी से उस पर सन्देह हुआ है। नरेन गोसाईं को जिस दिन गोली मारी गई, उसी दिन से इनकी हरकतें बढ़ गई हैं। घर-बाहर कहीं चैन नहीं।

निवारण ने कहा था—मैट्रिकुलेशन में अंग्रेजी-इतिहास की पढ़ाई बन्द हो गई, जानते हैं ?

भूतनाथ को मालूम न था, बोला—क्यों, हम लोगों ने तो पढ़ा है ?

निवारण ने कहा—बेकर और फुलर साहब ने सोचा, शायद अंग्रेज़ी इतिहास पढ़कर ही हम लोगों का दिमाग बिगड़ गया है। मैगनाकार्टा, स्टुआर्ट राजाओं के कारनामे, हैंपडेन, क्रामवेल, चार्ल्स फर्स्ट—ये बातें तो हमने इतिहास से ही जानी हैं। लेकिन बन्द करने से क्या हुआ, अब तो उन्होंने भी पढ़ना शुरू कर दिया, जो कि कभी इतिहास छूते तक न थे।

भूतनाथ को याद है, इतना कुछ करके भी कोई राह नहीं निकली। जिस दिन केवड़ातला के घाट में जलाने के लिए कन्हाई दत्त की लाश लाई गई थी, उफ़, किस कदर भीड़ थी ! सिर्फ एक नज़र देखें, इसके लिए सुबह से पचास हज़ार लोग रास्ते के किनारे खड़े थे। नरेन गोसाईं के खून के जुर्म में दो आदमियों को फाँसी हुई थी—कन्हाई दत्त और सत्येन बोस को। भीड़ के डर से सत्येन बोस की लाश जेल के अन्दर ही फूँकी गई थी ! भूतनाथ ने अपनी उमर में एक जगह इतनी भीड़ कभी न देखी थी। स्वामी विवेकानन्द जब आए थे, तब स्यालदा स्टेशन में, फिर पारसी बगान में आनन्दमोहन बोस की सभा में और फिर यही देखी भीड़ उसने। यह भीड़ मानो सबसे ज़्यादा थी।

बगल के किसी घर में घड़ी टन-टन करके बहुत बजा गई। रात काफी हो गई थी। अब खड़े होने से लाभ। जेब से कुंजी निकालकर भूतनाथ ने बड़े महल का गेट खोला और अन्दर चला गया।

सवेरे किसी ने दरवाज़े पर धक्के दिए। खोलकर देखा, वंशी था।

—कल आप कितनी रात में आए हुज़ूर, खड़े-खड़े मेरे पाँव दुख गए। अरे, आपकी आँखें सुर्ख हो रही हैं। नींद नहीं आई शायद ?

जूठे बर्तनों को उठाकर वंशी ने जगह को लीप दिया। बोला—कल तो बड़ी परेशानी में पड़ गया हुज़ूर, अदालत से नोटिस आया था। छोटे बाबू के पास ले गया। वे पढ़कर बोले—मँझले बाबू के पास ले जाओ। अकेले सारा काम करना ठहरा, सब कर-कराके आखिर मरते-मरते पहुँचा गरानहाटा। जाकर दिखलाया मँझले बाबू को। उनका जो मिज़ाज, पूछिए मत। बोले—मैं क्या देखूँ, मैंने तो घर छोड़ दिया है। वे लोग चाहें सो करें। घर मुझे नहीं चाहिए।

मैंने कहा—छोटे बाबू ने तो आप ही के पास लाने को कहा।

मँझले बाबू बोले—मेरे पास लाकर क्या होगा, मैं क्या घर में रहता हूँ ?

उनके पैर पकड़कर मैं बोला—जी, उनकी हालत आप तो जानते ही हैं, ऐसे में घर कैसे छोड़ें !—ज़रा मँझले बाबू का विचार देखिए।

भूतनाथ ने पूछा—उसके बाद ?

—उसके बाद मैं पथरियाघट्टा गया। नन्हे बाबू ननीलाल के दोस्त थे न ! कभी ननीलाल को इस घर में बार-बार आते देखा है। सोचा, उनके कहे अगर ननीलाल कुछ करे। मगर नन्हे बाबू से भेंट न हुई। काम पर गए थे।

—किस काम पर ? नन्हे बाबू कौन-सा काम करने लगे ?

वंशी ने कहा—मुझे क्या पता ? उन्हीं लोगों के सरकार बाबू ने बताया कि नन्हे बाबू शायद वकालत करते हैं। रोज़ अदालत जाते हैं।

—वकालत करते हैं। आखिर वकील हुए ?

वंशी बोला—इसीलिए आपकी तलाश कर रहा था। आप जाकर नन्हे बाबू से कहें तो ननीलाल से कहकर मुकदमा उठवा लें। मुकदमा बाबुओं के नाम पर है, मगर सब तो घर छोड़कर चले गए हैं, हैं सिर्फ छोटे बाबू और छोटी माँ। ये कैसे घर छोड़ें ! जो हालत है, ऐसे में कहाँ जाएँ। अभी भी छोटे बाबू को अपने से खिला देना पड़ता है !

भूतनाथ ज़रा देर चुप रहकर बोला—लेकिन मैं तो कल घर जा रहा हूँ।

—घर ! वंशी अवाक् हो गया।—हुजूर भी गाँव चल दिए ! आपने तो कहा था, वहाँ कोई नहीं है !

—नहीं है कोई, फिर भी एक बार जाना है। पुराना घर तो है। जंगल हो गया होगा, हो सकता है, उसमें बाघ बसता हो।

डर से वंशी ने आँखें फाड़ीं। बोला—ऐसे आड़े वक्त में आप चले जाएँगे, तो कैसे चलेगा हुजूर, दो दिन बाद जाएँ तो हर्ज है।

—न। तारीख कब है मुकदमे की ?

वंशी ने कहा—कल।

भूतनाथ चुप हो रहा।

वंशी ने कहा—कल-भर रुक ही गए तो क्या !

भूतनाथ फिर भी चुप रहा। वह कर भी क्या सकता है।

वंशी ने कहा—मैंने लेकिन छोटे बाबू से आपके बारे में कहा है।

—छोटे बाबू से ? क्यों ?

—जी, वे बड़े मायूस हो गए हैं। मैंने कल नन्हे बाबू के यहाँ से लौटने पर कहा—आप कुछ सोचें न सरकार, अपने साले साहब पढ़े-लिखे आदमी हैं, सब करेंगे। आप एक बार मिलेंगे उनसे ?

—छोटे बाबू से ?

—जी हाँ। हर्ज क्या है ! आफत में हैं। हम लोग उन्हें न देखें तो कौन देखे !

भुतनाथ की ख्वाहिश तो न थी, फिर भी बोला—खैर, चल। वंशी ने कहा—ज़रा देर रुकें, मैं इन जूठे बर्तनों को रख आऊँ।

आज भी याद है भूतनाथ को, दोपहर को बड़े महल का श्रीहीन चेहरा देखकर उस रोज़ उसकी आँखों में पानी भर आया था। छत पर अनगिनती कबूतरों ने बसेरा लिया था। कौन उन्हें दाना देता, कौन उन सबकी देखभाल करता, कौन जाने ! कभी इन्हीं कबूतरों के चलते ठनठनिया के छेनीदत्त से कितने मुकदमे हुए। इन्हें पालने में जाने कितने पैसों का श्राद्ध हुआ। भैरव बाबू सीटी अच्छी बजाते थे। उसी सीटी पर मँझले बाबू के कबूतर कलकत्ते के आसमान पर एक दिन छाती फुलाकर उड़ा करते थे।

सारा मकान जैसे खाँ-खाँ कर रहा था। तीन हिस्सों में इसका बँटवारा हो रहा था। पूरी तरह हिस्सा होने के पहले ही सब अलग हो गए। दीवारें तक पूरी न उठ सकीं। पलस्तर नहीं हो सका। दीवार की फाँकों में काई जम गई। फटी जगहों में जाने कैसे-कैसे जंगली गाछ उग आए। उनमें कैसे-कैसे फूल लगे। अजीब-अजीब जंगली फूल। पीले, लाल, नीले। रसोई के जूठन दीवार के कोने में जमते।—अकेले वंशी से सफाई पार नहीं पड़ती।

कोई चील खुले आसमान में उड़ती। बीच-बीच में चिल्ल-गर्रर करती। वह आवाज़ यहाँ से सुनाई पड़ती। उसके बाद कब तो बेला झुक पड़ती, धीरे-धीरे छाया बड़ी हो जाती और फिर धूप की अन्तिम आभा भी धरती से पुँछ जाती। ऐसे में शशी डॉक्टर की गाड़ी गाड़ी-बरामदे में आकर खड़ी होती। लाठी के सहारे ज़ीने से ऊपर जाता। दवा का बैग लिए पीछे-पीछे चलता वंशी।

आज भी उसे याद है, छोटे बाबू के कमरे के पास जाकर भूतनाथ चौंक उठा था। पहले तो उसकी इच्छा ही नहीं थी जाने की। कभी आमने-सामने उसने छोटे बाबू से बातें की तो नहीं थीं। लेकिन वंशी के बहुत कहने पर 'ना' न कर सका।

वंशी ने कहा था—आप हुज़ूर यह कह देंगे कि मैं सब इन्तज़ाम करूँगा, कचहरी जाना-आना मैं ही करूँगा, जिसमें छोटे बाबू कुछ सोचें नहीं।

भूतनाथ बोला—लेकिन मैं जो कल गाँव जा रहा हूँ !

—छोटे बाबू से आप यह न कहें, उन्हें बड़ी तकलीफ होगी।

भूतनाथ ने पूछा—वे क्या मुझे पहचानते हैं ?

—पहचानते नहीं हैं, मगर मैंने आपके बारे में सब बताया है। बताया है कि आप मास्टर साहब के साले हैं और यहाँ बहुत दिनों से रह रहे हैं। सुनकर वे चुप रहे। वे ज़्यादा बोलते तो हैं नहीं, कभी नहीं बोलते थे, अब तो वह भी बन्द कर दिया है। आँखें बन्द किए सोचते रहते हैं, क्या सिर-पैर सोचते हैं, क्या जानें !

कमरे के अन्दर पहले वंशी गया। झाँककर देख लिया, फिर हाथ के इशारे से भूतनाथ को बुलाया।

भूतनाथ सामने जाकर खड़ा हुआ।

हाथीदाँत का काम किया हुआ पलंग। मोटे गद्दे पर बिछौना। सामने सफेद संगमरमर की मेज़ पर दवा की शीशियाँ। कमरे में छाई एक उदासी। ज़माने से रोग और दवा की गन्ध से कमरे की हवा ज़हरीली हो उठी थी। कमरे में जाते ही कोई तीखी बू नाक में घुस जाती। दीवार पर बने फूल-पत्ते तक धुएँ से काले हो गए थे।

छोटे बाबू मलमल का कुरता पहने थे। उसकी चूनन में लेकिन पहलेवाली बहार न थी। मैला हो गया था पहनते-पहनते। कई दिनों से हजामत नहीं बनी थी। दीवार से लगे तकिए के सहारे वे बैठे थे। खिड़की से बाहर ताक रहे थे और कुछ सोच रहे थे।

भूतनाथ के अन्दर जाते ही वंशी ने कहा—जी, साले साहब आ गए, जिनके बारे में मैंने कहा था।

छोटे बाबू ने गर्दन फेरी।

भूतनाथ ने हाथ जोड़कर नमस्कार किया।

भूतनाथ ने देखा, वही छोटे बाबू हैं, जिनके सामने होने में डर लगता था। क्या विशाल शरीर था ! रौबदार आदमी। मारते-मारते एक दिन वंशी को लगभग मार ही डाला था। भूतनाथ को माया-सी हो आई। उसे बहुत पहले एक बरगद की याद आई। फतेपुर के देवीथान में एक विशाल बरगद था। चार-पाँच पुश्त का पुराना पेड़। देवीथान को डाल-पत्तों से एकबारगी झाप लिया था। एक रात को आँधी में वह पेड़ उखड़ गया। सवेरे सारे गाँव के लोग उसे देखने पहुँचे। कोई कट्ठा-भर ज़मीन लिए पेड़ उखड़ा पड़ा था। सब अवाक्। पेड़ क्या, वह तो एक विराट् वनस्पति था।

तारक सुनार कुल्हाड़ी चलाने जा रहा था कि नन्द काका ने रोक दिया—खबरदार...

भूषण काका ने भी कहा—इसे कोई काटो नहीं—यह मंगलचंडी का पेड़ है—

तारापद्दो बोला—पेड़ को नदी में बहा देना ही ठीक है।

नन्द काका प्रवीण आदमी थे। बोले—न, जैसा है, वैसा ही पड़ा रहे। देवी का पेड़ है, उनकी जो इच्छा होगी, वही होगा।

देवी की क्या इच्छा हुई, पता नहीं ! वह पेड़ वहीं पड़ा रहा। लोग-बाग पूजा करने आते और उसमें भी सिन्दूर पोत जाते। औरतें आतीं, पूजा करतीं और जल चढ़ातीं। ऐसे जानें कितने दिन बीते। धीरे-धीरे उस पर मिट्टी जमी और पेड़-पौधे जन्मे। और वही पेड़-पौधे बड़े हुए। एक दिन उन्होंने उस तने को ढँक दिया।

बहुत दिनों के बाद जब बाघ के उत्पात से जंगल साफ करने का हल्ला पड़ गया गाँव में, तो पता चला, उस पेड़ की निशानी भी नहीं। जाने कब सारा पेड़ मिट्टी हो गया। अब पौधों की भीड़ उसे घेरे थी।

छोटे बाबू को देखकर भूतनाथ को यही बात याद आई।

वंशी ने कहा—साले साहब हैं, कचहरी की खोज-खबर रखेंगे, दौड़-धूप करेंगे, सब करेंगे। आप सोच-समझकर सेहत को चौपट न करें।

छोटे बाबू कुछ न बोले। मुँह से केवल 'हुम' किया।

कितनी गहरी थी वह आवाज़ ! लगा, उसके साथ एक लम्बी साँस भी निकली।

भूतनाथ ने लेकिन कुछ न सुना। वह सिर्फ छोटे बाबू को देखता रहा। उसे फतेपुर के बरगद की याद आती रही। कभी उसकी डालों पर कितनी चिड़ियों ने पनाह ली थी ! बरसात में फल खाने के लिए कितने प्रकार की चिड़ियाँ आती थीं। फिर जब उखड़ गिरा, तब भी वही संजीदगी।

वंशी ने कहा था—छोटी माँ आप पर बहुत गुस्सा हैं हुज़ूर !

—क्यों ?

वंशी ने कहा—आपने एक दिन वरानगर ले जाने की कही थी।

भूतनाथ थमक गया। बोला—अब आज नहीं वंशी, छोटे माँ से कह देना, गाँव से

लौटने पर किसी दिन ले जाऊँगा।

वंशी बोला—लेकिन नन्हे बाबू के पास एक बार नहीं जाएँगे ?

दोपहर को नन्हे बाबू कचहरी जाते हैं। लौटने में रात ज़रूर हो जाती होगी। नन्हे बाबू से कोई चिट्ठी ले जाने से शायद कुछ लाभ हो सकता है। उस दिन मैनेजर से मालूम हुआ था कि एलगिन रोडवाले मकान में कोई नहीं रहता। ननीलाल की सास पटलडाँगा में रहती हैं। किसी तरह से उनके पास पहुँच सके, तो काम हो सकता है।

ठीक ही हुआ। भूतनाथ के जी में कभी-कभी होता—ठीक ही हुआ है। तो इसकी भी शायद ज़रूरत थी। दक्षिणी हवा के झोंके जब झरोखों से लगते हैं, तो अजीब-सी आवाज़ होती है। सब थर्रा उठते हैं। लगता है, ओट में खड़े होकर बद्री बाबू हँस रहे हैं। दोनों हाथों से भूतनाथ अपने कान बन्द कर लेता। सुनने से बेहद तकलीफ होती। बद्री बाबू की हँसी में एक प्रकार का पैशाचिक उल्लास होता। लगता, न सुनें वही अच्छा। कभी-कभी सहा नहीं जाता। बाहर निकल पड़ता भूतनाथ ! दूकान, भीड़, रोशनी देखकर भूल जाने की कोशिश करता।

पटलडाँगा में ननीलाल के घर के सामने पहुँचकर कैसी तो हिचक होने लगी। कल गाँव जाना है। आज अन्तिम कोशिश कर लेनी चाहिए।

पहले ननीलाल के साथ वह यहाँ बहुत बार आ चुका था। लेकिन ननीलाल के सिवा और किसी से उसका परिचय न था। किसे पुकारे, किससे आग्रह-विनती करे !

नन्हे बाबू के पास भी गया था। वह सोच भी नहीं सका था कि नन्हे बाबू की ऐसी शक्ल देखने को मिलेगी। काला कोट। एड़ी-चोटी वकील की पोशाक। घोड़ागाड़ी से उतरा।

उतरकर धप्प से तख्त पर बैठ गया। शुरू से अखीर तक सुनकर बोला—ऐसा होता तो बेशक अच्छा होता, मगर ऐसा होता कैसे है !

भूतनाथ बोला—आप अगर ननीलाल को खत लिख दें, तो वह 'ना' नहीं कर सकेगा।

—ननीलाल !

भूतनाथ ने कहा—ननीलाल ही तो मालिक है—वह कहे तो सब होगा।

नन्हे बाबू बोले—लेकिन ननीलाल तो इस समय कलकत्ते में नहीं है। वह तो बाहर गया है।

—जहाँ है, वहीं चिट्ठी लिख दीजिए।

नन्हे बाबू कुछ सोचने लगे, फिर बोले—तारीख कल है और वहाँ चिट्ठी पहुँचने में एक महीना, जवाब आने में एक महीना। यहीं है ? दो महीने से पहले तो उत्तर ही नहीं आ सकता।

भूतनाथ ने पूछा—लेकिन वह आ क्यों नहीं रहा है ?

नन्हे बाबू बोले—अब तो वह लौटेगा नहीं, आप नहीं जानते ?

—नहीं लौटेगा ?

—नहीं। उसने वहाँ मेम से शादी कर ली है। मज़े में हैं। बाल-बच्चे भी हुए हैं। सुना, शायद वहाँ भी कारोबार शुरू कर दिया। जवान है काइयाँ, प्रिंस द्वारकानाथ ठाकुर उसके आदर्श थे—वह अक्षर-अक्षर उन्हीं का अनुसरण करता है।

सुनकर भूतनाथ धक् रह गया। वही किसनगंज के डॉक्टर का लड़का ननीलाल ! उसकी वह चिट्ठी शायद आज भी कहीं पड़ी होगी बक्स में। उसका यह रूप होगा, यह कौन जानता था ! अजीब लगता है। यहाँ भी तो आराम से रह सकता था। एलगिन रोड पर उतना बड़ा मकान बनाया था। जूट की मिलें। कोयले की खान। उतने-उतने कर्मचारी, उतनी आमदनी, ऐसी खातिर ! इतने पर भी सन्तोष नहीं हुआ। इन ननीलालों को शायद किसी बात में सन्तोष नहीं !

भूतनाथ ने कहा—उसका यहाँ कारोबार कौन देखता है ?

—उसके साले। ननीलाल चला गया, चल रहा है।

कहाँ का पानी कहाँ बह जाता है, कौन कह सकता है। ननीलाल के समाचार से निखालिस खुशी नहीं हुई। उसमें कहीं कोई वेदना छिपी थी। ठीक-ठीक बताया नहीं जा सकता कि ऐसा क्यों होता है। लेकिन यों ननीलाल के गौरव से उसे खुशी ही होनी चाहिए थी।

नन्हे बाबू से मदद की कोई उम्मीद न देख भूतनाथ खुद ननीलाल के मकान पर पहुँचा। ऊपर से नीचे तक एक बार समूचे मकान को देखा। किसी आदमी का कोई आभास न मिला। दरबान को बुलाकर पूछा—बाबू लोग घर में हैं ?

—कौन बाबू ? छोटे कि बड़े ?

—कोई भी।

दरबान ने कहा—इस कागज़ पर अपना नाम-ठिकाना लिख दें—अन्दर मैं बाबुओं को दे दूँगा।

भूतनाथ ने अपना नाम और बड़े महल का पता लिख दिया। कागज़ लेकर दरबान अन्दर चला गया। भूतनाथ को बड़ी देर तक खड़ा रहना पड़ा। उसे लगा, यह कोशिश छोटी बहू के लिए है वरना बड़े महल के लिए उसे सिरदर्द भी क्या ! अगर घर छोड़ देने की नौबत आए तो कहाँ जाएगी छोटी बहू ! लेकिन आश्चर्य, छोटी बहू कभी यह सोचती भी नहीं ! वंशी से मालूम हुआ है, वह आज भी उसी तरह तिमंज़िले के कमरे में पलंग पर बैठी रहती है, यशोदादुलाल की पूजा करती है, पाँवों में महावर लगाती है, उसी तरह बेफिक्र सोती और चिन्ता से बातें करती है। गहने बेचती है।

वंशी ने बताया—सन्दूक तो लगभग खाली हो गया हुजूर !

भूतनाथ ने कहा—तू लाकर देता क्यों है वंशी ?

वंशी ने कहा—भुलन सुनार तो मुझ पर शक करता है। सोचता है, शायद चुरा के भागा हूँ मैं। उसी दिन वह मुझे पुलिस के हवाले कर रहा था। मैंने कहा, भई, रोज़-रोज़ चोरी कहाँ कर सकता हूँ ?

भूतनाथ ने कहा—आजकल कितनी पी लेती है। रोज़ ?

वंशी ने कहा—नशा दिन-दिन बढ़ता ही जा रहा है हुजूर ! सुबह एक बोतल लाता हूँ, तीसरे पहर तक खत्म हो जाती है। तिस पर अब कीमती शराब की चाट लगी है। पहले तो मैं लाता नहीं था, लेकिन समझता हूँ कि इन्हें बेहद तकलीफ होती है। न पिएँ तो जी खराब हो जाता है, दिन-भर झीमती रहती हैं, मन-मरी-सी। फिर मुझे ही कष्ट होता है देखकर। सोचता हूँ, उन्हीं का क्या दोष है, नशे की लत हो गई है।

वंशी कहता गया—उधर दिन-भर मँझली चाची बुदबुदाती रहती है—कोई खाए ही नहीं, तो पकाना-चुकाना क्या ? अन्न की ऐसी बर्बादी से गृहस्थ का अमंगल होता है ! सच भी है, इधर तो इतना अभाव है मगर इतने प्रकार का बनाना पड़ता है कि क्या बताऊँ ! छोटे बाबू के सामने सभी प्रकार का रखना पड़ता है—तीता, खट्टा, दाल, शोरबा—सब, जैसा कि पहले होता था। और मुँह में रखते ही थू-थू करने लगते हैं।

मोदी का बकाया। माँग रहा है। छह महीने से कुछ दिया नहीं गया। वह तो माँगेगा ही। छोटी माँ से कहिए कि सन्दूक से कोई-न-कोई ज़ेवर निकालकर बढ़ा देती हैं—जा, दे दे।

ननीलाल के मकान के सामने बड़ी देर तक इन्तज़ार करना पड़ा। दरबान ने आकर खबर दी—बाबुओं को समय नहीं है। भेंट न हो सकेगी।

क्या कहे, कुछ सोच न सका भूतनाथ। पूछा—बाबू लोग हैं तो ? दरबान बोला—जी हाँ, हैं मगर मुलाकात न होगी।

न होगी, तो न होगी। बड़े लोगों की बात ही जुदा है। या तो बैठकर गप्पे मार रहे होंगे या लेटे होंगे। मिल लेते तो क्या बिगड़ जाता ! महज़ दो बात। समय भी कितना लगता ! मगर क्या दरकार ! जिनके समय का आज इतना दाम है, हो सकता है कभी उन्हें समय काटने का ज़रिया न मिले। बड़े महल के बाबुओं की क्या कम धाक थी ! देखते-ही-देखते कपूर-जैसा उड़ गया सब ! सुविनय बाबू कहा करते थे—भोग ही मौत है, त्याग ही जीवन है—तेन त्यक्तेन भुंजीथाः, त्याग करके भोग करना, यह भारत की अपनी उपलब्धि है, यह किसी दूसरे देश में ढूँढ़े न पाओगे।

लेकिन ननीलाल या कि चौधरी बाबू लोग, किन्हीं ने इसे न माना। व्रजराखाल की तो बात ही और है।

वहाँ से लौटते हुए उस दिन अचानक प्रकाश हलवाई से भेंट हो गई। कन्धे पर नया अँगोछा। साफ घुटी हुई मूँछ-दाढ़ी। शक्ल भी पहले से कुछ अच्छी हो गई थी।

बोला—दंडवत्।

भूतनाथ बोला—तुम इतनी रात को कहाँ प्रकाश ?

—जी क्या बताऊँ, क्या नौकरी, क्या व्यवसाय—किसी में नहीं पोसाया। आखिर फिर अपनी वही घटकगिरी अपनाई। कल आपकी तरफ जा रहा हूँ, एक ब्याह है, चलिएगा ?

भूतनाथ के जी में कैसा तो एक सवाल उठा। पूछा—अच्छा, तुमने तो अब तक बहुत-सा ब्याह कराया है, क्यों ?

—जी। बही देखकर आपको पक्का हिसाब बता सकता हूँ।

भूतनाथ ने हिसाब नहीं जानना चाहा। ज़रूरत भी न थी। सिर्फ इतना पूछा—नहीं बच्ची या बच्चों का भी ब्याह कराया है, क्यों ?

—जी हाँ। अभी-अभी सावन में बेगमपुर के विधु गाँगुली की बच्ची का ब्याह करवा दिया। महज़ दो साल की थी।

—दो साल की ?

गप्प मिल जाए, तो प्रकाश थकनेवाला नहीं। बोला—दो साल तो गनीमत है, दो महीने की बच्ची की शादी कराई है।

—दो मास की बच्ची ?

—जी हाँ, दो मास की। बनर्जी बाबू ने कहा था, मेरे दो साल के लड़के के लिए कोई कन्या खोज सकते हो ? मैंने कहा—जी, अपने हाथ में सब प्रकार की पात्र-पात्री हैं। खोज दी। बनर्जी बाबू बड़े खुश हुए। बड़ी धूमधाम की। तीन तरह की मिठाई, मछली, दाल, पूरियाँ—सब तरह का इन्तज़ाम किया। बनर्जी बाबू को नहीं जानते ? आप ही के ज़िले के तो हैं !

प्रकाश वही कहानी सुनाने लगा—फिर सुन ही लीजिए, बड़े मज़े का किस्सा है। बलरामपुर के काली मुखर्जी के दो लड़कियाँ थीं।

—बलरामपुर ? जानते हो बलरामपुर तुम ?

—बखूबी जानता हूँ। वहीं के काली मुखर्जी की छोटी लड़की का ब्याह कराया है मैंने। वही किस्सा तो सुना रहा हूँ।

भूतनाथ ने पूछा—वहाँ के रामहरि भट्टाचार्य का नाम सुना है ?

—रामहरि भट्टाचार्य ? ज़रा ठहरिए, बही में देखना पड़ेगा।—प्रकाश सचमुच ही बही खोलने लगा।

भूतनाथ ने कहा—बही उलटने की ज़रूरत नहीं। यह बता सकते हो कि उनके खानदान का कोई है ?

प्रकाश बोला—बिना बही देखे कैसे कह सकता हूँ और अगर इस बही में न मिले तो दूसरी देखनी पड़ेगी। वंशतालिका न रखें तो हमारा चल ही नहीं सकता। जिस रोज़गार का जैसा नियम ! इस बही में आपके पुरखों का भी नाम-गाम मिल जा सकता है। ठीक से बही रखी जाए, तो कितने काम आती है। यह देखिए न, काली मुखर्जी की लड़की की उमर महज दो महीने की, उन्होंने कहा, एक लड़का ढूँढ़ दो। कुलीन लड़का। होगा तुमसे ? मैंने कहा—यह कौन-सी बड़ी बात है ! उन्होंने राह-खर्च के लिए एक रुपया दिया।

—दो महीने की लड़की ?

—जी हाँ। पहली लड़की के साथ एक दुर्घटना हो गई थी न। पाँच साल की उम्र में वह चोरी चली गई थी। एक भंग कुलीन उसे चुरा ले गया और अपने लड़के से उसकी शादी कर दी। इसी डर से इस लड़की की शादी छोटे में ही कर दे रहे हैं।

प्रकाश किस्सा जमाना जानता है। लेकिन रात हो गई थी। भूतनाथ को लौटना

था। इन्तज़ार करते-करते वंशी अब तक सो चुका होगा। चोर-कमरे में उनका खाना ढँका रखा होगा। गेट खोलकर अँधेरे में जाना पड़ेगा। बाहर से वह मकान आजकल भूतिया-सा दीखता है। लेकिन चोर-कमरे में घुसते ही सब भुला जाता है। सारे मन पर आजकल जवा छा गई है। उसे अपने पास कल्पना करके सम्भव-असम्भव सब तरह की घटना घटाई जा सकती है। सोच ले सकता है कि जवा उसके इस चोर-कमरे में आई है। आकर उसी के बिछौने पर बैठी है। कभी जो मालकिन थी, आज उनकी स्त्री है। सोचते भी बदन सिहर उठता है। कितनी बार कितनी तरह की अप्रिय बातें हुई हैं। गँवई कहकर उसका मज़ाक उड़ाया है जवा ने। उसके हाथ की रसोई तक कभी नहीं खाई भूतनाथ ने। लेकिन...

अँधेरे में जवा की साड़ी की खस-खस आवाज़ आई, ऐसा लगता। लगता कि कमरे में हवा में उसके बालों की खुशबू भर गई है।

उसके बाद चोर-कमरे के सख्त तख्त पर वह आँख मूँदकर सोने की कोशिश करता। सारी रात एक अजीब असह्य पीड़ा में कटती। दिमाग गोलमाल हो जाता। लगता—सारा कुछ सपना है—अपने-जैसा अविश्सनीय, असम्भव, अलौकिक !

दूसरे दिन वंशी भी उसे देखकर अवाक् रह गया। बोला—अरे, आपने तो कहा था, गाँव जाएँगे ?

भूतनाथ बोला—कहाँ जा सका ? कल मुकदमे की तारीख है। नन्हे बाबू के पास कल गया था—सारा दिन तो उसी में नष्ट हो गया।

—क्या हुआ मुकदमे के बारे में ?

भूतनाथ बोला—नन्हे बाबू के आगे मैं बड़ा गिड़गिड़ाया कि आप मुहलत ले लीजिए, नहीं तो घर की बदनामी है। कल को कहीं पुलिस-प्यादे जाकर घर दखल करें तो अच्छा होगा ?

—कब की तारीख पड़ी !

भूतनाथ ने कहा—बाद में बताई जाएगी। उस समय जैसा होगा, किया जाएगा। अभी तो ननीलाल के पास तार भेजा है। नन्हे बाबू का पुराना दोस्त है, उनकी बात क्या नहीं रखेगा ! नन्हे बाबू से जाने कितने रुपए लिए हैं, ज़रूर याद होगा उसे।

वंशी ने कहा—मैं छोटे बाबू को बता आऊँ। बहुत सोच में पड़े थे।

—कुछ कहते हैं ?

—जी नहीं। आसमान देखते हुए सोचा करते हैं। मगर मैं तो जानता हूँ, यह सुनकर बहुत खुश होंगे।

—और छोटी बहू ? वह कुछ नहीं सोचतीं ?

—जी, उन्हें सोच-फिकर की बला नहीं। केवल यशोदादुलाल की पूजा और वही...

—शराब ?

—जी, जैसे-जैसे दिन जा रहा है, लत बढ़ती जा रही है। ऐसी दशा क्यों हुई, भगवान् जानें।

ऐसा क्यों होता है, यह अब भूतनाथ भी नहीं समझ पाता। लेकिन सुविनय बाबू की बातें बार-बार याद आतीं। वे कहा करते थे—हम अपने को बहुत छोटा समझा करते हैं, इसीलिए छोटी चिन्ता, छोटी वासना और मौत के घेरे में घिरे रहते हैं। जीवन का अमृत रूप प्रत्यक्ष नहीं होता, इसीलिए न तो शरीर में दीप्ति है, न मन में निष्ठा। कामों की व्यवस्था नहीं, चरित्र में शान्ति नहीं। मौत हमें चरम भय-सी लगती है, क्षति को ही हम सबसे बड़ी विपदा समझते हैं। हम श्रम बचाते हैं, निन्दा बचाते हैं पर सत्य को, धर्म को, आत्मा के सम्मान को बचाकर नहीं चलते। लेकिन भूतनाथ ने आँखों के सामने ही व्रजराखाल को देखा है, सुविनय बाबू को देखा है—फिर भी उनकी तरह हृदय से वह क्यों नहीं कह सकता कि मैं नाश को स्वीकार नहीं करूँगा, मृत्यु को नहीं मानूँगा—मुझे अमृत चाहिए—नमस्तेऽस्तु।

उस दिन रूपचन्द बाबू ने पूछा था—आप उधर फिर गए थे क्या, सुविनय बाबू के यहाँ ? जवा बिटिया कैसी है ?

भूतनाथ ने कहा—दो-तीन दिनों से नहीं जा सका हूँ, लेकिन वह अच्छी ही है।

रूपचन्द बाबू बोले—सोच-सोचकर भी नहीं जा पाता हूँ मैं, इस कदर कामों की भीड़ में हूँ। उसे कोई असुविधा हो तो मुझसे कहिएगा। संकोच मत कीजिएगा। जवा को शर्म लग सकती है।

उस रोज़ सरकार बाबू बोले—आइए, भूतनाथ बाबू, क्या किस्मत लेकर आए थे आप—बुलन्द !

—क्यों, बात क्या है ?

—बात क्या होगी, लीजिए, यहाँ पर सही बनाइए।

—यह क्या ?

—जी हाँ, अब से आपका नाम ओवरसियरों की सूची में आ गया। मैंने कहा था न आपसे कि आप क्या ज़्यादा दिनों तक बिल-बाबू रहेंगे ! ऐसी किस्मत देखकर भी खुशी होती है। बाबू का हुक्म है—देख क्या रहे हैं, सही बनाइए।

तनखा बारह से एकबारगी बीस रुपए ! भूतनाथ के शरीर में रोमांच हो आया। सरकार बाबू ने कहा—कालीघाट जाकर माँ की पूजा कर आइएगा। विपिन बाबू, विजय बाबू—ये लोग बिल-बाबू के बिल-बाबू ही रह गए। तीन साल में एक पाई तनखा न बढ़ी। आपके तो पौ-बारह हैं !

सरकार बाबू की बातें निखालिस खुशी की न थीं। फिर भी चुप रह जाना ही अच्छा था।

भूतनाथ ने पूछा—और मेरी छुट्टी की दरखास्त का क्या हुआ ?

—छुट्टी तो कब की मिल चुकी है—सात दिन की तो ! कब से जा रहे हैं आप ? आपकी सब स्पेशल बात है—आपकी छुट्टी रोक कौन सकता है ?

इदरिस मियाँ भी बड़ा खुश हुआ। बोला—सो चाहे जो हो ओवरसियर साहब, अब से आप अपनी दस्तूरी न छोड़ा करें। इंजीनियर लोग तक लेते हैं, आप ही का लेना

गुनाह होगा ? हर महीने पाँच ही रुपए हों तो साल में कितना होता है, हिसाब कर देखिए।

भूतनाथ बोला—नौकरी बच जाए तो गनीमत जानो इदरिस ! तुम्हें क्या पता, किन कष्टों की है यह नौकरी !

इसी कलकत्ते की कामना से छुटपन में भूतनाथ एक दिन मित्रों के चालता गाछ की फुनगी पर चढ़ गया था। लेकिन सपने के उस कलकत्ते से साक्षात् कलकत्ते का कोई मेल भी है ? शायद है, शायद नहीं। किन्तु ऐसा लगता है, अगर वह कलकत्ता नहीं आया होता तो मनुष्य की महायात्रा के जुलूस को इतना स्पष्ट नहीं देख पाता। वह ब्रह्मसमाज, भारत सभा—उन्नीसवीं सदी की संस्थाओं द्वारा वंग-भंग आन्दोलन के माध्यम से जो महायात्रा शुरू हुई, उसकी जानकारी नहीं होती। जान ही नहीं पाता कि किस प्रकार धीरे-धीरे मानसलोक से मर्त्यलोक का समन्वय होता है। कैसे सनातन से आती हुई व्यवस्था टूटकर चूर-चूर हो जाती है। आज उसे यह मालूम हो गया कि मनुष्य से मनुष्य का विच्छेद नहीं होता, भेद नहीं होता। सभी मनुष्य एक हैं। इसीलिए एक के पाप की सजा दूसरे को भोगनी पड़ती है। बलवान का अत्याचार कमज़ोर को सहना पड़ता है। एक के पाप का फल उसको बाँट लेना पड़ता है। अतीत, भविष्यत्, दूर-दूरान्तर, हृदय-हृदय से मनुष्य एक-दूसरे से अभिन्न है। यह क्या कोई मामूली शिक्षा है ! सुविनय बाबू कहा करते थे, 'विश्वानि दुरितानि परासुव'—विश्वपाप क्षमा करो। इसीलिए आज भी भूतनाथ अपने मेस के कमरे में तखत पर पड़े-पड़े प्रार्थना करता है—जिस देवता ने मनुष्य-मात्र के दुःख को ग्रहण किया है, जिनकी वेदना का अन्त नहीं, जिनके प्यार का भी अन्त नहीं, उनके प्रेम को हम सभी मानव-सन्तान मिलकर ग्रहण कर सकें। इसी से तो यह लगता है कि प्रेम जहाँ सबसे अधिक गाढ़ा है, चोट मानो वहीं सबसे ज्यादा कठोर लगती है। जिसका कलेजा कोमल है, सारी वेदना उसी को ढोनी पड़ती है। जिन पर पुलिस की लाठियाँ पड़ती हैं, उनकी तकलीफ उतनी कठिन नहीं, लेकिन घर के कोने में पड़ी छोटी बहू की चोट ही मानो सबसे करुण, सबसे कठिन है। शहर न आता तो परम सत्य को वह कभी इस तरह जान सकता था !

उफ़, उस रोज़ किस कदर बिगड़ी थी छोटी बहू ! कहा—एक बार तूने मोहिनी सिन्दूर खरीद दिया, उसी की कृपा से मैंने छोटे बाबू को फिर से पाया—लेकिन फिर कभी तुझसे कुछ माँगा है मैंने ?

भूतनाथ अपराधी-सा चुप खड़ा रहा।

छोटी बहू ने फिर कहा—सिर्फ तुझी से क्यों, किसी से भी अब कभी कुछ न मागूँगी भूतनाथ—माँगने का समय मेरा खत्म हो चुका। अब छोटे बाबू भले-चंगे हो जाएँ, बस, मैं सुखी हूँ—और कोई कामना नहीं है मुझे—तुम सभी लोग बेईमान हो।

भूतनाथ चुप रहा।

छोटी बहू फिर बोली—तुझे कोई तकलीफ हुई है तो मुझसे बताया क्यों नहीं ?

खाने-पीने में तकलीफ होती है ? यहाँ सोने-रहने में असुविधा होती है कोई ?

भूतनाथ फिर चुप रहा। छोटी बहू की ज़बान का बाँध मानो आज टूट गया था। आँखें अड़हुल के फूल-सी लाल। दिन-भर शायद पीती रही। बिछौने पर पाँव फैलाए बैठी थी। पाँवों में महावर लगाया था। अभी-अभी शायद जूड़ा बाँधा था। ललाट पर सिन्दूर का टीका। फाड़ी हुई माँग। नाक में हीरे की कील। सुडौल शरीर नशे में टलमल।

लेकिन ऐसा कहा भी क्या था भूतनाथ ने ! वह तो सिर्फ यह कहने गया था कि वह गाँव जाएगा।

गाँव क्यों जाएगा, कितने दिनों के लिए जाएगा, यह बिना जाने ही छोटी बहू ने बहुत-कुछ सुना दिया।

छोटी बहू ने कहा—किसी ने तुझसे कुछ कहा है ? जब तक मैं हूँ, तब तक कोई कुछ कह तो ले तुझे ! दरबान से उसको गरदनिया दिलाकर तुरत निकलवा बाहर करूँगी। यहाँ इतने-इतने लोग आखिर हैं किस लिए ? बैठे-बिठाए सब तनखा ले रहे हैं—बड़े महल के बाबू लोग क्या मर गए ? उसके बाद ज़ोर से पुकारा—वंशी—

सूने मकान में उस पुकार ने प्रतिध्वनि पैदा की।

वंशी आया। छोटी बहू ने कहा—जाकर सरकार बाबू से कह दे, भूतनाथ को कपड़ा-लत्ता, जो भी ज़रूरत हो, ला दें और खर्च मेरे हिसाब में लिख लें।

—जी, मैं जाकर कह देता हूँ।

—हाँ, और भी सुन ले।

वंशी रुक गया।

—मियाँजान से कह दे, गाड़ी जोते, मैं बाहर जाऊँगी।

—आप बाहर जाएँगी।

—हाँ, जाऊँगी। इतने सारे लोग सेंत ही तनखा लेते हैं। काम-धाम कुछ नहीं। तमाम दिन करते क्या हैं ये लोग, मैं जानना चाहती हूँ। छोटे बाबू बीमार हैं, इसलिए सबने चकमा देना शुरू कर दिया क्या ?

उसके बाद भूतनाथ से बोली—तैयार हो जा, मेरे साथ चलना है।

भूतनाथ को डर-सा लगने लगा। पूछा—कहाँ ?

—बरानगर।

भूतनाथ कुछ कहने जा रहा था, लेकिन वंशी ने धीरे से कहा—कह दीजिए, चलूँगा।

बाहर जाकर भूतनाथ ने पूछा—छोटी बहू को कुछ मालूम नहीं है वंशी, घर बिक जाने की बात का पता नहीं है ?

वंशी बोला—जी, नशे में छोटी माँ को कुछ भी याद नहीं रहता हुज़ूर ! उन्होंने गाड़ी जुतवाने को कहा—मगर कहाँ है गाड़ी ! घर तो खाली हो गया है। सरकार बाबू तो मँझले बाबू के साथ कबके जा चुके, छोटी माँ को कुछ भी याद नहीं है।

भूतनाथ ने पूछा—कहीं मुझे फिर बुलाएँ ?

वंशी ने कहा—जी नहीं, अब नहीं बुलाएँगी। सो जाएँगी बस, सब भूल जाएँगी।

देखते नहीं, साज़-पोशाक की वैसी बहार नहीं है। गहने-पाते, रुपए-पैसे, क्या कहाँ है, यह भी याद नहीं रहता। चिन्ता ने बदन घुला दिया है, महावर लगा दिया है, जभी इतना भी देख रहे हैं, नहीं तो खुद कुछ होश नहीं है।

भूतनाथ की आँखों में आँसू उमड़ आने लगे। छोटी बहू को यह जानकारी भी न होगी कि बड़े महल का क्या सर्वनाश हुआ है। जानना वह चाहती भी नहीं शायद। लगता है, सब पहले-सा ही है। वैसा ही एकान्तवर्ती परिवार। लोग-बाग, दाई-नौकर, गाड़ी-घोड़ा पालकी-कहार, बाग-बगीचा सब-कुछ है। अन्दर महल के पर्दे के अन्दर से बाहरी दुनिया की कोई खबर जानने की ज़रूरत ही नहीं महसूस करती। सोचती है, आज भी बन्दूक लिए डेवढ़ी पर बिरिजसिंह पहरा दे रहा है। आज भी सुखचर से तहसील के रुपए आते हैं। आज भी हुक्म करने से तामील करनेवाले लोग हाज़िर होंगे।

वंशी ने कहा—हम दो जने दो आदमियों की निगरानी करते हैं हुजूर ! मैं छोटे बाबू की और चिन्ता छोटी माँ की। नशे में कभी-कभी चिन्ता को बेहद फटकारती हैं। कहती हैं—अब सब चकमा देने लगे हैं। इन्हें यह कहाँ मालूम है कि हम तनखा के लोभ से यहाँ नहीं पड़े हैं। तनखा तो जाने कब से नहीं मिली।

—बगैर तनखा के इस तरह कब तक चला ले जाओगे वंशी ?

—पिछले जन्म में छोटे बाबू का कुछ कर्ज खाया होगा हुज़ूर, वही भर रहा हूँ। घर में लोग कैसे दिन काट रहे हैं, भगवान् जानें ! ब्याह के बाद से जाने कितने सालों से घर नहीं गया। ससुर ने बार-बार आने को लिखा, मगर इस हालत में कैसे जाऊँ आप ही कहें। और छोटी माँ भी ज्यादा दिन नहीं जीने की। नशे में ही किसी दिन पट् से दम निकल जाएगा, देख लीजिएगा।

सुबह की गाड़ी। ज़रा तड़के ही उठना था। टिनवाले बक्से को भूतनाथ ने सहेज रखा। छोटी बहू के दिए कपड़े भी सम्हाल रखे। बक्सा सहेजते हुए देखा, ननीलालवाली वह चिट्ठी बक्स के नीचे एक तरफ पड़ी है। अजीब है ! आज वह ननीलाल ही कहाँ ! धीरे-धीरे कहाँ से कहाँ जा पहुँचा। अपना देश, अपना समाज छोड़कर, पत्नी, परिवार, अपने-बिराने को त्यागकर वह कितनी दूर चला गया। लेकिन किस खिंचाव से ? अन्त तक प्रिंस द्वारकानाथ ठाकुर वह हो सका क्या ? द्वारकानाथ ने जिस प्रकार नील और रेशम की कोठियाँ की थीं, उस प्रकार ननीलाल ने जूट और कोयले से अपने जीवन को घुला-मिला दिया था क्या ? उसके बाद ? उसके बाद का रास्ता क्या ननीलाल का जाना हुआ है ? ननीलाल का ही कहा है कि इस युग के ईसा, चैतन्य और बुद्ध सेठ, शील और मल्लिक हैं। भूतनाथ यह सोचने की कोशिश करता कि ननीलाल को क्या अपने इष्ट देवता का पता मिल गया है ? मेम की खूबसूरती पर भूलनेवाला तो वह है नहीं ! एक रोज़ उसने कहा था—औरतों का नशा उतर गया है भैया, जो विन्दी वही मिसेज़ ग्रियर्सन। अब चाहिए सिर्फ रुपया ! रुपया का नशा उसका उतरा ? तृप्ति मिली ? शान्ति मिल गई ?

फिर लगा मानो जवा कमरे में आई। उसके आते ही सारा कमरा खुशबू से भर गया। माघोत्सव में जैसे बनती-ठनती थी, वैसा ही शृंगार। लेकिन सिर पर घूँघट और माँग में सिन्दूर। सिर्फ इतना फर्क। अन्दर से किवाड़ की चिटकनी लगाकर वह बिछौने के पास आकर खड़ी हुई। हाथ में एक गिलास पानी।

जवा बोली—मुझे माफ करो।

भूतनाथ ने कहा—मुझे ही क्या खाक पता था !

—लेकिन मुझे माफ करो।

भूतनाथ ने कहा—मेरी दुनिया में तुम क्यों आईं ?

जवा बोली—इस बात का जवाब तो मैं दे चुकी हूँ।

—महज़ संस्कार, महज मन्त्र की दो कड़ियाँ और साजिश के चलते ही तुम्हारी ज़िल्लतें, वरना तुम्हारा जीवन तो और ही कुछ होता ओर उसमें शायद तुम वास्तव में सुखी होतीं।

जवा ने कहा—बार-बार तुम ऐसी बात क्यों कहते हो ?

भूतनाथ ने पूछा—सच कह रही हो ?

—और क्या झूठ कह रही हूँ ! झूठ मैं नहीं कहती, मुझ पर विश्वास करो, मुझे कोई दुःख नहीं है।

—लेकिन ऐसी बात कहना तुम्हें सिखाया किसने ?

—यह तो मैं होश सम्हालने के साथ-साथ सीखती आई हूँ; दादी के साथ शिव की पूजा की, कितने व्रत किए, कितने देवताओं को प्रणाम किया—दादी मुझे सब सिखाया करती थीं।

—लेकिन सुपवित्र, उसे तुम भूल सकोगी तो ?

जवा के हाथ से अचानक गिलास छूट गिरा। उस आवाज़ से भूतनाथ की नींद टूट गई। देखा, अँधेरे चोर-कमरे में वह अकेला पड़ा है। कहीं कोई नहीं। रात के अन्तिम पहर का निस्तब्ध कलकत्ता। रास्ते में केवल कुछ ठेलों के चलने की आवाज़। शायद छिड़काव हो रहा था। दो-एक आदमी जग रहे थे। उस तरफ बड़ी दूर पर गंगा में एक जहाज़ का भोंपू बज उठा। शायद जूट-मिल का भोंपू हो। उस तरफ कल-करखाने बहुत खुल गए हैं। शायद ननीलाल ही जूट-मिल हो। कौन जाने !

भूतनाथ ने सपने को फिर से सोचा। अजीब-सी बात ! कैसे होता है यह ! अपनी ही गढ़ी हुई बातों को उसने जवा के मुँह से कहला लिया है। लेकिन गज़ब तो यह है कि आठ-नौ साल तक जवा बलरामपुर में रही, पर वह जान भी न सका।

एक दूसरी चिट्ठी में जवा की दादी ने सुविनय बाबू को लिखा था—"यह चिट्ठी तुम्हें छिपाकर लिख रही हूँ। कहीं उन्हें मालूम हो जाए तो आफत मचा देंगे। यहाँ किसी को बताया नहीं गया है। वरपक्ष के लोग और पुरोहित ही इसे जानते हैं। नहीं जानती, जवा के नसीब में कितना दुःख लिखा है। वे तो जवा को हरदम निगाहों में रखते हैं। बाहर नहीं निकलने देते। कहीं तुम या तुम्हारे आदमी उसे ले न भागें। जवा की

ससुरालवाले फिर भी नहीं आए। चूँकि यह ब्याह लाचारी का है, इसलिए वे खोज भी नहीं करते। हम लोगें ने आदमी भेजा था। पता चला, वर के पिता की मृत्यु हो गई है—घर में केवल उसकी फूफी है।''

सुविनय बाबू की माँ ने ऐसी बहुत-सी चिट्ठियाँ भेजी थीं। खुद तो लिखना जानती न थीं, टोले के किसी से चुपचाप लिखवाकर भेजी थीं। सुविनय बाबू ने सारी चिट्ठियो को हिफाजत से रखा था।

एक दूसरी चिट्ठी में जवा की दादी ने लिखा था—''सुनने में आया है कि वरपक्षवालों को पता चल गया है, जवा हमारी पोती तो है पर हिन्दू नहीं है। इससे वे बहुत नाराज़ हुए हैं कि हमने धोखा दिया है। यह भी सुना कि वे लड़के का दूसरा ब्याह करेंगे। तब से जी बड़ा दुःखी रहता है। अच्छा-बुरा कुछ समझ नहीं पाती। हम तो नासमझ मनुष्य हैं, माँ की लीला समझने की हमें सामर्थ्य नहीं। रात-दिन उन्हें पुकारती हूँ—अब जो करें माँ।''

सुबह गाड़ी। तड़के ही उठकर चल पड़ा भूतनाथ।

वंशी ने पूछा—फिर कब लौटते हैं हुज़ूर ?

भूतनाथ ने कहा—कल ही, नहीं तो परसों तो ज़रूर।

स्यालदा स्टेशन पहुँचा, तो सवेरा हो चुका था। गाड़ी खुलने में देर थी। टिकट-विकट कटाकर इत्मीनान से गाड़ी में सवार होने का समय था। स्टेशन की सफाई चल रही थी। गाड़ी तीसरे पहर तक माज़दा पहुँचेगी। वहाँ से पैदल फतेपुर। बीच में इच्छामती नदी। नाव चलती है। गाँव पहुँचने में रात। साँझ होते-न-होते आधी रात का सन्नाटा।

बहुत ज़ोर तो देवीथान के पास निताई घोष की दुकान में रेड़ी के तेल की दीवालगीर टिमटिमाती होगी। उतनी रात को रास्ते पर पैरों की आहट सुनकर निताई शायद ज़ोर से पुकारकर पूछे—कौन है ?

—मैं हूँ निताई, मैं !—भूतनाथ जवाब देगा।

—मैं कौन, घर कहाँ है ?

—मैं भूतनाथ हूँ भैया।

—अरे रे, भूतनाथ भैया, कब आए ?

नन्द काका भी हैरान रह जाएँगे। आँगन के पास ही जो शरीफे का पेड़ है, वहीं से पुकारेगा भूतनाथ—चाची—ओ चाची !

काका तो शायद बेखबर सो रहे होंगे। चाची इतना सवेरे नहीं सोती। कथरी सीती होगी बैठी-बैठी। या कि दीये की बत्तियाँ बना रही होगी। अन्दर से ही पूछेगी—कौन है ?

—मैं भूतनाथ हूँ चाची।

—अरे भूतनाथ, कहाँ से ! और वह दौड़ी-दौड़ी आएगी दीया लिए। कहेगी—खबर तो कर देनी चाहिए थी। आ। हाथ-पाँव धो ले। लोटे में पानी है। हाँ-हाँ, रहने दे, हुआ। अच्छा तो है ?

भूतनाथ चाची के पाँव छुएगा। छूकर पूछेगा—काका कहाँ हैं ? सो रहे हैं क्यों ?

मुँह-हाथ धोकर वह बरामदे पर बैठेगा। इसी बरामदे पर छुटपन में राधा से बातें हुआ करती थीं। कितनी बार तो वह वहीं सो गया। चाची ने जगाया—भूतनाथ, फूफी बुला रही है। घर जा।

कब की बात ! सारा गाँव चित्र-सा उसकी आँखों पर नाच उठता। नदी जाने की राह में बरगद के टूसे तोड़े हैं। झड़ी की रातों में आम चुने हैं, ढेरों आम। कच्चे आम फट-फटकर चौचीर हो जाते। फूफी उन आमों को तख्त के नीचे पत्ते बिछाकर रखा करती। कहती—डंठलवाले आमों को डोरी बाँधकर लटका दे।

रात को बँसबिट्टी में भड़-भड़ की आवाज़ होती। चारों तरफ सन्नाटा। सुनसान। अचानक कोई बाँस भड़भड़ा उठता। फूफी कहा करती है—भूत है, बाँस के सहारे भूत नीचे उतरा।

शाम को रसोई की तरफ जाने में कैसा तो डर लगता। सवेरे फिर वही का वही। मद्धू गाय-गोरू चराने के लिए उसी रास्ते होकर जाता। हाथ में लाठी। तेल-पिलाई हुई वैसी लाठी के लिए भूतनाथ ने उसकी कितनी खुशामद की। लाठी जैसी एक मामूली चीज़ के लिए।

फूफी कहती—तेरी शादी होगी तो वैसी एक लाठी बनवा दूँगी।

शादी से लाठी का कौन-सा सम्बन्ध है, वह नहीं समझ पाता।

फूफी कहती—तेरा ससुर यों तो खाने को नहीं देगा, काम करना पड़ेगा—शायद ढोर चराना पड़े—फिर लाठी कहाँ पाएगा तू ?

भूतनाथ को डर लगता। छाती धधक उठती। कहता—तो मैं शादी नहीं करूँगा फूफी।

फूफी कहती—शादी नहीं करेगा तो पकाकर खिलाएगा कौन तुझे ! मैं एक दिन मर जाऊँगी।

फूफी मर जाएगी, यह सुनकर उसे डर लगता। नेवले के मर जाने की बात वह भूला न था। आँखों में पानी भर आता। वह फूफी की गोद में अपना मुँह छिपा लेता।

फूफी दिलासा देती। सिर पर हाथ फेरकर कहती—अच्छा-अच्छा, तेरा ब्याह न करूँगी, हुआ ?

नन्द काका महीने में पन्द्रह दिन बाहर का ही चक्कर काटा करते। कोई खबर नहीं कि अचानक किसी दिन मोटिये के माथे पर असबाब-पत्तर लादे हाज़िर। दो-एक कटहल, एक बोरा नारियल, एक गट्ठर झाड़ू, किसनगंज का कदमा[1], भुने मूँग की दाल, मिट्टी का तेल। कहते—बच्चे सब अलग रहो, इसमें मिट्टी का तेल है।

उन दिनों मिट्टी के तेल से अजीब डर लगता था। लगता था, कहीं छू गया कि जल जाएगा।

सामान खोलते ही काका कहते—भूतनाथ और राधा को दो-दो कदमा दो तो !

---

1. एक तरह की चीनी की मिठाई।

नन्द काका कहते—तेरा बाप कदमा खूब पसन्द करता था। एक बार श्रीनाथपुर के गाजन के मेले में उसने कहा, भैया, कदमा खाना चाहिए। मेरा काम बाकी पड़ा था, सतीश का भी, लेकिन भूख लगने से काम की याद नहीं रहती। सतीश ने कहा—रेल बाज़ार का चूड़ा, ममारखपुर का दही, मिल की चीनी, किसन हलवाई के रसगुल्ले और किसनगंज का कदमा...खूब बनता है ! हाँ रे भूतनाथ, तुझे बाप की याद है ?

भूतनाथ को कुछ भी याद नहीं।

नन्द काका कहते—कहाँ याद होगा, तुझे एक बार टुंगी ले जाकर क्या परेशानी हुई थी। रात को बिस्तर पर साँप...कई...तू बेहोश सोया था और उधर...

ज़रा रुककर काका फिर कहते—मगर लड़का तू अलबत् था—पाँच-छह साल की उमर—मगर पैदल चलता कितना था ! तेरा बाप कहा करता था, बड़ा होने पर इसे डाकिया बना दूँगा।

स्यालदह स्टेशन में शोर-गुल बढ़ने लगा। हुसहुसाकर गाड़ियाँ आईं। हुड़हुड़कर लोग उतरने लगे।

एक से पूछा—पोड़दा की गाड़ी को और कितनी देर है भई ?

नन्द काका से सब-कुछ मालूम हो जाएगा। वे भी पिताजी के साथ-साथ गाँव-गाँव घूमा करते थे। वे बाबुओं के यहाँ नायब थे और पिताजी थे गुमाश्ता। ज़मींदार की वसूली, मामला-मुकदमा के लिए बहुत-बहुत जगह जाना पड़ा। और कभी-कभी कहने-सुनने पर इस टूअर लड़के को भी साथ ले गए।

अचानक किसी ने पीछे से आवाज़ दी—पंडितजी !

—कौन, प्रकाश ! कहाँ से ?

प्रकाश ने कहा—जी, फतेपुर से आ रहा हूँ। वहाँ जाने पर मालूम हुआ, वर के दादा कलकत्ता आए हैं। मुफ्त में डबल खर्च लग गया। मगर आप कहाँ चले ?

—अपने गाँव !

—गाँव ! तो शाम की गाड़ी से साथ ही चलिए ! वर के दादा भी मेरे साथ चलेंगे। आप ही के गाँव के हैं ! बड़े सज्जन। गऊ। मैंने लड़की की माँ से कह दिया है, ऐसा ददिया ससुर मिलना मुश्किल है—बहू को सिर पर रखेंगे...

भूतनाथ ने पूछा—मेरे गाँव के हैं ! क्या नाम है भला ?

—नन्द चकरबरती।

—नन्द काका ?

प्रकाश बोला—होंगे। सुना, बाबुओं के जुट की आढ़त में उतरे हैं। आप उन्हें चीन्हते हैं ?

भूतनाथ ने कहा—खूब ! उन्हीं से मिलने के लिए तो गाँव जा रहा हूँ। बड़ा ज़रूरी काम था।

—ठीक ही तो है। चलिए, मैं भी जा रहा हूँ।

'इतनी आसानी से सारी घटनाओं का हल निकल आएगा, यह कल्पना भी न थी।

नन्द काका को ज़रूर सब बात मालूम होगी। पिताजी के गहरे दोस्त थे। पिताजी उन्हें बताए बिना कोई काम नहीं करते थे।

भूतनाथ बोला—तो चलो। मेरा भी खर्च और समय बच गया। मगर उनके यहाँ किसका ब्याह है ?

—उनके नाती का। उनके एक विधवा लड़की है न, उसी के बेटे का। मैंने लड़कीवालों से कह दिया है, लड़के को देखेंगे तो टकटकी बँध जाएगी।

भूतनाथ को आज भी याद है। उस दिन नन्द काका को देखकर वह जितना अवाक् हुआ, नन्द काका भी देखकर उतने ही अवाक् हुए। मगर बता न दिया तो उन्हें पहचानना मुश्किल था। वह शक्ल ही नहीं रह गई थी। जूट की आढ़त में एक तरफ लोगों के रहने की जगह थी। नाव से जूट आता। आढ़त में जमा होता। यहाँ से व्यापारियों को बेचा जाता।

नहर में नावों का मेला। एक-एक गाँठ उतरती और बाबू के कारिन्दे गिनते जाते—रामजी राम...

...दो...ए...दो...

आढ़त में काँटे पर तौल होती—एक मन सैंतीस सेर तीन कच्चा...

एक ओर कोई रसोई कर रहा था। बड़ी-बड़ी कवै मछली भून रहा था। अँगोछा पहने रसोई कर रहा था। बाएँ हाथ में हुक्का। बोला—अरे ओ भूखन, हरी मिर्च होगी ?

भूषण बोला—यह क्या फतेपुर है ! हरी मिर्च कहाँ से लाऊँ ? यहाँ तो खरीदकर लाना पड़ता है।

—फिर तो बनी मछली ! बगैर हरी मिर्च के कवै मछली क्या ?

भूतनाथ को मालूम न था कि इधर जूट की इतनी आढ़तें खुल गई हैं। यही जूट शायद ननीलाल की मिलों में पहुँचेगा। वहाँ से जहाज़ों पर विलायत भेजा जाएगा। कैसे-कैसे कारोबार चल पड़े हैं। क्या नहीं कर रहे हैं लोग ! मगर बड़े महल के बाबुओं ने कुछ नहीं किया। खान का काम शुरू भी किया तो वह ठप्प हो गया। नसीब का फेर !

प्रकाश को देखते ही नन्द काका झल्ला उठे। बोले—यही तुम्हारी ज़बान है... उधर...अचानक भूतनाथ को देखकर उन्होंने पहचाना। एकबारगी उनके चेहरे का भाव बदल गया। देर तक गौर किया। बोले—अतुल हो न ?

भूतनाथ ने उनके चरणों की धूल ली। कहा—आपसे एक काम है काकाजी !

उन्होंने भूतनाथ को जकड़ लिया। कहा—मेरा अतुल, गाँव से एक बार निकला और निकला। खबर तक न दी कभी। घर तेरा जंगल हो गया—सतीश का उतना प्यारा मकान। उसने सागवान की लकड़ियाँ लगाई थीं छत में। उस घर की तरफ जाते आज डर लगता है।

उनकी आँखें भी भर आईं।—कर क्या रहा है आजकल ? सतीश कहा करता था—अतुल को मैं डाकिया बना दूँगा—बना तू डाकिया ?

भूतनाथ ने सिर झुकाकर कहा—ओवरसियरी कर रहा हूँ—अब तक बिल-बाबू का काम करता था—कुछ दिन हुए, ओवरसियर हुआ हूँ—एक बंगाली बाबू के दफ्तर में...

नन्द काका सुनकर मानो बहुत खुश हुए। बोले—खैर, सतीश का लड़का आखिर आदमी बना। तेरा बाप देख गया होता, तो खुश होता। अच्छा हाँ, तनखा कितनी पा रहा है ?

—इस महीने से बीस रुपए मिलने लगे हैं।

—खैर ! अब लेकिन अपने घर की मरम्मत करा ले, जंगल साफ कर—शादी कर...मरने से पहले इन आँखों से देख लें। जो भी हो, तू गाँव छोड़कर निकल पड़ा था, इसलिए कुछ कर सका। आदमी बन सका। बाकी कोई कुछ नहीं करता। सब सिर्फ बीड़ी फूँका करते हैं और दशहरे पर नाटक खेलते हैं।

भूतनाथ ने पूछा—चाची मज़े में हैं ?

—खाक मज़े में हैं। रोग के मारे अपना फतेपुर ही वह न रहा। मलेरिया शुरू हो गया है। भले लोगों का वहाँ रहना मुहाल। बाम्हन-कायस्थों के कुछ घर थे, मर-झरकर घटते जा रहे हैं। ब्राह्मणों पर भक्ति न रही, दिन-दिन छोटे लोगों की ही प्रतिपत्ति बढ़ रही हैं।

नन्द काका और भी बहुत-सी बातें कहने लगे। बहुतेरे अभियोग। मानो वह भी समय के साथ मेल मिलाकर नहीं चल पा रहे हैं। गाँव में भी वन्देमातरम् पहुँचा है। जाने क्या करते हैं लोग ! स्वदेशी की धुन। करघे चले हैं। कहते हैं, अंग्रेज़ों को देश से निकालना है। मैं सुनकर हँसता हूँ। जिसके राज्य में सूरज नहीं डूबता—भूगोल में पढ़ा है—उससे विरोध ! यह तो कहो कि अंग्रेज़ आए कि सुख से खा-पहन रहे हैं। उससे पहले कैसी अराजकता थी, तुम क्या जानो ! डकैतों के मारे रास्ता चलना मुहाल था। सती-प्रथा देखी। मेरी माँ की नानी को लोगों ने बाँधकर जला डाला था। इन अंग्रेज़ों ने ही तो सब बन्द कर दिया। अब वही अंग्रेज़ बुरे हो गए।

भूतनाथ चुपचाप सुनता रहा। लेकिन काका ने राधा का ज़रा भी ज़िक्र न किया, ज़रा भी नहीं ! भूल गए शायद। मगर भूतनाथ उसे कहाँ भूल सका !

बेला बढ़ रही थी।

नन्द काका ने कहा—खैर, अब तेरे ब्याह का प्रस्ताव—क्यों ? स्वरूपगंज के भुवन चौधरी की लड़की बड़ी अच्छी है, दान-दहेज भी अच्छा देगा—वह शहरी दामाद भी चाहता है। बहुत पहले से कह रखा है मुझसे। भूतनाथ कह बैठा—उसी के बारे में आपसे बात करनी थी।

—ब्याह के बारे में ?

भूतनाथ को शर्म-सी आने लगी। कुछ भी हो, आखिर तो गुरुजन हैं।

—बता, बता। लाज काहे की ?

आगा-पीछा छोड़कर भूतनाथ ने पूछा—अच्छा, आपको पता है, मेरी क्या शादी हो चुकी थी ?

नन्द काका मानो आसमान से गिर पड़े। उसी दम वे कुछ बोल न सके। उसके बाद बोले—मगर तुझे कैसे मालूम हुआ ? किसने कहा ?

भूतनाथ ने कहा—मुझे मालूम हुआ है। सच है कि झूठ, सो बताइएगा।

नन्द काका को कैसी तो घबराहट होने लगी। आढ़त में उस टिन की छौनी के नीचे, जूट की गुदाम में उनकी तो साँस रुकने की नौबत। कपड़े के छोर से बार-बार अपनी छाती पोंछने लगे। फिर कहा—लेकिन वह बात तो तेरे जानने की नहीं—तब तू चार-पाँच या छह साल का रहा होगा।

—शादी क्या बलरामपुर में हुई थी ?

नन्द काका बोले—हाँ। उस बार बाबुओं ने नई ज़मींदारी खरीदी। तेरे बाप को लेकर मैं वहाँ रियासत बसाने गया था—तू साथ था।

—तो क्या रामहरि भट्टाचार्य की नतनी से ?

—हाँ। हमें पहले इसका पता न था कि...

—उस लड़की की उम्र सिर्फ दो महीने की थी ?

—हाँ।—नन्द काका और भी अवाक् हो गए।

—लड़की का नाम जवामयी था ?

—हाँ। लेकिन हम समझ नहीं सके—उतने बड़े पंडित आदमी, बलरामपुर में उनका इतना नाम-गाम, नामी नैयायिक—उस बार जो शोभा बाज़ार के राजभवन में अंग-वंग-कलिंग तमाम से लोग आए थे, दक्षिण तक के विद्वान् उस विचार-गोष्ठी में शामिल हुए थे—उसमें रामहरि के दादा भी थे और अन्त तक विजय भी उन्हीं की हुई थी, सुना—ऐसे पंडित हमें इस कदर धोखा देंगे, यह कौन जानता था !

भूतनाथ ने फिर पूछा—उन्होंने फिर कभी हमारी खोज-पूछ की थी ?

—की क्यों नहीं, उन्होंने आदमी भेजा था—तुम्हारे पिता गुज़र चुके थे, मेरे पास आते ही मैंने साफ कह दिया कि यह विवाह असिद्ध है।

—क्यों ?

नन्द काका बोले—वही तो कह रहा था मैं, तेरा बाप तो बड़ा भलामानुस था, भट्टाचार्जी ने आकर उन्हें पकड़ा—तू साथ ही था। मुझसे सतीश ने पूछा—आदमी तो बड़े पंडित हैं, ऐसे वंश में शादी करने में क्या हर्ज हो सकता है ! ज़िन्दगी का क्या ठिकाना, आज है, कल नहीं—इससे मुक्त ही हो लिया जाए। उन दिनों शादियाँ ऐसी ही होती थीं, समझ ले कि मैं जब छह साल का था, तेरी काकी पूरे साल-भर की भी न थी, हमारा विवाह हो गया था। तेरी काकी जब ससुराल आई, तो मेरे पिताजी की गोद में घूमती-फिरती थी, मुझे याद है। और मैंने अपनी माँ से सुना है, जब मेरी दादी ससुराल आई थीं, तो उनकी कमर में कपड़ा नहीं रहता था, उनकी सास इसलिए कमर में डोरी बाँध दिया करती थीं।

ज़रा रुककर नन्द काका ने कहा—तेरे बाप के कहने पर मैंने भी सोचा, लड़की को देख लिया जाए। मगर लड़की को देखें भी क्या, दो महीने की तो थी, फिर भी

नाक-आँख से अच्छी ही लगी। कह दिया—हमें मंजूर है। रामहरि बोले—आज ही अच्छा दिन है—हो जाए। शुभस्य शीघ्रम्।

उत्कंठा से भूतनाथ ने पूछा—फिर ?

—फिर उस दिन जो अंधड़-पानी आया था कि पूछो मत ! सतीश ने कहा—शादी तो होगी, मगर मैं रुपया-पैसा तो कुछ लाया नहीं। मैंने कहा, मेरे पास वसूली के रुपए हैं, मैं दूँगा। और क्या तो ब्याह ! रात के डेढ़ बजे के बाद लग्न। उसी आँधी-पानी में तुझे जगाया, ले गया। एक बैलगाड़ी पहले से ही मँगवा रखी थी।

—फिर ?

—फिर क्या ? दूसरे ही दिन फतेहपुर लौट आया। सतीश ने कहा—बात किसी को मालूम न हो। रुपया-पैसा हो जाए, तो खान-पान के ही दिन एकाएक सबसे कह दिया जाएगा लेकिन उसके पहले ही सब बंटाढार हो गया !

—बंटाढार क्या ?

—यही कि उन लोगों ने हमें ठग लिया है। लड़की के बाप हिन्दू नहीं हैं, ब्रह्मसमाजी हैं। उनके लड़के ने कलकत्ते में केशवचन्द्र सेन की जमात में शामिल होकर अपना धर्म छोड़ दिया है। गायत्री मन्त्र का जाप नहीं करता, मुर्गी खाता है, गो-मांस खाता है, सूअर खाता है, विधर्मी से ब्याह किया है—लड़की उसी की है। हमने सुना और आँखें थिर हो गईं !

—उसके बाद ?

—उसके बाद सतीश ने कहा—भैया, अब यह बात किसी से न कहना ही ठीक है। गनीमत है कि अपनी लड़की नहीं है। आखिर उस बार जब वारुणी का मेला लगा, तुझे ले जाकर थोड़ा-सा गोबर खिलाकर पवित्र कराया गया। हुआ-सो हुआ, मगर यह सब तूने कैसे जाना ?

भूतनाथ ने कोई जवाब न दिया। पूछा—अच्छा, रामहरि पंडित के लड़के का नाम क्या सुविनय बाबू था ?

—होगा। इतनी याद नहीं है। आज की बात है भला ?

भूतनाथ ने कहा—तो अब मैं चलूँ काका ! कहकर उसने उनके पाँव छुए।

काका ने कहा—बस, यही जानने के लिए आया था ?

भूतनाथ बोला—जी हाँ। यहाँ भेंट न होती, तो मैं गाँव तक जाने को तैयार था।

—मगर बात क्या है, यह तो बता ?

कोई उत्तर न देकर भूतनाथ आढ़त से निकल पड़ा। अब तक थोड़ा-बहुत सन्देह था, आज वह भी हल हो गया। नहर के किनारे व्यापारियों की नावों पर हलचल हो रही थी। जूट, तीसी, लकड़ी, सरसों—ढेर-के-ढेर उतर रहे थे। नाव से किनारे तक एक लम्बा तख़्ता डाल दिया गया था। मोटिये उसी पर से होकर माथे पर माल उतार रहे थे। धूप तेज़ हो रही थी। चलते-चलते भूतनाथ का सब-कुछ मानो गोलमाल हो गया। हाथ में जो टिन का बक्स था, वह भारी लगने लगा।

अब वह जाए कहाँ ? दफ्तर से सात दिन की छुट्टी ले रखी थी। दफ्तर न जाए, तो किसी को कोई सफाई नहीं देनी पड़ेगी। फिर रूपचन्द बाबू की उस पर कृपा है।

एक रोज़ रूपचन्द बाबू ने कहा था—मेरे यहाँ तुम्हारी तरक्की भी कितनी हो सकेगी—अपनी जुर्रत भी क्या है !

भूतनाथ ने कहा—जी, आपकी मुझ पर असीम दया है।

उन्होंने कहा था—दया-वया कुछ नहीं भूतनाथ बाबू, ईश्वर की दया हो, तो फिर क्या नहीं हो सकता ! धन्यवाद उन्हें दीजिए। उसी से काम होगा। फिर बोले—एक और नया दफ्तर खुलने की बात है, बना तो आपको वहीं बहाल करा दूँगा—लेकिन अभी देर है। वहाँ पहुँच जाएँ तो भविष्य में आपकी उन्नति होगी।

—जी, कौन-सा दफ्तर ?

—यहाँ इम्प्रूवमेंट ट्रस्ट की बात चल रही है। नई राह-बाट बनेगी, पुरानी सँकरी सड़कें चौड़ी की जाएँगी, नए सिरे से शहर को बसाया जाएगा।

नहर के किनारे एक साफ-सुथरी जगह में भूतनाथ ने टिन के बक्से को रखा और उसी पर बैठ गया। माल लिए नौकाएँ चली जा रही थीं। जाने कितनी-कितनी दूर से आईं। यहाँ कच्चा माल बेचकर, यहाँ से मिट्टी का तेल, दिया-सलाई, नमक, मिल के कपड़े लेकर फिर गाँवों को लौट जाएँगी। अनमना-सा सब देखते-देखते एकाएक उसके जी में आया—आखिर वह यहाँ बैठा क्यों है ? जाने की जगह की कमी पड़ी है उसे ? चाहे तो वह अभी बड़े महल में जा सकता है। चोर-कमरे में उसकी जगह सुरक्षित पड़ी है। छोटी बहू को लेकर एक बार बरानगर जाने की बात है। खुद भी वहाँ मन्नत मान आएगा।

भूतनाथ उठ खड़ा हुआ। धीरे-धीरे चलने लगा। उसे देखकर वंशी हैरान रह जाएगा। पूछेगा—अरे, लौट आए आप ! घर नहीं गए ?

वह जवाब देगा—तुम लोगों को छोड़कर जाया नहीं गया वंशी। लौट आया। और रहना भी कितने दिन है ! मकान तो खाली करना ही पड़ेगा। उस समय ?

लेकिन एक जने की बात को ज़बर्दस्ती भूले रहने की चेष्टा की उसने। यह कैसे मुमकिन हो सकता है ! प्रेम की बात नहीं। चाहने-पाने का भी सवाल नहीं। आखिर वह यह कैसे कहे कि मैं ही वह हूँ ! मैं अपने दावे के साथ आया हूँ, मुझे कबूल करो। दो मन्त्र और एक रात की साज़िश की सज़ा ! जवा के जीवन में वह रात क्या सदा विडम्बना ही बनी रहेगी ? और उसकी यही विडम्बना क्या भूतनाथ चाहता था ?

सोचते-सोचते वह फिर चलने लगा। टिन का बक्स क्रमशः भारी ही लगने लगा। जी में आया, उसका चलना मानो कभी खत्म न होगा। जाएगा भी कहाँ ? किसके पास ? रास्ते में लोग आ-जा रहे थे। ट्राम, मोटर, बग्घी और साइकिल। सहसा खयाल आया—इस दुनिया में कोई भी तो स्थिर नहीं है। लेकिन जा कहाँ रहे हैं सब ? सब क्या पेट के लिए अन्न की तलाश में हैं ? अपनी रोज़-रोज़ की ज़रूरतों के चारों ओर घूमकर जीवन बिता रहे हैं ?

बहुत दिन पहले की एक घटना उसे याद आई। फतेपुर की नदी के किनारे एक

बाऊल[1] आकर टिका था। उसी के आस-पास भूतनाथ की फूफी का देहान्त हुआ था। कुछ भी अच्छा नहीं लग रहा था उसे। घूमता-घामता एक दिन भूतनाथ वहाँ पहुँचा। एक पिंजड़े में एक मैना, एक झोला और एक इकतारा—इतनी ही उसकी पूँजी। उसी इकतारा से उस दिन कैसे-कैसे सुर निकले ! कितने अच्छे गीत सुने उससे !

भूतनाथ ने पूछा—बाबा, आपकी जात ?

बाऊल बोला—बेटे, हम बाऊल हैं।

—हमारी तरह हिन्दू ही तो हैं आप ?

बाऊल ने कहा—नहीं, हम बाऊल हैं।

भूतनाथ ने पूछा—आप हमारी तरह देवता तो पूजते हैं ? भगवान् को मानते हैं ?

—बेशक !

—फिर हमसे आपका फर्क क्या है ?

बाऊल ने कहा था—फर्क बाहर का तो नहीं है, अन्दर का है। हिन्दू मन्दिर बनाते हैं, प्रचार करते है; हम न तो मन्दिर बनाते हैं, न प्रचार ही करते हैं। हिन्दू बाहर बिखेरा करते हैं, हम अन्दर सँजोया करते हैं। हमारे गुरु का कहना है, पहले अपने को जानो। अपने को जानने पर स्वयं में भगवान् मिलता है।

—लेकिन ये बातें आप औरों से क्यों नहीं कहते ? बिना जाने लोग आपके पास आएँगे क्यों ?

बाऊल हँसा था। चिलम में दम लगाते-लगाते बोला था—लोग आएँगे, आएँगे, एक दिन ज़रूर आएँगे।

इतने दिनों के बाद मानो आज भूतनाथ को बाऊल की वह बात समझ आई। लगा, सब मानो अपने-आपको ढूँढ़ने के लिए ही निकल पड़े हैं। अपने को पाए बिना अपने से बड़े को पाने का कोई उपाय नहीं। छुटपन से हर आदमी अपने इसी लक्ष्य की ओर बढ़ रहा है। आदमी के अपने बनाए आचार उसे याद दिलाया करते हैं कि दैनंदिनी जीवन-यात्रा में ही उसकी परिसमाप्ति नहीं। वह एक ऐसी आत्मसत्ता की खोज में है, जो उसके वर्तमान और अतीत की प्रवृत्ति और वासना को पार करके बड़ी दूर निकल गई है।

याद आया, सुविनय बाबू भी यही कहा करते थे—आत्मानं विद्धि ! अपने को जानो ! वे अपने को जानने की ही साधना कर गए। व्रजराखाल ने अपने को जानने की सिद्धि के लिए ही दीक्षा ली है। छोटी बहू इतने दिनों से अपने को ही जानना चाह रही है। छोटे बाबू, नन्हे बाबू, ननीलाल, चुन्नी, वंशी, विधु सरकार, सभी मानो अपने को जानने की ही साधना करते आ रहे हैं।

दोपहर हो चली। धूप तेज़ हो गई। फिर भी भूतनाथ को कोई तकलीफ नहीं महसूस हुई। हाथ में बक्स हलका हो गया, हलका हो उठा शरीर।

एक जगह वह और कुछ देर बैठा रहा। याद आया, सुविनय बाबू ने कहा था—यह

---

1. एक प्रकार के साधु जो इकतारे पर गाते और माँगते हैं।

कलकत्ता एक दिन नहीं था, भारतवर्ष नहीं था, यह धरती भी नहीं थी। थी सिर्फ भाप। भाप के परमाणु ताप के वेग से छिटककर चारों ओर चक्कर काटते रहे। उनकी न तो कोई सर्थकता थी, न था उनमें सौन्दर्य। जब वे सिमटकर एक हुए तो पृथ्वी बनी। भूतनाथ को लगा, वह भी आज तक प्रवृत्ति के ताप से, कामना-वासना के वेग से चारों ओर बिखरा हुआ था। न कुछ दिया, न कुछ पाया। अब एकाएक मन बड़ा संयत हो आया। मानो सारा बिखरा हुआ ज्ञान एक परम प्रज्ञा में धनीभूत हो उठा है। सारी विच्छिन्न वासना एक परम प्रेम में पूर्ण हो उठी है।

अपने मन की गहराई में उसने झाँका, वहाँ जवा नहीं थी।

सबसे बड़े अचरज की बात यह भी कि यह विछोह लगना चाहिए था, सो परम प्राप्ति प्रतीत हुई। लगा, जवा है। अब तक वह किसे चाहती रही है, कौन जाने ! जिसे भी चाहती रही हो चाहे कभी गलती से, कभी भूल को समझकर, असल में वह भी शायद अपने को पाने की साधना ही करती आई है। छोटे बाबू भी आजीवन अपने को ही चाहते आए हैं, चुन्नी भी, छोटी बहू भी...सभी। मानो सभी यह कह रहे हों—उस एक को जानो—अपनी आत्मा को पहचानो !

वनमाली सरकार लेन के पास पहुँचकर गड़बड़-सा लगा। बड़े महल के सामने खासी भीड़। बहुत-से लाल पगड़ीवाले खड़े। और-और लोग भी घेरे खड़े। गेट खुला। अन्दर की बहुत-सी चीज़ें प्रांगण में निकालकर रखी गई थीं। बालटी, बर्तन, लकड़ियों के सामान पहाड़-से जमा थे।

भूतनाथ ने एक से पूछा—यह क्या ?

—पटलडाँगा के बाबू घर दखल कर रहे हैं।

—क्यों ? परवाना है ?

—जी, परवाने के साथ आए हैं। इतने कच्चे खिलाड़ी नहीं हैं वे।

—तुम्हारे वह मैनेजर कहाँ हैं ?

मैनेजर आस-पास कहीं नहीं दीखा।

दूर से वंशी ने भूतनाथ को देखा। वह रोता-पीटता दौड़ आया—क्या होगा हुजूर ?

भूतनाथ ने पूछा—हो क्या रहा है यह ? छोटे बाबू का हुक्म ले लिया गया है ? किसके हुक्म से सामान निकाल रहे हैं ये ?

—हुक्म फिर किसका लेंगे हुज़ूर ?

—क्यों, जिसका घर है, उसका ?

—हुक्म तो नहीं लिया है।

—फिर तूने सामान निकालने क्यों दिया ?

पुलिस खड़ी-खड़ी देख रही थी। पटलडाँगा के बाबुओं की तरफ के लोग माथे पर भारी-भारी सामान निकाल रहे थे।

वंशी ने कहा—इतने-इतने लोगों के सामने मैं कर क्या सकता था ?

भूतनाथ ने एक क्षण क्या तो सोचा। उसके बाद पूछा—छोटी बहू क्या कर रही

हैं वंशी ?

वंशी तब भी रो रहा था। धीमे से बोला—आज सुबह से ही नशे में बेहोश पड़ी हैं...आज कुछ ज़्यादती कर दी है।

—और छोटे बाबू ?

—वे खिड़की से बाहर टुकुर-टुकुर ताक रहे हैं, कुछ बोलते नहीं। मैंने बहुत कहा, बहुत समझाया, लेकिन कोई जवाब नहीं।

भूतनाथ बोला—ज़रा मेरी साइकिल तो ले आ।

वंशी चोर-कमरे से साइकिल ले आया।

भूतनाथ ने कहा—तू ख़याल रखना, छोटी बहू या छोटे बाबू घर से न निकलें, हरगिज़ नहीं। मैं अभी आया।

वह साइकिल से बाहर निकल गया।

उस दिन भूतनाथ का एक ही उद्देश्य था—इस अपमान से छोटी बहू को बचाना। यह तिरस्कार बड़े महल के अतीत गौरव का नहीं, उन लोगों का नहीं जो बीसवीं सदी की ताल पर चल नहीं सके। यह अपमान छोटी बहू का निजी है। छोटी बहू के भले-बुरे से अपने को कैसा तो जोड़ लिया था उसने ! यह सिर्फ उसकी कृतज्ञता नहीं, कृपा के कर्ज को चुकाने की चेष्टा नहीं निरी। नीरस कर्त्तव्य भी नहीं। यह मानो किसी नितान्त अपने की रक्षा करना है। अपने परमात्मीय से भी यदि कोई बड़ा हो, तो उसकी।

छोटी बहू ने कहा था—मैं कहीं मर जाऊँ तो तू ज़रा रोना भूतनाथ। यह सोचते भी बड़ा भला लगता है कि मेरे लिए कोई रोएगा।

लेकिन रोने की नौबत अन्त तक आई नहीं। वास्तव में वैसा दिन जब आया था, तो भूतनाथ को एक नई उपलब्धि का पता चला—एक नई आत्मानुभूति। उस समय भूतनाथ अपने-आपको पहचान चुका था। सुविनय बाबू की भाषा में—आत्मानं विद्धि। तब संसार में किसी के लिए रोने की ज़रूरत ही उसे नहीं रह गई थी। शुरू-शुरू जवा के घर के पास से गुज़रते हुए अन्दर जाने का लोभ भी हुआ। जवा की लड़की का गाना सुनकर बहुत बार मन में द्वन्द्व पैदा हुआ, लेकिन उसने अपने-आप पर विजय पाई। सबको खोकर उसने दुनिया को पा लिया था। खुद को जानकर उसने विश्व को पहचान लिया था।

मगर यह बात अभी रहे !

उस रोज़ उसने सोचा, जैसे भी हो, पटलडाँगा के बाबुओं से यह परवाना रद्द कराना ही पड़ेगा। बाबुओं के पैरों पड़ेगा—यह हुक्म जिसे रद्द कर ही दें।

हो सकता है, दरबान अन्दर न जाने दे। या तो बाबू लोग घर नहीं होंगे। लेकिन जो हो, भूतनाथ सदर दरवाज़े पर अड़ा रहेगा। रद्द का हुक्म लिए बिना नहीं लौटने का। कहीं वह हुक्म न मिला, तो भी नहीं लौटने का। भूखा-प्यासा दरवाज़े के सामने

पड़ा रहेगा—दिनों।

जाते-जाते फिर जी में आया—वह जा क्यों रहा है आखिर ! यह भी शायद आत्मबोध का तकाज़ा है। छोटी बहू को बचाना खुद को बचाना है।

अभी वनमाली सरकार लेन पार नहीं हो सका था। उसे लगा कि मैनेजर इधर को आ रहा है। आवाज़ दी—मैनेजर साहब—

मैनेजर तेज़ी से आ रहा था। तेज़ चलना उसकी आदत थी। मानो धीरे-धीरे वह चल ही नहीं सकता। व्यस्त न रहे तो वह जी ही नहीं सकता।

भूतनाथ ने फिर पुकारा—मैनेजर साहब—

पलटकर खड़ा हुआ मैनेजर। एक बार भूतनाथ की तरफ ताका। लेकिन, पहचान न सका। बोला—लगा, किसी ने मुझे पुकारा।

—मैंने ही पुकारा।

—क्यों ? कौन हैं आप ?

मैनेजर के हाथ में वही फूला-फूला-सा बैग। नुकीली मूँछें। पहचानने में भूल नहीं हो सकती। लेकिन मैनेजर किसी को आसानी से नहीं चीन्ह सकता। आसानी से किसी को चीन्ह जाना शायद कमज़ोरी है। ननी बाबू के मैनेजर को हज़ारों काम हैं। हज़ारों आदमी उनके पैरों धरना देते हैं। वे इस आसानी से किसी को कैसे पहचानें ?

भूतनाथ ने कहा—मैं बड़े महल में रहता हूँ। आप ही के पास तो जा रहा था।

मैनेजर ने कहा—खैर, ठीक ही है। मैं भी भागता हुआ वहीं जा रहा हूँ। वही सवेरे का निकला हूँ—दोपहर हो गई। अब हुक्म हुआ—बहू बाज़ार जाओ। अजीब मुसीबत है।

भूतनाथ ने पूछा—कोई बाबू घर में हैं ?

—क्यों ? घर पर क्या जाना ! सुबह से लोगों का ताँता बँधा रहता है। बाबुओं ने बिलकुल मना कर रखा है, कल मैंने सबको भगा दिया, दिन-भर की परेशानी के बाद आदमी ज़रा सुस्ताएगा, सो नहीं, रात-रात को भी फुरसत नहीं। आ ही रहे हैं लोग।

भूतनाथ ने कहा—लेकिन पुलिस-प्यादा ले जाकर आखिर यही करना था—इतने दिनों का प्रतिष्ठित परिवार; फिर बेचारे बीमार आदमी—बाबुओं को क्या दया-माया छू नहीं गई है ? ननी बाबू को तार भेजा ही गया है। वे क्या जवाब देते हैं, देखे बिना ही—

मैनेजर बोल उठा—बस वह तार ही तो आफत हुआ—मैनेजर जल-भुन उठा।—मैंने कहा था कि साहब को खबर न दो; वे बिगड़ उठेंगे—याद कर देखो, मैंने कहा था या नहीं ! मुफ्त में इतने रुपयों का नुकसान, मेरा क्या, मैं तो हुक्म का बन्दा हूँ, अपना नुकसान आप समझें वे—बीच में मेरा बोलना बेकार।

बैग में हाथ डालकर मैनेजर कागज़-पत्तर पलटने लगा। कहा—वही सवेरे से तप-तपाकर दोपहर को लौटा, फिर दौड़ो बहू बाज़ार...अब सुना भी दूँगा दो बात ! फिर मामला-मुकदमा और कचहरी की क्या ज़रूरत और इस बूढ़े को इतना परेशान करने

से क्या मतलब ?

मुश्किल में वह कागज़ मिला। बिगड़कर उसे हाथ में लेकर मैनेजर बोला—इसी कागज़ के लिए हैरानी है !

भूतनाथ ने पूछा—कैसा कागज़ ?

मैनेजर फिर तेज़ी से चल पड़ा। भूतनाथ उसके पीछे लगा। मैनेजर ने पूछा—माल-असबाब सब अब तक उतार चुका होगा, क्यों ?

भूतनाथ बोला—हाँ, उतार तो हो चुका है। सामान क्या थोड़ा है ?

—खैर, निकाल चुका सो निकाल चुका, अब नहीं निकालेगा, लेकिन सामान तुम्हें अपने आदमी से उठवाना पड़ेगा, कहे देता हूँ, निकालें भी हम और उठाएँ भी हम, यह न होना। नुकसान पर नुकसान—वह बड़े महल की ओर चला।

भूतनाथ साथ चला। बोला—तो सामान अब वे न निकालेंगे ?

—अरे बाबा, नहीं, नहीं। कह तो दिया, नहीं निकालेंगे। एक ही बात एक सौ बार कहो—अजीब मुसीबत है। वहाँ पहुँचकर मैनेजर ने आवाज़ दी—अरे ए, क्या नाम तो है उसका—कैलाश—

कैलाश कहीं था। चीजें निकालने में सबसे ज़्यादा उमंग उसी में थी। हो-हल्ला करके अब तक वही सारा कुछ कर-करा रहा था।

मैनेजर ने कहा—बस, काम रोक दो।

—ऐसा क्या मैनेजर साहब ?

—कह रहा हूँ, सो करो। हम सब तो हुक्म के बन्दे हैं।

—और ये सामान ?

—ये यों ही रहेंगे। जिनका है, वे सँभालेंगे अपना। हमीं निकालें, हमीं पहुँचाएँ—यह तो नुकसान उठाना है यह कहो, नहीं तो हाथीबगान के सरकार के यहाँ रातों-रात माल निकलवाया, नीलाम में बेच दिया, तब वहाँ से उठे। मगर मैं यह भी कह देता हूँ, ऐसे रवैये से तो बन्धक का कारोबार चला !

भूतनाथ ने कहा—तो क्या ये लोग इस मकान में रह सकेंगे ?

मैनेजर ने कहा—और नहीं तो क्या, साहब ने विलायत से तार भेजा है। उस हुक्म का एक इंच इधर-उधर नहीं हो सकता। तुम लोगों ने साहब को तार देकर ही सारा गुड़-गोबर कर दिया।

—सभी दिन रहेंगे ये ?

—सभी दिन क्या ? यह रहा हुक्मनामा। यह देखो—जब तक बाबू लोग रहेंगे, तब तक उनके कब्ज़े में रहेगा।

पास खड़ा वंशी भी सुन रहा था। पूछा—तो छोटे बाबू को वे रहने देंगे, क्यों हुज़ूर ?

जवाब से पहले ही सदर दरवाज़े से एक गाड़ी अन्दर आई। कोचबक्स पर बैठा इब्राहिम। घंटी बजाई। गाड़ी से मँझले बाबू उतरे।

वंशी ने झुककर उन्हें प्रणाम किया।

इन दिनों मँझले बाबू और भी काले हो गए थे। सेहत भी टूट गई थी। फिर भी धोती का चूनदार छोर ज़मीन पर लटक रहा था। पम्प जूता। सिर के बाल कहीं-कहीं उड़ गए थे। इत्र की खुशबू से वह जगह महमहा उठी।

—पटलडाँगावाले आदमी कहाँ गए रे ?

सामने जाकर मैनेजर ने झुककर प्रणाम किया।

मँझले बाबू ने पूछा—तुम कौन हो ? क्या नाम है तुम्हारा ?

मँझले बाबू के आगे मैनेजर ने मानो अपना फन समेट लिया। नुकीली मूँछें मानो अचानक झुक गईं। भिनभिनाकर उसने अपना नाम बताया।

मँझले बाबू ने कहा—अच्छा-अच्छा ! तुम लोगों के पास भी तार आया है और उसने मुझे भी तार भेजा है। ननी बाबू आदमी अच्छे हैं। खैर, अब तुम्हारा क्या काम रहा, तुम लोग जा सकते हो।

मँझले बाबू के साथ बेनी आया था। उसकी भी तन्दुरुस्ती खराब हो गई थी। इब्राहिम को भी अब वह वर्दी नहीं। बाल लेकिन वैसे ही सँवरे। लकड़ी की कंघी से कसे-कसाए, मूँछों में मोम लगा।

मँझले बाबू ने कहा—चल, ज़रा तेरे छोटे बाबू को देख लूँ। कैसा है इन दिनों ?

उसके बाद इब्राहिम, वंशी, बेनी, सबने मिलकर सामान उठाना शुरू किया। भारी-भारी सामान। मानो वज़नी न होता तो सोहता नहीं। लकड़ी का एक-एक पाटा ऐसा कि चार जने पकड़ो तो टस से मस न हो। एक-एक सिल, बर्तन, चौकी, गद्दा, बन्दूक को कोई अकेले हिला दे क्या मजाल ! सब कम्पनी के ज़माने का सामान। सस्ता समय। कम्पनी के ज़माने में चालीस मन चावल पचहत्तर रुपए का आता था। पाँच मन घी सतहत्तर रुपए का, दो मन सरसों का तेल इक्यावन रुपए का। मन के हिसाब से सामान आता था बड़े महल में। दोनों बेला खाते भी बहुत-से लोग थे। आलू आया अंग्रेज़ों के साथ। धीरे-धीरे वह भी सस्ता हो गया। एक बन्दगोभी ही कुछ महँगी थी। उसे साहब-सूबा लाया करते थे।

सामान ढोते-ढोते ही तीसरा पहर हो गया। दिन-भर किसी को भोजन ही नसीब नहीं हुआ। सवेरे से रसोई ही नहीं हुई। ऐसे में हो भी क्या ! किसी का दिमाग ही सही न था। उसके बाद अब चूल्हा सुलगा। मँझली चाची ने रसोई चढ़ाई। सब्जी के लिए वंशी बाज़ार गया। जाते-जाते कह गया—आप चल न दीजिएगा हुज़ूर—एकबारगी खा-पीकर ही जाइएगा।

भूतनाथ ने कहा—लेकिन मुझे एक बार बार-शिमले जाना था वंशी !

—जी नहीं, बिना खाए हरगिज़ न जाएँ आप। छोटी माँ को मालूम होगा, तो खफा होंगी।

—वह भी क्या यों ही है वंशी ?

—उनके खाने की न पूछिए हुज़ूर ! आज इतना कुछ जो गया—उन्हें पता भी है कुछ ! खाक भी खबर न हुई। सुबह ही एक बोतल पी गईं। आज ज़िद पर बैठी थीं

कि नहाऊँगी नहीं। बहुत कह-सुनकर चिन्ता ने उन्हें नहलाया, सजा-गुजा दिया। मैंने जाकर कहा—आज रसोई में देर होगी, जब तक यह जलपान कर लें। पहले तो वह सुन ही न सकीं। आँखें बन्द किए पड़ी रहीं। मैंने दुबारा कहा, तो बोलीं—नहीं खाती मैं—ले जा।

मैंने कहा—खाएँगी नहीं, तो जिएँगी कैसे ! सिर्फ शराब से पेट भरगा ? छोटी माँ शायद बिगड़ गईं। आँखें खोलकर मेरी ओर ज़रा ताका। मैंने समझा, अब क्रोध ठंडा पड़ गया। मैंने पत्थर की तश्तरी उनकी तरफ बढ़ाई। उन्होंने लात से झटक दिया। तश्तरी गिरकर चूर-चूर हो गई।

मेरे मुँह से शब्द न निकला। कहाँ मैं मारे सोच के मरा जा रहा था। सुबह से ये लोग परेशान किए थे—सामान उतारो, घर खाली करो, इतनी मेहनत से घर बुहारा था—गई-गुबार से भर गया। तिस पर यह रवैया। पत्थर की तश्तरी टूटना क्या अच्छी बात है साले साहब ? अमंगल होता है। फिर तो मैं चुप नहीं रह सका हुज़ूर—चुप रहते-रहते मेरा कलेजा जलकर खाक हो चुका है।

—तो कहा क्या तुमने ?

—जी, जो मुँह में नहीं आता, वही कह बैठा, ज़बान की लगाम ढीली कर दी। होश-हवास तो नहीं रहा, गुस्से में क्या कह बैठा, खाक याद है ! लेकिन देखा, छोटी माँ रो रही हैं।

भूतनाथ ने पूछा—रो रही थीं ?

एकाएक वंशी की आँखों से भी आँसू बह निकले। कपड़े के छोर से आँखें पोंछते हुए वंशी ने कहा—नज़र पड़ी तो मैं आपे में आया। सोचा, कर क्या रहा हूँ मैं ! छोटी माँ तो होश में नहीं, नशे में जो-सो करती हैं, मगर मैं क्या कर रहा हूँ ? अपने अन्नदाता को मैंने इस तरह गालियाँ दीं ! नरक में भी जगह न मिलेगी मुझे। मैं वहीं अपने गाल पर तड़ातड़ थप्पड़ मारने लगा, लेकिन उससे भी पराछित नहीं हुआ। दीवार पर कपाल पीटकर मैं मनाने लगा—मेरी मौत हो...मौत...मौत होती क्यों नहीं मेरी...और, वंशी वहीं खड़ा-खड़ा फफककर रोने लगा।

वंशी ने आँखें पोंछी। बोला—अच्छा चलूँ बाज़ार। बोतल नहीं है। शॉ की दूकान से एक बोतल लानी होगी। कहीं भूल गया तो गई जान !

ज़रा रुककर बोला—अपनी यही आफत है हुज़ूर—किससे कहूँ और कौन समझे ! चिन्ता तो छोटी माँ की निगरानी-भर से ही छुट्टी पा जाती है, मँझली काकी ने रसोई की और छुट्टी...बाकी सारा काम, छोटे बाबू के मल-मूत्र से लेकर अन्दर-बाहर का सारा काम वंशी को ही करना पड़ता है। मैं भी तो आदमी हूँ।

भूतनाथ ने कहा—अच्छा, अभी ज़रा छोटी माँ से भेंट करा दोगे वंशी ! बार-शिमले जाने के पहले भेंट कर लेता, दो बातें कर लेता।

वंशी अचानक गम्भीर हो गया। बोला—अब आप छोटी माँ से न मिलें हुज़ूर !

—क्यों ?

—जी, आपके भले के लिए कह रहा हूँ—कभी न मिलें आप।

—क्यों, ऐसा क्यों कह रहे हो ?

वंशी बिगड़ उठा—आपमें यही एक ऐब है। बड़े ज़िद्दी हैं आप। कह तो रहा हूँ कि उनसे न मिलें। आप ही के भले के लिए कह रहा हूँ न।

भूतनाथ को भी अकड़ आ गई। बोला—भेंट मैं उनसे ज़रूर करूँगा।

—कीजिए, मुझसे फिर क्यों पूछ रहे हैं ? मैं कहता हूँ, भेंट करने से आपका भला न होगा, न होगा, न होगा। तीन बार कह दिया, याद रहे !

भूतनाथ ने वंशी के चेहरे पर गौर किया। वंशी ने अपनी निगाह फेर ली थी। भूतनाथ बोला—लेकिन यह तो बताओगे कि भेंट आखिर क्यों न करूँ !

वंशी बोला—सब-कुछ सुनना ही चाहिए ? नहीं सुनते तो अच्छा था। खैर। अभी बेनी आया था। वही मुझे यह सब बता गया।

—क्या बता गया ?

—आप किसी से कह न दें कहीं—बेनी चुपचाप बता गया है—मँझले बाबू को सब बातों का पता चल गया है। आपको मारने के लिए उन्होंने गुंडा ठीक कर रखा है।

भूतनाथ अवाक् हो गया। बोला—मुझे मारने के लिए गुंडा ?

—जी हाँ, मँझले बाबू को आप जानते कहाँ हैं, गुंडा क्या उनके पास आज से है ? शुरू से देखता आया हूँ, उनके पास गुंडा है। जो लोग पीते हैं, औरतों के पीछे रहते हैं, उन्हें गुंडा भी रखना पड़ता है। जान बाज़ार में छोटे बाबू के गुंडे थे, छेनीदत्त के थे। सभी रखते हैं। गुंडे न रखें तो कलकत्ते में इतनी रात को घूमना-फिरना कैसे चल सकता है ?

—लेकिन गुंडा मुझे मारेगा क्यों ?

—उस बार मँझले बाबू ने आपको छोटी माँ के कमरे में देख लिया था न, फिर खबर तो सब मिलती ही रहती है रोज़-रोज़। नौकर-दाई रहने से यहाँ की खबर वहाँ, वहाँ की यहाँ, आती ही जाती रहती है।

—लेकिन गुंडे से मुझे मरवाएँगे क्यों ?

—मैं क्या जानूँ ! बेनी ने जो कहा, आपसे बता दिया। वह बोला—साले साहब शायद रात को छोटी माँ के कमरे में जाया करते हैं, दोनों मिलकर शराब पीते हैं, गाड़ी पर घूमने जाते हैं। यह अच्छी बात तो नहीं। मँझले बाबू कहते हैं, हमारे खानदान की बहुओं ने कभी सूरज का मुँह नहीं देखा। और बात भी सही है हुजूर, मुझे याद है, उन दिनों हम नौकर भी अन्दर महल में नहीं जा पाते थे। दाई हुक्म सुना जाती थी, हम बजा लाते थे। लेकिन अब तो सब ब्रह्मसमाजी हो गए हैं। साहब-सूबों की दावत होती है, औरतें राह-बाट में घूमा करती हैं। मँझले बाबू इसीलिए आपसे खफा हैं। कह रखा है, रास्ते में जब मौका लगे खात्मा कर दो।

भूतनाथ चुप रहा।

वंशी ने कहा—रात-बिरात अकेले न कहीं जाएँ तो क्या ! गुंडों की बात, जाने कब

क्या कर बैठें !

भूतनाथ ज़रा देर क्या तो सोचता रहा। उसके बाद बोला—मुझे अपने लिए कोई खौफ नहीं है वंशी—देख तो रहा हूँ मैं कि कोई मेरा पीछा कर रहा है। जब जहाँ जाता हूँ, वहीं जाता है। एक दिन पूछने की सोची, पर खिसक पड़ा।

—जी हाँ, वही मँझले बाबू का आदमी है।

—मगर मुझे उसकी फिक्र नहीं—मैं तो छोटी बहू की सोचता हूँ। मेरी खातिर उनकी बदनामी होगी, उन पर आफत आएगी। इससे तो अच्छा है, मैं यहाँ से चल ही दूँ। बेकार ही यहाँ बैठा अन्न का श्राद्ध कर रहा हूँ।

वंशी ने कहा—ऐसा न कहें हुज़ूर, कोई जाने-न-जाने, मुझे तो पता है। छोटी माँ तक को मालूम नहीं है, लेकिन आप ही के रुपयों से तो अभी तक...

भूतनाथ ने कहा—खैर, वह बात छोड़ो, तुमने गुंडे की ज़ो बात कही वह कोई जानता है ?

—जी नहीं। कोई नहीं जानता। होशियार कर देने के लिए ही बेनी ने मुझे बताया।

भूतनाथ बोला—लेकिन छोटी बहू को लेकर एक बार बरानगर तो जाना ही पड़ेगा।

—वहाँ आप लोग कहाँ जाते हैं हुज़ूर ?

—एक साधु के पास। छोटी बहू छोटे बाबू के लिए मन्नत मानेगी और मैं भी इनके भले के लिए मानता करूँगा। हाँ, बाज़ार ही तो जा रहे हो, हम दोनों के लिए एक-एक ढोली पान और पाँच-पाँच कोरी सुपारी ला दोगे ?

—क्यों नहीं ?

—ला दो, आज ही हो आएँ। ये पैसे रख लो।

वंशी बोला—पैसे तो रहने दीजिए—मेरे ज़िम्मे कितना पैसा निकलेगा, पहले उसी का हिसाब कर लीजिए।

भूतनाथ बोला—तो मुझे छोटी बहू के कमरे में पहुँचा दो ज़रा।

सवेरे का झमेला खत्म होते-होते शाम हो आई। सुबह से न भोजन नसीब हुआ, न आराम। मँझले बाबू ने मिनट-भर के लिए छोटे बाबू से भेंट की और बैरंग वापस चले गए। इब्राहिम अकेले ही गाड़ी हाँक ले गया। यासीन शायद हटा दिया गया। गेट पर अब बिरिजसिंह तो है नहीं कि गाड़ी की घंटी सुनते ही चीख उठे—होशियार ! अस्तबल में घोड़ों की मलाई नहीं चलती, घड़ियाल नहीं बजता, वह ऐश्वर्य, विलास, रईसी—कुछ न रही। वही जो एक बार पेट में दर्द हुआ, तब से मँझले बाबू ने शराब छोड़ दी। आश्चर्य ! मँझले बाबू, छोटे बाबू, सबने शराब छोड़ दी ! एक छोटी बहू से छोड़ते न बना ! अजीब-सी बात !

छोटी बहू के कमरे के पास जाते ही चिन्ता ने कहा—छोटी माँ पूजा कर रही हैं।—घूँघट के अन्दर से वह फिर बोली—आप अन्दर जाएँ—अब पूजा पर से उठेंगी।

यशोदादुलाल की मूर्ति अभी भी सोने से मढ़ी थी। सोने की मुरली। सोने का

मुकुट। हीरे की आँखें। उनकी तरफ मुँह किए ज़मीन पर माथा टेककर छोटी बहू प्रणाम कर रही थी। कर रही थी, तो कर ही रही थी। अँचरा गले में पड़ा। जूड़ा बँधा था। जूड़े पर सोने की कंघी। कंघी पर मीनाकारी। बीच में हरूफों में लिखा—पति परम गुरु। बार-बार माटी में माथा टेककर प्रणाम कर रही थी छोटी बहू। भूतनाथ प्रतीक्षा में रहा। आखिर छोटी बहू उठ खड़ी हुई।

भूतनाथ देखने लगा। देखने में अपूर्व लगा। स्थिति इतनी बदल गई, वह वैभव न रहा, वह नाम-यश न रहा, वह सुख-भोग न रहा, लेकिन गज़ब है, छोटी बहू के रूप में कोई परिवर्तन मानो होने का नहीं। पहले दिन जैसा देखा था, इतने वर्षों बाद भी वह रूप वैसा ही है। अटूट। उज्ज्वल। सिर में वैसे ही घने बाल। वैसा ही दूधिया रंग। वैसी ही बनावट, वैसी ही तन्दुरुस्ती। जगद्धात्री का रूप जो कहा था, उसमें ज़रा भी अत्युक्ति न थी। पाँव की उँगली से सिर के बाल तक क्या ज़रा भी परिवर्तन नहीं आना चाहिए ? भगवान् ने मनुष्य की ऐसी निर्दोष रचना शायद यही पहली बार की है। लगा छोटी बहू की उम्र मानो और भी कम हो गई है, रूप निखरा पड़ रहा है। दुःख-कष्ट से खूबसूरती और खिल पड़ी है।

भूतनाथ ने कहा—मैं आया हूँ।

—अरे, तू ?—चौंककर छोटी बहू मुड़कर खड़ी हो गई।

इतनी स्वस्थ दशा में भूतनाथ ने छोटी बहू को ज़माने से नहीं देखा।

—तू अपने गाँव नहीं गया भूतनाथ ?

भूतनाथ ने कहा—नहीं।

—मगर तूने तो कहा था, जाना ही पड़ेगा। गए बिना काम नहीं चलने का ?

छोटी बहू फर्श पर बैठ गई।

भूतनाथ भी सामने बैठ गया। बोला—यह काम यहीं हो गया, इसीलिए नहीं गया। लेकिन मैं दूसरी बात कहने आया हूँ बहू ! सोचता हूँ, यहाँ से चला जाऊँ। काफी दिन बोझ बनकर रहा।

छोटी बहू ने जाने क्या सोचा। फिर पूछा—जाएगा ! कहाँ जाएगा ?

भूतनाथ बोला—यह तो तय नहीं कर सका हूँ कि कहाँ जाऊँगा, लेकिन जाऊँगा। काफी दिनों तक तुम लोगों को कष्ट पहुँचाया।

छोटी बहू कुढ़ गई। बोली—झूठ कहने में तेरी ज़बान नहीं हिचकी भूतनाथ ?

—झूठ नहीं, अब यहाँ रहना ठीक नहीं दीखता।

छोटी बहू कुछ देर चुप रही। उसके बाद कहा—अब घर-गिरस्ती बसाने को जी चाह रहा है, क्यों ?

भूतनाथ बोला—वही हो, तो अन्याय होगा ?

—अन्याय क्या, लेकिन घर-गिरस्ती तो यहाँ रहकर भी बसा सकता है। इतने-इतने तो कमरे पड़े हैं, विवाह करके यहीं रह। मैं तुझे सजा-सँवारकर ब्याह करने को भेजूँगी, बहू आएगी, परिछन कर उसे अन्दर लाऊँगी। यह तो जाने मेरी कब की हविस है

भूतनाथ !

—लेकिन तुम्हारी यह हविस पूरी नहीं होगी।

—क्यों ?

—नहीं होगी, इसलिए कि तुम्हें वह नसीब नहीं। खैर, जाने दो। मुझे जाना है, अब तुम न रोको, हँसकर जाने की इजाज़त दो—नहीं तो फिर कभी जा ही न सकूँगा। तुम्हें रुलाकर स्वर्ग जाकर भी मैं सुखी न होऊँगा।

छोटी बहू हँसी। बोली—लेकिन न जाने दूँ तो ?

—ठीक नहीं जानता, लेकिन तुम अगर न जाने दो तो शायद मेरा जाना ही न होगा कभी।

छोटी बहू ने कहा—तो फिर जा ही मत भैया, इतना तो समझूँगी कि मेरे मरने पर एक आदमी तो रोएगा। गुरुदेव ने कहा था—पट्टो, माँग में सिन्दूर लिए मरना। यदि ऐसा हो सके तो अच्छा। लेकिन होगा भी ऐसा ? मेरे नसीब को यह बर्दाश्त होगा ? रात-दिन इसीलिए तो अपने यशोदादुलाल से कहा करती हूँ कि अब अपने छोटे बाबू के जीते-जी जिसमें मैं मर सकूँ। तुझसे कह रखती हूँ, उस दिन तू मुझे मन-माफ़िक सजाना; माँग में अच्छी तरह सिन्दूर भर देना, पाँव में महावर, पिटारी से ब्याहवाली बनारसी साड़ी निकालकर मुझे पहना देना, गहने-ज़ेवर से अंग-अंग सजाकर मुझे सोने से मढ़ लेना, ताकि लोग यह कहें—सती बहू चली।

भूतनाथ ने चुपचाप सुना। बोला—खैर, मैं न जाऊँगा। लेकिन...

—लेकिन क्या ?

—लेकिन मैं अगर ब्रह्मसमाजी लड़की से ब्याह करूँ, तो तुम उसे नहीं अपनाओगी ?

—ब्रह्मसमाजी लड़की क्यों ?

—क्यों क्या, समझ लो करूँ, तो घर में जगह नहीं दोगी ?

—क्यों न दूँगी जगह, अपनी बहू को जगह न दूँगी ? तू उससे ब्याह कर सकता है और मैं जगह नहीं दे सकती—कहता क्या है तू ?

—तो मैं बहू को लाऊँगा।

—तू सचमुच शादी करेगा भूतनाथ ?

—शादी मैंने कर ली है।

—कर ली है ? कब ? मुझे बताया तो नहीं ?

—तुम्हें क्या बताता, मैं खुद ही नहीं जानता था। उस समय मैं पाँच-छह साल का था...और भूतनाथ ने शुरू से आखिर तक सारी कहानी कह सुनाई। सब। सब। ज़रा भी न छिपाया। 'मोहिनी सिन्दूर' की नौकरी के बाद से कैसे घनिष्ठता हुई, सुविनय बाबू की मौत आदि सारी बातें कहीं।

छोटी बहू ने कहा—तो फिर आज ही ले आ भूतनाथ ! बड़े दिनों का अरमान है कि मैं भी बड़ी दीदी की तरह बहू लाऊँगी। वंशी से कह दे, सामान ठीक करे—धान,

दूब, मिठाइयाँ, कपड़े, गहने...। अब नया ज़ेवर बनाने का समय कहाँ, सास का दिया जो जड़ाऊ हार है, वही देकर मैं बहू देखूँगी–है न–अरी ओ चिन्ता !

भूतनाथ बोला–आज बहू को न लाकर वरानगर चलें, तो कैसा ?

–नहीं, वरानगर रहे, आज मैं अपनी बहू का मुँह देखूँगी।

उस दिन चाँदनी के अस्पताल में पड़े-पड़े भूतनाथ ने वही सब बातें सोची थीं। शायद उस रोज़ छोटी बहू ने नए सिरे से बचने की कोशिश की थी। भूमिपति चौधरी से लेकर वंशानुक्रम से जमते-जमते जो पाप पहाड़-सा हो उठा था, उसके बारे में छोटी बहू को शायद जानकारी न थी। सन् अट्ठारह सौ पच्चीस में जब जहाज़ आया, देश की ज़मीन पर रेल की पटरी बिछी, तब उस नए ज़माने से कदम मिलाकर न चल सका, इसलिए एक वंश इस तरह धीरे-धीरे पिछड़ गया। फिर से उठने की गुंजाइश न रही। अकेली छोटी बहू की कोशिश से क्या होता ! अस्पताल में पड़े-पड़े सारे इतिहास को दुहराते हुए बार-बार उसे छोटी बहू का चेहरा याद आता। अपने जीवन में भूतनाथ को इतना प्यार किसी से न मिला। कब कैसे छोटी बहू के मन के कोने में वह इत्ती-सी जगह बना ले सका था, इसकी याद नहीं। उसका सारा श्रेय छोटी बहू को ही है। भूतनाथ उस श्रेय का रत्ती-भर भी दावा नहीं कर सकता।

आज भी याद है, राह बंकिमचन्द्र ने दिखाई दी। अपनी जाति, अपने इतिहास और अपनी सभ्यता की विफलता के अभाव की उपलब्धि शायद सबसे पहले उन्होंने ही की थी। उन्होंने ही नए सिरे से गीता का आविष्कार किया। चारों ओर की निराशा तथा पराधीनता की ग्लानि के बीच गीता के श्लोकों में सबने विजय का आश्वासन देखा। कुरुक्षेत्र के दौरान जाने कब युद्ध-विमुख अर्जुन को उत्साह देते हुए श्रीकृष्ण ने शक्ति के मन्त्र का उच्चारण किया था–सदियाँ बीतीं, फिर भी उस मन्त्र ने सजीव होकर फिर से तरुण मनों में आश्वासन का संचार किया। श्रीकृष्ण की वह वाणी आत्मबोध की, अपने को पहचानने की वाणी है। श्री अरविन्द ने नए रूप से इसी गीता का सहारा लिया। बोले–यह शुद्ध, यह मृत्यु, यह अस्त्र, यह धर्म, यह तीर और धनुष–यह भी ईश्वर की सृष्टि है। वे बोले–We do not want to develop a nation of woman who know only how to weep and how not to strike.

उसके बाद अलीपुर बम-केस में अरविन्द को शायद अपनी महाजिज्ञासा का जवाब मिला–Man shall attain his Godhead.

भूतनाथ की खाट खिड़की के पास ही थी। लेटे-लेटे खुला आसमान वहाँ से दीखता था। वहीं पड़े-पड़े जाने क्या आकाश-पाताल सोचा ! उसी तरफ ताकते हुए बहुत बार उसने सोचा किया–आखिर कहाँ चली गई छोटी बहू ! इतने दिन कहाँ गायब रही ? आसमान की नीलिमा से बार-बार पूछने पर भी उस दिन उसका जवाब न मिला।

उस रोज़ जब वह बार-शिमले जा रहा था, वंशी ने पूछा–भोजन करके न जाएँगे साले साहब ?

भूतनाथ ने कहा–आज मुझे खाने का वक्त नहीं है वंशी !

–रसोई में देर नहीं है। बन गई। सब्ज़ी उतरी नहीं कि–

–ठीक है। न होगा तो लौटकर खा लूँगा।

लाचार वंशी को मान ही जाना पड़ा था। लेकिन उसने बारम्बार ताकीद की–रात न हो लेकिन, बेनी की बात सुनने के बाद से मुझे बड़ा डर लगता है हुज़ूर !

–किस बात का डर ?

वंशी ने कहा–कहा तो नहीं जा सकता, सुना है, मँझले बाबू ने गुंडा लगा दिया है पीछे, गुंडों के ज़रिए मँझले बाबू ने क्या-क्या नहीं किया ! देखा नहीं आपने, नाटू दत्त ने उस बार छोटे बाबू की कैसी गत की, तब से छोटे बाबू उठ ही न सके।

–तू डर नहीं, मेरा कुछ न बिगड़ेगा, तू पान-सुपारी ले आया है न ?

–ले आया हूँ। लेकिन आज अब कब जाएँगे बरानगर ? बेला तो झुक आई।

–आज न बनेगा तो कल ही जाऊँगा।

वंशी ने कहा–जी हाँ, वही अच्छा होगा। आज सुबह से जो झमेले रहे, सोच देखिए। गनीमत कहिए कि हंगामा चुक गया। बड़ी सोच में था हुज़ूर ! ननी बाबू मान गए, यही अच्छा हुआ, जाने कब से महाप्रभु की मन्नत मान रखी है। अबकी गाँव जाऊँगा, तो पूजा कर आऊँगा।

उस रोज़ निकल तो पड़ा महल से, पर कदम मानो उठना नहीं चाह रहे थे भूतनाथ के। आखिर जवा पर अपना अधिकार वह ज़ाहिर कैसे करेगा ? यह कैसे कहेगा कि मैं ही तुम्हारा स्वामी हूँ। कैसे बताएगा कि अतुल और कोई नहीं, वह मेरा ही दूसरा नाम है–पिता का दिया हुआ नाम। उस नाम से उसे एक नन्द काका के सिवा कोई नहीं पुकारता ! पिता के चल बसने के बाद वह नीलमणि पंडित की पाठशाला में दाखिल हुआ। लेकिन भूतनाथ के नाम से। इन सारी बातों को बताने में भी कैसी तो भिखमंगे-सी वृत्ति है ! जवा इसे किस भाव से ग्रहण करेगी, कौन जाने ! इन कुछ दिनों में अगर उसमें कुछ परिवर्तन हो गया !

मकान के सामने पहुँचकर भी उसकी हिचक जा नहीं रही थी। उस दिन बेलगछिया की नहर के किनारे उसने मन के जिस संयम का संयम किया था, आज मानो वह खो गया। यहीं खड़े-खड़े यह जान लेता तो अच्छा होता कि अन्दर जवा कैसी है ? क्या कर रही है ?

उसने चारों तरफ देख लिया, रास्ते पर कहीं सुपवित्र तो नहीं खड़ा है। अपने-अपने काम से लोग गली में से आ-जा रहे थे। पतली-सी गली। दोनों तरफ पनाला। भनभनाकर मच्छर उड़ रहे थे। कड़े खटखटाने को हाथ बढ़ाकर खींच लिया। कहीं जवा घर में न हो ! भूतनाथ को इतने दिनों से लापता देखकर कहीं उसने अस्पताल में ही नौकरी कर ली हो ! इधर कुछ दिन भूतनाथ यहाँ आया नहीं। सिर्फ सोचता रहा। सोचता रहा सिर्फ अपनी बात। बड़ेमहल के इतने झमेले, रूपचन्द बाबू के दफ्तर का काम–इसके बीच ज़रा भी मौका मिला कि वह सोचने लगा। सोचता रहा अपनी और

सुपवित्र की बात। जवा की बात।

उस रोज़ भी जब वह अन्दर जाने लगा तो देखा, जवा की नौकरानी एक टोकरी में बहुत-सी चीजें लेकर बाहर फेंकने जा रही है। गौर करके वह ठक् रह गया। पूछा—टोकरी में क्या है सब ?

नौकरानी बोली—जी, दीदीजी ने सब बाहर फेंक आने को कहा है।

—देखूँ-देखूँ, क्या है उसमें ?—और उसने जो देखा तो अवाक् रह गया। कीमती चीज़ें थीं। एक फूलदानी थी, एक किताब, एक छोटी-सी घड़ी—काम की कई चीज़ें। टुकड़े-टुकड़े की हुई एक तस्वीर। सुपवित्र की तस्वीर।

जवा ने कहा था—इन चीज़ों को अब रखकर क्या होगा भूतनाथ बाबू, उसी ने समय-समय पर भेंट की थी। अब अपने पास इन्हें न रखना ही अच्छा।

—तो क्या रास्ते पर फेंक दोगी ?

—चाहे रास्ते पर फेंक दूँ, चाहे किसी को दूँ—अपने लिए दोनों एक ही बात है।

—लेकिन जी से भी क्या मेट सकोगी ?

—उचित तो यही है।

—उचित-अनुचित की नहीं कहता, मेट सकोगी ?

—पिताजी से सुना तो है कि मनुष्य के लिए असम्भव कुछ भी नहीं—कोशिश कर देखूँ।

भूतनाथ ने कहा था—कोशिश से ही अगर भूलना सम्भव होता तो संसार में इतनी तकलीफ ही न रहती जवा ! इसीलिए हिन्दुओं में तो एक देवता का नाम ही है भोलानाथ। वे भंग पीकर सारी सृष्टि को भूले बैठे हैं। लेकिन उन्हीं भोलानाथ ने अन्त में सती के लिए क्या किया, जानती हो न ?

बात चाहे जितनी भी कहे, लेकिन भूलने की उसकी आप्राण चेष्टा देखकर दंग रह गया था भूतनाथ। उस चेष्टा में कहीं कोई त्रुटि न थी, कोई शिथिलता नहीं।

जवा ने कहा था—शायद इसे आप मेरा संस्कार कहें, लेकिन जी जो चाहता है, वह तो पशु भी करता है, फिर आदमी की अपनी खासियत कहाँ है ! संयम, शृंखला, साधना—यह सब तो मनुष्य ही के लिए हैं।

भूतनाथ ने झटपट दरवाज़े के कड़े खटखटाए।

भीतर से नौकरानी ने पूछा—कौन ?

—मैं हूँ, मैं।

—भैयाजी, आप ?—उसने दरवाज़ा खोल दिया।

—दीदी कहाँ हैं ? अन्दर हैं ?

—वह तो बहुत बीमार हैं बाबू, इधर आप आए नहीं, अकेली मैं—

—बीमार हैं ? क्या हुआ है ?

नौकरानी बोली—अचानक कल तेज़ बुखार हो गया—सारा बदन आग—रात-भर बेहोश पड़ी रहीं, किसे बुलाऊँ, क्या करूँ—समझ न सकी। कँपकँपी के-साथ बुखार

आया। तभी से बोली बन्द है।

—फिर ?

—सुबह सोचती रही, किसे बुलाऊँ ! पहचानती ही किसे हूँ ! सो छोटे भैयाजी को बुला लाई।

—छोटे भैयाजी कौन ! सुपवित्र बाबू ?

—जी हाँ। उनका घर जानती थी। उन्होंने डॉक्टर को बुलाया। दवा चल रही है, मगर होश नहीं हुआ है। उसी तरह बेसुध पड़ी है। मैं तो सोच में पड़ गई। अकेली औरत मैं...

—सुपवित्र बाबू ऊपर हैं ?

—वे हैं, जभी तो काम-काज देख रही हूँ, वरना सोच में पड़ गई थी।

उस दिन का दृश्य आज भी याद है। भूतनाथ दनदनाता हुआ सीढ़ी से ऊपर गया देखा, जवा पलंग पर बेहोश पड़ी है। बदन पर चादर। बगल की मेज पर दवा की एक शीशी। और सामने की तरफ झुककर सुपवित्र उसे पंखा झल रहा है। भूतनाथ के पैरों की आहट से सुपवित्र चौंक उठा था। आँखें मूँदते ही आज भी वह दृश्य भूतनाथ देख पाता है। सुपवित्र ने कुछ इस तरह देखा था, मानो उसने कोई बहुत बड़ा अपराध किया हो।

भूतनाथ पर नज़र पड़ते ही सुपवित्र ने बाहर निकलकर कहा—आप आ गए, मुझे बड़ा डर लग रहा था।

सुपवित्र के चेहरे पर उत्कंठा थी। बेचारा बड़ा असहाय-सा दीख रहा था। आपद-विपद में वह यों ही होश-हवास खो बैठता है। कोई बड़ा-सा काम हो, तो ताल नहीं ठीक रख सकता। हर काम में भूल होती। पढ़ते-पढ़ते यथार्थ जगत् से उसका शुरू से ही वह सम्पर्क नहीं। अब तक उसे कोई किनारा नहीं मिल रहा था।

—किस डॉक्टर को बुलाया था ?

—उन्होंने दवा कौन-सी दी ?

—बीमारी क्या बताई—

एक ही साथ भूतनाथ ने अनेक सवाल किए। डॉक्टर ने बताया था—बहुत दिनों से बदपरहेज़ी, उपवास, सेहत पर जुल्म करते रहने से कमज़ोर पड़ गई थीं। मौका पाकर सारे लक्षण दिखाई दे गए। यह ज़हर लेकिन बहुत दिनों से था, बाहर से दीख नहीं पड़ा। वह तो गनीमत कहिए कि समय पर दवा पड़ी।

—तीसरे पहर क्या डॉक्टर आएँगे ?

—उन्होंने कहा था, होश न आए तो खबर दीजिएगा। लेकिन बुखार शायद कम हो गया है, ज़रा देर पहले पसीना आ रहा था। छटपटा रही थीं। अब नींद आ गई है। नींद टूट न जाए, इसीलिए मैं पंखा झल रहा था।

भूतनाथ बोला—मैं डॉक्टर को बुला लाता हूँ, आप जवा के पास बैठें।

सुपवित्र ने कहा—मैं ही जाता हूँ, आप बैठें।

—नहीं-नहीं, आप बैठिए।

लेकिन सुपवित्र वहाँ बैठने को हरगिज़ राज़ी न हुआ। डॉक्टर को बुलाकर बाहर ही खड़ा रहा। हरदम बचता-कटता रहा। डॉक्टर दूसरी दवा दे गए। वह रात कैसे कटी, आज भी याद है भूतनाथ को। सुविनय बाबू की बीमारी में इस घर में पहले भी कई रातें बितानी पड़ी थीं। रात के सन्नाटे में रेल की सीटी और गहरे अँधेरे में अचानक किसी निशाचर पक्षी का बोलकर चुप हो जाना—यह अभिज्ञता भूतनाथ को थी। लेकिन अबकी कुछ और ही बात थी। सूने घर के परिवेश में जवा निर्जीव-सी पड़ी। एकटक उसकी तरफ देखते रहने के सिवा और काम ही क्या था !

सुपवित्र बगल में खड़ा था। बोला—तो मैं जाऊँ, आप तो हैं ही ?

डॉक्टर कह गए थे—नाड़ी की गति अब ठीक है, खतरा नहीं रहा। सुबह थोड़ा-सा दूध या चाय दे सकते हैं। दवा तो चलेगी ही।

रात गहरी हो आई। दीवार के कोने में एक मकड़ी ने जाला लगाया था। भूतनाथ एकटक उसी तरफ देख रहा था। धुमैला-सा जाला। उसी पर थिर बैठी थी मकड़ी। न हिल न डुल। घर में इतनी बड़ी एक बीमारी, लेकिन उस तरफ कोई खयाल ही नहीं। वहाँ से उसकी आँखें दिखाई नहीं पड़ रही थीं। लेकिन वैसी एकाग्रता भी भूतनाथ ने अपने जीवन में नहीं देखी थी। एक निष्ठता भी कह सकते हैं, मानो ध्यान लगाए हो। भूतनाथ ने उधर से निगाह हटा ली। कमरे की दीवार का सब-कुछ देखने की उसे इच्छा हुई। कहाँ कालिख का कोई धुँधला-सा दाग पड़ा था, कोई कीड़ा हिल रहा था—और समय होता तो यह सब इस तरह नज़र ही नहीं आता। आज उसे अपनी छाया अजीब दीखी। हल्की रोशनी में छाया पड़ रही थी। कुछ दीवार पर, कुछ फर्श पर आड़ी-टेढ़ी छाया। मनुष्य की छाया ऐसी घिनौनी क्यों लगती है ! पास ही सुपवित्र की छाया पड़ रही थी। लेकिन वह छाया सीधी दीवार पर पड़ रही थी पूरी-पूरी। टूटी-फूटी-सी नहीं। बिलकुल बगल में पड़ रही थी। सुपवित्र की नाक मानो कुशल रेखाओं में सुन्दर-सी निखरी थी। सुपवित्र बड़ा सुन्दर जँचा। सच ही सुपवित्र बड़ा सुन्दर है। जवा के बगल में वह खूब फबता है। उसने और एक बार छाया को देखा। सुपवित्र चित्र-लिखित-सा खड़ा था। पलकें भी नहीं गिर रही थीं शायद। शायद जवा को एकटक देख रहा था। अब तक उसे रास्ते पर खड़ा रहना पड़ता था। आज जवा की बीमारी की वजह से अन्दर आने का मौका मिला है। छाया में सुपवित्र के बाल फुर-फुर उड़ रहे थे। घने बाल। नियम से बाल बनवाने की शायद याद नहीं रहती। मगर बाल अच्छे लगते। शायद सुपवित्र कुशल दुनियादार नहीं। नहीं तो क्या हुआ ? सुन्दर तो है ! समुद्र की लहर न सही, इन्द्रधनुष तो है वह ! काले आसमान के कोने से इस तरह सात रंगों की चमक दिखा सकता है, यही क्या कम है ! इन्द्रधनुष के रंग से जब दुनिया रंगीन हो उठती है, तो उससे सुन्दर और क्या होता है ? एकाएक भूतनाथ को लगा—दीवार की वह एकनिष्ठ मकड़ी, कालिख का वह छोटा-सा दाग और सुपवित्र की छाया अचानक सजीव हो उठी। एकाएक सब हिलने लगे। पलक मारते सारी दीवार काली

हो उठी। वह मकड़ी अपना जाला छोड़कर पागल-सी चक्कर काटने लगी। और सुपवित्र की छाया गायब हो गई।

इतने में सुपवित्र बोल उठा—भूतनाथ बाबू, मेरे रहने की अब ज़रूरत है ?

—क्यों ?

सुपवित्र बोला—नहीं, कहीं आँखें खोलने पर जवा मुझे देखे, तो गुस्सा हो सकती है—आने को मना किया था।

—अरे नहीं-नहीं, आप बीमार की सेवा करने आए हैं, गुस्सा क्यों होगी ? अभी तक उसने क्या आपको देखा नहीं है ?

सुपवित्र ने कहा—मेरे आने की उसे कतई खबर नहीं...बुखार में बेबस पड़ी है न !

—दवा पिलाते वक्त भी नहीं देखा ?

सुपवित्र बोला—बड़ी मुश्किल से होंठ दबाकर दवा पिलानी पड़ी थी—ठीक-ठीक होश नहीं था उसे।

भूतनाथ ने कहा—अच्छा। आप जाएँ नहीं। बगल के कमरे में ज़रा बैठें। ज़रूरत होगी, तो बुला लूँगा।

सुपवित्र चला गया।

भूतनाथ ने जवा को देखा। जवा को पता भी नहीं कि सुपवित्र आया है। लगा, वह बुखार की तेज़ी में सपना देख रही है। वह जवा को अपलक देखने लगा। बड़ी असहाय-सी लगी वह। सारे संसार में मानो उसका कोई नहीं। अजीब बात। भूतनाथ-जैसे असहाय व्यक्ति से जिन दो का घनिष्ठ परिचय हुआ, वे दोनों-की-दोनों असहाय ! एक छोटी बहू, दूसरी जवा। इतनी घनिष्ठता कर लेना शायद ठीक न हुआ। उससे न तो छोटी बहू का भला हुआ, न जवा का, न उसका अपना। मोहिनी सिन्दूर कार्यालय में नौकरी की क्या ज़रूरत थी ! किसी दूसरे दफ्तर में भी तो मिल सकती थी जगह ! ब्रजराखाल के दफ्तर में भी मिल सकता था काम। शुरू से ही रूपचन्द बाबू के यहाँ हो सकता था। तब इस बुरी तरह भूतनाथ को घनिष्ठ न होना पड़ता। इस तरह उसे उपन्यास का नायक नहीं बनना पड़ता। एक बार लगा—सपने में जवा जाने क्या बुदबुदा रही है। भूतनाथ जवा के मुँह के करीब झुक गया। सुनने की कोशिश की। लेकिन बड़ा अस्पष्ट। ज़रा देर बाद ऐसा लगा कि कुछ समझ में आया। बुखार की तेज़ी में मानो लटपटाकर उसने सुपवित्र का नाम लिया। कान लगाकर भूतनाथ ने फिर सुना। भूल न थी। लगा, सुपवित्र से कुछ बात कर रही है। उसने फिर कान लगाया। अब कुछ नहीं बोल रही थी। बेहोश पड़ी थी। लम्बी साँस। चेतना का कोई लक्षण नहीं।

इस तरह बैठे-बैठे एकाएक उसके जी में आया, वह यहाँ बैठा क्यों है ? सुपवित्र और जवा, इन दोनों के बीच वह अब तक एक बहुत बड़ी बाधा-सा है। क्यों अपने अस्तित्व के बोझ से वह इन लोगों को दुखा रहा है ? अपने को वह सहज ही गायब तो कर सकता है। जवा के जीवन में भूतनाथ तो एक आकस्मिकता है। यों कहो कि कभी, किसी मौके पर उसने अपने मन-प्राण को किसी के हाथ बेचा नहीं है। उनको

जीवन-सम्बन्ध की किसी गाँठ से जोड़ा नहीं गया। इसे सच मान लेने से ही तो सब चुक जाए। जो उसकी दुराशा ही थी, मुट्ठी में आने के बाद भी उसे दुराशा समझकर खिसक पड़े, बस। कोई कुछ कहनेवाला नहीं, शिकवा-शिकायत करनेवाला नहीं। किसी को चोट नहीं पहुँचेगी। पहुँचेगी भी तो खुद उसी को। सोच ले कि यह पानी पर का निशान है। पानी के निशान को जो स्थायी मानते हैं, वे अज्ञान हैं। अपने जीवन में उसने बहुत देखा, बहुत-बहुत राह तै करके तब आज यहाँ आकर खड़ा हुआ है। उसे मालूम है, दुःख क्या होता है, जानता है, चोट कैसी भयानक होती है, आश्रय की ज़रूरत जब सबसे ज़्यादा होती है, तब आश्रय कितना दुर्लभ होता है। लेकिन उसे यह भी मालूम है कि सच्चा सुख पाने में नहीं है। मनुष्य की आत्मा सत्य को ज्ञान से उपलब्ध करती है। वह जब अपने आत्मीय-स्वजन, बन्धु-बान्धवों से मिलता है, तो उसे अपनी सार्थकता का एक रूप दिखाई पड़ता है। इसी से सुविनय बाबू कहा करते थे--आत्मा का जो परिपूर्ण सत्य है, वह परमात्मा में है। अपना 'मैं' एकमात्र उस महा 'मैं' में ही सार्थक होता है। ठीक इसी तरह जब हम सत्य को जानते हैं, तो उस अखंड सत्य में ही सारी खंडता को जानते हैं। उन्होंने यह भी कहा था--जिसने खंड में से अखंड की उपलब्धि की है, सुखी वही है। वह जो आनन्द होता है, वही प्रेम है। वह प्रेम बाँधकर नहीं रखता। उसी प्रेम में मुक्ति है--सभी आसक्तियों की मुक्ति। उसी मृत्यु के सत्कार का मन्त्र है--

मधुवाता ऋतायते--
मधु क्षरन्ति सिन्धव।

जवा के कमरे में बैठे-बैठे भूतनाथ को लगा, वह अभी, इसी क्षण सब त्याग सकता है। कहीं कोई आकर्षण नहीं। जवा को चूँकि वह प्यार करता है, इसीलिए उसे इतनी आसानी से खो सकता है। खंड को वह नए सिरे से अखंड में प्राप्त करेगा। नए सिरे से महाजीवन को पाएगा।

सहसा मानो जवा जग गई। हिली ज़रा। होंठ ज़रा काँप उठे। एक बार आँखें खोलने की कोशिश की। चेहरे से ऐसा प्रतीत हुआ, मानो एकाएक वह स्वस्थ और स्वाभाविक हो उठी।

भूतनाथ धीरे-धीरे जवा की मेज़ पर जा बैठा। कागज़-कलम उठाकर एक चिट्ठी लिखने लगा।

तन्द्रा में जवा इधर-उधर करवट बदल रही थी। चेतना लौट रही थी। आँखें खुल रही थीं। थोड़ी-थोड़ी रोशनी में उसकी नज़र ठीक जगह पर टिक नहीं रही थी।

बगल के कमरे में सुपवित्र सो रहा था। करीब जाकर भूतनाथ ने जल्दी से पुकारा--सुपवित्र बाबू, सुपवित्र बाबू--

धड़धड़ाकर सुपवित्र उठा--क्या बात है ? कैसी है जवा ? भूतनाथ ने कहा--जवा आपको बुला रही है।

--मुझे बुला रही है ?--सुपवित्र ने आँखें पोंछ ली थीं, फिर भी मानो अच्छी तरह जगा न था। मानो जवा का ही सपना देख रहा था अब तक। लगा, गलत सुना।

पूछा—मुझे ?

—हाँ, आपको।

—लेकिन ठीक सुना आपने, मुझको... ?

—मैंने ठीक सुना है।

—लेकिन यह हो कैसे सकता है ! मुझे देखने से उसकी बीमारी बढ़ जा सकती है भूतनाथ बाबू ! बार-बार उसने मुझे आने को मना किया था। मैं आया हूँ, यह भी तो मालूम नहीं उसे !

—जो भी हो, मैं कह रहा हूँ, आप जाइए।

सुपवित्र को मानो इतनी ज़्यादा उम्मीद न थी। आशा से कहीं अधिक मिला मानो। विश्वास नहीं हो रहा था। नन्हे बच्चे-जैसा मुखड़ा रँग गया शर्म से। नए अनुराग की शर्म। वह रूमाल से अपना मुँह पोंछने लगा फिर से। जाते हुए भी हिचक होने लगी। बोला—और आप नहीं जाएँगे ?

—नहीं, अकेले आपको बुलाया है।

—अकेले ?

—हाँ, घबराएँ नहीं, अब वह ठीक है। बने तो सवेरे ज़रा दूध दीजिएगा। बहुत कमज़ोर लग रही है।

सुपवित्र जा रहा था।

भूतनाथ ने पुकारा—सुनिए।

सुपवित्र लौटकर खड़ा हुआ। भूतनाथ ने कहा—जवा की तबीयत ठीक हो तो यह चिट्ठी उसे दे दीजिएगा। भला !

—आपकी चिट्ठी ?

—हाँ, मुझे ज़रूरी काम है इसलिए जा रहा हूँ। कल फिर आऊँगा। कुछ दिन आप उसकी बराबर निगरानी रखें। वह बड़ी स्वाभिमानिनी है, पता है न ? सभी बात का बाहरी अर्थ लेकर उसका विचार न कीजिएगा, उसे मैं आपके हाथों सौंपकर जा रहा हूँ।

दरवाज़ा खोलने गई तो नौकरानी ने पूछा—फिर कब आएँगे भैयाजी ?

—मैं अब नहीं आऊँगा। लेकिन कहते-कहते अपने को तुरत सँभाल लिया। बोला—कल ही आऊँगा।

नौकरानी ने अन्दर से दरवाज़ा बन्द कर लिया।

रात काफी बाकी थी। कलकत्ते का प्राण-समुद्र थिर, तरंगहीन पड़ा था। भूतनाथ ने उस अदृश्य अपरूप को मन-ही-मन प्रणाम किया। बोला—हे अमृत, मेरा प्रणाम लो। तुम्हारे अनोखे आनन्दरूप के बीच उस अपरूप अरूप को मैं प्रणाम करता हूँ। मैंने तुम्हीं को पाया—पाया तुम्हारे अनन्त प्रेम को। सुख-दुःख, विपदा-सम्पदा, लोक-लोकान्तर में मैंने तुम्हें पाया। यह संसार अब मुझे पीड़ा और थकावट नहीं दे सकता। यह विश्व-संसार ही मेरा प्रेम है। यहीं नित्य से अनित्य का योग है, आनन्त से अमृत का। यहीं विरह-मिलन के बीच, पाने-खोने की अनेक अड़चनों के बीच, तरह-तरह से तुम्हें

पाया है, पाया है, तुम्हें पाकर भी, खोकर भी—मेरी यह प्राप्ति विभिन्न रसों, विभन्न रंगों में अक्षय, अव्यय रहे। नमस्तेऽतु...

चाँदनी के अस्पताल में पड़ा-पड़ा भूतनाथ अपनी ही चिन्ता में डूब जाता।

बीच-बीच में नर्स आकर माथे की पट्टी बदल दे जाती। यहीं कुछ दिन हुए, होश हुआ है। ये दिन कैसे कटे, दिन-रात के जुलूस एक-एक करके कैसे, किधर से गुज़र गए, खाक भी खबर नहीं। अब मानो पहले की एक-एक घटना सोची जा सकती है। कलकत्ते से बेशक उसका परिचय घनिष्ठ है। एक प्राचीन वंश का उत्थान न सही, पतन तो उसने अपनी आँखों देखा है। किसी और दिन की बात याद आ जाती। मुगल-शासन के बीचों-बीच की बात। सुबह से आसमान घनी घटाओं से घिरा। सप्तग्राम का पतन हो चुका था। हुगली सनसनाती बढ़ रही थी। पाल ताने कई जहाज़ साँकरेल घाट से चले जा रहे थे। साथ में कुछ डोंगियाँ, बोट। उन दिनों साँझ को सूतानूटी, गोविन्दपुर और कलकत्ते में उतरे, ऐसा साहस किसे था ! कहने को सूतानूटी में टिमटिमाती-सी एक हाट थी। वहाँ सेठ और बसाक रहा करते थे। वहाँ उनका सूता और कपड़े का कारोबार था। बाहर से खरीदने के लिए बहुत-से लोग आते थे। अंग्रेज़, पुर्तगाली, दिनेमार। वर्षा की उस रात में साँकरेल के घाट से चले हुए वे जहाज़ खिदिरपुर के पास से होकर सूतानूटी के घाट में आ लगे। डोंगियों के किनारे आकर लोगों ने देखा—सत्यानाश हो गया है ! उनकी कोठियाँ, उनके छप्परवाले घर कहाँ हैं ! आँधी सबको उठा ले गई थी। नाम-निशान तक नहीं। जॉब चार्नक फिर जहाज़ पर लौटा। बोला—आज की रात जहाज़ पर ही बितानी पड़ेगी। उस दिन सूतानूटी की भूमि पर जॉब चार्नक के पाँव रखने जितनी भी ज़मीन न थी। परन्तु दूसरे दिन किराए पर एक कोठी ली गई। सेठों और बसाकों ने उन लोगों को सादर बसाया। रुपए कर्ज़ दिए, ज़मीन दी, घर दिया और शुरू हो गया इतिहास का नया अध्याय।

यह कहानी सन् सोलह सौ नब्बे, चौबीस अगस्त की है।

उन दिनों की बात जाने कब के भूल चुके हैं लोग ! पहले घर खोदने से पुराने पेड़ों की जड़ें, सुन्दर लकड़ियों का ढेर मिला करता था। कहीं पानी निकलता और कहीं आदमी की ठठरी ! जाने कब डकैतों ने मारकर उन्हें गाड़ दिया था। ये बातें भूल चुके हैं लोग। उसके बाद हुई शोभासिंह की बगावत, औरंगज़ेब के दरबार में इंडिया कम्पनी का प्रतिनिधि—विलियम मॉरिस—पहुँचा। उसके बाद मुर्शिद कुली खाँ का ज़माना, कम्पनी द्वारा पहली ज़मींदारी की नींव, वर्गियों का हंगामा, नवाब सिराजुद्दौला, प्लासी की लड़ाई, वारेन हेस्टिंग्स, लार्ड कार्नवालिस और लार्ड बेंटिंक के बाद लार्ड कर्ज़न, लार्ड हार्डिज। उधर कांग्रेस में दलबन्दी शुरू हुई। कुली-कानून पास हुआ। मुसलमानों के लिए अलग आसन की व्यवस्था हुई। दिल्ली-दरबार हुआ। वंग-भंग टूटा। दिल्ली के बड़े लाट लार्ड हार्डिंज पर बम फेंका गया। शायद वह सन् उन्नीस सौ बारह का तेईस दिसम्बर था। और उधर भूमिपति चौधरी से सूर्यमणि चौधरी, उसके बाद वैदूर्यमणि, हिरण्यमणि और

कौस्तुभमणि, उसके छोर पर शायद चूड़ामणि !

बहुत-बहुत रास्ता पार कर चुका भूतनाथ।

अस्पताल की खाट पर सारी बातों को सोचते-सोचते डूब जाता भूतनाथ।

उस दिन जवा के यहाँ से लौटकर ज्योंही बड़े महल में कदम रखा, वंशी ने कहा—किस फिक्र में डाल दिया था आपने हुजूर—कहाँ रहे रात-भर ?

भूतनाथ ने पूछा—छोटी बहू ढूँढ़ रही थी क्या ?

—ढूँढ़ती नहीं ? रात-भर मैं करवटें बदलता रहा, साँझ-भर घर और बाहर करता रहा—आप अजीब हैं, छोटी माँ से शायद कह गए थे कि बहू को लाने जा रहा हूँ।

भूतनाथ ने पूछा—पान-सुपारी लाकर रखा या नहीं ?

—वह तो कल से सूख रहा है हुजूर !

भूतनाथ बोला—तो फिर कोई किराए की गाड़ी ले आ वंशी !

वंशी ने पूछा—अभी ही जाएँगे क्या ?

—हाँ, सवेरे-ही-सवेरे चल देना अच्छा।

—ठीक ही है। बेनी से वह जो सुना, तब से कुछ अच्छा नहीं लग रहा है। जो बिगड़े हैं मँझले बाबू...तो रसोई हो जाए, खा-पीकर चल दीजिए, यही दो-तीन बजे तक।

भूतनाथ बोला—लेकिन छोटी बहू से कह दे, पहले से ही तैयार रहें।

भूतनाथ के मन में भी आया था कि कहीं कल की बात छोटी बहू पूछ बैठे। पूछे कि भूतनाथ, बहू कहाँ है ? तो क्या जवाब देगा ?

वंशी बोला—पहले यह देखें कि छोटी माँ आज जा भी सकेंगी कि नहीं। जो हालत है उनकी।

भूतनाथ अवाक् हो गया—क्यों ?

—बार-बार लाने जाना पड़ता था, इसलिए कल मैं एक साथ ही दो बोतल उठा लाया। लेकिन रात ही दोनों बोतल चढ़ा गईं। आज सवेरे भी पी। थोड़ी देर पहले देख आया—पड़ी हैं—कपड़ों का भी होश नहीं। बेकाबू। ऐसे में उन्हें लेकर बरानगर तक आप जाएँगे कैसे ?

भूतनाथ जब कमरे में पहुँचा, तब भी हाल वही था। ज़रा-सा अच्छा। आप ही उठ खड़ी हुईं। कल की बात कुछ याद न थी।

छोटी बहू ने पूछा—साड़ी कौन-सी पहनूँ ?

आज कहीं का कोई खयाल न था।

चिन्ता ने उन्हें पहना-ओढ़ा दिया। गले में चेन-हार। जूड़ा बाँधा। जूड़े में खोंस दी वही 'पति परम गुरु' वाली सोने की कंघी। कान में इत्र का फाहा। कमर में मीनावाली सोने की लड़ें।

भूतनाथ ने पूछा था—ठीक चल तो सकोगी ? न हो तो आज रहने दें।

छोटी बहू ने कहा—बखूबी जा सकूँगी।

सीढ़ी से उतरते वक्त भी थोड़ा-बहुत लड़खड़ा रही थी छोटी बहू। बोली—मियाँजान

से कह देना—गाड़ी खूब तेज़ ले जाए। गई और आई। छोटे बाबू यहाँ अकेले ही रहे—देखना वंशी ! फिर बोली—अगर पूछें तो कह देना, मैं यहीं हूँ।

वंशी ने कान के पास मुँह ले जाकर पूछा—साले साहब, दुहाई आपकी, ज्यादा रात न हो, यहीं तो साँझ हो गई, कहें तो मैं साथ चलूँ ?

—न। तुम जाओगे तो छोटे बाबू को कौन देखेगा ?

पान-सुपारी की पोटरी वंशी ने गाड़ी के एक कोने में रख दी थी। पिछले दरवाज़े पर गाड़ी आकर खड़ी हुई। सीढ़ी से उतरकर छोटी बहू उसमें जा बैठी। कहा—मियाँजान से कह दे वंशी, तेज़ चलाए, छोटे बाबू अकेले रहे...

मगर मियाँजान कहाँ ! वंशी इतना बोला—आप कुछ सोचें नहीं छोटी माँ !

छोटी बहू ने फिर कहा—चिन्ता से कह देना, शाम को मेरे कमरे में धूप जलाए, गंगाजल छिड़के...

उसके बाद छोटी बहू ने गाड़ी के अन्दर से कहा था—घर में कोई आहट—आवाज़ नहीं है। लगता है, रात ज्यादा हो गई, सब सो गए शायद।

गाड़ी ज्यों ही चली, एक झटका लगा। गिर ही पड़ती छोटी बहू। ऐन मौके पर भूतनाथ ने थाम लिया।

छोटी बहू बोली—मियाँजान, आजकल गाड़ी चलाना भूल गया क्या ?

भूतनाथ कुछ न बोला। छोटी बहू को देखकर आज उसे मानो डर लगने लगा। आँखें लाल। सर्वाङ्ग शिथिल। दोनों हाथों भूतनाथ ने पकड़ रखा था। मानो छोड़ते ही गिर पड़ेगी। गाड़ी विभिन्न रास्तों से चली जा रही थी। कहाँ बहू बाज़ार, कहाँ बैठकखाना ! समझ नहीं आया, किधर से जा रही है। गाड़ी की खिड़कियाँ और दरवाज़े बन्द। बाहर रात। अब-अब करते-करते छोटी बहू के चलते ही रात हो गई। सीधी खड़ी ही नहीं हो पा रही थी। अन्त में नहाकर, माथे पर बर्फ रखकर, तब खड़ी हो सकी। लेकिन आज अगर न होता, तो जाना हो सकता फिर कभी ! दिन-रात छोटे बाबू की हालत और बिगड़ रही है। घर में तंगी भी बढ़ रही है। ऐसे में कब तक रखा जा सकता है ! कब तक परमायु बढ़ाई जा सकती है। छोटी बहू भी कब से कहती आ रही थी ! अन्त तक राम का ही भरोसा। अचानक छोटी बहू भूतनाथ की गोद में लुढ़क पड़ी। कहा—तेरी ही गोद में सोती हूँ भूतनाथ !

छोटी बहू को गोद में लिए भूतनाथ पंगु-सा बैठा रहा। बोला—सो जाओ। बरानगर पहुँचने पर जगा दूँगा।

छोटी बहू ने कहा—बड़ी नींद आ रही है रे भूतनाथ !

भूतनाथ बोला—तो सो जाओ न !

—नींद न खुले तो पुकार लेना तू।

याद आने पर आज भी भूतनाथ सोचता है, उस रोज़ की वह नींद अन्तिम होगी, कौन जानता था ! कौन जानता था, वह नींद तोड़ने की ज़िम्मेदारी भूतनाथ की न थी। थी मँझले बाबू के गुंडों की। गाड़ी जब काफी दूर निकल गई, तो बहुत-से लोगों का

शोर सुनाई पड़ा। हो-हल्ला। डकैती होने पर जैसा शोर-गुल होता है। गाड़ी अचानक रुक गई। और उसी अन्धकार में दोनों तरफ के दरवाज़े खोलकर कौन लोग तो अन्दर घुस आए ! भूतनाथ शायद रोकना चाहता था, लेकिन किधर से आकर किसी अलक्षित हाथ ने ज़ोरों के एक आघात से सुला दिया—उसके बाद कुछ भी याद नहीं।

उसके बाद जाने कितने दिनों पर इस अस्पताल में उसे होश आया। धीर-धीरे सारी बातें याद आ रही हैं। कहाँ गई छोटी बहू ! कैसी है वह ! समाचार पाकर वंशी लेकिन एक दिन आया था।

वंशी बोला—साले साहब !

वंशी को देखकर भूतनाथ अवाक् रह गया था। कहा—वंशी, तुम !

—जी ! कोई खबर थोड़े ही मिलती थी ! रात-भर बैठा रहा। पता नहीं आपका। गाड़ी भी न लौटी। कैसा डर लगने लगा ! ऐसा तो नहीं होता। छोटे बाबू वैसे ही निश्चेष्ट पड़े थे। फिर आँगन में निकला। निकलकर रास्ते पर दूर तक नज़र दौड़ाई। गाड़ी का कहीं पता नहीं। रास्ते में सन्नाटा हो गया। ऊपर चिन्ता और नीचे मैं। दोनों रात-भर बैठे रहे। सुबह शायद ज़रा आँख लगी थी। नींद में ऐसा लगा, आसपास सब्बल से कुछ लोग मिट्टी कोड़ रहे हैं, ईंट उखाड़ रहे हैं—ढँग-ढँग, धप्प-धुप्प आवाज़। लग रहा था कोई शायद...

वंशी रुका। अचानक दोनों हाथों से अपनी आँखें छिपा लीं। उसके बाद कोई बात नहीं। रोने लगा।

भूतनाथ को कैसा तो शक हुआ। बोला—वंशी, वंशी...

वंशी ने फिर भी गरदन न उठाई।

भूतनाथ ने पूछा—छोटी बहू कैसी है वंशी, बता, बता...

रोते-रोते वंशी बोला—छोटी माँ नहीं रहीं हुजूर !

—छोटी बहू नहीं रही !

—नहीं हुज़ूर, छोटी माँ कहीं न रहीं। कोई डेढ़ बजे खाली गाड़ी और घोड़ों को लेकर पुलिस के लोग बड़े महल के प्रांगण में पहुँचे। कोचवान को किसी अस्पताल में भेज दिया था। गाड़ी को देखते ही मैं दौड़ा-दौड़ा गया। सोचा, आप और छोटी माँ अन्दर होंगे। जाकर देखा, गाड़ी के भीतर तमाम लहू—देखते ही मुझ पर जैसे गाज गिरी। पूछा—साले साहब कहाँ हैं ! छोटी माँ कहाँ है ?

—फिर ?

—भला नौकर को कुछ बता सकते हैं वे लोग ? पूछा—तुम्हारे बाबू कहाँ हैं ?

मैंने कहा—हमारे छोटे बाबू क्या अब आदमी हैं हुज़ूर ! मैंने ले जाकर दिखा दिया। देखकर समझ गए वे। मँझले बाबू को खबर दी, नन्हे बाबू को समाचार भेजा। मँझले बाबू ने जाने पुलिस से क्या फुस-फुस बातें कीं—मैं खाक समझूँ ! दरोगा को मँझले बाबू ने क्या-क्या समझा दिया। कापी में दर्ज करके वह सिपाहियों को लेकर चला गया। मैंने जाकर मँझले बाबू से पूछा—हमारी छोटी माँ का क्या हुआ हुज़ूर ? मँझले बाबू ने फटकार

बताई—हट्, भाग यहाँ से !

फिर किससे पूछूँ और कौन तो बताए ! मैं और चिन्ता, दोनों भाई-बहिन छोटी माँ के यशोदादुलाल के सामने सिर पीटते रहे। देवता क्या पत्थर ! इसी तरह दिन कटने लगे। उसके बाद एक दिन मँझले बाबू की चिट्ठी लेकर बेनी आया। उसी से मालूम हुआ कि आप इस अस्पताल में हैं।

—और छोटी बहू ?

—वे कहाँ हैं, यही जानने के लिए तो आया। सोचा, आपको ज़रूर उनका पता होगा। आप मुझे बता दें हुज़ूर, कहाँ जाऊँ कि मुझे छोटी माँ मिलें ? मुझे अपनी माँ न थी, अपनी माँ को इन आँखों कभी नहीं देखा—जब एक महीने का था, तभी उसे खो बैठा। अब क्या होगा हुज़ूर ?

उसके बाद बहुत दिन बीत गए। नखतों से भरे आसमान की तरफ देखते हुए भी भूतनाथ ने बहुत-से प्रश्न पूछे। दिन के सुनील आकाश की तरफ देखकर भी सवाल किया। पूछा रात के घने अँधेरे से। पूछा अदृश्य अन्तरात्मा से। अस्पताल की चारदीवारी के अन्दर पड़े-पड़े जहाँ जितने देवता हैं, सबसे पूछा। प्रार्थना की कि छोटी बहू चाहे जहाँ भी हो, वह स्वस्थ रहे, सुखी रहे, उसका कल्याण हो, मंगल हो।

उसके बाद से वंशी बीच-बीच में आता। उसकी खाट के पायों के पास बैठकर चुपचाप रोता। मुँह से कुछ बोलता नहीं। मानो उसे किसी पर कोई अभियोग नहीं था। फिर घंटा बजते ही चुपचाप चला जाता।

अस्पताल से निकलने के कुछ दिन पहले एक रोज़ अचानक फिर आया वंशी। उसकी शक्ल देखकर भूतनाथ भी अवाक् रह गया था। बदन में कुरता। छोर झुलाकर धोती पहने था। हाथ में रंग उखड़ा हुआ एक टिन का बक्सा। ज़ोर-ज़ोर से रोता हुआ अन्दर आया। उसके पाँव के पास माथा टेककर बोला—चल दिया हुज़ूर !

—कहाँ चले वंशी ?

उसी तरह रोते-रोते वह बोला—जी, अपने गाँव जा रहा हूँ।

—गाँव ?—सुनकर भूतनाथ को कुछ कम अचरज न हुआ। पूछा—तो छोटे बाबू को कौन देखेगा ?

वंशी का गला जैसे रुँधता आ रहा था। बोला—छोटे बाबू नहीं रहे हुज़ूर !

—नहीं रहे ?

वंशी से ही यह सुना।

उस रोज़ सुबह से ही बारिश हो रही थी। काई-पड़ी दीवार पर कौआ लगातार काँव-काँव करता ही जा रहा था। वंशी गुस्से से आग हो उठा। बोला—चुप भी रह कम्बख्त—और कहीं जगह नहीं मिली चीखने की !

वंशी को तब भी पता न था, पता न था कि वह कौआ कौन-सा दुःसंवाद ले आया है। वह चुपचाप काम-काज करता जा रहा था। काम भी क्या ! चिन्ता ऊपर का काम करती। देवता का नियमित भोग। साड़ियों को सम्हालकर रखना। अलमारी और पलंग

की धूल झाड़ना। छोटी माँ को धूल नहीं बर्दाश्त होती। कभी आ जाएँ तो कहेंगे—मैं नहीं रहूँ तो मेरा कमरा इतना गन्दा रखेगी तू ? मैं क्या मर गई ?

मँझली चाची रसोई में वैसी ही व्यस्त। एक ही तो खाने वाला। उसे भी कुछ रुचता नहीं। मुँह में कौर रखते ही थू-थू।

परसी थाली ले जाकर वंशी आवाज़ देता—छोटे बाबू—छोटे बाबू—जगे हों तो ठीक। न जगे हों तो मुसीबत। जगाने में एक घंटा। बदन में हाथ लगाकर ठेलना पड़ता। जगकर भी नेग निभाना। लेकिन उसी ज़रा-से के लिए वंशी की दुर्गत का अन्त नहीं।

छोटे बाबू बिगड़ उठते। कहते—नहीं खाऊँगा। भूख नहीं है। जा।

वंशी कहता—खा लीजिए हुजूर, नहीं खाने से सेहत कैसे टिकेगी।

वास्तव में उनका शरीर टिका ही हुआ था। हँसते नहीं कभी। दो कौर मुँह में देकर वंशी उन्हें तकिए के सहारे लिटा देता। कहता—खाने के बाद सोइए न हुजूर, वात होता है।

उस रोज़ भी रोज़ की तरह वंशी भोजन लेकर गया।

जाकर पुकारा—भोजन ले आया हुजूर, उठिए—

कोई जवाब नहीं।

फिर पुकारा—भोजन ठंडा हो गया हुजूर, उठिए—

हुजूर का फिर भी जवाब नहीं। वंशी हाथ लगाकर उन्हें उठाने लगा। बदन पर हाथ रखना था कि वह दस हाथ पीछे हट आया। सारा शरीर बर्फ हो गया था—ठंडा। फिर नज़र पड़ा, एक चींटी उनके होंठ पर चल रही थी। वंशी के हाथ से थाली छूट गई। उस आवाज़ से वह और भी चौंक उठा। सारा घर भूकम्प-सा काँप रहा था। वंशी को होश न रहा।

रोते-रोते वंशी ने जो कुछ सुनाया, बड़ा दर्दनाक था वह। बोला—अन्त तक मुझे पता भी न चला हुजूर...अपना नसीब। वह और न कह सका। रो पड़ा।

भूतनाथ भी बड़ी देर तक कुछ बोल न सका। वंशी ने कहा—कल पटलडाँगा के बाबू लोग आए थे, मँझले बाबू भी आए थे, नन्हे बाबू भी आए थे। सारा सामान उन्हें बताकर मैंने कुंजी दे दी। मँझली चाची को दत्त बाबू के यहाँ काम मिल गया। वह वहीं चली गई। मैं अपने गाँव चला।

उसने एक बार और प्रणाम करके कहा—अब चलूँ हुजूर, गाड़ी का टैम हो रहा है। चिन्ता को बाहर ही छोड़ आया हूँ...

भूतनाथ ने फिर उसे पुकारा—वंशी...

—जी !

वंशी लौटा। बोला—मुझे कह रहे थे ?

भूतनाथ ने पूछा—तुम्हारी छोटी माँ की फिर कोई खबर मिली ?

—कहाँ मिली हुजूर ! इतने दिन हो गए। कोई कुछ नहीं जानता। छोटे बाबू से भी पूछा था, कुछ न मालूम हो सका। छोटे बाबू भी गज़ब के आदमी हुजूर ! ज़रा भी न रोए। किसी से पूछा तक नहीं आखिर वह गई कहाँ ?

ज़रा रुककर फिर बोला—सुख के लिए कलकत्ता आया था, लेकिन अपने नसीब में सुख बदा नहीं हुज़ूर ! माँ-बाप दोनों को खोया। मैं एक बदनसीब हूँ, इसके सिवा और क्या...

वंशी चला गया। भूतनाथ ने अस्पताल से बाहर निगाह दौड़ाकर देखा—बहुत नीचे, रास्ते पर काफी भीड़ थी। महाकाल का बिखरा-बिखरा जुलूस चल रहा था। जाने कौन अदृश्य हाथ महाकाल के रथ को हाँक रहा था। कितने कल-कारखाने, युद्ध-विग्रह, कितनी अजीब हलचल आसमान को मथ रही थी। इन सबकी भीड़ में चिन्ता और वंशी कहाँ खो गए, पता न चला। लगा, उन्हीं में कहाँ तो एक पल में सब खो गए। मगर बात तो महज़ उस दिन की है। एक लड़का निरा असहाय-सा स्यालदा स्टेशन पर आकर उतरा था। उसके बाद मिलन और विरह से, जीवन और मृत्यु से कितनी बार आकाश उज्ज्वल हो उठा। कितनी बार जीवन कड़वा हो उठा, प्राण उज्ज्वल हुए, दिन दमके और फिर कभी रात की तरह मलिन हो आया प्राण का क्षितिज, क्षीण हो आया कण्ठ का गीत। लगा, फिर भी उसने मनुष्य के सत्य को ढकने नहीं दिया। उसकी सारी कामना-वासना, भूख-प्यास, अर्जन-वर्जन में वह सत्य समुज्ज्वल रहा है। कितनी भाषा वह बोलता है, कितने देशों में, कितने रूपों और युगों में वह मनुष्य के प्रयोजनों पर जाग्रत होकर जीवन्त है। कितने तर्क ऐसे चोट पहुँचाते हैं, कितने संशय उसे स्वीकारते नहीं, फिर भी वह है। सभी मनुष्यों में वह जीवित है। वह कहता है—अपने को पहचानो, अपने-आपको खोजो...आत्मानं विद्धि—

भूतनाथ बड़ी देर तक उसी तरह नीचे देखता रहा। सुबह से साँझ हो गई। आज उसे निवारण की बात याद नहीं आई, ब्रजराखाल, ननीलाल, नन्हे बाबू—आज विशेष रूप से इनमें से किसी की याद नहीं आई। याद नहीं आए मँझले बाबू, छोटे बाबू, बेनी, शशि, गिरि, सिंधु—कोई भी। और भी असंख्य अनेक आदमियों की याद नहीं आई। याद आई सिर्फ दो जनों की। जिस दिन उन्हें वह मानव की महायात्रा के जुलूस में मिला दे सकेगा, उसकी असली सिद्धि उसी दिन होगी। उसी दिन उसका भूतनाथ नाम सफल होगा, भोलानाथ नाम सार्थक होगा।

देखते-देखते कलकत्ते के आकाश की आभा बुझ गई। एक दल कबूतर उड़कर आया और एक छत पर उसने बसेरा लिया। किसी की छत पर सीझ की डालें ऊपर को फैली थीं। एक पतंग उड़कर रास्ते पर गिर रही थी। उसके बाद शहर के ऊपर जहाँ एक नज़र जाती—हरियाली की भीड़। हरे पेड़, हरे पत्तों का घेरा। वहाँ पर शहर शायद खत्म हो गया। नीले आसमान पर इंजन का मुट्ठी-भर धुआँ अटक गया था। उधर ताड़ के कई पेड़ सिर ऊँचा किए चौकन्ने पहरेदार-से शायद पहरा दे रहे थे। कुछ निशाचर चिड़ियाँ शहर से जंगल की तरफ उड़ी जा रही थीं। दिन को फिर शायद लौट आएँगी। उसके बाद आकाश में एक तारा उगा। उसके बाद फिर एक। उसके बाद फिर एक। धरती की हलचल थमती आ रही थी। प्रशान्त आकाश। एक टुकड़ा आवाज़। एक दल नींद। उसके बाद और कुछ नहीं...

उपकहानी

भूतनाथ की कहानी खत्म हो गई। खत्म हो गया उन्नीसवीं और बीसवीं सदी के एक परिच्छेद का भग्नांश। खत्म हो गया बहुतेरे चढ़ाव-उतार, बहुतेरे बनने-बिगड़ने का इतिहास। फिर भी मानो सब-कुछ समाप्त नहीं हो गया। तब भी वनमाली सरकार गली से दफ्तर के बाबू लोग पान चबाते हुए जल्दी में जाया करते। गली-भर पार की कि सीधा रास्ता। बहू बाज़ार से चलकर वनमाली सरकार लेन में घुस जाइए—आड़े-टेढ़े सीधे पश्चिम को बड़ा रास्ता मिलेगा। बाईं तरफ को बड़ा महल और दाईं ओर छोटी-छोटी दूकानों की कतार। टिन के छोटे चलिए के नीचे वांछा की पकौड़ी की दूकान। वांछा नहीं रहा। उसका बेटा अधर। अधर का बेटा अक्रूर अब दूकान पर बैठा है। अक्रूर की पकौड़ियों की इस इलाके में शोहरत है। सर्दियों में सुबह से ही दूकान पर भीड़ जम जाती है। कड़ाह में बैंगनी डालने तक का मौका नहीं देते खरीदार। घेरे लेते चारों तरफ से—पहले मुझे दे—मुझे—चाय का पानी घर में उबल रहा है। उसके आगे गुरुपदो दे की दुकान—स्वदेशी बाज़ार। विदेशी चीज़ दूकान की चौहद्दी में नहीं आ सकती—ऐसा ही नियम है उसका। मोटी खादी का कुरता और धोती पहने गुरुपदो अपने हाथों सामान बेचता। कहता—आप लोग प्रतिज्ञा करें कि आज से विलायती सामान नहीं खरीदेंगे, नहीं छूएँगे, प्रतिज्ञा करें। इसके बिना स्वराज्य नहीं आ सकता !

उसके बाद त्रिकालदर्शी राजज्योतिषी श्रीमान् अनन्त हरि भट्टाचार्य का 'श्री श्रीमहाकाली आश्रम'। इस घोर कलयुग के मिलावट के ज़माने में भी एक असली नवग्रह कवच वे कैसे जो सिर्फ तेरह रुपए साढ़े पन्द्रह आने में देते हैं, यही ताज्जुब है ! उसके आगे है मुहल्ले के छोकरों का 'सबुज संघ'। उसके बाद 'पवित्र खद्दर भंडार'। खादी तो बाज़ार में बहुत किस्म की मिलती है, लेकिन आपको शुद्ध खादी चाहिए, तो वहीं जाना पड़ेगा। उसके आगे है बेनी सुनार की सोने-चाँदी की दूकान। उसके आगे मोड़ पर भड़भूजे का कोठा। होली के महीने-भर पहले से झाल बजाकर मुहल्ले को गुँजा देता है।

यह हुई रास्ते की दाईं तरफ की कहानी।

बाईं तरफ का वह बड़ा महल तब भी था। पटलडाँगा के बाबुओं ने छोटे-छोटे कमरे बनाकर किराएदार बसाए थे। दो कमरे और एक रसोई। इन्तज़ाम अच्छा ही था। नल पर धूप आती। किराएदारों की हलचल से मुहल्ला रात-दिन गुलज़ार रहता। बाहर

की तरफ भी थोड़ा-वहुत रद्दोवदल करके कुछ किराएदारों को दिया गया था। वहाँ कभी-कभी शाम को गाना-बजाना जमता। नन्हे बाबू जैसी जमी-जमाई महफिल नहीं। परदे की आड़ में भंग-ठंडाई का इन्तज़ाम नहीं। लेकिन मियाँ की मल्हार-जैसी कठिन रागिनी की चर्चा होती। गीत के साथ विलम्बित लय में मध्यमान ठेका चलता। और बहुत हुआ तो पान-तम्बाकू-किमाम। इससे ज्यादा नहीं।

यह रही बनमाली सरकार लेन की कहानी—जिसके नाम की गली का किस्सा सुना रहा हूँ।

लेकिन उस समय तक बहुत हेर-फेर हो चुके थे। दिल्ली की गद्दी पर आसीन होने के दिन किसी ने लार्ड हार्डिंज पर बम फेंका। सबने कहा—करतूत किसी बंगाली की है। बंगाली की है। बंगाली के सिवाय यह काम कौन करेगा ! पर बड़े लाट बच गए। मरा उनका महावत। दस करोड़ रुपए की लागत पर दिल्ली में नई राजधानी बना। नया इन्द्रप्रस्थ। कब्रों पर खड़ा हुआ नया इन्द्रप्रस्थ। इस बीच लार्ड सिन्हा ने इस्तीफा दे दिया। बिहार के सर अली इमाम आए। लार्ड सिन्हा के खाली जूते में उन्होंने पाँव डाला। बिहार उनका अपना प्रदेश था। बिहार को अलग करने की धुन सवार हुई। बिहार के लिए अलग खाट, अलग विश्वविद्यालय, अलग हाईकोर्ट चाहिए। खैर बंग-भंग लेकिन रद्द हुआ। लोग इसी में खुश हो गए।

विलायत के टाइम्स ने लिखा—

'Bengal differs more from other Indian provinces than they differ from one another. Economic temperamental and social causes account for this difference. Caste is less powerful; a common literary language unites over forty million Bengalis. Even the Muslim community, who from a narrow majority of population are indisputably less divided both socially and politically from their Hindu countrymen than they are in other parts of India. The Bengali temperament, at one calculating and emotional, critical and enthusiastic, baffles other Indians almost as much as if puzzies British administrators.'

जो हो, नए लाट कारमाइकेल साहब आदमी बड़े भले थे। भला होने से क्या हो ! आते-न-आते छिड़ गई लड़ाई और एक फ्रांस के मोरचे पर ही भारत से चौबीस हज़ार लोग लड़ने गए।

बड़े-बूढ़े बरामदे पर बैठे 'हितवादी' पढ़ते और बातें करते। कहते, अबकी लड़ाई में चावल का भाव आठ रुपए मन हो जाएगा, देख लेना, मैं कह देता हूँ।

—अब जीने के लाले पड़ जाएँगे—रुपए में पाँच सेर दूध ! दिन-दहाड़े डाका !

सच ही, चीज़ों का दाम आग हो गया। चावल का भाव छह रुपए, आठ रुपए, फी रुपए पाँच सेर दूध, दस आने सेर गोश्त, तीन आने सेर दाल, तीन आने सेर सरसों का तेल, क्या खाएँ लोग ? क्या खाकर जिएँ ?

गोआबगान के मेस में भी चर्चा होती। यह सन् उन्नीस सौ चौदह के बीचोंबीच का ज़िक्र है।

इसी मेस में ओवरसियर भूतनाथ चक्रवर्ती से मेरी जान-पहचान हुई। जो कहानी मैंने--इस उपन्यास के लेखक ने--लिखी, उसके बहुत बाद मेरा जन्म हुआ। मैंने यह सब देखा नहीं, जानता भी नहीं। मेरे जानने की बातें भी नहीं हैं ये। भूतनाथ बाबू बूढ़े हो गए थे। नौकरी से रिटायर हो चुके थे। तिमंज़िले के एक छोटे-से कमरे में अकेले ही रहते थे। खूब तड़के उठते। क्या सरदी, क्या गरमी, सुबह पैदल गंगा नहाने जाया करते। लौटकर अन्दर से कमरे को बन्द कर लेते और क्या सब पूजा-पाठ करते। दोपहर को सीधे बैठकर गीता-पाठ करते, रामायण बाँचते। तीसरे पहर मुहल्ले की हरिसभा में जाकर कथा सुनते। जहाँ तक मुझे पता था, उनका यही रोज़ का काम था।

पता क्यों नहीं, मुझे वे चाहते थे। उन्होंने मुझसे कहा था, मेरी कहानी क्या किसी को अच्छी लगेगी ?

मैंने कहा--आप इजाज़त दें तो मैं लिखूँ ?

वे बोले--उस कहानी का यहीं तो अन्त नहीं, और भी है। न हो तो शेष भी जोड़ दीजिएगा उसमें।

बाकी मैंने उन्हीं से सुनी थी। शेष घटना का मेल कहानी से बैठेगा या नहीं, समझ नहीं सका, इसलिए उसे उपकहानी में जोड़ दिया।

और वह वनमाली सरकार लेन ? भूतनाथ बाबू से यह सुनने के बाद एक दिन देखने भी गया था बहू बाज़ार। पहचानना मुश्किल। कहाँ डेवढ़ी, कहाँ बगीचा, कहाँ खजांचीखाना, नौबतखाना, भिश्तीखाना, नाचघर और पूजाघर ! बड़े महल की एक ईंट का भी पता न चला। रास्ते के दोनों किनारे बड़ी-बड़ी इमारतें खड़ी हो गई हैं। सौ फुट चौड़ा रास्ता। बिजली के खम्भों की कतार। विराट् व्यापार ! किसी में मोटरों का शो-रूम, किसी में बीमा का दफ्तर। लोगों की ठेल-पेल। व्यस्तता। मिनट-भर में लाखों की बेची-खरीदगी। शाम को सीं-सों चलती मोटरें। कोई किसी की शक्ल नहीं पहचानता, नाम नहीं जानता, गोकि अगल-बगल रहते हैं। लिफ्ट से चढ़ते-उतरते हैं लोग। देखकर लगा, बड़े महल की मद्धिम ताल की जीवन-यात्रा के बाद ज़िन्दगी का आर्केस्ट्रा अचानक बड़ी तेज़ी से शुरू हो गया है। समय की गति बढ़ गई है--दिन मानो यहाँ छोटा हो आया है। वैदूर्यमणि कहने से अब कोई पहचान नहीं सकता। हिरण्यमणि का परिचय किसी को मालूम नहीं। कौस्तुभमणि की किसी ने परछाईं भी न देखी। यह हाल। पटलडाँगा के बाबुओं के हाथ से दस हाथों की हेरा-फेरी से वनमाली सरकार गली एक दूसरी ही दुनिया में बदल गई है।

और बार-शिमले के उस मकान को भी एक दिन देख आया मैं। दो-मुहानी पर खास बड़ा मकान बनवाया है सुपवित्र बाबू ने। वास्तव में बड़ा सुन्दर मकान है। अन्दर के लोग भी बेशक सुन्दर होंगे। साँझ हो चुकी थी। दुमंज़िले पर आर्गन बजाकर किसी लड़की को गाते सुना--

जीवन के कुंज में तुम्हारी ही रागिनी सदा गुंजित हो !

एक दिन भूतनाथ बाबू से पूछा था—उस रोज़ उस चिट्ठी में आप क्या लिखकर छोड़ आए थे।

भूतनाथ बाबू बोले—जीवन में वही एक बार झूठ की शरण ली। बार-बार सोचा, उसके अलावा दूसरा कोई चारा भी न था। मैंने लिखा था—हर प्रकार से छान-बीन के बाद मुझे पता चला कि अतुल चक्रवर्ती मर चुका है। उसके वंश में और कोई नहीं। तुम सुपवित्र से ब्याह करने में आपत्ति न करना...जल्दी में जाने और भी ऐसा ही क्या-क्या लिखा था, अब याद नहीं—और उसके बाद तो भेंट ही न कर सका। दुर्घटना का शिकार होकर जाने कितने दिन अस्पताल में पड़ा रहा।

पूछा था—बाद में फिर कभी जवा से भेंट नहीं हुई आपकी ?

भूतनाथ बाबू बोले—हुई थी, सुनिए वह किस्सा।

उनकी ज़बानी सुनी हुई कहानी को मैं अपनी भाषा में कहूँ।

अचानक एक दिन साँझ को अस्पताल से भूतनाथ को छुट्टी मिल गई। रास्ते पर आकर चलने में पहले कैसा-कैसा तो लगा उसे। कहाँ जाए आखिर ? किसके यहाँ ठहरे ? सारी दुनिया उसे सूनी लगी। बड़े महल में अब कहाँ जाए ? कोई नहीं है। अन्त तक वंशी और चिन्ता थी। वे दोनों भी कलकत्ते की चौहद्दी छोड़कर चल दिए। जी में आया, एक बार बड़े महल में जाकर वह छोटी बहू को ढूँढ़ देखे। लगा, छोटी बहू ज़रूर वहीं किसी कमरे मे छिपी हुई है। पकड़ में नहीं आ रही। वरना उस दिन की दुर्घटना के बाद वह कहीं भी मिल क्यों नहीं रही है—यह कैसी बात ! वह भी मुमकिन है भला !

चाँदनी के अस्पताल से पैदल चलते-चलते भूतनाथ बड़े महल के सामने जाकर खड़ा हुआ। लगा, सारा मकान एक विराट् सरीसृप की तरह कुण्डली बनाकर सो रहा है। उसके सर्वांग में मौत की अवसन्नता। सारी आबहवा में अन्धकार की विवर्णता।

कहीं कोई नहीं। ताला-लगे गेट को कूदकर भूतनाथ अन्दर पहुँचा। प्रांगण में काफी घास उग आई थी। कदम रखने में डर लग रहा था। आहट पाकर कहीं कोई मेंढक थप्प से उछल पड़ा। सभी कमरों में ताले पड़े थे। केवल पिछले दरवाज़े की तरफ बगीचे के आमने-सामने चोर-कमरे में जाने की सीढ़ी खुली थी। भूतनाथ धीरे-धीरे ऊपर पहुँचा। चोर-कमरे के सामने बरामदा। बरामदे के उत्तर तरफ वह दरवाजा—उसमें ताला बन्द था। झाँककर देखने से भीतर अँधेरा दिखाई दे रहा था। उधर बहुओं के महल में जाने का कोई उपाय न था। भूतनाथ बड़ी देर तक कान लगाये खड़ा रहा। अगर कुछ सुनाई पड़े। कोई आभास मिल सके। लेकिन कहीं कुछ नहीं। सब मानो मौत-सा बहरा पड़ा था। अँधेरे-सा गूँगा। उसने चुपचाप आवाज़ दी—छोटी बहू...

फिर बड़ी देर तक कान बिछाए खड़ा रहा। किसी ने आवाज़ न दी। फिर ज़रा ज़ोर से पुकारा—छोटी बहू...मैं भूतनाथ हूँ। अन्दर की दीवारों से टकराकर सिर्फ प्रतिध्वनि लौट आई। एक गमगमाहट हुई। काँपती हुई अर्थहीन आवाज़।

भूतनाथ ने फिर पुकारा—छोटी वहू...

फिर वैसा ही हुआ—उसके बाद वहाँ फर्श पर ही बैठ गया भूतनाथ। सिर झिमझिमाने लगा। इतने दिनों अस्पताल में रहते-रहते सारे शरीर में जड़ता-सी आ गई थी। दीवार से सिर पीटने लगा वह। कहाँ गई छोटी बहू ! कौन बता देगा उसे ! कहाँ जाने से मिलेगी वह !

फिर उठ खड़ा हुआ। सारी दुनिया पर गुस्सा आने लगा उसे। सारे संसार से विराग। आज उसका कोई नहीं। मनुष्यों से भरे इस संसार में आज वह अकेला है। एकबारगी बेआसरा, बेसहारा। जी में आया, वह कारस्तानी ज़रूर मँझले बाबू की है। उनके गुंडे ही उसे उठा ले गए कहीं। बड़े महल की बहू का ऐसा बेलीक चलना उन्हें बर्दाश्त नहीं हो सकता। शायद इसलिए भूतनाथ का खात्मा कर देना चाहा था। लेकिन जब छोटी बहू ही न रही, तो भूतनाथ जीकर क्या करेगा !

वह फिर उसी रास्ते से उतरा। सूना महल। चारों ओर सन्नाटा। डेवढ़ी से निकलकर फिर उसी बनमाली सरकार लेन में पहुँचा। कहाँ जाए, कुछ ठिकाना नहीं ! कहाँ पनाह मिलेगी ! किससे मनुहार करे, आवेग बताए ! किस पर बकझक करे ! किससे करे अनुरोध, अभियोग !

सारा शहर उदास हो रहा था। कम-से-कम भूतनाथ को ऐसा लगा कि छोटी बहू की वेदना से सारा शहर आज उदास है। धीरे-धीरे कब जो बार-शिमले जा पहुँचा, उसे मालूम नहीं। लौट जाने को जी चाहा। आखिर होगा क्या वहाँ जाकर ! चिट्ठी तो वह दे ही आया है। चरम बात तो वह चिट्ठी में लिख आया है। इस बीच जवा ने ज़रूर ही सुपवित्र को अपना लिया है। फिर जाना भी क्या !

फिर भी दरवाज़े पर धक्का दिए बिना रहा न गया।

दरवाज़ा खोलकर नौकरानी भी अवाक् रह गई—भैयाजी, आप !

भूतनाथ ने कहा—तुम्हारी दीदीजी कहाँ हैं ?

जीने से ऊपर जाकर उस रोज़ जवा को देखकर भूतनाथ अवाक् हो गया था। वह अपने पिता की तस्वीर के नीचे वैसी ही निश्चल बैठी थी। उसमें कोई परिवर्तन न था। जवा भी भूतनाथ को देखकर कुछ कम अवाक् न हुई। बोली—भूतनाथ बाबू, आप ?

भूतनाथ ने पूछा—सुपवित्र कहाँ है ?

उस सवाल का कोई उत्तर न देकर जवा बोली—लेकिन इतने दिनों तक आप थे कहाँ ?

एक पल के लिए विभ्रान्त-सा हो गया था भूतनाथ। कहा—मैं तो चिट्ठी छोड़ गया था जवा, नहीं मिली तुम्हें ?

—मिली थी, लेकिन...

—मैंने तमाम खोज-पूछ की, नदिया ज़िला तक गया—वे मर चुके हैं, उनके परिवार का कोई नहीं—यकीन करो।

—किन्तु...

—मैं तुम्हारी एक नहीं सुनने का। छुटपन का ब्याह तो वाग्दान के ही समान है; अपनी बात के मुताबिक 'अन्यपूर्वा' होकर तुम बेखटके सुपवित्र से विवाह कर सकती हो।

जवा ने फिर पूछा—सच ही क्या उनका कोई पता न चला ?

भूतनाथ ने कहा—उनकी प्रेतात्मा शायद है, लेकिन उसका करोगी क्या तुम ? तुम्हें यह बताने के लिए मैं बहुत दिन पहले आता, पर नहीं आ सका सिर्फ...।

जवा चुपचाप सब सुनती रही। बोली—आप इतने दिनों तक अस्पताल में रहे, खबर तक न दी; मैंने लेकिन आपकी खोज की थी, मालूम है ?

भूतनाथ के सारे शरीर में कैसा तो रोमांच हो गया। बोला—खोज की थी, सचमुच ?

—क्यों, आदमी खोज नहीं लेता ?

—क्यों नहीं, फिर भी तुमने मेरी खोज की थी, यह बात अच्छी लगती है।

जवा ज़रा देर चुप बैठी रही। अचानक उसका मुखड़ा बड़ा लाल हो उठा। उसके बाद आखिरी ज़ोर लगाकर बोली—अब आप ब्याह कर लें। शायद उससे आप सुखी हों।

इतने में भूतनाथ ने अपने को सम्हाल लिया था।

हँसते-हँसते बोला—मैं दुःखी हूँ, तुमसे यह किसने कहा जवा...फिर ब्याह अब मैं कर भी नहीं सकता, एक बार कर चुका हूँ।

—यानी ?—जवा भी जैसे चौंक उठी।

भूतनाथ परेशान हो उठा। बोला—वह बात रहने दो...पहले यह कहो कि सुपवित्र को तुम अपनाओगी कि नहीं—तुम्हारे पिताजी का अन्तिम अनुरोध !

—सच ही आपका ब्याह हो चुका है ?

—बता तो दिया, हो चुका है।

—कहाँ ? कब ?

भूतनाथ ने कहा—इसका जवाब फिर कभी दूँगा। इसका अभी समय नहीं हुआ और अभी शायद समय भी नहीं, मैं समझता हूँ सुपवित्र अभी सो नहीं गया होगा, उसे मैं बुला लाता हूँ, मेरे समाने ही तुम्हें वचन देना पड़ेगा—और मैं ही उसका गवाह रहूँगा।

जवा कुछ प्रतिवाद करने जा रही थी। रोकते हुए भूतनाथ बोला—तुम अब ना न करो जवा, मैं सिर्फ तुम्हारे दायित्व से मुक्त होना चाहता हूँ। इस हालत में तुम्हें छोड़कर मैं जा नहीं सकता और तुम्हारी शादी हुए बिना मेरा इस तरह यहाँ आना अच्छा भी नहीं लगता।

उसके बाद उसी रात को सुपवित्र को बुलाकर कैसे वे सारे भार से मुक्त हुए, भूतनाथ बाबू ने यह भी बताया था।

मैंने पूछा था—फिर कभी आप जवा के यहाँ नहीं गए ?

वे बोले—गया था, उसके विवाह के दिन। उसके बाद शायद मेरी ज़रूरत भी नहीं पड़ी, कभी बुलाहट नहीं आई—कभी बुलाहट आई तो जाऊँगा।

—और छोटी बहू ? उससे कभी मुलाकात हुई ?

भूतनाथ बाबू ने कहा—हुई थी, लेकिन न हुई होती, वही अच्छा था।

—वह कहानी भी कह दें।

भूतनाथ बाबू बोले—बड़े महल को तोड़ने का आदेश दे आया था, वह तो आपसे कह ही चुका हूँ। यह उसके दूसरे दिन का ज़िक्र है। वह मुलाकात भी अजीब मुलाकात ! सोचा भी नहीं था कि अन्तिम भेंट ऐसी होगी। छोटी बहू ने कहा था—मेरे मरने पर तू रोना भूतनाथ, मेरे लिए दो बूँद आँसू बहाना—ब्याहवाली बनारसी साड़ी पहनाकर मुझे सजा देना—लेकिन कुछ भी न हो सका।

भूतनाथ बाबू प्रशान्त हँसी हँसने लगे।

इस उप-कहानी में वही सुनाऊँ।

इम्प्रूवमेंट-ट्रस्ट कायम हुआ सन् उन्नीस सौ ग्यारह में। शुरू से ही भूतनाथ की उसमें बहाली हो गई। रूपचन्द बाबू की चेष्टा से पहले ही दिन से वह दाखिल हो गया उसमें।

इदरिस ने कहा—खुदा आपका भला करेगा ओवरसियर साहब !

जो सरकार बाबू उससे जलता था वह भी अन्त में नरम हो गया। बोला—भाग्यवान का बोझा भगवान् ढोते हैं, आपको देखकर ही इस सत्य का सबूत मिला।

नए दफ्तर में काम शुरू हो गया। रास्ता चौड़ा करना। मकान तोड़कर बराबर करना। ये काम भूतनाथ के लिए पुराने थे। लेकिन तो भी जिस दिन वनमाली सरकार लेन के बड़े महल को तोड़ने का आदेश हुआ, वह एक दिन ही था। उसे लगा, उसे अपने पंजर की हड्डियाँ तोड़कर चूर-चूर कर देने का हुक्म मिला है। बड़े महल को छोड़ देने के बाद कभी उस रास्ते की छाया भी नहीं छुई थी उसने। उधर जाने से जाने कौन तो खींचता उसे ! लेकिन नौकरी की बात ! हुक्म बजाना ही पड़ेगा। जिस रोज वह नाप-जोख के लिए गया था, उसी दिन जाने क्यों बार-बार अनमना हो उठता था। लगा था, जाने कहाँ से कोई अदृश्य शक्ति बारम्बार उसे खींच रही है। वह बड़ा महल अब पहचाना नहीं जाता था। पूजाघर का कुछ हिस्सा फिर भी साबित था। टुकड़ों में सब बँट गया था। एक कमरे से आती मछली की बू—दूसरे से मांस की गन्ध। एक में मेज़-कुर्सी-पंखा, दूसरे में चटाई, टाट का परदा, इनामेल के कप। कैसे-कैसे अजीबोगरीब लोग आ बसे थे बड़े महल में ! वह रसोईघर, भिश्तीखाना कहाँ। नामोनिशान भी न रहा। उस रोज़ भूतनाथ तिमंज़िले पर नहीं गया। इच्छा थी, पर ज़रूरत न महसूस हुई जाने की।

लेकिन जिस दिन सारा मुहल्ला खाली कराकर वह चरित्तर मंडल को मकान तोड़ने का हुक्म देकर लौट रहा था, उस दिन वह सीढ़ी से टूटे मकान के ऊपर गया। ऊपर न गया होता, वही अच्छा था। उन पुराने परित्यक्त कमरों में कौन-सा जादू था, क्या जाने ! उसे ऐसा लगा था कि ऊपर की रेलिंग से उसे किसी ने एकबारगी नीचे धकेल देना चाहा था। साँझ के धुँधलके में ऐसा लगा, शराब लाने के लिए छोटी बहू ने हीरे की बाली खोलकर उसे दी।

और रास्ते पर वह कुत्ता ! वड़ा डर गया था भूतनाथ। मगर तब भी उसे मालूम न था कि यह जादू काहे का है। कैसा आकर्षण ! पता चला, दूसरे दिन अजीब घटना !

नन्हे बाबू भी कभी-कभी दीख जाते थे। काला कोट पहने ट्राम से जाते होते। भूतनाथ को लगता, वह कोट बहुत कालिख लगने से काला है। समय की कालिख, कलंक की कालिख। धोने से भी वह कालिख नहीं धूल सकती।

और मँझले बाबू यही सिर्फ आखिरी दिन तक घोड़ागाड़ी पर चढ़ते रहे। शाम को इडेन गार्डेन के पास खड़े रहने से नज़र आता था कि इब्राहिम धीमे-धीमे गाड़ी हाँकता आ रहा है। दोनों हाथों से गाड़ी के दोनों तरफ की झूलती चमोटी को पकड़े अन्दर चुपचाप बैठे मँझले बाबू। आँखों की दृष्टि सूनी। फिर भी चूननदार मलमल का कुरता। हीरे की बड़ी-सी अँगूठी। इडेन गार्डेन के पास गंगा के किनारे गाड़ी रोज़ एक बार खड़ी होती आकर। मँझले बाबू उस पर से उतरते नहीं। इब्राहिम घोड़े को घास खिलाने के लिए नीचे उतरता। घोड़े दो-एक मुट्ठी घास खाते और खीझकर पैर पीटते। सूखी घास जँचती नहीं शायद। लेकिन मँझले बाबू गाड़ी के अन्दर ही बैठे-बैठे थोड़ी देर हवा खाते और गोरों के बैंड की ताल पर धीरे-धीरे ताल देते। साइकिल से जाते-जाते यह दृश्य भूतनाथ ने बहुत बार देखा।

सुपवित्र ने शायद मोटर खरीदी। कौन-सी नौकरी करता है, कौन जाने। बेशक कोई बड़ी नौकरी है। कई बार सुबह कोट-पेंट डाले उसे जाते देखा है भूतनाथ ने। गाड़ी ड्राइवर चलाया करता। अन्दर ओठँग कर सुपवित्र अखबार पढ़ा करता।

उस रोज़ लौटने में ज्यादा रात हो गई थी। बड़े महल की आखिरी निशानी देखकर साइकिल से आते-जाते मानो अनेक युग पार कर आया भूतनाथ। कल उस घर का चिह्न न रह जाएगा। और उस मकान के साथ ही गायब हो जाएगी वनमाली सरकार गली। इतिहास से वनमाली सरकार का नाम मिट जाएगा। इसका भी कोई गम नहीं। गम था सिर्फ इस बात का कि नामोनिशान मिटाने के इस काम की निगरानी उसे ही करनी पड़ेगी। एक दिन जिसने आश्रय दिया था, शान्ति और सान्त्वना दी थी, उसी को अपने हाथों निश्चिह्न करना पड़ेगा।

तमाम रात एक असह्य अनुभूति में कटी।

सुबह रोज़ जैसे उठता है, वैसे ही उठा। मेस के तिमंजिलेवाले उस कमरे की खिड़की से सूर्योदय देखा जाता था। गंगा-नहान से लौटकर उसने पूर्व दिशा को नित्य की तरह प्रणाम भी किया। प्रातःकालीन पूजा-पाट, गायत्री आदि उस दिन भी कुछ न छूटा। समय पर दफ्तर भी गया। कहीं कोई व्यक्तिक्रम नहीं। लेकिन दफ्तर की घड़ी में दो बज रहे थे...

बड़े साहब ने बुलवाया। जाते ही बड़े साहब ने कहा—सरकार लेन में जो मकान टूट रहा है, वहाँ ज़रा जल्दी जाइए, आकर मुझे रिपोर्ट दीजिए कि वहाँ क्या हुआ है।

भूतनाथ ने पूछा—कोई दुर्घटना हुई है ?

साहब बोले—दुर्घटना नहीं, लेकिन मजूरों ने काम करना बन्द कर दिया है—कहते

हैं, वे अब वहाँ काम न करेंगे, हाथ समेटे बैठे हैं।

उस रोज़ भी ठीक उसी जगह पर जाकर खड़ा हुआ भूतनाथ। लेकिन आज दोपहर में बड़े महल की शक्ल ही बदल गई थी एकबारगी। एक ईंट भी खड़ी न थी। ज़मीन चौरस हो गई थी। दूर से कुछ देखा नहीं जाता। करीब जाने से चारों तरफ बड़े-बड़े गड्ढे नज़र आते। ईंट-सीमेंट के अन्दर से माटी निकल आई थी। दीवार तक उखाड़ फेंका था। सारी गली रेगिस्तान-सी धू-धू।

लेकिन करीब पहुँचते ही लगा, खासी भीड़ लगी है। जाने किसे, घेरकर लोग जमा हुए हैं।

भूतनाथ के पहुँचते ही चरित्तर मंडल आगे आया। उसका संकोची भाव जाता रहा था। बोला—हम काम नहीं करेंगे हुज़ूर !

—क्यों, क्या बात हुई ?

चरित्तर मंडल को नहीं बताना पड़ा कि क्या हुआ है। खुद भूतनाथ ने देखा, बगल में बैजू निर्जीव-सा पड़ा है। सब्बल की चोट से लहूलुहान। बहू बाज़ार का डॉक्टर पट्टी बाँध रहा था। पट्टी भी लहू से रँग गई थी।

चरित्तर ने फिर कहा—हम लोग अब यहाँ काम नहीं करेंगे हुज़ूर !

—काम क्यों बन्द करोगे ? खैर, बन्द ही करोगे तो दूसरे मजूरे बुलवाऊँगा।

चरित्तर बोला—कोई मजूर यहाँ काम नहीं करेगा...यह कब्रगाह है हुज़ूर, वह देखिए—उसनें हाथ के इशारे से दिखाया—वह देखिए...

बहुत-से लोग उत्सुक होकर उधर देख रहे थे। चरित्तर अपने साथ भूतनाथ को उधर ले गया। बड़े महल की दीवार को मजूरों ने खोदा था। जगह-जगह गड्ढे किए थे। एक गड्ढे में भूतनाथ को साफ नज़र आया। कोई सन्देह नहीं। आदमी का एक समूचा कंकाल था। खोपड़ी से पाँव की उँगली तक। पट पड़ा था। कब का, कितने दिन का—कौन जाने ! लेकिन ज़रा भी विकृत न हुआ था। कुछ हिस्सा तब भी मिट्टी में ही गड़ा था। पास ही क्या तो झकमक कर रहा था। सोने-जैसा। मीना किया हुआ सोना।

भूतनाथ ने पूछा—और वह क्या है ?

अब तक किसी की नज़र नहीं पड़ी थी। सभी उधर झुक पड़े। लेकिन भूतनाथ ठीक पहचान गया।

कोई बोल उठा—सोने का कोई ज़ेवर है, किसी औरत का...सोने की करधनी...। लेकिन भूतनाथ कुछ और ही सोचने लगा। उसे लगा, इतिहास का पट-परिवर्तन अब जाकर पूरा हुआ।

उसके बाद कंकाल की तरफ देखता हुआ बड़ी देर तक भूतनाथ अभिभूत बना खड़ा रहा। उसे लगा, एक पल के अन्दर आँखों के सामने जीवन का एक महा अर्थ खुल गया। मृत्यु मानो अब महज़ मृत्यु नहीं रही। लगा, वह जीवन का ही एक दूसरा महाप्रकाश है। मृत्यु से ही जीवन को पूर्ण रूप से प्राप्त करना पड़ता है। मृत्यु से ही

सार्थकता के चरम लक्ष्य तक पहुँचा जा सकता है। उसी में जीवन का चरम उत्सर्ग पूर्ण होता है। किसी सांसारिक प्रयोजन की तुच्छता से नहीं, किसी लौकिक सम्बन्ध की क्षुद्रता से भी नहीं--जीवन की चरम सार्थकता एक ही योग में है वह योग है अमृत का। मौत के आमने-सामने खड़े होकर भी इसलिए एक अनहोने उपाय से भूतनाथ अमृत का एकात्म हो गया।

उसके बाद वहाँ खड़े होकर उसने उस दिन अपनी परम प्रार्थना की—जिस देवता ने सभी मनुष्यों का दुःख ग्रहण किया है, जिनकी वेदना का अन्त नहीं, जिनके प्रेम का भी अन्त नहीं, उनके प्रेम की वेदना को हम सभी मानव-सन्तान जिसमें मिलकर ग्रहण कर सकें। ओं शान्तिः शान्तिः शान्तिः !